Knaur

Über die Autorin:

Susan Hastings lebt mit ihrem Mann und vielen Tieren in einem romantischen alten Cottage. Als Geologin schrieb sie wissenschaftliche Gutachten, hatte aber seit jeher den Wunsch, ihr schriftstellerisches Talent auch auf andere Gebiete auszudehnen. Ihre Vorliebe für Geschichte und ihre romantische Ader wiesen ihr den Weg.

SUSAN HASTINGS

Venus und ihr Krieger

Roman

Knaur

Besuchen Sie uns im Internet:
www.droemer-knaur.de

Deutsche Erstausgabe Januar 2000

Redaktion Stephanie Gleitz
Umschlaggestaltung Agentur Zero, München
Umschlagabbildung Franco Acconero/Bildagentur Schlück, Garbsen
Satz MPM, Wasserburg
Druck und Bindung Brodard & Taupin, La Flèche
Printed in France
ISBN 3-426-69061-6

2 4 5 3 1

*Mein besonderer Dank gilt Lucie L.
für ihre uneigennützige Hilfe
und dem außerordentlichen Bücherfundus
auf ihrem Dachboden.*

Vorwort

Wir schreiben das Jahr 113 vor Christus. Einige Jahre zuvor brachen die germanischen Stämme der Kimbern, Teutonen und Ambronen aus dem Gebiet des heutigen Jütland in Dänemark nach Süden auf.
Unsere Geschichte beginnt in den Seetaler Alpen in der Steiermark. Dorthin gelangte der Treck auf der Suche nach fruchtbarem Land und neuen Weideplätzen. Und dort kam es zur ersten Konfrontation mit den Römern, die in den Jahren 105 vor Christus für die Teutonen und 101 vor Christus für die Kimbern vernichtend endete.
Sigrun, die Tochter eines Bauern der Kimbern, gelangt in die römische Sklaverei. Für das stolze und freiheitsliebende Mädchen scheint der Tod, als Erlösung von dieser Schmach, der einzige Ausweg. Doch im feindlichen Rom begegnet sie dem Gladiator Claudius. Zwischen zwei sehr gegensätzlichen Menschen aus verschiedenen Kulturkreisen keimt eine zarte Liebe in einer Welt, wo ein Menschenleben nicht viel wert ist. Wo Heldentaten nach der Größe der eroberten Länder und der Zahl der vernichteten oder versklavten Völker bemessen werden, muß diese Liebe viele schwere Prüfungen bestehen.

Erstes Kapitel

DAS DORF AUF DER LICHTUNG

Morgennebel stieg aus dem wannenförmigen Tal, in das die ersten goldenen Sonnenstrahlen fielen. Umhüllt von den hellgrauen Gipfeln der Alpen wie durch beschützende Hände lag das Dorf noch im Schlaf. Es mochten etwa zwanzig längliche Hütten sein, die sich über das flache Tal streuten. Nur an dem Krähen der Hähne, dem Bellen der Hunde und dem aufsteigenden Rauch aus den Dachöffnungen war zu erahnen, daß es hier auch menschliches Leben gab. Die Häuser zeigten alle die gleiche Ausrichtung nach Osten. Durch den Eingang an der Südseite gelangte Licht in das dämmrige Innere eines der Häuser. Zwei Reihen kräftiger Holzpfosten begrenzten die geräumige Diele. Links und rechts vom Mittelgang standen kleinwüchsige Ochsen und Kühe in den Boxen und muhten unruhig.

Aus dem Westteil des Hauses vernahm man ein verhaltenes Schnarchen. Zahlreiche Bänke und Liegen zogen sich an den rutengeflochtenen Wänden entlang um die zentral gelegene Herdstelle. Nur noch schwache Glut glimmte zwischen den Herdsteinen.

Ein hochgewachsenes Mädchen trat aus dem Wohnbereich in den Dielengang und reckte sich. Sie packte einen Arm voll Reisig, das neben der Tür lag, und trug es zum Herd. Mit einem eisernen Haken fachte sie die Glut an, legte vorsichtig das Reisig auf und wartete, bis die Flammen an den Zweigen emporzüngelten. Erst dann packte sie größere Holzscheite auf.

In der Zwischenzeit hatte sich eine zweite Frau von ihrem Lager erhoben. Sie war wesentlich älter, durch ihr blondes Haar zogen sich graue Strähnen. Beide Frauen ergriffen größere Keramikgefäße und verließen das Haus. Ihr Weg führte an den geflochtenen Weidezäunen vorbei den Hang hinab, wo ein schmaler Bach seinen Weg ins Tal suchte. Die Frauen setzten sich an das grasbewachsene Ufer und begannen eine ausgiebige Morgentoilette. Sie legten ihre Kleidung ab und wuschen sich mit dem eiskalten Wasser der Berge, bis sich ihre helle Haut rötlich färbte. Erst dann kleideten sie sich wieder an. Die Kleidung bestand bei beiden Frauen aus einem ärmellosen leinenen Unterkleid, das bis zu den Knöcheln reichte, einer einfach geschnittenen Bluse mit langen Ärmeln und einem in Falten gelegten Rock, der von einem ledernen Gürtel gehalten wurde. Einziger Schmuck waren die großen, kreisförmigen Platten der Gürtel. Dann begannen die Frauen, sich gegenseitig ihre Haare zu kämmen und einzuflechten. Die jüngere der beiden hatte außerordentlich langes, leuchtend blondes Haar, das die andere zu zwei fast armdicken Zöpfen verflocht. Ein schmales, aus gefärbtem Leder gefertigtes Stirnband vervollständigte die Frisur.

Erst danach erhoben sie sich und füllten die Keramikgefäße mit Wasser. Beide Frauen schlenderten mit ihrer Last zum Haus zurück. Aus dem Eingang drängten laut brüllend die Ochsen und Kühe und verteilten sich auf der grünen Weide, die sich neben dem Haus erstreckte. Hinter den Tieren trat ein großer blonder Junge heraus, der auf die letzten Ochsen mit einer Knute klopfte. Dabei gähnte er herzhaft und rieb sich die Augen. Er war völlig nackt.

»Hast du deinen Rausch noch nicht ausgeschlafen, du Saufsack?« schimpfte die ältere Frau und spritzte kaltes Wasser nach dem Jungen. Der lachte und schüttelte sich. Er warf den Stock beiseite, lief zum Bach hinunter und sprang mit einem lauten Aufschrei in die eisigen Fluten.

»Ich werde die Männer wecken«, sagte die jüngere Frau und verschwand wieder im Haus, während die ältere sich unter eine Kuh hockte und zu melken begann.
Das Mädchen mit den blonden Zöpfen setzte den Wasserkrug auf die Herdsteine und schürte das Feuer neu an. Im Schein der Flammen konnte sie die anderen Personen auf den Liegen ausmachen, die sich jetzt träge bewegten. Mit einem Plumps fiel ein kräftiger Mann von seiner Bank und landete unsanft auf dem gestampften Boden der Diele. Er fluchte laut und rappelte sich unter seiner Felldecke wieder hoch.
»Guten Morgen, Vater! Es ist ein wunderschöner Tag zum Pflügen der nördlichen Felder. Der Boden riecht gut, und wenn wir der Erdgöttin Nerthus ein Opfer darbringen, wird sie uns in diesem Jahr mit einer reichen Ernte bedenken.«
»Sigrun, kümmere du dich um den Haushalt und das Bier – oh, das Bier war gut! Mein Schädel brummt, als wenn ein Bär seine Pranke draufgehauen hätte.«
Sigrun lachte und half dem Vater, sich aus seiner Decke auszuwickeln. »Du weißt, daß heute Helfgurd einen Vermittler schikken will. Dazu müssen wir noch einiges vorbereiten. Der Sauerteig geht schon, aus dem das Brot gebacken wird. Aber ihr habt gestern so viel Bier getrunken, daß ich fürchte, es reicht nicht mehr lange.«
»Met, Met bieten wir dem Vermittler an, kein Sauerbier! Was soll Helfgurds Sippe von mir denken, wenn ich sie mit Sauerbier bewirte? Schließlich bin ich der Freimann Sigmund Naiax. Also, backe gefälligst das Brot, und schlachte ein Lamm! Und bring die Krüge mit Met herein!«
»Erst wenn die Gäste kommen, Vater«, widersprach Sigrun. »Sonst ist auch der Met alle.«
»Widersprich mir nicht, Tochter!« grollte Sigmund, aber er lächelte. Er war stolz auf seine hübsche und selbstbewußte Toch-

ter. Sie sah aus wie seine Frau Hertha, als sie jung war und Sigmund um sie warb. Damals, als sie noch am Rande des nordischen Meeres lebten. Sein Blick verfinsterte sich.
Er trat aus der Tür und blickte sich um. Vor ihm erstreckte sich das Tal, angefüllt mit fruchtbarer Erde. Doch es war schmal, und rundherum stand dichter, dunkler Wald bis zu den nackten, grauen Felsen hinauf. Gemeinsam mit seinen vier Knechten hatte er in den letzten Tagen die Erde aufgebrochen und zur Aussaat vorbereitet. Aber ob sie die Sippe ernähren würde, war unklar. So weit waren sie bereits gezogen, ohne das Land zu finden, daß die Kimbern ausreichend mit Getreide versorgen konnte. Die Winter in den Bergen waren lang und kalt, und erst spät erwärmte sich die Erde.
Hertha brachte eine Schale mit Milch herein. Sie wärmte sie auf dem Herd und rührte Honig hinein. Das würde ihnen Kraft für die Tagesarbeit geben. Sigmund mußte auch heute wieder mit den Knechten pflügen gehen. Ihm war diese Arbeit zuwider. Es schickte sich nicht für einen freien Mann, die Arbeit der Knechte zu übernehmen. Doch da im letzten Winter drei seiner Knechte an Hunger und Krankheiten gestorben waren, mußte er selbst Hand anlegen. So war er zufrieden, daß Helfgurd um Sigrun warb. Sie würde es bei Helfgurds Sippe gut haben. Dort gab es noch einige kräftige Männer mehr, die die Feldarbeit bewältigen konnten.
Alle hockten sich um das Herdfeuer herum, schlürften die heiße Milch aus den Schalen und kauten Roggenbrot. Dann zog Sigmund mit seinen Knechten und den unwillig brüllenden Ochsen hinüber an den Hang, um weiter die Erde zu pflügen. Die kalte Morgenluft umwehte ihre nackten Oberkörper. Aber bald schon kamen die kräftigen Körper ins Schwitzen, während sie den steinigen Acker aufrissen.
Der hochgewachsene, blonde Jüngling, der sich endlich be-

quemte, wie die anderen Männer eine leinene Hose anzuziehen, setzte sich ächzend auf den Rand der Liege. An die Füße zog er lederne Strumpfstiefel, deren Riemen er sorgfältig band. Er nahm eine eiserne Axt aus einer Ecke des dunklen Raumes.
»Ich schlage noch Holz oben im Wald, damit wir heute ein helles Feuer entfachen können, wenn der Vermittler kommt. Übrigens, ich weiß, wen Helfgurd als Vermittler schickt. Es ist der rothaarige, einäugige Eisenhard.«
»Woher weißt du das, du neugieriger Bruder Naiax?« fragte Sigrun. »Und wenn es schon der einäugige Eisenhard ist und er vielleicht nicht mehr richtig sehen kann, er schmeckt jedenfalls den Unterschied zwischen Gerstenbier und Met. Vielleicht ist es sogar Odin persönlich, denn Odin ist auch einäugig, seit er in den Brunnen der Erkenntnis blickte und ein Auge dabei verlor. Und man sagt, daß manchmal auf Eisenhards Schulter ein schwarzer Rabe sitzt. Und sein graues Pferd sieht aus wie Sleipnir, das Pferd von Odin. Nicht umsonst entstammt seiner Sippe König Boiorix. Bestimmt hat es mit Eisenhard eine besondere Bewandtnis, deshalb schickt Helfgurd ihn als Vermittler.«
»Pah, was du dir einbildest«, lachte Naiax. »Sein Auge hat er bei einer Prügelei verloren, beinahe hätten sie ihn totgeschlagen, als er Streit anfing. Und die Raben fliegen ihm hinterher, weil er so nach Aas stinkt.«
Wütend drehte sich Sigrun um und warf einen Holzscheit nach ihrem Bruder. »Die Raben werden deine freche Zunge heraushacken, wenn du nicht sofort den Mund hältst. Und nun verschwinde und schlag Holz, du Nichtsnutz! Ich will nicht, daß er noch meint, ich entstamme einer faulen Familie!«
Sigrun seufzte leise, als ihr Bruder mit der geschulterten Axt verschwand. Doch sie war ihm nicht böse. Sie dachte an ihre vier Brüder, die auf ihrer Wanderschaft im Kampf mit den Boiern den Tod fanden.

Hertha war nie darüber hinweggekommen, brauchte sie doch kräftige Männer auf dem Hof. Doch welchem Hof? Etwa dieses eilig erbaute kimbrische Langhaus, das sie vor dem nahenden Winter errichtet hatten, als ihnen der weitere Zug nach dem Süden durch Schneestürme verwehrt wurde? Die Sorge um das tägliche Brot hatte scharfe Falten in ihr Gesicht gegraben. Was war von ihrer einst stolzen Sippe geblieben, seit sie ihre alte Heimat am Rande des Meeres verlassen hatten? Sie wandte sich um und bedachte den hölzernen Planwagen mit einem traurigen Blick. Sie spürte ganz deutlich, daß sie auch hier nicht lange verweilen würden. Da würde auch ein Opfer an Nerthus nicht viel bewirken. Trotzdem würden sie es versuchen. Das Blut des geschlachteten Lammes, die Milch ihrer besten Kuh, das Brot aus hellem Mehl und die Nüsse würden Nerthus versöhnlich stimmen. Die Menschen würden die Äcker dreimal gegen die Sonne umrunden und dann ihr Opfer darbringen. Das mußte Nerthus doch akzeptieren! Fast grimmig walkte Hertha den Teig durch, den sie am Tag vorher zum Gären angesetzt hatte.
Als sie das lachende Gesicht ihrer Tochter sah, verflog ihr Ingrimm. Sie wischte ihre mehligen Hände am Rock ab und zog ihre Tochter zu ihrer Lagerstatt. Sie wühlte unter ihrer Strohmatratze und brachte einen feingearbeiteten Dolch mit Hirschhorngriff zum Vorschein. Sigruns Augen weiteten sich.
»Ist das meine Gabe an Helfgurd?« fragte sie überrascht.
Hertha nickte. »Den Dolch habe ich bereits als Gabe empfangen. Er ist der heiligen Weihe des Ehebeginns angemessen. Natürlich nur, wenn Helfgurd seinerseits ein angemessenes Geschenk bringt. Das sind nicht nur das Joch Ochsen und das aufgezäumte Pferd. Das sind auch Schild, Schwert und Speer.«
»Ich weiß«, bestätigte Sigrun. »Zweifelst du daran, daß er gebührende Geschenke bringt?«
»Nein«, lachte Hertha. »Und nun beeil dich mit der Arbeit!

Wenn die Sonne sinkt, kommt der Vermittler. Bis dahin gibt es noch allerhand vorzubereiten.«

Gegen Mittag kehrte Sigmund schwitzend und mürrisch von den Feldern zurück. Er fand es unter seiner Würde, gemeinsam mit den Knechten die Ochsen zu treiben und die Felder zu bestellen. Was war nur aus den stolzen und kämpferischen Kimbern geworden? Elende Landsklaven! Er füllte ein großes Maß mit Gerstenbier und trank es in einem Zug aus. Mit dem Handrücken wischte er sich über die Lippen, um dann zum Bach zu gehen und sich zu waschen. Er war sich seiner Aufgabe bewußt, den Vermittler von Helfgurd zu empfangen. Und dazu mußte er sauber und ausgeruht sein und sein gutes Gewand tragen.

Vom Bach aus beobachtete er seine hochgewachsene Tochter. Sie fütterte die Schweine im Verschlag neben dem Haus. Wieder runzelte er die Brauen. Es war nicht Sache der Tochter eines freien Mannes, die Schweine zu füttern. Doch die letzte Magd war im Winter gestorben; wie die Knechte an Hunger und Krankheit.

»Ich wünsche dir ein besseres Leben, Sigrun«, murmelte Sigmund und begann, sich gemächlich zu rasieren.

Der einäugige Eisenhard kam auf einem prächtig geschmückten, mausgrauen Pferd geritten und blickte etwas verächtlich auf das schäbige Langhaus herab. Waren diese Leute wirklich eine Verbindung mit seiner Sippe wert, aus der auch Fürst Boiorix stammte?

Sigmund kam ihm entgegen und hieß ihn auf seinem Hof willkommen. Wie Eisenhard trug auch Sigmund ein enganliegendes wollenes Untergewand mit langen Ärmeln, lange Bruchhosen und einen farbenprächtigen, gewebten Umhang, der

über der rechten Schulter mit einer Fibel zusammengehalten wurde.
Vor dem Haus legte Eisenhard seine Waffen ab. Heimlich bewunderte Sigmund den wertvollen Lederschild mit magischen Zeichen. Ob er nicht doch Odin war? Sigmund würde jedenfalls sehr zuvorkommend zu ihm sein.
Im Wohnraum nahm Eisenhard auf einem Schemel Platz, während der Hausherr auf einem thronähnlichen Holzstuhl hockte. Der Tisch war übervoll beladen mit Schüsseln und Tellern, auf denen sich Lammfleisch, Roggenbrot, Hafergrütze, Käse, Trockenobst und Nüsse türmten. In Krügen standen Obstwein und Met bereit. Hertha hatte sich in eine Ecke des Raumes zurückgezogen und wartete auf Befehle ihres Mannes, falls der Gast noch essen und trinken wollte. Sie wußte, die Verhandlungen würden sich bis in die Nacht hinziehen. Ihr Sohn und die Knechte würden hinzukommen, und Eisenhard würde dann derart betrunken sein, daß er nicht mehr auf sein Pferd steigen konnte. Das Pferd stand bereits in einer der Boxen und kaute bedächtig duftendes Heu.
Sigrun füllte im Brauhaus weitere Krüge mit Gerstenbier ab.
»Psst, Sigrun! Psst!«
Sigrun blickte sich überrascht um. Hinter der aus Reisig geflochtenen Umfriedung der Tiergatter erkannte sie den indigoblau karierten Mantel von Helfgurd.
»Helfgurd, was tust du hier? Eisenhard ist im Haus und verhandelt mit Vater!« Sigrun setzte vorsichtig den Bierkrug ab und stemmte die Arme in die Hüften.
»Psst! Sprich nicht so laut! Natürlich weiß ich, daß Eisenhard heute die Verhandlungen führt. Dein Vater ist ziemlich hartnäckig.«
Sigrun lachte. »Das weiß ich. Ich bin erst neunzehn Jahre alt. Wenn du nicht noch ein Jahr warten willst, mußt du schon ein besonders schönes Brautgeschenk bringen.«

»Das werde ich ganz bestimmt, verlaß dich darauf! Ich hatte Sehnsucht nach dir, Sigrun, ich mußte dich sehen!« Helfgurd schlug seinen prachtvollen Umhang zurück, in den er sich ganz eingehüllt hatte. Sein muskulöser Körper kam zum Vorschein, und Sigrun lächelte.
»Warte«, flüsterte sie. »Ich bringe nur die Krüge ins Haus, dann treffen wir uns hinter dem Hausgarten. Aber laß dich nicht von den Knechten sehen!«
Sigrun packte die schweren Krüge und trug sie ohne sichtliche Anstrengung in die Wohndiele. Scheu blieb sie stehen, bis ihr Vater sie heranwinkte.
»Ist sie nicht ein Prachtmädel?« fragte er Eisenhard und legte liebevoll seinen Arm um Sigruns Hüfte. »Und Kindersegen wird sie euch auch geben, denn sie hat ein breites Becken und starke Schultern.«
Eisenhard nickte und blinzelte mit seinem gesunden Auge durch den dämmrigen Raum. Auch ohne Licht wußte er, wie hübsch Sigrun war. Er wußte, daß die Werbung nur eine Formalität war, die er jedoch sehr genau nahm. Und das Bier, das Sigrun braute, war wirklich nicht zu verachten.
Lächelnd schlüpfte Sigrun wieder aus dem Haus und lief zum Garten, den sie bereits mit der Mutter bestellt und dort Erbsen, Bohnen und Rüben gesteckt hatte.
Helfgurd hatte sich hinter einem wilden Birnbaum versteckt und zog Sigrun in seine Arme. Sie wehrte sich zum Spaß und entwand sich ihm. »Helfgurd, warum verstößt du gegen die heiligen Sitten? Kannst du dich nicht gedulden?«
Helfgurd lachte über sein breites Gesicht mit den kräftigen Wangenknochen. »Nein, das kann ich nicht. Warum darf ich meine zukünftige Frau nicht in den Armen halten?« Er packte sie wieder, seine Lippen suchten ihren Mund, doch sie drehte ihr Gesicht weg. So begnügte er sich mit ihrem schwanenglei-

chen Hals, den er mit zarten Küssen bedeckte. Ein heißes Gefühl durchfuhr sie, und ihr Herz klopfte wild.

»Weil deine Frau als Jungfrau in die Ehe gehen soll«, hauchte sie.

»Ich weiß«, flüsterte er, ohne seine Liebkosungen zu unterbrechen. »Ich will dich nur küssen, deine Lippen, deinen Hals, deine wundervollen Brüste ...« Er tastete mit den Händen unter ihre schlichte Bluse. Er unterdrückte ein Grollen, das in seiner Kehle aufstieg. »Welch eine grausame Prüfung, noch zu warten.«

Sigrun hielt den Atem an, als sie seine Hände auf ihren Brüsten spürte. Ihre Beine drohten unter ihr nachzugeben. »Liebster, es ist nicht recht, was wir tun.« Sie umschlang seine breiten Schultern.

»Wer wagt zu richten, wo die Liebe regiert? Und ich liebe dich!«

»Daran zweifle ich nicht. Gerade deshalb sollten wir die Sitten achten.« Ihre Hände fuhren zärtlich durch sein rotblondes Haar, das bis auf seine Schultern fiel. Die Sonne zauberte rote Blitze hinein.

»Zeig mir deine Liebe, Sigrun, nur ein klein wenig«, bat Helfgurd.

Sie erwiderte seinen Kuß und spürte die Wärme seiner Lippen wie die Glut der Sommersonne. Seine Arme umschlangen ihren biegsamen Leib, und sie spürte, wie all ihre guten Vorsätze in dem Strom dieser Leidenschaft davonzuschwimmen drohten. Er hielt seinen Körper an den ihren gepreßt, die Erregung überwältigte ihn, und seine Sinne schwanden in dem Taumel, den Sigrun in ihm entfachte.

»Nein, Liebster, du mußt dich gedulden. Bald, bald werde ich deine Frau sein. Doch erst mußt du mich fangen!«

Lachend riß sie sich aus seinen Armen und lief aus dem Garten. Mit kraftvollen Sprüngen rannte sie über die grüne Weide.

»Wie kann ein Weib nur so grausam sein«, fluchte er atemlos

und lief ihr nach, während Sigrun darauf achtete, daß ihr Vorsprung nicht zu groß wurde.

»Streng dich an, Helfgurd, um deine Braut zu fangen. Sie ist nämlich eine Hirschkuh, die leicht über die Wälle springt. Und der dumme Jäger hat das Nachsehen!« Wieder lachte sie übermütig und verschwand zwischen den Stämmen des Waldes.

»Ich bin ein guter Jäger«, rief Helfgurd und lief mit ausgreifenden Schritten den Hang hinauf.

»Das bezweifle ich«, neckte ihn Sigrun. »Denn nichts ist mir heiliger als meine Freiheit.«

»Das weiß ich. Und daß du sehr stolz bist. Aber ich weiß auch, daß du mich liebst. Und deshalb läßt du dich freiwillig von mir fangen.«

»Das glaubst auch nur du, wilder Jäger! Gib dir Mühe, deine Hirschkuh zu jagen!«

Glucksend hüpfte sie immer weiter in den Wald, um sich vor Helfgurd zu verstecken.

Schräge Sonnenstrahlen drangen durch die dunklen Zweige und zauberten ein unwirkliches, gelblichgrünes Licht. Weiße Nebelschwaden stiegen vom Boden auf. Sigrun hockte sich zwischen breitgefächerten Farn. Es roch nach feuchter Erde und Harz. Sie ahmte den Ruf einer Eule nach, um Helfgurd zu locken. Dann wartete sie.

Hinter ihr raschelte es. Lachend drehte Sigrun sich um – und erstarrte. Sie blickte auf kräftige, schwarz behaarte Beine, die in Riemensandalen steckten. Langsam wanderten ihre Augen aufwärts zu dem kurzen Lederschurz und dem blinkenden Brustpanzer. Unter einem federbuschigen Helm blickten sie kalte, schwarze Augen an. Römische Soldaten!

»Odin, hilf!« schrie Sigrun. Im gleichen Moment sprang sie auf. Mit ihren langen, kräftigen Beinen lief sie um ihr Leben. Im Zickzack jagte sie zwischen den Bäumen hindurch, schlug Ha-

ken, lief auf das Licht zu, den Waldrand, das rettende Tal. Die kräftigen Knechte würden diesen verdammten Römern die Schädel einschlagen. Wo war bloß Helfgurd?
Einer der Soldaten grinste breit. »Die kann aber rennen!« staunte er. »Auf die Pferde! Diese Wildkatze schnappen wir uns!«
Die Römer schwangen sich auf ihre eleganten Pferde und ritten hinter der flüchtenden Sigrun her. Dabei lachten sie. Es war ein Spaß wie bei einer Hasenjagd.
»Kreist sie ein!« rief der Anführer, als Sigrun aus dem Wald heraus auf die grüne Hangwiese lief. Unter lautem Gejohle jagten sie das verzweifelte Mädchen mal hierhin, mal dorthin, um sie zu ermüden. Doch Sigrun hatte Kraft, viel Kraft. Mit einer heftigen Bewegung riß sie einen der Soldaten von seinem Pferd. Er rollte fluchend über das Gras und rappelte sich wieder auf. Sigrun versuchte, auf das Pferd zu springen, indem sie sich in seine Mähne krallte. Beinahe war es ihr gelungen, als ein anderer Soldat ihr mit dem Knauf seines Kurzschwertes über den Kopf schlug. Mit einem dumpfen Schmerzlaut stürzte Sigrun zu Boden.
»Ist sie tot?« fragte einer.
»Nein, nein! Wäre doch schade um sie. Schaut euch mal die Haare an, gelb wie Sonnenstrahlen. Was würde sie auf dem Markt bringen?«
Der gestürzte römische Soldat hatte sich wieder auf sein Pferd geschwungen. Nachdenklich blickte er auf Sigrun herab. Ihr Rock war zerrissen und zeigte ihre langen, weißen Beine.
»Sie ist groß und kräftig, und diese herrlichen Beine! Es wäre ein Spaß, sie gleich hier zu vergewaltigen. Ihr müßt nur die Beine festhalten.« Er lachte.
»Mach keinen Unsinn! Der Centurio hat gesagt, wir sollen ihm hübsche Jungfrauen bringen. Nur die erreichen einen hohen Preis. Wenn du sie dir nimmst, hat sie keinen Wert mehr.«

»Dann eben nicht. Nehmen wir sie mit, und der Centurio soll entscheiden, was mit ihr wird. Pack sie auf dein Pferd, ich habe kein Interesse mehr an ihr.« Gleichmütig wendete er sein Pferd. Zwei Soldaten packten Sigrun und warfen sie bäuchlings über das Pferd. Einer der beiden schwang sich hinauf. Während sie in aller Ruhe das Tal verließen, blickte er auf den vor ihm schaukelnden Körper. Er zog das wollene Unterkleid höher.

»He, schaut doch mal, was sie für einen tollen Hintern hat, weiß und rund wie der Mond. Wollen wir sie wirklich erst bis ins Lager schleppen?«

»Ich handele mir wegen dieser Barbarin keinen Ärger mit dem Centurio ein«, sagte der Anführer. »Und wenn sie Haare wie die Sonne und einen Hintern wie der Mond hat. Von der Belohnung für diesen Fang können wir uns mehr als nur ein Mädchen leisten.«

Beifällig murmelnd trieben die anderen ihre Pferde an.

Helfgurd hatte das Gefühl, er läge in einem warmen Brei. Er versuchte sich zu bewegen, aber ein unbändiger Schmerz zwang ihn wieder zur Ruhe. Vorsichtig hob er eine Hand und tastete nach seiner Schulter. Er spürte etwas Warmes, Klebriges – Blut! Und mit einem Mal kamen seine Erinnerungen wieder. Er sah Sigrun, wie sie lachend zwischen den Bäumen verschwand, hörte ihre glockenhelle Stimme, als sie ihn rief. Er folgte ihr, ahnend, daß sie sich irgendwo im Dickicht versteckte. Dort, wo die Bäume wieder lichter standen, wuchs hoher Farn. Ganz sicher hockte seine hübsche Hirschkuh unter dem grünen Dach. Da! Der Ruf einer Eule! Das war Sigrun. Doch wieso schnaubte hinter ihm ein Pferd? Als er sich umwandte, sah er ein breites, kurzes Schwert niedersausen. Es traf ihn wie Zius Blitz an der Schulter. Im Fallen krallte er sich an den Stamm eines Baumes. Ein zweiter Hieb nahm ihm die Besinnung.

Sigrun! Wo ist Sigrun? hämmerten seine Gedanken. Mühsam versuchte Helfgurd sich aufzurichten. Er blickte sich um. Es dunkelte bereits.
»Sigrun!«
Seine Stimme klang kratzig. Er lauschte. Doch nur der Wind rauschte in den hohen Wipfeln der Tannen. Ächzend erhob er sich. Die gräßliche Wunde in seiner Schulter schmerzte und blutete stark.
»Sigrun!«
Das Schweigen des Waldes verriet ihm, daß er allein war. Er taumelte aus dem Wald und lief den Abhang hinunter, wobei er mehrfach stürzte. Mit letzter Kraft schleppte er sich ins Haus.
Im Wohntrakt feierten Sigmund, Eisenhard, Naiax und die Knechte den erfolgreich verhandelten Ehevertrag. Sie hatten dem Met und dem Sauerbier kräftig zugesprochen, es ging laut und heftig zu.
Als erste erblickte Hertha den blutüberströmten Helfgurd. Sie stieß einen spitzen Schrei aus. Jetzt wurden auch die Zecher aufmerksam. Eisenhard sprang auf und fing Helfgurd in seinen Armen auf.
»Was ist geschehen?« fragte er fassungslos.
»Sigrun«, stammelte Helfgurd. »Sigrun!«
»Was ist mit Sigrun?«
»Entführt! Römer!« Helfgurd verlor das Bewußtsein.
Sigmund war aufgesprungen, ebenso Naiax. Die Knechte griffen zu den Waffen. Sie stürzten zur Tür hinaus in die Dunkelheit. Das Tal lag in friedlichem Schweigen. Naiax fuchtelte mit seiner Lanze durch die Luft.
»Rache!« schrie Sigmund. »Rache den Römern!« Dann stürzte er der Länge lang hin und blieb lallend liegen.

Es war zuerst der eigenartige Geruch, den Sigrun bemerkte. Sie versuchte, die Augen zu öffnen. In ihrem Kopf dröhnte es, und ihre Augen schmerzten heftig, als sie das Licht erblickte. Es war heller Tag. Um sie herum vernahm sie Stimmengewirr, Lachen und Pferdeschnauben. Metall rasselte, Waffen klirrten. Erschrocken wollte sie aufspringen und fiel sogleich zurück. Ihre Beine waren mit Ketten an eine Mauer gefesselt! Sie blinzelte gegen das helle Licht. Jetzt erkannte sie römische Soldaten, die geschäftig hin und her liefen. Sie übten auf einem freien Platz unter Anleitung eines Fechtmeisters. Andere versorgten Pferde, die in einem umzäunten Gatter standen. Auf der Wiese standen einige runde Zelte. Langsam begriff Sigrun, daß sie in einem römischen Soldatenlager gefangen war!

Niemand kümmerte sich um sie. Erst jetzt bemerkte sie, daß noch andere Gefangene an diese Mauer gekettet waren; Männer, junge Frauen, Kinder. Sie atmete tief durch – und jetzt wußte sie auch, woher der eigenartige Geruch kam, den sie zuerst wahrgenommen hatte. In einer provisorischen Bretterbude war eine Garküche untergebracht. In einem riesigen Kessel kochte Fleisch. Sigruns Magen knurrte, gleichzeitig wurde ihr übel. Sie war gefangen, Gefangene der Feinde! Sie brauchte nichts mehr zu essen. Sie würde sich selbst töten. Sofort! Denn eine solche Schmach konnte keine freie Germanin ertragen. Die Freiheit war ihr höchstes Gut. Wurde ihr dies genommen, war der Tod eine Erlösung, ein Weg, dieser Schmach zu entgehen. Der einzige Weg!

Sigrun setzte sich auf. Ihr Kopf schmerzte immer noch, doch sie unterdrückte diese Empfindung. Es war kein Problem für sie, körperliche Schmerzen zu vergessen. Nicht vergessen konnte sie die Schmach, die ihr die Römer angetan hatten: Sie hatten ihr die Freiheit genommen!

Sigrun blickte sich um. Wie konnte sie ihrem Leben ein Ende

setzen? Womit? Ihre Füße waren mit Eisen gefesselt, ebenso die Hände. Auch um den Hals trug sie eine eiserne Fessel. Die Ketten waren schwer und zogen sie zu Boden. Sie konnte sich kaum bewegen. Sie lag auf losem Stroh, das an die Wand geschüttet worden war. Keine Waffe, kein Messer, keine Rute, die sie hätte benutzen können, um ihrem Leben ein Ende zu setzen!

Ein römischer Soldat beugte sich zu ihr herunter. Er reichte ihr eine Schüssel mit Suppe. Ein verführerischer Duft stieg Sigrun in die Nase, und sogleich meldete sich ihr knurrender Magen. Sie blickte dem Soldaten ins Gesicht. Er lächelte. Dieser Mann lächelte, weil sie gefangen war! Mit einer heftigen Bewegung ihrer gefesselten Hände schlug sie dem Römer die Schale aus der Hand. Die heiße Suppe spritzte ihm auf die nackten Beine. Schlagartig veränderte sich sein Gesichtsausdruck.

»Du elendes Miststück!« fluchte er und schlug Sigrun mit dem Handrücken kräftig ins Gesicht. Ihr Kopf schlug gegen die Steinmauer, wo sie benommen liegenblieb. Als sie die Augen öffnete, war der Soldat verschwunden.

Gewiß würden die Römer sie demütigen und foltern, wenn sie zurückkamen. Dem mußte sie entgehen. Doch wie? Ihr Blick fiel auf ihre zerfetzte Kleidung – und plötzlich lächelte sie. Odin hatte ihr einen Weg gewiesen.

Mit großer Anstrengung riß sie ihren Rock und ihr Unterkleid, das bereits in Fetzen hing, in schmale Streifen. Sie wand sie umeinander, so daß ein fester Strick entstand. Diesen legte sie sich so um den Hals, daß er unter der Eisenfessel zu liegen kam. Die beide Enden kreuzte sie und packte sie mit festem Griff.

»Ihr Schicksalsnornen, warum habt ihr mir das angetan?« fragte Sigrun leise, während sie sich wieder aufrichtete. »Du zürnender Gott, warum hast du mir deine Hilfe verweigert? Nein, es

ist euer Wille, daß ich Freiheit gegen Leben tausche. So sei es denn, ihr weisen Frauen, ich gehe ein in Walhalla.«
Mit diesen Worten packte sie die Enden des Strickes fester und zog sie mit einem heftigen Ruck zu. Sie spürte einen schrecklichen Druck im Kopf, ihre Lungen schienen zu platzen, und ein schneidender Schmerz im Hals nahm ihr fast das Bewußtsein. Sie zog noch heftiger, als plötzlich ihre Hände auseinandergerissen wurden.
Ein römischer Offizier hatte sich auf sie geworfen und zerrte an ihren Handgelenken. Er rief etwas, und andere Soldaten eilten ihm zu Hilfe. Sigrun spürte heftige Schläge im Gesicht, die sie wieder zu Bewußtsein brachten. Verwirrt öffnete sie die Augen.
»Habt ihr das gesehen? Sie wollte sich einfach fortstehlen! Bei diesen Barbaren muß man aufpassen, sie wählen lieber den Tod. Wißt ihr, was dieses Täubchen auf dem Markt bringt? Schaut euch nur mal die blonden Haare und die langen, weißen Beine an.« Der Centurio richtete sich wieder auf. »Ein Mann Wache zu ihr. Du paßt auf sie auf, damit sie sich nichts antut. Und reiß ihr diese Fetzen vom Leib, damit sie nicht wieder auf solche Ideen kommt!«
Dann wandte er sich ab und ließ die verzweifelte Sigrun mit ihrem Bewacher allein. Mißmutig hockte er sich neben sie, allerdings außerhalb ihrer Reichweite. Man wußte ja nie, was diesen Wilden so alles in den Kopf kommt.

Der See lag im Schein des Mondes, die umliegenden Berge spiegelten sich in dem kristallklaren Wasser. Wo das Ufer einen kleinen Vorsprung in die glänzende Wasserfläche bildete, stand ein verkrüppelter Baum. Unter ihm hockten unzählige Männer, neben sich Speere, Schilde und Schwerter. Lodernde Feuer tauchten die Versammlung in gespenstisches Licht. Es war der Thing der Kimbern.

Einer der furchterregend aussehenden Krieger hatte sich erhoben und blickte in die Runde.
»Wir sind fortgezogen aus unserer alten Heimat, weil wir nicht mehr genug Land für uns und unsere Kinder hatten, nicht genug fruchtbares Ackerland, nicht genug Weideland für unsere Herden. Die Seherinnen haben das Los geworfen, das Wiehern der heiligen Rosse belauscht, die Wirbel der Bäche gedeutet. Und wir haben den Göttern geopfert. Die Götter sind mit uns und haben uns geführt. Doch nun sitzen wir hier zwischen diesen nackten und kahlen Felsen, kratzen die Erde auf und warten auf die Ernte, die uns auch Nerthus nicht bescheren wird. Denn wir sind noch nicht am Ziel unserer Reise angelangt. Das ist nicht das warme und sonnige Südland, das die weisen Frauen gesehen haben. Laßt uns nicht untätig harren, laßt uns nicht darben und hungern. Laßt uns weiterziehen und das verheißene Land suchen!«
Der Sprecher setzte sich und ein vielstimmiger Ruf erscholl. Die Männer klopften beifällig mit den Speerschäften auf ihre Schilde. Es dröhnte zum Himmel empor und hätte Donar zur Ehre gereicht.
Ein zweiter Krieger erhob sich. »Es geht die Kunde, daß im Süden die Römer leben. Und es geht die Kunde, daß sie ihre Streifzüge bis hierher ausdehnen. Ziehen wir weiter nach Süden, werden wir unweigerlich mit ihnen zusammenstoßen. Aber wir sind hungrig und schwach. Für diesen Kampf benötigen wir jedoch Kraft. Viele Krieger sind gefallen bei den Kämpfen gegen die Boier. Laßt uns wenigstens eine Ernte verweilen, um genug Reserven für den weiteren Zug und die Kämpfe zu sammeln!«
Das unwillige Murmeln während seiner Rede schwoll zu einem empörten Protest an. »Du Feigling, willst du nicht kämpfen?« – »Verkriech dich an den Ofen, und laß dich von der

Kuh säugen!« – »Hört, ein Zauderer will uns zum Verweilen überreden!« – »Wir sitzen hier in diesen unwirtlichen Bergen, während das gelobte Südland auf uns wartet!«
Ein junger Mann erhob sich. Es war Helfgurd. Mit einer Handbewegung warf er den Mantel zurück, der seinen Körper verhüllte. Er trug nur ein leinenes Beinkleid, sein Oberkörper war nackt. Er deutete auf die kaum verheilte, gräßliche Wunde an seiner Schulter.
»Das waren die Römer!« rief er. Ein Raunen antwortete ihm. »Sie haben meine Braut geraubt! Und sie werden auch weiter unsere Jungfrauen und Kinder rauben, unsere Männer in die Sklaverei verschleppen. Wir müssen gegen sie kämpfen, wir müssen unsere Sippen rächen. Boiorix, der du meiner Sippe entstammst, du hast uns bisher geführt. Führe uns jetzt in der Rache, die gewaltig sein wird, gegen die Römer!« Wieder toste Beifall, und die Bauernkrieger klopften gegen ihre Schilde.
Da erhob sich Boiorix, der gewählte Fürst, König, Anführer, der mutige Heißsporn und tapfere Draufgänger. Er war noch jung, nur wenige Jahre älter als Helfgurd. Mit einer gebieterischen Handbewegung verschaffte er sich Ruhe.
»Diese Römer halten sich für unbesiegbar. Das haben sie mir frech ins Gesicht gesagt. Doch gegen uns Kimbern haben sie keine Chance, diese kleinen schwarzen Hähne mit ihren Federbüschen auf dem Kopf.« Er erntete Gelächter ringsum. »Wir werden Rache üben, das gebietet unsere Ehre. Rache für jeden Verschleppten unseres Volkes, Rache für jedes Stück geraubtes Vieh, Rache für jedes verbrannte Dorf.«
»Rache! Rache! Rache!« erscholl es aus tausend Kehlen.
»Und schon deshalb werden wir aufbrechen und weiter den Weg nach dem Südland suchen. Aber nicht nur die Rache allein wird uns führen. Dort im Süden gibt es Land für alle. Dort wird auch unser Volk satt werden. Deshalb ziehen wir nach Süden.

Deshalb werden wir wieder unsere Wagen packen, unsere Frauen und Kinder daraufsetzen, unsere Ochsen davorspannen und weiterziehen. Auf, ihr tapferen Krieger der Kimbern, die Götter sind mit uns!«
Ein ohrenbetäubender Lärm erscholl. Die Männer schrien, schlugen mit den Speerschäften gegen ihre Schilde, und sie sprangen auf. »Boiorix! Boiorix! Boiorix!«

Zweites Kapitel

ROMELIA

Die Stadt auf den sieben Hügeln erwachte in der Morgendämmerung. Die Sonne schickte ihre goldenen Strahlen durch die morgendlich kühle Luft. Vom Hügel Janiculum gesehen, lag dem Betrachter Rom zu Füßen. Weiß leuchtete die Marmorpracht der Villen, Schlösser, Tempel und öffentlichen Gebäude, üppiges Grün verriet ausgedehnte Parkanlagen, Gärten, öffentliche Plätze. Auf den Hügeln und in den Tälern drängten sich gelbe, rosa und ockerfarbene Häuser eng aneinander, viele fünf bis sieben Stockwerke hoch. Im Westen floß ruhig der Tiber, auf dem lautlos unzählige Fracht- und Personenboote vorübersegelten. Eine Stadtmauer versuchte vergeblich, die riesige Stadt zu umfassen. Sie schien aus allen Nähten zu platzen. Mehr als eine halbe Million Menschen lebten hier. Wie Fühler schoben sich steinerne Straßen in das Umland vor. Zu dieser frühen Stunde herrschte bereits ein reges Treiben. Händler bauten ihre Stände auf, Sklaven eilten durch die engen Straßen, um Besorgungen zu machen, Soldaten patrouillierten. Von der weißen Villa auf dem Palatin genoß man einen herrlichen Blick auf die Stadt und den Fluß. Hohe Bäume, üppige Hecken und Blumen verhinderten neugierige Blicke Fremder. Hier wohnte der reiche und angesehene Senator Valerius Severus Atticus mit seiner Familie.

In der lichtdurchfluteten, von schlanken Säulen flankierten Empfangshalle der Villa, dem Atrium, hatten sich viele Männer

eingefunden, die geduldig auf den an den Wänden angebrachten steinernen Bänken hockten und warteten. Es waren die unzähligen Klienten des Senators. Haussklaven trugen gefüllte Tabletts mit Speisen und Getränken herein und bewirteten die Wartenden.
Von der großen, mit Marmor ausgelegten Empfangshalle getrennt, lagen die privaten Räume des Senators. Jeder Raum war prunkvoll ausgestattet. In die Wände war kostbarer, farbig gemaserter Marmor eingelassen, die Decken glänzten mit Bildern aus Glasmosaiken, mehrere Räume besaßen eine separate Wasserleitung, kleine Springbrunnen und beheizbare Fußböden. Die stützenden Säulen bestanden aus buntem Marmor.
Bunte Fliesen, die mit den Farben des Meeres und des Purpurs wetteiferten, oder Mosaiken, die Szenen aus der römischen und griechischen Mythologie darstellten, bildeten den Fußboden.
Wirkungsvoll war auch die Ausstattung mit Möbeln, sie zeugten vom erlesenen Geschmack und dem Reichtum des Besitzers. Es gab nur wenige Einrichtungsgegenstände, die jedoch besonders wertvoll und augenfällig waren und mehr der Dekoration denn zum Gebrauch dienten. Besonders kostbar waren die Tische aus Zitrusplatten, die auf Elfenbeinfüßen lagerten, Ruhebetten, mit Schildpatt ausgelegt, babylonische Teppiche, Prachtvasen aus korinthischer Bronze und Kandelaber aus Silber. Daneben zierten Statuen und Gemälde berühmter Künstler die Räume und den Garten. Eine kostbare Schale aus Bergkristall war dem Senator ein Jahresgehalt wert gewesen. Der überwiegende Teil des Geschirrs, der Pokale, Becher, Teller und Schalen, bestand aus Silber.
Selbst die Wirtschaftsräume wie die Küche, die Vorratsräume und die Kammern der Sklaven strahlten immer noch Wohlhabenheit aus. Sogar ein luxuriöses Bad gab es mit warmen und kalten Wasserbecken, Fußbodenheizung und marmornen Ruhebänken.

Im Speisesaal, einem länglichen Raum, der sich zum Peristyl, dem von Säulen umgebenen und mit unzähligen Pflanzen begrünten Innenhof öffnete, herrschte bereits rege Betriebsamkeit. Der Morgenwind bauschte die feinen Vorhänge, die den Raum zum Peristyl abgrenzten. Ein kunstvoller Mosaikfußboden prägte den Raum, während die Wände schlicht in Ockerfarbe gehalten waren. Lediglich eine Seitenwand wurde durch ein Gemälde geschmückt, das junge Mädchen bei der Weinlese zeigte. Dafür glitzerte die Decke aus bunten Glasfayencen und brach das hereinfallende Licht in allen Farben.
Mitten im Raum standen einige Liegen, davor ein großer Tisch. Daneben befand sich ein eiserner Wärmeofen für Speisen und Getränke. Eine Haussklavin entnahm einem Bronzebehälter auf dem Ofen warmes Wasser und mischte es mit Wein. Der Tisch war gedeckt mit Schalen voll Früchten, honiggefüllten kleinen Teigtaschen, kalten Fleischstückchen und hellem Brot.
Eine zierliche Frau in einer hellen Tunika betrat den Raum. Ihr dunkles, lockiges Haar trug sie kunstvoll hochgesteckt, goldene Reifen und Spangen hielten die Frisur. Es war Romelia, die Gattin des Senators. Sie blickte prüfend über den Tisch.
»Drusilla, stell die Silberschale mit den kandierten Früchten dazu«, befahl sie der Sklavin. Gehorsam nahm die Angesprochene eine große silberne Schale und stellte sie auf den Marmortisch, der von vier geflügelten Fabelwesen gestützt wurde.
Aus dem Peristyl war Kindergeschrei zu vernehmen, dazwischen das Zetern einer Frau. Zwei Knaben im Alter von sieben und zehn Jahren bekämpften sich mit Holzschwertern. Die Kinderfrau versuchte vergeblich, die beiden Streithähne zu trennen. Ärgerlich runzelte Romelia die feinen Augenbrauen.
»So laß doch die beiden, sie müssen lernen, sich zu behaupten«, hörte sie eine dunkle Stimme. Valerius stand hinter ihr, bereits in seine Toga gekleidet.

»Aber alles zu seiner Zeit«, widersprach Romelia. »Fechtschule ist erst am Nachmittag. Jetzt sollen sie gemeinsam mit uns das Frühstück einnehmen.«
Sie wandte sich wieder dem gedeckten Tisch zu. In der Tür erschien eine weitere Kinderfrau, die ein Mädchen an der Hand führte, ein zweites auf dem Arm trug.
»Was ist mit Livia? Sie ist ja ganz naß«, wollte Romelia wissen und befühlte das weiße Kleidchen des Mädchens.
»Sie hat am Wasserbecken gespielt, weil Titus sein Boot darauf vergessen hatte«, entschuldigte sich die Kinderfrau.
»Wozu bist du eigentlich da, du blinde Eule?« fuhr Romelia sie an. »Du sollst auf die Kinder aufpassen! Livia hätte ertrinken können!« Wütend holte sie mit der Hand aus, um die Kinderfrau zu züchtigen. Bevor Romelia zuschlagen konnte, drängte sich der Senator dazwischen und nahm das kleine Mädchen auf den Arm.
»Meine kleine Livia ist eine Wassernymphe«, scherzte er und hopste mit dem jauchzenden Kind durch den Speisesaal. »Hier, koste einmal von den kandierten Früchten. Und am Wasser spielst du nur, wenn deine Kinderfrau dabei ist, ja? Versprichst du mir das?«
Die Kleine nickte und biß herzhaft in eine gezuckerte Frucht. Valerius gab das Kind der Kinderfrau zurück und legte sich auf die Kline. Während er an einer der gefüllten Teigtaschen kaute, winkte er das größere Mädchen heran.
»Valeria, setz dich zu mir. Deine Kinderfrau hat mir erzählt, daß du schon ein griechisches Gedicht aufsagen kannst. Ich bin sehr stolz auf dich, daß du so gut lernst. Auch dein Lehrer ist zufrieden mit dir.« Er reichte dem Mädchen eine Teigtasche.
»Gib dem Mädchen nicht so viel zu essen, sie wird sonst so kräftig wie eine Faustkämpferin«, rügte Romelia und betrachtete den schlanken Körper des Mädchens. Sie würde die Kinder-

frau darauf hinweisen müssen, die Brust des Mädchens zu binden, damit sie nicht zu üppig wurde. Nichts war in der römischen Gesellschaft für ein Mädchen wichtiger als die Schönheit, wollte sie einmal eine gute Partie machen.
Valeria blickte ihren Vater an und lächelte. »Heute will der griechische Lehrer uns von den Blumenfeen erzählen. Der Unterricht findet im Garten statt. Vater, darf ich dir dann einen Kranz aus Blumen flechten?«
»Natürlich darfst du das, mein Liebling. Und du sollst dich auch mit Blumen schmücken, dann siehst du besonders hübsch aus.«
Verschwitzt und mit roten Gesichtern betraten die beiden Knaben den Speisesaal. Sie trugen leichte, zimtfarbene Tuniken voller Schmutzflecke.
Valerius lachte. »Am frühen Morgen schon Streit, ihr beiden?«
Betreten schauten die Knaben zu Boden.
Romelia hatte es sich bereits auf einer der Liegen bequem gemacht und nippte am Wein. Mit einer lässigen Handbewegung bedeutete sie der Kinderfrau, die Knaben zu waschen und umzukleiden.
»Severus, dein Ausfallschritt ist gut«, rief der Senator hinterher, als die beiden den Saal verlassen wollten. »Du mußt nur den Oberkörper etwas mehr drehen.«
»Sie sollen nicht fechten, sondern lernen«, murrte Romelia. »Ihr griechischer Lehrer beklagte sich, daß sie kein Interesse an der Mathematik hätten.«
»Dann kümmere dich darum, daß sie wieder Interesse bekommen«, sagte er kauend. »Kindererziehung ist schließlich deine Sache. Es wird Zeit, daß ich Severus in eine Schule gebe. Man hat mir die Schule des Propius empfohlen. Sie ist sehr teuer, dafür aber nur für Patrizier zugelassen.«
Romelia schwieg. Sie mochte es nicht, wenn sich ihr Gatte in ihre Angelegenheiten einmischte. Ihre Aufgabe war, den riesi-

gen Hausstand des Senators zu beaufsichtigen. Einhundertsiebzehn Sklaven waren allein im Haus beschäftigt, dazu noch einige Freigelassene, nicht mitgerechnet die griechischen Lehrer der Kinder.

Romelia stammte ebenfalls aus einem vornehmen und reichen Hause. Sie besaß Häuser in Rom, deren Mieteinnahmen ihr ein kleines Vermögen bescherten. Aber es war immer noch winzig im Vergleich zu den Einnahmen ihres Gatten aus dem Senatorenamt, die pro Jahr mehr als eine Million Sesterzen betrugen. Während er das Geld verdiente, verstand es Romelia, mit klugem und kühlem Geist das Vermögen zu verwalten, den riesigen Hausstand zu organisieren und den Wohlstand zu mehren. Sie war hoch gebildet, in den Wissenschaften wie in den Künsten gelehrt.

Als sie mit sechzehn Jahren die Frau des um das Doppelte älteren Valerius wurde, wußte sie bereits, was für ein luxuriöses Leben sie erwartete. Valerius Severus Atticus war bereits damals ein hochangesehener, reicher und bekannter Mann in Rom. Romelias Schönheit hatte ihn gefangengenommen, und er wußte, mit der klugen und umtriebigen Frau hatte er eine gute Wahl getroffen. Sie hielt das Haus mit eiserner Hand zusammen, wußte um eine sorgsame und seinem Stand angemessene Führung des Hausstandes und ließ keine Unregelmäßigkeiten zu. Der Verwalter Tibull, ein freigelassener Sklave mit guter mathematischer Bildung, half ihr dabei. Er war seinem Herrn seit Jahren ergeben und blieb auch nach seiner Freilassung in dessen Diensten.

Sie schenkte ihrem Mann zwei Söhne und zwei Töchter, die der Senator über alles liebte. Die Betreuung der Kinder überließ sie jedoch Kinderfrauen, griechischen Sklavinnen, die am besten mit Kindern umgehen konnten.

»Meine Sänfte steht bereit«, sagte der Senator mit einem Blick auf einen rotgekleideten Sklaven, der an der Tür des Speisesaales stehenblieb und sich schweigend verbeugte.

Romelia erhob sich ebenfalls und begleitete ihren Gatten bis zur Tür des Speisesaales. Den privaten Trakt des Hauses wollte sie nicht verlassen, die Empfangshalle wimmelte immer noch von den zahlreichen Klienten des Senators, die auf sein Erscheinen warteten.

Valerius beugte sich zu ihr herab und ergriff ihre Hand. »Schöne Romelia, ich verlasse dich jetzt. Ich wünsche dir einen schönen Tag.«

Sie erwiderte seinen Abschiedsgruß liebenswürdig lächelnd. Er wandte sich um und betrat die Empfangshalle. Seine derben Schnürstiefel hallten auf dem rosafarbenen Marmorfußboden. Das Murmeln der Klienten schwoll an zu einem vielstimmigen Ruf, der den Senator begrüßte. Valerius nickte huldvoll und ließ sich dann in seiner Sänfte nieder. Im Kreise seines Gefolges verließ er das herrliche Anwesen, um in der Stadt seinen gesellschaftlichen Verpflichtungen nachzugehen.

Das Lächeln verschwand aus Romelias Gesicht, als ihr Gatte das Haus verlassen hatte. Sie warf nur einen kurzen Blick auf die Sklaven, die im Atrium die Speisereste, die die Klienten übriggelassen hatten, fortschafften und den Fußboden säuberten.

»Rufe den Verwalter her, ich will die Abrechnungslisten vom gestrigen Tag lesen. Dann soll er mit dem Küchenaufseher die Einkaufslisten zusammenstellen. Morgen ist großer Markt, wir müssen unsere Vorratskammern auffüllen.« Geschäftig lief sie in ihre privaten Gemächer, gefolgt von ihrer Leibsklavin Drusilla.

»Sind die Lehrer eingetroffen? Für die Knaben sind Mathematik und die schönen Künste an der Reihe, für die Mädchen Tanz und Musik.«

»Ja, Herrin, die Lehrer sind da, und die Mädchen befinden sich bereits im Garten.« Sie reichte Romelia ein sonnengelbes Tuch, das sie kunstvoll über der Tunika drapierte. Während Drusilla

nur eine schlichte, einfarbige Tunika trug, die bis an die Knöchel reichte, war Romelias Gewand reich bestickt. Eine breite Borte zog sich am Saum entlang, um die Handgelenke trug sie goldene Reifen. Besonders schön gearbeitet waren ihre Ohrgehänge, und sie zeugten von Romelias erlesenem Geschmack.
Nachdem sie sich fertig angekleidet und kritisch im polierten Kupferspiegel betrachtet hatte, nahm sie an einem großen, marmornen Schreibtisch Platz. Jetzt wurde Tibull, der Verwalter, vorgelassen.
Ehrfürchtig verbeugte er sich vor der Herrin des Hauses. Über der Schulter trug er einen runden Korb mit Deckel, dem er einige Papyrusrollen entnahm. Romelia nahm sie entgegen und studierte sie eingehend.
Den ganzen Vormittag war Romelia damit beschäftigt, den Hausstand zu organisieren, zu kontrollieren und die Sklaven in Trab zu halten. Um die Mittagszeit war sie müde und erschöpft und zog sich in ihr Schlafgemach zurück. Es war dem römischen Tagesablauf angemessen, die Geschäfte auf die Vormittagsstunden zu legen.
Drusilla brachte ihrer Herrin eine Schüssel mit kaltem Wasser, um sie zu erfrischen und danach umzukleiden. Zur Mittagsruhe bettete sich Romelia auf eine Liege in den Garten, wo sie im Schatten der Bäume die Hitze verdöste. Drusilla hatte ihr eine kühlende Limonade bereitet, zwei Sklavinnen wedelten ihr mit großen Fächern Kühlung zu. Selbst die Lieder der Vögel verstummten.
Der Garten war ein Wunderwerk der Architektur. Umgeben von einem vierseitigen Säulengang wuchsen Bäume und Buschgruppen, zwischen denen Springbrunnen plätscherten und kostbare Skulpturen auf marmornen Sockeln standen. Ein Teil des Gartens wurde von einer Purpurdecke überdacht, die sich zwischen buntgemusterten Säulen spannte. Diese Überda-

chung hielt die Sonnenstrahlen ab und warf einen rötlichen Schimmer auf das Pflaster. Zwischen den Wegplatten wuchsen ein zartgrüner Moosteppich und bunte Blumen. Leise murmelte ein Wasserspiel.

Schläfrig schloß Romelia die Augen. Mit Beginn des Sommers wurde das Klima in Rom ungesund. Sie sehnte sich nach ihrem Landsitz im Süden, wenn da nicht ihre Lust an den unzähligen Vergnügungen wäre, die ihr eine Großstadt wie Rom natürlich wesentlich besser bieten konnte als das stille Landleben am Meer. Und doch wünschte sie sich die erfrischende Meeresbrise am Tyrrhenischen Meer herbei, den Duft des Oleanders und den Gesang der Zikaden.

Seufzend räkelte sie sich, als sie Stimmen aus dem Haus vernahm. Eine junge Sklavin verbeugte sich. Romelia kannte sie. Es war Emilia, die Leibsklavin ihrer Nachbarin Flavia, die den Besuch ihrer Herrin ankündigte. Romelia nickte und erklärte sich bereit, ihre Nachbarin zu empfangen. Es mußte schon einen wichtigen Grund haben, wenn Flavia durch die Mittagshitze kam, um sie zu besuchen. Natürlich war sie nicht gelaufen, obwohl das Grundstück, das sie mit ihrem Gatten Barbillus bewohnte, direkt an das des Senators grenzte. Doch durch die weitläufigen Parks, die beide Villen umgaben, war es ein Stückchen des Wegs, den sich Flavia in einer Sänfte tragen ließ. Jetzt stand sie im Säulengang und rückte ihre Kleidung zurecht. Auch sie trug ein leichtes, luftiges Gewand, das unter der Brust mit einem schmalen Gürtel zusammengehalten wurde. Einen hauchdünnen Schleier hatte sie sich züchtig über das Haar und die Schultern geworfen und um die Hüften geschlungen. Romelia verzog abfällig den Mund.

Falsche Schlange, dachte sie insgeheim. Sogleich lächelte sie liebenswürdig und hieß Flavia überschwenglich willkommen. Zwei Sklaven hatten eine weitere Liege unter das Purpurdach getragen und mit kühlenden Laken bedeckt. Aufstöhnend ließ

sich Flavia nieder und fächelte sich Luft zu. Sie lächelte ihrer Freundin zu.
Romelia winkte kurz, und Drusilla reichte Flavia einen Becher mit Limonade. Erst nachdem Flavia getrunken hatte, nahm sie vorsichtig den Schleier ab. Romelia traute ihren Augen nicht. Die schwarzhaarige Flavia hatte plötzlich rotblondes Haar! Romelia schluckte und mußte sich fassen. Wie war das möglich?
»Da staunst du, nicht wahr?« plapperte Flavia los. Endlich konnte sie die hochmütige Romelia auch einmal beeindrucken.
»Allerdings«, erwiderte Romelia und biß die Zähne zusammen. »Wie hast du das gemacht?«
»Ich habe gar nichts gemacht. Nachdem sich die Frau des Patriziers Alexander mit diesen Färbemitteln ihr Haar dermaßen verdorben hatte, daß es letztlich ausfiel und sie eine Menge Ärzte beschäftigen mußte, um ihre Haarpracht wieder wachsen zu lassen, hat mir meine Sklavin Emilia einen wunderbaren Vorschlag gemacht. Eines Tages, als sie Besorgungen in der Stadt machte, hat sie die Werkstatt eines Perückenmachers entdeckt. Es ist ein Mann aus Ägypten. Du weißt ja, die Ägypter sind wahre Meister darin. Und dann habe ich mir eine germanische Sklavin gesucht, die besonders schönes Haar hatte. Das habe ich abschneiden lassen, und der Ägypter hat es zu einer Perücke gearbeitet. Wie gefällt sie dir?«
Kokett drehte sich Flavia, damit Romelia ihre Haarpracht betrachten konnte.
»Na ja, nicht schlecht«, murmelte sie, und gleichzeitig schrillte es in ihrem Kopf, daß sie unbedingt auch so eine Perücke haben mußte.
»Stell dir vor, was es für ein Aufsehen erregt, wenn ich mit dieser Perücke zu den Spielen gehe. Immerhin trifft sich dort fast ganz Rom und wird mich bewundern.«
Romelia schwieg. »Und was sagt dein Mann dazu?« fragte sie endlich.

Flavia lachte. »Ihm gefällt's. Doch er nimmt nur noch wenig Anteil an allem. Du weißt ja, daß er kränkelt und sich von gesellschaftlichen Dingen zurückzieht. Aber er hat mir wunderschöne grüne Ohrgehänge geschenkt, die zu den rotblonden Haaren passen.«
»Ich wüßte etwas Besseres, als mir in der Hitze noch so ein Polster auf den Kopf zu setzen. Juckt es nicht darunter, als wenn du Läuse hättest?«
Beleidigt zog Flavia die Mundwinkel herab. »Überhaupt nicht. Im Gegenteil, das helle Haar wirft die Sonnenstrahlen zurück. Dann glänzt es wie Gold.«
»Paß nur auf, daß dir die Straßenräuber nicht statt deiner Armreifen die Haare vom Kopf ziehen!« Romelia lachte und wußte, daß sie Flavia damit getroffen hatte. Es machte ihr Spaß, ihrer Nachbarin mehr oder weniger offen Spott und Häme zuteil werden zu lassen. Die dumme Flavia steckte die derben Scherze ein, auch wenn es ihrem Gesicht anzusehen war, daß sie sich darüber ärgerte. Aber ihre Freundschaft zum Hause des Senators und dessen Gattin war ihr offensichtlich noch wichtiger, so daß sie die Beleidigungen schluckte.
Sie schwieg und ließ sich von Drusilla neue Limonade einschenken. Sie wurde einer Entgegnung enthoben, da sich Tibull näherte und in respektvollem Abstand stehenblieb. Romelia winkte ihn heran.
»Herrin, ich möchte dir melden, die Bäckerei hat Brot geliefert, und vom Hafen kam eine Sendung Stoffe. Feinste ägyptische Baumwolle.«
Romelia nickte. »Und was gibt es sonst Neues in der Stadt? Was spricht das Volk, welches Gerücht verbreitet man auf den Latrinen Roms? Deinen großen Ohren entgeht doch nichts.«
»Man spricht vieles, und das Maul des Pöbels ist ständig in Bewegung. Aber man darf nicht alles glauben, was in den

Gassen und Tavernen gesprochen wird. Übrigens hat Ponticus neue Ware bekommen, die er morgen vor den Markthallen anbieten wird. Da morgen Markttag ist, werden sicher viele Neugierige und Kunden kommen.«
Romelia wußte, daß Ponticus der größte und reichste Sklavenhändler Roms war.
»Was hat er denn für Ware bekommen?« wollte Romelia wissen.
»Mohren aus Afrika sollen dabei sein und Mädchen aus Ägypten. Aber das meiste kommt wohl von den Galliern und Germanen.«
»Oh, Mohren, wie hübsch!« Flavia klatschte aufgeregt in die Hände. »So einen kleinen Mohren würde ich auch gern haben. Die sind richtig niedlich. Man kann ihnen kleine Kleidchen anziehen und sie auf Hunden reiten lassen.«
Romelia überhörte Flavias entzückten Ausruf. Sklaven aus Germanien waren dabei! Und die waren blond! Sie würde morgen unbedingt den Sklavenmarkt besuchen.

»Findest du es für eine Frau deines Standes nicht unschicklich, sich auf einem Sklavenmarkt herumzutreiben?« nörgelte Valerius, der seine Gattin gezwungenermaßen begleitete, weil sie sich nicht davon hatte abbringen lassen, den Sklavenmarkt zu besuchen. Den Grund ihres dringenden Wunsches hatte sie ihm nicht mitgeteilt.
»Eine Frau meines Standes sollte sehr wohl am öffentlichen Leben teilnehmen«, verteidigte sich Romelia.
»Das öffentliche Leben ist etwas ganz anderes. Du kannst im Tempel beten, unter den weinberankten Pergolen lustwandeln oder dich im Badehaus entspannen. Du kannst in den Circus gehen, ins Theater, zu den Gladiatorenkämpfen. Du kannst die Bibliothek besuchen oder deine Nachbarin Flavia. Aber nicht auf einem schmutzigen Markt herumlungern!«

Romelia machte eine ungeduldige Handbewegung. »Flavia ist auch hier und kauft sich einen Mohren.«
»Nein, Flavia läßt sich die Mohren in ihrem Haus vorführen, wie sich das geziemt. Was willst du eigentlich hier?«
»Nur mal schauen, was es alles so gibt.«
»Wir brauchen keine Sklaven, zumindest nicht für das Haus. Für die Arbeitssklaven auf den Gütern ist der Landverwalter zuständig, und dafür bewillige ich ihm Mittel. Er soll sich die Sklaven selbst aussuchen.«
»Es soll Germanen geben, sagt Flavia.« Romelia reckte den Hals. Ponticus thronte wie ein Kaiser auf einem reichverzierten Stuhl und ließ sich von Sklaven Kühlung zufächeln. Abseits drängten sich jämmerliche, in Lumpen gehüllte und mit schweren Ketten gefesselte Gestalten, teils apathisch schweigend, teils herzzerreißend wehklagend.
»Keine schlechte Idee«, sinnierte Valerius. »Ich habe sowieso für den nächsten Monat die Durchführung von Spielen geplant. Der Einsatz von Germanen als Gladiatoren wäre doch eine pikante Einlage. Schau dir mal diese Riesen an. Sie überragen unsere Gladiatoren glatt um einen Kopf. Das macht den Kampf doch erst spannend. Also, ich werde mal mit Ponticus reden, was er mir anbieten kann.«
Valerius drängte sich durch die umstehenden Neugierigen. Ponticus hatte ihn sofort erkannt, sprang von seinem Sitz auf und lief dem Senator entgegen. Er witterte ein gutes Geschäft.
»Sei gegrüßt, edler Senator. Was begehrt dein Herz, was kann ich für dich tun? Eine schöne Nubierin, einen bärenstarken Gallier, einen kleinen Mohren? Such dir etwas aus, mein Angebot ist groß.«
»Verschone mich mit deinen Angeboten, alter Gauner«, erwiderte Valerius und schüttelte desinteressiert den Kopf. »Du hast mich das letzte Mal übers Ohr gehauen mit deinen fünf mickrigen Dakern

und zwei Judäern. Davon wurden nicht einmal die Löwen in der Arena satt, und ich habe mich beim Pöbel mächtig blamiert. Nein danke, ich bin bedient!« Brüsk wandte Valerius sich ab.
Ponticus sprang trotz seiner Leibesfülle behende um Valerius herum und verstellte ihm den Weg.
»Du tust mir wirklich Unrecht, Valerius. Schau sie dir doch an, meine Ware. Alles erstklassig! Können diese Augen lügen?« Er verrenkte sich vor Valerius und zerrte an seinen unteren Augenlidern, so daß sein Gesicht zur Fratze entartete.
Valerius stöhnte entnervt auf und ließ sich scheinbar widerwillig zu dem Bretterpodest schieben, das zur Präsentation der Sklaven aufgebaut worden war. Er winkte dem Aufseher zu, der seine gewaltige Nilpferdpeitsche schwenkte und fünf aneinander gekettete Sklaven hinauftrieb.
»Das sind Barbaren, Germanen. Schau sie dir an, wie groß und kräftig sie sind. Du kannst sie für die Feldarbeit einsetzen. Aber auch zu Gladiatorenkämpfen sind sie zu gebrauchen. Sie haben Muskeln, Mut und keinen Hunger.«
Valerius schob die Unterlippe vor, als müsse er krampfhaft überlegen.
»Nein«, sagte er dann zögernd. »Du willst mich bloß wieder übers Ohr hauen.«
»Nur dreitausend Sesterzen pro Stück«, bot Ponticus.
Valerius lachte laut auf. »Du beliebst wohl zu scherzen! Dreitausend!« Er wandte sich wieder ab. Ponticus packte ihn an den Armen.
»Zweitausendfünfhundert!«
Einer der Leibsklaven des Senators drängte sich zwischen Ponticus und Valerius, um seinen Herrn vor weiteren Attacken zu schützen.
»Ein bißchen viel für fünf Portionen Löwenfutter«, grollte Valerius. »Mehr als eintausendfünfhundert sind sie nicht wert.«

»Du machst aus mir einen armen Mann!« wehklagte der Sklavenhändler. »Zweitausend! Mein letztes Angebot!«
Während Valerius mit dem schlitzohrigen Händler feilschte, hatte sich Romelia die wartenden Sklaven hinter dem Podest angeschaut. Dabei entdeckte sie ein Mädchen, das in sich zusammengekauert am Boden hockte. Obwohl sie völlig mit Schmutz überkrustet und in erbärmliche Fetzen gehüllt war, konnte man erkennen, daß sie sehr helle Haut und blondes Haar hatte.
Romelia zupfte ihren Gatten an der Toga und deutete auf die Sklavin. »Ich möchte sie sehen!«
»Was? Warum denn das?«
»Nur so. Ich will sie mir anschauen. Er soll sie auf das Podest bringen.«
»Ponticus, was ist mit dieser da?« fragte Valerius.
Irritiert blickte Ponticus in die Richtung, in die der Senator zeigte.
»Aber ... aber ... das ist doch ein Weib! Ah, ich verstehe! Frauenkämpfe in der Arena!« Er schnalzte genießerisch mit der Zunge.
Valerius antwortete ihm nicht. Der Aufseher schwang seine Peitsche und zog das Mädchen auf das Podest. Erst jetzt sah Valerius, daß es sich um eine hochgewachsene Germanin mit endlos langen Beinen, einer hellen Haut und wunderschönen blonden Zöpfen handelte. Wenn man die ins Bad steckte und eine kurze Tunika ... Er wagte nicht weiterzudenken.
Ponticus, der ob der Hartnäckigkeit des Senators bereits seine Felle wegschwimmen sah, witterte doch noch ein Geschäft.
»Ach die«, sagte er gedehnt und blickte unter halb geschlossenen Lidern hervor. »Die ist etwas Besonderes. Eigentlich wollte ich mich gar nicht von ihr trennen.«
»Lüg nicht, du Gauner! Du willst nur den Preis hochtreiben!«

»Den ist sie auch wert, sie ist nämlich eine Jungfrau.«
»Erzähl mir keine Märchen. Die ist bestimmt achtzehn oder neunzehn Jahre alt!«
»Sicher, und sie ist noch Jungfrau, weil bei den Wilden im Norden alle unverheirateten Frauen Jungfrauen sind. Ich habe die Garantie, daß sich keiner der Soldaten an ihr vergriffen hat.«
»Aha, du hast die Garantie bekommen. Und bekomme ich sie auch von dir?«
»Aber sicher. Ich habe sie von einem Arzt untersuchen lassen.«
Romelia starrte atemlos auf die langen blonden Zöpfe. Was für eine herrliche Perücke könnte sie daraus anfertigen lassen! »Die will ich haben«, sagte sie zu ihrem Gatten.
»Was? Wie bitte? Wozu brauchst du denn so eine Wilde?«
»Als Leibsklavin, als Zofe.«
Valerius schüttelte sich vor Lachen. »Die Barbaren wissen doch nicht einmal, daß man sich mit Wasser waschen kann! Romelia, schlag dir diesen Unsinn aus dem Kopf!«
»Gar nichts schlage ich mir aus dem Kopf. Ich will sie haben! Drusilla ist nicht mehr die Jüngste, sie kann eine Hilfe gebrauchen.«
Valerius raufte sich die Haare. Wenn diese Frauen sich etwas in den Kopf gesetzt hatten, dann waren sie keinem vernünftigen Argument mehr zugänglich. »Weißt du, was die kostet? Sie ist noch Jungfrau!«
»Das interessiert mich nicht!«
Valerius war nicht ganz klar, was Romelia nicht interessierte, der hohe Preis oder ihre Jungfräulichkeit. Zu allem Unglück hatte Ponticus mit verschmitztem Gesicht dem Wortwechsel gelauscht.
»Fünfzigtausend«, flüsterte er.
Valerius schnappte nach Luft. »Wie bitte? Willst du mich ruinieren?«

Jetzt lachte Ponticus. »Selbst tausend dieser Sklavinnen würden dich nicht ruinieren, verehrter Valerius. Schau dir diese weißen Beine an, ihren runden Hintern, die vollen Brüste. Sie ist dazu bestimmt, einem Mann die höchsten Genüsse zu bereiten.«
»Pah, das kann ich in jedem Lupanar haben«, winkte Valerius ab. »Mehr als zehntausend ist sie nicht wert, selbst wenn sie Jungfrau ist.«
»Zwanzigtausend«, hörte er eine Stimme hinter sich. Ponticus und Valerius wandten sich erstaunt um. Geringschätzig lächelnd, die Arme über der Brust gekreuzt, stand Hortulus da.
Romelias Hände zitterten. Hatte sie ihren Gatten endlich soweit, daß er, widerwillig zwar, diese blonde Wilde zu erstehen gedachte, mischte sich ein anderer ein.
»Fünfundzwanzigtausend!« rief sie.
»Romelia!« wies Valerius seine Frau zurecht.
»Dreißigtausend!« Hortulus regte keinen Muskel und blickte vor sich hin, als ginge es ihn gar nichts an.
»Weißt du, wer das ist? Das ist Hortulus, der Besitzer des größten Lupanars in Rom!« Valerius' Gesicht verfärbte sich.
»Sollte man ihn kennen?« erwiderte Romelia mokiert und zog die Mundwinkel herunter. »Fünfunddreißigtausend!«
Valerius runzelte ärgerlich die Brauen. »Nun ist es genug. Eine Frau deines Standes feilscht nicht mit einem Bordellbesitzer. Geh sofort zurück in deine Sänfte!«
Romelia schüttelte seinen harten Griff ab. »Ich – will – diese – Sklavin!« Bei jedem ihrer Worte stieß sie mit dem ausgestreckten Zeigefinger in Richtung des Podestes. Entnervt wandte Valerius sich ab.
»Vierzigtausend!« Hortulus gab sich noch nicht geschlagen.
Wütend blickte Valerius zwischen Ponticus und Hortulus hin und her. »Also gut, mein letztes Wort. Fünfzigtausend! Und die fünf Figuren dazu. Die kannst du gleich in den Circus schicken!«

Ponticus blickte zu Hortulus, doch der machte eine wegwerfende Handbewegung.
»Einverstanden, hoher Herr! Du wirst es bestimmt nicht bereuen. Ponticus bietet die beste Ware, das garantiere ich dir...«
»Halt den Mund!« knurrte Valerius ärgerlich und warf sich in seine Sänfte. Am liebsten hätte er Romelia durchgeprügelt. Es war weniger der hohe Preis, den er für eine x-beliebige Sklavin zahlen mußte, es war die Art, wie Romelia ihn vorgeführt hatte. Auch wenn sie seine Gattin war, stand ihr das nicht zu. Aber hier, in aller Öffentlichkeit, wollte er keine Szene machen. Das wäre am nächsten Tag das Stadtgespräch, und er hatte den guten Ruf seiner Familie zu wahren. Doch zu Hause, in seiner Villa, würde er ihr gehörig die Meinung sagen, und vielleicht sollte er ihr auch wieder mal eine Tracht Prügel verabreichen, damit sie nicht zu übermütig wurde.
»Bring sie ins Bad und kleide sie danach an! Sie wird in deiner Kammer wohnen. Du bringst ihr unsere Sprache bei und weist sie in den Hausdienst ein. Zuerst Küche und Bedienung.« Romelia wedelte ungeduldig mit der Hand, während Drusilla entsetzt auf die schmutzige Riesin starrte, die von zwei Sklaven ins Atrium geführt wurde. Die Ketten hatte Ponticus ihr abgenommen, nicht ohne Valerius vorher darauf hinzuweisen, daß die Sklavin sehr schnell rennen konnte und jederzeit zur Flucht bereit war. Auch schien sie den Tod der Sklaverei vorzuziehen.

Sigruns Gedanken flossen träge wie Morast. Sie fühlte kaum noch Leben in sich. Nachdem die römischen Soldaten sie daran gehindert hatten, ihrem Leben selbst ein Ende zu bereiten, war sie seelisch in ein tiefes, schwarzes Loch gefallen. Sie hatte sich von ihrem Selbst gelöst, von ihrer geistigen, belebenden Kraft. Die Nornen, die Schicksalsfrauen, hatten gesponnen und gewebt und ihr Gewebe über Sigrun ausgebreitet, ein düsteres, schreckliches Gespinst. Es war ein Urteil, dem sich niemand, nicht Götter und nicht Menschen, entziehen konnte. Wenn Nornen über das Geschick der Menschen entscheiden, so verteilen sie es sehr ungleich. Dem einen verleihen sie ein Leben voll Glück und Ansehen, anderen dagegen Unglück und Not. Es mußten zornige, feindselige Nornen gewesen sein, die ihre Schicksalsfäden über Sigrun gesponnen hatten.

Sigrun empfand dieses Dasein als grausam und erniedrigend. Die Römer hatten ihr das höchste Gut genommen, das sie besaß – ihre Freiheit. Was unterschied sie noch von den Ackerknechten, von den Schweinemägden, von den Leibeigenen? Es gab doch auch Nornen in der Not, die den Menschen im Unglück beistanden. Wo waren sie? Sigrun betrachtete jede Nacht den Himmel, um den Urdamani zu sehen, den gespenstischen Halbmond, der das Sterben von Menschen anzeigte. Doch der Mond schien rund und freundlich. Die Nächte waren mild und still.

Der Zug der Gefangenen schleppte sich apathisch voran, während des qualvollen Marsches durch die Berge in das Römische Reich. Die Ketten drückten schwer, Wärme und Durst waren schlimmer als Hunger und Kälte. Mit Peitschen trieben die rohen Aufseher den Zug der Jammergestalten vorwärts, und so mancher blieb entkräftet am Wegrand liegen, den die Römer mit dem Schwert durchbohrten und danach Wölfen und Krähen überließen.

Es waren viele tausend Schritte, bis sie die Stadt der Städte erreichten, schmutzig, geschunden, erniedrigt. Sie würden alle sterben. Wer jetzt noch lebte, verlängerte nur seine Qual bis zum Augenblick des Todes.

Das Ende ihrer Reise befand sich auf einem Platz voller Menschen, ein Platz vor riesigen Gebäuden aus Stein, die Sigrun nie zuvor im Leben gesehen hatte. Wer hatte sie erbaut? Waren es

Riesen, Götter? Wer hatte die Hütten übereinandergetürmt? Wer hatte die Steine in die Wege gerammt? Wer hatte die riesigen Baumstämme aus Stein gemeißelt? Kein Mensch konnte den Anblick dieses Werkes von Giganten ertragen. Und doch standen viele Menschen herum, lachten, erzählten und zeigten mit den Fingern auf den Zug der Todgeweihten. War dies das gelobte Südland, das Land unter der Sonne? Oder war es bereits die Schwelle zu Walhalla, wo die irdischen Werte keine Gültigkeit mehr hatten? Sigrun schlug die Hände über dem Kopf zusammen und ließ sich auf die Erde sinken.

Sie spürte den Schlag der Peitsche, mit dem der Aufseher sie wieder antrieb, doch sie preßte die Lippen zusammen und senkte den Blick, um nicht den schreienden, gestikulierenden Menschen ins Gesicht schauen zu müssen. Sie verstand nicht, warum sie auf diesen Holzstoß steigen sollte. Und dann nahmen die Männer ihre Fesseln ab! War sie nun frei?

Langsam schien die Kraft in ihren Körper zurückzukehren, die Kraft der Verzweiflung. Sie blickte sich um nach einem Weg in die Freiheit, einem Weg, der sie zurückführte in ihre Heimat. Aber sie sah nur die lachenden, schreienden Menschen, eine Masse wogender Leiber. Und sie sah die Gefesselten, die bereits mit ihrem Leben abgeschlossen hatten. Und was wollte dieser reich gekleidete Mann, der so heftig mit dem Sklavenhändler stritt? Sie war doch Sigrun, die einzige Tochter des mutigen Bauernkriegers Sigmund Naiax! Niemand durfte sie ins Sklavenjoch zwingen!

Sigrun begriff sehr schnell, daß sie nur den Besitzer gewechselt hatte. Es mußte ein sehr bedeutender, reicher Mann sein, der vor ihr von den rotgekleideten Knaben davongetragen wurde. Andere Männer schubsten und stießen sie, damit sie dem Zug folgte. Sie mußte diesem Mann folgen, er war jetzt ihr Schicksal.

Wie gehetzt blickte sie sich um. Das war die Gelegenheit zur Flucht! Doch wohin? Wie ein Gebirge ragten beidseits des Weges die riesigen Häuser auf, auf den Straßen wimmelte es von Menschen, viele Soldaten waren darunter. Sigrun hätte keine Chance. Niedergeschlagen ließ sie den Kopf hängen. Doch es würde sich eine Gelegenheit ergeben, irgendwann, und die würde sie nutzen.

Das Haus, das sie nun betraten, schien ebenfalls von Göttern erbaut worden zu sein, so gewaltig, so blendend, so kostbar war es. Alles spiegelte, glitzerte, daß Sigrun von dieser Pracht ganz benommen wurde. Eine etwas rundliche, dunkelhaarige Frau in einem langen Gewand blickte sie skeptisch an. Doch was sie zu ihr sprach, konnte Sigrun nicht verstehen. Zwar hatten auch die Soldaten mit ihr gesprochen, aber Sigrun hatte sich nicht bemüht, den Sinn ihrer Worte zu erfassen. Mit dieser Frau jedoch verhielt es sich anders. Sie hatte ein gutmütiges Gesicht, und sie lächelte. Es war ein freundliches Lächeln, und sie streckte Sigrun die Hand entgegen.

Sigrun folgte ihrem Winken, wobei sie sich fortwährend scheu umblickte. Zu übermächtig erschien ihr dieser himmlische Palast mit seinen steinernen Wänden. Und als die Frau sie in einen großen Raum schob, in dem Wasser plätscherte, es nach fremden Wohlgerüchen duftete und kostbare Kleider auf den steinernen Bänken lagen, glaubte sie, endlich in Walhalla eingegangen zu sein.

»Bei allen Göttern, das kostet eine Menge Arbeit«, murmelte Drusilla und winkte zwei Haussklavinnen herbei, die ihr behilflich sein sollten. Sie zogen an den Lumpen der neuen Sklavin, um sie zu entkleiden. Entsetzt wich Sigrun zurück und hob abwehrend die Hände.

»So wird das nichts«, meinte Drusilla und schob die beiden davon. Wieder lächelte sie die Fremde an. Sie deutete mit dem

Zeigefinger auf sich, danach in das Wasserbecken. Demonstrativ kleidete sie sich aus und stieg in das Wasser. Sie drehte sich um und winkte Sigrun zu.
Sigrun zögerte. War das eine List, um sie hernach zu ertränken? Doch was konnte es schaden, wenn sie der freundlichen Frau ins Wasser folgte? Zögernd streifte sie ihre erbärmlichen Lumpen vom Körper. Drusilla staunte. Die Fremde war sehr groß, von schöner Gestalt und rankem Wuchs. Ihre Brüste waren für Drusillas Geschmack etwas zu groß, dafür waren die Beine lang und ihre Haut sehr hell. Doch sie war schmutzig, und längliche rote Streifen, teilweise blutverkrustet, zeigten, daß ihre Aufpasser großzügig mit der Peitsche umgegangen waren.
Langsam ging Sigrun auf das Wasserbecken zu und betrat die steinerne Treppe, die hineinführte. Doch als ihr Fuß das Wasser berührte, zuckte sie erschrocken zurück. Das Wasser war warm!
Drusilla plätscherte vergnügt im Wasser und winkte aufmunternd. Sigrun kam es immer noch nicht geheuer vor. Warum war das Wasser warm, wärmer als die Luft? Das konnte nicht möglich sein! Doch gleichzeitig empfand sie den Drang, in dieses warme Wasser zu steigen und es der rundlichen Frau nachzutun, die sich jetzt vergnügt lachend streckte und prustete.
Sigrun überwand sich und tastete sich Schritt für Schritt in das Becken. Die beiden anderen Sklavinnen blieben am Rand stehen und reichten Tücher und kleine Gefäße auf einem Tablett. Mißtrauisch beäugte Sigrun die Behälter. Doch als Drusilla eines der Töpfchen öffnete und sich dann mit einem wohlriechenden Öl einsalbte, wich Sigruns Vorsicht, und sie tat es der Frau nach. Diese nickte zufrieden und half nun der Fremden, ihren Rücken zu waschen. Das warme Wasser übte einen angenehmen und entspannenden Einfluß auf Sigrun aus. Obwohl sie bei jedem

unbekannten Geräusch auffuhr und ständig fluchtbereit zu sein schien, konnte sie sich andererseits dem wohltuenden Bad nicht entziehen und ließ es zu, daß die andere sie wusch und ihr Haar entwirrte.

Nachdem Drusilla die Neue leidlich gereinigt und ihr langes Haar halbwegs geglättet hatte, streckte sie sich neben ihr im Wasser aus und plätscherte mit den Füßen. Sie zeigte wieder mit dem Zeigefinger auf sich und sagte: »Drusilla.«

Dann zeigte sie auf Sigrun und schwieg. Sigrun hatte verstanden. Sie zeigte auf die Frau und sagte: »Drusilla.«

Drusilla nickte und lachte. Da zeigte Sigrun auf sich und sagte: »Sigrun.«

Drusillas Augen weiteten sich. »Schgrrr ...« Sie konnte die Laute nicht nachahmen und schüttelte den Kopf.

»Sigrun«, wiederholte Sigrun und lächelte nun ebenfalls.

»Siiigurrr ...« Drusilla lachte laut und patschte mit den Händen ins Wasser, daß es spritzte. »Aqua! Wasser!«

»Aqua«, wiederholte Sigrun. Drusilla nickte wieder und lächelte. Dann ergriff sie eines der Tonfläschchen, träufelte etwas von seinem Inhalt auf die Hand und hielt es Sigrun unter die Nase. »Oleum.«

»Oleum«, sagte Sigrun. Sie erhob ihre Hand und zeigte sie Drusilla.

»Manus.« Drusilla freute sich, daß Sigrun endlich aufzutauen schien. Sie nahm eine ihrer Haarsträhnen. »Capillus.« Dann deutete sie auf ihren Mund – »oris«, auf das Auge – »oculus«, die Nase – »nasus«, die Brust – »pectus«, den Arm – »bracchium«.

Sigrun achtete genau auf Drusillas Worte. »Capillus, oris, oculus, nasus, pectus, bracchium«, wiederholte sie und zeigte dabei auf die betreffenden Körperteile.

Drusilla lachte laut und spritzte Sigrun übermütig mit Wasser voll.

»Aqua«, rief Sigrun, »aqua, aqua!« Dann streckte sie sich aus und pustete Luft ins Wasser, daß Blasen aufstiegen.
Drusilla verließ das Becken und winkte Sigrun, daß sie ihr folgen sollte. Draußen wickelte Drusilla sie in ein großes, weiches Tuch und trocknete sie vorsichtig ab. Eingehend betrachtete sie Sigruns Wunden und trug dann eine kühlende Salbe auf. Sigrun hielt still. Diese Frau wollte ihr nichts Böses antun, das fühlte sie.
Beim Ankleiden mußte Drusilla ihr helfen. Verzückt hielt Sigrun das Kleid vor sich. Das feine Stoffgewand schien wie von Feenhand gewebt und im Vergleich zu ihren derben Wollsachen fast unwirklich schön. Drusilla schloß das ärmellose, schlichte Kleid über Sigruns linker Schulter. Der rechte Arm mußte frei bleiben. Doch davon wußte Sigrun nichts. Mit offenem Mund blickte sie an sich herunter. Immer wieder strich sie über den dünnen Stoff, der in feine Falten fiel. Das Gewand war kurz und gab Sigruns schlanke Beine frei. Drusilla seufzte leise. Es würde bestimmt nicht lange dauern, bis Valerius der Faszination dieser Beine verfiel.
Drusilla führte Sigrun durch Flure und Zimmer, deren Pracht Sigrun mit offenem Mund bestaunte. Sie war froh, als sie in einen schlichten Nebentrakt des Hauses gelangten, in dem es nur einfache Kammern gab und wo die Haussklaven wohnten. Doch selbst der schlichte, kleine Raum, den sie mit Drusilla teilen sollte, erschien ihr fürstlich. Zwei Liegen standen darin, jede mit einem sauberen Laken überzogen. Eine buntgewebte Wolldecke lag darüber. Drusilla zeigte auf Sigruns Bett. »Cubile.«
Zögernd legte sich Sigrun hinein. Das Bett war weich, der Bezug sauber, und die Wolldecke duftete nach Lavendelkraut. Drusilla hatte sich auf die Kante ihres Bettes gesetzt und betrachtete die Neue mit dem unaussprechlichen Namen. Sie bewunderte ihr

Haar, die blauen Augen und ihre anmutigen Bewegungen. Und ihr war klar, daß allein dies bereits Romelias Neid und Haß hervorrufen würde.
Sigrun ahnte von diesen Gedanken nichts. Sie war viel zu verwirrt von den vielfältigen Eindrücken, die in so kurzer Zeit auf sie eingestürzt waren. Und plötzlich preßte sie ihr Gesicht in die Matratze und weinte.

Drittes Kapitel

DAS BADEHAUS

Sigrun zeigte sich sehr gelehrig. Sie lernte die Sprache der Römer schnell. Was Drusilla ihr einmal beigebracht hatte, vergaß sie nicht wieder.
Auch in der Küche arbeitete sie fleißig, obwohl ihr viele Gerätschaften und Speisen unbekannt waren. Aurus, der Küchenaufseher, erklärte es Sigrun nur einmal, dann hatte sie es begriffen. Das Essen, das hier zubereitet wurde, war sehr schmackhaft. Und selbst wenn die Sklaven nur ein einfacheres Mahl bekamen, so litten sie keinen Hunger. Aurus war sogar recht rundlich, denn er mußte außerdem alle Speisen verkosten, ob sie auch ordentlich zubereitet waren.
Sie lernte die Räumlichkeiten des Hauses kennen und begriff nicht, daß man derartig viele Zimmer benötigte, um zu leben, zumal der Hausherr kaum anwesend war. Und wenn er kam, mußte Sigrun sich in die Küche verziehen. Lediglich die Kinder mit ihren Kinderfrauen bekam sie zu Gesicht. Besonders die beiden Mädchen fanden Gefallen an Sigrun und zogen sie mit Vorliebe an den Zöpfen.

Nach zwei Wochen verlangte Romelia, die neue Sklavin zu sehen. Es war das erste Mal, daß Sigrun den Senator und seine Frau zu Gesicht bekam und sie bedienen sollte. Drusilla hatte es zwei Tage lang mit ihr geübt. Sie kontrollierte nochmals den Faltenwurf von Sigruns Gewand, gab ihr das Tablett mit dem Gemüse in die Hand und bedeutete ihr zu folgen.

In Speisesaal lag Valerius auf seiner Liege, ihm gegenüber Romelia. Er blickte erstaunt auf, als Drusilla mit Sigrun erschien.
»Ist das die Sklavin, die wir auf dem Markt gekauft haben?« fragte er verwundert.
»Ja, Herr, das ist sie«, antwortete Drusilla.
Die Augen des Senators folgten der Gestalt der Sklavin von oben nach unten und wieder herauf. Das kurze, grüne Gewand stand ihr ausgezeichnet. Unter dem leichten Stoff zeichneten sich ihre sanften Kurven ab. Ihre Beine schienen überhaupt kein Ende zu nehmen, und ihre Augen strahlten wie der Morgenhimmel.
Anerkennend nickte er und winkte sie heran. Sigrun trat zu ihm und reichte ihm die Schale, damit er sich bedienen konnte. Sie wußte, daß sie nicht sprechen durfte, bevor sie nicht dazu aufgefordert wurde.
»Wie heißt du?« fragte Valerius.
»Sigrun, edler Herr«, antwortete sie.
»Wie?« Valerius rümpfte die Nase.
»Was ist das für ein Name?« knurrte Romelia. »Den kann kein Mensch aussprechen.«
Etwas hilflos stand Sigrun da und blickte zu Boden.
»Steh nicht herum wie eine Säule!« herrschte Romelia sie an. Sigrun zog sich erschrocken zurück, und Drusilla bedeutete ihr mit den Augen, daß sie sich neben den Wärmeofen stellen solle.
Valerius betrachtete wieder Sigruns Beine unter der kurzen Tunika.
»Wie dorische Marmorpfeiler«, murmelte er gedankenversunken.
»Nicht wahr, sie sieht aus wie eine Säule«, hörte er Romelias keifende Stimme.
»Sag noch einmal deinen Namen«, forderte Valerius Sigrun auf.
»Sigrun«, wiederholte sie leise.
»Es klingt wie das Zischen einer Natter.« Romelia schüttelte sich.

Was kümmerte sich Valerius um ihre Hausklaven? Sie sollten ihre Arbeit tun und schweigen.
Valerius schüttelte bekümmert den Kopf. »Das kann wirklich kein Mensch aussprechen. Warum hast du keinen ordentlichen Namen, der zu dir paßt? Du bist groß und hell und schlank und ...«
»Eben wie eine Säule«, fiel ihm Romelia ins Wort.
»Und du hast ein Mundwerk wie die Gans einen Schnabel«, wies Valerius sie zurecht. »Gut, dann nennen wir sie Pila, irgendwie finde ich es passend.«
Er wedelte mit der Hand, und Drusilla und Sigrun zogen sich unter Verbeugungen zurück.
»Hast du gehört, ab heute heißt du Pila«, flüsterte Drusilla vor der Tür.
»Aber warum? Mein Name ist doch Sigrun«, widersprach Sigrun.
»Psst. Du bist eine Sklavin, und deshalb können sie mit dir machen, was sie wollen. Sei froh, daß sie nicht mehr tun, als dir nur einen anderen Namen zu geben«, zischelte Drusilla.
Beide eilten in die Küche, wo Sigrun sich auf einem Schemel niederließ.
»Du kennst Romelia noch nicht«, flüsterte Drusilla und blickte sich ängstlich um, damit niemand ihre Worte hörte. Selbst unter den Sklaven konnte es gefährlich sein, schlecht über seinen Herrn oder seine Herrin zu sprechen. »Sie ist hochmütig und grausam. Du solltest ihren Zorn nicht beschwören. Ich kannte eine Sklavin, die von Romelia so geschlagen wurde, daß sie gestorben ist.«
»Warum hat sie sich nicht gewehrt?« fragte Sigrun kopfschüttelnd.
»Ja, begreifst du denn nicht? Du bist eine *Sklavin.* Das heißt, Romelia ist *deine* Herrin über Leben und Tod.«

Sigrun sprang auf, und ihre Augen funkelten zornig. »Sie ist nur ein Zwerg, ich kann sie mit meinen Armen zerdrücken. Wenn sie es wagt, mir etwas zuleide zu tun, schlage ich ihr den Schädel ein!«

Drusilla blickte sie bekümmert an. »Du bist wirklich ein Germanenweib. Bärenstark, rauflustig – und dumm. Du redest unüberlegt, und bereits diese Worte können den Tod für dich bedeuten. Sklaven gibt es wie Wasser im Tiber. Ist einer tot, wird er durch den nächsten ersetzt. Glaub ja nicht, daß man dich schonen wird. Am wenigsten Romelia.«

»Ich kann Schmerz aushalten«, widersprach Sigrun.

»Was wird es dir nützen, tapfer zu sein. Verurteilte Sklaven landen in der Arena, wo sie von wilden Tieren zerrissen werden. Was für ein heldenhafter Tod!« Drusilla stemmte die Hände in die Hüften. »Glaub mir, wenn du schon so lange Sklavin dieser Frau wärst wie ich, wüßtest du, wovon ich rede. Füge dich in dein Schicksal! Eines Tages wendet es sich vielleicht sogar zum Guten.«

Sigrun blickte auf. »Wie meinst du das?«

»Es gibt viele Sklaven, die zur Belohnung für ihre treuen Dienste freigelassen wurden. Zum Beispiel Tibull.«

»Aber warum ist er dann noch hier?«

»Weil es ihm hier trotzdem bessergeht, als wenn er sich irgendwo da draußen in der Stadt durchschlagen müßte. Weißt du, daß Tibull reich ist? Der Senator hat ihm viel Geld geschenkt.«

»Der Senator?«

»Ja, Valerius ist ein großzügiger Herr; wenn man ihm zu Willen ist und ihm treu dient. Und ich glaube, du hättest gute Chancen bei ihm.«

»Wie meinst du das?«

»Ich bin nicht blind, und ich habe gesehen, wie er dich betrachtet. Du gefällst ihm.«

»Aber er hat doch seine Frau«, widersprach Sigrun.
Drusilla lachte. »Die hat ihm die Kinder geboren. Ich meine die Frauen zu seiner Freude, zu seiner Erbauung. Normalerweise kommen diese Liebesdienerinnen aus dem Lupanar, wenn ihn danach gelüstet. Und er bezahlt sie immer sehr großzügig.«
»Du meinst, ich muß mich ihm – hingeben?«
»Natürlich. Er wird seine Freude daran haben. Du bist außergewöhnlich schön, wenn auch völlig anders als die kleinen, dunkelhaarigen und schmalbrüstigen Römerinnen.« Sie lachte und klatschte sich auf die Hüften. »Na ja, so etwas wie mich schaut er natürlich nicht mehr an. Zum Glück, denn auf den Gelagen geht es immer recht wild zu.«
Alle Farbe war aus Sigruns Gesicht gewichen. »Niemals«, flüsterte sie. »Niemals gebe ich mich einem Mann hin! Ich bin Helfgurd versprochen. Wenn sie mich hier schänden, bin ich des Todes!« Sie schlug die Hände vor das Gesicht.
»Barbarische Sitten«, winkte Drusilla ab. »Das Leben in Rom ist leichter, freudiger, voll des Genusses. Nimm doch einfach die schönen Dinge hin, die es in deiner Heimat nicht gibt. Und wenn du es dir mit dem Senator nicht verdirbst, kann es dein Glück bedeuten. Außerdem – welche Wahl hast du?«
Doch Sigrun litt darunter, daß sie keinen freien Willen mehr hatte, sondern nur das tun durfte, wozu die Herrin sie aufforderte. Mehr als einmal wäre sie am liebsten davongelaufen, aber Drusilla lachte sie aus. Wo sollte sie hinlaufen? Außerdem hätten die Soldaten sie bereits an der nächsten Ecke wieder eingefangen. Und die Strafe, die entlaufenen Sklaven blühte, war schrecklich.
»Ich bin schon mein ganzes Leben im Hausdienst«, sagte Drusilla. »Wenn man sich in sein Schicksal fügt, geht es einem im Hause des Senators gar nicht so schlecht. Es ist jedenfalls besser,

als auf dem Feld zu arbeiten oder in den Werkstätten, den Gerbereien oder den Schlachthäusern.«

Sigrun gingen Drusillas Worte durch den Kopf. Auch wenn sie den Gedanken an Flucht erst einmal verdrängte, ganz aufgegeben hatte sie ihn nicht. Wenn sich eine günstige Gelegenheit bot, würde sie um ihr Leben laufen.

Und wenn der Herr forderte, sie solle ihm zu Willen sein?

»Dann wähle ich den Tod!« Sigrun reckte sich und blickte entschlossen in Drusillas Augen.

»Das wirst du nicht tun, so wahr ich Drusilla heiße. Ich bin zwar auch nur eine Sklavin, aber wenn ich dich vor einer Torheit bewahren kann, werde ich es tun! Und jetzt gewöhn dich an deinen neuen Namen, und geh an die Arbeit, Pila!«

Einige Tage später befahl Romelia ihren beiden Sklavinnen, sie zum Badehaus zu begleiten. Drusilla packte Körbe mit Amphoren und Phiolen, in denen geheimnisvolle Mixturen waren. Schon einmal durfte Sigrun, die jetzt Pila gerufen wurde, Romelia im Bad bedienen. Doch es war das eigene Bad in der Villa des Senators gewesen. Drusilla hatte ihr vorher jeden Handgriff erklärt, und Pila hatte sich sehr geschickt angestellt.

Mit keinem Wort, keiner Geste gab Romelia zu erkennen, ob sie mit der neuen Sklavin zufrieden war. Sie beachtete sie gar nicht. Nur einmal wies sie Drusilla darauf hin, Pilas Haar sorgfältiger zu pflegen. Drusilla war nicht ganz klar, was Romelia mit Pila vorhatte. Doch da sie viel Wert auf Pilas gepflegte Erscheinung legte, glaubte Drusilla sicher zu sein, daß Pila als Gespielin für Valerius vorgesehen war.

Pila half Drusilla beim Packen der Körbe, danach mußten sie Romelia beim Ankleiden helfen. Pila spürte Romelias Blicke, vor allem wenn sie ihre Hautfarbe mit der von Pila verglich. Tatsächlich wurde Romelia fast von Neid zerfressen, daß eine barbarische Sklavin schöner war als sie. Doch sie ließ es sich keinesfalls anmerken. Der Tag lag nicht mehr fern, an dem sie sich mit Pilas Schönheit schmücken würde!

Zum ersten Mal, seit Pila in Rom lebte, durfte sie die Villa verlassen. Bislang hatte nur Drusilla ihre Herrin begleitet, wenn sie zu lustwandeln gedachte oder ihre Nachbarn und Bekannten besuchte.

»Und vergiß deine törichten Gedanken an Flucht«, mahnte Drusilla. »Es würde nur deinen Tod bedeuten.«

Trotzig reckte Pila das Kinn vor. »Eines Tages bin ich frei, das schwöre ich dir.«

Drusilla lachte. »Paß lieber auf, daß du nicht in den Müll trittst, der hier überall aus den Fenstern auf die Straße fliegt. Und verlieb dich nicht in einen der strammen Soldaten, die an allen Ecken stehen und nach hübschen Mädchen schauen.«

»Der würde meine Faust zu spüren kriegen«, entgegnete Pila wütend.

Drusilla packte sie an ihrem Gewand. »Pila, ich lege es dir ans Herz, mach dich nicht unglücklich und mich dazu! Romelia hat dich unter meine Aufsicht gestellt. Ich bin für dich verantwortlich. Mit meinem Leben.«

Pila schwieg. Dann senkte sie den Blick. »Mir fällt es sehr schwer, das Los einer Sklavin zu ertragen«, murmelte sie.

»Pah, bis jetzt hattest du doch noch gar nichts zu ertragen gehabt. Und das soll auch so bleiben. Jetzt spute dich, sonst ziehst du tatsächlich noch Romelias Zorn auf uns!«

Romelia wurde in ihrer prachtvollen Sänfte von vier kräftigen Sklaven getragen, die alle rote Gewänder trugen. Zwei weitere Sklaven trugen die Körbe mit den Badeutensilien. Drusilla und Pila liefen neben der Sänfte einher. Romelia hatte die Vorhänge zurückgeschlagen, was sie häufig tat, wenn sie nicht mit ihrem Gatten unterwegs war. Zwar schickte es sich nicht für eine Frau

ihres Standes, doch Romelia liebte es, wenn die Passanten ihre kostbare Aufmachung bewunderten. Sie trug wertvollen Schmuck, eine Stola aus zartem, reich besticktem Leinen und darüber ein Tuch aus orientalischer Baumwolle.
Sie hatte auf eine umfangreiche Leibgarde verzichtet, da es nicht weit war von der Villa des Valerius bis zu den Thermen in der Nähe des Forums.
Auf den Straßen herrschte dichtes Gedränge, doch die meisten Passanten traten freiwillig beiseite, als sie die reichverzierte Sänfte der Senatorengattin bemerkten. Das lag allerdings darin begründet, daß die meisten Damen höheren Standes ihre Sklaven vorauslaufen zu lassen pflegten, damit sie den Weg notfalls mit Peitschenhieben frei machten.
In der Via Sacra, vor der Basilica Aemilia, stockte der kleine Zug. Eine Menschenmasse versperrte die Straße und schien jemandem zuzujubeln. Unwillig blickte Romelia auf. Sie wußte nicht, daß irgendeine Prozession stattfinden sollte, aber bei den vielen verschiedenen Tempeln und Göttern, die zu Rom gehörten wie die vielen Menschen aus den verschiedensten Kulturen, konnte das immer vorkommen.
»Geh voran, Pila, und mach den Weg frei«, befahl Romelia, als die Sänftenträger stockten.
Pila überholte die Sänfte. »Platz für die Frau des Senators!« rief sie, als sie unvermittelt das dunkelbraune, schweißbedeckte Fell eines Pferdes vor sich sah. Der Reiter hatte das edle Tier gezügelt und versperrte den Weg. Pila blickte auf und schaute in zwei tiefblaue Augen, die von einem Kranz dunkler Wimpern beschattet wurden. Der Reiter trug eine leichte Rüstung, ähnlich der von Soldaten. Aber er war kein Soldat.
Seine Augen schienen sie zu durchbohren und gleichsam auf die Stelle zu bannen. Pila war zu keiner Bewegung fähig. Ihre Lippen öffneten sich leicht, als sie den Kopf hob und dem Reiter

ins Gesicht sah. Alles um sie herum schien hinter einem unsichtbaren Horizont zu versinken. Es gab nur noch sie und diese Augen.

Der Reiter hatte überrascht sein Pferd gezügelt und blickte auf die seltsame Erscheinung herab. Unzweifelhaft war sie eine Sklavin. Er hatte schon viele Mädchen in Rom gesehen, aus allen Ländern dieser großen Welt, die es auf irgendeinem schicksalhaften Weg hierher verschlagen hatte. Und doch war ihm noch nie so ein Wesen erschienen wie sie. Mit geübtem Blick erfaßte er ihren hohen Wuchs, die helle Haut und das blonde Haar, das ihr bis über die Hüften fiel. Doch am faszinierendsten waren diese blauen Augen, die wie Edelsteine funkelten und von der Farbe des Himmels waren. Er fing sich jedoch schnell wieder und blickte ein wenig hochmütig auf sie herab.

»Wer spricht das?« fragte er.

»Das spricht Pila, die Leibsklavin von Romelia, der edlen Gattin des ehrenwerten Senators Valerius.« Pila hatte diesen Satz, den Drusilla ihr beigebracht hatte, fehlerfrei gelernt. Nur ihr seltsamer Dialekt verriet, daß sie keine Römerin war.

»So, so, Pila«, sagte er gedehnt. Der Reiter starrte sie immer noch an, ohne sein Pferd anzutreiben.

Drusilla eilte Pila zu Hilfe. »Macht den Weg frei für die Frau des Senators!« rief sie ungeduldig.

Romelia hatte sich aus ihrer Sänfte gebeugt und runzelte ärgerlich die Augenbrauen. Mindestens fünfzehn Pferde befanden sich vor ihr und verstopften die Straße hoffnungslos. Auf den Zuruf eines Mannes aus deren Mitte saßen die Reiter plötzlich ab und führten ihre Pferde beiseite, um der Sänfte den Weg frei zu machen.

Die Träger hoben Romelias Sänfte wieder an und liefen los. Drusilla und Pila folgten. Doch der Mann mit den tiefblauen Augen hielt Pila am Handgelenk fest. So standen sie sich gegenüber,

keine zwei Handbreit Luft zwischen ihren Körpern. Pila war fast ebenso groß wie dieser Mann. Er wirkte athletisch, muskulös und doch schlank. Jetzt schaute sie in sein Gesicht. Seine Haut hatte die Farbe heller Bronze. Als er lächelte, blitzten zwei Reihen weißer Zähne. Er hielt immer noch ihr Handgelenk umfaßt und hinderte sie daran, der Sänfte ihrer Herrin zu folgen.
»Pila«, sagte er leise.
»Das ist der Name, den mir meine Herrin gegeben hat«, antwortete Pila. Sie wollte den Blick senken, so wie es sich für eine Sklavin gehörte, aber sie konnte es nicht. Die Augen des Mannes schienen sie in Trance zu versetzen.
»Pila, komm schon!« rief Drusilla, die sich erschrocken nach Pila umgedreht hatte.
»Ich muß weiter, Herr«, sagte Pila und entzog ihm ihre Hand. Aufgeregt zerrte Drusilla sie fort, den Zorn ihrer Herrin befürchtend.
»Wer war das?« fragte Pila sie.
»Den kennst du nicht? Den kennt in Rom jeder. Das ist Claudius, ein berühmter Gladiator aus Capua.«
»Nein, woher sollte ich ihn kennen?«
»Ja, woher auch. Wir sind da! Beeil dich, wir müssen den Badeplatz der Herrin vorbereiten.«

Das Badehaus der Frauen war ein öffentliches Gebäude der Stadt und prachtvoll ausgeschmückt. Bunte Säulen stützten die Gewölbedecken, die die einzelnen Wasserbecken überspannten. Es gab Sitzbecken, Liegebänke, Wandelgänge und Schwimmbecken mit warmem und kaltem Wasser. Badesklaven liefen emsig hin und her, um die Badegäste zu bedienen, sie zu waschen, zu salben und zu massieren. Selbst auf Musik mußten die Gäste nicht verzichten. Leichtbekleidete Flöten- und Harfenspielerinnen unterhielten die Badenden.

Das Bad diente nicht nur zur Reinigung des Körpers, sondern auch zur Entspannung und geistigen Erbauung – und zur Konversation. Denn hier trafen sich all die Damen, die gern sehen und gesehen werden wollten. Hier wurden Neuigkeiten und Klatsch ausgetauscht, hier erfuhr man von pikanten Liebeleien, dem letzten Brand, neuen Läden und Werkstätten, der neuesten Mode und versuchte, sich gegenseitig mit Prahlereien zu übertreffen.

Romelias Bad in der Villa des Senators hätte ausgereicht, um ihrem Hygienebedürfnis nachzukommen. Das Badehaus besuchte sie der Geselligkeit wegen.

Pila war über die Pracht des Badehauses erstaunt, aber sie hatte es sich schnell abgewöhnt, staunend zu starren und ängstlich stehenzubleiben. Die riesigen Räume und Hallen waren ihr nach wie vor unheimlich, auch wenn sie wunderschön waren.

Romelia duldete kein Zaudern, und mehr als einmal war sie nahe daran, ihre neue Sklavin zu züchtigen, wenn sie sich ungeschickt anstellte. Drusilla war immer zur Stelle, um das Schlimmste zu verhindern. Und da Pila die lateinische Sprache recht schnell gelernt hatte, konnte sie ihr leise Anweisungen geben, was sie im Augenblick zu tun und zu lassen hatte.

Im Apodyterium ließ Romelia sich von Drusilla und Pila entkleiden und schlang sich lasziv ein Badetuch um die Lenden. Doch niemand nahm von ihr Notiz. Viele andere vornehme Frauen wandelten, begleitet von ihren Sklavinnen, aus dem Entkleidungsraum hinüber in die Badehallen.

Die Sklaven des Badehauses, einige waren Frauen, andere Eunuchen, hatten in einen der Badesessel heißes Wasser eingelassen. Doch bevor Romelia es sich im Badesessel bequem machte, blickte sie aufmerksam in die Runde. Sie erkannte einige Frauen, meist Gattinnen anderer Senatoren, und nickte ihnen huldvoll zu. Nach dem Bad würde sich die Gelegenheit zu einem kleinen Plausch ergeben. Sie stieg in den Badesessel, nicht ohne daß Drusilla zuvor kritisch die Wassertemperatur geprüft hatte. Einmal war das Wasser zu heiß gewesen, und den Schmerz über den verbrühten Fuß hatte Romelia gleich in Form einer heftigen Züchtigung an Drusilla weitergegeben. Doch diesmal war das Wasser in Ordnung, und Romelia ließ sich vorsichtig nieder. Dann winkte sie Pila heran.

»Bring die Milch!«

Pila packte den Korb mit der großen Amphore und trug sie allein, zum Erstaunen Drusillas, zu Romelia. Doch als Pila in den Korb blickte, durchfuhr sie ein heftiger Schreck.

»Was ist?« fragte Romelia ungehalten.

»Herrin, verzeih mir!« stammelte Pila. »Wir haben den Trinkbecher vergessen!«

»Was für einen Trinkbecher?«

»Den Becher für die Milch. Sonst kannst du doch keine Milch trinken.«

Einen Augenblick stutzte Romelia, dann brach sie in schallendes Gelächter aus. »Die Milch ist doch nicht zum Trinken da, du Närrin! Schütte sie ins Wasser!«

Pila starrte sie verständnislos an.

»Bei allen Göttern, Drusilla! Diese störrische Waldziege steht da wie eine Säule. Natürlich! Du trägst den Namen ja nicht zu Unrecht. Gieß endlich die Milch ins Wasser!«

Drusilla eilte herbei und entstöpselte die große Amphore. Sie hob einfach das untere Ende an, und endlich begriff Pila, daß Romelia in der Milch baden wollte. Zwar verstand sie nicht, wieso Romelia in einem Getränk badete, aber diese Römer taten so viele unbegreifliche Dinge. Bei Gelegenheit würde sie Drusilla danach fragen. Doch zunächst schien Romelia das Milchbad einfach zu genießen, denn Drusilla schöpfte immer wieder das weiße Wasser aus der Wanne und übergoß damit Romelias

Körper. Sie achtete darauf, daß alle Hautpartien überspült wurden. Pila half ihr dabei, und sie spürte, wie weich ihre eigene Haut wurde, die mit der Milch in Berührung kam.
Erst als das Wasser erkaltete, stieg Romelia aus dem Badesessel und begab sich in den Salbraum. Die herbeieilenden Badesklaven der Therme scheuchte sie mit einer ungeduldigen Handbewegung weg. Sie legte sich auf einen der steinernen Tische, auf dem ein sauberes Laken ausgebreitet war. »Pila, du wirst mich jetzt massieren! Nimm das Rosenöl dazu!«
Drusilla deutete auf eine der kleinen Amphoren im Korb, den sie mitgebracht hatten. Romelia bestand darauf, ihre eigenen Mixturen im Badehaus zu benutzen.
Während Drusilla einige Tropfen Öl auf Romelias Rücken träufelte, begann Pila, sie sanft zu massieren. Romelia räkelte sich unter ihren Händen, und Pila bemerkte, wie glatt und weich ihre Haut war. Ob das durch die warme Milch kam?
»Etwas kräftiger!« forderte Romelia. Pila knetete ihren Rücken und die Oberarme. Dann hielt sie inne. »Weiter!« murmelte Romelia. Pila blickte hilfesuchend zu Drusilla. Die deutete auf Romelias Gesäß. Pila blieb nichts weiter übrig, als ihre Massage fortzusetzen und Romelias rundes Gesäß durchzukneten. Sie erwartete jeden Moment Romelias schlagkräftigen Protest, doch zu Pilas Überraschung gurrte Romelia zufrieden. Sie hatte ihr Gesicht auf ihre Unterarme gelegt und hielt die Augen geschlossen. Erst als Pila auch ihre Beine bis zu den Füßen massiert hatte, hob sie den Kopf. Sie drehte sich um und legte sich auf den Rücken.
»Mach weiter«, sagte sie und schloß wieder die Augen. Intensiv streichelte und rieb Pila Romelias Haut, massierte ihre kleinen Brüste und den gewölbten Bauch, die runden Hüften und die schlanken Beine. Romelia räkelte sich, und ihr Atem ging schneller. Pilas Berührungen schienen sie zu erregen. Doch Pila

wagte nicht, ihre Tätigkeit zu unterbrechen, um nicht den Zorn ihrer Herrin heraufzubeschwören. »Weiter«, murmelte Romelia, als Pila an ihren Füßen angekommen war. Drusilla zeigte an Romelias Körper empor, und Pila wiederholte die Massage in umgekehrter Richtung. Als sie ihre Brüste massierte, spürte sie, wie ein Zittern durch Romelias Körper lief. Pila hielt die Luft an, wußte sie doch nicht, was dies zu bedeuten hatte. Doch Romelia lächelte plötzlich, schlug die Augen auf und hob den Kopf.

»Drusilla, bring das Badetuch her. Es ist Zeit für das Sudatorium.« Sie blickte auf Pila, die sich drei Schritte zurückgezogen hatte. »Es ziemt sich zwar nicht, weil du eine Sklavin bist, aber ich gestatte dir, daß du das Badebecken benutzt. Drusilla, du wäschst Pilas Haar und behandelst es mit Rosenöl. Kämm es sorgfältig aus, es muß glänzen wie Gold.«

Pilas Augen rundeten sich, und sie hockte sich nieder. »Danke, Herrin«, sagte sie. Ohne eine Entgegnung schlenderte Romelia in das dampferfüllte Schwitzbad, um ihre Haut zu reinigen.

Auch Drusilla staunte. So freigebig hatte sie ihre sonst sehr strenge Herrin noch nicht erlebt, selbst in den vielen Jahren, in denen Drusilla in ihrem Besitz war.

»Du mußt es besonders gut gemacht haben«, meinte sie zu Pila.

»Ich glaube, es tat ihr weh, weil sie so gezittert hat«, entgegnete sie.

»Keineswegs, das war ein lustvolles Zittern. Sie genießt die Massage wie ein Liebesspiel.«

»Das verstehe ich nicht.«

»Du verstehst vieles nicht. Habt ihr bei euch in Germanien denn niemals gebadet?«

»Doch, natürlich, wenn ein Fluß oder ein See in der Nähe war. Aber nicht täglich wie hier. Und auch nicht mit warmem Wasser.«

»Das Baden gehört zum täglichen Leben, und nichts ist schrecklicher, als wenn jemand schmutzig ist und stinkt. Romelia verlangt auch von allen Sklaven, sich täglich zu baden oder zu waschen. Wehe, du beleidigst ihre empfindliche Nase!« Beide lachten, und Drusilla kämmte sorgfältig Pilas gewaschenes Haar. »Es wundert mich nur, daß sie so viel Wert auf dein Haar legt. Na ja, mit dir kann sie ja auch angeben. So eine Sklavin haben die anderen Senatorenfrauen nicht.« Sie verteilte sorgfältig das Öl in Pilas Haar und kämmte es wieder. Während sie arbeitete, blickte sie sich immer wieder um. Doch Romelia hockte noch im Sudatorium auf einer steinernen Bank. Dort saßen andere Frauen, mit denen Romelia sich angeregt unterhielt.

»Komm mal hinter die Säule«, flüsterte Drusilla. »Es ist noch so viel Rosenöl übrig. Ich massiere dir jetzt deinen Körper. Leg dich auf den Boden!«

»Wir erzürnen Romelia«, gab Pila zu bedenken.

»Beeil dich schon. Dann wirst du spüren, warum Romelia es mag.«

Pila legte sich auf die warmen Fußbodenfliesen des Bades und streckte sich aus. Drusilla beträufelte sie mit Öl und begann, ihren Körper zu massieren. »Du hast aber große Brüste«, bemerkte sie ein wenig tadelnd, als sie sie salbte.

»Kann man das denn ändern?« wollte Pila wissen.

Drusilla lachte. »Nun nicht mehr. Aber du siehst aus, als ob du schon zwei Kinder gesäugt hättest. Romelia käme nicht auf die Idee. So etwas übernehmen Ammen. Deshalb bleiben ihre Brüste auch klein. Außerdem hat sie von Kindheit an ein Brustband getragen.«

»Wozu das denn?«

»Um die Brust zu schnüren. Eine kleine Brust gilt als schön.«

»Also bin ich nicht schön«, murmelte Pila.

»Oh doch, du bist sogar sehr schön. Deine Haut ist so weiß. Ich glaube, Romelia würde dir am liebsten die Haut abziehen, wenn sie sich selbst damit schmücken könnte.«

Pila spürte, daß Drusillas streichelnde Hände in ihr ein seltsames Gefühl entfachten. Sie schloß die Augen, um sich diesem Gefühl hinzugeben. Es kribbelte unter der Haut, in ihrem Bauch, und ihre Brüste spannten sich. Und da schien es ihr, als würde sie ein Paar dunkelblaue Augen intensiv betrachten. Pilas Atem ging schneller, weil sich diese Augen nicht abwandten. Und dann sah sie auch das wohlgeformte Gesicht mit der schmalen Nase und der kupferfarbenen Haut. Diese Augen schienen ihren Körper zu liebkosen, ihn zu streicheln. Lustvoll streckte sie sich. Dieser Blick schien magisch, wollte sie verzaubern, bannen.
Plötzlich hörte sie Drusillas leisen Aufschrei. Romelia stand neben ihnen und hatte Drusilla heftig mit dem Fuß weggestoßen. Dann stellte sie ihren Fuß auf Pilas Bauch. Der Druck war schmerzhaft, und Pila konnte sich nicht erheben.
»Was treibt ihr hier, ihr beiden?« zischte sie böse. »Das Haar solltest du ihr glätten. Das Kopfhaar! Und wieso hast du ihr das Körperhaar nicht entfernt? Sie sieht immer noch aus wie eine Wilde! Das ist ja widerlich!«
Verächtlich stippte sie mit der Zehe zwischen Pilas Schenkel. Ihr Schamhaar war genauso blond wie ihre Zöpfe. Vielleicht sollte sie die Sklavin an ein Bordell verkaufen, wenn sie ihr das Haar abgeschnitten hatte. Sie hatte einen schönen Körper, dafür könnte Romelia einen guten Preis erzielen. Denn ohne die Zöpfe hatte Pila keinen Wert mehr für sie. Solange mußte sie sie durchfüttern. Aber das hatte bald ein Ende. Wenn Valerius die nächsten Spiele ausrichtete, wollte sie die blonde Perücke tragen.
Sie ging hinüber in die letzte Kammer der Therme, das Balineum. In dem Becken mit warmem Wasser tummelten sich viele Frauen, junge, alte, von verschiedenster Gestalt; von sich gerade zu Jungfrauen entwickelnden Kindern bis zu fetten oder faltigen Frauen. Langsam schritt sie am Beckenrand entlang, ihr Tuch hinter sich auf den Fliesen schleifend. Selbst hier, wo nur Frauen

ihr Publikum stellten, machte sie aus ihren Reizen keinen Hehl, als gelte es, eine ganze Legion zu verführen. Dann ließ sie sich ins Wasser gleiten und schwamm mit ausholenden Bewegungen. Die anderen Frauen machten ihr bereitwillig Platz. Drusilla und Pila hockten sich an den Rand und warteten.

Romelia aalte sich genießerisch im Wasser, als müsse sie sich von einem anstrengenden amourösen Abenteuer erholen. Drusilla schwieg und überlegte, welche Rolle Pila wohl in Romelias Plänen spielte. Keineswegs war sie nur als Badesklavin vorgesehen, auch wenn Romelia unter ihren Händen offensichtlich Vergnügen empfand. Doch Drusilla wußte, wie schnell sich bei Romelia der blaue Himmel mit Wolken verfinstern konnte.

»Packt alles zusammen, ich will nach Hause!«

Die beiden Sklavinnen sprangen auf, packten in Windeseile die Amphoren in den Korb und begleiteten Romelia ins Apodyterium. Vor dem Bad warteten die Sänftenträger.

Auf dem Heimweg fragte Pila: »Drusilla, was ist ein Gladiator?«

Drusilla blickte sie verständnislos an. »Ein Gladiator? Ein Schwertkämpfer.«

»Ein Krieger also?«

»Nein, kein Krieger.«

»Aber warum kämpft er mit dem Schwert? Das tun doch Krieger, Soldaten.«

»Ja, schon.«

»Ist denn Krieg?« wollte Pila wissen.

Drusilla lachte. »Gladiatoren kämpfen nicht im Krieg. Sie kämpfen zum Vergnügen.«

»Zum Vergnügen? Aber wenn sie sich verletzen oder gar sterben?«

»Das ist doch ihr ganzer Zweck. Wozu sollen sie sonst dasein?«

Pila schwieg. Sie dachte wieder an die dunkelblauen Augen und fühlte sich plötzlich sehr seltsam.

Viertes Kapitel

BROT UND SPIELE

Die Spiele des Valerius wurden schon lange vor Beginn mit großem Pomp auf dem Forum verkündet. Am ersten Tag des Monats verkündete der Pontifex Maximus, der oberste Priester Roms, die wichtigsten Tage des Monats. Und die wichtigsten dieses Monats waren die von Valerius geplanten und finanzierten Spiele in Rom. Selbst von den Treppen der Curia, wo sich der Senat versammelte, verkündeten Herolde und Trompeter die Neuigkeit. Das Volk lief zusammen und jubelte dem Senator zu, der damit ein ganzes Stück in der Beliebtheit der Römer stieg. Die Spiele sollten sich über fünf Tage hinziehen. Angekündigt wurden Pferderennen im Circus Maximus, Theateraufführungen griechischer Dichter im Theatrum Pompeii, Prozessionen an den Tempeln am Capitol und Gladiatorenkämpfe im Circus Flaminius.

Während in der Stadt die Vorbereitungen auf Hochtouren liefen, versetzte Romelia alle Haussklaven in helle Aufregung. Für die Spiele benötigte sie dringend neue Garderobe, die sie zur Schau stellen wollte. Denn die Spiele dienten ihr nicht nur als Abwechslung und Unterhaltung, sondern boten eine legale Möglichkeit, sich dem Volk, ob Plebejer oder Patrizier, im Luxus ihrer Gewänder und ihres Schmuckes zu präsentieren. Und so wimmelte die Villa von Tuchhändlern, Schneidern, Ledermachern, Schmuckhändlern und allen möglichen Straßenverkäufern, die ein Geschäft witterten. Oft hockten sie bereits im

Morgengrauen vor dem Tor, in der Hoffnung, Einlaß in die weitläufige Villenanlage zu finden. Und nicht wenige versuchten, den Türsteher zu bestechen.
Romelia ließ sich Gewänder nähen, die ihr dann doch nicht gefielen. Es wurden neue Stoffe gebracht, neue Gewänder genäht. Sie schickte Drusilla als Spionin zu Flavia, welche Garderobe sie zu den Spielen vorbereitete, um sie an Luxus noch zu übertreffen.
Und Pila lernte Romelia von ihrer schlimmen Seite kennen, nämlich wenn diese unzufrieden, gereizt, nervös und unerträglich war. Dann hatten es auch die Haussklaven schwer, die sie anschrie, mit dem Fuß trat, sie mit spitzen Nadeln stach oder auch handfest verprügelte. Selbst die geduldige Drusilla bekam eine schwere Silberschale an den Kopf geworfen, daß sie minutenlang benommen liegenblieb.
Pila begann Romelia zu fürchten. Ihre Wutausbrüche kamen wie der Blitz aus heiterem Himmel, wenn sie mit irgendeiner Kleinigkeit nicht zufrieden war. Und zufrieden war sie nie. Noch vor einiger Zeit wäre es für Pila undenkbar gewesen, sich den Launen einer Frau so auszusetzen. Aber mittlerweile war auch ihr zu Bewußtsein gekommen, daß sie keine andere Wahl hatte, wollte sie am Leben bleiben.
Zu Pilas Glück schien der Senator ganz das Gegenteil seiner Frau zu sein, und er mußte wohl so etwas wie Mitgefühl aufbringen, da er es gegen Romelia durchsetzte, Pila zu seiner Bedienung abzustellen.
Während er im Garten, im Schatten der Bäume, auf seiner Kline lag, ließ er sich von Pila Wein mischen und Obst reichen.
»Setz dich her«, forderte Valerius sie auf und zeigte auf den Boden. Pila hockte sich vor die Kline. »Ich mag es, wenn ich mich während meiner Ruhe der geistreichen Konversation hingeben kann«, sagte er. »Das kann Romelia natürlich auch, aber

sie hat jetzt andere Dinge im Kopf. Viele meiner Sklaven sind gelehrt und kennen die Schrift, lesen Dramen der Griechen oder erzählen Possen. Erzähl mir von dir! Welcher Schrift bist du mächtig?«
»Keiner, Herr. Wir kennen keine Schrift, so wie die Römer. Es gibt Zeichen, die wir Runen nennen, aber sie dienen zu magischen Zwecken.«
Valerius nickte. »Das ist sehr interessant. Auch wenn ihr barbarische Wilde seid, so habt ihr doch wenigstens eure Götter. Ihr habt doch welche, oder?«
Pila nickte. »Ja, wir haben Götter, die wir verehren, wenn auch nicht in Tempeln aus Stein. Aber es gibt Orte, wo sie allgegenwärtig sind. Odin ist der oberste Gott, der auf dem achtbeinigen Hengst Sleipnir reitet. Er erweitert Macht und Wesen und wirft den Speer. Thor ist der Gott, der den Hammer schwingt. Er jagt mit einem Bocksgespann durch die Gewitterwolken und macht den Donner. Er ist sehr stark und gewaltig. Die Bauern lieben und fürchten ihn gleichsam. Doch Ziu schleudert den Blitz und führt die Kriege.«
»Eure Götter sind euch gleich«, bemerkte Valerius. »Sie spiegeln die germanische Unruhe wider, die Unstetigkeit, die Wanderlust, den aufbrausenden Zorn und das grübelnde Sinnen, das Verlangen nach mystischer Weissagung und dunklen Orakeln. Wie anders seid ihr doch als wir Römer. Euch fehlt die Kunst zu leben, zu lieben, die Freude an den schönen Dingen des Lebens. Dabei habt ihr doch auch schöne Dinge zu bieten. Schöne Mädchen wie dich zum Beispiel. Wie kann nur ein Mann dich ansehen und dich nicht begehren?« Er lachte.
Pila zuckte zusammen. Nachdem Drusilla ihr unverblümt gesagt hatte, daß Valerius sie ganz sicher begehren würde, wartete sie ängstlich auf den Moment, wo er sich ihrer habhaft machen würde. Doch Valerius ließ sich Zeit. Die geistige Kom-

munikation mit Pila schien ihm Vergnügen zu bereiten. Nach und nach vertraute Pila ihm etwas mehr, obwohl sie auf der Hut war. Es tat ihr gut, sich mit jemandem über ihre heimischen Götter zu unterhalten. Sie hatte sonst niemanden, der ihr Denken und Fühlen zumindest nachvollziehen konnte. Verstehen taten die Römer sie ohnehin nicht, zu unterschiedlich waren ihre Lebensauffassungen.
»Schade, daß ihr Germanen eure Götter nicht in Tempeln verehrt. Ich hätte mich im Senat dafür eingesetzt, daß für die germanischen Sklaven ein Tempel gebaut wird, wo sie ihre Götter verehren können.«
Pilas Augen weiteten sich. »Das würdest du tun, Herr?« fragte sie. Im gleichen Moment erschrak sie. Hatte Drusilla ihr doch eindringlich klargemacht, daß sie keine Fragen stellen durfte! Doch Valerius nahm keinen Anstoß daran.
»Ja, das würde ich tun. Und ich habe nichts dagegen, wenn du deinen Göttern huldigst. Opferst du ihnen auch? Mit Tieren? Oder gar Menschen?«
»Nein, Herr, das ist Aufgabe der weisen Frauen, der Seherinnen. Ich bin nur eine Bauerntochter. Aber ich bete zu den Göttern, und manchmal habe ich das zweite Gesicht.«
»Oh, dein erstes Gesicht reicht mir voll und ganz. Du hast sehr schöne blaue Augen. Ich glaube, fast alle deiner Stammesleute haben blaue Augen. Hängt das mit euren Göttern zusammen?«
»Ich weiß es nicht, Herr. Ich habe darüber noch nicht nachgedacht.«
»Nun, das solltest du auch nicht. Ich erfreue mich an deiner Schönheit, egal, wem du sie verdankst. Komm, schenk mir noch einmal Wein nach.«
Während Pila sich vorbeugte, um Valerius den Becher zu füllen, blickte er in den Ausschnitt ihres Gewandes. Ihre weißen, vollen Brüste begeisterten seinen ästhetischen Sinn. Er langte nach

einer Silbermünze aus dem Lederbeutelchen, das er immer unter seinem Gewand trug, und warf sie in Pilas Ausschnitt. Zu seiner Freude blieb die Münze zwischen ihren Brüsten stecken.
»Das ist ein wunderbares Spiel, hübsche Pila. Du darfst die Münze behalten. Jede Münze, die nicht danebenfällt, darfst du behalten.«
Pila senkte verschämt den Kopf. »Danke, Herr«, murmelte sie.
Romelia erschien völlig aufgelöst und ließ sich entnervt auf die zweite Kline fallen. Sofort zog Pila sich zurück.
»Ich weiß nicht, wo mir der Kopf steht«, japste sie und griff nach dem Weinbecher. »Die Sklaven sind faul und dumm. Ich habe noch immer nicht die richtige Garderobe für die Festlichkeiten zusammen, und die Spiele rücken immer näher.«
Sie blickte Pila hinterher, die zwischen den Säulen ins Haus verschwand.
»Ach ja, jetzt fällt es mir wieder ein. Den Perückenmacher wollte ich noch bestellen.«
Valerius, dem die Prunksucht seiner Frau bekannt war, horchte auf. »Den Perückenmacher? Was willst du denn mit einer Perücke?«
»Die will ich zu den Spielen tragen. Es ist die neueste Mode, und Flavia trägt ebenfalls eine blonde Perücke.«
»Eine blonde?«
»Natürlich! Dachtest du, ich benötige diese Sklavin aus einem anderen Grund?«
Valerius gab ein Geräusch von sich wie eine geplatzte Schweinsblase. »Du meinst doch nicht etwa Pila?«
»Wen sonst? Ich werde ihr Haar abschneiden und mir daraus eine Perücke fertigen lassen.«
Langsam erhob sich Valerius aus seiner bequemen Lage, und an seiner Stirn schwollen Zornesadern. »Du willst ihr das Haar abschneiden? Ich dachte, du willst mit dieser Sklavin repräsen-

tieren. Ich habe fünfzigtausend Sesterzen für eine Perücke bezahlt?«

»Glaubst du, ich habe sie immer wieder ins Bad mitgenommen, weil sie so schön ist? Das Haar sollte sie pflegen, bis ich es ihr abschneide.«

»Und dann?«

Romelia zuckte mit den Schultern und machte eine wegwerfende Handbewegung. »Verkaufe ich sie. Vielleicht in ein Bordell. Die Soldaten werden ihre Lust an dieser kalten Marmorsäule haben. Vielleicht prügeln sie sie ja auf den Gipfel der Lust.«

»Das ist nicht dein Ernst, Romelia!«

Sie blickte ihren Gatten erstaunt an. »Mein vollster Ernst. Hast du etwas dagegen?«

»Und ob! Pila habe ich gekauft, und sie bleibt, wie sie ist. Wage nicht, deine Hand gegen sie zu erheben und ihr das Haar abzuschneiden. So wahr ich Valerius Severus Atticus bin und Senator dieser römischen Republik, ich lasse dich nackt durch die Arena jagen, wenn du dich an Pilas Haar vergreifst.«

Romelia wollte aufbegehren, doch Valerius schnitt ihr das Wort mit einer Handbewegung ab. »Schweig, du Schandmaul. Ich habe nicht vergessen, wie du mich auf dem Sklavenmarkt vor der ganzen Stadt lächerlich gemacht hast, weil du diese Sklavin haben wolltest. Kein Preis war dir hoch genug. Sie hat mich entzückt, sie ist ein erfreulicher Lichtblick in diesem muffigen Haus. Ich verlange, daß du sie als das betrachtest, was sie hier ist, eine sehr schöne Bedienung für mich!«

»Sie ist meine Sklavin!« keifte Romelia.

»Gewesen, meine Liebe, gewesen. Denn ab jetzt wird sie nur das tun, was ich ihr sage. Du kannst sie höchstens mal bei mir ausborgen! Und nun entschuldige bitte, mir schmerzt der Kopf von deiner schrillen Stimme!« Valerius erhob sich und verließ

erzürnt den Garten. Wieder einmal hatte Romelia es verstanden, ihn zu verstimmen. Er mußte sich abreagieren.
»Pila!« schrie er durch die Hallen des Hauses.
Erschrocken lief Pila aus der Küche ihm entgegen. »Ja, Herr?«
Er blickte sie an und atmete auf. »Komm mit, du begleitest mich in die Stadt.«
»Ja, Herr«, antwortete sie. Sie konnte sich seine plötzliche Erregung nicht erklären, wagte aber nicht, ihn zu fragen. Sie folgte ihm, als er mit schnellen Schritten zum Atrium eilte und nach seinen Trägern rief. Sie lief allein der Sänfte nach. Jetzt hätte sie die Gelegenheit zur Flucht gehabt, niemand schien sich um sie zu kümmern. Valerius hockte mit finsterem Gesicht in der Sänfte, seine Träger eilten im Laufschritt und keuchten. Pila, die langes Laufen gewöhnt war, hatte keine Mühe, den Anschluß zu behalten. Doch Pilas Gedanken kreisten nicht um eine mögliche Flucht, sie kreisten um Valerius. Was hatte er vor?
Vor einem Tuchladen ließ er die Träger anhalten.
»Komm her!« befahl er Pila. Dann winkte er dem Geschäftsinhaber. »Zeige mir grünes Leinentuch, aber von bester Qualität! Rufe den Schneider, und lasse dieser Sklavin ein Gewand nähen! Eine lange Tunika mit Schulterspange, dieser hier.« Er warf eine Fibel auf den Tisch, und sie klang wie Gold.
»Komm mit, Pila, jetzt suche ich dir einen schönen Armreifen aus. Du sollst nicht ärmlich aussehen, wenn du während der Spiele hinter mir in der Ehrenloge sitzt. Jawohl, du bist für mein leibliches Wohlergehen verantwortlich.«
»Ja, Herr!« Pila war viel zu verwirrt, um einen klaren Gedanken zu fassen. War es jetzt soweit? War das der Augenblick, von dem Drusilla gesprochen hatte? Würde er jetzt ganz von Pila Besitz ergreifen?
Pila starrte auf den wunderschönen und teuren Armreifen, den Valerius ihr überstreifte. Er lachte, weil sie so verlegen dastand.

»Kopf hoch, Pila! Ich schaue so gern in deine blauen Augen! – So, nun lauf nach Hause, und paß gut auf! Ich werde mich inzwischen einem anderen Vergnügen zuwenden.« Ohne daß Pila es bemerkte, waren sie weitergelaufen und standen vor einem großen Haus. Es war zweifellos ein Lupanar, und es wurde von einer Frau geleitet. Die *Lena* kam Valerius entgegen, und ihr Lächeln offenbarte Pila, daß sie Valerius gut kannte. Der Senator verschwand in der Tür des Hauses, und Pila wollte sich abwenden, um nach Hause zu laufen, als ein Mann aus dem Gebäude herauskam. Er hob den Kopf und blickte Pila in die Augen.

»Odin, hilf!« flüsterte Pila. Es war der fremde Reiter, der Gladiator Claudius. Er stutzte ebenfalls und blieb stehen.

»Pila«, sagte er überrascht. »Wartest du auf deinen Herrn?«

Pila starrte ihn an. Sie wußte, es war unschicklich, aber sie konnte ihre Augen nicht von ihm wenden.

»Nein, Herr. Mein Herr hat mich entlassen, um nach Hause zu gehen.«

»Laß mich dich begleiten. Ein so schönes Mädchen ist auf den Straßen vielfältigen Gefahren ausgesetzt.« Claudius konnte sich an Pila nicht sattsehen. Doch sie war eine Sklavin und damit Eigentum eines anderen. Allerdings war es auch Sklaven erlaubt, ihren natürlichen Bedürfnissen nachzugehen. Und nichts hätte er lieber getan, als dieses lichtgleiche Wesen im Arm zu halten. Doch erstens kam er gerade aus einem Lupanar, wo er alle seine Säfte großzügig vergossen hatte, und zweitens war irgend etwas an dieser Sklavin, das ihn seltsam berührte. Nicht nur, daß sie auf ihre Weise schön war. Sie strahlte etwas aus, das ihm fremd war und ihn doch faszinierte. Es war eine gewisse Art von Scheu, von Keuschheit, von Zerbrechlichkeit. Er mußte über sich selbst lächeln.

Pila deutete sein Lächeln anders. »Du beschämst mich, edler

Claudius. Ich bin nur eine Sklavin und nicht der Mühe wert, daß ein berühmter Krieger wie du sich um meinen Schutz bemüht.«
»Krieger?« Claudius verschluckte sich fast. Dann senkte er den Blick. »Oh, das tue ich gern. Ich habe jetzt sowieso nichts anderes vor.«
Sie durchquerten einen Park. Zwischen den Büschen und Hekken standen steinerne Bänke, kleine Pavillons luden zum Verweilen ein. Nur wenige Menschen waren im Park, um zu lustwandeln. Sklaven liefen eilig vorbei, ohne sie eines Blickes zu würdigen. Claudius zog Pila auf die Rückseite eines kleinen Tempels. In der Mauer befand sich ein Exedrium, eine kleine Nische mit einer Bank.
»Setz dich zu mir, Pila«, sagte er. Er zog Pilas Tuch über den rechten Arm, wo ihr das Zeichen ihres Herrn eingebrannt worden war. Jetzt sahen sie aus wie ein ganz normales Liebespaar.
Pilas Herz schlug bis zum Hals. Die Nähe dieses Mannes verwirrte sie. Er entfachte in ihr Gefühlsstürme, die sie sich nicht erklären konnte.
»Ich möchte so gern dein Haar berühren«, sagte er leise.
»Wenn es dir Freude bereitet«, erwiderte sie.
»Ich habe noch nie so langes Haar gesehen. Auch die römischen Frauen tragen langes Haar, manche auch kurzes, das ist je nach Mode verschieden. Doch so lang ...« Sacht strich er an ihren Zöpfen entlang. Pila begann zu zittern.
»Ich ... ich weiß nicht, was du von mir willst, edler Claudius. Ich glaube, ich muß wieder zurück in das Haus meines Herrn.«
Claudius lachte. »Dein Herr hat jetzt andere Vergnügungen. So schnell kommt er aus dem Lupanar nicht wieder raus. Wenn er da ist, geht es immer sehr lustig zu, und er beansprucht so ziemlich alle Meretricen der Claudia Domenica. So freigebig wie er ist nämlich kaum ein Kunde. Du hast noch Zeit.«
»Du warst auch in diesem Haus?« fragte Pila schüchtern.

»Natürlich. Es ist zwar nicht gerade das billigste, dafür bekommt man allerhand geboten. Mittlerweile kann ich es mir leisten, in diesen Lupanaren zu verkehren.«
»Und das tun hier alle Männer?« fragte Pila verwundert.
»Natürlich. Was sollen sie denn sonst machen, wenn ihnen die Lenden platzen wollen? Dazu sind diese Häuser eben da. Du stellst seltsame Fragen.«
»Entschuldige, es steht mir gar nicht zu, Fragen zu stellen.«
»Du hast einen Mund zum Reden und einen Kopf zum Denken«, entgegnete Claudius. »Es gibt viele Sklaven, die eine hohe Bildung aufweisen.«
»Das hat mein Herr auch gesagt.«
»Und du bist nicht nur klug, sondern auch schön.« Claudius hob mit den Fingerspitzen ihr Kinn empor, damit sie ihn anschauen mußte.
Bei Odin, diese Augen, dachte Pila. Und sie sind blau! Wieso sind seine Augen blau? Er ist doch ein Römer! Welcher Gott hat ihm blaue Augen geschenkt?
Die Berührung seiner Hände ließen ihre Wangen erröten. Mit Entzücken beobachtete Claudius ihr Gesicht. »Die griechische Göttin Eos muß dich erschaffen haben, aus dem Weiß der Wolken, dem Blau des Himmels, dem Gold der Sonnenstrahlen und dem Morgenrot.«
Bei diesen poetischen Worten wurde es Pila seltsam warm, und ein verräterisches Kribbeln lief über ihre Haut. Sie zog das Tuch enger um ihre Schultern. »Fürchtest du dich?« fragte Claudius.
Pila schüttelte den Kopf. »Nein, nur … solche schönen Worte hat mir noch niemand gesagt.«
Einer plötzlichen Eingebung folgend öffnete sie einen ihrer Zöpfe. Sorgfältig strich sie eine dünne Haarsträhne glatt. »Gib mir dein Messer«, bat sie Claudius. Er reichte ihr verwundert einen kurzen Dolch, den er am Gürtel trug. Mit einem kurzen

Schnitt des scharfen Messers trennte sie die Strähne ab. Sie gab Claudius den Dolch zurück. Schnell flocht sie ihren Zopf wieder ein. Die Strähne jedoch drehte sie zu einer filigranen Schnur, in regelmäßigen Abständen geschmückt durch kleine Knoten, die sie geschickt zusammendrehte. Es entstand eine Kette, die sie Claudius um den Hals legte. Nun war es an dem Gladiator, gerührt zu sein.

»Die Götter mögen dich beschützen«, murmelte Pila.

»Pila, ich weiß gar nicht ...« Er zog sie an sich und suchte ihre Lippen.

»Bitte nicht! Ich darf das nicht tun, auch wenn mein Herz seltsam unruhig ist.« Sie senkte den Blick. »Es ist Zeit, daß ich mich auf den Heimweg begebe. Wenn mein Herr eher zu Hause ist als ich, falle ich in tiefe Ungnade.«

»Ich möchte nicht, daß du meinetwegen Schwierigkeiten bekommst. Trotzdem, Pila, ich möchte dich gern wiedersehen!«

»Das liegt nicht in meiner Macht, Claudius. Nichts liegt in meiner Macht, sondern bei den Göttern.« Sie erhob sich.

Claudius zog sie an sich und preßte seine Lippen auf ihre Stirn. »Dem kann man aber etwas nachhelfen«, murmelte er.

Der Circus Flaminius glich einem Hexenkessel. Nördlich des Capitol gelegen in Richtung zum Marsfeld hin, war er zwar kleiner als der Circus Maximus, aber für die Gladiatorenspiele besser geeignet. In den vorangegangenen Tagen hatten die Wagenrennen im Circus Maximus stattgefunden, bei denen Pila stets hinter Valerius sitzen mußte. Ja, er verlangte nicht, wie von seinen anderen Sklaven, daß sie über Stunden stehen bleiben mußte, sondern ließ ihr einen kleinen Klapphocker hinstellen. Daneben stand ein Tisch mit Wein und Obst, Gebäck und Oliven, die sie ihrem Herrn, je nach dessen Gelüsten, reichen mußte. Als Sponsor dieser großartigen Spiele stand ihm die

Ehrenloge zu. Seine Familie saß einige Reihen höher gemeinsam mit ihren Leibsklaven und Kinderfrauen.
Zähneknirschend mußte Romelia sich geschlagen geben und ihren Plan, zu den Spielen mit einer blonden Perücke zu erscheinen, aufgeben. Dafür trug sie eine kostbare Stola mit orientalischen Metallfadenstickereien am Saum und darüber eine leuchtend blaue Palla, die ein Vermögen gekostet haben mußte.
Die Sklaven tuschelten über Valerius' neue Favoritin und hegten besondere Vorsicht in ihren Worten gegenüber Pila. Auch behandelten sie sie jetzt zuvorkommender als bisher. Niemand war sich sicher, ob diese blonde Wilde dem Herrn nicht irgendwelche Dinge ins Ohr flüsterte, die den anderen Kopf und Kragen kosten konnten. Daß Pila weit davon entfernt war, ihre jetzige Stellung in irgendeiner Form auszunutzen, ahnte keiner der Sklaven. Nur Drusilla schien beruhigt. In Valerius' Nähe war Pila zumindest sicherer als unter Romelias Fuchtel.
Pila staunte über die tollkühnen und todesmutigen Wagenlenker, die in Zweier- und Vierergespannen in voller Fahrt durch die Bahn des Circus jagten und auch nicht davor zurückschreckten, sich gegenseitig gewaltsam aus dem Rennen zu werfen. Es gab auch schwere Unfälle, aber die Begeisterung packte sie, und sie jubelte den Siegern zu.
An einem anderen Tag besuchten sie alle eine Theateraufführung. Zwar verstand Pila den Sinn der derb komischen Vorstellung eines griechischen Stückes nicht, obwohl die Worte der Schauspieler auch noch auf den obersten Rängen klar zu vernehmen waren. Dafür amüsierte sie sich köstlich über die plumpen Versuche eines fetten und tollpatschigen Fabelwesens mit Hufen, Pferdeschwanz, Hörnern und einem riesigen, erigierten Phallus, mehreren Frauen, die sich Mänaden nannten, nachzusteigen. Zu wilder Musik, Flöten, Trommeln, Fanfaren, tanzten die Satyrn. Doch die Mänaden waren gewitzter, und die geilen,

fetten, feigen und gefräßigen Satyrn hatten das Nachsehen. Dumme Bauern traten auf, hochmütige Damen, Betrunkene, Alte, sogar zu Mensch gewordene Götter. Sie alle machten sich lustig, über sich selbst, über prominente Zeitgenossen, selbst über den Senator Valerius rissen sie Witze. Und Valerius hielt sich den Bauch vor Lachen. Sogar Kinder fanden Freude an den derben Scherzen. Der Abend klang in fröhlicher Runde aus, bei dem die Hauptmahlzeit mit der Familie und einigen Gästen eingenommen wurde, untermalt von Musik.

Pila war von früh morgens bis spät nachts auf den Beinen, wie alle Sklaven und Bediensteten des Hauses. Und zu den Veranstaltungen trug sie die neue, hellgrüne Tunika und den Armreif, den Valerius ihr gekauft hatte. Und ein Geldstück gehörte ihr auch. Das trug sie in einem kleinen Stoffbeutelchen unter ihrem Gewand.

Am letzten Tag dieser aufregenden Spiele saßen sie im Circus Flaminius. Um das Spektakel voll auszukosten, waren alle bereits beim Einzug der Gladiatoren versammelt. Die Ränge des Circus waren bis auf den letzten Platz besetzt. Lange hatte es keine derartig aufwendigen Spiele gegeben, wie die des Senators Valerius. Doch zuerst durfte Valerius im Streitwagen eine Ehrenrunde fahren, gefolgt von den Kämpfern. Das Volk jubelte Valerius zu, der sich wie ein Kaiser feiern ließ. Er lenkte den Wagen selbst und zeigte dabei großes Geschick. Die Gladiatoren, die ihm in weiteren Wagen folgten, trugen prunkvolle Rüstungen. Unter ihnen entdeckte Pila Claudius. In seiner blinkenden Rüstung wirkte er wie der Kriegsgott selbst. Pilas Herz schlug höher, und ihr schien, daß Claudius' Augen, während seiner Fahrt, auf den Rängen nach Pila suchten. Es war eine farbenprächtige Parade, die jedem Römer das Herz im Leibe höher schlagen ließ. Wurde doch die Gunst der Sponsoren nach der Pracht der Spiele bemessen, die sie ausrichten ließen.

Valerius war von seinem Streitwagen gestiegen und hatte wieder in der Ehrenloge Platz genommen. Pila reichte ihm einen Becher gekühlten Wein. Der Senator seufzte gelassen nach dem Jubel der Zuschauer. Er konnte mit sich zufrieden sein. Vor allem hatte er das Volk abgelenkt; die Wogen, die einen Bürgerkrieg heraufbeschworen hatten, wurden, zumindest zeitweilig, geglättet. Der vom römischen Wohlleben verdorbene Pöbel brauchte eine Beschäftigung, durch welche er von der Schädigung des Staatswesens abgehalten wurde.
Zunächst kämpften junge Gladiatorenschüler mit Holzwaffen gegeneinander. Valerius schien das nicht zu interessieren, und er plauderte zwanglos mit einem anderen Senator, den er zu sich in die Ehrenloge gebeten hatte. Gegen Mittag betraten die ersten Gladiatoren die Arena. Noch beließen sie es bei Scheingefechten, und es floß nur wenig Blut. Schon begannen die Zuschauer zu murren, als die bekannten Gladiatoren die Arena betraten. Die Zuschauer jubelten ihre Namen, während die Kämpfer sich stolz präsentierten. Das Zeichen zum Kampf mit den scharfen Waffen gab das Signal von Tuben, das düster durch die Arena scholl, dann erklangen Trompeten und Hörner, Pfeifen und Flöten. Mehrere Paare kämpften gleichzeitig. Mal waren es fast unbekleidete, nur mit einem Netz, Dreizack und Dolch bewaffnete Männer, die gegen die Secutorer kämpften, Gladiatoren mit Helmen, Schilden und Schwertern, mal waren es mit einem Krummschwert und einem kleinen runden Schild ausgerüstete Kämpfer, die Arme und Beine mit Lederschienen schützten und gegen Kämpfer mit Kurzschwertern und großen, rechteckigen Schilden antraten. Zu Pilas Entsetzen mußte sie mit ansehen, daß sich die Kämpfer tatsächlich töteten. Bevor sie dem Unterlegenen den Todesstoß versetzten, warteten sie auf das Zeichen der Zuschauer. War ein Unterlegener tapfer gewesen, dann konnte er auf die Gunst der Zuschauer hoffen, die ihn

begnadigten. Der Ängstliche aber wurde von den tobenden Massen ausgepfiffen und bekam unter Gejohle den Todesstoß versetzt.

Panik stieg in Pila auf. Einer dieser Kämpfer in dem mittlerweile blutigen Sand der Arena würde Claudius sein! Kaum konnte sie die Hitze des Nachmittags ertragen. Das sinnlose Gemetzel in der Arena erregte ihren tiefsten Widerwillen. Die Germanen waren wilde und todesmutige Kämpfer. Aber sie setzten ihr Leben im Krieg ein, wenn es um die Verteidigung ihrer Interessen ging. Oft genug war es der nackte Überlebenswille eines Stammes, der die Männer zu den Waffen greifen ließ. Was da unten in der Arena stattfand, hatte nichts mit einem Kampf zu tun, nichts mit der Notwendigkeit, sein Leben aufs Spiel zu setzen. Es war eine Volksbelustigung, die den Tod vieler Männer zur Folge hatte. Soviel Pila wußte, waren die meisten Gladiatoren Sklaven oder Gefangene, die in der Arena eine minimale Chance erhielten, sich von ihrem Los freizukämpfen. Die Unterschiedlichkeit der Waffen und der Zustand der meisten Gefangenen ließen oft keinen Zweifel am Ausgang des Kampfes.

Wurde ein Kämpfer getroffen, brüllten die Zuschauer: »Er hat's! Er hat's!« Einige tapfere Fechter wiesen die Einmischung der Zuschauer zurück und deuteten durch Winke und Gesten an, daß ihre Wunden nicht erheblich seien, obwohl sie bereits stark bluteten. Dies fand die Teilnahme der Zuschauer, und die Sympathien gehörten dem Tapferen. Doch ein Zaghafter, Ängstlicher schien das Publikum geradezu zu beleidigen, und die Massen schrien empört, wenn ein Gladiator nicht gern sterben wollte. Dann wurden die Zagenden mit Peitschen und glühenden Eisen in den Kampf getrieben.

Pila war auf ihrem Hocker zusammengesunken und bedeckte ihr Gesicht mit den Händen. Waren das die Menschen, denen sie begann, Vertrauen zu schenken? Waren das überhaupt Menschen, die Freude daran empfanden, zuzuschauen, wie sich andere töteten? Ja, die sie regelrecht dazu aufforderten und anspornten, sich gegenseitig abzuschlachten!

Eine Pause entstand. Die Leichen wurden hinausgetragen, der blutgetränkte Boden der Arena wurde von Knaben umgeschaufelt. Mohrensklaven schütteten frischen Sand auf, derweil die Sieger aus den vorherigen Kämpfen vor den Zuschauern Palmzweige schwenkten.

»Jetzt wird es erst interessant«, frohlockte Valerius und rieb sich die Hände. »Jetzt kommen die Gladiatoren aus Capua. Für mich sind es die besten!«

Tubensignale erschollen und kündeten vom Beginn der letzten Kämpfe, auf die die Zuschauer den ganzen Tag gewartet hatten. Die Sieger aus den Vorkämpfen traten gegen die Gladiatoren aus der Schule des Lentulus an.

»Diesmal gibt es keine Gnade für Unterlegene«, erklärte Valerius. »Einer von beiden bleibt in der Arena.« Er wandte sich nach Pila um, die zusammengekrümmt auf dem Stuhl hockte. »Was ist los, gefällt dir mein Spiel nicht?«

»Es ist entsetzlich«, hauchte Pila.

»So? Was ist an Tapferkeit entsetzlich? Ihr Barbaren kämpft doch auch tapfer. Übrigens gibt es noch einen besonderen Leckerbissen. Die fünf Sieger aus diesen Gefechten kämpfen gegen fünf Germanen! Da sind sie mal richtig gefordert!«

Pila stockte das Blut in den Adern. Nicht genug, daß sie um Claudius' Leben bangen mußte, auch Landsleute wurden in dieses perverse Spiel geworfen! Und als die Elite-Gladiatoren der Schule von Capua einmarschierten, erkannte sie Claudius. Alle hatten ihre Prachtuniformen abgelegt. Sie trugen nur noch Lederschurze mit breitem Gürtel und Lederfesseln um die Handgelenke. Die Kämpfe erfolgten nun einzeln, die Gladiato-

ren aus Capua jeweils gegen die Sieger aus den Vorkämpfen. Claudius' Gegner war ein Gladiator, der bereits entkräftet war und aus dem Vorkampf eine große Wunde an der Schulter aufwies. Pila rang verzweifelt die Hände. Auch wenn dieser Gladiator geschwächt war, so war er doch sehr tapfer und todesmutig und konnte Claudius sehr gefährlich werden.
Der Kampf blieb nicht lange unentschieden. Claudius trieb seinen entkräfteten Gegner durch die Arena.
»Schau, Claudius kämpft mit der linken Hand!« Valerius war aufgesprungen. Zwei Schwertstreiche streckten den Angreifer in den Sand. Claudius fragte nicht nach dem Urteil der Zuschauer, sondern setzte kaltblütig den Todesstoß. Danach warf er wütend sein Schwert in den Sand.
»Das ist kein Gegner für mich gewesen!« rief er. »Willst du mich beleidigen, Valerius?«
Die Menge johlte und brüllte und zollte Claudius uneingeschränkten Beifall. Valerius lächelte huldvoll und winkte dem Gladiator.
»Du bekommst einen ebenbürtige Gegner, Claudius, das bin ich dem Volk schuldig!« Und diesmal schrien die Massen für den Senator. Vier Sieger aus den Vorkämpfen fanden den Tod und ein Gladiator aus Capua. Und fünf Sieger standen im Oval des Circus.
Nach einer nochmaligen Pause, in der man die Toten heraustrug und der Sand wieder geglättet wurde, folgten die Endkämpfe. Diesmal kämpften die fünf Sieger gegen fünf kräftige Germanen. Es waren bärtige, muskulöse Wilde, die die Römer fast um Haupteslänge überragten. Claudius war noch der größte der römischen Gladiatoren, aber auch sein Gegner war ihm an Kraft und Größe überlegen.
»Odin hilf!« betete Pila, aber ihr war selbst nicht klar, für wen sie den Beistand des Gottes erflehte, für ihre Landsleute oder für

Claudius. War das überhaupt der Claudius, der ihr die poetischen Worte ins Ohr geflüstert hatte, der ihr Herz zum Rasen und ihre Wangen zum Erröten brachte, dem sie im Überschwang ihrer Gefühle eine Strähne aus ihrem Haar geschenkt hatte? Mit einer Mischung aus Bewunderung und Abscheu starrte sie auf seinen bronzefarbenen, von Öl und Schweiß glänzenden Körper. Er kämpfte heldenhaft gegen den übermächtigen Germanen, doch Schritt für Schritt mußte er zurückweichen. Bei einem Ausfallschritt seines Gegners schlitzte dieser Claudius die Haut am Bauch auf, und ein breiter Blutstrom ergoß sich auf seinen Schurz. Die Zuschauer schrien entsetzt auf, gleichzeitig feuerten sie Claudius an. Doch langsam schien sich die Gunst der Zuschauer zu spalten. Viele hielten jetzt auf den Germanen, der sich laut brüllend und voll Todesverachtung auf Claudius stürzte und mit seinem Schwert auf ihn eindrosch. Es war keine Fechtkunst mehr, es war eine wüste Prügelei mit sicherem, tödlichem Ausgang. Die Waage neigte sich, doch nicht zugunsten von Claudius.

Aus Pilas Gesicht war alle Farbe gewichen. Seit sie in diese schreckliche Sklaverei geraten war, hatte es nur wenige glückliche Augenblicke in ihrem Leben gegeben, und die hatte ihr Claudius beschert, Claudius mit den schönen dunkelblauen Augen und den zu Herzen gehenden Worten. Es war der gleiche Claudius, der so verächtlich seinen Gegner in den Tod geschickt hatte und nun selbst wahrscheinlich nur noch wenige Augenblicke zu leben hatte. Sie erhob sich und richtete ihren Blick auf ihn. Obwohl Claudius sich in einiger Entfernung von ihr befand, glaubte sie doch um seinen Hals das zarte Band aus ihrem Haar zu erkennen. Ihr Geist konzentrierte sich, sie rief die Mächte des Himmels und der Unterwelt an.

»Im Haar liegt die Macht, die dir Kraft verleiht. Die Seele des Wolfes dringt in dich ein. Dein Leib wird unverwundbar gegen Feuer und

Eisen. Der Mensch in dir geht, der Wolf in dir kommt. Die große Wut nimmt von dir Besitz. Geh und verschone nichts, kämpfe als Berserker deinen größten Kampf!«
Bei diesen Worten hatte Pila die Arme erhoben. Aus ihrer Kehle erklang schaurig das Heulen eines Wolfes. Das Gesicht zum Himmel gewandt, die Augen geschlossen, vereinte sie die Kräfte der guten und bösen Geister, ließ die Seele des Wolfes in den Körper des Menschen wandern.
Und plötzlich richtete Claudius sich auf. Sein Gesicht verzerrte sich, Schaum stand ihm vor dem Mund. Er knirschte mit den Zähnen und rollte mit den Augen. Der Schrei, den er ausstieß, verunsicherte den übermächtigen Gegner. Wie ein Wahnsinniger stürzte sich Claudius auf den Germanen und hieb mit seinem Schwert gewaltig auf ihn ein. Wie von Sinnen schlug er zu, stach in den massigen Körper. Der Germane, der nichts Menschliches mehr im Gesicht des Gladiatoren sah, wußte, daß sein Ende gekommen war. »Bei Odin, ein Werwolf!« schrie er, bevor er tödlich getroffen zusammenbrach. Doch Claudius fuhr fort, auf den toten Körper seines Gegners einzustechen. Er schien nicht zu begreifen, daß der Kampf vorbei war. Das Toben der Massen schlug in lähmendes Entsetzen um.
»Claudius!« Pilas Stimme klang scharf und laut. Und da schien Claudius wie aus einem Traum zu erwachen, der Zauber war gebrochen. Er blickte verständnislos auf den grausam zugerichteten Körper des Germanen, der im blutigen Sand lag, und schaute dann auf sein Schwert. Sein Blick wanderte die Tribüne hinauf, bis er Pilas Augen fand. Sie starrte ihn fragend und angsterfüllt an. Langsam hob er das blutige Schwert zum Gruß, wollte lächeln. Doch seine Beine versagten den Dienst. Vor der Ehrenloge brach er zusammen.
Valerius war aufgesprungen und blickte betroffen auf den ent-

kräfteten Gladiator. »Na so was!« staunte er. Auch er hatte den Kampf mit wachsendem Erstaunen verfolgt und diesen nie gesehenen Ausbruch solch animalischer Kräfte erlebt. Während er immer noch voller Staunen in die Arena starrte, fiel Pila hinter ihm in Ohnmacht.

Fünftes Kapitel

PILAS HAAR

Nur mühsam kam Pila zu Bewußtsein, wo sie sich befand. Drusilla fächelte ihr Kühlung zu. Pila lag in ihrer Kammer auf dem Bett. Sie starrte gegen die kahle Wand und versuchte sich zu erinnern.

»Bei den Göttern, du lebst!« Drusillas Stoßseufzer kam aus tiefstem Herzen. »Das war vielleicht eine Aufregung!« plapperte sie los. »So etwas hat Rom noch nicht gesehen. Ich kann ja verstehen, daß es schrecklich für dich war, einen Landsmann auf diese Weise sterben zu sehen.«

»Wovon sprichst du überhaupt?« unterbrach Pila sie.

Drusilla blickte sie mitleidig an. »Du weißt von nichts?«

Pila schüttelte den Kopf. »Alles ist so wirr, ich sah Blut und Eisen und einen Wolf …«

»Du Arme! Etwas scheint in deinem Kopf völlig durcheinandergeraten zu sein. Hier, trink warmen Wein. Das weckt deine Lebensgeister.«

Pila setzte den Becher an ihre Lippen. Sie spürte die Wärme des Getränks wohlig durch ihren Körper rieseln. Langsam legte sie sich wieder zurück und schloß die Augen.

»Also, die Zuschauer tobten und schrien, als Claudius …«

»Claudius?«

»Ja, der Gladiator Claudius. Die Zuschauer tobten und schrien, als er den Germanen wie von Sinnen niedermetzelte. Dabei stammt Claudius doch aus Capua und hat das Fechthandwerk

erlernt. Er kann nämlich beidhändig fechten, weißt du. Er ist ein ausgezeichneter Taktiker und dadurch bisher immer Sieger geblieben. Doch diesmal sah es nicht so aus ... Was hast du?«
Pila hielt stöhnend die Hände an den Kopf. Langsam kehrte die Erinnerung wieder, eine grausame Erinnerung in lebendigen Bildern. Sie sah Claudius gegen den übermächtigen Germanen kämpfen, sah ihn zurückweichen, nur noch die Schläge abwehren. »Nein!!!« Sie fuhr hoch und starrte ins Leere.
»Nun beruhige dich doch!« Drusilla drückte Pila wieder auf ihr Lager. »Möchtest du noch etwas Wein?«
Auf Pilas Stirn bildeten sich kleine Schweißtropfen. Es war also wahr! Diesen Kampf hatte es gegeben. Und Claudius? War er tot? Langsam richtete sie ihren Blick auf Drusilla, deren Miene recht bekümmert schien. »Es war wohl doch keine gute Idee von Valerius, dich zu den Spielen mitzunehmen. Wer hätte auch gedacht, daß du gleich in Ohnmacht fällst?«
»Ich bin in Ohnmacht gefallen?«
»Ja, als Claudius über den Germanen siegte.«
»Claudius hat gesiegt? Er lebt?«
»Das sagte ich doch. Es war, als wäre er plötzlich eine wilde Bestie, wie bei den Tierhetzen, die hier manchmal veranstaltet werden. Da kämpfen Bären gegen Löwen und Panther gegen Stiere ...«
»Drusilla, verschone mich mit diesen grausigen Einzelheiten. Was ist mit Claudius?«
»Nicht wahr, er gefällt dir auch! Alle Mädchen und Frauen sind einfach hingerissen. So ein todesmutiger Gladiator, diese Urgewalt!« Drusilla verdrehte schwärmerisch die Augen, dann seufzte sie. »Nun ja, er kann sich die Frauen auswählen, ganz nach seinem Geschmack. Ich bin da nicht gefragt, aber träumen darf man ja wohl noch. Also, er metzelt diesen Germanen nieder und bemerkt gar nicht, daß dieser schon längst tot ist. Und plötzlich

erwacht er aus seiner Raserei. Er steht da, völlig verstört, hebt das Schwert zum Gruß und bricht zusammen. Einfach so. Wie ein Baum, der vom Blitz gefällt wird. So still war es noch nie in einer vollbesetzten Arena.«

»Er brach zusammen?«

»Sagte ich doch. Du hörst mir gar nicht zu. Also, so etwas habe ich noch nicht erlebt und Rom auch nicht. Selbst Valerius ist aus seiner Loge gesprungen. Dann haben sie Claudius mit kaltem Wasser begossen, und Lentulus war natürlich sehr besorgt um ihn.«

»Und wo ist Claudius jetzt?«

»Keine Ahnung. Sicher in seinem Quartier gleich neben dem Circus. Die Gladiatoren wohnen dort in diesen Kasernen. Lentulus wird ihn schon wieder auf die Beine bringen.«

»Ich kann es«, flüsterte Pila entsetzt. »Bei Odin, ich kann die Geister der Unterwelt beschwören.«

»Was redest du da für einen Unsinn, Pila? Du bist wirklich noch durcheinander. Bleib liegen und ruh dich aus! Ich bringe dir nachher etwas Kohlsaft mit, das hilft gegen deinen verwirrten Geist.«

»Ich habe es getan, oh, ich habe es getan! Ich habe ihm die Seele des Wolfes geschickt!« Wieder schlug sie die Hände vor das Gesicht.

Drusilla erhob sich kopfschüttelnd und verließ die Kammer. Was war bloß in die kühle und sonst so starke Pila gefahren? Nicht nur, daß es große Aufregung um Claudius gab. Als Valerius zurück in seine Loge gegangen war, hatte er Pila entdeckt, die wie leblos in einer Ecke lag. Sklaven mußten sie nach Hause tragen, weil sie nicht aus ihrer Ohnmacht erwachte.

Valerius indes war mehr als zufrieden mit dem Ausgang der Spiele. Nicht nur, daß er die kostspieligsten und prächtigsten

Spiele seit Menschengedenken in Rom ausgerichtet hatte, die dem Volk noch lange in Erinnerung bleiben würden. Das seltsame Finale sorgte für tagelangen Gesprächsstoff und war Anlaß zu den wildesten Spekulationen und Gerüchten.
Daß die zarte Pila dabei in Ohnmacht gefallen war, erschien ihm nur zu verständlich. Doch in seiner Großmut nahm er es seiner Lieblingssklavin nicht übel und ließ sogar einen Bader kommen, um Pila untersuchen zu lassen. Der stellte eine sehr heftige Gemütsbewegung fest, die zu einer zeitweiligen Ohnmacht geführt hatte. Ansonsten habe die Sklavin eine erstaunlich gute Kondition.
Valerius war beruhigt und überließ Drusilla die weitere Pflege. Nicht so Romelia. In ihr wuchs der Groll gegen Pila. Bei den von ihrem Gatten finanzierten Spielen hatte sie im Mittelpunkt stehen wollen. Sie war eine Frau der Gesellschaft, sie mußte repräsentieren, und sie genoß es, sich vom Volk bewundern zu lassen. Dafür war ihr jedes Mittel recht, und unter normalen Umständen hatte sie auch freie Hand dafür. Sie konnte sich einen ausschweifenden Luxus an Kleidung und Schmuck leisten, sie besaß die kostbarsten und exotischsten Duftwässer und Salben, Gewürze und Blumen, und ihre Schönheit schien dank ausgiebiger kosmetischer Pflege zeitlos.
Auf die Spiele hatte sie sich intensiv vorbereitet und weder Kosten noch Mühe gescheut – und da verbot ihr Valerius, Pilas Haar abzuschneiden, damit Romelia sich eine Perücke fertigen lassen konnte! Mit Ingrimm dachte Romelia an den Nachmittag im Garten, als Valerius ihr völlig aufgebracht untersagt hatte, Hand an Pila zu legen. Doch ihr Haß richtete sich nicht gegen Valerius, sondern gegen Pila. Was hatte diese hinterhältige Sklavin getan, daß Valerius plötzlich so von ihr angetan war? Keinesfalls war sie seine Bettgespielin, das wußte Romelia genau. Es stand Romelia nicht zu, ihren Gatten zu kontrollieren,

mit wem er das Bett teilte. Es interessierte sie auch nicht, solange dadurch der häusliche Friede nicht gestört wurde. Valerius hatte vier prächtige Kinder, auf die er stolz war und die er rührend umsorgte. Er teilte das Bett nur noch selten mit Romelia, und es war Romelia meist recht, daß er sie in Ruhe ließ. Durch ihre Sklaven wußte sie genau, wer gerade unter Valerius' Decke kroch. Meist waren es gutbezahlte *amicas* oder griechische Hetären, die er sich kommen ließ. Ab und zu besuchte er ein Lupanar der gehobenen Kategorie, um sich mit den *meretrices*, den käuflichen Frauen, zu vergnügen. All das diente seiner Entspannung und Zerstreuung und letztlich seiner Ausgeglichenheit und Gesundheit.

Doch mit Pila schienen die Dinge etwas anders zu liegen. Aus sicherer Quelle wußte Romelia, daß Pila sich noch nie einem Mann hingegeben hatte und auch Valerius sich diesbezüglich zurückhielt. Trotzdem kaufte er ihr schöne Kleider und Schmuck, verwöhnte sie wie eine Konkubine und ließ sie nur noch leichte Arbeiten verrichten. Sie genoß gewisse Freiheiten, obwohl sie weder lesen noch schreiben, ein Instrument spielen oder ein Gedicht rezitieren konnte. Sie konnte keine geistreiche Unterhaltung führen und nicht tanzen. Sie konnte gar nichts. Sie stand nur herum, starrte alle aus ihren seltsamen Augen an und schaffte es gerade so, einen Teller anzubieten und Wein einzuschenken. Und so eine fütterte sie in ihrem Haus durch!

Romelia ballte die Fäuste. Am meisten wurmte sie, daß sie zu den Spielen keine blonde Perücke tragen konnte. Natürlich thronte Flavia mit ihren blonden Haaren in der Familienloge und ließ sich begaffen. Romelia brachte es nicht fertig, Flavias Einladung in ihre Loge anzunehmen, so sehr zerfraß sie der Neid.

Wozu brauchte diese nichtsnutzige Sklavin überhaupt solche langen Haare? Und wo steckte Pila überhaupt? Daß sie nicht

einmal Blut sehen konnte und, statt den heldenhaften Gladiatoren zuzujubeln, in Ohnmacht gefallen war, verstärkte nur Romelias Zorn auf Pila. Sie ließ sich auch noch wie eine Patrizierin von Sklaven nach Hause tragen, weil Valerius es so befohlen hatte. In den zehn Jahren ihrer Ehe, in denen sie das Haus des Senators führte, war ihr so etwas noch nicht untergekommen.
Rastlos lief Romelia in ihren Gemächern auf und ab. Wenn Pila wenigstens zu ihrer Bedienung abgestellt wäre, ihre Leibsklavin wäre, könnte sie sich an ihr rächen. Doch Valerius achtete darauf, daß sie Pila nicht zu nahe kam. Wenn Valerius anwesend war! Und wenn nicht?
Romelia ergriff eine Haselnußgerte und schwang sie prüfend in der Hand. Sie kochte innerlich vor Wut und mußte sich einfach abreagieren.
»Pila! Wo ist Pila?« schrie sie, und ihre Sklaven liefen erschrocken zusammen.
»Sie liegt in ihrer Kammer, Herrin. Sie ist noch sehr krank, ihr Geist ist verwirrt«, antwortete Drusilla.
»Was ist sie? Krank? Faul ist sie, sie will sich nur auf den Lagern herumwälzen wie eine Hure. Aber damit kommt sie bei mir nicht durch! Ich werde ihr zeigen, was es heißt, mich zu erzürnen!«
Im Sturmschritt eilte sie durch die Gänge hinüber in den Sklaventrakt, gefolgt von der verzweifelten Drusilla. »Herrin, ich bitte dich, schlag mich, doch nicht Pila. Sie hat nichts getan!«
»Eben weil sie nichts tut, bekommt sie Prügel. Mästen dürfen sich bei mir nur die Schweine und die Gänse!«
Sie riß die Kammertür auf und gewahrte Pila auf ihrem Bett. »Da liegt sie ja, dieser Klumpen faules Fleisch! Heraus mit dir, an die Arbeit!« Sie packte Pila an den Haaren und riß sie aus dem Bett. Pila stürzte auf den harten Steinboden der Kammer. Schützend hob sie die Arme über den Kopf. Mit einer Kraft, die man der

zierlichen Romelia nicht zugetraut hätte, hieb sie mit der Gerte auf Pilas Arme ein. Sofort zeigten sich auf ihrer hellen Haut rote Streifen, beim vierten Schlag floß Blut.
Wahrscheinlich hätte sie sich weiter an Pila ausgetobt, wenn ein Sklave ihr nicht die Ankunft von Flavia mitgeteilt hätte.
»Was will die denn hier?« fragte sie sichtlich ungehalten und warf die Gerte in die Ecke. Verächtlich blickte sie auf Pila herab. »Bring dein Gewand und dein Haar in Ordnung, und dann halte dich bereit zur Bedienung der Gäste! Ich werde Flavia empfangen, und du wirst dabei sein.«
Pila lag immer noch auf dem Boden in Erwartung weiterer Schläge. Ihre Arme brannten wie Feuer, doch mehr noch schmerzte die Erniedrigung durch diese harte, grausame Frau, die aus unerfindlichen Gründen ihre Sklavin haßte.
Drusilla hockte sich neben sie. »Komm, steh auf! Das müssen wir alle erdulden. Der Schmerz vergeht wieder.«
Pila hob das Gesicht, und zu Drusillas Erstaunen sah sie darin nur Kälte. »Das wird sie mir büßen, diese römische Hexe! Ich werde ihr jeden Knochen einzeln in ihrem schmächtigen Leib brechen. So wahr ich Sigrun heiße, werde ich ihr alle Schmach dieser Sklaverei heimzahlen.«
»Pila, mach dich nicht unglücklich! Schweig! Schweig! Allein diese Worte können einen schrecklichen Tod bedeuten. Hast du die unglücklichen Sklaven am Kreuz hängen sehen? Sie haben die Hand gegen ihren Herrn erhoben und sterben als elende Verbrecher am Kreuz. Oder sie werden den wilden Tieren in der Arena vorgeworfen. Gönne ihr nicht diesen Triumph!«
In Pilas Gesicht war keine Regung zu erkennen. Doch ihre Gedanken arbeiteten fieberhaft. Sie mußte sich an Romelia rächen, das gebot ihr die germanische Ehre. Rache war ein legales Mittel, eine Schmach zu sühnen. Auch wenn sie die Rache nicht so ausüben konnte, wie sie es in ihrer Heimat getan hätte. Dort

wäre Romelia eines grausamen Todes gestorben, vielleicht versenkt im Moor, vielleicht erhängt an einer heiligen Eiche. Mit ihrem Leben hätte man die Götter und Dämonen gnädig stimmen können.
Doch wozu hatte Pila diese geheimnisvollen Kräfte? Wenn sie die Seele eines Wolfes oder eines Bären in einen Menschen wandern lassen konnte, warum konnte sie nicht auch in Romelias Körper einen Geist senden? Einen Geist, der sie wahnsinnig machte oder ihr Schmerzen bereitete.
Sie nahm die Gerte auf, die Romelia achtlos auf den Boden geworfen hatte. Diese Gerte hatte Romelia berührt, es war etwas aus ihrem Besitz. Vorsichtig hielt sie sie in der Hand. Dann erhob sie sich und hielt sie mit ausgestreckten Armen über den Kopf.
»Romelia, du die erste Frau in diesem Haus: Ich verfluche dich! Das, was du am meisten begehrst, wird zu deinem Verhängnis. Was dir am liebsten ist, wird sich von dir wenden. Was du am meisten verlangst, wird dich am weitesten fliehen. Ein schwarzer Schatten wird sich auf deine Seele senken und wird dir folgen, wo immer du sein wirst. Er wird dich drücken als Alp in der Nacht und ängstigen als Unhold am Tag. Niemals wirst du deinen Frieden finden, immer sein in Unrast und Erregung. So ist der Fluch! So ist das Urteil! Ich breche über dich den Stab!«
Mit einem leisen Knacken zerbrach die Gerte. Pila ließ sie fallen und verließ erhobenen Hauptes die Kammer.
Drusilla hatte mit einer Gänsehaut Pilas Worten gelauscht. Plötzlich war ihr dieses Mädchen unheimlich. Es ging ein seltsamer Zauber von ihr aus, ein kalter Hauch, ein mystisches Licht. Waren das die starken germanischen Götter und Geister, die hier wirkten? Man hörte von Geisterseherinnen, Priesterinnen, die Waldgeister beschwörten. War Pila eine dieser unheimlichen weisen Frauen? War sie eine Zauberin wie die seltsamen Druiden der Kelten?

Schnell räumte sie die zerbrochene Gerte weg und eilte hinter Pila her ins Bad der Sklaven.
Pila saß in aller Ruhe vor dem Wasserbecken und reinigte ihre Wunden. Nichts erinnerte mehr an die seltsamen Vorkommnisse in ihrer Kammer.
Vorsichtig näherte Drusilla sich ihr. »Laß mich dir helfen, dein Haar zu flechten«, sagte sie. Pila blickte auf und lächelte dankbar. »Geht es dir wieder gut, Pila?«
»Es könnte mir nicht bessergehen. Vielleicht gehen die Blutflekken aus dem grünen Kleid heraus. Valerius wird nicht erbaut sein, wenn sein Geschenk so befleckt wurde.«
Drusilla pustete laut die Luft aus. »Nerven hast du! Bist eben deinem Todesurteil entkommen und denkst an die Flecken im Kleid!«
Romelia empfing Flavia in ihren privaten Gemächern. Da es kein offizieller Besuch war, wie zu einem der Geburtstage oder hohen römischen Feiertage, wurde der Aufwand gering gehalten. Romelias Gemächer waren aber prächtig genug, um damit auch intimeren Besuchern zu imponieren. Und das beabsichtigte sie bei Flavia auf jeden Fall.
Flavia kam mit bauschenden Gewändern hereingerauscht. Sie ließ sich auf eine Kline sinken und lächelte Romelia an. Zu Romelias Glück trug sie heute nicht ihre blonde Perücke, sondern hatte ihr lockiges, kurzgeschnittenes Haar mit einem filigranen silbernen Haarnetz überspannt. Romelia mußte insgeheim zugeben, daß Flavia es verstand, sich effektvoll zu kleiden. Aber das neue Haarnetz war nicht der Grund für Flavias Besuch, obwohl sie sich natürlich öfters so drehte, daß Romelia das Funkeln und Glitzern der spinnwebengleichen Fäden bewundern konnte. Romelia bemerkte eine zarte rosa Hauttönung in ihrem Gesicht, als sei sie sehr erregt. Ihre Augen glitzerten vor verhaltener Anspannung.

»Also, die Spiele, die dein Gatte Valerius ausrichten ließ, waren wirklich unvergleichlich, liebste Romelia. Noch in hundert Jahren wird man davon sprechen. In Rom gibt es kein anderes Thema zur Zeit. Und was sagst du zu Claudius? Ist er nicht göttergleich? Er muß der Liebling des Kriegsgottes Mars sein. Wer sonst könnte ihm so ungeheure Kräfte verleihen. Stell dir vor, er liegt in den Kasematten am Circus, umsorgt von Lentulus. Und die Frauen stehen Schlange, um ihm Medizin zu kaufen, damit er schnell geheilt wird.«

Romelias Augen wurden immer runder. »Man spricht von Claudius?«

»Von wem denn sonst? Er ist der Held von Rom, der Gigant der Arena. Ach, ist dieser Mann wunderbar!« Flavia hatte anbetend die Hände erhoben.

Romelia starrte sie an. Dann kräuselte sie abfällig die Lippen. »Ist das nicht ein bißchen übertrieben? Schließlich ist er nur ein Gladiator, ein Todgeweihter.«

»Natürlich ist er das. Aber gerade das ist doch das Pikante an der ganzen Sache. Liebe und Tod liegen so nahe beieinander. Gerade, weil sie gar nicht wissen, wie lange sie noch zu leben haben, sind sie ganz besondere Liebhaber. Unersättlich, überwältigend, einfach göttlich!«

Romelias Mund blieb offenstehen, während Flavia sich in Ekstase redete. Es war ein dümmliches Erstaunen, doch gleich darauf faßte sie sich und lächelte säuerlich. »Was weißt du von seinen Liebeskünsten? Was erzählt man sich darüber?«

Flavia kicherte und wedelte mit einem zarten Dufttuch in der Luft herum. »Das kann ich dir nicht sagen, es wäre zu – intim.«

»So, so!« Romelia blickte sich scheinbar desinteressiert um. Dann klatschte sie laut in die Hände. Drusilla, Pila und ein weiterer Sklave eilten herbei.

»Bringt Wein – reichlich – und Obst und kandierte Früchte!«

befahl sie. Während die Sklaven davoneilten, um das Gewünschte zu bringen, lehnte Romelia sich wieder bequem zurück.

»Das Volk erzählt viel, und was kann man den *meretrices* schon glauben?«

»Oh, ich weiß das nicht von einer *meretrix*, mit solchen Frauen verkehre ich nicht.« Wieder kicherte sie.

Romelia schluckte und preßte die Kiefer zusammen. »Es hätte mich auch gewundert, wenn du so tief gefallen wärest«, entgegnete sie spitz.

Pila und Drusilla brachten Wasser und Wein. Romelia hob abwehrend die Hand, als Pila den Wein mit warmem Wasser mischen wollte. Sie hoffte, daß der unverdünnte Wein schnell Flavias Zunge lockern würde.

Flavia nahm einen Schluck und schmatzte zufrieden. Dann blickte sie Romelia aus halb gesenkten Lidern an. »Ich überzeuge mich am liebsten selbst von Dingen, über die so viel gesprochen wird.«

Mit einem Ruck richtete Romelia sich auf. »Du willst doch nicht etwa sagen, daß du ...«

Flavia nickte und kicherte wieder. »Doch! Ich habe Claudius eingeladen.«

»Ich denke, es geht ihm nicht gut.«

»Und wie gut es ihm geht. Er mußte sich ja heimlich aus der Kaserne fortstehlen, damit die vielen Bewunderinnen, die das Gelände belagern, es nicht mitbekommen. Ich habe ihm Wein zu trinken gegeben und eine Medizin aus wundersamen Pflanzen, die die Lebensgeister wecken. Und dann habe ich ihm ein magisches Amulett geschenkt, das er jetzt am Körper trägt.«

»Ach so. Doch was hat das mit seinen Liebesqualitäten zu tun?«

»Na, was wohl? Als sich mein Gatte zurückgezogen hatte, begleitete ich Claudius zu einem kleinen Spaziergang in den Park.

Und da ließen wir uns hinter dem Rosenbeet ins Gras gleiten …«
»Und?« Romelias Augen weiteten sich.
»Und dann habe ich sie persönlich geprüft, seine Qualitäten.«
»Und?«
»Er übertrifft alle Gerüchte!«
Mit einem Schnaufer ließ Romelia sich wieder auf die Kline plumpsen. Das mußte sie erst einmal verdauen. Die ach so anständige Flavia trieb es mit einem Gladiator hinter dem Rosenbusch. Was für eine Überraschung!
Ein wenig pikiert spitzte Romelia die Lippen.
»Es gehört sich nicht für eine Frau deines Standes …«
Flavia lachte laut auf. »In welcher Vergangenheit lebst du eigentlich, Romelia? Gladiatoren stehen in hoher Gunst bei Frauen unseres Standes. Es gilt als ungemein chic, sich von einem dieser Kämpfer verführen zu lassen. Ach, das ist so aufregend, es riecht förmlich nach Schweiß, Blut und Tod!«
Romelia rümpfte die Nase. »Stinken die so?«
»Nein, im übertragenen Sinne natürlich. Aber stell dir vor, die Hände, die so gnadenlos töten, streicheln deinen Körper, überall …«
Romelia unterdrückte ein Zittern. »Trotzdem, es sind Gladiatoren.«
»Weißt du nichts von der Frau des Alexander Perselius? Sie hat sich von einem Gladiator entführen lassen!«
»Entführen lassen?« fragte Romelia fassungslos.
»Das ist doch jetzt in Mode. Stell dir vor, du brennst mit so einem rauhen Kerl durch, Tag und Nacht an seiner Seite. Oh, wie romantisch! Und immer die Gefahr, gefaßt zu werden. Dem Gladiator droht der Tod, der Frau die Ächtung.«
»Ja, was hat sie dann davon?« Noch immer begriff Romelia nicht, was daran so aufregend sein sollte.

»Ach, es ist der Nervenkitzel, das Abenteuer. Und immer in seiner Gewalt!« Sie schüttelte sich in wonnevollem Entsetzen. »Ich glaube, von Claudius würde ich mich auch entführen lassen.«
»Aber dann lebst du ja in Armut, in Elend. Ich kenne keinen Gladiator, der reich genug wäre, dir ein solches Leben bieten zu können wie an der Seite von Barbillus.«
»Oh, da würde ich vorsorgen. Natürlich würde ich meinen Schmuck und mein Geld auf die Flucht mitnehmen. Na ja, wenn du der Sache überdrüssig wirst, kannst du immer noch zurückkehren und sagen, der Gladiator hat dich des Geldes wegen geraubt.«
»Und das klappt?«
»Bei Alexander hat es geklappt. Er hat seine Frau zwar tüchtig gezüchtigt, aber letztlich hat er sie, der Familienehre wegen, wieder aufgenommen.«
»Das ist ja 'n Ding!« Romelia staunte nun tatsächlich. Und das alles aus dem Munde der keuschen Flavia! Was für eine falsche Schlange!
Pila und Drusilla hatten sich an den Eingang des Gemachs zurückgezogen und warteten auf weitere Befehle. Scheinbar teilnahmslos standen sie da, doch Pila vernahm jedes Wort, das die beiden Frauen miteinander sprachen. Claudius lebte, und es schien ihm offensichtlich so gut zu gehen, daß er schon wieder Damen besuchte und sie auch noch beglückte. Pila wußte, daß die sexuelle Freizügigkeit der Männer in Rom selbstverständlich war und daß sie aus den wenigen Augenblicken, die sie miteinander verbracht hatten, keineswegs eine Verpflichtung seinerseits ableiten durfte. Außerdem war sie nur eine Sklavin, während ihm offensichtlich Frauen höchsten Ranges geneigt waren. Auch war Pila keineswegs darauf aus, Claudius noch einmal zu begegnen.

Flavia und Romelia plauderten noch eine Weile miteinander, dann verabschiedete Flavia sich. Sie fühlte sich erleichtert, mit jemandem ihr süßes Geheimnis zu teilen und Romelia damit auch ein bißchen neidisch gemacht zu haben. Zwei scharfe Falten, die sich von Romelias Nasenflügeln zu den Wangen zogen, zeigten Flavia, daß es der Gattin des Senators zwar nicht an Geld und Luxus, dafür aber an sexueller Erfüllung fehlte, die die Haut rosig, das Blut kochen und das Herz weit werden ließ.
In Romelia jagten die Gedanken einander wie junge Pferde auf der Weide. Claudius! Er war ein gutaussehender Mann, stark, mutig, hart. Seine Muskeln mußten sich wie Eisen anfühlen. Sie schloß die Augen. Sie sah Claudius in seiner glänzenden Paradeuniform, wie er stolz im Streitwagen stand und zu den Rängen herauf grüßte. Wenn er mit dieser glänzenden Rüstung auf ihrem nackten Leib liegen würde ... Sie schauderte. Es mußte ein unbeschreibliches Gefühl sein! Und sie würde unter seinen Schurz fassen und sein Schwert ergreifen ... Ob es auch so hart wie Stahl war?
Sie riß die Augen wieder auf. »Pila, Drusilla, räumt das Geschirr ab! Celius, du läufst zum Circus Flaminius und verlangst Lentulus zu sprechen. Ich erwarte ihn morgen früh, nachdem der Senator das Haus verlassen hat.« Celius, der Sklave, verneigte sich und verschwand.
Was hatte Romelia vor? Ihre Worte beunruhigten Pila zutiefst.

Am nächsten Tag meldete Lentulus seinen Besuch an. Valerius hatte bereits das Haus verlassen, um sich auf dem Forum vom römischen Volk feiern zu lassen.
Romelia machte wenig Umstände. Sie ließ Lentulus in das Peristyl bitten. Pila preßte sich hinter eine der Säulen des Ganges. Noch niemals zuvor hatte sie bewußt gelauscht. Doch diesmal warnte sie ihre innere Stimme. Was hatte Romelia mit

so einem grobschlächtigen Kerl wie Lentulus im Sinn? Hatte es etwas damit zu tun, wovon Flavia am Vortag so bereitwillig erzählt hatte? Dann konnte es nur um Claudius gehen!
Für Pila schien es undenkbar, daß Romelia mit Claudius ein amouröses Abenteuer im Sinn hatte. Waren auch die römischen Männer sehr frei in ihren sexuellen Beziehungen, galt dies keinesfalls für verheiratete Frauen, zumal wenn sie von hohem Stande waren. Also konnte Romelia nur eine Schurkerei vorhaben. Und diese richtete sich gegen Claudius!
Pila überlegte krampfhaft, ob Romelia irgend etwas von den feinen Fäden wußte, die sich zwischen Pila und Claudius gesponnen hatten. Aber niemand hatte sie gemeinsam gesehen, keinem hatte Pila ein Sterbenswörtchen erzählt. Und daß Claudius sich mit einer unbedeutenden Begegnung mit einer Sklavin gebrüstet hätte, war noch weniger denkbar. Oder ahnte Romelia etwas nach den eigenartigen Vorfällen in der Arena? Aber dazu müßte sie mit der Gedankenwelt der Germanen vertraut sein, und das war sie nicht. Was also führte sie im Schilde?
Doch zu Pilas Leidwesen schlenderte Romelia an Lentulus' Seite durch den Garten, immer rund um den zentral gelegenen Brunnen, so daß Pila kein Wort von dem verstand, was die beiden sprachen. Besser gesagt, Romelia sprach, während Lentulus stumm zuhörte. Einige Male schüttelte er den Kopf, doch dann nickte er. Romelia zog unter ihrer Stola einen Beutel voll Münzen hervor. Er war dick und schwer, es mußten viele Sesterzen drin sein. Lentulus nahm den Beutel an sich, nickte abermals und verabschiedete sich mit einer angedeuteten Verbeugung von Romelia. Diese erwiderte seinen Gruß nicht, sondern blickte dem grobschlächtigen Mann nur stumm nach.
Pila kam dies alles sehr seltsam vor. War es eine Spende für die Fechtschule in Capua? War es die Belohnung für den besonders spannenden Endkampf? Oder kaufte sie sich hier einen Hand-

langer für ein Verbrechen? Sie wußte, daß Romelia verschwenderisch mit Geld umging, wenn es sich um ihren eigenen Luxus handelte. War sie selbst nicht die Nutznießerin, dann grenzte ihr Geiz bereits ans Krankhafte. Nur selten kam es vor, daß sie irgend jemandem etwas schenkte, nicht einmal ihren eigenen Kindern, geschweige denn Sklaven oder Fremden.
Schnell huschte Pila in das Haus zurück, um nicht entdeckt zu werden. Fast hatte sie die Küche erreicht, als hinter ihr Romelias schrille Stimme erklang.
»Pila! Sofort in mein Gemach!«

Romelia war mit ihrer Absprache, die sie mit Lentulus getroffen hatte, zufrieden. Geschickt wie ein Politiker hatte sie das Spiel eingefädelt. Niemand würde ihr auf die Schliche kommen, am allerwenigsten Valerius. Nun fehlte ihr eigentlich nur noch eines zu ihrem Abenteuer – eine blonde Perücke!
Da sich Valerius außer Haus befand und wahrscheinlich bis zum Abend auf dem Forum bleiben würde, war sie ungestört. Nun wollte sie endlich der blonden Haare habhaft werden, um derentwillen sie in der letzten Zeit so hart hatte kämpfen müssen. Diesmal konnte Valerius Pila nicht zu Hilfe eilen. Und wenn er heim kam, würde es zu spät sein.
Romelia begab sich zurück ins Haus und rief nach Pila. Ohne ihr Erscheinen abzuwarten, eilte sie voraus in ihre Privaträume. Sie setzte sich vor ihren Frisiertisch und nahm einen polierten Kupferspiegel zur Hand. Sie betrachtete eingehend ihr Gesicht und das dunkle Haar. Ihre Haut war hell, auch dank der Salbe aus Bleiglätte, die sie täglich auftrug und die nun ihre Wirkung zeigte. Doch wenn sie neben Pila stand, fühlte sie sich dunkel wie ein verbranntes Huhn. Ihr Haar war schwarz wie das Gefieder eines Raben und kräuselte sich in Locken, die sie mit Spangen, Haarreifen und Bändern zu bändigen versuchte. Und ihre Augen leuchteten wie po-

lierter Onyx. Eigentlich könnte sie sich als schön bezeichnen, wenn ihr Ideal nicht weiße Haut, blondes Haar und blaue Augen wären. Und eben so sah Pila aus. Am liebsten hätte Romelia Pilas Augen ausgestochen und ihre Haut abgezogen. Doch was hätte ihr dies genützt? Zumindest am Haar konnte sie sich schadlos halten, und das war ihr eine kleine Genugtuung.
Pila trat ein und blieb an der Tür stehen. Romelia ließ sie eine geraume Weile warten, bis sie den Spiegel weglegte.
»Komm her zu mir!« befahl sie und zeigte mit dem Zeigefinger auf den Boden vor sich. Gehorsam trat Pila näher.
»Knie dich nieder!«
Pila zögerte kurz, bevor sie sich vor Romelia niederkniete.
»Dein Haar ist schön geworden. Drusilla hat es wirklich ausgezeichnet gepflegt«, sagte Romelia und befühlte Pilas Zöpfe.
Pila schwieg. Doch ihr Körper spannte sich an. Sie ahnte nichts Gutes, denn Romelia ließ sie nicht in ihr Gemach kommen, um ihr Schmeicheleien zu erzählen.
»Ich glaube, so ist es gut«, redete Romelia weiter, als wenn sie zu sich selbst sprach. Sie griff auf den Frisiertisch und hielt ein Rasiermesser in der Hand. Es war ein wertvolles Messer aus geschärfter Bronze mit einem Griff aus Elfenbein. Romelia benutzte es, um ihren Augenbrauen einen sanften Schwung zu verleihen und um ihr Körperhaar zu entfernen.
Sie packte Pilas Zopf und setzte das Messer an. Pila riß die Arme hoch. »Herrin, was tust du?« schrie sie auf.
»Das siehst du doch, du dumme Gans. Ich schneide dein Haar ab. Was willst du damit? Mir steht es besser als Perücke. Und nun halt still, damit ich nicht so viel von der Länge verliere!« Sie fuchtelte Pila mit dem Messer vor dem Gesicht herum.
Mit einer heftigen Bewegung schlug Pila Romelia das Messer aus der Hand, das in hohem Bogen durch den Raum flog. Romelias Gesicht verfärbte sich purpurrot.

»Du wagst es . . .« zischte sie wie eine Schlange, und ihre kleinen, aber kräftigen Hände umkrallten Pilas Hals. Pila sprang auf und stieß Romelia von sich. Der Hocker, auf dem Romelia saß, kippte nach hinten und mit ihm die schreiende Romelia. Mit wenigen Schritten rannte Pila hinaus auf den Gang, geradewegs in Valerius' Arme.
»Was ist hier los?« fragte er streng.
Pila warf sich dem Senator vor die Füße. »Verzeih mir, Herr, verzeih mir! Ich habe die Hand gegen die Herrin erhoben.«
Valerius runzelte die Brauen. »So? Das steht dir nicht zu, Sklavin! Immerhin ist sie die Herrin des Hauses, und du hast zu gehorchen!«
»Das weiß ich, Herr. Es liegt mir fern, mich dem Dienst zu verweigern. Doch diesmal wollte sie mir das Haar abschneiden! Herr, das ist für mich die Todesstrafe! Hab Erbarmen!«
»Ach, schon wieder mal?« Valerius hob die Augenbrauen. »Erhebe dich, Pila. Ich mag nicht, wenn du wie ein Wurm vor mir auf der Erde kriechst. Du bist schön und stolz. Ich weiß, daß du dich nicht gegen deine Herrschaft richten würdest. Dein Haar ist tatsächlich eine Zierde, und ich verstehe, daß du dich nicht davon trennen willst. Doch letztlich bist du mein Eigentum, und ich kann mit dir verfahren, wie es mir beliebt. Das gleiche gilt für die Herrin.«
»Herr, das weiß ich. Verlang von mir, was du willst, ich werde es tun. Doch laß mir mein Haar! Du hast einmal nach meinen Göttern gefragt. Es sind andere Götter als eure in Rom, und die germanischen Sitten sind andere als die römischen. Wenn man einer Frau das Haar raubt, so verurteilt man sie als Verbrecherin.«
»Tatsächlich? Das ist ja interessant.« Valerius streifte die Toga ab und warf sie einem Sklaven zu. »Bring mir Wein, und laß mich dann mit Pila allein! Ich glaube, ich bekomme heute noch etwas Lehrreiches zu hören.«

Er ließ sich auf einer Kline nieder und ergriff den Weinbecher. Es war ein wertvoller Silberpokal, und sein Gesicht spiegelte sich seltsam in der verzierten Oberfläche.
»Hier ist eine Welt, und dort ist eine Welt«, grübelte er und betrachtete immer noch sein Spiegelbild. »Und man denkt, in der anderen Welt ist es genauso wie in dieser Welt. Aber das stimmt nicht.« Er blickte auf. »Setz dich zu meinen Füßen, schöne Pila, und erzähle mir von den Sitten deines Volkes. Was hat es für eine Bewandtnis mit dem Haar?«
Pila hockte sich vor die Kline und wagte nicht, Valerius anzuschauen. Sie hatte Dinge getan, die kein Sklave wagen durfte, wollte er nicht härteste Bestrafung riskieren. Es war ein großes Risiko, Valerius um Hilfe anzuflehen. Aber es war auch ihre einzige Chance.
»In meinem Volk tragen alle Frauen langes Haar. Es ist das Zeichen eines ehrbaren Weibes, das die Sitten und Gebräuche achtet, es ist der Schmuck einer Freien. Denn ich bin ... ich war eine Freie.« Pila stockte.
»Sprich weiter«, forderte Valerius sie auf.
»Ehebruch, eine verbotene Liebe, der Verstoß gegen die Gesetze der Sippe, das alles sind Gründe, eine Frau zu verurteilen. Im Beisein ihrer Verwandten wird ihr das Haar abgeschnitten. Eine Frau ohne Haar ist eine verurteilte Verbrecherin. Dann wird ihr das Kleid heruntergerissen. Sie wird aus dem Haus gejagt und unter Rutenschlägen durch das Dorf getrieben. Diese Frau findet kein Erbarmen, und so ist der Tod für sie nur eine Erlösung.«
»Wie tötet man sie?« fragte Valerius leise.
»Ihr werden die Augen verbunden und ein Stein wird unter ihrem Körper angebracht. Entweder wird sie mit einer Rute erwürgt, mit Steinen erschlagen, mit Messern erstochen, manche auch lebend im Moor versenkt. Dann wirft man Reisig

darüber und rammt Pfähle in ihren Leib, damit die Seele nicht wiederkehrt.«
Valerius rümpfte die Nase. »Welch archaische Sitten«, meinte er kopfschüttelnd. »Seid ihr Germanenweiber deswegen so keusch, weil ihr Angst vor dieser Strafe habt?«
»Nein, Herr. Nur so kann die Sippe überleben, wenn sich alle an die Regeln halten.«
»Es ist ein hartes Leben dort in der Wildnis, nicht wahr?«
Pila nickte stumm.
»Eine seltsame Heimat, die vor Wäldern starrt und von fauligen Sümpfen durchzogen ist. Und sie bringt diese eigenartigen Sitten hervor. Es ist unheimlich.« Valerius blickte sie gedankenversunken an. »Wenn ich deine Erzählung richtig deute, dann würdest du dich als verurteilte Verbrecherin fühlen, wenn dir dein Haar abgeschnitten wird.«
»Ja, Herr, so ist es.«
»Aber du hast gar kein Verbrechen begangen. Du bist nicht verheiratet, also kannst du auch keine Ehe brechen. Du bist nicht verliebt, du bist sogar noch Jungfrau, und du hast gegen keine Sitten verstoßen, oder doch?«
»Nein, Herr.«
Valerius lachte. »Es ist eine verzwickte Lage. Nach deinen germanischen Gesetzen würde das alles stimmen. Doch du bist in Rom. Du bist keine Freie, sondern eine Sklavin. Du gehörst deinem Herrn, und er kann mit dir machen, was er will. Und du hättest Romelia gehorchen müssen, denn sie ist deine Herrin. Aber du hast die Hand erhoben gegen sie. Damit hast du gegen römisches Recht verstoßen. Und auch in Rom gibt es dafür Strafen. Die sehen zwar etwas anders aus als bei den Germanen, aber immerhin ... Also, du kannst wählen, entweder ans Kreuz geschlagen zu werden und einen langsamen und qualvollen Tod zu sterben oder in der Arena den

wilden Tieren vorgeworfen zu werden, da geht es etwas schneller. Ja, vielleicht könntest du sogar als Amazone kämpfen, mit einem Schwert, da hättest du die Chance, aus dem Kampf siegreich hervorzugehen.«
Pilas Gesicht wurde aschfahl. Dann senkte sie ergeben den Kopf. »Du hast recht, Herr. Die eine Welt ist nicht wie die andere. Und doch sind sie gleich.«
Valerius hob die Augenbrauen. »Das ist ein sehr weiser Satz, Pila. Ich glaube, du verstehst etwas von philosophischen Dingen, auch wenn du niemals eine Schule besucht hast. Das gefällt mir. Und deshalb schlage ich dir jetzt einen kleinen Handel vor. Es ist ein Geschäft, nichts weiter. Du weißt, daß ich morgen ein großes Fest ausrichten lasse, als Abschluß der Spiele. Es wird ein großes und prachtvolles Fest. Es werden viele Gäste kommen, adlige Männer aus Rom, Senatoren, Konsuln, auch sehr reiche Kaufleute. Sie alle sollen sich in meinem Haus gut bewirtet und unterhalten wissen. Es wird ein Convivium mit Musik, Tanz, Gesang, Rezitation und geistreichen Gesprächen sein. Erlesene Speisen werden geboten und edle Weine. Nur das Silbergeschirr kommt auf die Tafel und solches aus Kristall. Es wird also ein Fest sein, das meiner Position im Staat angemessen ist. Doch nicht nur Blumen und Wohlgerüche, Musikanten und Tänzer sollen die Sinne erfreuen. Auch die Sklaven sollen dem Auge einen Genuß bieten. Dafür bist du wie geschaffen. Deshalb wirst du morgen auf diesem Fest anwesend sein, direkt im Speisesaal und im Peristyl. Du wirst die Gäste bedienen, sie sollen sich an deinem Anblick erfreuen. Dafür spreche ich mit Romelia und bitte sie, daß sie davon abläßt, dir das Haar abschneiden zu wollen.«
Pila warf sich wieder zu seinen Füßen. »Ich danke dir, Herr. Ich danke dir für deine Güte und Weisheit.«
Valerius verzog die Lippen. »Ich bin zur Zeit in einer großzügi-

gen Laune«, sagte er. »Das Volk feiert mich, das Volk bejubelt mich, ich zeige mich gern großzügig. Und ich zeige mich nicht nur so, ich bin es auch.« Selbstgefällig strich er über sein Gewand. »Schau mich an, Pila. Du bist wie ein Wesen aus einer anderen Welt, eben aus dieser Welt da drüben. Doch wie du schon sagtest, sie sind gleich, diese Welten. Denn dort bist du ein schönes Mädchen, und hier bist du ein schönes Mädchen. Du mußtest dort um dein Überleben kämpfen, hier wirst du es auch tun. Doch ich denke, daß dir der Kampf hier leichter fallen wird. Ich schenke dir dein Haar und deine Ehre, du schenkst mir deinen Körper und deine Keuschheit. Es ist ein Geschäft. Wie gesagt, es ist durchaus nicht üblich, daß ein Senator mit einer Sklavin Geschäfte macht. Ein Senator darf überhaupt keine Geschäfte machen. Sagen wir, es ist ein kleiner Austausch von Geschenken. Natürlich darfst du auch wählen, ob du lieber am Kreuz sterben willst oder in der Arena. Auch dies stelle ich dir frei.«

Pilas Hände ballten sich zu Fäusten unter ihrem Körper. Sie zitterte unter zurückgehaltener Anspannung. Alles in ihr drängte sie, das zierliche Obstmesser bis zum Schaft in das Herz des Senators zu stoßen. Dann würde sie mit erhobenem Kopf jedem wilden Tier in der Arena in die Augen schauen.

Sie preßte die Fäuste vor das Gesicht und kämpfte gegen die übermächtige Wut an, die in ihr kochte. Und sie sah zwei dunkelblaue Augen in einem ebenmäßigen Gesicht von kupferner Farbe, die sie anblickten. Sie sah blutigen Sand und ein Schwert, und das Zittern der verhaltenen Wut wandelte sich in ein heftiges Herzklopfen. Sie hob den Kopf und blickte Valerius an. Dann lächelte sie.

»Ich werde dich morgen nicht enttäuschen Herr«, sagte Pila.

Valerius nickte zufrieden. »Wo ist dein grünes Gewand, das ich dir habe anfertigen lassen?« wollte er wissen. »Du sollst es morgen tragen.«

»Verzeiht, Herr, aber es wird gewaschen, weil Blut darauf war.«
»Davon?« Er zeigte auf die roten Streifen an Pilas Armen.
Pila senkte den Blick zur Bestätigung.
»Daß mein ästhetischer Sinn immer so gestört werden muß«, klagte Valerius und betrachtete kopfschüttelnd die Folgen der Züchtigungen. »Streiche eine Salbe darauf aus Bleiglätte und Zink, das mindert die Röte und heilt. Und ich werde dir ein neues Gewand nähen lassen, ein meerblaues. Das paßt viel besser zu deinen Augen. Und sehr kurz muß es sein, damit ich deine schönen Beine besser sehe.«
Er erhob sich und rief seinen Leibsklaven. Er sollte sich um den Schneider kümmern, der sofort ein neues Gewand für Pila anzufertigen hatte. Valerius kramte in seinem Geldbeutel.
»Vielleicht paßt diese silberne Spange besser dazu als die goldene«, sagte er und reichte sie Pila. Sie warf sich wieder zu Boden, doch Valerius winkte ab. »Erzähl allen Leuten, wie großzügig ich bin. Das ist mir lieber als deine Fußfälle.« Ohne sich weiter um Pila zu kümmern, verließ er den Raum. Der Sklave führte Pila hinaus, damit der Schneider Maß nehmen konnte.

Valerius eilte mit ausholenden Schritten in Romelias Gemächer, wohin sie sich sofort nach Valerius' Erscheinen zurückgezogen hatte. Ohne anzuklopfen, riß er die Tür auf. Romelia runzelte die Stirn. Selbst ihr Gatte durfte nicht unaufgefordert ihre Gemächer betreten.
An seiner Miene erkannte sie, daß er sehr erzürnt war. Schlagartig änderte sie ihren Gesichtsausdruck, und sie lächelte liebenswürdig.
»So stürmisch, Valerius?«
»Schweig, du falsche Natter!« erwiderte er wütend. »Ich bin empört über die Sache mit Pila.«

»Weshalb regst du dich über eine Sklavin auf?« Romelia zuckte mit den Schultern.
»Ich rege mich nicht über eine Sklavin auf, sondern über dich!«
»Ach! Ich kann mit der Sklavin machen, was ich will! Sie hat die Hand gegen mich erhoben! Ich lasse sie ans Kreuz schlagen!«
»Nichts wirst du!« herrschte er sie an.
»Erlaube mal, Valerius, wo kommen wir denn hin, wenn sich die Sklaven gegen ihren Herrn erheben?«
Valerius setzte sich auf einen Schemel und atmete tief durch. »Daß Pila die Hand gegen dich erhoben hat, ist die eine Geschichte, und es steht mir frei, sie zu strafen. Aber darum geht es gar nicht.«
»Nicht?« Romelia spitzte die Lippen. »Worum dann?«
»Um deinen Ungehorsam mir gegenüber. Ich hatte dir untersagt, Pilas Haar abzuschneiden. War das nicht deutlich genug? Du wagst es also, dich meinem Wort zu widersetzen. Leider kann ich dich nicht wegen Aufmüpfigkeit den Löwen zum Fraß vorwerfen, auch wenn ich es gern getan hätte.«
Romelia schnappte hörbar nach Luft.
»Schweig!« unterband Valerius eine Entgegnung. »Ich bin erzürnt darüber, daß du mich nicht ernst nimmst, meine Anweisungen hintergehst, ja, mich betrügen willst, indem du dein Tun auf eine Zeit verlegt hast, während der du mich auf dem Forum oder in der Curia wähntest. Ganz Rom liegt mir zu Füßen, nur meine eigene Gattin macht aus mir einen Narren!«
»Glaub mir, es war nicht meine Absicht, dich in irgendeiner Weise herabzuwürdigen. Ich wußte gar nicht, daß dir diese Sklavin so viel bedeutet.«
»Sie bedeutet mir gar nichts. Sie bietet einen vergnüglichen Anblick und schmeichelt meinem ästhetischen Sinn wie eine Alabasterlampe oder eine Marmorstatue. Mehr nicht. Du hast mich immer noch nicht verstanden, liebste Romelia.« Valerius

dämpfte die Stimme. »Ich weiß, daß du Pila benutzt, und zwar zu einem Machtkampf mit mir. Ich warne dich, treib es nicht zu weit! Pila behält ihr Haar, und sie wird morgen auf dem Convivium anwesend sein. Das ist mein letztes Wort! Und jetzt scher dich hinaus, und kümmere dich um die Vorbereitung des Festes, wie es deine Pflicht ist!«
Er wandte sich um und verließ das Gemach. In Romelias Gesicht zeigte sich keine Regung. Lange blickte sie auf die Tür, durch die Valerius verschwunden war. Dann zuckten ihre Mundwinkel, und ein verächtliches Lächeln huschte über ihr Gesicht.

Sechstes Kapitel

DAS GELAGE

Der krönende Abschluß der Spiele, die Valerius finanziert hatte und denen er als Schirmherr vorstand, sollte ein großes Fest in seiner Villa sein. Ganz Rom sprach von diesen Spielen, die bisher beispiellos in Glanz und Aufwand waren. Valerius war sehr zufrieden mit sich und der Resonanz im Volk. Die Zeiten waren unruhig geworden, das Volk übersättigt und rebellisch. Ein kleiner Funke konnte das Faß zum Explodieren bringen mit katastrophalen Folgen für die Republik. Da und dort gab es Aufstände. Ein Bürgerkrieg stand kurz vor dem Ausbruch.

Doch so leicht, wie das Volk zu erzürnen war, so leicht war es auch wieder zu besänftigen. Pompöse Spiele, Volksbelustigungen, Pferderennen, Theateraufführungen, das Verteilen von Brot und Olivenöl, ein bunter Festumzug, und schon war das Volk sich wieder einig. Es wollte unterhalten werden, abgelenkt von den Problemen, und dies wurde bereitwillig angenommen. Die Spiele hatten Valerius das Vermögen von achthunderttausend Sesterzen gekostet, aber er trauerte keiner Sesterze nach. Das Geld war gut investiert, es war der Garant für seine gesellschaftliche Anerkennung, für seine Beliebtheit, für seine Macht. Denn daß der Senat mittlerweile eine große Macht ausübte, war unbestritten. Und das wiederum füllte seine Taschen und Truhen und vermehrte seinen Reichtum.

Die zahlreichen Gäste trafen kurz vor Sonnenuntergang ein. Im zwanglosen Gespräch verweilten sie im Atrium, wo sich bereits anmutige Tänzerinnen zum Klang der Flöten wiegten. Valerius hatte weder Kosten noch Mühe gescheut und die besten Musikanten und Tänzer, Gaukler und Akrobaten, Mimen und Sänger bestellt.
Die sorgfältig gepflegten und kostbar gekleideten Gäste waren durchweg männlichen Geschlechts. Sie gehörten dem Senat, vornehmen Patrizier- oder reichen Kaufmannsfamilien an. Viele wurden von schönen und jungen Frauen begleitet. Allerdings waren dies nicht ihre Ehefrauen, die auf einem Convivium nichts zu suchen hatten.
Pila, die – hinter einer Säule des Atriums versteckt – die Gesellschaft betrachtete, bewunderte die ausgesuchte und raffinierte Bekleidung dieser Frauen. Oft waren die Stoffe durchscheinend wie Nebelschleier, ihr Schmuck kostbar, ihre Sandalen zierlich und aus gefärbtem Leder.
»Siehst du, wie weit man es bringen kann, wenn man sich nur die Gunst eines Mannes erringt«, flüsterte Drusilla und hastete mit einer Platte voller Schinkenscheiben vorbei.
»Wieso? Was sind das für Frauen? Sklavinnen?«
»Nicht alle. Viele sind Freie oder Freigelassene. Es sind Amicas, Hetären. Sie sind gebildet, können geistreich plaudern und sind reich.«
Pila stolperte unbeholfen hinter Drusilla her und trug einen Weinkrug. »Und woher haben sie ihren Reichtum?«
Drusilla blieb abrupt stehen. »Du kannst Fragen stellen«, sagte sie kopfschüttelnd. »Die Männer bezahlen sie für ihre Künste.«
»Es sind Künstlerinnen?«
»Liebeskünstlerinnen. Letztendlich geht es immer darauf hinaus. Auch dieses Convivium wird in einer wüsten Orgie enden.«
Drusilla setzte ihre Arbeit fort. Pila schwieg. Worauf hatte sie

sich eingelassen? Überall wurden Räucherstäbchen angezündet und Schalen mit Blättern wohlriechender Pflanzen aufgestellt. Sklavinnen verteilten Kränze aus Efeu, Myrte, Rosen, Lilien und Veilchen an die Gäste. Die Gäste selbst verströmten Wohlgerüche durch verschiedenartige Salben, mit denen sie sich eingerieben hatten.

Harfen- und Flötenspielerinnen musizierten im Atrium, und dazwischen tanzten aufreizende Mädchen zum Klang von Kastagnetten. Plaudernd wandelten die Gäste zwischen den Säulen des Atriums, mal eine Köstlichkeit von den bereitgehaltenen Schlemmerplatten probierend oder dem Wein zusprechend. Die männlichen Gäste waren ausnahmslos in die steife Toga gekleidet, was ihren Rang und ihre Stellung in der Gesellschaft betonte. Nur zwei Gäste trugen eine blinkende Prunkrüstung – es waren Lentulus und Claudius. Valerius hatte, obwohl es durchaus nicht üblich war, den siegreichen Gladiator und seinen Lehrmeister eingeladen. Der Grund war weniger die breite Beliebtheit des gutaussehenden Claudius, sondern die Art und Weise, wie er den letzten Kampf in der Arena bestritten hatte. Valerius war noch immer beeindruckt von diesem unerklärlichen animalischen Ausbruch des sonst technisch so ausgefeilten Schwertkämpfers. Allerdings schien sich keiner der Gäste direkt mit Claudius oder Lentulus unterhalten zu wollen, sie wurden diskret ignoriert.

Pila stockte das Herz, als sie Claudius erkannte. Sie hatte ihn nicht unter den Gästen erwartet. Auch stand er mit dem ebenfalls in Paradeuniform gekleideten Lentulus beisammen und unterhielt sich mit ihm. Sie versteckte sich wieder hinter einer Säule des Atriums, um ihn zu beobachten. Ob Romelia deswegen Lentulus Geld überreicht hatte? Doch welche Gäste zu einem Convivium eingeladen wurden, entschied allein Valerius. Pila beschloß, vorsichtig zu sein.

Sie war sich bewußt, was sie mit ihrer Beschwörung der dunklen Mächte angerichtet hatte. Nicht nur, daß sie den weisen Seherinnen ins Handwerk gepfuscht hatte, sie hatte auch noch Partei ergriffen, Partei für einen Römer, gegen ihre eigenen Landsleute! Das konnte nicht gutgehen, und die Götter würden grausame Rache an ihr üben. Und doch verspürte Pila eine gewisse Genugtuung. Sie konnte sich des Gefühls nicht erwehren, daß sie richtig gehandelt hatte. Was hatten die Schicksalsnornen mit ihr vor? Und welche Rolle spielte Claudius dabei?

»Hast du nichts zu tun?« zischelte Drusilla. »Du mußt die Gäste bedienen!«

Pila erwachte aus ihren Gedanken. Sie ordnete den Faltenwurf ihres meerblauen Gewandes, nahm ein Tablett mit Obst, mischte sich unter die Gäste, und richtete es ein, in Claudius' Nähe zu gelangen. Als Lentulus sich von Claudius trennte, um sich an einer Tafel zu bedienen, nahm sie all ihren Mut zusammen und beruhigte ihr rasendes Herz. Den Blick gesenkt, reichte sie ihm das Tablett.

»Pila!« Ein freudiges Lächeln flog über sein Gesicht.

»Sei gegrüßt, Herr!« flüsterte sie.

»Warum so förmlich, schöne Pila? Ich glaubte, daß uns ein zartes Band verbindet«, sagte er lächelnd. »Ein Band aus goldblondem Haar.«

»Mehr als dir bewußt ist«, antwortete sie.

»Du sprichst in Rätseln.«

»Ist dir der Sinn auch dunkel, du verdankst ihm das Licht.«

Claudius lachte ein wenig verlegen. »Pila, es ist ein rauschendes Fest, und du orakelst daher. Freu dich an der Musik, am Tanz. Du lebst in einem sehr schönen Haus.« Mit einer ausholenden Handbewegung umfaßte er das Atrium.

»Ich bin lediglich eine Sklavin«, sagte sie. »Doch ich will meinem Herrn nicht undankbar sein.«

Claudius trat dichter an sie heran. »Ich wünschte, du wärest frei wie ein Vogel. Dann wäre es nicht so schwer, dich wiederzusehen.«
»Wäre ich frei wie ein Vogel, würde ich davonfliegen«, sagte sie leise.
Er blickte ihr tief in die Augen, und wieder beschlich Pila dieses Gefühl, in einen tiefen blauen See zu sinken.
»Das wäre sehr schade. Denn auch dort ist die Freiheit nicht vollkommen. Ein Adler oder ein Falke könnte dich greifen.«
Sie lächelte. »Mein Auge ist flink, mein Flügelschlag schnell. Und dem Pfeil des Jägers wüßte ich zu weichen.«
Claudius blickte sich schnell um. »Es sind so viele Menschen hier. Kann ich dich allein treffen?«
Pila kam nicht dazu, ihm zu antworten. Valerius begrüßte seine Gäste nun offiziell und bat sie an die reich gedeckte Tafel in den Speisesaal.
»Verzeih, Herr, aber ich muß die Gäste bedienen.« Pila zog sich zurück und hastete in die Küche. Dort ließ sie sich auf einen Schemel fallen und preßte die Hand auf ihr wild klopfendes Herz. Warum geriet sie nur so aus der Fassung, wenn sie in seiner Nähe war?
»Was ist los mit dir, ist dir nicht gut?« Drusilla schubste sie unsanft.
»Es ist nichts, ich habe nur Angst, etwas falsch zu machen.«
Drusilla blickte sie prüfend an. »Was gibt es denn falsch zu machen? Du sollst die Gäste bedienen. Der Rest ergibt sich schon von ganz allein.«
»Kann ich nicht hier in der Küche bei der Vorbereitung der Speisen helfen?«
»Nein, der Herr hat darauf bestanden, daß du auf dem Fest anwesend bist.«
»Nur einen Augenblick bitte, Drusilla!«

»Na, schön. Aber sitz nicht herum, sondern arbeite!«
Pila sprang auf und hantierte an den Schalen und Schüsseln, füllte sie mit gegartem Fleisch und Fisch und dekorierte sie mit Lorbeerlaub und Oliven. Es herrschte ein Durcheinander in der Küche, das nur Aurus zu überblicken schien.
Im Speisesaal hatte das große Schmausen begonnen. Ununterbrochen kamen die Sklaven mit gefüllten Schüsseln aus der Küche und räumten die leeren Platten wieder ab. Das Voressen bestand aus Meerigeln, Austern, Muscheln, gefüllten Drosseln, alles üppig mit Salat angerichtet. Zum Hauptmahl wurden Fasane, gefüllte Enten, Hasen, gesottenes Reh und Wildschwein, gebackenes Saueuter, Kalbslende und Purpurschnecken im Teigmantel serviert. Picentinisches Brot, Oliven, gewürztes Öl und verschiedene Teigwaren ergänzten die Speisenfolge.
Neben den üppigen Speisen glänzte die Tafel durch das wertvolle Silbergeschirr und die bunten Kristallbecher, die schweren Leuchter und die kleinen Kunstwerken gleichen Schüsseln und Tabletts.
Anfangs führten die Gäste geistvolle Konversation. Valerius gelang es, durch geschickte Fragen die Gespräche in verschiedene Richtungen zu lenken, so daß Kunst, Wissenschaft, Geselligkeit und Politik in unterhaltsamer und lehrreicher Form erörtert wurden. Am höchsten jedoch wurde der schlagfertige Witz geschätzt, der zur Erheiterung der Gäste und zur Würze des Gastmahles diente.
Das Essen zog sich über mehrere Stunden hin, während Musikanten, Tänzer und Akrobaten die Gäste unterhielten. Aber auch die Gäste selbst trugen zur Unterhaltung bei. Der Senator Quintilius begeisterte die Zuhörer mit selbstverfaßten Gedichten, eine der reich gekleideten Hetären beherrschte ein seltenes Musikinstrument aus Phönizien, ein Mime führte ein kleines Possenspiel auf und bezog die Zuschauer mit ein.

Doch damit nicht genug. Im Rahmen einer Tombola wurden Geschenke verlost. Valerius hatte die Tombolapreise paarweise zusammenstellen lassen: man konnte entweder zehn Esel oder zehn Grillen gewinnen, zehn Silberbecher oder zehn Bleilöffel, zehn Pfauen oder zehn Hühnereier, zehn Sklaven oder zehn Teigröllchen. Der Spaß um die Verlosung lockerte die Gesellschaft auf, und dann klatschte Valerius in die Hände, damit die leichtgekleideten iberischen Tänzerinnen ihre Vorführung beginnen sollten. Ihnen folgten als griechische Nymphen verkleidete Mädchen, die einen wahren Blumenregen auf die Anwesenden niedergehen ließen. Wurde der Wein bis jetzt nur mit Wasser vermischt getrunken, so ließen die ersten bereits das Wasser weg, um sich mit dem Wein Herz und Zunge zu lockern. Die geleerten Becher animierten zu vergnüglichen Gesprächen, die ersten Annäherungsversuche fanden statt, die von den männlichen wie weiblichen Gästen gleichermaßen forciert wurden. Der Wein entfachte erotisches Verlangen, förderte die unverhohlene Lüsternheit. Zärtlichkeiten wurden ausgetauscht, Umarmungen, Küsse. Die Musik wurde wilder, ekstatischer, der Tanz der Frauen frivoler. Die ersten Gäste gaben sich Liebesspielen hin, unbeeindruckt von den zwischen ihnen hin und her eilenden Sklaven oder den neben ihnen sitzenden Musikanten.
Pila hatte sich sehr zurückgehalten, doch ewig konnte sie nicht in der Küche bleiben, zumal sie mit ihrem feinen, blauen Gewand zwischen den übrigen Küchensklaven auffiel und Aurus sie fragte, ob sie denn keine bessere Kleidung für den Küchendienst hätte.
»Du mußt endlich die Gäste bedienen, Pila!« rügte Drusilla. Sie hatte es gut und konnte im Hintergrund bleiben. An der Tür zum Speisesaal stehend, dirigierte sie die Diener an die Tafeln.
»Ich komme gleich!« erwiderte Pila und lief zurück zur Küche.

Irgendeine geheime Macht hinderte sie, den Speisesaal zu betreten. Sie hatte plötzlich Angst davor, in Claudius' Augen zu sehen. Zu widersprüchlich waren die Gefühle, die in ihr kämpften. Die schwüle, zügellose Atmosphäre des Gelages ängstigte sie zudem. Doch sie hatte keine Wahl. Valerius hatte ihr zur Bedingung gestellt, auf dem Fest anwesend und ihm zu Willen zu sein. Dies war der Preis für ihr Haar. Es war ein übler Tausch mit dem kleinen Unterschied, daß den Verlust des Haares jeder sehen konnte, den Verlust ihrer Keuschheit aber nicht. Pila schauderte, wenn sie daran dachte. Dann atmete sie tief durch.
Drusilla reichte Pila eine silberne Schale voller Weintrauben.
»Bring sie ins Atrium«, forderte sie Pila auf. Gehorsam nahm Pila die Schale entgegen. Vor dem Durchgang zum Atrium zögerte sie. Sie hörte Musik und Lachen, dazwischen wollüstiges Stöhnen. Aber sie konnte nicht länger verweilen, ohne Valerius zu erzürnen. Sie trat durch den Torbogen.
Der Speisesaal öffnete sich zu dem mit Säulen umstellten Garten. Sanfter Wind fächelte Kühlung herein. Im Raum wie auch im Garten standen mit sauberen Laken bezogene Klinen. Zu jeder dieser Liegen gehörte ein Beistelltisch, auf dem Schalen mit Obst und Weinbecher standen.
Pila erblickte Claudius. Er lag auf einer bequemen Kline, den Oberkörper von Kissen gestützt. Seiner Rüstung hatte er sich bereits entledigt, er trug nur einen Schurz aus leichtem Leinen. In der Hand hielt er einen silbernen Weinpokal, aus dem er genüßlich trank. Eine dieser nach allen Düften des Orients riechenden Frauen saß neben ihm. Er reichte ihr den Pokal und forderte sie zum Trinken auf. Sie war eine der kostspieligen Hetären, die Valerius eingeladen hatte, um die Männer zu animieren. Und sie verstand ihr Handwerk. Sie trug ein zartes, fast durchscheinendes Gewand, unter dem sich die Rundungen ihrer wohlgeformten Brüste, die lustvoll verhärteten Brustwar-

zen, der Nabel und die sanft geschwungene Linie ihrer Hüften abzeichneten. Sinnlich wie die Göttin Venus selbst streckte sie sich neben Claudius aus. Galant reichte sie ihm den Becher zurück.
Pila schluckte, als sie sah, wie sich ihre Lippen zärtlich Claudius' Mund näherten. Entschlossen stellte Pila die Schale mit den Trauben ab und packte einen Weinkrug. Mit festem Schritt näherte sie sich dem Paar. Die Hetäre blickte nicht auf, während ihre rotgefärbten Lippen an seinem Ohrläppchen knabberten. Lachend warf Claudius seinen Kopf in den Nacken, auf seinem Gesicht verbreitete sich eine sanfte Röte.
Pilas Herz klopfte heftig, als sie neben ihm stand. Er wirkte so jugendlich und unbekümmert, sein athletischer Körper so sinnlich und begehrenswert. Plötzlich überkam sie das Verlangen, anstatt dieser Hetäre an seiner Seite zu liegen, die Wärme seines Körpers zu spüren und den Duft nach Zimtöl, mit dem er sich eingerieben hatte, in sich aufzunehmen.
Lässig schwenkte er den Arm mit dem Weinbecher herum und hielt ihn Pila hin. Erst dann folgten seine Augen der Bewegung seiner Hand. Mit einem Ruck richtete er sich auf. Sie erwiderte den Blick seiner blauen Augen, die jetzt merkwürdig dunkel wurden. Und Pila wußte, daß sie den Blick senken und Ergebenheit hätte zeigen müssen. Doch sie konnte sich nicht von seinen Augen lösen. Wieder versanken ihre Blicke ineinander, doch diesmal spürte Pila dieses seltsame Flattern in ihrem Bauch, dieses Sehnen nach seiner Berührung.
Der Duft der brennenden Räucherstäbchen nahm ihr fast den Verstand. Sie fürchtete um ihre Haltung beim Anblick des so daliegenden Claudius. Mit Gewalt riß sie ihren Blick von seinen Augen los und beugte sich vor, um den Weinkelch zu füllen. Ihr gekonnt drapiertes leichtes Gewand gab den Ansatz ihrer weißen Brüste frei, und Claudius' Augen versanken in diesem

köstlichen Anblick, daß er alles um sich vergaß. Erst als sich Pila wieder aufrichtete und die Hetäre sein Gesicht zu sich heranzog, mußte er seinen Blick abwenden. Unter seinem Gewand spürte er plötzlich eine heftige Erregung, und er stöhnte leise auf. Die Hetäre deutete seine Lust jedoch anders. Sie schmiegte sich an ihn, und ihre Hand wanderte langsam an seinem Körper herab.

Claudius streifte das dünne Gewand der Hetäre von den Schultern. Sie besaß eine glatte, glänzende Haut. Lächelnd lehnte sie sich an seine Brust und streifte nun ebenfalls seinen Schurz ab. Von Wohlgerüchen umwoben, rieben sie ihre Körper aneinander.

Pila wandte sich ab. Sie versuchte, ihrer seltsamen Erregung Herr zu werden. Seit sie in Rom lebte, spürte sie die eigenartige Wandlung, die mit ihr vonstatten gegangen war. Was sie früher für undenkbar gehalten hatte, gehörte jetzt zu ihrem Alltag. Da waren die prachtvollen steinernen Häuser, die warme Sonne, die zarten Gewänder. Da waren die süßen Früchte, die lieblichen Düfte, die bunten Blumen. Da waren die herrlichen Bäder, die duftenden Körperöle, die laszive Trägheit. Und da waren die Männer, die so schnell liebesbereit waren, die ihre Erregung und Lust stolz zeigten, die ihren Gefühlen und Trieben ganz selbstverständlich nachgaben.

Hatte sie das alles anfangs für das Machwerk böser Geister gehalten, für List und Verführung zum Verderben der Menschen, so konnte sie jetzt einigen dieser Dinge bereits Gefallen abringen, ja, sie spürte, daß sie bereits zu ihrem Leben gehörten. Sie schlief in einem weichen Bett mit sauberen Laken, sie trug wunderschöne Kleidung aus zarten Stoffen, die wie von Feenhand gewebt schienen. Sie besaß goldenen Schmuck, den ihr der Senator in manch guter Laune geschenkt hatte. Und sie badete täglich in warmem Wasser und salbte ihre Haut mit

duftenden Ölen. Sie speiste reichlich und von köstlichen Gerichten, das Gefühl des Hungers, das sie seit ihrer Kindheit kannte, gab es für sie nicht mehr. Dies alles war der Preis für ihre Freiheit. Der Preis für Schmutz, Kälte, Entbehrung, Hunger. Doch Freiheit war Freiheit. Sie lebte in einem goldenen Käfig, sie war eine Sklavin!
Claudius streckte sich auf der Liege aus. Die Hetäre befreite ihn nun vollends von seiner Kleidung und betrachtete entzückt seinen erigierten Phallus.
»Du bist ja wie ein Satyr, Claudius. So eine prachtvolle Männlichkeit haben gewiß nicht viele deiner Art vorzuweisen.« Schmeichelnd streichelten ihre Hände über seinen Körper.
»Du mußt es ja wissen«, murmelte Claudius und nahm wieder einen tiefen Schluck aus dem Pokal. Der Wein öffnete sein Herz, er brachte sein Blut zum Fließen, er weckte seine Begehrlichkeit. Seine kräftigen Hände umfaßten ihre entblößten Brüste und massierten sie mit kreisenden Bewegungen. Dann griff er in ihr lockiges, schwarzes Haar und zog ihren Kopf zu sich heran.
Lachend streifte sie ihr hauchdünnes Gewand ab und schwang sich rittlings auf Claudius. Sie war schlank und gelenkig, und ihr ganzer Körper schien wie aus Bronze gegossen. Während sie sich mit gespreizten Beinen langsam über seinem Phallus niederließ, senkte sie ihre Lippen auf seinen Mund.
Wie unter Zwang mußte Pila sich umdrehen. Die liebevoll zärtliche Geste, mit der Claudius sich mit der Hetäre zu vereinigen begann, versetzte ihr einen schmerzhaften Stich. Drusilla hatte immer angewidert von den Gelagen gesprochen und wie sich die Männer in wilder Gier mit den Sklavinnen und Hetären vereinigten. Da war nur die nackte, fleischliche Lust, die sinnesbetäubende Trunkenheit, die rasende Begierde. Doch als sie Claudius so liegen sah, wie ein entrücktes Lächeln über sein Antlitz flog, während die Hetäre ihr Becken sanft kreisen ließ,

überkam Pila ein seltsamer Schmerz. Vergessen war sein brutaler Kampf in der Arena, vergessen sein wilder Blick, als er seinen Gegner in den Sand warf, vergessen der Schwertstreich, mit dem er den Unterlegenen tötete. Vergessen war sein triumphierendes Lächeln, als er das blutige Schwert emporhob, um die tobenden Zuschauer zu grüßen. Vergessen war sein schmutziger, schweißbedeckter Körper unter dem kalten Metall seines Panzers. Der Claudius, der vor ihr auf den weichen Kissen lag und sein Becken lustvoll den Bewegungen der Hetäre entgegenstreckte, war einfach nur schön.

Pila stand versunken in den Anblick, atemlos, in den Händen die Silberschale.

»Pila, träumst du?« Die Stimme des Senators riß sie aus ihrer Erstarrung. Schnell wandte sie sich ab und eilte zu Valerius.

»Nun, meine Schöne, gefällt es dir auf meinem Fest? Auch wenn du die Sklavin meiner Frau bist, betrachte dich als Gast. Du darfst dir von den Früchten nehmen, du darfst auch Wein trinken, soviel du magst.« Er reichte ihr einen wertvollen silbernen Becher. »Trink, es ist ein ausgezeichneter Jahrgang, eines Senators würdig.«

Pila verneigte sich.

»Oh nein, erhebe dich«, sagte der Senator sanft, dann lachte er. »Ich habe dich beobachtet. Du findest an einem Mann Gefallen, scheint mir. Ich weiß, daß du noch Jungfrau bist. Deshalb habe ich auch mehr als das Doppelte des üblichen Preises für dich zahlen müssen.« Er schüttelte lachend den Kopf, als wäre es ein gelungener Scherz. »Meinst du nicht auch, daß dieses wundervolle Fest der geeignete Rahmen ist, mir deine Jungfräulichkeit zu schenken?«

Pila starrte ihn an. »Ich ... ich bin deine ergebene Sklavin«, stammelte sie. »Aber ich bin doch nicht verheiratet. Da darf ich doch noch nicht ...«

»Ah, wieder dieses barbarische Geschwätz«, grunzte Valerius. »Als Sklavin wirst du auch nicht heiraten. Du bist für andere Dinge vorgesehen. Soll dein herrlicher Alabasterkörper nur einem Mann gehören?«

Pila nickte heftig. Der Senator lachte brüllend.

»Gut, dann gehört er nur mir!« Er zog Pila zu sich heran. Verzweifelt blickte Pila sich um, ihr Körper versteifte sich. Doch wer sollte ihr helfen? Sicher schauten die anderen lüstern zu, wenn Valerius sich hier in aller Öffentlichkeit mit ihr vereinigte.

»Trink Wein, das lockert dein germanisches Herz und bringt dein Blut in Wallung. Denn daß unter deiner kühlen Marmorschale ein wildes Herz schlägt, kannst du nicht verleugnen. Ihr Germanenweiber tut nur so kühl, dabei seid ihr wild wie die Pantherkatzen in der Arena.« Er strich mit der Hand an Pilas Bein empor, während er ihr wieder den Becher reichte. »Trink endlich!«

Pila nippte an dem Wein.

»Siehst du, was für ein wunderschöner Silberbecher das ist? Und siehst du die feinen Reliefs darauf? Es sind Paare in lustvoller Umarmung. Schau, wie viele Arten es gibt, zwei Körper miteinander zu vereinigen. Ich schenke dir den Becher als Erinnerung an das heutige Fest. Zur Erinnerung an das erste Mal deiner Liebeslust.«

Statt vor Begierde raste Pilas Herz jedoch in Panik. Valerius war ihr Herr, sie durfte sich ihm nicht verweigern. Ihr wilder Kampftrieb hätte ihm am liebsten den Schädel gespalten, doch sie hatte inzwischen auch gelernt, sich zu beherrschen. Sie mußte Zeit gewinnen. Auch wenn Furcht ihr ein Fremdwort war, so senkte sie jetzt den Blick und spielte ihm Scheu vor.

»Oh, stolze Pila, was ist los? Du zeigst Scheu? Ich verstehe. Komm, trink Wein, er verscheucht die Angst, er macht die Zunge beredt und erweckt das Liebesverlangen.«

Tapfer leerte Pila den Becher und hielt ihn Valerius hin. Der lachte und schenkte ihr ein. Dann warf er sich auf sein Lager, streckte die Arme in die Höhe und rief: »Was für eine wunderbar verkehrte Welt! Der mächtige Senator bedient die Sklavin und buhlt auch noch um ihre Liebesgunst!«
Er hatte dem Wein bereits kräftig zugesprochen, aber das änderte nichts an der Kraft in seinem Schoß. In der Vorfreude auf Pilas schlanke, weiße Beine bauschte sich sein Gewand auf. Verzweifelt schloß Pila ihre Augen.
Claudius hatte sich den heftiger werdenden Bewegungen seiner Hetäre hingegeben und wand sich lustvoll unter ihrem Körper. Dabei drehte er den Kopf zur Seite und erblickte Pila, die von Valerius auf die Kline gezogen wurde. Zweifelsohne begehrte er sie und wollte sich mit ihr vereinigen. Er sah ihren verzweifelten, um Hilfe und Gnade flehenden Blick, während sie in der einen Hand den Weinbecher hielt und sich mit der anderen auf dem Polster abstützte. Valerius streifte ihr das Gewand von den Schultern und entblößte ihre vollen Brüste. In Claudius' Lenden schien sich kochendes Wasser zu sammeln. Mit einer einzigen heftigen Handbewegung schob er die Hetäre von seinem Körper herunter und erhob sich. Er machte sich nicht die Mühe, seine Lenden mit einem Tuch zu bedecken. Seinen ehernen Phallus vor sich her tragend, lief er über den kühlen Marmorboden zu Valerius' Liege und baute sich kampfeslustig neben ihm auf.
»Großer Valerius, überlaß sie mir! Du kannst dir mit deinem Reichtum hundert germanische Jungfrauen kaufen. Bevor ich im Sand der Arena sterbe, möchte ich einmal dieses köstliche Gefühl erfahren, mich zwischen diese dorischen Säulen zu versenken.«
Dem Senator blieb der Mund offenstehen ob dieser kühnen Worte. Langsam glitt sein Blick an Claudius' Körper herab und blieb an seinem Phallus hängen.

»Fürwahr ein prächtiger Anblick!« sagte er anerkennend. »Ich gebe dem Wein die Schuld, daß du dich zu dieser Kühnheit erdreistest. Aber ich weiß auch, daß du furchtlos bist, Claudius.« Er lachte. »Es liegt wohl auf der Hand, daß dein Leben kürzer ist als meines. So nimm es als ein Zeichen meiner Gastfreundschaft, daß ich dir Pila überlasse.« Er seufzte mit einem Blick auf Pilas Beine. »Schade, ich hätte auch gern gewußt, wie es ist, zwischen diesen Säulen zu lustwandeln.« Dann nahm er Pila den Becher aus der Hand und kippte ihn in einem Zug hinunter.
»Hier, als Andenken an diesen Tag!« rief er und drückte ihr den leeren Becher in die Hand. »Du darfst ihn trotzdem behalten.«
Claudius packte Pilas Handgelenk und zog sie mit sich zu seiner Liege, wo die Hetäre sich inzwischen einen Becher Wein eingeschenkt hatte. Sie blickte Claudius lächelnd entgegen und erhob sich, um damit fortzufahren, wobei er sie unterbrochen hatte.
Genüßlich streckte er sich wieder auf der Liege aus und zog Pila sanft zu sich herunter. Doch statt freudiger Erwartung sah er Angst in ihrem Blick. »Was hast du, wovor hast du Angst?« fragte er.
Heiße Röte überflog Pilas Gesicht. »Verzeih mir, Herr, ich habe das noch niemals zuvor getan.«
»Dann wird es Zeit«, lachte Claudius und fuhr sanft mit den Fingern über ihre Wange. Pila hatte sich auf den Rand der Liege gesetzt, die Beine schamhaft zusammengepreßt. Claudius betrachtete sie ein wenig verwundert. Ihren Versuch, die Tunika wieder über die Brust zu ziehen, unterband er jedoch.
»Laß mich deinen Körper betrachten, Pila. Ich habe noch nie im Leben so etwas Schönes gesehen. Ich weiß, daß die Germanen hellere Haut haben als wir, und ich habe schon gegen manchen rothaarigen Wilden gekämpft. Aber, daß es so eine Hautfarbe gibt, die sich mit dem Stein von Marmara vergleichen kann . . .« Seine Finger strichen über ihre Brüste. »Man sagt, auf den

Alpengipfeln liegt Schnee, leuchtend weißer Schnee. Sind daraus deine wundervollen Brüste geformt? Fühlt sich Schnee so glatt und weich an?« Er seufzte leise bei dieser Berührung.
»Nein, Herr, Schnee ist kalt, und wenn man ihn mit den Händen berührt, schmilzt er zu Wasser.«
»Dann laß mich deinen geschmolzenen Schnee trinken, denn ich verdurste ohne dich.«
Seine Lippen suchten die zartrosa Spitzen ihrer Brüste. Pila erschauerte unter seinen Liebkosungen. Mit Gewalt schoß sein kochendes Blut in die Lenden. Entzückt packte die Hetäre seinen schwellenden Penis und schwang sich über ihn. Mit einem grunzenden Laut ließ sie sich auf der prallen Männlichkeit nieder. Claudius legte seinen Kopf auf die Armlehne der Liege und zog Pilas Oberkörper zu sich herunter.
»Lehn dich an mich, damit ich deine Brüste spüre. Schau mich an, damit ich in deinen blauen Augen versinken kann. Öffne deine Lippen, damit ich deinen Atem spüre.«
Er atmete tief und erregt, während die Hetäre wieder ihre Hüften kreisen ließ. Die Bewegung übertrug sich auf seinen Körper und von diesem auf Pilas Leib. Auch ihr Atem ging heftiger, ihre Haut kribbelte erregt, und sie ergab sich diesen passiven Bewegungen wie in Trance. Sie konnte ihre Augen nicht von seinen Augen lösen. Ihre Blicke schienen miteinander verschweißt wie die Ketten der Sklaven. Mit einer Hand tastete Claudius nach den Weintrauben auf dem Tisch neben der Liege. Er löste eine pralle Beere und schob sie zwischen Pilas Zähne.
»Nicht essen«, flüsterte er. »Gib sie mir, mit dem Mund.«
Sie starrte ihn an, und während die kreisenden und stoßenden Bewegungen der Hetäre heftiger wurden und sich rhythmisch auf ihre Brüste übertrugen, die auf Claudius' Oberkörper lagen, beugte Pila sich zu ihm herunter. Sie spürte seinen stoßweisen Atem; die Erregung ließ seine Lider flattern. Er hatte eine scharf

geschnittene Nase mit engen Nasenflügeln, die jetzt sacht bebten. Er schlang seinen Arm um Pilas Hüfte, und an dem festen Griff spürte sie seine wachsende Anspannung. Sie senkte ihre Lippen auf die seinen, immer noch die Weinbeere zwischen ihren Zähnen. Behutsam nahm er sie ihr ab, wobei er seine Lippen fester auf ihre preßte. Mit einem leisen Knacken zerplatzte die Weinbeere, und Pila spürte den fruchtigen Geschmack. Und plötzlich saugte sie die Köstlichkeit wieder in sich auf, ihre Hände in sein Haar versenkend. Je heftiger die Bewegungen der Hetäre wurden, je kürzer sein Atem ging, um so fester preßte Pila ihre Lippen auf seinen Mund, um so wilder saugte sie an dem köstlichen Naß. Sie hörte sein leises Stöhnen unter ihren Küssen, spürte seine starken Arme, die sie umschlangen.

»Lieb mich, Pila, lieb mich, lieb mich«, stieß er erregt hervor. Er hielt sie so fest, daß sie ihren Oberkörper nicht von ihm lösen konnte. Sie wollte es auch gar nicht. Sie sog den betörenden Zimtduft ein, den er verströmte. Sie spürte seine Ekstase, das Zucken seiner Muskeln, rieb sich an seiner Haut und fuhr heftig mit den Fingern durch sein wirres, braunes Haar. Wie im Rausch umschlangen sie sich, während die Hetäre ihn zum Gipfel der Lust trieb. Mit einem gurgelnden Laut bäumte Claudius sich auf, wobei sein Körper von lustvollen Schauern geschüttelt wurde.

»Pila, meine Pila«, stöhnte er auf dem Höhepunkt seiner Lust. Pila verspürte seine Erregung körperlich. Diese lustvollen Schauer pflanzten sich in ihrem Körper fort, überrollten erst ihn und dann sie. Erstaunt, bestürzt, glücklich kam ihr dieses überwältigende Gefühl zu Bewußtsein, diese wunderbare Glut, die ihren Körper durchraste und sich in ihrem Schoß ergoß. Sie verspürte einen nie erlebten Taumel, eine heftige und überwältigende Leidenschaft.

Lange hielten sich beide umschlungen, während die Hetäre sich, ein wenig außer Atem, aber mit gleichgültigem Gesicht, von Claudius' Lenden erhob, ihr Tuch flüchtig um die Hüften schlang und zum Weinbecher griff.
Pila preßte ihr Gesicht an Claudius' Hals. Auf den Lippen spürte sie den salzigen Geschmack seines Schweißes. Nur langsam ebbte die Erregung ab. Vorsichtig löste sie sich aus seinen Armen und blickte auf sein sanft gerötetes Gesicht herab. Auch ihre Wangen hatten sich mit einer flammenden Röte übergossen. Sie saß immer noch mit zusammengepreßten Beinen da.
Claudius lachte ein wenig verlegen auf und strich sanft über ihren Oberschenkel. »So kann man es auch machen«, sagte er leichthin. Pila senkte die Augen. »Ich … ich hatte Angst davor«, sagte sie leise.
»Ich weiß«, antwortete er. »Ich wollte dir nicht weh tun.«
Pilas Augen weiteten sich. »Heißt das, du wirst mich nicht schänden?«
»Schänden? Um nichts in der Welt.« Versonnen blickte er auf seine Hand, die immer noch sanft ihren weißen Schenkel streichelte. »Was gäbe ich dafür, zwischen diesen wunderschönen Beinen zu liegen und dir die höchsten Wonnen zu bereiten. Aber ich werde dich nicht dazu zwingen.« Jetzt blickte er in ihre Augen. »Ich hoffe, daß ich es eines Tages doch noch erleben werde. Dann, wenn du dich mir freiwillig hingibst.«
Mit wachsendem Erstaunen hatte Pila seinen leise geflüsterten Worten gelauscht. Sie konnte es nicht fassen, daß dieser Mann, der zum Ergötzen Tausender Zuschauer ohne zu zögern seine Gegner abschlachtete wie ein Stück Vieh, der selbstverständlich in die Bordelle der Stadt ging und sich von den käuflichen Huren zu ungeahnten Gipfeln der Wollust treiben ließ; er, der sich in Valerius' Haus dem Gelage hingab, nahm Rücksicht auf die den Römern unbegreiflichen Schamgefühle einer germani-

schen Sklavin, verschonte sie von der Schmach der Schändung und schenkte ihr so viel Zärtlichkeit, daß er ihre Sinne verwirrte. Wie konnte ein Mensch nur eine Seele mit so vielen Gesichtern in sich tragen?
Und plötzlich überkam Pila ein Gefühl, das ihr bisher genauso fremd gewesen war wie diese lustvollen Schauder. Sie empfand tiefe Dankbarkeit diesem Römer gegenüber, diesem so unbegreiflichen, schönen, begehrenswerten und doch furchterregenden, angsteinflößenden, grausamen Mann. Noch einmal beugte sie sich zu ihm herunter. Die Erregung war aus seinem Blick gewichen, er sah sie voll Zärtlichkeit an.
»Danke!« flüsterte sie, bevor sich ihre Lippen auf seine senkten. Dann erhob sie sich, nahm den leeren Weinkrug und lief in die Küche. Niemand würde sie mehr vermissen auf diesem Fest, das sich inzwischen seinem orgiastischen Höhepunkt näherte.

Siebtes Kapitel

VIA APPIA

Dank der bienenfleißigen Hände der Haussklaven waren die Überreste des ausschweifenden Gelages vom Vortage bald verschwunden, und die Villa glänzte in all ihrer Pracht. Die letzten Gäste verabschiedeten sich am späten Vormittag, nachdem sie ihren Rausch irgendwo im Peristyl ausgeschlafen hatten. In diesen unruhigen Zeiten war es auch angeraten, lieber bei Tageslicht nach Hause zu gehen. Die Nacht hielt in den engen und unbeleuchteten Gassen manch böse Überraschung parat.

Romelia befahl, das Silbergeschirr zu polieren und danach in Körbe und Truhen zu verpacken. Der große Umzug auf den Landsitz nahe Pompeji stand bevor. Keinesfalls wollte Romelia auf den gewohnten Luxus verzichten. Valerius machte ihr deswegen Vorhaltungen.

»Wir sollten wie in den letzten Jahren mit dem Wagen reisen. Das geht schneller und ist weniger gefährlich. Wozu brauchst du auf dem Landsitz das Silbergeschirr? Wir werden keine Feste mehr veranstalten. Zumindest nicht über den Sommer.«

»Ich will darauf auch auf dem Land nicht verzichten«, erwiderte Romelia kurz angebunden. »Oder sollen die Leute dort denken, daß wir arm sind?«

»Ich bitte dich, alle Leute kennen uns. Im Gegenteil, ich halte es für vernünftig, eventuelle Straßenräuber nicht noch mit der Nase darauf zu stoßen.«

»Straßenräuber? Pah, wozu haben wir denn eine Leibeskorte? Ich werde dreißig Sklaven mitnehmen! Viele davon sind stark wie Soldaten. Wer sollte es wagen, uns anzugreifen?«
»Mach, was du willst«, brummelte Valerius. »Nur übernachte ich nicht gern im Zelt.«
»Du wirst es überstehen«, antwortete Romelia. »Auf unserem Landsitz kannst du dich ja von den Reisestrapazen erholen.«
»Allerdings. Und ich werde meine Ländereien besuchen, die Weinberge und Olivenhaine, die Gemüsegärten und Getreidefelder. Und ich werde dichten und musizieren, die Vögel beobachten und das Meer belauschen ...«
Während Valerius weiter schwärmte in Aussicht auf einen geruhsamen Sommeraufenthalt, hielt Romelia wieder alle Sklaven in Trab. Es gab eine Menge zu bedenken und zu organisieren. Nicht nur das Silber und diverse Möbel wollte sie mitnehmen, sondern auch ihre umfangreiche Garderobe, den Schmuck und einigen Zierat sowie ausreichend Proviant und die Zelte.
Zwar gab es entlang der Via Appia, die sie bereisen wollten, genügend Wirtshäuser. Doch die waren meist einfach, boten keinen Luxus, wenn auch oft eine gute Küche. Doch Romelia fürchtete sich vor Ungeziefer, fremden Betten, fremden Menschen und den allerorts käuflichen Frauen, die sich den Reisenden anboten.
So glich der Zug, den sie zusammenstellte, fast einem Kriegszug zur Eroberung eines fremden Landes. Es fehlten nur noch die Kriegselefanten.
Mitten in die hektischen Vorbereitungen für den Umzug platzte Emilia, die Leibsklavin von Flavia, herein. Sie war völlig aufgelöst, ihre Augen rot verweint.
»Meine Herrin läßt dir ausrichten, daß der ehrenwerte Barbillus heute morgen verstorben ist«, sagte sie unter heftigem Schluch-

zen. »Unser Haus ist in tiefe Trauer versunken, auch die Klageweiber sind schon eingetroffen.«
Das Zucken einer Augenbraue war Romelias einzige Reaktion auf die Nachricht. Valerius dagegen zeigte Betroffenheit.
»Richte deiner Herrin unsere aufrichtige Anteilnahme am Tod ihres Gatten aus. Selbstverständlich werden wir heute beim Untergang der Sonne zu einem Kondolenzbesuch kommen.«
»Denk ja nicht, daß ich deswegen die Vorbereitungen für den Umzug unterbreche«, ereiferte sich Romelia.
Valerius blickte sie streng an. »Selbstverständlich wirst du das tun. Und wir werden an den Trauerfeierlichkeiten teilnehmen, bis sie zu Ende sind.«
»Keinesfalls!« Romelia stampfte mit dem Fuß auf. »Ich will nach Pompeji!«
»Was macht es, wenn du eine oder zwei Wochen später nach Pompeji kommst?«
»Allerhand. Barbillus war doch schon lange kränklich, es ist eine Erlösung für ihn. Ja, und glaubst du, daß Flavia tatsächlich um ihn trauert?«
Valerius funkelte sie zornig an. »Du sprichst mit der Zunge einer Natter.«
»Pah, glaubst du, sie hat diesen alten Knochen noch gemocht? Sie ist jung und lebenshungrig.«
»Zumindest ist sie eine ehrsamere Ehefrau als du. Sie führt nicht derartige spitze Reden gegen ihren Mann.«
»Was soll ich trauern um einen alten Mann, der sein Leben gelebt hat? Außerdem werde ich ihn jedes Mal grüßen, wenn ich an der Via Appia am Columbarium vorbeikomme. Ist das nicht Ehrerbietung für einen Toten genug?«
»Denkst du auch so über mich?« Valerius betrachtete sie aus den Augenwinkeln.

»Du kannst doch Flavia nicht mit mir vergleichen«, empörte sich Romelia.
»Eben!« antwortete er zweideutig.
Als die Sonne sich dem Horizont zuneigte, kleidete sich Valerius in seine Toga, Romelia in eine bodenlange Stola, die in der Taille gebunden wurde. Darüber warf sie den Palla, der gleichzeitig ihr Haar bedeckte. Auch die sie begleitenden Sklaven trugen schlichte Kleidung, dem traurigen Anlaß angemessen.
Pila trug einen Korb mit Öl, Blumen und Kränzen, Drusilla schleppte Brot, Wein und Früchte. »Dies dient der Opferung, damit der Verstorbene in der anderen Welt gut aufgenommen wird«, erklärte Drusilla. Pila schwieg. Es war das erste Mal, daß sie einen Todesfall erlebte, seit sie in Rom war. Und sie hatte bereits gesehen, daß man den Toten steinerne Häuser baute, oft entlang der Straßen, und diese Häuser mit steinernen Reliefs schmückte, die Szenen aus seinem Leben darstellten oder aus der Mythologie. Zwar konnte sie das nicht verstehen, wenn doch der Geist des Toten sowieso durch die Luft schwebte und sich an kein Haus gebunden fühlte. Aber wie so vieles in Rom, das so anders war als in ihrer Heimat, nahm sie es als gegeben hin, ohne viel darüber nachzudenken.
Flavia hockte tief verschleiert und sichtlich in Tränen aufgelöst im Atrium und nahm die Trauerbekundungen der Gäste entgegen. Es roch nach Räucherwerk, die Schreie und Gesänge der bestellten Klageweiber drangen aus dem Totengemach.
Valerius ergriff Flavias Hand. »Der Tod ist nur ein ewiger Schlaf und der Übergang zu einem anderen Leben.« Flavia schluchzte, dann nickte sie tapfer. »Ich habe deinen Mann Barbillus verehrt und respektiert. Er war ein großer Politiker, aber auch ein sehr geistvoller Mann. Einige seiner wunderschönen Gedichte habe ich in meinem Besitz und werde sie in Ehren halten.«
Er nahm eine Öllampe und einen Kranz und begab sich in das

Totengemach. Drusilla und Pila warteten zurückgezogen im Atrium. Romelia reichte Flavia einige Blumen. »Laß uns gemeinsam für den Toten opfern«, sagte sie nur. Flavia senkte das Haupt. Dann trugen beide die Opfergaben ins Totengemach.
Die schaurigen Gesänge der Klageweiber ängstigten Pila. Auch Drusilla sah ein wenig spitz um die Nase aus.
»Wer weiß, vielleicht fliegt seine Seele noch hier im Haus herum und beobachtet, ob auch alles zu seiner Zufriedenheit geschieht«, flüsterte Drusilla.
»Und wenn nicht?«
»Dann geht sie um, die Seele!«
Pila nickte. »Das kenne ich. Aber es gibt geheime Zauber, um den Wiedergang der Seele zu verhindern.«
Drusilla blickte sie entsetzt an. »Kennst du solche Zauber?«
»Nein, ich glaube nicht. Ich habe es jedenfalls noch nicht versucht. Obwohl ...«
»Bei allen Göttern, laß die Finger davon! Man hört ja so schreckliche Geschichten von Geistern, die einen Zauberer für immer in die Unterwelt entführt haben. Barbillus hat sicher schon zu Lebzeiten dafür gesorgt, daß er den Bissen des Cerberus entkommt und im Hades an einem Platz mit viel Licht unter Scherz und Tanz fortleben kann.«
»Geht das denn?«
»Sicher, wenn man sich zu Lebzeiten durch Weihen und Reinigung vor den bösen Geistern der Unterwelt schützt. Außerdem bekommt er ja alles mit, was er da drüben für sein Wohlergehen braucht, Kleider, Schmuck, Essen, Trinken, Duftwässer und Möbel.«
»Möbel?«
»Na ja, er will ja sitzen und liegen ...«
»Flavia ist sehr traurig«, bemerkte Pila. »Ob sie Barbillus geliebt hat?«

»Sicher. Auch wenn das nicht das wichtigste in der Ehe ist. Wichtig ist der Gehorsam.«
Pila blickte Drusilla überrascht an. »Meinst du, es reicht, wenn eine Frau nur gehorsam ist? Ist es nicht besser, wenn sie ihren Mann liebt und er sie auch?«
»Ob das wirklich besser ist, weiß ich nicht. Ich habe da ja keine Erfahrung. Solange ich in Romelias Haushalt bin, denke ich, daß der Gehorsam wichtiger ist. Denn daran mangelt es Romelia.«
»Ja, und daß sie jemals geliebt hat, bezweifle ich auch.«
Drusilla griente über ihr breites Gesicht. »Sie liebt höchstens sich selbst. Sie hat Valerius nur geheiratet, weil er ihr ein luxuriöses Leben bieten kann. Und Romelia war hübsch genug, ihm den Kopf zu verdrehen. Aber Theophilos, der griechische Lehrer, hat einmal gesagt, daß Liebe ein Stachel im Fleisch ist, der sehr schmerzt. Bei jeder Bewegung wird man daran erinnert, und man tut gut, ihn herauszuziehen.«
»Ach!« Pila schaute betreten. »Meinst du, Liebe ist etwas Schlimmes?«
»Ich glaube schon.« Drusilla zuckte mit den Schultern.
»Ich habe Liebe anders empfunden«, flüsterte Pila. »Als etwas Wunderbares, Schönes.«
»Ja, warst du denn schon mal verliebt?« Drusillas Augen wurden kugelrund.
»Ich war bereits eine Braut. Die Hochzeit sollte bald stattfinden, als mich die römischen Soldaten ... na ja, den Rest kennst du ja.«
»Und du hast deinen Bräutigam richtig geliebt?«
»Oh ja, Helfgurd ist ein wundervoller Mann, groß, stark, mutig. Und er hat mich geliebt.«
»Ja, gibt es das unter euch rauhbeinigen Germanen denn auch?«
»Drusilla! Jeder, der ein Herz im Leib hat, kann auch lieben. Es muß nur jemand kommen, der dieses Herz erweckt.«

»Ei, das ist wieder einer von deinen seltsamen Zaubern, nicht wahr? Also, mir wäre es lieber, ich bekäme einen Mann, der reich ist und Ansehen hat und mir ein schönes Leben bietet.«
»Was unterscheidet dich dann von Romelia?« wollte Pila wissen.
»Oh, allerhand. Vor allem, daß ich nie so einen Mann finden werde. Ich bin eben doch nur Drusilla, die Sklavin.«
»Zum Glück. Denn dann wäre ich ganz allein und hätte niemanden mehr, der mir hilft.«
Drusilla warf Pila einen schrägen Blick zu. »Ob dir überhaupt noch zu helfen ist?«
Valerius und Romelia kamen zurück aus dem Totengemach. Romelia ungeduldig und verärgert, Valerius gedankenversunken und still. Während sie in ihren Sänften heimgetragen wurden, folgten Drusilla und Pila mit den leeren Körben. Jeder hing seinen Gedanken nach.

Am nächsten Morgen summte es in der Villa schon in aller Frühe wie in einem Bienenkorb. Die Lasttiere wurden beladen, Sklaven schulterten die Körbe und Truhen. Romelia reiste in ihrer Sänfte, ebenso die beiden Töchter Livia und Valeria. Die griechischen Kinderfrauen liefen neben der Sänfte her und achteten darauf, daß die Mädchen keinen Unfug trieben und vielleicht herausfallen könnten. Valerius ritt ein edles Pferd, ebenso sein Sohn Severus. Zum ersten Mal durfte auch Titus auf einem Pony mitreiten. Er war mächtig stolz und nicht davon abzubringen, bereits eine Stunde vor dem Aufbruch auf dem Pferd zu sitzen. Severus hatte sich sein Holzschwert umgeschnallt und hoffte auf eine ganze Horde Straßenräuber, die er mutig in die Flucht schlagen wollte.
Der Aufbruch verzögerte sich, als Flavia sich anmeldete. Sie sah verhärmt aus, mit tiefen Schatten unter den Augen. Die vergan-

gene Nacht hatte sie am Bett von Barbillus die Totenwache gehalten.
»Romelia, willst du nicht an der Grablegung teilnehmen?« fragte sie tonlos, als sie den Zug der Sklaven sah.
»Bedaure, Flavia, aber du kannst nicht allen Ernstes von mir erwarten, daß ich den Umzug, den ich schon seit Wochen plane, wegen des Todes deines Mannes verschiebe! Weißt du, ich habe mir schon überlegt, ob du überhaupt noch ein standesgemäßer Umgang für uns bist. Du bist jetzt Witwe und hast dich in Trauer und Zurückhaltung zu üben. Das paßt leider nicht so ganz in meinen Lebensstil. Ich brauche eine Begleitung zu den Theateraufführungen, den Spielen oder ins Badehaus, jemanden, der mit mir das Leben genießt, und keine trauernde Witwe. Das macht mich nur depressiv. Lebe wohl, Flavia! Pila bringt dich hinaus.«
Pila schluckte. Die arme Flavia wurde hinausgeworfen! Und doch mußte sie gehorchen. Sie begleitete Flavia in respektvollem Abstand bis zum Tor. Dort wandte Flavia sich um.
»Daß sie kein Herz hat, wußte ich schon immer«, sagte sie leise. »Und daß sie hochmütig ist, wußte ich auch. Genau das wird ihr eines Tages das Genick brechen.«
Pila starrte sie an. War das ein Fluch, den sie über Romelia sprach? Dann waren es schon zwei, die Romelia verfluchten. Pila war sich sicher, daß sich Romelias vorbestimmtes Schicksal erfüllen würde. Und es würde ein schreckliches sein!

Endlich setzte sich der Zug in Bewegung. Und er erregte Aufsehen in Rom wie eine Prozession an einem der römischen Feiertage. Das Volk lief zusammen, um die Familie des Senators und seinen reichen Hausstand zu bewundern. Romelia hatte wieder die Vorhänge der Sänfte zurückgeschlagen, um sich ausgiebig bestaunen zu lassen. War es doch für längere Zeit das letzte Mal, daß sie den Trubel und die Geselligkeit der Stadt aller Städte erleben konnte. Aber das Klima wurde immer stickiger, und es war an der Zeit, daß sie auf ihr Landgut zogen. Vor allem Valerius freute sich nach den anstrengenden letzten Wochen auf eine kleine Ruhepause.

Der Zug bewegte sich langsam den Hügel Palatinus hinunter. Sie nahmen extra einen kleinen Umweg am Circus Maximus vorbei, um sich gebührend bestaunen zu lassen. Dann befanden sie sich schon auf der Via Appia. Durch die Porta Appia verließen sie endgültig die Stadt.

Pila fühlte sich wie ein Pferd, das nach dem langen Winter das erste Mal wieder aus dem Stall geführt wird und nun den verführerischen Duft der frischen Luft einsaugt. Sie betrachtete die ausgedehnte Landschaft und die pinienbestandenen Straßen, die, einem Spinnennetz gleich, alle einem Ziel zustrebten – Rom.

Sie aber zogen hinaus durch die freie Natur in Richtung Süden. Pila hatte keinerlei Vorstellung, wie weit sie reisen mußten, um den Landsitz von Valerius zu erreichen. Drusilla hatte etwas von drei Tagen erzählt, wenn man mit dem Pferdewagen fuhr. Doch diesmal hatte Romelia darauf bestanden, daß sie per Sänfte reiste. Sie war es leid, in den unkomfortablen Redas, den schweren Reisewagen mit vier Rädern, in denen man auch übernachten konnte, auf dem großplattigen Straßenpflaster unsanft durchgerüttelt zu werden. Das bedeutete aber, daß sie mindestens eine Woche unterwegs sein würden.

Schnurgerade schlug sich die Straße vor ihnen durch die Landschaft, gepflastert mit riesigen Steinen, gebaut nur zu dem Zweck, römische Legionen schnell und ohne Verzögerung gen Süden marschieren zu lassen, zur Eroberung neuer Länder und zur Niederschlagung von Aufständen in bereits unterworfenen Ländern. Doch genauso gern nutzten zivile Reisende die be-

queme Straße, um auf diesem Weg schneller an ihr gewünschtes Ziel zu gelangen.
Sie trafen auf ihrer Reise unzählige Bauern mit Feldfrüchten und Tieren und viele Händler mit exotischen Waren, die alle nach Rom strebten; der brodelnden Stadt, die wie eine fette Spinne inmitten des Straßennetzes lag und schier unersättlich war.
Im Hintergrund zogen sich die Albaner Berge hin, die die Stadt Rom mit Wasser speisten. Pila blickte sich um. Die Zeit, in der sie fast täglich an Flucht gedacht hatte, war vorbei. Noch einmal blitzte der Gedanke in ihr auf. Doch inzwischen hatte sie genug gelernt über das römische Gemeinwesen, um zu wissen, daß eine Flucht keinen Sinn gehabt hätte. Die Organisation der Römer war tatsächlich perfekt. Ganz Rom war übersät mit Polizei- und Feuerwachstationen, und auch entlang der Via Appia gab es in regelmäßigen Abständen Stationen zum Wechseln der Pferde, Wirtshäuser und Wachtürme, Zollstationen und Tempel. Auch das römische Umland schien nur so von Menschen zu wimmeln und beileibe nicht nur von Römern. Aus der ganzen Welt zog es Menschen in die Gegend, einige freiwillig, viele aber als Gefangene und Sklaven oder aus der Not, um an der kostenlosen Speisung für die Armen teilzuhaben.
Am Abend des ersten Reisetages rasteten sie etwas abseits der Straße in der Nähe einer Straßenwache. Die Sklaven bauten die Zelte auf. Der größte Teil des wertvollen Hausrates wurde darin untergebracht. Drei Zelte waren für Valerius, die Kinder und Romelia vorgesehen. Die Sklaven lagerten unter freiem Himmel auf einfachen Matten. Ebenso wurde die Küche im Freien aufgebaut. Ein schwerer Kesselofen zum Garen der Speisen wurde von einem Ochsenkarren abgeladen. Romelia wollte auch auf Reisen nichts von ihrem Komfort und ihrem

Luxus vermissen, während Valerius es als erzieherisch wichtig empfand, daß die Kinder, gemeint waren seine Söhne, Härte und Ausdauer zeigten und auch mit einfachen Verhältnissen zufrieden waren.

Pila staunte mittlerweile nicht mehr über den Aufwand, den Romelia betrieb, um das Zeltlager für eine Nacht aufzubauen. Nachdem Aurus die Zubereitung der Speisen für die Familie überwacht hatte, durften Pila, Drusilla und Celius servieren. In einem Zelt wurden Klapptische und Klinen aufgestellt, um die standesgemäße Einnahme der Mahlzeit zu gewährleisten.

Drusilla ächzte und jammerte und humpelte herum. »Was ich in meinem Alter noch alles mitmachen muß«, stöhnte sie. »Diese Lauferei ist einfach nichts mehr für mich. Schau, meine Füße sind schon ganz wund.«

»Dann mußt du sie nachher mit Schweinefett einreiben. Mir macht das nichts aus. Wir sind damals mit unseren Wagen auch sehr weit gezogen auf der Suche nach fruchtbarem Land.«

Pila senkte den Kopf. Damals! Wie lange war das schon her? Ob der Stamm noch in dem Tal zwischen den grauen Bergen lagerte? Oder waren sie bereits weitergezogen? Ob Helfgurd sie suchte?

Drusilla bemerkte Pilas Verstimmung. »Hast du Heimweh?« fragte sie leise.

Pila schüttelte den Kopf. »Wonach Heimweh? Meine Heimat kenne ich gar nicht mehr. Ich war ein kleines Kind, als wir vom großen Meer fortzogen. Und dann lebte ich mit meiner Mutter im Planwagen. Der Vater und die Brüder ritten nebenher. Wir sind gezogen und gezogen, auf Wildpfaden, entlang von Flüssen, durch Täler. Es war mühsam, es war schrecklich. Wir hatten Hunger, es war kalt, wir kämpften gegen die Stämme, durch deren Gebiet wir zogen und die uns als Eindringlinge betrachteten.«

»Aber dann müßtest du doch froh sein, daß du hier leben kannst. Hier gibt es keine Kälte, keinen Winter und für uns auch keinen Hunger. Mag Romelia sein wie sie will, aber gehungert habe ich nie.« Sie schlug sich auf ihr rundes Hinterteil, und Pila mußte lachen.

»Ich weiß es nicht. Ich sehne mich zurück nach Vater und Mutter, nach meinem letzten Bruder, der mir geblieben ist. Und nach Helfgurd, der mich freien wollte.«

»Ist sie sehr schlimm, deine Sehnsucht?« fragte Drusilla mitfühlend.

»Das ist es ja eben. Ich kann mich nicht einmal mehr an Helfgurds Gesicht erinnern! Es ist alles so verschwommen, wie in einer anderen Zeit, in einem anderen Land, in einer anderen Welt.«

Tatsächlich hatte Pila bereits seit einiger Zeit bemerkt, daß die Erinnerungen an Kimbernland, die Sippe und an Helfgurd verblaßten. Dafür sah sie immer ein anderes Gesicht vor ihrem inneren Auge, ein kupferfarbenes Gesicht mit dunkelblauen Augen und vollem, braunem Haar. Sie sah eine blinkende Rüstung und ein schnaubendes Pferd.

Sie fuhr mit der Hand über die Augen. Nein, auch dies mußte sie vergessen, vor allem nach den Geschehnissen auf dem Convivium des Valerius. Sie begriff bis heute noch nicht, was dort geschehen war. Sie hatte aus Drusillas Erzählungen gewußt, daß es eine ausschweifende Orgie werden würde, wenn sie sich auch nicht viel darunter vorstellen konnte. Sie hatte gebangt, da Valerius ihre Anwesenheit befohlen hatte, daß er sie gnadenlos entehren würde. Wenn nicht Claudius gekommen wäre. Claudius! Aus ihm wurde sie nicht schlau. Als er sie aus Valerius' Armen gerissen hatte, war es für ihn klar, daß Pila ihm zu Willen sein würde. Und dann hatte er plötzlich doch darauf verzichtet. Er schien sogar etwas verlegen gewesen zu sein, daß Pila neben

ihm lag, während diese Hetäre ihn ... Sie schauderte gleichzeitig vor Lust und Entsetzen, wenn sie daran dachte. Was für eine seltsame Welt!
Claudius! Warum mußte sie nur ständig an ihn denken? Er war berühmt, bekannt, begehrt. Eine einfache Sklavin interessierte ihn nicht. Wie viele Frauen Roms träumten von ihm! Und wie viele Frauen kauften ihn sich. Oder er kaufte die Frauen. Er war ein Römer, ein verdammter Römer! Und er war es nicht wert, daß Pila nur einen trüben Gedanken an ihn verschwendete!
Nachdem Romelia sich in ihr Zelt zurückgezogen hatte und die Kinderfrauen sich den Söhnen und Töchtern des Senators widmeten, um sie für die Nacht vorzubereiten, saßen die Sklaven um den eisernen Ofen und verzehrten ihre einfache Mahlzeit aus Weizenbrei und Gemüse. Doch sie sättigte, und danach senkte sich auf alle eine große Müdigkeit.
Valerius vertrat sich die Beine auf einem abschließenden Rundgang. Zwischen den Sklaven entdeckte er Pila.
»Pila, erhebe dich!« forderte er sie auf. Erschrocken sprang Pila auf.
»Ja, Herr?«
»Ich würde gern mit dir einen kleinen Spaziergang unternehmen.«
Pilas Herz klopfte, und sie war beunruhigt. Valerius hatte demnach nicht vergessen, daß sie ihm ganz gehören sollte. In Pilas Ohren rauschte das Blut. Nein, es gab keinen Frieden hier in dem Land unter der warmen Sonne. Nicht für sie!
Valerius schlenderte neben Pila her und legte seine Hand auf ihre Schulter. Er blickte in den sternenklaren Himmel.
»Was denkst du, Pila, woraus bestehen die Sterne? Ist es Gold? Oder gar Feuer? Griechische Gelehrte behaupten sogar, es sind Sonnen so wie unsere Sonne, nur unvorstellbar weit weg.«

»Ich weiß es nicht, Herr. Feuer ist es sicher nicht, auch wenn manche Sterne so lodern. Sie sind kalt. Kalt wie Gold.«
»Oh, du hast keine gute Meinung von Gold, scheint mir.« Valerius lachte.
»Gold ist ein Metall wie Eisen oder Kupfer. Und Metall ist kalt.«
»Da gebe ich dir recht. Aber mir erwärmt allein der Anblick des Goldes das Herz.«
Pila schwieg. Valerius blieb stehen und faßte mit beiden Händen ihre Schultern.
»Davon hast du natürlich keine Ahnung. Was erwärmt eigentlich dein Herz? Du bist immer so still und ernst. Nie sah ich dich ausgelassen oder fröhlich lachen. Fühlst du dich nicht wohl bei uns?«
Pila starrte ihn an. »Du fragst eine Sklavin, ob sie sich wohl fühlt?«
Valerius ließ seine Hände fallen und seufzte. »Seltsam, nicht wahr? Vielleicht werde ich tatsächlich senil. Aber ich möchte, daß es dir gutgeht, daß du dich freust. Ich habe dir schöne Kleider geschenkt, Schmuck, freust du dich gar nicht darüber?«
»Oh doch, Herr, es ist für mich etwas ganz Besonderes. Ich habe noch nie solche wunderschönen Kleider getragen, solche feinen Stoffe und solchen kostbaren Schmuck. Ich weiß es sehr wohl zu schätzen, wie gut du zu mir bist.«
»Ja, aber offensichtlich auf germanische Art. Und die ist keineswegs sehr offenherzig. Habe ich vielleicht etwas falsch gemacht?«
»Herr, es tut mir leid, wenn ich dich erzürnt habe. Aber so ist es nicht.«
»Ich weiß schon. Du hast gesagt, du wirst nur einem Mann gehören. Dieser kühne Gladiator hat die Gunst der Stunde genutzt.« Er lachte. »Aber ich stehe zu meinem Wort. Ich werde keine Hand an dich legen, ich habe kein Interesse daran. Entweder bin ich der erste oder ich verzichte.«

Pila zuckte zusammen. »Herr, ich danke dir für dein Verständnis.«
Valerius schien zu glauben, daß sie sich mit Claudius vereint hatte. Es war am besten, ihn tatsächlich in diesem Glauben zu lassen.
»Ach, Pila, wärst du doch keine Sklavin! Ich würde dich auf einen marmornen Sockel in mein Peristyl stellen, um mich jeden Tag an deinem Anblick zu erfreuen.« Plötzlich stutzte er. »Das ist eine Idee. Ich werde dich in Marmor meißeln lassen. In Pompeji gibt es einen ausgezeichneten Bildhauer, der dort seine Werkstatt hat. Du wirst ihm Modell stehen für eine lebensgroße Statue.«
»Aber Herr, ich bin doch nur deine Sklavin!« Pila spürte plötzlich eine heftige Wärme im Gesicht.
»Na und? Niemand wird das sehen, denn die Skulptur wird nackt sein. Wie diese griechischen Plastiken der Göttinnen. Du bist schön, nur das allein zählt.«
»Ich danke dir für diese Ehre, Herr«, murmelte Pila sichtlich verwirrt.
Valerius lächelte geschmeichelt. »Du erfreust meinen ästhetischen Sinn. Das war mir der Kaufpreis schon wert. Und nun geh und leg dich zu den anderen, damit du morgen früh ausgeruht bist!«
Pila legte sich neben Drusilla auf die Matte.
»Was hatte der Herr mit dir vor?« wollte sie wissen. »Mußtest du ihm wieder zu Willen sein?«
»Ich war ihm nicht zu Willen, Drusilla. Nicht jetzt und nicht vorher. Und ich glaube, er begehrt mich nicht. Zumindest nicht so.«
»Nicht?« Drusilla konnte es nicht fassen. »Ist Valerius denn erblindet?«
»Ganz im Gegenteil. Er will mich als Marmorstatue haben. Vielleicht, weil ich Pila heiße.«

Drusilla zog sich eine Wolldecke über die Schultern. »Verrückt«, murmelte sie. »Dieses Germanenweib macht die Männer verrückt!«

Am nächsten Morgen scheuchte Romelia die Sklaven auf. Nach einem kleinen Morgenmahl mußte alles wieder zusammengepackt und auf die Wagen und Lasttiere verstaut werden. Es klappte reibungslos, offensichtlich waren es alle gewöhnt, und jeder Handgriff saß. Nur Pila stand etwas hölzern im Wege, aber Drusilla schickte sie hierhin und dorthin und beschäftigte sie, damit Romelia nicht aufmerksam wurde. Solange die Sklaven wie die Ameisen wimmelten, war die Welt in Ordnung. Danach setzten sie ihre Reise fort.

Die Via Appia zog sich schnurgerade durch die Landschaft. Alles, was sich ihr in den Weg gestellt hatte, war beiseite geräumt worden. Umwege schienen die Römer nicht zu kennen, Biegungen, Windungen waren ihnen ein Greuel. Außer daß die Reisenden auch an den nächsten Tagen vielen Menschen begegneten, die auf der Via Appia unterwegs waren, geschah nichts Aufregendes, und Pila hing wieder ihren Gedanken nach. Sie dachte an den vergangenen Abend und an Valerius' Worte. Für sie gestaltete es sich schwierig, den Gedankengängen der Römer zu folgen. Zu Valerius hatte sie Vertrauen gefaßt, wenngleich sie trotz allem auf der Hut war. Doch Valerius hatte bisher gehalten, was er versprochen hatte. Es beruhigte Pila auch, daß er zumindest kein körperliches Interesse mehr an ihr zu haben schien. Er wollte sie anschauen, sich an ihrer Schönheit erfreuen, mehr nicht. Pila fand dies nicht verwerflich. Der Gedanke, daß er ihren Körper aus Marmor meißeln lassen wollte, belustigte sie sogar.

Vor Romelia dagegen nahm sie sich sehr in acht. Selbst ausgesprochener Freundlichkeit mußte man mit Vorsicht begegnen.

Sie war launisch und unberechenbar und scheute sich nicht, andere ins Unglück zu stürzen, wenn sie sich einen Vorteil davon versprach. Und daß sie herzlos auch zu gleichgestellten Personen sein konnte, hatte Pila selbst erlebt, als Romelia ihre Nachbarin Flavia vor die Tür beordert hatte.

Dann schweiften ihre Gedanken wieder ab. Sie dachte an Claudius und fühlte einen seltsam ziehenden Schmerz in der Brust. Seit dem Convivium hatte sie ihn nicht wieder gesehen, und die Abreise von Rom fiel ihr doppelt schwer. Auch wenn es ihr nicht zustand, sie hätte sich so gern mit ihm unterhalten, hätte so gern in seiner Nähe gesessen wie damals im Park auf der kleinen Steinbank hinter dem Tempel. Sie spürte, daß er nicht der harte, gnadenlose Kämpfer war, daß seine rauhe Schale nur das Ergebnis seiner Erziehung in der Schule des Lentulus sein konnte. Irgend etwas war unter dieser Schale, jemand mußte nur bis dahin vordringen. Und dann würde er spüren, daß es noch etwas anderes im Leben gab, als sich um den Preis des eigenen Lebens in der Arena umjubeln zu lassen.

Doch sie wußte nicht, ob sie Claudius jemals wiedersehen würde. Rom lag weit hinter ihnen. Niemals wieder würde sie ihren Fuß in ein Amphitheater setzen. Das sinnlose Schlachten war ihr zutiefst zuwider, doch noch schrecklicher fand sie die Lust der Römer an diesen Grausamkeiten. Und vielleicht war Claudius schon bald nicht mehr am Leben, ein starker Gegner reichte.

Drusilla schnaufte neben ihr wie ein müdes Pferd. Die lange Fußwanderung wurde ihr zur Qual. Allerdings kümmerte sich niemand um sie, auf Sklaven wurde im allgemeinen keine Rücksicht genommen. Und Drusilla war auch keine Favoritin wie Pila, der kleine Freiheiten zugestanden wurden.

»Lehn dich auf mich«, bot Pila ihr an und stützte Drusilla. Diese warf sehnsüchtige Blicke auf die Gasthäuser, die sich entlang der Straße fanden. Es gab viele Häuser, und die Wirte priesen

ihre Dienste in Wort und Bild an. »Romelia sagt, die Gasthäuser seien gefährlich«, meinte Pila.
»Das stimmt. Man hört immer wieder davon, daß Reisende ausgeraubt wurden. Aber ich denke, das waren reiche Leute, die es verschmerzen konnten.«
»Warum haben manche dieser Gasthäuser einen steinernen Phallus über dem Eingang? Auch in Rom habe ich dies schon bemerkt. Aber es waren keine Lupanare.«
»Oh, das hat damit nichts zu tun. Weißt du, es soll einfach Glück bringen, fruchtbare Äcker, Kindersegen, alles, was du willst. Es ist nun mal so, daß der Samen dem Phallus entspringt. Und Fruchtbarkeit ist lebenswichtig. Denk nur, die Felder würden nicht fruchtbar sein, die Schweine und die Hühner, es wäre unser aller Tod. Und wenn die Frauen nicht fruchtbar wären, würden die Menschen doch aussterben. Wen betet ihr Germanen denn an um Fruchtbarkeit?«
»Nerthus. Das ist die Erdgöttin. Wir bringen ihr Opfer dar, und sie läßt das Korn auf den Feldern wachsen.«
»Ah, eine Frau? Das gibt es in Rom auch. Da ist eine Göttin aus Ägypten gekommen, Isis. In Pompeji gibt es einen kleinen Tempel für sie, den ursprünglich ägyptische Sklaven besuchten. Mittlerweile gehen aber auch viele römische Frauen zum Opfern. Es kann ja nicht schaden.«
»Nicht nur Nerthus haben wir geopfert. Die letzten Ähren gehörten Odin. Und Frija und Thor verlangen Sühneopfer zum Ende des Winters. Meist waren es Tieropfer, die Hirten opferten Milch und Käse. Nur, in den letzten Jahren haben die Götter uns nicht erhört.«
»Vielleicht haben eure Götter nicht so viel Kraft? Oder ihr habt sie erzürnt. Mit den überirdischen Mächten soll man es sich ja nicht verderben. Schau, überall gibt es Tempel, wo man verweilen und beten kann. Es sind viele Götter aus den fremden,

unterworfenen Ländern gekommen. Sie alle bereichern uns, denn sie haben ihre göttliche Macht mitgebracht.«
»Oh ja, es gibt viele Götter, das habe ich gesehen. Doch ich kann mit ihnen nichts anfangen, sie sind mir so fremd.«
»Vielleicht versuchst du es einmal mit Isis. Sie scheint deiner Erdgöttin ähnlich zu sein.«
»Ja, vielleicht. Aber was soll sie mir schon bringen? Fruchtbarkeit?« Pila lachte laut. Sie brauchte eine Göttin, die ihr Flügel wachsen ließe. Dann könnte sie sich in den blauen Himmel erheben und diesem ganzen Dasein entfliehen. Doch solch eine Göttin gab es nicht.
Mittlerweile waren sie schon sechs Tage unterwegs. Valerius wurde von Tag zu Tag unzufriedener. Diese Reise hätte schon längst zu Ende sein können. Er sehnte sich nach Ruhe. Nur seine beiden Söhne fanden es abenteuerlich, und sie würzten den langsamen Marsch mit einigen Ausflügen in die Umgebung, begleitet von ihrem Vater und einigen Sklaven.
Romelia jedoch hatte nichts dagegen, wenn es langsam voranging. Dadurch gab es genug Gelegenheit, sich den vorüberziehenden Reisenden in hochmütig-vornehmer Haltung zu zeigen. Es gab genug reiche, gelehrte Leute, die auf der Via Appia reisten und ihr ihre Ehrerbietung erwiesen.
»Wir sollten die letzte Nacht unserer Reise im Wirtshaus verbringen«, sagte Valerius.
»Keinesfalls!« widersprach Romelia. »In diese verkommenen Häuser gehe ich nicht.«
»Sei vernünftig, wir sind nicht mehr in der Provinz, mein Täubchen. Quintilius berichtete mir von mehreren Aufständen der Osker.«
»Es wird Zeit, daß wir dieses Gebiet zu einer römischen Provinz machen. Warum erbetteln wir von den Oskern jedes Stückchen Land? Wozu sitzt du im Senat Roms?«

Valerius schwieg verärgert. Schlimm genug, daß Romelia ständig ihren Kopf durchsetzte, aber daß sie sich auch noch in die Politik einmischte, stand ihr nicht zu. Valerius hatte nichts gegen gebildete Frauen. Er war stolz, daß Romelia klug und belesen war und auch gut mit Zahlen umgehen konnte. Das war wichtig für die Führung des riesigen Hausstandes des Senators und auch für den Ruf der Familie. Schlecht für seinen Ruf waren ihre Eigenmächtigkeiten und ihr loses Mundwerk.
»Wir quartieren uns im ›Elefanten‹ ein. Das ist ein gut geführtes Haus, sauber und angemessen. Eine Nacht wirst du es wohl überstehen. Wenn du nicht auf die Sänften bestanden hättest, wären wir mit der Kutsche gereist. Da hätten wir uns drei Übernachtungen sparen können.«
Das war deutlich genug, und jetzt war Romelia an der Reihe, verärgert zu schweigen.
Am Abend erreichten sie das Wirtshaus »Zum roten Elefanten«, eine halbe Tagesreise vor Capua. Es war nicht zu übersehen, ein großes Schild mit einem roten Elefanten hing vor der Tür. Als der Wirt den prächtigen Zug auf seine Herberge zukommen sah, rannte er auf die Straße hinaus und schwänzelte unter tiefsten Verbeugungen um Valerius herum.
»Sei willkommen, hoher Herr! Tritt ein in meine bescheidene Herberge, die dir jedoch alles bieten kann, was deinem edlen Geschmack beliebt. Wir haben gutes Essen, saubere Kammern, klares Wasser, Wein von Gott Vulcanus persönlich und natürlich auch Mädchen zu eurem Begehr. Ägypterinnen, Syrerinnen oder Knaben aus Griechenland; ich kann dir jeden Wunsch erfüllen, edler Herr.«
Valerius brachte ihn mit einer Handbewegung zum Schweigen. »Ein Bett für mich, meine Frau und meine Kinder. Das Gepäck muß auch mit ins Haus. Die anderen bleiben draußen.«

»Wie es dir beliebt, hoher Herr«, katzbuckelte der Wirt, und seine Frau eilte in die Küche, um die Speisen anzurichten.
Die Sklaven versorgten die Pferde, Valerius betrat mit seiner Familie die Herberge. Romelia überwachte das Einlagern des Gepäcks. Drusilla überzeugte sich vom Zustand der Schlafkammer, die Romelia zugedacht war.
»Bei Jupiter, das kann man doch einer so edlen Dame wie der Gattin des Senators nicht zumuten!« schimpfte sie. »Die Kammer ist klein und völlig kahl! Nur ein Bett darin!«
Der Wirt hob bedauernd die Schultern. »Sie soll ja auch nur darin schlafen. Im allgemeinen hält man in der Nacht die Augen geschlossen. Da ist es doch egal, wie die Wände aussehen. Aber schau, das Bett ist sauber und weich.«
Drusilla schob die Unterlippe vor. Es würde Romelias Unmut heraufbeschwören. Sie hätte lieber im Zelt genächtigt. Und tatsächlich blitzten Romelias Augen böse auf, als sie das Bett sah.
»Heraus damit!« befahl sie. »Die Sklaven sollen mein Feldbett bringen. Das ist wesentlich bequemer als diese Pritsche. Und ich bin mir sicher, daß keine Wanzen und Flöhe drin sind.«
Sie wandte sich ab, um im Gastraum mit ihrer Familie die Mahlzeit einzunehmen. Sie winkte Pila zur Bedienung, Drusilla sollte sich um die Herrichtung der Kammer kümmern.
Die Wirtin ließ alles, was die Küche zu bieten hatte, auf einer langen Tafel auffahren. Zwar mußten die Gäste auf Stühlen sitzen, die aus Seilen geflochtene Sitze hatten und die Romelia reichlich unbequem fand, dafür war sie jedoch überrascht, was die Küche des kleinen Gasthauses zu bieten hatte. Vor ihr türmten sich gebratene Würste, gedünstete Innereien vom Schwein, Kalbsbraten, Schnecken, Muscheln, Krammetsvögel, viele Arten Gemüse, Fisch, syrische Pflaumen, Äpfel aus Kreta und in einem schlanken Krug rubinroter Wein. Für die Sklaven gab es gesalzenen Fisch, gesottenes Schweinefleisch, gekochte

Teigwaren, helles Brot und Olivenöl. Auch sie bekamen mit warmem Wasser gemischten Wein. Valerius hatte es so bestimmt.
Der Wirt ließ Musikanten spielen, die die Gäste bei ihrem Mahl auf angenehme Weise unterhielten. Valerius' Stimmung besserte sich zusehends. Zufrieden lehnte er sich auf seinem Stuhl zurück und strich über seinen Bauch.
»Satt macht zufrieden, und zufrieden macht faul!« Er lachte und gähnte. Dann erhob er sich. Er winkte den Kinderfrauen, sich um die Söhne und Töchter zu kümmern, denen vor Müdigkeit bereits die Augen zufielen. Doch die Knaben wehrten sich.
»Vater, ich will auch diese Nacht draußen schlafen«, begehrte Titus auf.
»Nichts da, du Held!« grollte Valerius. »Heute nacht bleiben wir alle unter diesem Dach. Und die nächste Nacht verbringen wir bereits auf dem Landsitz. Dann kannst du wieder Abenteuer erleben. Ich verspreche dir eine Bootsfahrt auf den Golf hinaus, da werden wir einen großen Fisch fangen!« Er klopfte seinem jüngsten Sohn auf die Schulter und blickte ihm stolz nach, als er die Treppe hinauf zu seiner Kammer stieg.
Vor dem Wirtshaus erklang Tumult. Unwillig hob Romelia die Augenbrauen.
»Keine Bange, edle Herrin«, beruhigte sie der Wirt. »Es sind nur die Gladiatoren, die draußen am Olivenhain lagern. Sie kehren zurück nach Capua.«
»Das, was von ihnen übriggeblieben ist«, scherzte sie und bediente sich weiter von der reich gedeckten Tafel.
Pila, die still an der Wand stand, um ihre Herrin bei Bedarf zu bedienen, stockte der Atem. Wenn die Gladiatoren nach Capua zurückkehrten, dann mußte auch Claudius dabei sein!

Pila suchte eine Gelegenheit, das Wirtshaus zu verlassen. Die bekam sie schon bald, weil sich die Latrine hinter dem Gebäude befand. Unter dem Vorwand, diese aufsuchen zu müssen, schlüpfte sie hinaus. Es dämmerte bereits, und die Gladiatoren hatten ihr einfaches Lager aufgeschlagen. Der Wirt brachte ihnen die Speisen hinaus, und sie saßen rund um ein Feuer, unterhielten sich und aßen. Pila hob ein kleines Steinchen auf und warf es gezielt nach Claudius. Der blickte sich unwillig um. Als er Pila entdeckte, die ihm zu verstehen gab, unauffällig zu bleiben, nickte er verstehend. Langsam erhob er sich, als müsse er sich nach dem Mahl strecken. Er sagte einige Worte zu Lentulus und entfernte sich.

Hinter einem alten Baum fielen sich beide in die Arme.

»Pila, es ist ein Wunder, daß du hier bist. Ich glaubte, ich würde dich nie wiedersehen!«

»Ich hatte es auch nicht zu hoffen gewagt. Valerius zieht nach Pompeji. Dort liegt sein Sommersitz. Seit fünf Tagen sind wir schon unterwegs, und es geht langsam, weil Romelia ihren ganzen Hausstand mitschleppt.«

»Und wir reiten zurück nach Capua. Die nächsten Kämpfe finden in Pompeji statt. Vielleicht besucht Valerius sie, und ich darf dich wiedersehen.«

Pila senkte den Blick. Der Gedanke an die Spiele jagten ihr jetzt noch einen Schauder über den Rücken. Nein, niemals wieder würde sie die Spiele besuchen, auch wenn Valerius sie auspeitschen ließe.

»Wir werden uns nicht wiedersehen, Claudius.«

Er blickte sie betroffen an. »Du magst mich nicht? Gefalle ich dir nicht?«

Pila ergriff seine Hand und streichelte sacht seinen Handrücken. Es waren kräftige Hände. »Doch, ich mag dich, und du gefällst mir. Aber das haben dir sicher andere Mädchen auch schon gesagt. Nein, es ist etwas anderes. Ich begehre nicht deinen Körper, deine Schönheit. Ich begehre etwas, wovon ich nicht weiß, ob du es überhaupt besitzt.«

»Oh, wenn du Geld meinst, das habe ich. Leider nicht so viel, um dich freizukaufen ...«

»Nein, nein, das meine ich nicht. Ich sehe, du verstehst mich nicht. Das ist mir Antwort genug. Ich muß wieder hinein, sonst fällt meine lange Abwesenheit auf.«

Claudius hielt sie fest. »Geh noch nicht, Pila. Das ist nicht der Zeitpunkt des Abschieds, das spüre ich.«

»Es geht nicht, Claudius. Ich muß vor Romelias Kammer schlafen.«

»Dann komm in der Nacht, wenn alle schlafen! Schleich dich fort zu Mitternacht! Wir treffen uns an diesem alten Baum.«

Er zog sie an sich und suchte ihre Lippen. Diesmal ließ Pila es geschehen. Wie heißer Wein kribbelte es in ihrem Körper, und eine heftige Sehnsucht erfüllte sie. Doch es war gefährlich, sehr gefährlich!

»Ich werde es versuchen«, sagte sie ausweichend. Er gab sie frei, und Pila huschte in das Wirtshaus zurück.

Nachdenklich blickte er ihr nach. Das Mädchen sprach in Rätseln. Ihre Orakel waren dunkel und geheimnisvoll wie die Wälder ihrer germanischen Heimat. Sie war schön, diese blonde Sklavin, und allein ihr Anblick war atemberaubend. Aber es war noch etwas anderes, das Claudius in ihren Bann zog, etwas, wofür er keinen Namen hatte. Noch niemals zuvor hatte er so empfunden. Ihm lagen die Frauen zu Füßen, er konnte jede erobern, die er wollte. Doch genauso schnell, wie er zum Erfolg kam, verließ ihn das Interesse. Es waren auch schöne Mädchen darunter, die es wert waren, mehr als eine Nacht mit ihnen zu verbringen. Doch keine hatte es geschafft, sein Herz zu rühren.

Claudius erstarrte. Sein Herz! Natürlich, das war der Sinn ihres

seltsamen Spruches! Die anderen Frauen wollten ihn, den Gladiator, den schönen, harten Körper, muskulös und kampferprobt, seine nimmermüden Lenden, seine pralle Männlichkeit. Pila wollte sein Herz, seine Seele, sein Gefühl!
Überwältigt lehnte sich Claudius an die rissige Borke des alten Baumes. Eine seltsame Schwäche zog durch seine Beine. Das war es, wovor die weisen Dichter und Denker warnten, das war es, was Lentulus als den Tod vor dem Tod bezeichnete. Es war Liebe!
Mit schleppendem Schritt und hängenden Schultern ging Claudius zurück zum Feuer und hockte sich etwas abseits. Gedankenverloren kritzelte er mit einem Stock in den Boden. PILA formte er aus den Strichen.
»He, Claudius, bist du krank? Du siehst richtig elend aus!« Lentulus blickte zu ihm herüber.
»Nein, es ist nichts«, sagte er. »Die Völlerei der letzten Tage war wohl etwas zu viel.«
Lentulus griente. Er dachte gern an das Fest des Valerius, das er sehr ausgiebig genossen hatte. Es kam nicht häufig vor, daß Gladiatoren, auch wenn sie berühmt waren, zu derartigen Gelagen eingeladen wurden, zudem noch von einem Senator.
»So schnell wird es auch nicht wieder passieren«, meinte Lentulus ein wenig bedauernd.
Claudius bereitete sich ein Lager und legte sich hin. Schlafen konnte er jedoch nicht, im Gegenteil. Er war hellwach. Er spürte, daß sich etwas in seinem Leben geändert hatte, etwas Entscheidendes. Er wußte nur nicht, ob es gut war.

Pila wartete, bis alle schliefen. Sie hatte gemeinsam mit Drusilla ihr Lager vor der Kammer der Herrin aufgeschlagen. Die Herberge war klein und wenig komfortabel, wenn auch sauber. Da Valerius darauf bestanden hatte, alle Gegenstände des Gepäcks unter dem Dach zu lagern, wurde es recht eng. Die meisten

Sklaven mußten trotzdem draußen schlafen. Zum ersten Mal wünschte sich Pila, auch bei den anderen Sklaven zu lagern, auch wenn es unbequemer war unter freiem Himmel. Doch Romelia hatte sie auf zwei Matten vor ihre Kammertür befohlen. Drusilla schreckte sofort hoch, als Pila sich erhob.

»Was ist los?« flüsterte sie.

»Nichts, ich muß hinaus auf die Latrine.«

»Schon wieder?«

»Hm. Ich glaube, das Olivenöl war ranzig.«

»Davon habe ich aber nichts bemerkt.«

»Schlaf weiter. Mich schmerzt der Bauch ...«

Pilas Bauch schmerzte tatsächlich, als sie leise durch die Dunkelheit schlich. Er schmerzte vor Angst und dem bedrückenden Gefühl, daß es ihre letzte Begegnung mit Claudius war.

Sie tastete sich durch die Nacht, bis sie den alten Baum erreichte. Sie preßte sich an seinen Stamm, so daß ihre Umrisse mit seinen verschmolzen. Auch ein zufälliger Nachtgänger hätte sie nicht entdecken können. So wartete sie mit angehaltenem Atem.

Sie zuckte heftig zusammen, als eine Hand sie ergriff. »Pssst!« Claudius zog sie an sich.

»Oh, Claudius, es ist nicht recht, was wir hier tun. Ich befürchte, wenn Romelia dahinterkommt, gibt es keine Gnade mehr für mich.«

»Sie wird nichts bemerken. Ich möchte dich noch einmal im Arm halten, noch einmal deine Lippen küssen. Oh, Pila, ich habe mich nach dir gesehnt.«

Vorsichtig entwand sie sich seiner Umarmung. »Du kannst Mädchen haben, ganz wie es dir gefällt, und sogar reiche Patrizierfrauen schenken dir ihre Gunst. Warum begibst du dich in Gefahr wegen einer Sklavin?«

»Da fragst du noch? Pila, ich habe nachgedacht über deine Worte. Es ist wirklich so, daß ich sie zuerst nicht begriffen habe.«

Er senkte den Blick, was Pila in der Dunkelheit jedoch nicht sehen konnte. »Du hast etwas von mir gefordert, was noch nie eine Frau von mir gefordert hat. Ich ... ich muß damit erst fertig werden. Es ist neu für mich, Gefühle zu zeigen.«

»Du hast bereits Gefühle gezeigt. Erinnere dich an das Convivium. Es wäre für dich ein leichtes gewesen, dich meiner zu bedienen. So wie es Valerius sicher getan hätte. Aber du hast es nicht getan. Du hast dich sogar in Gefahr begeben, als du ihn herausgefordert hast. Warum tust du das?«

»Das weiß ich selbst nicht. Ich ... ich – ach, Pila, ich bin so durcheinander!«

»Ist es wirklich so schlimm, Gefühle zu zeigen?«

»Für mich schon. Ich darf keine Gefühle haben. Seit ich denken kann, wurde mir eingeschärft, daß ich hart und mutig sein muß, rücksichtslos und todesverachtend. Und, bei den Göttern, das bin ich, sonst wäre ich nicht einer der besten Gladiatoren Roms!«

»Ja, das bist du. Und doch hast du bereits dagegen verstoßen. Du hast mich geschont, hast mich nicht gezwungen, mit dir zu schlafen. Warum?«

Claudius schwieg. »Ich möchte es nur, wenn du es auch willst. Du sollst es freiwillig tun«, sagte er nach einer Weile.

»Man tut es nur freiwillig, wenn man liebt. Alles andere wäre gelogen.«

»Liebst du mich?«

Pila antwortete nicht. Sie wußte es nicht, sie war sich überhaupt nicht im klaren, was sie für Claudius empfand. War er ihr fern, dachte sie voll Zärtlichkeit und Sorge an ihn. Doch war er ihr nah, befürchtete sie, eine Torheit zu begehen. Ein Teil in ihr drängte sie, sich in seine Arme zu legen und die Welt um sich herum zu vergessen. Ein anderer Teil warnte sie und gebot ihr, ihm zu entfliehen, weit weg. Welche Zukunft hätte ihre Liebe?

»Also nicht.« Claudius' Stimme klang enttäuscht.

Pila ergriff seine Hände. Diese Berührung versetzte sie in einen Taumel, daß Claudius sie stützen mußte. »Ich glaube, Liebe braucht Zeit, um zu reifen. Sie kommt nicht über Nacht.«
»Liebe ist schlimmer als die Pest, sagt Lentulus. Sie verwirrt den Geist, versetzt das Herz in Raserei und läßt uns Dinge tun, die wir mit klarem Verstand nie getan hätten.«
Pila dachte an ihre Beschwörung während seines Kampfes in der Arena. Nie im Leben hätte sie die Hilfe der Götter und Geister für einen Römer erfleht, gegen ihren eigenen Landsmann. Und doch hatte sie es getan!
»Lentulus hat recht. Auch ich habe so eine Torheit begangen.«
»Pila!« Erregt zog er ihre Hände an seine Brust. »Pila, heißt das etwa, daß du mich ...«
»Gar nichts heißt das, Claudius. Es heißt nur, daß ich eine Torheit begangen habe. Ich glaube, es ist wirklich besser für uns beide, wenn wir uns jetzt trennen.«
»Nein, Pila, nicht! – Psst, da kommt jemand!«
Er nahm Pila in die Arme und preßte sie gegen den Stamm des Baumes. Mit seinem Körper schützte er sie gegen neugierige Blicke. Irgend jemand schlurfte schlaftrunken vorbei zur Latrine. Plötzlich fühlte er sich erhaben und glücklich, Pila gegen das Ungemach der Welt zu beschützen, ihre Festung zu sein, ihre Obhut, ihre Sicherheit. Er wollte für sie dasein, wie ein Mann für seine Frau. Sein Atem streifte über ihr Haar, und er preßte sein Gesicht hinein. Verdammtes Schicksal, warum bist du so gnadenlos? Sie würde nie seine Frau werden können. Sie war eine Sklavin und er ein elender Gladiator, einem Sklaven gleich. Er spürte Pilas Arme, die sich um seine Hüften schlangen. Sie besaß einen unvergleichlich biegsamen Körper, sanfte Linien, weiche Formen, so sanft und weich wie ihr Wesen. Er stöhnte leise auf.
»Ich möchte dich niemals wieder loslassen«, hauchte er.
»Ich auch nicht. Aber ich sehe keine Zukunft für unsere Liebe.«

»Ist das wichtig? Wir leben hier und jetzt. Es ist doch nur wichtig, *daß* wir uns lieben.« Claudius preßte sie fester an sich.
»Wenn es nur so wäre. Aber die Zeichen stehen schlecht für unsere Liebe.«
»Woher weißt du das? Kannst du in die Zukunft sehen?«
»Oh nein. Und ich weiß nicht, ob es gut wäre zu wissen, was die Zukunft bringt. Einige weise Frauen meines Volkes können das, aber dazu brauchen sie Opfer. Nein, Claudius, ich habe etwas beobachtet, und ich glaube, daß es dir schaden könnte. Romelia hat Lentulus zu sich befohlen.«
»Lentulus? Davon hat er mir kein Wort gesagt.«
Pila nickte. »Warum auch? Denn ich glaube, daß Romelia dir etwas Böses will. Ich weiß nur nicht, was. Sie hat auf Lentulus eingeredet. Es schien, als wäre er nicht einverstanden mit dem, was Romelia wollte oder forderte. Dann hat sie ihm Geld gegeben, viel Geld. Und plötzlich hat er genickt, das Geld eingesteckt und schnell die Villa verlassen.«
Claudius wurde nachdenklich. »Das ist in der Tat sehr merkwürdig. Vor allem, daß Lentulus kein Wort darüber gesprochen hat. Wenn es sich um einen Auftrag gehandelt hätte, dann hätte er mich eingeweiht. Doch was sollte Romelia gegen mich haben? Ich kenne sie ja kaum.«
»Das weiß ich auch nicht. Aber ich kenne Romelia. Sie ist rücksichtslos und grausam. Bitte, Claudius, nimm dich in acht.«
Er suchte ihre Lippen. »Hast du Angst um mich?«
»Ja«, flüsterte sie. »Und niemand wird dir helfen können, sie ist Valerius' Frau.«
Und dann schloß sie die Augen und gab sich seinen Küssen hin, die so voll Leidenschaft und Zärtlichkeit waren, daß sie am liebsten ihren Tränen freien Lauf gelassen hätte.
Claudius hielt Pila umschlungen, und mit Verwunderung bemerkte er, daß seine Hände zitterten.

Achtes Kapitel

DIODOROS

Am letzten Tag der Reise verließ der Zug des Valerius die Via Appia bei Capua und begab sich auf eine schmale Straße, die hinunter an den Sinus Cumanus des Tyrrhenischen Meeres führte. Schon von weitem erblickten sie den gigantischen Berg, der die Bucht zu bewachen schien. Die Straße führte hinab zum Meer, und an ihrem Ende lag die kleine Stadt Neapolis. Sie war eine alte Ansiedlung der Griechen, die vor langer Zeit dieses Gebiet besiedelt hatten. Doch die Reise war noch nicht zu Ende, obwohl in der Umgebung wunderschöne Villen entlang des Berghanges lagen.

Schnaufend wies Drusilla zur anderen Seite der Meeresbucht.

»Dort drüben müssen wir noch hin«, jammerte sie. Für sie war die Reise zur Tortur geworden.

Pila starrte auf das Meer. Es lag lieblich, still und blau wie der Himmel vor ihnen, befahren von kleinen Fischerbooten, Galeeren und Handelsschiffen, die sich auf dem Weg nach Alexandria befanden. Viele der Sklaven, die geschäftig ihrer Arbeit nachgingen, waren dunkelhäutig. Afrika lag nicht fern.

Doch für Pila hatte das Meer noch eine andere Bedeutung. Einstmals hatte auch sie in der Nähe eines Meeres gelebt, doch es war anders gewesen, dunkel, stürmisch, kalt und unheimlich. Sie erinnerte sich noch schwach, daß sie als kleines Mädchen mit ihren Brüdern am Strand gespielt, Muscheln gesucht und kleine, seltsam geformte Holzstückchen gefunden hatte. Die Mutter hatte sie gewarnt und ihr letztlich verboten, in der Nähe des Wassers zu spielen, weil sonst ein böser Wassergeist sie holen und in die schreckliche Tiefe ziehen würde. Seitdem ängstigte sie sich vor Wasser. Niemals würde sie durch einen See oder einen Fluß schwimmen und keinesfalls im Meer baden.

Doch keiner hatte die Absicht, am Meer zu pausieren, sondern die Reise ging weiter, von der alten griechischen Siedlung Neapolis zu dem kleinen Ort Herculaneum. Auf der Hangseite reihten sich herrliche Landgüter mit prächtigen Villen an Sommerhäuser der reichen Römer, die sich in dieser lieblichen Gegend niedergelassen hatten. In verschwenderischer Fülle wuchsen Weinstöcke und Obstbäume auf den fruchtbaren Feldern.

Scheu blickte Pila zu dem unheimlichen Berg auf. Ihr waren die vielen kleinen Tempel aufgefallen, die entlang der Straße standen.

»Das ist der Vesuvius Mons«, erklärte Drusilla und dämpfte ihre Stimme. »Es soll ein Gott darin wohnen, der oft zürnt. Dann bebt die Erde, und aus dem Berg dringt Rauch. Deshalb wird ihm geopfert, häufiger als allen anderen Göttern. Und wenn er besänftigt ist, läßt er den besten Wein wachsen, den es auf der Welt gibt.«

»Ein Gott, der in einem Berg wohnt?« fragte Pila ungläubig. Daß es Erdgeister gab, war ihr bekannt, aber ein richtiger Gott?

Drusilla nickte eifrig und vergaß für einen Augenblick ihre schmerzenden Füße. »Er heißt Vulcanus und besitzt einen giftigen Atem. Wer ihm zu nahe kommt, muß schrecklich sterben. Einmal ist eine ganze Herde von Schafen verendet, die an seinem Hang gegrast hatten.«

»Warum leben die Menschen dann hier, in der Nähe dieses schrecklichen Gottes?«

»Weil der Gott, wenn er besänftigt ist, auch viel Gutes tut. Schau dir die üppigen Felder an. Das ist sein Werk. Den Boden, den du hier siehst, hat er in seinem Zorn aus dem Berg gespuckt. Nun trägt er die größten Früchte. Es ist ein wunderbares Leben hier. Und wenn er grollt, dann laufen alle zu den Tempeln und opfern ihm, damit er sich wieder beruhigt. Jedes Jahr am 23. August findet das Fest des Feuergottes statt. Es ist grausig schön, du wirst es noch erleben.«

Pila war nicht geheuer bei dem Gedanken an diesen seltsamen Gott. Die Stadt Herculaneum lag unmittelbar am Fuß des Berges. Doch die Menschen gingen ihren alltäglichen Beschäftigungen nach. Es herrschte ein reges Treiben, viele bestaunten den langen Zug, und Romelia hatte wieder ihre Vorhänge zurückgeschlagen. Sie atmete tief durch. Hier in dem herrlichen südlichen Klima würde sie wieder Energie schöpfen, hier lagen Lebenssinn und Sinnlichkeit so dicht beieinander.

»Was ist, meine Söhne, wollen wir nicht vorausreiten und unsere Ankunft auf dem Landgut melden?« Valerius richtete sich auf seinem Pferd auf. Sie hatten Herculaneum verlassen und befanden sich auf der Via Popilia, die nach Pompeji führte.

»Oh ja! Wir reiten um die Wette!« schrie Titus, und Valerius besänftigte mit einer Handbewegung die Kinderfrau.

»Er ist schon ein großer Junge, er kann das!« sagte er. Auch Severus zügelte sein Pferd und blickte seinen Vater fragend an. Valerius nickte, und die drei Reiter galoppierten davon.

Kurz vor Pompeji, in der kleinen Ortschaft Oplontiae, verließen auch die anderen die Via Popilia, und jetzt ging der Marsch den sanften Hang hinauf. Hier lagen herrliche Landgüter mit großen Villen inmitten verschwenderischen Grüns. Auf eine dieser prachtvollen Villen steuerten sie zu.

Romelia hatte sich erstaunt in ihrer Sänfte aufgerichtet. Mit ausgestrecktem Arm zeigte sie auf eine weiße Villa, die noch nicht vollständig fertiggestellt war.

»Wir haben einen neuen Nachbarn!« rief sie. Es war nicht ganz klar, ob sie erfreut oder ärgerlich darüber war.
Die Villa war prachtvoll und schien einem reichen Besitzer zu gehören. Von der Architektur her war sie unzweifelhaft griechisch.
Auf dem weitläufigen Hof der Landvilla des Valerius hielt der Zug endlich an, und Romelia erhob sich mit steifen Gliedern. Doch ihre Augen blitzten, und sie trieb mit lauter Stimme die Sklaven an, das Gepäck ins Haus zu bringen.
Aus der Villa kamen weitere Sklaven gelaufen, die unter Aufsicht eines Verwalters das ganze Jahr über auf dem Gelände lebten und die Villa und den Park in Ordnung hielten. Hinter den Taxushecken erstreckten sich ausgedehnte Weinfelder, die ebenfalls zu Valerius' Anwesen gehörten.
Pila blickte sich um. Im Gegensatz zur römischen Villa mit ihren dunklen, hohen Pinien strahlte dieses Anwesen freundliche Helligkeit und Weiträumigkeit aus. Eine weißgetünchte Mauer umgab das gesamte Anwesen, ohne es einzuengen. Von hier aus hatte man einen wundervollen Blick auf das Meer.
Gut gelaunt trat Valerius aus dem Haus und blickte sich um. Die beiden Knaben tobten durch den Park, und auch die zwei Mädchen hielt es nicht mehr in der Nähe ihrer Kinderfrauen. Die Sklaven wimmelten durcheinander, um die mitgebrachten Gegenstände an ihren Bestimmungsort in der Villa zu bringen. Die Zugochsen, Maulesel und Pferde wurden auf die Weiden gebracht, die außerhalb des Parks lagen.
Pila bestaunte die Villa, die in ihrer Pracht der Stadtvilla in Rom um nichts nachstand. Durch die üppigen Hecken, die vielen Blumen und großen Kübelpflanzen wirkte sie fast noch schöner als die Villa in Rom. Bunte Gemälde mit mythologischen Themen schmückten die Wände, eine Terrasse ragte auf den Hang hinaus, und von der Villa zog sich ein mit Marmorsäulen be-

grenzter Wandelgang durch den Park. Schöne Skulpturen auf Marmorsockeln zierten den Park und wechselten sich mit seltenen, üppig blühenden und duftenden Pflanzen, Büschen und Bäumen ab.
»Hast du bemerkt, wir haben einen neuen Nachbarn«, sagte Romelia zu Valerius.
»Natürlich habe ich die Villa gesehen. Scheint ein Grieche zu sein. Gleich morgen schicken wir Sklaven hinüber, die einen Gruß überbringen sollen. Vielleicht laden wir den neuen Nachbarn ein.«
»Willst du nicht erst einmal ausspionieren lassen, was das für Leute sind? Vielleicht sind sie uns nicht ebenbürtig.«
»Wer so eine Villa bauen kann, ist uns ebenbürtig, meine Liebe.«
»Aber sie sieht so griechisch aus«, hatte Romelia einzuwenden.
»Was hast du gegen Griechen? Auch wenn sie jetzt quasi Römer sind und eine Provinz von Rom, so habe ich doch Achtung vor ihrer Kultur und Lebensart. Wenn es ein reicher Mann ist, dann soll er mir willkommen sein.«
Romelia atmetet tief durch und ließ sich auf der Terrasse nieder, um den Sonnenuntergang zu beobachten. Weit draußen erglühten im rötlichen Schein der Sonne die Inseln Aenaria und Capreae. Es war ein unvergleichliches Schauspiel. Pila, die mit Drusilla zur Bedienung bereitstand, konnte sich dem Zauber dieses Augenblicks ebenfalls nicht entziehen. Für einen Augenblick vergaß sie den Kummer, den sie im Herzen trug, den Kummer über ihre endgültige Trennung von Claudius.

Am nächsten Tag schickte Romelia eine Abordnung aus mehreren Sklaven zu dem neuen Nachbarn. Sie nahmen Körbe voll Wein, Obst, Oliven und Blumen mit, um Grüße von Valerius und Romelia zu überbringen. Romelia hatte in ihrer exakten Handschrift einen Brief geschrieben, in dem sie sich höflich vorstellte. Ausgerechnet Drusilla mußte zu dieser Abordnung gehören, obwohl sie kaum noch laufen konnte, während Romelia für Pila eine andere Verwendung hatte. Sie schickte Pila mit Aurus, dem Küchenaufseher, auf den Fischmarkt nach Pompeji, um den Fischern den frischen Fang der Nacht abzukaufen.

Pompeji war im Gegensatz zu Rom nur eine kleine Stadt, aber voller Leben. Die Häuser ragten selten mehr als zwei Stockwerke hoch, waren meist mit rötlichen Tonziegeln gedeckt und die Fassaden weiß oder rötlich getüncht. Überall ertönte schon Lärm auf den Straßen, Sklaven schlurften in ihren einfachen Sandalen über die gepflasterten Gassen, und ab und zu landete ein Schwall Abwasser oder Abfall aus einem der Fenster auf der Straße. Die Passanten mußten aufpassen, um nicht eine unangenehme Dusche abzubekommen. Aus den Häusern hörte man Kindergeschrei, Geschirrklappern, jemand brüllte seine Sklaven an. Es roch nach Zwiebeln, Knoblauch, Olivenöl und Garum, der berühmt-berüchtigten scharfen Fischsauce zum Würzen vieler Speisen. An jeder Ecke feilschten Händler, Kaufleute brüllten ihre Sonderangebote in die Menschenmenge, Bettler, Diebe, Strichjungen und Huren gingen ihrem Gewerbe nach. Es gab Streit, Gesang, Verkehrsstau. In den engen Gassen stießen sich Menschen, Esel, Pferde, Ochsen, dazwischen streunten Hunde, und vollbeladene Karren blockierten das Weiterkommen. Über den Köpfen flatterte an Leinen, die zwischen den Häuserwänden gespannt waren, Wäsche im Wind, der vom Meer wehte.

Sie gelangten zum Forum, wo sich prachtvolle öffentliche Häuser befanden, wie die Curia, die Markthalle, die Therme, der Tempel des Jupiter, der Apollotempel, die Basilika, die Tribunalien. Etwas weiter südlich lagen das große Theater, das Odeum, der Venustempel. Obwohl Pompeji klein war, staunte Pila, wie viele Handwerkerläden, Gaststätten, Garküchen und Geschäfte es gab. Auf dem Forum befand sich auch der städti-

sche Markt. Zuerst kamen die Fischer mit ihrem frischen Fang, dann die Bauern aus der Umgebung, um Obst, Gemüse, Geflügel und frisches Fleisch anzubieten.
Aurus kaufte die verlockenden Lebensmittel ein, nicht ohne sie vorher auf ihre Qualität zu prüfen. Zusätzlich zu Pila und einigen Haussklaven, die ihn begleiteten, mietete er sich Lastsklaven auf dem Markt, die ihm die Einkäufe auf das Landgut trugen. Dort wurden sie schon von der aufgeregten Romelia empfangen.
»Hast du genügend eingekauft, Aurus? Wir erwarten zum Abendessen unseren neuen Nachbarn als Gast. Es soll ein ausreichendes Nachtmahl werden, wir wollen uns doch von unserer besten Seite zeigen.«
»Jawohl, Herrin, alles ganz frisch vom Markt.« Er vollführte eine ausladende Armbewegung, um die Herrlichkeiten vorzuführen, die der Markt von Pompeji zu bieten hatte.
Und statt eines geruhsamen Landlebens gab es Hektik bei der Vorbereitung des Gastmahles. Doch bis zum Abend war alles geschafft und eine lange Tafel auf der Terrasse gedeckt.
Der Gast sandte seine Sklaven zur Ankündigung voraus. Die meisten waren ägyptische Sklaven, dunkelhäutig, in weißen Kleidern. Sie brachten ebenfalls Körbe voll Blumen, Wein und Früchten als Gastgeschenk. Dann erschien der Gast selbst. Er kam gelaufen, nur begleitet von wenigen, sportlich durchtrainiert wirkenden jungen Sklaven! Valerius staunte, als er den hochgewachsenen Mann von athletischer Gestalt gewahrte, der in einen luftigen Chiton aus hellem Leinen gekleidet war. Darüber trug er einen olivfarbenen Chlamys, einen kurzen Mantel aus dünner Wolle, der in üppigen Falten von seiner Schulter fiel.
Valerius trat dem Gast entgegen und begrüßte ihn an der Tür zum Atrium.

»Sei gegrüßt, mein Nachbar zur Linken, in meinem bescheidenen Heim. Ich bin Valerius Severus Atticus, Senator in Rom.«
Der Gast schob sein Kinn vor, das von einem exakt gestutzten prächtigen Bart geziert wurde. Er nickte huldvoll und wartete, bis Valerius seine Rede beendet hatte.
»Ich danke dir für deine Einladung, verehrter Senator Valerius Severus Atticus. Ich freue mich, deine Bekanntschaft zu machen. Ich bin Diodoros, Philosoph und Gelehrter aus Kos. Erst seit wenigen Wochen bewohnen wir unsere Villa, und leider sind noch nicht alle Arbeiten beendet. Aber das Klima und die Nähe zu Rom haben mich veranlaßt, mich hier niederzulassen. Ich erhoffe mir viele Bekanntschaften mit Philosophen und Dichtern aus aller Welt. Nichts erweitert den Geist so wie ein tiefgründiges Gespräch.«
»Oh, wie mich diese Worte erfreuen, verehrter Diodoros. Auch ich bin den Dichtkünsten und den Geisteswissenschaften sehr zugetan. Welch eine Bereicherung für uns! Tritt ein, und labe dich mit uns an den Köstlichkeiten, die dieses Land zu bieten hat!«
Mit einer einladenden Handbewegung geleitete Valerius den Gast in die Villa. Im Atrium stand Romelia, still und bescheiden, in eine züchtige lange Stola gehüllt. Über Haar und Schultern trug sie ein schleierähnliches Tuch. Natürlich trat Romelia nicht aus freien Stücken derart zurückhaltend auf. Doch Valerius hatte sie aus gutem Grund dazu ermahnt.
Sie begrüßte den Gast zuvorkommend. Diodoros schien ein wenig überrascht, daß Valerius' Gattin den Gast ihres Mannes begrüßte und sich ihnen auch noch anschloß, als sie durch das Atrium zur Terrasse hinüberschlenderten, wo die Tafel gedeckt war. Nachdem die Männer es sich auf ihren Liegen bequem gemacht hatten, legte sich auch Romelia auf das Triclinum und winkte den Sklaven. Pila schenkte Wein ein. Wenn Valerius

gedacht hatte, der Gast würde bewundernde Blicke auf die in eine kurze meerblaue Tunika gekleidete Pila werfen, hatte er sich gründlich geirrt. Überhaupt schien Diodoros außer Valerius niemanden zur Kenntnis zu nehmen.

Nachdem sie Wein getrunken, reichlich gegessen und sich geistvoll über viele Dinge unterhalten hatten, riß Romelia der Geduldsfaden.

»Verehrter Diodoros«, wandte sie sich an den Griechen. »Wie mir meine Sklaven berichteten, hast du eine sehr nette Gemahlin, die zudem in meinem Alter zu sein scheint. Warum hast du sie nicht mitgebracht?«

Diodoros schaute sie an, als nähme er sie jetzt erst wahr. Sein Blick zeigte Überraschung.

»Natürlich habe ich eine Gattin, die Athenais heißt. Doch was soll sie hier? Eine Frau gehört ins Haus und nicht an Festtafeln. Am größten ist der Ruhm der Frau, von der bei den Männern in Lob und Tadel am wenigsten geredet wird.«

Romelia riß die Augen auf, während Valerius schnell die Hand vor den Mund hielt, um sein Grinsen zu verbergen. Sie schob schmollend die Unterlippe vor.

»Willst du mich beleidigen, werter Diodoros? Ich bin die Gastgeberin neben meinem Gatten und natürlich daran interessiert, auch mit der Gattin unseres Nachbarn ein freundschaftliches Band zu weben. Wie kann ich das, wenn du sie mir vorenthältst? Keinesfalls würde eines fremden Mannes Auge sie streifen, wenn du es nicht wünschst. In meinen Privatgemächern ist sie vor allen fremden Blicken geschützt.«

Diodoros strich sich selbstgefällig über seinen gepflegten Bart. »Es mag für eine Römerin zwar ein wenig seltsam klingen, daß die griechischen Frauen sich nicht dem gesellschaftlichen Leben widmen, der Ehe und der Familie ist es aber angemessen. Frauen neigen zu Habgier, Schamlosigkeit, Käuflichkeit, Putzsucht, Aufdringlichkeit, Übermut, Geilheit, Täuschung, Herzlosigkeit, Arglist, Unbeständigkeit, Treulosigkeit, Aggressivität, Gewissenlosigkeit, Schüren von Eifersucht, Verführung des Mannes zu ungewolltem Verhalten, Verschiebung von Gunstbeweisen ...«

»Ähäm!« Valerius schnappte nach Luft.

Romelia hatte sich bei seinen Worten auf ihrer Kline aufgerichtet. »Willst du damit sagen, daß deine Gattin ...« Valerius hatte Mühe, sich zu fassen.

»Oh, wo denkst du hin? Meine Athenais ist ein liebes Kind, scheu und züchtig, weil ich sehr auf sie achtgebe. Nur deshalb kann ich sie vor diesen Übeln schützen, die Frauen befallen.«

»Nun, ohne dir zu nahe treten zu wollen, verehrter Diodoros, aber es schadet der Züchtigkeit deiner Gattin gewiß nicht, wenn sie sich mit meiner Gattin über die Dinge unterhält, die der Frauen Lob sind, wie Stickarbeiten, Spinnen und Weben, das Führen des Haushaltes, die Kinder ...«

»Ich möchte meinen Gastgeber nicht beleidigen, obwohl ich keinen Sinn darin sehe, daß Athenais Kurzweil finden soll. So sei es denn, soll sie kommen und in die Frauengemächer gehen. Schicke eine deiner Sklavinnen zu ihr, aber ich muß ihr ein Schriftstück für Athenais mitgeben.«

»Ein Schriftstück?«

»Natürlich. Sonst würde sie nicht kommen. Nicht auf das Wort einer Sklavin. Nur von mir, ihrem Gatten, darf sie Anweisungen annehmen.«

Romelia rollte die Augen und fuhr sich durch das Haar. Was war denn das für ein tyrannischer Cerberus? Und da hielt Valerius soviel von der Kultur der Griechen! Sie schickte Pila mit dem Auftrag zu Athenais, ihr das Schreiben zu übergeben und sie zu Romelia zu begleiten.

Pila eilte mit langen Schritten durch das Landgut hinüber zur

Villa des Griechen. Begriffen hatte sie die seltsame Unterhaltung nicht, nur, daß dieser Diodoros seine Frau wie eine Gefangene hielt.

Es gestaltete sich schwierig, zu Athenais vorzudringen. Nachdem sie bei mehreren Torwächtern vorgesprochen hatte und diese sie in der weitläufigen Villa von einer Tür zur anderen führten, stand sie letztlich vor dem Frauengemach im oberen Stockwerk. Vor der Tür hatte sich eine kleine, dunkelhäutige Sklavin aufgebaut, die sie mit ihren schwarzen Augen unter zusammengezogenen Augenbrauen durchdringend anschaute. Sie war gut zwei Köpfe kleiner als Pila, und es wäre für Pila ein leichtes gewesen, sie am ausgestreckten Arm in die Luft zu heben. Am liebsten hätte sie das auch getan, aber die Sklavin herrschte sie in rüdem Ton an, was sie hier zu suchen habe.

Pila bemühte sich, ihr klarzumachen, daß Athenais eingeladen sei und sie selbst hergekommen sei, um sie abzuholen. Die Sklavin schüttelte nur immer wieder den Kopf. Endlich nahm sie Pila den Brief ab und verschwand hinter der Tür. Pila wartete eine Ewigkeit, bis die Tür sich öffnete. Eine bildschöne, junge Frau erschien und blickte Pila teils neugierig, teils verschreckt an.

»Ich gehorche dem Ruf meines Gatten«, sagte sie leise und zog sich den kapuzenartigen Faltenwurf ihres Gewandes über das Haar. Sie trippelte hinter Pila her, gefolgt von der kleinen Sklavin.

Pila geleitete sie gleich in Romelias Gemächer, wo Drusilla eine kleine Tafel mit Fleisch, Obst und Wein gedeckt hatte. Romelia hieß sie willkommen, und diesmal war keine Überheblichkeit in ihrem Wesen zu spüren. Mitleidig blickte sie die ebenso schöne wie junge Frau des seltsamen Griechen an.

Die beiden Frauen lagerten an der Tafel, während Pila und die schwarze Sklavin zur Bedienung bereitstanden. Es war ein recht seltsames Bild, wie die beiden derart unterschiedlichen Sklavinnen neben der Tür standen, und Romelia brach in helles Lachen aus.

»Sag mal, Athenais, wollen wir nicht unsere Leibsklavinnen tauschen? Ich glaube, deine braucht nur die Hälfte des Futters, das ich für meine Sklavin brauche.«

Nun lachte auch Athenais. Das Eis schien gebrochen. »Acme stammt aus Ägypten, wie viele meiner Sklaven. Vielleicht hat sie die heiße Sonne dort etwas ausgedörrt.«

Romelia amüsierte sich köstlich über den Witz und meinte zu ahnen, daß hinter der scheuen Fassade dieses halben Kindes feurige Leidenschaft loderte. Doch sicher nicht für ihren obskuren Gatten. Romelia wäre nicht Romelia, wenn sie der armen Athenais nicht zu etwas frivoler Abwechslung verhelfen könnte.

Athenais verabschiedete sich noch vor ihrem Gatten, und Romelia ließ sie in ihrer Sänfte und mit mehreren Sklaven als Eskorte nach Hause bringen. Das imponierte wiederum Diodoros, und er versprach Romelia, Athenais zu gestatten, sie öfters besuchen zu dürfen.

»Was sagst du zu unserem neuen Nachbarn?« fragte Valerius, als sie in der lauen Nacht auf der Terrasse saßen, auf das glitzernde Meer hinausblickten und noch einen Becher Wein leerten.

»Geistvoll blöd«, erwiderte Romelia herablassend. »Wozu braucht er eine Frau, die er wie eine Sklavin hält? Da kann er sich doch gleich eine Sklavin zulegen. Diese Griechen sind derart durchgeistigt, daß sie den Blick für die Realität verlieren. Stell dir vor, sie haben keine Kinder! Ich wette, dieser Diodoros weiß nicht einmal, wozu er das Ding zwischen seinen Beinen hat.«

»Romelia!« tadelte Valerius.

»Weißt du es besser?« fragte sie spitz.
Valerius rieb sich nachdenklich das Kinn. »Er mag Knaben, hat er mir erzählt. Und er jammert, daß auf den Sportplätzen um Pompeji zu wenig sportliche Knaben seien, um deren Gunst er buhlen könnte.«
»Da hast du es! Pfui, wo er doch so eine hübsche Frau hat. Ich sage dir, über ihren Erziehungsquatsch mit diesen Knaben verlernen sie es, sich fortzupflanzen. Und eines Tages gibt es keine Griechen mehr, weil sie zu dumm sind, ihre Art zu erhalten.«
Valerius erhob sich. »Er ist ein sehr kluger Mann. Ich habe ihm einige Gedichte vorgetragen, die ich selbst geschrieben habe, und er war voll des Lobes darüber.«
»Kann ja alles sein. Was nützt ein kluger Kopf, wenn er taube Lenden hat?«
»Liebste Romelia, damit du nicht weiter so eine schlechte Meinung von Männern hast, wie wäre es, wenn du mich heute nacht in meinem Schlafgemach besuchtest?«
Romelia seufzte tief. »Ich glaube, das ist keine gute Idee. Nach Livias Geburt hatte ich große Mühe, meine Figur wieder zu glätten. Meinst du nicht, daß vier Kinder genug sind?«
Valerius schwieg verstimmt. Was hatte Diodoros gesagt? Frauen neigen zu Frechheit und Aufsässigkeit. Irgendwie mußte er ihm recht geben.

Diodoros wischte sich den Schweiß aus dem Gesicht und blickte sich um. Der Lauf hatte ihn angestrengt, aber es war auch schon das vierte Mal an diesem Tag, daß er das Stadion umrundet hatte, einmal auch mit Schild. Wie alle Sportler – außer den Sportwarten – war er nackt. Er kam gern hierher, um seinen Körper zu ertüchtigen und in den klassischen olympischen Disziplinen zu trainieren. Wenn er auch niemals an einem Wettkampf teilnahm, so legte er doch großen Wert auf die

sportliche Betätigung. Denn die modellierte seinen Körper nach dem alten griechischen Ideal: schlank, muskulös, ästhetisch.
Das Oval für den Diskuswurf war frei, und er meldete sich beim Sportwart. Auf einer Bank lagen verschiedene Diskusscheiben, einige aus Stein, andere aus Metall. Diodoros prüfte sorgfältig, bevor er sich für eine Metallscheibe entschied. Er wog sie in der Hand, dann holte er Schwung. Er achtete auf korrekte Körperhaltung während der Drehung und darauf, die Begrenzung nicht zu übertreten, als er die Scheibe losließ. Sie surrte rotierend in den strahlend blauen Himmel hinein. Der Sportwart maß die Weite. Einer der Sklaven, die Diodoros begleiteten, notierte sie. Diodoros war heute sehr mit sich zufrieden, und er blickte sich um. In einiger Entfernung trainierten mehrere Gruppen von Knaben, nach Alter getrennt. Während Diodoros sich auf eine Bank setzte und seine Muskeln durch einen seiner Sklaven massieren ließ, beobachtete er die Jungen. Ein etwa dreizehnjähriger Knabe fiel ihm auf. Er zeigte sich sehr gelehrig, lief schneller als seine Altersgenossen, sprang weiter und warf den Speer am besten. Nur beim Diskuswurf wurden einige Ungenauigkeiten in der Drehung sichtbar. Und noch etwas anderes fiel Diodoros an dem Jungen auf. Der Knabe hatte noch keinen Bartwuchs, lediglich seine Lenden wurden von einem zarten dunklen Flaum bedeckt. Er war noch nicht zu alt, um von Diodoros umworben zu werden.
Diodoros wartete, bis die Knaben ihr Training beendet hatten. Er näherte sich dem Knaben und sprach ihn an. Der Junge war schüchtern, und eine sanfte Röte flog über seine Wangen, als Diodoros seine sportlichen Fertigkeiten lobte.
»Vielleicht hättest du einen Augenblick Muße, mich beim Diskuswurf zu beobachten. Ich bin überzeugt, daß du von mir noch viel lernen kannst. Du bist ein griechischer Knabe, nicht wahr?«
Der Junge nickte. »Mein Name ist Nikandros, edler Herr. Ich

trainiere häufig hier, und ich habe dich auch bereits einige Male gesehen.«
»Das freut mich. Ich würde gern dein Lehrmeister und Erzieher sein. Ich bin ein reicher Mann, und es soll dir an nichts fehlen. Ich würde mich gern deinen Eltern vorstellen, wenn du mein Werben annehmen solltest.« Mit diesen Worten zog er einen prall gefüllten Geldbeutel unter dem Chiton hervor und reichte ihn dem Knaben.
Ein leichtes Lächeln flog über Nikandros' Gesicht, dann wurde er wieder ernst. »Es ist mir eine große Ehre, von einem so bedeutenden Mann erzogen zu werden.«
Diodoros strich sich zufrieden über seinen Bart. »Kleide dich an, Nikandros, ich möchte mit dir einen kleinen Spaziergang unternehmen. Danach lade ich dich in meine Villa ein.«

Valerius hatte seinen Plan wahrgemacht, Pilas Körper in Stein meißeln zu lassen. Er besuchte einen berühmten Bildhauer in Pompeji in seiner Werkstatt. Der Meister fühlte sich sehr geehrt, von einem so bedeutenden Mann wie dem Senator einen Auftrag zu erhalten. Valerius wünschte sich die Statue als Venus, doch mit Pilas Körper und ihren Gesichtszügen. Der Bildhauer verzog keine Miene, als er Pila betrachtete. Natürlich sah er sofort, daß sie eine Sklavin war. Doch auch er mußte zugeben, daß sie außerordentlich schön, von hohem Wuchs und sanfter Gestalt war. Er entwarf eine Skizze und zeigte sie Valerius. Der nickte, wünschte da und dort eine Änderung, dann war er zufrieden.
»Das Modell müßte aber täglich zwei Stunden in meine Werkstatt kommen, damit ich sie so genau wie möglich abbilden kann, Herr«, wandte der Meister ein.
»Das läßt sich einrichten. Hast du gehört, Pila? Du wirst ihm Modell stehen, so lange, bis die Statue fertig ist. Für diese Zeit wird Romelia dich freistellen. Ich werde mit ihr sprechen.«

Sie verließen die Werkstatt, und Pila schlenderte hinter Valerius her, der einen Spaziergang durch Pompeji zu unternehmen gedachte. An einem Schmuckgeschäft blieb Valerius stehen und besah sich die angebotene Auslage. Dann griff er zu einem Haarreifen und legte ihn Pila auf das Haupt. Er schüttelte den Kopf und nahm einen anderen Reifen mit grünen Jadeeinlegearbeiten. Er war sehr teuer.
»Der paßt besser zu deinem Haar. Der Bildhauer soll ihn bei seinem Werk mit verwenden. Es macht dich unverwechselbar.«
Er lächelte und war mit sich und der Welt zufrieden.
Während er sich umwandte, gewahrte er Diodoros, der in Begleitung eines Knaben durch die Handwerkergasse schlenderte. Er hielt einen zierlichen Dolch in der Hand, den er dem Knaben überreichte.
Valerius eilte überrascht und erfreut auf Diodoros zu. »Lieber Nachbar, es freut mich, dich zu sehen. Auch du scheinst diesen wundervollen Tag zu genießen. Und wie mir scheint, nicht allein.«
Mit der für ihn typischen Geste strich Diodoros seinen Bart. »Das ist Nikandros, mein Eromenos.«
Valerius hob die Augenbrauen. Der Knabe war hübsch und sehr jung. Romelia hatte offensichtlich recht. Doch es lag ihm fern, seinen Nachbarn deswegen zu verurteilen. Gemütlich plaudernd lustwandelten die beiden Männer, gefolgt von Pila und Nikandros.
Pila hatte keine Ahnung, was ein Eromenos war, doch es konnte sich nur um einen Sklaven handeln. Der Knabe schwieg und schritt bescheiden hinter seinem Herrn her. Pila warf ihm ein freundliches Lächeln zu, das von Nikandros jedoch nicht erwidert wurde. Im Gegenteil, es schien ihm unangenehm zu sein, daß Pila ihm Aufmerksamkeit schenkte. Sie ließ sich von seiner Unfreundlichkeit jedoch nicht erschüttern. Wer weiß, wie

schlecht Diodoros den Knaben behandelt hatte, wenn er schon seine Frau wie eine Sklavin hielt.

Athenais verkehrte von nun an häufiger mit Romelia. Oft saßen sie in den Frauengemächern und bestickten feine Stoffe oder plauderten über Mode. Athenais zeigte Romelia den schönen Schmuck, den sie besaß. Es grenzte fast an ein Wunder, daß Romelia nicht vor Neid platzte. Doch sie hegte eine mütterlich-freundschaftliche Zuneigung zu Athenais, die selbst Pila sich nicht erklären konnte.

Eines Tages faßte Athenais Romelias Hand und beugte sich zu ihr herüber.

»Du bist meine Freundin, Romelia, und ich möchte dir etwas anvertrauen. Ich weiß nicht weiter, vielleicht hast du einen Rat für mich. Wie du weißt, ist mir bisher das Glück versagt geblieben, eigene Kinder zu haben. Dabei wünsche ich mir nichts sehnlicher, als Diodoros einen Erben zu schenken. Doch es will sich nicht einstellen. Ich weiß, daß es hier einen Isis-Tempel gibt. Ich möchte die Göttin um Hilfe anflehen.«

»Athenais, die Anbetung der Isis wird nicht gern gesehen. Auch wenn deine ägyptischen Sklaven ihre Göttin mitgebracht haben, so solltest du davon Abstand nehmen.«

Athenais blickte Romelia fast flehend an. »Ich weiß aber, daß die Göttin eine große Macht hat. Ich habe schon alles andere versucht, doch nichts hat geholfen. Ich möchte zu Isis beten und ihr opfern. Aber ich wage nicht, allein in den Tempel zu gehen. Würdest du mich begleiten?«

Romelia kaute auf ihrer Unterlippe. »Wie stellst du dir das vor? Du bist doch in deinem Haus gefangen. Wie willst du zum Tempel gelangen?«

Athenais hob hilflos die Schultern. Romelia überlegte krampfhaft.

»Ich hab's!« rief sie plötzlich. »Ob Diodoros dir gestatten würde, bei mir zu nächtigen?«
»Was?« Athenais riß überrascht die Augen auf. »Wozu denn das?«
»Wozu? Na, aus meinem Haus könnten wir verkleidet zum Tempel gelangen. Keiner würde etwas merken. Lediglich deine Sklavin käme mit und meine. Und die schweigen.«
»Ich weiß nicht...« Athenais blickte Romelia zweifelnd an. »Wir könnten es vielleicht versuchen.«
Romelia ließ eine Botschaft an Diodoros senden, und nachdem auch Valerius Fürbitte eingelegt hatte, gab Diodoros sein Einverständnis. Er war viel zu sehr mit Nikandros beschäftigt, um zu vermuten, daß hinter seinem Rücken etwas Unrechtes geschah. Daß Valerius sich in die Frauenangelegenheiten einmischte, hatte einen tieferen Sinn. Denn als Romelia hörte, daß er Pila als Modell an einen Bildhauer vermietet hatte – daß die Statue für Valerius selbst bestimmt war, verschwieg er ihr –, war Romelia aufgebracht. Doch da sie Valerius' Hilfe brauchte, um Diodoros' Einverständnis zu erlangen, gab sie Valerius' Forderung nach, stundenweise auf Pila zu verzichten. Romelia legte es nicht mehr darauf an, sich mit Valerius über Pila zu streiten. Zwar hatte sie den neuen Haarreifen auf Pilas Kopf bemerkt, und das versetzte ihr einen heftigen Stich im Bauch, aber sie beherrschte sich. Eines Tages würde Valerius nicht in ihrer Nähe sein, dann würde sie es der Sklavin heimzahlen. Vorerst jedoch hielt Romelia Frieden, und Athenais durfte eine Nacht in Valerius' Haus verbringen.
Athenais hatte ihre Sklavin Acme eingeweiht. Auch Acme war eine Anhängerin des Isis-Kultes, und sie war nur zu gern bereit, ihre Herrin zum Tempel zu begleiten. Am Abend bereiteten sie heimlich die Opfergaben vor und verstauten alles in einem Korb.

Spät in der Nacht schlichen die beiden Frauen mit ihren Sklavinnen in den Park hinaus. Zu Pilas Überraschung eilte Romelia zu einer winzigen Pforte in der Mauer, die zwischen Bäumen und Büschen kaum auszumachen war. Durch diese konnten sie das Grundstück unbemerkt verlassen. Der Tempel der Isis befand sich in Pompeji unmittelbar hinter dem Großen Theater. Sie mußten fast eine Stunde durch die Dunkelheit tappen.
Der Tempel war sehr klein und aus dunklem Lavagestein errichtet. Er mußte schon sehr alt sein und vorher einer anderen Gottheit gedient haben. Die Griechen, die bereits vor den Römern in Campania gesiedelt hatten, verehrten auch die der Isis gleichende Demeter. Irgendwann verschmolzen die Gottheiten, und es entstand ein Mischwesen, das zwar den Namen der ägyptischen Göttin Isis trug, deren Gestalt aber augenscheinlich griechisch erschien.
Pila bestaunte die eigenartige Göttin, deren Standbild sich auf einem mehrstufigen Sockel erhob. Es war eine wohlproportionierte Frau, die eine gewaltige Krone auf dem Kopf trug. Auf der Vorderseite der Krone war das Gehörn einer Kuh mit einer Sonnenscheibe und zwei hohen Federn zu sehen. Isis war mit einem dünnen, enganliegenden Gewand bekleidet, über dem ein fransenbesetzter Mantel lag, der zu einem Knoten verschlungen war, so daß er die Brüste der Göttin hob. Seltsamerweise hielt Isis ihr Gewand mit beiden Händen erhoben und zeigte ihre Scham.
Die beiden Frauen näherten sich in gebeugter Haltung dem Altar und legten Blumen, Getreide und Wein nieder. Eine der Priesterinnen, die bis dahin stumm an der Wand gestanden hatten, näherte sich und besprengte die Gaben mit reinigendem Wasser, bevor sie dem Opferfeuer übergeben wurden. Eigenartige Musik erklang, und die beiden Frauen sowie Acme begannen in seltsamen Verrenkungen zu tanzen. Pila blieb schweigend stehen.

Ein merkwürdiger Zauber ging von der Göttin mit dem erhobenen Rock aus, und Pila befürchtete, daß auch sie von der Magie des Rituals gefangengenommen würde.
Die Priesterin reichte Athenais ein Gefäß, aus dem sie trank. Kurz danach tanzte sie allein nach dieser berauschenden Musik, die sich stetig steigerte. Und Athenais schien in Trance zu fallen und wiegte sich nach den seltsamen Melodien.
Romelia hatte sich zurückgezogen, auch Acme hockte sich neben Pila und schaute nur noch zu. Pila stieß Acme an.
»Was ist das für eine seltsame Göttin, die den Rock hebt, und was tut deine Herrin da?«
Acme funkelte sie böse an. »Du bist eine Heidin aus dem Norden, wozu hat Romelia dich überhaupt mitgenommen? Du verstehst nichts von unserem Glauben«, zischte sie. »Isis ist die Gemahlin von Osiris und die Beschützerin der Mütter und Ehefrauen. Sie eröffnet die Geheimnisse des Lebens und des Jenseits. Meine Herrin erbittet Fruchtbarkeit von ihr.«
»Aha.« Pila schwieg und schaute erstaunt zu, wie Athenais in Ekstase geriet und dann erschöpft auf den Stufen des Altars zusammenbrach. Die Priesterinnen trugen sie einfach beiseite und warteten, bis sie von allein erwachte. Acme richtete ihre verrutschte Kleidung zurecht, dann begaben sich alle auf den Heimweg.
»Ob eine einmalige Anbetung reicht, wage ich zu bezweifeln«, hörte Pila Romelias Stimme vor sich in der Dunkelheit. Athenais war noch schwach, und Acme mußte sie stützen.
»Ich hoffe, daß es nützt, denn ich hatte das intensive Erlebnis, das Osiris mich befruchtet hat.«
»Warten wir es ab. Ich hätte allerdings einen ganz anderen Vorschlag, einen etwas realistischeren ... Wenn du dich wieder erholt hast.«

Am Morgen schliefen Romelia und Athenais lange, um nach ihrem nächtlichen Ausflug wieder zu Kräften zu kommen. Geweckt wurden sie durch den Lärm eines ankommenden Boten aus Rom. Nichts Gutes ahnend, eilte Valerius ihm entgegen. Der Bote überreichte dem Senator eine Papierrolle.
Valerius ließ Romelia wecken. »Ich muß zurück nach Rom. Die Curia wurde einberufen, es gibt Unruhen in der Stadt.«
Romelia erschrak. »Unruhen? Ist unser Besitz in Gefahr?«
Valerius beruhigte sie. »Nein, keine Bange, Liebes. Unsere Villa wird geschützt, außerdem ist es noch nicht zu Gewalttätigkeiten gekommen. Meine Anwesenheit in Rom ist aber unbedingt erforderlich, um die nötigen Maßnahmen dagegen zu ergreifen. Für dich ist es sicherer, du bleibst hier.«
»Wie wirst du reisen?« wollte Romelia wissen.
»Ich reite, dann bin ich in drei Tagen in Rom. Zur Begleitung nehme ich nur zwei Sklaven der Eskorte mit.«
Romelia nickte und seufzte. »Schade, es war nur ein kurzer Landurlaub.«
»Nur für mich. Du hast doch deine Unterhaltung mit Athenais. Und verärgert mir den armen Diodoros nicht zu sehr.« Er lächelte spitzbübisch.
Romelia schaute bedrückt. Doch als sich Valerius von ihr verabschiedet hatte, lächelte auch sie. Dann ließ sie nach dem Sklaven Celius rufen. Sie hatte einen speziellen Auftrag für ihn.
Pila stand im Atrium und verabschiedete ihren Herrn. »Du bleibst bei Romelia«, sagte er zu ihr, während er auf den Vorplatz hinauseilte, wo bereits die gesattelten Pferde warteten. Pila senkte den Kopf. Valerius blieb stehen und lächelte.
»Sehe ich etwa Trauer im Blick meiner blonden Venus? Es freut mich, daß du mir endlich ein wenig dein Herz öffnest. Kopf hoch, Pila, ich will zum Abschied in deine blauen Augen schauen. Und wenn ich zurückkehre, hoffe ich, daß der Meister seine

Arbeit an der Venus aus Marmor beendet hat. Geh täglich hin, wie ich es dir befohlen habe!« Er schwang sich auf sein Pferd und blickte sich um. Doch von Romelia war nichts zu sehen.
»Vorwärts!« rief er, und die Reiter preschten zum Tor hinaus.

Kaum hatte Valerius seinen Landsitz verlassen, war Romelia wie umgewandelt. Mit schriller Stimme herrschte sie die Sklaven an, und besonders Pila hatte einiges auszuhalten. Hatte sich Romelia während der Anwesenheit ihres Gatten zurückgehalten und Pila nicht weiter beachtet, ließ sie jetzt ihre Wut an ihr aus.
»Nun, du kleine Hure, jetzt wird wieder nach meiner Musik getanzt. Dein Beschützer ist weit weg. Nur die Götter wissen, was er an dir findet.« Verächtlich wischte sie über den Tisch, und das ganze Obst, das in einer silbernen Schale darauf stand, kullerte durch das Zimmer. »Heb es auf!« herrschte sie Pila an und verließ das Gemach.
Am Nachmittag besuchte Romelia ihre Nachbarin Athenais. Pila mußte sie begleiten. Romelia benutzte eine Abkürzung durch den Park, die auch Athenais nahm. So brauchte sie keine öffentlichen Wege zu gehen, und Diodoros ließ seine Gattin gewähren. Überhaupt schien er sich jetzt kaum noch um Athenais zu kümmern. Romelia war das recht, denn sie verbrachte neuerdings viel Zeit mit ihrer neuen Freundin. Und Athenais war überglücklich über die Abwechslung. Sie blühte richtig auf, ihre Augen glänzten, und ihre anfängliche Scheu war wie vom Wind verweht.
Pila hockte im Atrium und wartete, bis Romelia sie rief. Doch Romelia hatte sich mit Athenais in die Frauengemächer zurückgezogen, und nicht einmal Acme durfte zugegen sein. Sie hatte mit Athenais etwas Wichtiges zu besprechen.
Die Haussklaven eilten vorbei, niemand kümmerte sich um Pila.

Dann war es still. Sie erhob sich und schlenderte etwas umher. Diese Villa war anders als die des Valerius, nicht so prachtvoll ausgestattet. Trotzdem schien Diodoros ein reicher Mann zu sein. Pila hatte den wertvollen Schmuck von Athenais gesehen, den nicht einmal Romelia vorzuweisen hatte.
Aus einer angelehnten Tür hörte Pila eine Stimme. Es war die Stimme von Diodoros. Vorsichtig näherte sie sich der Tür und blinzelte durch den Spalt. Was sie sah, ließ ihr den Atem stokken. Diodoros saß auf einem Schemel, vor ihm stand Nikandros mit gesenktem Kopf. Der Knabe war völlig nackt. Diodoros hatte seinen Chiton zurückgeschlagen, und Pila konnte seinen erregten Phallus sehen, während er den Knaben zwischen seinen Beinen betastete. Diodoros murmelte unentwegt etwas dabei, während der Knabe heftig atmete und sein Gesicht rot anlief.
Pila zuckte zurück und warf sich gegen die Wand. Bei allen Göttern, die in Roms Gefilden herumschwirrten, was tat dieser Mann? Pila hörte, wie Diodoros' Stimme lauter wurde und dann quiekte Nikandros wie ein kleines Schwein. Entsetzt lief Pila zurück ins Atrium und hockte sich auf ihre Bank. Ihr tat der Junge leid, der so von diesem schrecklichen Mann mißbraucht wurde. Aber sie konnte ihm nicht helfen. Sie war ja selbst nur eine Sklavin.
Eine geraume Weile hörte sie nichts mehr. Vorsichtig spähte sie wieder durch den Spalt der Tür. Diodoros schien das Zimmer über das Peristyl verlassen zu haben. Nur der Knabe hockte, jetzt mit einer leichten Tunika bekleidet, auf dem Hocker und starrte vor sich hin.
Pila näherte sich ihm lautlos. Sie sah den mageren, gebeugten Rücken, seinen schmalen Nacken, das wirre Haar. Sanft legte sie ihre Hand auf seine Schulter. Nikandros fuhr erschrocken herum.

»Keine Angst«, beruhigte ihn Pila. »Ich tue dir nichts. Was hat dir dieser Mann angetan? Hat er dich mißbraucht? Hast du Schmerzen? Kann ich dir helfen?«
Nikandros blickte sie zuerst irritiert, dann unwillig an. Er zog die dunklen Augenbrauen zusammen.
»Was willst du von mir, Sklavenweib?« fauchte er sie an. »Was geht es dich an, was Diodoros mit mir macht? Er ist mein Erastes, und ich bin sehr stolz darauf. Nicht jeder darf Eromenos eines derart gebildeten und reichen Mannes sein. Und nun verschwinde!«
Pila starrte ihn verwirrt und ungläubig an. »Aber ... aber ... ich wollte dir doch nur helfen«, stammelte sie.
Der Knabe verzog die kindlichen Lippen zu einem verächtlichen Lächeln. »Wobei?« fragte er herablassend. »Was wissen denn Weiber von solchen Dingen? Und eine Sklavin noch dazu!«
»Ja, bist du denn kein Sklave?«
»Ich?« Jetzt lachte Nikandros lauthals. »Ich bin der Sohn des Aleksander Theodoros, der seine Handelsflotte auf allen Meeren der Welt fahren hat. Und nun verzieh dich, ehe ich es deiner Herrin melde!«
Pila kam nicht mehr dazu, sich aus dieser prekären Situation zurückzuziehen, denn Acme stand plötzlich hinter ihr.
»Was ist hier los?« fragte sie streng.
»Jag sie hinaus«, murmelte Nikandros. »Sie hat mich mit meinem Erzieher belauscht!«
»Ei, das wird aber deine Herrin erfreuen, wenn ich ihr das erzähle«, lächelte Acme süßlich. »Vor allem, wie du das Gastrecht in unserem Hause mißbrauchst.« Sie machte kehrt und verschwand, um das Vorkommnis ihrer Herrin und Romelia zu melden.
Pila sank auf der Bank im Atrium zusammen. Am liebsten wollte

sie sterben. Seit Valerius nach Rom zurückgekehrt war, machte Romelia ihr das Leben zur Hölle. Und nun das! Dabei hatte sie dem Knaben aus tiefstem Herzen helfen wollen. Aber hier schien eine verkehrte Welt zu sein. Und jeder fand das in Ordnung. Sie würde diese Menschen nie begreifen. Sie beteten Göttinnen an, die ihre Röcke hoben wie Hetären, sie töteten sich gegenseitig zum Vergnügen, und sie verführten Knaben, die auch noch stolz darauf waren!

Romelia kam mit hochrotem Kopf ins Atrium gerauscht. Ihre zusammengepreßten Lippen bildeten nur noch einen dünnen Strich. In ihrer Hand hielt sie eine Gerte. Die Schläge klatschten auf Pilas nackte Arme und brannten wie Feuer. Pila ließ die Züchtigung ohnmächtig vor Wut über sich ergehen, bis Athenais ihre Freundin bat, einzuhalten.

»Liebste Romelia, woher soll eine heidnische Sklavin unsere Sitten kennen? Sie wird es noch begreifen lernen.«

»Jawohl, durch die Peitsche. Anders kann man doch mit diesem Pack nicht reden«, fauchte Romelia.

Aus den Augenwinkeln sah Pila, wie Acme an der Tür stand und Pilas Bestrafung mit einem zufriedenen Lächeln beobachtete.

»Aber nein!« Athenais' Stimme wirkte besänftigend. »Nimm sie mit in den Tempel zum Opferdienst, führe sie an den Götterglauben heran.«

»Wozu? Sie ist nur eine Sklavin! Woran ein Sklave glaubt, interessiert mich weniger als der Baum, an den ein Hund gepinkelt hat.«

»Liebste Freundin, ist es nicht besser, einen Mitwisser als Vertrauten zu haben denn als Feind?«

Romelia stutzte und blickte Athenais an. »Na ja ... vielleicht hast du tatsächlich recht.«

Athenais zog Romelia aus dem Atrium. »Komm, ich glaube, wir müssen uns noch einmal unterhalten.«

Auch Acme verschwand mit einem hämischen Lächeln, und Pila war wieder allein. Mit dem Wasser aus dem Becken des Atriums kühlte sie ihre schmerzenden Striemen. Noch mehr brannte Acmes hämisches Lächeln auf ihrer Seele.
Als Romelia wieder erschien, war Pilas Zorn noch nicht verraucht, und sie schritt erhobenen Hauptes hinter Romelia her. Mitten auf dem Weg drehte Romelia sich um.
»Dein Stolz ist wohl durch nichts zu brechen?« fragte sie.
»Nein, Herrin, denn ich habe nichts Unrechtes getan.«
»So? Dann wirst du wohl bald etwas Unrechtes tun müssen, damit du dieses Gefühl kennst.«
Sie lief weiter und verschwand über das Peristyl in ihren Gemächern.
»Geh in die Küche, und bereite mir eine kühle Limonade!« rief sie über die Schulter.
Pila wandte sich dem Wirtschaftstrakt zu, wo sich auch die Küche befand. In Pila brodelte es. Die Bestrafung, die sie erleiden mußte, erregte ihren unbändigen Widerstand. Sie würde sich rächen, an Romelia, an Acme, an Nikandros, an all diesen verfluchten Römern und Griechen und Ägyptern, die offensichtlich nur eines im Sinn hatten – Pila zu demütigen. Sie war sich keiner Schuld bewußt. Zugleich wurde ihr aber auch klar, daß ein gutes, mitleidiges Herz in dieser von Härte, Grausamkeit und Machtbesessenheit regierten Gesellschaft geradezu gefährlich war. Und es war ebenso gefährlich, zuviel Vertrauensseligkeit an den Tag zu legen, auch gegenüber Menschen, die augenscheinlich selbst zu den Gedemütigten zählten.
Sie stellte den Krug mit gekühlter Limonade auf ein silbernes Tablett und wollte es zu Romelia in ihr Gemach tragen. Auf dem Weg verstellte ein Mann ihr den Weg. Es war Claudius!

Neuntes Kapitel

ZU EHREN DES PRIAPUS

Pilas Zorn flog davon und machte einer freudigen Erregung Platz. Claudius war da!
Sie war von seinem Erscheinen so überrascht, daß sie beinahe das Tablett fallengelassen hätte, das sie in der Hand hielt.
»Claudius!« Eine heftige Röte überzog ihre Wangen, und Claudius registrierte es mit einem verschmitzten Lächeln. »Was tust du hier?«
Er beugte sich zu ihr und küßte sie auf den Mund. »Begrüßt man so seinen Liebsten?«
»Laß den Unsinn! Bei allen Göttern Roms, du bringst dich um Kopf und Kragen!«
»Keine Angst. Ich sehe, du bist auf dem Weg zu deiner Herrin. Melde mich bei ihr an!«
»Bei Romelia?« Pila glaubte sich verhört zu haben.
»Ja, bei Romelia. Sie hat mich zu sich gebeten.«
Pila starrte ihn an.
Claudius lachte und küßte sie wieder. »Du siehst wunderbar aus, wenn du so verblüfft bist. Es ist wirklich so, daß Romelia einen Sklaven zu Lentulus geschickt hat. Offenbar gab es tatsächlich eine Absprache zwischen Romelia und Lentulus.«
»Aber was hat Romelia mit dir vor?«
»Ich ahne etwas, aber ich möchte den Ereignissen nicht vorgreifen.«
»Ist es etwas Schlimmes? Claudius, sag es mir!«

»Nein, sicher nicht. Lentulus hat mich vom Training freigestellt und beurlaubt. Das bedeutet, daß ich in der nächsten Zeit nicht in der Arena kämpfen werde, weder in Capua noch in Pompeji.«
»Aber was will Romelia von dir?«
Claudius hob die Schultern. »Was wollen reiche, gelangweilte Frauen von einem hübschen, jungen, erfolgreichen Gladiator?«
»Du meinst ...?«
Er nickte. »Nun geh und melde mich deiner Herrin!«
Pila lief mit weichen Knien in Romelias Gemach. Sie setzte das Tablett auf den Tisch.
»Herrin, ein Gast ist eingetroffen. Er begehrt, dich zu sprechen.«
Romelia hob die Augenbrauen und drehte sich gelangweilt auf ihrer Kline. »Wer ist es?«
»Ich kenne ihn nicht, Herrin, er trägt die Prunkrüstung eines Gladiators.«
Wie von der Tarantel gestochen sprang Romelia auf.
»Ist es Claudius?«
»Ich glaube, so war sein Name, Herrin.« Pila versuchte, das Zittern in ihrer Stimme zu unterdrücken. Doch Romelia achtete nicht darauf.
»Laß die Limonade. Schnell, mein seidenes Gewand, den Schmuck, bring den Krug mit duftendem Körperöl. Beeil dich! Setz das Diadem auf mein Haar. So beweg dich doch, du hölzernes Gestell! Drusillaaa!!«
Pila hatte Romelia noch nie so aufgedreht und nervös gesehen. Endlich war sie fertig geschminkt und gekleidet und legte sich in verführerischer Pose auf die Kline.
»Bringt gewürzten Wein und eine Schale voll Granatäpfel, aber wartet vor der Tür, habt ihr verstanden? Ihr tretet erst ein, wenn ich in die Hände klatsche. Und jetzt bittet den Gast herein!«
Drusilla und Pila verneigten sich und verließen Romelias Gemach. Pila senkte den Blick, als sie Claudius gegenüberstand.

»Die Herrin erwartet dich, edler Gast«, flüsterte sie.
Drusilla verhielt sich weniger devot und starrte Claudius bewundernd an.
»Ist das ein Mann!« seufzte sie, als die Tür sich hinter Claudius schloß.
Pila atmete tief durch. Drusilla hatte offensichtlich nichts bemerkt. Doch Pila wußte nicht, wie sie in Zukunft geheimhalten konnte, daß sie Claudius nicht nur kannte, sondern ihn – ja, was eigentlich? Liebte sie ihn wirklich?
Romelia hatte sich wieder gefangen und warf Claudius einen gelangweilten kühlen Blick zu, als er ihr Gemach betrat und sich vor ihr verbeugte. Er trug seine Prunkrüstung, wie Lentulus es ihm befohlen hatte. Nur den Helm hielt er unter dem Arm. Romelia streckte ihm die Hand entgegen, die er ergriff. Sanft streiften seine Lippen über ihren Handrücken. Ein Wonneschauer jagte über ihre Haut. Sie lächelte kokett und wies auf einen bequemen Stuhl.
»Setz dich, Claudius! Dein Blinken und Funkeln erfreut mein Auge. Ich bin geehrt, daß ein so sieggewohnter Gladiator meinem Ruf gefolgt ist. Ich hoffe, daß es deinen Stolz nicht verletzt, wenn eine Frau dich zu einem kleinen Abenteuer einlädt. Und sicher bin ich nicht die erste, die diesen Wunsch hegt.«
Claudius blieb einen Augenblick sitzen, während Romelias Worte in ihm nachklangen. Mit den Augen streichelte er ihren Körper.
»Nicht die erste, aber die schönste, edle Romelia«, sagte er leise, und wieder bekam Romelia eine Gänsehaut.
»Nun denn, sei mein Gast! Es soll dein Schaden nicht sein. Vielfältige Freuden warten auf dich. Ich werde dir eine Kammer im Gästetrakt der Villa herrichten lassen, damit du der Enge deiner Kaserne entkommst. Und natürlich habe ich auch entsprechende zivile Kleidung für dich bereitlegen lassen, damit du

es dir bequem machen kannst. Obwohl ...«, sie zögerte, und ihre Blicke schienen ihn zu verschlingen, »... dieser prachtvolle Panzer in mir gewisse Begehrlichkeiten weckt. Doch jetzt, lieber Claudius, labe dich an Wein und Früchten.« Sie klatschte laut in die Hände, und die beiden Sklavinnen, die bis dahin vor der Tür verharrt hatten, traten ein.

Claudius würdigte die beiden keines Blickes, und auch Pila bemühte sich, völlig unbeteiligt zu erscheinen. Nur Drusillas Augen klapperten aufgeregt.

»Granatäpfel!« Claudius nahm eine Frucht in die Hand und drehte sie spielerisch hin und her. »Dazu braucht es keiner Worte.«

Romelia lächelte anzüglich. »Damit ist dir der Sinn dieser Einladung klar?«

Claudius nickte. »Es wird mir eine Ehre sein, schöne Romelia.«

Mit einer lässigen Handbewegung jagte Romelia die Sklavinnen hinaus. Draußen pustete Drusilla, als wäre es unerträglich heiß.

»Bei Jupiter, die geht aber ran! Und er hat es gleich begriffen.«

»Bitte, was?« Pila hockte sich hinter die Tür.

»Na, verstehst du nicht? Granatäpfel sind die Aufforderung zum Liebesspiel. Man opfert sie dem Gott Priapus. Romelia will den schönen Claudius vernaschen!«

»Bist du sicher?«

»Ganz sicher! Hast du nicht gesehen, wie er sie angeschmachtet hat? Und sie ihn!«

Also doch! Warum hat Claudius die Einladung angenommen? Er hatte es geahnt, daß Romelia ein Auge auf ihn geworfen hat. Alles war ein Irrtum! Er liebte Pila nicht, auch wenn er es zu fühlen vorgab. Und Pila hatte sein Herz an ihn verloren, an ihn, der jetzt bei ihrer Herrin saß und ihr schöne Augen machte. Vielleicht säuselte er ihr auch solche reizenden Verse ins Ohr?

Pila richtete sich auf. »Na und? Was geht uns das an, was hinter dieser Tür geschieht?« fragte sie forsch.
Drusilla zuckte zusammen. »Nichts. Man wird doch wohl noch träumen dürfen ...« Achselzuckend verschwand sie in Richtung Küche.
Langsam folgte Pila ihr. Romelia würde sie heute sicher nicht mehr benötigen. Es würde ein langer Abend und eine lange Nacht für Romelia und Claudius werden. Doch warum war sie dann so aufgebracht? Was störte sie daran, daß Claudius bei Romelia lag?

Pila eilte mit schnellen Schritten durch den Park, hinüber zum Anwesen des Diodoros. Romelia hatte ihr aufgetragen, Athenais zu benachrichtigen, daß Romelia ihren Besuch wünsche. Pila war froh, sich heftig bewegen zu können. Eine schreckliche innere Unruhe quälte sie. In der letzten Nacht hatte sie kaum geschlafen. Der Gedanke, daß Claudius bei Romelia war, ließ sie kein Auge schließen. Sie starrte in die Dunkelheit und stellte sich vor, was Claudius mit ihrer Herrin anstellte. Die vornehme und immer kühle Romelia, in Claudius' Armen schien auch sie die Beherrschung zu verlieren. Pila wälzte sich auf ihrem Bett hin und her, bis sie ein unerquicklicher Schlaf übermannte. Jetzt mußte sie einfach laufen, um die schwarzen Schatten der Nacht abzuschütteln.
»Halt, so lauf doch nicht so schnell!« Ein kräftiger Arm schoß hinter einem Taxusbusch hervor und hielt Pila auf.
»Laß mich los, du Rauhbein!« Pila wehrte sich, doch Claudius war stärker. Er verschloß einfach Pilas Lippen mit einem Kuß.
»Warum küßt du nicht Romelia? Sie ist bestimmt ganz wild darauf.«
Claudius lachte. »Stimmt. Und unersättlich. Wie kann eine Frau nur so gierig sein wie sie?«

»Warst du wirklich die ganze Nacht bei ihr?« fragte Pila.
»Hm. Was glaubst du wohl, warum sie mich sonst kommen ließ?«
»Oh, du hinterhältiger Lügner! Und mir heuchelst du Gefühle vor! Dann geh zu ihr, und laß dich von ihrem spröden Charme umgarnen. Aber paß auf, daß die Spinne dich dabei nicht totbeißt.«
»Mir scheint, eine giftige Zunge liegt heute in deinem Mund.« Wieder zog er sie an sich. »Ich kann einfach von deinen Küssen nicht genug bekommen.«
»Hör auf! Ich hasse dich! Und dabei hatte ich geglaubt, daß du meine Gefühle erwiderst.« Ihre Fäuste trommelten gegen seine Schultern. Doch er hielt sie eisern umschlungen.
»Das tue ich auch. Aber du willst es nicht sehen.«
»Wo denn? Ich sehe nichts. Ich sehe nur einen liebeskranken Hahn um eine eingebildete Gans flattern.«
»Weil du blind bist vor lauter Eifersucht. Laß Romelia aus dem Spiel. Mir konnte nichts Besseres passieren als diese Einladung. Ich vermute, daß ich noch eine geraume Weile zu ihrem Vergnügen hierbleiben werde. Zumindest, solange ihr Gatte in Rom weilt.«
»Das findest du noch gut? Oh, du bist doch ein Scheusal!«
»Pila, denk doch mal nach. Niemals sonst hätte ich dich wiedersehen können. Aber jetzt bin ich hier, ganz in deiner Nähe. Tag und Nacht!«
»In Romelias Nähe, Tag und Nacht.« Pila pustete die Luft aus.
»Ach, nun nimm das doch nicht persönlich! Pila, wir können uns jeden Tag sehen, uns küssen und ...«
»... und uns von Romelia entdecken lassen. Dann sind wir auch im Tod vereinigt.«
»Liebste, was redest du da? Es gibt so viele Gelegenheiten. Und immer kann Romelia mich nicht begehren, manchmal muß sie

auch schlafen.« Er griente breit. »Ich habe eine wunderschöne Kammer im Gästetrakt zugewiesen bekommen. Warum bringst du mir nicht einen Krug Wein als Schlaftrunk?«
»Was soll ich bloß von dir denken, Claudius? Du machst es mir wirklich nicht einfach. Sprichst du aus reinem Herzen?«
Claudius preßte seine beiden Hände auf die linke Seite seiner Brust. Pila war frei. Blitzschnell lief sie davon.
»Ich glaube dir kein Wort, du wilder Stier!« rief sie lachend und rannte, so schnell sie konnte, zu Athenais.
Claudius blickte ihr hinterher. Ein sanftes Lächeln milderte sein scharf geschnittenes Profil. Was für ein zauberhaftes Wesen! Er hoffte, daß Romelia ihn noch lange begehren würde, nur um in Pilas Nähe bleiben zu können.
Athenais erwartete Pila bereits. Sie schickte Acme unter einem Vorwand hinaus. »Ist er da?« flüsterte Athenais.
»Wen meinst du, edle Herrin?« fragte Pila.
»Na, den Gast, den Romelia angekündigt hat.«
»Den Gast? Oh, meinst du den Gladiator Claudius?«
»Ja, genau den. Ich bin schon neugierig. Aber Acme, was mache ich mit ihr? Ich kann sie doch nicht hierlassen.«
»Ich weiß nicht, Herrin. Bist du dir Acmes Verschwiegenheit nicht sicher?«
»Nein, nicht was meinen Gatten betrifft. Und dabei hatte Romelia mir versprochen, mir in meinem Übel zu helfen.«
»Übel?«
Acme betrat wieder den Raum und brachte einen Mantel herein, den sie ihrer Herrin überlegte.
»Du brauchst mich heute nicht zu begleiten, Acme. Ich werde Pila folgen. Da wir nur durch den Park gehen, ist es nicht nötig, daß du mitkommst.«
»Verzeih, Herrin, aber der Herr läßt mich auspeitschen, wenn ich dich nur einen Augenblick allein lasse. Ich werde bei dir

bleiben, auch wenn der Weg nur durch den Park führt.« Dabei warf sie Pila einen feindseligen Blick zu, als erwarte sie, daß Pila ihre Herrin ermorden wolle.
»Dann komm!« sagte Athenais nur und verließ ihr Gemach.
In Romelias Gemächern machten die beiden Frauen es sich bequem, tranken Wein, speisten Obst und zeigten sich gegenseitig ihre feinen Handarbeiten, die sie während der Plaudereien angefertigt hatten. Romelia warf einige Male schräge Blikke auf die ägyptische Sklavin, die sich davon jedoch nicht beeindrucken ließ. Romelia wurde langsam ungeduldig. Bisher hatte sie alle Hindernisse aus dem Weg geräumt, Hindernisse, die weitaus größer waren als diese kleine, aufdringliche Sklavin. Doch an ihr sollte die ganze Sache nicht scheitern.
»Wie fühlst du dich, liebste Athenais?« flötete Romelia. »Hat dein Opfer im Isis-Tempel schon gewirkt?«
Athenais seufzte. »Der Wille der Götter ist wirklich unberechenbar. Offenbar war mein Opfer zu gering.«
»Keineswegs. Doch meines Wissens muß der Acker gut vorbereitet sein, soll die Saat Früchte tragen.«
»Oh, wie meinst du das, liebste Romelia?«
»Nun, ich meine ... ach, warum gibst du deiner Sklavin nicht ein wenig Wein zu trinken? Mir scheint, sie bricht gleich zusammen.«
Erschrocken drehte Athenais sich um. »Ist dir unwohl, Acme?«
»Nein, Herrin, ich fühle mich gut.«
»Sie schwankte aber bedenklich«, wandte Romelia ein. »Pila, reiche ihr diesen Becher Wein.« Romelia hob einen Becher empor. Pila eilte zu ihr hin, um den Becher entgegenzunehmen. Als sie vor Romelia stand, hielt diese den Becher fest. Mit der anderen Hand kippte sie einige Tropfen einer Flüssigkeit aus einer Phiole, die sie unter ihrem Gewand hervorgezogen hatte, in den Becher. Acme und auch Athenais konnten es nicht sehen, weil Pila davorstand. Pila starrte ihre Herrin an.

»Gib es Acme«, sagte Romelia eindringlich, als Pila zögerte.
»Ja, Herrin.« Pila nahm den Becher an sich. Gift! Das war Gift! Romelia wollte Acme umbringen. Sie mußte den Becher fallen lassen! Wenn sie diese Ägypterin auch nicht leiden konnte, so widerstrebte es ihr doch, Hand an die kleine, schwarze, alterslose Frau zu legen. Andererseits hatte sie sich in letzter Zeit immer wieder, wenn sie ihr Herz sprechen ließ, selbst Schaden zugefügt. Sie blieb vor Acme stehen. Ihre Hand, die den Becher hielt, zitterte. Sie sah Acmes Blick aus ihren glühenden schwarzen Augen. Hinter sich spürte Pila Romelias Blicke wie Feuer auf ihrem Rücken.
Odin hilf! Wenn du es für richtig hältst, laß sie den Becher leeren, wenn du es aber für besser hältst, daß sie ihn nicht trinkt, dann laß mich den Becher auf den Boden werfen. Langsam reichte Pila den Becher zu Acme. Auf halbem Weg hielt sie an und lockerte ihren Griff. Schnell packte Acme zu und nahm den Becher an sich. Langsam, die Augen auf Pila gerichtet, leerte sie ihn Zug um Zug.
Pila stellte sich wieder neben die Tür und starrte auf die gegenüberliegende Wand. Das Gespräch der beiden Frauen war fast zum Stillstand gekommen. Immer wieder warf Romelia einen kurzen Blick auf Acme. Es dauerte nicht lange, dann schwankte die Bedauernswerte. Mühsam hielt sie sich aufrecht, bis sie plötzlich wie ein gefällter Baum umstürzte.
Athenais sprang entsetzt auf.
»Keine Bange!« beruhigte Romelia sie. »Sie schläft nur. Und zwar tief und lange. Pila, rufe Claudius. Er soll kommen, in seiner prunkvollen Rüstung. Dann trägst du Acme in eine Kammer und schließt sie ein.« Sie blickte Pila eindringlich an. »Pila, du hast eben etwas Unrechtes getan. Du hast ihr vergifteten Wein gegeben.«
Pila rang nach Luft. »Nein, Herrin, ich habe doch nur ...«
»Du hast ihr vergifteten Wein gegeben, und Athenais und ich

haben es gesehen. Wessen Wort wiegt wohl schwerer, unseres oder deines?«
»Ich verstehe«, murmelte Pila.
»Das dachte ich mir. Und nun geh, und hole Claudius!«
Pila eilte hinaus. Claudius wandelte noch im Garten.
»Pila, immer wenn ich dich sehe, scheinst du zu fliegen. Wie ein weißer Schwan.« Er umschlang ihre Taille.
»Laß mich los. Du sollst sofort zu Romelia kommen, sie verlangt nach dir. Und zwar in Prunkrüstung. Ihre Freundin ist auch da.«
»Oha! Ein Kampf an zwei Fronten!«
»Du sollst nicht scherzen. Athenais ist eine sehr sanfte, sittsame Ehefrau.«
Claudius lachte. »Und du glaubst, ich soll ihre Handarbeiten begutachten?«
Pila schwieg verwirrt. »Willst du jetzt etwa auch mit Athenais ...?«
»Von wollen kann keine Rede sein. Doch wer fragt schon nach meinem Willen?«
»Ich zum Beispiel. Was willst du?«
»Da fragst du noch? All mein Streben, all mein Begehren, all mein Wollen, all mein Trachten kennt nur einen Namen, kennt nur ein Ziel – das heißt PILA.«
»Wenn es doch nur wahr wäre, was da über deine Lippen kommt. Doch ich zweifle an deinen Worten. Du beweist mir nicht, daß sie wahr sind.«
»Wie soll ich sie dir beweisen, geliebte Pila? Ist es nicht Beweis genug, daß ich in die Höhle des Löwen gekommen bin, nur um dir nahe zu sein?«
»Pah, du vergnügst dich mit Romelia. Jetzt vergnügst du dich vielleicht noch mit Athenais, das soll ein Beweis deiner Liebe zu mir sein?«
»Du bist sehr anspruchsvoll, schöne Waldfee. Soll ich mich in

mein Schwert stürzen, soll ich von einer Klippe ins Meer springen, um dir meine Liebe zu beweisen?«
»Nein, das alles ist nicht nötig. Schenk mir dein Herz! Denn ohne Herz kann kein Mensch leben. Um leben zu können, müßtest du immer bei mir sein.«
»Mein Herz hast du schon. Du weißt es nur nicht, du hast es gar nicht bemerkt, du kleiner Starrkopf. Denn ich kann schon lange nicht mehr ohne dich leben. Nur deshalb bin ich hier.«
Pila senkte den Kopf. »Ich weiß nicht, was ich glauben soll«, murmelte sie.
Er zog sie an sich. Sie schlang ihre Arme um seinen Hals. »Küß mich, Pila«, flüsterte er mit heiserer Stimme. »Küß mich, dann vergesse ich den ganzen Alptraum um mich herum.«
Pila nahm seinen Kopf in ihre Hände und suchte seine Lippen. Mit ihren Fingern strich sie durch sein dichtes, braunes Haar. Dann fuhr sie plötzlich zurück.
»Du mußt gehen, sonst bestraft mich Romelia.«
Claudius senkte den Kopf und strich mit den Händen seinen Lendenschurz glatt. Er unterdrückte seine Erregung. »Na, da wollen wir mal sehen, wie die Verlängerung meiner Aufenthaltsgenehmigung in diesem Paradies aussieht«, sagte er seufzend und schritt hinüber zur Villa.
Pila verbrachte auf Romelias Geheiß die ganze Nacht neben der schlafenden Acme. Romelia hatte ihr einen Becher Wein und die kleine Phiole gegeben.
»Wenn sie vor der Zeit aufwacht, flöße ihr etwas von dem Wein ein. Es ist ein Schlafmittel, weiter nichts. Erst im Morgengrauen darf sie zu ihrer Herrin. Hast du mich verstanden?« Romelias Blick drang in sie.
»Ja, Herrin.« Sie streckte sich neben der schnarchenden Acme aus und wünschte sich, ebenso tief und fest zu schlafen, um nicht immer wieder an Claudius zu denken. Ob er mit Athe-

nais allein war? Oder vielleicht sogar mit beiden Frauen? Sie preßte ihr Gesicht in den Strohsack und ließ ihren Tränen freien Lauf.

Mit Athenais vollzog sich eine wundersame Wandlung. Aus der stillen, schüchternen Frau entwickelte sich eine aufblühende Rose. Pila bemerkte es mit Erstaunen, Romelia mit Genugtuung.
»So sieht ein wohlbestellter Acker aus«, sagte sie eines Tages zu Athenais und zeigte auf ihre sanften Rundungen. »Ich sehe, du fühlst dich sehr wohl.«
»Allerdings, liebste Romelia, und das liegt beileibe nicht nur an dem paradiesischen Klima hier, wie ich es meinem Gatten weisgemacht habe.« Athenais lächelte still. Romelia senkte den Blick. Es war das erste Mal in ihrem Leben, daß sie mit jemandem etwas teilte. Sie teilte Claudius mit ihr. Und es schien beiden Frauen gut zu bekommen. Auch Romelia fühlte sich wesentlich ausgeglichener und beschwingter. Nur Athenais' Wunsch, daß sich ihr Leib mit der Frucht ihrer heißen Nächte füllen möge, schien sich nicht zu erfüllen. Romelia war sich trotzdem sicher, daß der Tag dazu bald kommen würde.
Romelia räkelte sich wohlig neben Claudius, der noch fest schlief. Sie betrachtete seinen schönen, durchtrainierten Körper, sein ebenmäßiges Profil, das so gänzlich anders war als die stupiden Gesichter der meisten hart ausgebildeten und abgestumpften Gladiatoren. Claudius war männlicher und begehrenswerter als alle Männer, die sie kannte. Und er lag neben ihr, erschöpft vom langen Liebesspiel dieser Nacht, doch noch lange nicht am Ende seiner Kräfte. Achtlos am Boden lag seine glänzende Rüstung. Nur die ledernen, mit Metall beschlagenen Armbänder trug er um seine Handgelenke. Neugierig fuhr sie mit dem Finger an seinem Hals entlang.
»Was ist das für eine seltsame Kette, die du trägst?« fragte sie

ihn. Claudius war plötzlich hellwach, und er zuckte zurück. »Es sieht aus wie Haar.«
»Berühre es nicht, es ist ein Glücksbringer.«
»So?« Romelia spitzte die Lippen. »Gibt es da etwa ein süßes Geheimnis?«
»Keineswegs. Es ist das einzige, was mich noch an meine Mutter erinnert«, sagte er brüsk.
»Ich wollte dir nicht zu nahe treten.« Romelia warf sich seufzend aufs Lager. »Claudius, ich bin dir mit Haut und Haaren verfallen. Es wird Zeit, daß wir unser kleines Verhältnis legalisieren.«
Claudius richtete sich auf. »Wie meinst du das?«
»Ganz einfach, entführe mich!«
»Romelia, wie stellst du dir das vor?«
»Du entführst mich, wir flüchten in die Berge von Sizilien und beginnen ein neues Leben. Ein Leben miteinander.«
»Das ist unmöglich! Sie würden uns finden, überall!«
»Dann flüchten wir eben nach Ägypten oder zu den Parthern oder Capadocia oder ...«
»Wie wäre es mit Gallien?«
»Gallien? Zu den Wilden?« Sie warf sich an seine breite Brust und streichelte über die harten Muskeln. »Nein, lieber Phönizien oder Judäa oder ...«
Er beugte sich über sie und runzelte die Stirn. »Meinst du das im Ernst? Ich bin Gladiator, ich muß eines Tages zurück in die Kaserne des Lentulus.«
»Du bist zum Sterben viel zu schade. Hast du dir nicht immer schon gewünscht, ein anderes Leben zu führen, frei von allen Zwängen, nur Herr über dich und eine kleine Frau an deiner Seite?«
Claudius legte sich wieder zurück und bedeckte die Augen mit seiner Hand. »Allerdings. Aber das sind dumme Träume.«
»Nein, es kann Wirklichkeit werden. Du mußt es nur tun.

Claudius, ich habe Geld, viel Geld. Wir bereiten unsere Flucht gründlich vor. Mit Bestechung erreicht man viel. Und irgendwo beginnen wir ein neues Leben. Oh, es wird herrlich, alle Tage voll Liebe und Lust, voll Sinnlichkeit und Frohsinn. Du bist der richtige Mann dafür. Priapus hat deine Lenden mit unerschöpflicher Kraft ausgestattet. Wir sollten ihm danken und opfern.«

»Priapus ist der Beschützer der Huren.« Claudius legte seine Hand auf Romelias Bauch. Langsam wanderte sie zwischen ihre Schenkel.

»Ich weiß«, gurrte sie. »Und ich verstehe ihre Lust. Aber es gibt keinen Grund mehr zum Teilen, auch nicht mit Athenais. Es war ein Gefallen, den ich ihr getan habe. Jetzt ist ihr Körper bereit zur Empfängnis. Wenn sich nur ihr hölzerner Gatte bequemen würde. Aber er macht sich gar nichts aus ihr.«

Claudius pfiff leise durch die Zähne. »Sie will schwanger werden?«

»Allerdings. Sie rennt von Tempel zu Tempel, doch all ihre Opfer nützen nichts. Aber aufgeblüht wie sie ist, seit sie mit dir die Nächte verbringt, wird es wohl bald zum Erfolg führen.«

Claudius drehte sich auf den Bauch und stützte sich auf die Ellbogen. »Vielleicht sollte sie an einem Bacchanal teilnehmen. Wenn sie danach nicht schwanger wird, dann wollen es die Götter nicht.«

»Sie bittet schon Isis um Fruchtbarkeit ...«

»Isis? Das ist verboten!«

»Natürlich. Gerade deshalb sollte man meinen, sie hilft. – Also, wann entführst du mich?«

»Romelia, das ist gefährlich, lebensgefährlich.«

»Ich weiß. Aber ist Gefahr nicht deine Bestimmung?«

»Meine schon. Aber nicht deine.«

»Oh, ich bin stärker, als du denkst.«

»Das glaube ich dir gern«, murmelte er. Langsam wurde ihm die

Sache zu brenzlig. Daß sie ihren Spaß mit ihm haben wollte, solange ihr Gatte in Rom weilte, konnte er noch verstehen. Daß sie ihre arg vernachlässigte Freundin an diesem Spaß teilhaben ließ, konnte er auch verstehen. Aber daß sie jetzt mit dieser unseligen Entführungsgeschichte anfing ... Claudius hatte davon gehört, daß Gladiatoren reiche Frauen entführt hatten. Meist war es jedoch wohl eher so, daß die Frauen die Gladiatoren zu dieser Entführung gedrängt hatten. Vielleicht war manchmal sogar wirklich Liebe im Spiel. Doch vielfach endete so eine Flucht tragisch. Der Gladiator hatte sein Leben verwirkt und die edle Dame wurde entweder aus der Gesellschaft verstoßen oder ebenfalls zum Tode verurteilt. Und doch war es dieser morbide Nervenkitzel, der solche Frauen wie Romelia dazu trieb.

»Übereile es nicht, das muß gründlich überdacht werden«, beschwichtigte er Romelia. »Vielleicht solltest du mit Athenais doch zum Tempel des Bacchus gehen.«

»Bedenke es nicht zu lange, lieber Claudius. Aber das mit dem Bacchus-Tempel ist keine schlechte Idee. Und du wirst uns begleiten.«

»Ich?«

»Ja, du. Du wirst mit uns die Bacchanalien zelebrieren. Und noch jemanden möchte ich dabeihaben.«

»So? Wen?«

»Pila!«

Es war tief in der Nacht, als sich vier in dunkle, einfache Gewänder mit Kapuzen gekleidete Personen der Tempelanlage des Weingottes Bacchus näherten. Athenais zögerte, aber Romelia zog sie mit sich.

»Komm, ich habe eine der Priesterinnen bestochen, damit sie dich an den Bacchanalien teilnehmen läßt. Eigentlich ist es ja gar nicht gestattet, Uneingeweihte an den Mysterien teilhaben zu lassen.«

Claudius und Pila folgten den beiden Frauen. Pila war erregt und ängstlich zugleich. Nachdem Romelia ihr so unverhohlen gedroht hatte, blieb ihr wohl oder übel nichts weiter übrig, als ihre Herrin zu begleiten. Mittlerweile hatte sie begriffen, daß Athenais alles daransetzte, schwanger zu werden. Doch ihre Opfer bei Isis, ihre Nächte an der Seite von Claudius ließen zwar ihre körperliche Schönheit erblühen, aber kein Kind unter ihrem Herzen wachsen.

Ihre Sklavin Acme wurde bei jeder Gelegenheit in Tiefschlaf versetzt. Anfangs glaubte Acme, daß der Wein daran schuld sei und verweigerte die angebotenen Getränke. Doch Athenais, die Gefallen an Claudius und seinen Verführungskünsten gewonnen hatte, mußte ihre Sklavin, deren Vertrauen sie nicht besaß, für die jeweilige Nacht ruhigstellen.

»Acme, mir scheint, du leidest an Fallsucht. Immer, wenn wir unser Haus verlassen haben, fällst du irgendwann um. Hinterher weißt du dann von nichts. Ich glaube, ich muß es dem Herrn mitteilen. Als Leibsklavin kann ich dich natürlich nicht mehr gebrauchen. Vielleicht schickt er dich zur Feldarbeit.« Athenais blickte Acme mitleidig an.

Acme erschrak. Feldsklaven hatten ein furchtbares Los. Sie arbeiteten schwer und wurden von den Peitschen der Aufseher angetrieben. Viele Sklaven starben früh. Schonung gab es nicht, denn Sklaven waren so billig, daß es besser war, sich einen neuen Sklaven anzuschaffen, als einen kranken wieder gesund zu pflegen.

»Herrin, ich weiß nicht, wie das geschehen konnte. Noch niemals zuvor hatte ich eine derartige Krankheit.«

»Du siehst, manche überkommt es im Schlaf. Nun ja, ich will Gnade walten lassen und dich vorläufig noch nicht fortschicken. Romelia hat mir eine Medizin für dich gegeben, die du nehmen mußt, sobald es so aussieht, als würdest du wieder umfallen.«

»Ja, Herrin, ich danke dir.« Acme war viel zu verwirrt und verängstigt, um das Ränkespiel zu durchschauen. Und so brachte Romelia, Athenais oder Pila der armen Acme immer eine kleine Übelkeit bei, ob mit Riechstäbchen oder einem Getränk, einer präparierten Frucht oder einer Salbe. Und wenn Acme zu taumeln begann, reichte Pila ihr einen Becher Wasser mit bewußter Essenz, die sie für mindestens zehn Stunden schlafen ließ.

Anfangs hatte Pila ein schlechtes Gewissen dabei, doch sie mußte Romelias Anweisungen befolgen, und es gab ihr jeweils die Gelegenheit, Claudius zu sehen. Es schmerzte Pila tief im Herzen, zu wissen, daß Claudius entweder bei Romelia oder bei Athenais nächtigte, aber er nutzte jede Gelegenheit, auch wenn es nur wenige Minuten waren, um Pila zu treffen. Das waren für Pila die schönsten Augenblicke, und sie vergaß für einen Moment alles um sich herum. Claudius wirkte immer fröhlich, glücklich und schrecklich verliebt, wenn Pila in seinen Armen lag. Doch Pila zweifelte immer noch an der Ernsthaftigkeit seiner Gefühle. Zwischen ihm und ihr standen Romelia und Athenais.

Während sie durch das Tor der Tempelanlage traten, ergriff Claudius verstohlen Pilas Hand und drückte sie. Ihr Herz schlug heftiger bei seiner Berührung. Aber schnell entzog sie ihm ihre Hand, damit die beiden Frauen, die vor ihnen gingen, nichts bemerkten.

Die Tempelanlage gliederte sich in zwei Teile. Links erhob sich der größere Tempel, der Bacchus geweiht war. Überwiegend Frauen hatten sich auf der Treppe zum Heiligtum versammelt. Auf der anderen Seite des kleinen Gartens lag der Tempel des

Priapus. Er war bedeutend kleiner, und seine drei Wände umschlossen das aus Zedernholz gefertigte Standbild der lüsternen Gottheit mit dem überdimensionalen erregten Phallus. Ihm huldigten vorwiegend Männer, die sich ebensolche Lebenskraft ihrer Lenden erhofften und gleichzeitig alles Übel von sich abwenden wollten.

Romelia wies hinüber zu Priapus. Sie nahm Pila den Korb mit Früchten ab, den sie bis hierher getragen hatte.

»Wir opfern zuerst Priapus, damit er unsere Wälder und Felder, unsere Gärten und Quellen beschützt. Er möge unsere Weinberge bewachen und Diebe mit seinem übermächtigen Glied erschrecken. Seine unermüdliche Liebeslust soll er unserem Freund Claudius angedeihen lassen, damit er zu unserer Freude die Nächte erfülle.«

Romelia kniete nieder, neben ihr Athenais. Sie legten Granatäpfel auf die Opferplatte vor dem Standbild. Als sich die beiden Frauen zurückzogen, hockte Claudius sich nieder. Mit leiser Stimme murmelte er dem Gott seine Huldigung:

»Alle Götter haben ein besonderes körperliches Zeichen,
Apoll die goldnen Locken, Hercules der Muskeln Kraft,
und Bacchus seine mädchenhaften Formen ohnegleichen,
Minerva graue Augen, Venus heiße Leidenschaft;
man sieht auf der Faune Stirn das Paar der Hörner blinken,
der Götterbote läßt leichtbeschwingt die Sohlen sehn,
gelähmt ist Lemnos' Herr, der hochberühmte Schmied muß
hinken,
und Aesculap läßt seinen zottenreichen Vollbart wehn,
doch Mars, der wilde, hat von allen wohl die größte Brust;
so bleibt für mich nur eins, worauf mein Selbstbewußtsein fußt:
des größten Götterpenis ist Priapus sich bewußt!«

Mit diesen Worten goß Claudius eine Flüssigkeit aus einer Phiole über den Phallus des hölzernen Gottes.
Mit großen Augen verfolgte Pila die Anbetung des seltsamen Gottes, und mehr noch als im Tempel der Isis fand sie den häßlichen Gott mit dem dümmlich-lüsternen Gesicht und dem unanständig riesigen Glied zum Lachen. Doch sie biß sich auf die Unterlippe, um die Umstehenden nicht zu erzürnen. Die vielen Männer, die ihre Opfergaben darbrachten und ihm mit Gedichten wie Claudius huldigten, aber auch Frauen, die den Schutz ihrer Gärten und Felder erflehten, und Huren, deren Schutzgott Priapus war, glaubten mit tiefer Inbrunst an ihn.
Doch lange hielten sie sich nicht in dem kleinen Tempel auf, denn Romelia drängte, den anderen Tempel zu betreten. Von dort erklang bereits Musik und Lachen. Der Tempel des Bacchus war wesentlich größer, seine Wände bunt bemalt. Die Bilder stellten Szenen von Geburt, Kindheit, Wirkkraft, Tod und Wiederkehr des Gottes dar. Auf einer erhöhten Marmortafel mit einer gepolsterten Kline lag ein junger Mann, nur mit Pantherfellen bekleidet. Sein Haupt zierte ein Kranz aus Efeublättern, in der Hand hielt er den mit Pinienzapfen geschmückten Thyrsosstab. Er schien bereits vom Wein berauscht und genoß entspannt die Tänze der leichtbekleideten und ebenfalls mit Efeukränzen geschmückten Frauen. Eine Priesterin näherte sich den Eintretenden und deutete Romelia mit einer Armbewegung an, ihr zu folgen. Sie führte sie in die Nähe des lebenden Bacchus, der ihnen zulächelte. Dann reichte sie den Frauen eine Schale. Zuerst trank Athenais, dann Romelia. Diese reichte die Schale an Pila weiter und forderte sie auf, ebenfalls daraus zu trinken.
»Trink das nicht!« raunte Claudius ihr ins Ohr.
Pila setzte die Schale vorsichtig an ihre Lippen und tat so, als würde sie daraus trinken. Dann reichte sie die Schale an Athenais zurück. Die Priesterin füllte die Schale auf und ließ sie ein

zweites Mal herumgehen. Athenais begann bereits, sich im Takt der mitreißenden Musik zu wiegen. Auch Romelias Wangen röteten sich. Um sich nicht verdächtig zu machen, begann Pila ebenfalls zu tanzen. Schnell reichte sie die Schale an Athenais weiter, die nun gierig trank. Das Getränk schien stark berauschend, denn Athenais' Blick wurde weich und erwartungsvoll. Die Priesterin reichte Athenais einen Korb, der mit einem Tuch bedeckt war. Etwas Langes, Spitzes hob das Tuch, auch einige Kornähren waren zu sehen. Athenais nahm den Korb auf und reihte sich ein in den Reigen der tanzenden Bacchantinnen, auch Romelia und Pila wurden von dem ekstatischen Wirbel mitgerissen. Plötzlich tanzten auch seltsame Männer mit spitzen Pferdeohren, deren Lendenschurz hinten einen Pferdeschwanz aufwies. Die Musik wurde heftiger, der Tanz euphorischer. Die Männer ergriffen wahllos einige der in Verzückung geratenen Frauen. Der lebende Bacchus aber zog Athenais zu sich heran, die den Korb vor ihm abstellte. Verwirrt taumelte Pila zwischen den in rasende Leidenschaft geratenen Tänzerinnen, bis eine kräftige Hand sie packte und aus dem Reigen zog.

»Laß uns verschwinden!« hörte sie Claudius' Stimme hinter sich. Er zog sie aus dem heiligen Hain hinaus in die Nacht.

Sie liefen den sanften Hügel hinunter, der den Tempel trug. Es war sehr dunkel, der Mond hatte sich hinter Wolken versteckt. Aber die Nacht war mild, und das Zirpen der Zikaden drang aus dem nahe gelegenen Olivenhain. Bis hierher klang die Musik sowie das Lachen und Kreischen der Bacchantinnen.

Außer Atem ließen beide sich ins Gras fallen. Es duftete nach Oleander und Jasmin.

»Halt meine Hand fest«, flüsterte Pila. »Ich habe Angst, allein zu sein.«

»Ich bin bei dir, ganz nahe.« Sie spürte seinen Atem an ihrem

nackten Hals und erschauerte. »Du brauchst keine Angst zu haben.«
»Dieser Tempel hat mich erschreckt. Ich verstehe nicht, wenn man einem Gott opfert, daß man dabei so ... so in Raserei verfällt.«
»Dieser Kult ist sehr alt. Schon vor vielen hundert Jahren haben die Griechen hier Dionysos gehuldigt. Es gibt viele Götter, und alle sind für irgend etwas gut. Du brauchst dich aber nicht zu fürchten. Dich erschreckt die Heftigkeit der Gebete, nicht wahr? Dich erschreckt die Größe des Phallus. Dich erschreckt, daß du vielleicht diejenige bist, in die eingedrungen wird. Es ist Verletzlichkeit, die dich ängstigt. Einige Frauen glauben, es sei ein Schwert, das sie tötet.«
»Du meinst Romelia?«
»Ja. Sie ist ganz wild darauf, daß ich sie mit meinem Panzer bekleidet beschlafe. Sie will das kalte Metall auf ihrem Körper spüren. Und wenn ich in sie eindringe, dann glaubt sie, es ist mein Schwert, mit dem ich sie töte. Sie stirbt jedesmal.«
»Wie kann man Liebe so grausam empfinden«, schauderte Pila.
»Liebe? Das hat nichts mit Liebe zu tun. Es ist reine Gier. Weißt du, warum sie so gern zu den Gladiatorenspielen geht? Sie versetzt sich in die Lage des Gegners, sie stirbt mit ihm, und es bereitet ihr Lust. Deshalb will sie, daß ich sie besiege, deshalb will sie, daß ich sie mit meinem Phallus aufspieße, als würde ich sie mit meinem Schwert töten.«
»Und das gefällt dir?«
»Mir? Oh, nein! Ich hasse diese Frau. Sie demütigt mich, sie quält mich, sie hält mich als ihren Lustknaben. Was bin ich denn schon? Ein Gladiator, weiter nichts. Abschaum der Gesellschaft, geliebt und gehaßt zugleich.«
»Warum bist du ein Gladiator geworden, welches Schicksal hat dich in die Arena verschlagen?«

»Wäre ich nicht Gladiator, dann wäre ich ein Dieb oder Bettler oder Räuber oder ein dreckiger Sklave im Rinnstein. Meine Mutter war eine freigelassene, gallische Sklavin, die als Hure in einem billigen Bordell lebte. Und mein Vater war einer der vielen römischen Soldaten, der sie wegen ihres hellen Haares und der blauen Augen besuchte.«
Pila richtete sich erstaunt auf. »Daher hast du deine blauen Augen.«
»Darauf brauche ich mir nichts einzubilden«, sagte er bitter. »Ich war ihr im Wege, sie konnte mich nicht ernähren. Als achtjährigen Knaben gab sie mich fort, in die Schule des Lentulus. Er bildete mich zum Gladiatoren aus. Hier hatte ich wenigstens die Chance, ehrenvoll im Sand der Arena zu sterben und nicht in der Gosse zu verhungern.«
Er hatte sich vor sie gekniet, sie konnte seine Silhouette gegen den dunklen Nachthimmel erahnen. Am Geräusch erkannte sie, daß er seine leichte Bekleidung abstreifte. Suchend streckte sie die Hände nach ihm aus.
»Aber du bist nicht gestorben«, flüsterte sie.
»Nein, noch nicht. Denn ich habe die Gabe, so mit dem Schwert umzugehen, daß ich bisher immer der Sieger geblieben bin. Ich konnte so kämpfen, weil ich den Tod nicht fürchtete. Und so tötete ich meine Gegner und stieg auf diesem Leichenberg immer höher in der Gunst des Publikums und damit auch in der Gunst der Frauen. Es waren Adlige und Huren, Frauen jeden Standes, die mich begehrten. Nicht mich, sondern meinen Körper. Es bereitete mir keine Mühe, eine Frau zu erobern, egal ob sie arm oder reich, hübsch oder häßlich war.«
Pila hatte seinen Körper ertastet und strich mit ihren Fingern sanft über seine muskulöse Brust.
»Ja, fühle ruhig meinen Körper. Er ist schön und durchtrainiert, er ist wohlbehütet und gepflegt durch meinen Lehrer. Er hat alle

Wunden geheilt, die mir gegnerische Waffen oder wilde Tiere beigebracht haben. Und diesen Körper wollen die Frauen haben, die glänzenden Muskeln, den straffen Phallus. Greif zu, scheu dich nicht, ihn zu fassen. Er ist der Stolz jedes Mannes, seine Männlichkeit, seine Potenz. Priapus meint es gut mit mir.« Er schob ihre Hände nach unten. Zögernd umschloß Pila seinen Penis, der sich deutlich straffte. Doch aus seinen Worten klang weiter Bitterkeit. »Sie alle wollten ihn!« Er stieß unwillig mit den Hüften nach vorn. »Doch keine der Frauen hat hiernach gefragt!« Er klopfte sich mit der Faust gegen die Brust. »Daß ich ein Herz habe, eine Seele, die nach Liebe schreit, auf die Idee ist keine gekommen. Woher auch? Liebe ist eine Krankheit, die man zu vermeiden trachtet. Denn sie schwächt den Geist, trübt den Blick, erweicht die Glieder. Ein Mann muß stark sein, im Körper wie im Geist. Gefühle dürfen dabei keine Rolle spielen. Verliebtheit artet aus in unkontrollierten Sinnestaumel und Raserei. Und sie verändert das Wesen. Wenn ein Mann schon nicht verhindern kann, daß er sich verliebt, dann darf er es wenigstens nicht zeigen.«
»Liebe ist doch keine Krankheit, Claudius. Was wäre die Welt ohne Liebe?«
»Oh doch, die Liebe hat mich krank gemacht. Sie hat mich verändert. Ich hasse die Frauen, mit denen ich mich vereinige.«
»Du haßt die, die du liebst?«
»Nein, ich hasse die, mit denen ich schlafe. Mit derjenigen, die ich liebe, habe ich mich nicht vereinigt.«
»Claudius ...«
»Begreifst du nicht, Pila, ich liebe dich! Ich liebe dich über alles. Ich liebe dich, seit ich dir das erste Mal in die Augen geblickt habe. Damals habe ich nur nicht gewußt, daß es Liebe ist. Wenn es keine Liebe gewesen wäre, dann hätte ich mich längst mit dir vereinigt, hätte dich genommen wie eine der Hetären. Ich bin es

nicht gewöhnt, daß sich mir eine Frau verweigert. Ich bin es nicht gewöhnt, meinen Trieb zu zügeln. Ich sehne mich danach, zwischen deinen wunderschönen Schenkeln zu liegen, deinen herrlichen Leib zu spüren, mich mit dir zu vereinigen, und es zerreißt mir die Lenden, nur wenn ich dich sehe, an dich denke. Und ich habe jedesmal die übermenschliche Kraft aufgebracht, mich zu zügeln, diesen Drang zu unterdrücken. Pila, ich liebe dich! Du bist die erste Frau, die nicht nach der Stärke meiner Muskeln, nach der Größe meines Phallus getrachtet hat. Du wolltest nur mein Herz, mein Gefühl. Du hast eine Saite in mir zum Klingen gebracht, von der ich glaubte, daß ich sie gar nicht besitze. Ich würde niemals mit dir schlafen, wenn du es nicht selbst wolltest.«

»Auch wenn es für dich eine Qual ist?«

»Lieber würde ich sterben, als dich zu meinem Willen zu zwingen.«

Pila hatte seine Hände ergriffen und zog sie an ihren Körper. Er ertastete ihre Brüste und sog scharf die Luft durch die Nase.

»Ich will nicht, daß du stirbst. Ich will nicht, daß du meinetwegen leidest.«

»Oh Pila, ich leide gern für dich. Es ist eine süße Qual, die mir Lust und Schmerz gleichermaßen bereitet.«

Pila hatte ihre Tunika geöffnet. »Du hast zärtliche Hände, Claudius. Wunderbare zärtliche Hände. Laß sie ihr Werk tun, sie sollen meine Kleider abstreifen und meinen Körper streicheln.«

Claudius zögerte einen Augenblick. »Es sind grausame, blutige Hände, die töten«, sagte er leise.

Pila umfaßte seine Handgelenke und verhinderte, daß er seine Hände zurückzog. »Nein, du bestimmst, was deine Hände tun. Laß sie von deiner Liebe führen.«

Sie lehnte sich zurück und stützte ihren Oberkörper gegen den Hang. Claudius beugte sich zu ihr herunter, und sie spürte

seinen heißen Atem. Ihre Lippen öffneten sich in Erwartung seines Kusses. Als er sie berührte, loderte eine heftige Hitze in ihrem Körper auf.
»Willst du es wirklich, Pila? Willst du dich mit mir vereinigen?« murmelte er zwischen den Küssen.
»Ja, ich will es, ich will es jetzt und hier.«
»Weil du die Begierde verspürst?«
»Nein, weil ich dich liebe.«
Er kniete zwischen ihren geöffneten Schenkeln, und sie strich liebevoll durch sein Haar, während seine Lippen an ihrem Körper immer tiefer wanderten. Claudius spürte das Zucken ihrer Muskeln während seiner zärtlichen Berührungen und vernahm das leise Stöhnen aus ihrer Kehle. Ihre Brüste waren voll, üppiger als die der Römerinnen, doch fest und glatt und so wunderbar warm. Er verspürte den Wunsch, sich dazwischenzupressen und die ganze verdammte Welt um sich herum zu vergessen. Doch seine Lippen wanderten tiefer, über die kleine Vertiefung ihres Nabels, über ihren sanft gewölbten Bauch.
Da trat der Mond hinter den Wolken hervor und übergoß das Land mit seinem silbernen Schein. Wie eine Marmorstatue lag Pilas Körper vor Claudius. Sie war fast unwirklich schön, so ebenmäßig, weiß und anmutig. Er hob seinen Körper etwas, um sie besser betrachten zu können.
»Ist das das goldene Vlies, das schon Alexander der Große gesucht hat?« Seine Finger streichelten zärtlich ihr blondes Schamhaar. Pila streckte ihre Beine und legte ihre Füße auf seine Schultern. »Bleib so liegen, ich möchte dir dabei in die Augen schauen.«
Er schob sein Becken an ihren Körper heran. Pila spürte seinen erigierten Phallus. Seine Hände strichen zärtlich ihre Schenkel hinauf, um dann ihre Hüften zu fassen und sie zu führen.
Für einen Augenblick hielt sie den Atem an, als Claudius in sie

eindrang. Es war, als versinke er in die Lavaglut eines Vulkans. Heiß und feucht fühlte sich ihr Inneres an, als wenn sein Phallus von den Lippen der Göttin Venus umschlossen würde.

Er verharrte, als er spürte, wie sich ihr Körper verkrampfte und sie die Luft scharf einsog. Beruhigend strich er mit den Händen ihre langen Beine entlang, die immer noch auf seinen Schultern lagen. Dann beugte er sich vorsichtig vor, ohne sich von ihr zu lösen und suchte ihre Lippen. Mit einem Arm stützte Pila sich auf den weichen Grasboden auf, mit dem anderen umschlang sie seinen Hals. Seine Lippen waren feucht und heiß, und sie sog seinen Kuß auf wie eine Ertrinkende. Es lag ein tiefes gegenseitiges Vertrauen in dieser Zärtlichkeit, die Pila mit unendlichem Frieden erfüllte.

Langsam streckte sie ihren Körper und beugte den Kopf rückwärts, so daß Claudius ihren langen, schlanken Hals bewundern konnte. »Du bist schön wie ein Schwan«, hauchte er. Er richtete sich auf und umfaßte ihre Hüften. Langsam begann er sich in ihr zu bewegen. Ihr Körper entspannte sich, und jede seiner Bewegungen begleitete sie mit gurrenden Lauten. Mit Verwunderung spürte er plötzlich eine Gänsehaut auf seinem Körper, ein lustvoller Schauder erfaßte ihn bereits dadurch, daß er Pila bei ihrer Vereinigung betrachten konnte.

Während seine Bewegungen heftiger wurden, ließ sie langsam ihre Beine von seinen Schultern sinken. Er umfaßte mit beiden Händen ihr Gesäß und hob es an. Sie stellte die Füße auf den Boden und preßte die Arme unter ihre Hüften, um ihn dabei zu unterstützen. Jetzt kam sie jedem Stoß seiner Lenden entgegen, ihr sanftes Gurren wurde zum lustvollen Stöhnen. Fasziniert betrachtete er ihr entrücktes Gesicht, sie hielt die Augen geschlossen. Ihre Lippen waren leicht geöffnet, und sie befeuchtete sie erregt mit der Zungenspitze. Lustvoll wand sich ihr heller Körper unter ihm in steigender Ekstase.

Plötzlich richtete sie sich auf, öffnete ihre Augen und zog ihn heftig zu sich herunter. Er bedeckte sie mit seinem Körper und spürte, wie ihre Beine sich über seinem Rücken verschränkten. Der Druck ihrer Schenkel wurde stärker und trieb ihn fordernd zu schnelleren Bewegungen. Ihr heftiger Atem streifte seine schweißnasse Haut, ihr Bauch vibrierte, und während er zwei-, dreimal heftig zustieß, bäumte sie sich unter ihm auf. Ihren Schrei erstickte er mit seinen Lippen und hielt ihren zuckenden Körper fest umschlungen. Explosionsartig entleerte sich sein Phallus und verursachte ihm dabei einen bislang unbekannten Schmerz. Gleichzeitig zog ein tiefes Gefühl der Wärme und des Glücks durch seine Glieder. Er wollte sie nie wieder loslassen, sie mit seinem Körper beschützen, mit seinen starken Armen umschlingen.

Ihre Lippen blieben vereint wie ihre Lenden, verharrend in einem unendlich lange währenden Augenblick des gegenseitigen Glücks.

Langsam schoben sich Wolken vor das Antlitz des Mondes, Pilas weißer Körper schien zu verlöschen wie eine Alabasterlampe, deren Öl aufgebraucht war. Die Spannung in ihren Gliedern löste sich, sie streckte sich und kam allmählich wieder in die Gegenwart zurück. Sie hob den Blick und begegnete seinen Augen. Grenzenlose Verwunderung sah sie darin.

»Ich habe nie der Göttin Venus gehuldigt, sondern Mars und Priapus. Doch wenn Venus nur annähernd so schön ist wie du, ergebe ich mich ihrem Zauber. Sie muß es sein, die uns zusammengeführt hat.«

»War es nicht eher Amors Pfeil, der dich ins Herz getroffen hat?« fragte sie lächelnd.

»Seine Pfeile scheinen Blicke aus himmelblauen Augen zu sein.«

Sein Gesicht war sanft und entspannt. Er glich in diesem Augenblick eher einem griechischen Jüngling als einem römischen Gladiator.

Er streckte sich neben ihr im Gras aus und streichelte liebevoll ihren Körper. Dann deckte er seinen Umhang über sie.
»Komm mit unter das Tuch, ich möchte noch einen Augenblick an deinen Körper geschmiegt liegen«, bat sie. Er zog sie eng an sich und spürte ihr heftig klopfendes Herz. Zärtlich berührte er mit den Lippen ihr Gesicht, sanft und spielerisch, beruhigend und ihr Sicherheit gebend. Für Pila waren es Momente der Glückseligkeit, eines Gefühls der inneren Wärme und Geborgenheit.
Claudius blickte zum Himmel. »Wir müssen aufbrechen, Geliebte«, sagte er leise, aber bestimmt. »Der Morgen bricht bald an. Romelia wird dich im Haus vermissen.«
Seufzend erhob Pila sich und legte ihre Kleider an. Auch Claudius zog seine Tunika an und warf den Umhang über. Hand in Hand liefen sie abseits des Weges durch den Olivenhain hinunter ins Tal, wo die Oleanderbüsche blühten.
Wenige Schritte vor dem kleinen Tor in der Mauer, dessen Existenz nur wenige kannten, trennten sie sich. Claudius zögerte. Er beugte sich zu Pila und küßte sie.
»Ich liebe dich, Pila, bitte vergiß das niemals, egal, was geschieht!«
Er wandte sich ab, um über den vorderen Eingang ins Anwesen zu gelangen. Er würde den Trunkenen vorspielen, und keiner würde Notiz von ihm nehmen.
»Claudius«, hörte er Pilas leise Stimme. Er blieb stehen und blickte sich um.
»Ja?«
»Du hast gesagt, du liebst mich. Warum gehst du dann wieder zu Romelia und Athenais zurück? Warum kriechst du in ihre Betten, wenn du es haßt, mit ihnen zu schlafen?«
Claudius senkte den Kopf. »Es bleibt mir gar nichts anderes übrig. Ich habe zwar etwas Geld, aber ich bin nicht reich. Sie

bezahlen mich für die Nächte mit ihnen. Ich lebe davon, daß sie mich aushalten.« Er lachte bitter. »Denn ich kann nicht mehr in die Arena zurück.«
»Warum nicht?«
Claudius schaute ihr tief in die Augen, und in seinem Blick lag eine unendliche Zärtlichkeit und Trauer. »Ich habe plötzlich Angst vor dem Tod!«

Zehntes Kapitel

PILAS LIEBESNACHT

Alles hatte sich verändert, nichts war mehr so wie früher! Das Blau des Himmels leuchtete intensiver, der Duft der Blumen verströmte lieblicher, die Sonne streichelte Pila mit ihren goldenen Strahlen, und der Wind flüsterte ihr ins Ohr: *Claudius! Claudius!*

Ihr Herz flatterte wie ein kleiner Vogel, und das Blut rauschte wie ein wilder Sturzbach in ihren Adern. Nach dieser Nacht im Olivenhain war sie seine Frau. Es gab kein Zeremoniell, wie sie es kannte, er schenkte ihr kein gezäumtes Roß und kein Ochsengespann, sie übergab ihm keine Waffe, doch beide hatten sich etwas geschenkt, das tausendmal wertvoller war: ihre Herzen!

Das Leben unter Romelias strengem Regime erschien ihr plötzlich erträglicher. Sie lebte für die wenigen Momente, die es ihr ermöglichten, Claudius zu treffen. Und Claudius fiel immer wieder etwas ein, um in Pilas Nähe zu sein. Das weitläufige Anwesen bot einige ruhige Plätzchen, wo sie sich ungestört treffen konnten. Und Claudius hatte Phantasie!

Romelia ahnte nichts von den zarten Banden zwischen Pila und Claudius. Es kostete Claudius immense Überwindung, Romelias schier unstillbaren Gelüste zu befriedigen. Immer mehr stieß ihn diese selbstherrliche, kalte Frau ab. Auch wenn sie einen schönen Körper besaß und raffinierte Liebeskünste beherrschte, die jeder Hetäre zum Ruhme gereicht hätten, war sie ihm zuwider. Seine Manneskraft, seine Potenz, die beachtliche Größe seines Phallus, auf die er einstmals so stolz war, wurden ihm jetzt zum Übel. Er wollte sich von Romelia nicht mehr wie einen Lustknaben benutzen lassen. Doch es blieb ihm keine Wahl, wollte er nicht riskieren, in die Kaserne nach Capua zurückgeschickt zu werden.

Pila begab sich zu einer der letzten Sitzungen bei dem Bildhauer in Pompeji, dessen Kunstwerk seiner Vollendung entgegenging. Claudius, der beobachtete, daß Pila allein das Anwesen verließ, folgte ihr. Außer Sichtweite möglicher Beobachter gesellte er sich an ihre Seite.

»Ständig scheinst du vor mir zu flüchten«, klagte Claudius, als er sie außer Atem erreichte. »Wohin eilst du?«

Pila lachte und packte übermütig seine Hand.

»Zur Werkstatt des Bildhauers. Valerius hat ein Standbild in Auftrag gegeben. Ich stehe ihm Modell.«

»Du stehst Modell? Da bin ich aber neugierig.«

»Heißt das, du willst mit nach Pompeji kommen?«

»Natürlich. Jeder Augenblick ohne dich ist ein verlorener Augenblick in meinem Leben. Außerdem muß ich einfach in deiner Nähe sein. Du besitzt mein Herz, vergiß das nicht.«

»Wie könnte ich das vergessen.« Sie blieb stehen. »Oh Claudius, ich ahnte ja gar nicht, wie wunderbar es ist, verliebt zu sein. Es ist, als würde der Himmel auf die Erde fallen, als würden göttliche Wesen über mir schweben und mich führen.«

Er zog sie an sich. »Da sind plötzlich unsichtbare Bande zwischen uns, und sie sind fest, stärker als jede Kette, deren Glieder brechen können, stärker als jedes Seil, dessen Fasern reißen können.« Er küßte sie überschwenglich.

»Wenn uns jemand sieht«, gab Pila zu bedenken.

Claudius seufzte. »Ich möchte es in alle Welt hinausschreien, daß ich verliebt bin.«

»Trotzdem muß es unser Geheimnis bleiben. Es wäre das Ende unserer Liebe, wenn jemand sie entdeckte.«
Unterdessen gelangten sie zum Atelier des Bildhauers. Züchtig hielt Pila plötzlich Abstand zu Claudius und trottete wie seine Sklavin hinter ihm her. Claudius trat in die Werkstatt und begrüßte den Meister.
»Valerius ist leider abwesend, so soll ich das Kunstwerk begutachten und ihm Bericht erstatten«, sagte Claudius und stolzierte wie ein Patrizier herum. Pila biß sich auf die Unterlippe, um nicht laut herauszulachen. Der Künstler verbeugte sich vor Claudius und bat ihn, die Statue zu betrachten.
Claudius unterdrückte einen Ausruf des Erstaunens, als er das fast fertige Standbild erblickte. Eine hochgewachsene schlanke weibliche Gestalt lehnte sich an einen stilisierten Baumstamm, der von Efeulaub umrankt wurde. Der Körper der Figur strahlte eine sinnliche Erotik aus, die ihresgleichen suchte. Ihr dünnes, faltenreiches Gewand war über die linke Schulter gerutscht und entblößte eine der wohlgeformten Brüste. Unter dem Gewand zeichneten sich die sanft geschwungenen Linien der Hüften und der Oberschenkel ab. Mit der anderen Hand raffte die Gestalt das Gewand unterhalb des Bauches und lenkte den Blick des Betrachters auf das Dreieck ihres Schoßes. Das Gewand gab ein schlankes Bein frei, der Fuß wurde von schäumenden Wellen umspült. Das Gesicht der Statue zeigte zweifelsfrei Pilas Züge, ihre wachen Augen, den Mund mit den geschwungenen Lippen, den sie leicht öffnete wie vor einem Kuß, ihre ebenmäßigen Wangen und die zierliche Nase. Das Haar wurde von einem schmalen Diadem gehalten, in langen Wellen fiel es über den Rücken, als sei Venus eben dem Meer entstiegen. Man glaubte, die Tropfen auf den Haarsträhnen abperlen zu sehen.
Claudius umrundete die Figur. Von hinten betrachtet bot sie einen ebenso faszinierenden Anblick. Das rutschende Gewand

gab den schönen Rücken in einer leichten Drehung frei, unter den Falten des Stoffes, der naß am Körper anzuliegen schien, formte sich die ebenmäßige Linie des Gesäßes.
Claudius blickte den Bildhauer bewundernd an. »Das ist wirklich überwältigend«, bekannte er.
Der Künstler lächelte geschmeichelt. »Ich freue mich, daß es dir gefällt, edler Herr. Aber ich hatte dazu auch ein ebenbürtiges Modell. Es ist diese Sklavin. Ihre Schönheit ist wirklich außerordentlich. Ich kann verstehen, daß der Senator sie verewigen lassen will.« Dann ergriff er Hammer und Meißel. Pila hatte sich entkleidet und ein langes Tuch um ihren Körper drapiert, wie es die Statue trug. Sie stieg auf ein kleines Holzpodest und lehnte sich gegen einen Pfosten.
Als Claudius diese göttliche Gestalt in Fleisch und Blut stehen sah, schwanden ihm fast die Sinne. Das konnte keine Sklavin sein, sie war Venus persönlich, mit einer atemberaubenden Sinnlichkeit, göttlich erhaben einerseits, lebensnah und anziehend andererseits. Pila wandte leicht den Kopf. Ihre blauen Augen blickten ihn an, während ihre Lippen sich leicht öffneten. Claudius mußte sich an die Wand der Werkstatt lehnen, um nicht die Fassung zu verlieren.
»Man möchte Kriegsgott Mars persönlich sein, um diese Venus zu lieben«, murmelte er. Er begriff nicht, daß der Bildhauer so ruhig seine Arbeit verrichten konnte, während ihm diese traumhafte Göttin Modell stand.
Es kostete Claudius enorme Überwindung, abzuwarten, bis der Meister Pila nicht mehr benötigte. Sie kleidete sich an und verließ mit Claudius die Werkstatt. Langsam bummelten sie den Weg zurück. Es war noch Zeit. Diesmal hatte der Meister keine zwei Stunden benötigt.
Sie querten eine Brücke, die über einen kleinen Bach führte. Claudius packte Pila am Handgelenk und zog sie von der Straße.

»Komm mit unter die Brücke«, flüsterte er. »Hier sieht uns niemand. Ich möchte einige Augenblicke mit dir allein sein.«
Sie krochen unter die Wölbung der steinernen Brücke. Beidseits des Ufers wuchs dichtes Gras. Claudius breitete seinen Mantel aus, und sie ließen sich darauf nieder.
»Diesen Anblick werde ich niemals vergessen«, flüsterte er und preßte sein Gesicht in Pilas Haar.
»Die Plastik ist ganz hübsch geworden«, erwiderte Pila schmunzelnd.
»Die Plastik? Bei allen Göttern, Pila, die Statue ist traumhaft schön, von Meisterhand angefertigt. Doch ich meine dich, wie du da standest, wie von Götterhand geschaffen. Wenn du wüßtest, wie sehr ich mich nach dir verzehre, es ist ein Feuer, das in mir brennt.«
Sie streichelte sein Haar und nahm seinen Kopf in ihre Hände. Ihre blauen Augen waren den seinen so nahe, daß er meinte, sich darin wie in einem See spiegeln zu können. Die Vereinigung ihrer Lippen war so köstlich, daß Claudius zu zittern begann. Es war kein Rausch der Sinne, sondern ein Gefühl, das tief aus seinem Inneren kam.
Pila spürte seinen warmen Körper an ihrem. Immer, wenn sie Claudius berührte, überkam sie das Empfinden, in Sicherheit zu sein, einen zuverlässigen Schutz um sich zu wissen. Es war weniger die Lust an seinem Körper, sondern die Sehnsucht nach Schutz, die Pila bewog, sich gegen ihn zu pressen. Er strich sanft ihr Gewand von der Schulter, das ihre rechte Brust freigab. Er meinte, die salzigen Wassertropfen des Meeres auf seinen Lippen zu schmecken, als er die zarte Haut liebkoste. Aphrodite, die Schaumgeborene, Venus, die Liebesgöttin, zwei Namen für ein und dieselbe göttliche Gestalt.
»Weißt du, daß die Liebesgöttin Venus und der Kriegsgott Mars durch den Feuergott Vulcanus für immer miteinander verbun-

den wurden?« murmelte er leise. »Durch ein Kettennetz, das Vulcanus über die Liebenden ausbreitet und sie für immer aneinander bindet. Man sagt, Venus sei die Seele, Mars der Körper, Vulcanus das bindende Medium, das Feuer der Leidenschaft.«

»Eure Götter sind sehr menschlich«, erwiderte Pila. Seine Zärtlichkeiten nahmen ihr fast den Atem. Sie zog ihr Gewand etwas hoch, das ihre Beine freigab.

»Ich möchte das Meer sein, das deine Beine umschmeichelt«, sagte er.

»Soviel ich weiß, entstieg Aphrodite dem Wasser und war von ihm getrennt, als sie auf der Erde wandelte.«

»Dann hatte das Meer unstillbare Sehnsucht nach ihr. So wie ich.« Er zog ihre Beine um seine Hüften, und Pila spürte sein heftiges Verlangen.

»Laß uns das Feuer des Gottes Vulcanus spüren, geliebter Claudius. Laß Mars und Venus eins werden.« Ihre Arme umschlangen ihn, ihr Gesicht war seinem nahe, und er spürte ihren heißen Atem. Ihre Umarmung war so voll Inbrunst und Zärtlichkeit, daß beide die Welt um sich herum vergaßen. Es war eine kleine Insel der Glückseligkeit in einem rauhen Ozean der Gewalt.

Nervös schritt Diodoros vor dem Gemach seiner Gattin auf und ab. Seit einer halben Stunde war der berühmte ägyptische Arzt Nerem-ptah bei Athenais. Diodoros hatte sich dazu entschlossen, Athenais von ihm untersuchen zu lassen, um herauszufinden, warum sie ihm keinen Sohn gebar, ja, warum sie überhaupt kein Kind bekam. Seine Familie begann ihn zu verspotten, weil er noch keinen Erben vorzuweisen hatte. Er spielte mit dem Gedanken, Athenais zu verstoßen und sich eine neue Frau zu nehmen. Doch zuvor wollte er die Meinung eines Arztes

hören. Nicht irgendeines Arztes, es mußte ein berühmter sein. Und Nerem-ptah war ein berühmter, denn er war bereits Leibarzt des schmerbäuchigen ägyptischen Königs Ptolemaios VIII. Euergetes und, bis zu dessen Flucht nach Zypern, auch von Ptolemaios IX. Soter.
Nerem-ptah ließ sich Zeit, und Diodoros wurde langsam nervös. Irgend etwas schien nicht in Ordnung zu sein. Endlich erschien der Arzt, und hinter ihm kam sein Gehilfe, der die kleine Truhe mit den ärztlichen Instrumenten trug.
Diodoros wahrte Haltung, obwohl er lieber tausend Fragen gestellt hätte. Nerem-ptah trippelte vor Diodoros her und winkte ihn in einen kleinen Raum. Nur sein Gehilfe durfte ihm folgen, dann schlug er die Tür zu.
»Verehrter Diodoros, deine Gattin ist so gesund, wie man sich eine Frau nur wünschen kann«, begann der Arzt ohne Umschweife. »Ich habe sie lange und gründlich untersucht und sie auch ausführlich befragt.«
»Befragt?« fragte Diodoros befremdet.
»O ja, das ist sehr wichtig, um zu ergründen, ob ihr Zyklus dem des Mondes entspricht.«
»Ihr was?«
Nerem-ptah schwieg und räusperte sich. »Verehrter Diodoros, die Natur der Frau scheint kompliziert, wenn man sie nicht kennt. Doch wenn man in die Geheimnisse eingeweiht ist, sind es keine Geheimnisse mehr. Der Leib einer Frau ist nicht ständig fruchtbar, so wie auch ein Acker im Winter nicht trägt. In seltsamer Weise richtet sich diese Fruchtbarkeit nach dem Wandel des Mondes. Doch das ist normal. Und dies geschieht im Körper deiner Gattin.«
»Aber warum schenkt sie mir dann keinen Erben?«
»Um dir diese Frage endgültig zu beantworten, muß ich auch dich untersuchen.«

»Mich?« Diodoros war aufgesprungen, und sein Gesicht lief zornesrot an. »Was erlaubst du dir? Auch wenn du ein berühmter Arzt bist, so steht es dir keineswegs zu, an meiner Manneskraft zu zweifeln. Und es besteht kein Zweifel daran.«

Nerem-ptah ließ sich von Diodoros' heftiger Reaktion keineswegs aus der Ruhe bringen. »Du wolltest wissen, woran die Kinderlosigkeit deiner Gattin liegt, Diodoros. Ob es dir paßt oder nicht, es liegt in der Natur der Sache. Da deine Gattin offensichtlich gesund und völlig normal ist, gibt es nur zwei Möglichkeiten.«

»Und die wären?« fragte Diodoros gereizt.

»Entweder liegst du deiner Gattin nicht bei, so daß sie gar nicht empfangen *kann* – oder deine Lenden sind taub!«

Diodoros schnappte nach Luft und benötigte einige Augenblicke, um sich zu sammeln. Er fühlte sich zutiefst gekränkt und in seiner Ehre verletzt. Er blickte den Arzt an. Doch für diesen schien es ein ganz normales Problem zu sein.

»Was schlägst du vor?« fragte er etwas gefaßter.

»Ich benötige etwas von deinem männlichen Körpersaft, um ihn zu untersuchen.« Der Arzt reichte Diodoros eine kleine Schale. »Soll ich es tun oder machst du es selbst?«

Diodoros, dem Schamgefühle sonst völlig fremd waren, bekam einen roten Kopf. »Warte hier«, sagte er betreten und nahm die Schale entgegen. Er verließ den Raum und rief nach Nikandros.

Romelia wälzte sich unruhig auf ihrem Bett hin und her. Seit einigen Tagen fühlte sie sich nicht wohl. Ihr Magen rebellierte. Sie ahnte, worauf ihr Unwohlsein zurückzuführen war. Um die Liebesfreuden mit Claudius besonders intensiv zu erleben, nahm sie verschiedene Aphrodisiaka zu sich. Sie trank Unmengen von Wein aus Granatäpfeln, verspeiste die Blüten, die auf den reifen Granatäpfeln saßen, bereitete eine Mixtur aus Minze,

Rose, Tollkirsche und vergorenem Honig zu. Wein würzte sie mit Anis und Mohnsaft. Das alles bekam ihrem Liebesleben gut und dem Magen schlecht. Der Kopf dröhnte, und ihr Bauch wand sich in Krämpfen. Schließlich erbrach sie sich ins Bett.

Pila und Drusilla eilten herbei. Doch Romelia wollte niemanden sehen, so elend ging es ihr. Der eilig herbeigerufene Arzt schüttelte bedauernd den Kopf. »Diät, Ruhe, Schlaf, Enthaltsamkeit«, verordnete er knapp und empfahl einen Sud aus Kamillenblüten und Salbei. Angewidert schob Romelia die Kanne beiseite.

»Laßt mich in Ruhe«, wimmerte sie und zog sich die Decke über ihr verzerrtes Gesicht. »Drusilla, warte vor der Tür! Pila, bring ein frisches Laken!«

Verschreckt huschten die Dienerinnen hinaus.

»Ich geh schon in die Wäschekammer«, sagte Pila. »Ruh dich aus, vielleicht hat sie doch noch einen Wunsch.«

»Das glaube ich nicht. Hoffentlich schläft sie etwas, danach wird sie sich schon besser fühlen.«

»Von mir aus kann sie noch eine Weile daniederliegen. Da haben wir wenigstens Ruhe vor ihr«, flüsterte Pila.

»Da hast du recht. Ich mach es mir inzwischen auf der Bank bequem.« Seufzend hockte sich Drusilla auf eine Bank vor Romelias Schlafgemach.

Die Wäschekammer befand sich im Wirtschaftstrakt der Villa. Der Gang davor war leer, die meisten Haussklaven waren in der Küche beschäftigt. Claudius schlich auf leisen Sohlen, um nicht entdeckt zu werden. Er hatte vor wenigen Augenblicken Pila durch den Gang huschen sehen.

Pila suchte in den Truhen, um ein passendes Laken für Romelia zu finden. Als sie sich vornüberbeugte, um ein Tuch zu entnehmen, spürte sie einen festen Griff um ihre Hüften. Mit einer schnellen und heftigen Bewegung fuhr sie herum, packte die

Handgelenke des Angreifers und stieß ihr Knie in die Lendengegend des Mannes.
»Halt, halt!« rief Claudius erschrocken und sprang zurück. »Willst du aus mir einen Eunuchen machen?«
»Claudius!« Vorwurfsvoll und erleichtert zugleich hielt Pila inne. »Wie kannst du dich so an mich heranschleichen? Das wäre dir jetzt beinahe schlecht bekommen.«
»Das glaube ich auch. Ich sehe, du hast meinen Schutz gar nicht nötig, du kannst dich sehr gut selbst verteidigen.«
»Allerdings. Und jeder Angreifer würde es bitter bereuen. Niemand darf mich ungestraft berühren!« Pila reckte stolz den Kopf.
»Niemand?«
Sie lachte. »Niemand. Und auch du darfst es nur, wenn ich es dir gestatte.«
»Sieh an. Mein hübscher Schwan besitzt die Giftzähne einer Natter. Aber es beruhigt mich ungemein, daß keine fremde Hand an den Körper gelangt, der nur mir geweiht wurde.«
»Geweiht? Die Weihen einer Ehe bleiben mir für immer versagt. Auch wenn ich einmal davon geträumt habe. Doch letztlich habe ich mich nur dir hingegeben. Für mich ist es gleichbedeutend mit einer Ehe. Ich werde dir niemals untreu werden.«
Er schlang seine Arme um sie und blickte ihr tief in die Augen. »Ich bin sehr gerührt, daß du dich als meine Frau fühlst. Nun, Männer schwören ihrer Ehefrau keine Treue, das ist gegen die Natur des Mannes. Aber bei den Göttern, ich gäbe etwas dafür, daß ich es tun könnte. Denn es verlangt mich nach keiner anderen Frau, sei es reiche Patrizierin oder Hetäre. Alle Freuden des Körpers kann ich mit dir erleben. Und nicht nur das. Ich habe festgestellt, daß die Freuden sich unglaublich vermehren, wenn das Herz dabei ist.«
»Warum bist du mir dann nicht treu?«

»In meinem Herzen bin ich es. Mit meinem Körper würde ich es gern sein. Doch ziehe ich mich von Romelia zurück, muß ich auch dich verlassen. Dann bestimmt Lentulus über mein weiteres Schicksal.«
Er zog Pila auf einen Stapel Wäsche, der in einer Ecke auf dem Boden lag. Er warf sich auf den Rücken und bat Pila, sich rittlings auf ihn zu setzen. Sie beugte sich zu ihm herunter und küßte ihn.
»Es ist wohl so, daß unsere Schicksale durch andere Menschen bestimmt werden. Dabei hasse ich es, wenn ich nicht mein eigener Herr sein kann«, fuhr Claudius fort. »Auch wenn ich kein Sklave bin wie die meisten anderen Gladiatoren in der Schule, so habe ich doch keinen freien Willen. Ich bin ein Nichts, ein Werkzeug der Mächtigen.« Seine Hände streichelten zärtlich über Pilas Schenkel.
»Früher glaubte ich, daß die Nornen, die Schicksalsfrauen, über mein Leben entscheiden. Jetzt muß ich erkennen, daß es auch andere Menschen sind, die mein Schicksal bestimmen.«
»Siehst du, so unähnlich sind wir uns doch gar nicht. Was macht es da, wenn wir für einen Moment unser Schicksal selbst in die Hand nehmen und uns an der Köstlichkeit des Augenblicks ergötzen.«
Er umfaßte Pilas Hüften und führte sie sanft über seine erregten Lenden. »Mach mich glücklich, für diesen einen Augenblick«, murmelte er. »Ohne dich ist mein Leben leer wie eine alte Amphore. Fülle es auf mit Honig und Nektar, mit Wein und Myrte! Und schau mir dabei in die Augen!«
Pila lachte. »Dabei mußte ich feststellen, daß die römischen Männer lieber den Rücken ihrer Partnerinnen betrachten.«
»Schau an, du bist sehr gelehrig. Mit Hetären macht man das häufig so. Warum soll ich denen in ihre lieblosen Augen blikken? Du bist meine Geliebte, meine Frau. Du sprichst mit den

Augen zu mir. Durch deine Augen kann ich in dein Herz blicken.«
Pila antwortete nicht. Ihr Atem ging heftig, als sie sich mit ihm zu vereinigen begann. Diesmal übernahm sie die Initiative, und ihre Hände streichelten den unter ihr lustvoll stöhnenden Claudius. Ihre Blicke versanken ineinander. Claudius richtete seinen Oberkörper auf, und Pila lehnte ihre Stirn an seine.
»Ich liebe dich«, flüsterte sie und suchte seine Lippen. Claudius ließ sie nicht wieder los. Auf dem Höhepunkt ihrer innigen Umarmung preßte Pila ihren Kopf auf seine Schulter. Sie hielt die Augen geschlossen, als wolle sie aus dem wunderschönen Traum nicht erwachen.
»Wir wälzen uns hier auf der schmutzigen Wäsche wie zwei liebestolle Hunde«, sagte sie leise. »Dabei würde ich so gern eine ganze Nacht das Bett mit dir teilen.«
»Ich auch«, erwiderte Claudius. »Warum tun wir es dann nicht?«
»Das geht nicht. Ich teile mit Drusilla eine Kammer. Sie wird es bemerken, wenn ich mich hinausschleiche.«
»Kannst du ihr vertrauen?«
»Ich weiß es nicht. Bisher war sie wirklich meine einzige Vertraute. Doch in letzter Zeit mußte ich feststellen, daß ich niemandem trauen darf. Es ist einfach zu gefährlich.«
»Und doch möchte ich dich einmal eine ganze Nacht im Arm halten. Komm in meine Gästekammer, dort sind wir ungestört.«
»Und wenn Romelia kommt?«
»O nein! Romelia läßt mich zu sich kommen. In meine Kammer kommt sie nicht. Dazu läßt sie sich nun doch nicht herab.«
»Also gut, ich werde versuchen, mich fortzustehlen.«
»Versprochen?«
»Ich kann es dir nicht versprechen. Aber ich werde alles versuchen.« Sie schlang ihre Arme um seinen Hals.

»Für diese Nacht würde ich sterben«, flüsterte Claudius ihr ins Ohr.
»Vielleicht ist es sogar günstig. Romelia ist unpäßlich, sie hat sich den Magen verdorben. Ich glaube kaum, daß sie auf irgend etwas Appetit hat, nicht einmal auf dich.«
»Hervorragend! Die Götter sind mit uns!«

Diodoros war ein sehr gebildeter, aber auch ein sehr abergläubischer Mensch. In wichtigen Fragen vertraute er dem Orakel, das sich im Rauschen des Laubes oder in den Weissagungen der Pythia äußerte. Er hatte keine Bedenken, Eichen und Steinen zu glauben, solange die Antworten richtig waren. Diesmal befragte er das Orakel im Apollotempel am Forum von Pompeji, denn es stand viel auf dem Spiel.
Diodoros hatte einige Zeit benötigt, um sich von dem Schock zu erholen, den ihm der ägyptische Arzt Nerem-ptah bereitet hatte. Nicht an Athenais lag es, daß er keine Erben bekam, sondern an ihm selbst! Es war die schlimmste Demütigung, die einem Mann widerfahren konnte. Tagelang hatte er sich zurückgezogen, wollte weder seine Gattin noch Nikandros sehen. Er ging nicht aus, besuchte keinen Sportplatz, sondern brütete dumpf vor sich hin. Letztlich raffte er sich auf, um vom Orakel im Tempel eine Antwort zu erhoffen.
Einmal im Monat konnte das Orakel befragt werden, und Diodoros begab sich mit Opfergaben und einem wohlgefüllten Geldbeutel zum Tempel. Ein Priester reichte ihm eine Bleifolie, in die er seine Frage eingravieren mußte. Das Bleitäfelchen wurde gefaltet und auf der Rückseite die Namensinitialen von Diodoros eingeritzt. Dann warf er das Plättchen in einen Bronzekessel, wo bereits viele andere Täfelchen lagen. Geduldig wartete er. Der Kessel wurde von den Priestern in die kleine Kammer getragen, in der die heilige Priesterin saß. Niemand

durfte sich der Kammer nähern. Erst auf Geheiß der Priester wurden die Fragenden einzeln herangewunken. Sie mußten sich vor einem steinernen Gewölbe niederknien. Dann antwortete die Pythia.

Dem sonst so stolzen Diodoros wurde bang. Gar zu unheimlich war die Zeremonie. Doch er mußte es tun, seine gesamte Zukunft hing davon ab.

Ein Priester rief seinen Namen, und Diodoros erhob sich. Vor der seltsamen Grotte mit den drei Schlitzen kniete er nieder und senkte das Haupt. Zuerst vernahm er nur ein seltsames Heulen, als ob der Wind durch einen Kamin strich. Die Geräusche formten sich zu Worten, und eine unwirkliche Stimme ertönte: *»Wolken kommen, Wolken gehen. Ich sehe den Wind über eine Wiese streifen. Bunte Blumen bewegen sich sacht. Ein Schmetterling läßt sich nieder. Nicht Fremder, nicht Freund, der das Haupt der Attika in Besitz nimmt. Der Schmetterling fliegt davon. Ich sehe die Wiese.«*

Dann verlosch die Stimme wieder im Heulen des Windes. Der Priester bedeutete ihm, sich zu erheben und das Orakel zu verlassen. Mit weichen Knien begab Diodoros sich auf den Heimweg. Er mußte über die Worte des Orakels nachdenken.

In der Nacht überkam ihn ein beunruhigender Traum. Er lief über eine Wiese, auf der bunte Blumen blühten. Doch als er sie genauer betrachtete, entdeckte er, daß jede Blüte die Form eines Gesichtes hatte, eines menschlichen Gesichtes. Eines dieser Gesichter war das von Athenais. Er eilte auf sie zu, aber der Wind wehte die Blütenköpfe in eine andere Richtung. Vergebens streckte er seine Hand nach der Blume mit Athenais' Gesicht aus. Ein Schmetterling taumelte durch die Luft und ließ sich auf der Blume Athenais nieder. Der Schmetterling hatte große bunte Flügel, doch sein Körper war menschlich. Diodoros blickte genauer hin. Die kleine Gestalt des Schmetterlings war ihm nicht fremd, doch er wußte nicht, woher er diese kleine Gestalt kannte. Dann blies der Wind, und der Schmetterling segelte wieder davon. Doch Diodoros blieb auf der Wiese sitzen. Er wähnte sich immer noch dort, als er schweißgebadet erwachte. Irritiert blickte er sich um. Der Morgen dämmerte und warf fahle Schatten in sein Gemach. Was hatte dieser Traum zu bedeuten?

Auch das Orakel sprach von einer Wiese mit Blumen und einem Schmetterling. Doch wer war nicht Fremder, nicht Freund, der das Haupt der Attika in Besitz nahm?

Diodoros wälzte sich auf den Bauch und stützte den Kopf in die Hände. Attika war eine Landschaft in Griechenland, und seine Hauptstadt war – Athen! Und der Name seiner Frau war Athenais – die aus Athen stammende ... Nicht Fremder, nicht Freund nimmt das Haupt der Attika in Besitz. Es ging um Athenais. Ein Schmetterling ließ sich auf der Blüte nieder, ein Schmetterling, der die Blume befruchtete. Nein, nicht er, Diodoros, war es. Wer war dieser Schmetterling? Nicht Fremder, nicht Freund ...

Plötzlich sprang er auf. In diesem Traum wurde ihm der Sinn des Orakels erschlossen. Er eilte hinaus, ließ sich den Wagen anspannen und fuhr nach Pompeji, wo die Familie eines entfernten Verwandten von ihm lebte. Etwas stürmisch verlangte er Einlaß, und als er hinter seinem Onkel dessen gutaussehenden und jungen Sohn stehen sah, der ihn genauso überrascht anblickte wie dessen Vater, wußte Diodoros, daß er am Ziel war. Er packte die Hand des jungen Mannes.

»Solonios, das Orakel hat dich dazu ausersehen. Begleite mich in mein Haus. Du wirst der Erzeuger meiner Kinder sein!«

Die Gästekammer, die Claudius bewohnte, war schlicht, aber sauber und bequem. Ein breites Bett aus Holz nahm den größten Teil der Kammer ein. Eine kleine Fußbank, ein Holzstuhl und eine Truhe, auf der eine Waschschüssel, ein Wasserkrug und eine Öllampe standen, vervollständigten die karge Einrichtung. Durch ein kleines Fenster mit kunstvollem Gitter an der Stirnseite des Raumes fiel das matte Licht der Abenddämmerung herein.

Pila eilte durch den dunklen Gang. Die Götter mußten wirklich mit ihnen sein, denn Romelia hatte Drusilla vor ihrem Schlafgemach postiert, um ihr notfalls auch bei Nacht zur Verfügung zu stehen. Pila war allein! Sie bereitete sich sorgfältig zur Nacht vor, wusch sich gründlich im Sklavenbad und flocht ihre Haare ein, die sie zuvor mit einem Duftwasser besprengt hatte. Dann warf sie sich eine leichte Tunika über und legte sich zu Bett. Sie wartete, bis in den Kammern der Sklaven Ruhe eingekehrt war, dann erhob sie sich und lief hinüber zum Gästetrakt. Leise klopfte sie das vereinbarte Zeichen an der Tür zu Claudius' Kammer und wartete mit hämmerndem Herzen.

Claudius öffnete und riß Pila in die Arme. »Geliebte!« murmelte er und überhäufte sie mit Küssen. Überwältigt ergab sie sich seinen stürmischen Liebkosungen.

Nur allmählich vermochte sie sich aus seiner Umarmung zu lösen. Sie lächelte. »Wir haben noch die ganze Nacht Zeit«, flüsterte sie.

»Dieser Augenblick sollte zur Ewigkeit erstarren«, erwiderte Claudius, der nur ungern seine Umarmung lockerte.

Pila nahm auf dem Rand seines Bettes Platz. Mit anmutiger Bewegung streifte sie eine Sandale ab. Claudius betrachtete sie fasziniert. Er setzte sich auf den Stuhl, um ihr beim Auskleiden zuzuschauen. Sie veränderte ihren Sitz und schlug das andere Bein über. Mit der Hand schob sie ihr Gewand am Bein empor, um die zweite Sandale loszubinden. Ihre Fesseln waren schmal und hell, ihre Haut leuchtete im Dämmerlicht der Kammer. Wieder konnte sich Claudius des Gefühls nicht erwehren, daß

Pila von innen heraus leuchtete, in einem sanften, diffusen Schein wie ein göttliches Wesen. Während sie sich nach vorn beugte und die Sandale abstreifte, rutschte ihr Kleid von der Schulter und gab eine ihrer schönen Brüste frei. Claudius unterdrückte ein Stöhnen und preßte seine Hände zwischen die Knie. Er wollte noch nicht aufspringen, um sie in die Arme zu reißen. Er wollte dieses unvergleichliche Schauspiel genießen.
Pila erhob sich, wobei sie die andere Schulter entblößte. Mit der Hand hielt sie jedoch den feinen Stoff über ihren Brüsten fest und drehte sich um. Langsam glitt das Gewand herab und gab den Blick auf ihren geraden Rücken frei. Im Spiel der Schatten gewahrte er die sanfte Linie ihrer Wirbelsäule, wie sie überging in die volle Rundung ihres Gesäßes. Tänzerisch anmutig drehte sie sich, ihr Profil hob sich jetzt scharf gegen das Viereck des Fensters ab. Sie ließ ihre Hände sinken, und mit ihnen floß der weiche Stoff wie das Wasser eines Quells über ihre Haut. Sein Blick fiel auf ihre festen Brüste, die sich hoben, als sie ihre Hände zum Kopf führte. Mit den Fingern fuhr sie sich durch das Haar, den Kopf zurückgeneigt, während sie sich dabei wieder zu Claudius umwandte. Langsam streckte sie ihm die Arme entgegen, während sich ihr Blick in seine Augen versenkte.
Claudius verfolgte diese sinnlichen Bewegungen mit angehaltenem Atem. Nie zuvor hatte er etwas Schöneres, Anmutigeres gesehen. Er glaubte sich in die Höhen der Olymps versetzt, weil es auf Erden diesen göttlichen Liebreiz nicht geben konnte.
Er sank vor ihr auf die Knie. Mit den Händen umfaßte er ihre sanft gerundeten Hüften und preßte sein Gesicht in ihren Schoß. Tief sog er den Duft ihrer Weiblichkeit ein. Er versuchte nicht, das Zittern, das seinen Körper durchlief, zu unterdrücken. Pila beugte sich etwas vor, um mit den Fingern sein Haupt zu liebkosen. Zärtlich strich sie durch sein Haar, den Nacken entlang bis zu den Schulterblättern. Ihre liebkosenden Hände wan-

derten weiter, über die Schultern und seine muskulösen Oberarme bis zu den Handgelenken. Für einen Augenblick preßte sie seine Hände gegen ihre Hüften, um sie dann mit sanftem Druck an ihrem Körper nach oben zu führen.
Willig ergab sich Claudius dieser verführerischen Initiative. Er fühlte ihren sanft gewölbten Bauch unter seinen Händen, den Ansatz ihres Rippenbogens, ihre festen und doch so köstlich weichen Brüste. Er umfaßte sie zart und liebkoste die vollen Rundungen, während ihre Fingerspitzen an seinen Unterarmen auf und ab strichen. Seine Lippen folgten seinen Händen aus ihrem Schoß über den warmen Bauch. Er spürte das leichte Zucken unter ihrer Haut bei seinen Berührungen und stöhnte verhalten. Ihre Hände schoben sich unter seine Ellbogen und forderten ihn mit sanftem Druck auf, sich zu erheben.
Seine zärtlichen Küsse wanderten hinauf über ihren Körper zwischen die Brüste, die er immer noch voll Inbrunst streichelte. Bevor seine Lippen jedoch die zartrosa Spitzen erreichten, entzog Pila sich ihm kokett und lehnte ihren Körper zurück. Claudius sog heftig die Luft ein. Seine Hände glitten jetzt unter ihren Achselhöhlen hindurch auf ihren Rücken und stützten fest ihren Oberkörper. Mit einem verführerischen Lächeln legte Pila sich in seine Hände und bot ihm ihre Brüste dar. Claudius beugte sich vor, um mit der Spitze seiner Zunge über Pilas zarte Haut zu fahren. Sie seufzte bei dieser Berührung leise auf. Zwischen beiden herrschte tiefes Schweigen. Jedes Wort hätte den Zauber dieses Augenblicks zerstört. Kein Wort hätte jemals das ausdrücken können, was sie beide in ihrer Zweisamkeit fühlten.
Langsam ließen sie sich in dieser verhaltenen Umarmung auf die Kante des Lagers sinken. So saßen sie, sich zugewandt, ihre Hände auf seinen Schultern, seine Arme um ihren Rücken geschlungen. Sie richtete sich etwas auf und neigte ihm den

Kopf zu, die festen Spitzen ihrer Brüste entglitten seinen Lippen. Er spürte die sanfte Rinne des Busens, während seine Zunge ihr Spiel fortsetzte, die kleine Mulde am Schlüsselbein ertastete, um dann an der gestreckten Seite ihres schlanken Halses emporzuwandern, bis er ihr Ohrläppchen zwischen den Zähnen fühlte.

Pilas Atem ging heftig, und die Erregung, die sie gepackt hatte, schien sie zu überwältigen. Doch sie wollte jeden Augenblick seiner Zärtlichkeiten auskosten. Ihre Sinne folgten dem feurigen Pfad, den seine Küsse auf ihrer Haut zogen. Sie befeuchtete ihre Lippen mit der Zungenspitze, weil ihr heißer Atem sie auszutrocknen drohte. Die provokante Langsamkeit seiner Küsse auf ihrem Körper entfachte in ihr ein brennendes Verlangen, das sie als unsagbare Wonne empfand.

Pila zog ihr linkes Bein auf das Lager und preßte es gegen seine Hüfte. Der dünne Stoff ihres Gewandes rutschte nun endgültig von ihren Schenkeln zu Boden. Ein heftiger Schmerz fuhr in seine Lenden, und er suchte Pilas Lippen, um sich gegen diesen übermächtigen Drang zu wehren. Sie hielt ihre Lippen leicht geöffnet, und er spürte die feuchte Zungenspitze dazwischen. Wieder schoß das Blut schmerzhaft in seine Lenden, und er stöhnte voller Verlangen. Ihre Hände glitten von seinen Schultern herab über seine breite Brust, den festen Bauch bis zu seinem heftig pulsierenden Phallus. Er wollte, daß sie ihn berührte, ihn packte, doch Pila strich nur liebkosend darüber. Dann verschränkte sie ihre Arme hinter dem Kopf und lehnte sich zurück, bis sie auf den üppigen Kissenpolstern zu liegen kam. Claudius starrte auf ihren Körper in dieser überaus sinnlichen Pose und krümmte sich unter dem Schmerz, den ihm sein überreizter Phallus bereitete.

Er atmete tief durch und überwand den Drang, sich auf diesen göttlichen Körper zu legen. Statt dessen erhob er sich von der

Kante seines Bettes und blieb daneben stehen. Ebenso langsam, wie Pila sich zuvor entkleidet hatte, öffnete er die Schulterspange seines Umhanges und ließ ihn achtlos zu Boden gleiten. Die silberne Fibel klirrte leise auf dem Stein. Mit einem metallischen Klicken sprang der Verschluß seines Gürtels auf, an dem sein Kurzschwert in einer reichverzierten Scheide und ein schlanker, spitzer Dolch im Lederfutteral hingen. Der wollene Stoff des Umhanges dämpfte den Laut des fallenden Gürtels.
Pila streckte ihren Oberkörper sinnlich auf den Kissen, während sie den linken Fuß auf das Laken des Bettes stellte. Das Bein hielt sie angewinkelt, während sie das andere lässig über die Bettkante hängen ließ. Fasziniert schaute sie zu, wie Claudius seine kurze Tunika abstreifte. Wie damals auf dem Convivium des Valerius empfand sie seinen Körper als wunderschön. Seine glänzende bronzefarbene Haut spannte sich straff über den Muskeln, seine Glieder wiesen ausgewogene Proportionen auf, und seine Bewegungen waren kraftvoll und geschmeidig zugleich.
Er hielt den Körper vom Fenster abgewandt, so daß sie seine breiten Schultern sah, die Linie seines Rückens bis zu dem kleinen, festen Gesäß. Seine Beine waren lang und schlank. Erst als er sich umwandte, erkannte sie die gut trainierten Muskeln seiner Oberschenkel. Seine heftige Erregung war nicht zu übersehen und machte Gott Priapus ernsthafte Konkurrenz.
Pila lächelte in einem Übermaß an Glücksgefühl, als sie Claudius so neben sich stehen sah und streckte verlangend einen Arm nach ihm aus. Die Spitze ihres Mittelfingers berührte sacht seine Hüfte. Diese winzige Berührung ließ Claudius erschauern.
Sein Blick tastete sich von ihrem schlanken Fuß, den sie auf das Laken stützte, über ihre endlos langen, weißen Beine bis zu dem goldenen Dreieck zwischen ihren Schenkeln, das sie ihm unverhüllt darbot. Er schluckte krampfhaft und ermahnte sich zur

Besonnenheit. Er wollte den Zauber des Augenblicks nicht zerstören. Er stand einfach nur da und nahm dieses Bild in sich auf, das er niemals im Leben wieder vergessen würde, ebenso wie den Anblick, den Pila ihm in der Werkstatt des Bildhauers geboten hatte. Es war nicht nur der Körper einer schönen Frau, es war die seltsam sinnliche und doch weltentrückte Aura, die diesen Körper umgab.

Für Claudius gehörte die Erotik zum selbstverständlichen Bestandteil des alltäglichen Lebens, und er betrieb stets einen ungezwungenen Umgang damit. Doch seit er Pila liebte, verspürte er einen tieferen Sinn in dieser Vereinigung zweier Körper. Es verursachte einen seltsamen Schmerz in ihm, angenehm und beängstigend zugleich. Es war nicht die triebhafte, fleischliche Lust, der Drang nach Entspannung seiner Lenden. Fast fürchtete er sich davor, in diesen schönen Körper einzudringen, ihn zu verletzen, ihm weh zu tun.

Er beugte sich über sie und stützte sich auf seine Arme. Jetzt war er ihrem Gesicht nahe und blickte in ihre blauen Augen. Er verspürte ein seltsames Kribbeln, als stürze er plötzlich in einen Abgrund. In diesen herrlichen Augen gab es eine zweite Welt, Pilas Welt. Er wollte sie kennenlernen, er wollte in dieser Welt leben.

Langsam beugte er seine Arme, bis die Haut seiner Brust ihre Brüste berührte. Einen Augenblick verhielt er in der Bewegung und kostete die wonnigen Schauder aus, die ihn bei dieser Berührung durchwogten. Auch Pilas Atem ging schneller, und er spürte diesen Hauch auf seinem Gesicht. Es brachte ihm zu Bewußtsein, daß kein göttliches Traumwesen unter ihm lag, sondern der lodernde und verlockende Körper einer geliebten Frau. Nichts war mehr übrig von der kindlichen Scheu und ängstlichen Scham, die Pila zurückgehalten hatte. Die Liebe hatte auch in ihrem Körper die Begehrlichkeit geweckt, die

Begehrlichkeit nach der Vereinigung ihrer Körper und ihrer Seelen. Denn daß er mit dem Eindringen in ihren Körper auch in ihre Seele eindrang, wurde ihm ganz plötzlich klar, als er in ihre Augen blickte. Er würde dort sein, in ihrer Welt hinter diesen blauen Augen.

Claudius verlagerte sein Gewicht auf seinen linken Arm, während seine rechte Hand zärtlich an Pilas Körper herabwanderte. Erst als er das weiche Schamhaar zwischen seinen Fingern spürte, hielt er inne. Er drängte seine Hand unter Pilas Oberschenkel und hob ihn an, daß ihre Kniekehle in seiner Armbeuge zu liegen kam. Pila richtete sich etwas auf und kam seinen Bemühungen entgegen, sich mit ihr zu vereinigen. Sie umschlang seinen Körper mit einem Arm, während sie sich mit dem anderen auf dem Polster abstützte. Ihre Lippen näherten sich zum Kuß. Claudius spürte Pilas unterdrücktes Zittern, das er diesmal nicht mehr auf Angst, sondern auf Begehren zurückführte. In dem Augenblick, als sich ihre Lippen trafen, vereinigten sich ihre Körper.

Wellenförmig bewegte Claudius seinen geschmeidigen Körper über ihr. Er berührte ihre Haut mit seiner, ohne sie zu drücken, ohne ihr den Raum zum Atmen zu nehmen. Er spürte ihr heftiges Entgegenkommen, als sie seine Bewegungen aufnahm. Er spürte ihr Keuchen und leises Stöhnen mehr, als er es hören konnte. Sie murmelte stumme Worte, die er nicht verstand. Sie beugte sich zu ihm herauf, er zu ihr herunter, ihre Körper bildeten eine fast kugelförmige, geschlossene Einheit wie eine eigene Welt. Sie legte ihre Stirn in seine Halsbeuge, während seine Hand ihre Hüfte unterstützte. Ihre Haut wurde feucht vor Anstrengung und ihr Atem immer heißer. Sie umklammerte ihn mit der freien Hand und gab ihm mit sanftem Pressen ihrer Handfläche auf seinem Rücken zu verstehen, daß er das Tempo steigern solle. Er blickte auf ihr blondes Haar herab, das in einem eigenartigen Schein glänzte, und eine tiefe Zärtlichkeit durchflutete ihn. Sie wollte ihn! Sie wollte es freiwillig, sie ergab sich ihm in einer tiefen, unendlichen Liebe. Er stillte seine Sehnsucht nach ihr, indem er ihren Körper umschlang, ihre Beine um seine Hüften zog und seine Lippen in ihre Halsbeuge senkte. Er verspürte ihren Herzschlag, das Pulsieren des Blutes unter der zarten Haut. Sie war so warm und weich, so lebendig und begehrenswert!

Die Nacht senkte sich über die Liebenden und ließ sie mit der Dunkelheit verschmelzen. So wie ihre Konturen sich auflösten und ineinanderflossen, so flossen auch ihre Körper und Seelen ineinander. Sie konnten nicht voneinander lassen, so stark war ihr Begehren. Pila verspürte mit Erstaunen den süßen Schmerz, den ihr die Vereinigung mit ihm bereitete, ein Schmerz, der nach Vollendung strebte. Mit jeder seiner Bewegungen spürte sie etwas mehr von diesem Verlangen, so als fülle das Meer Welle um Welle ein leeres Gefäß. Dieses Gefäß war ihr Körper, bisher war er leer, unerfüllt, öde. Jetzt wurde er gefüllt mit Gefühl, mit Verlangen, mit Liebe. Sie spürte das Anwachsen ihrer Erregung wie das Ansteigen des Wasserspiegels. Bald mußte der Augenblick kommen, in dem der Druck das Gefäß sprengte.

Seine Bewegungen steigerten ihre Lust ins Unerträgliche. Heftige Wellen überrollten sie, und sie klammerte sich wie eine Ertrinkende an ihm fest. Das Pulsieren ihres Blutes übertrug sich auf ihn. Er spürte, daß er die Kontrolle über seinen Körper verlor. Beide gerieten in eine taumelnde Verzückung, die ihr Bewußtsein trübte, strebten nach dem Höhepunkt, der sie von der unerträglichen Spannung befreien mußte. Das Feuer loderte in ihnen, ein Feuer, das ihre Welt in Brand gesetzt hatte. Es konnte nicht mehr gelöscht werden, es verzehrte sie in schmerzlicher Sehnsucht nacheinander. Und mit der Urgewalt, mit der Gott Vulcanus aus seinem Berg

ausbricht, brach es aus Claudius heraus. Mit einem Aufschrei preßte er seine Lenden gegen ihren Schoß, und ein wilder Schmerz schoß durch seinen Körper. Gleichzeitig ergoß sich ein warmer Strom eines unendlich tiefen Glücksgefühls durch seine Glieder. Es nahm ihm die Kraft, seine Arme knickten ein, und keuchend krümmte er sich über Pila zusammen.
Pila warf den Kopf zurück auf die Kissen und bäumte sich auf wie ein wildes Pferd. Mit ihren Beinen hielt sie seine Hüften umklammert und spürte das Anschwellen der mächtigen Flut. Die Wogen der Lust schlugen über ihr zusammen und schwemmten alle Dämme hinweg, ergossen sich wie Lava in ihrem Körper, durchdrangen jeden Winkel und jeden Zipfel. Der Schrei, der sich in ihrem Bauch sammelte und durch ihre Kehle brach, hallte hinaus in den nachtblauen Himmel.
Unzählige Sterne funkelten am Firmament. Das Universum schien ganz nahe. Claudius strich sanft mit der Hand über Pilas Gesicht. Zwischen seinen Fingern spürte er Feuchtigkeit.
»Du weinst?« fragte er erschrocken.
»Ja«, hauchte sie. »Vor lauter Glück.«

Es war in der Morgenstunde, als Athenais mit Acme zu Romelia eilte. Drusilla wollte die Besucherin abwehren, doch Romelia bat sie, einzutreten.
Athenais blickte voll Mitleid auf Romelia herab. Diese lag bleich wie ihre weißen Laken auf dem Bett dahingestreckt. Ihre Hände hingen kraftlos herunter, und ihr Blick irrte zwischen der bemalten Decke ihres Gemachs und Athenais hin und her.
»Ich bin untröstlich, weil ich dir nicht helfen kann, liebste Freundin«, klagte Athenais und tätschelte Romelias kalte Hand. »Aber alle Medizin weist du ja zurück. Dabei hat mir meine Sklavin Acme einige Pülverchen zusammengestellt, die dir bestimmt helfen würden.«

»Laß mich mit diesem Zeug in Ruhe! Mein Körper ist schon genug vergiftet. Es muß nur alles herausgeschwemmt werden. Ich habe mich viele Male übergeben, es ist nichts mehr in mir, was mir noch schaden könnte.«
Athenais verzog das Gesicht. »Aber du mußt wieder zu Kräften kommen. Dir fehlt ein kräftiges Mahl aus Weizen und Fleisch und ...«
»Uaahh, hör auf! Mein Magen stößt mich unsanft von innen. Erzähle mir lieber etwas Erfreuliches! Lenke mich von meinem Unwohlsein ab!«
»Oh, da gibt es etwas, das ich dir noch nicht erzählt habe«, sprudelte Athenais heraus und senkte die Stimme. »Ein ägyptischer Arzt hat mich untersucht, weil ich meinem Gatten keine Kinder schenken kann. Doch stell dir vor, er hat festgestellt, daß ich völlig gesund bin.«
»Nein! Wie das?«
Athenais kicherte. »Ganz im Gegenteil. Der Acker scheint gut vorbereitet. Du hattest völlig recht. Die lieblichen Stunden mit deinem hübschen Gast haben mir wirklich zum Guten gereicht.«
»Siehst du! Und erst hast du dich geziert und lieber den Göttern vertraut.«
»Ganz sicher haben die Götter auch dazu beigetragen. Mein Körper ist nun bereit, ein Kind zu empfangen.«
»Doch warum hast du dann bis jetzt noch keines bekommen?« fragte Romelia, schon wieder ganz die alte.
»Weil es an Diodoros liegt! Sein Körpersaft taugt nichts, sagt der Arzt.«
»Also doch«, murmelte Romelia. »Wußte ich es doch.«
»Was sagst du?«
»Ach nichts, liebste Freundin. Natürlich habe ich mir auch schon Gedanken gemacht, warum es denn nicht klappen will mit

einem Erben für Diodoros. Ich glaube, daß es an seiner seltsamen Beziehung zu Nikandros liegt.«
»Das verstehe ich nicht. Was hat Nikandros damit zu tun?«
»Na, was wohl? Die Götter haben es so eingerichtet, daß ein Mann sich mit einer Frau vereinigen muß. Alles andere ist nicht nach dem Willen der Götter. Und ungesund obendrein. Daß er seine Säfte immer nur vor Nikandros verströmt, hat ihn krank gemacht. Sein Körpersaft ist ranzig geworden.«
»Ist das wirklich wahr?« staunte Athenais. »Aber viele Männer haben doch Knaben zur Erziehung.«
»Erziehung? Daß ich nicht lache! Die griechischen Männer wissen nur nicht mit einer Frau umzugehen, deshalb nehmen sie sich Knaben. Oder hat dein Gatte dir einmal so beigewohnt wie es Claudius getan hat?«
Athenais' Blick verklärte sich. »Claudius? Oh nein, so wie Claudius ist er nicht. Wenn er so wie Claudius wäre ...«
»... hätte er schon längst seinen Erben. Doch wie soll es nun weitergehen?«
»Ganz einfach. In Pompeji wohnt ein Onkel meines Gatten mit seiner Familie. Er besitzt einen Sohn namens Solonios. Solonios ist noch jung und ...«, Athenais kicherte wieder, »... er sieht wirklich gut aus. Fast so männlich wie Claudius.«
»Und der soll ...?«
Athenais nickte heftig. »Ja. Diodoros hat ihn in unser Haus gebracht und mir vorgestellt. Er gehört ja zu Diodoros' Familie. Er wird die Kinder zeugen, die Diodoros dann als seine eigenen anerkennen wird.«
Romelia blickte Athenais sprachlos an. Sitten hatten diese Griechen!
»Willst du damit sagen, daß du mit Claudius nicht mehr nächtigen willst?«
Athenais ergriff Romelias Hand. »Ich bin dir sehr dankbar für

deine uneigennützige Hilfe, liebste Romelia. Und du hast mir tatsächlich geholfen. Ich werde mich nun mit Freuden dem Vetter meines Gatten hingeben, bis die Frucht unserer Bemühungen in meinem Leib wächst. Ich brauche nicht mehr heimlich in deine Gemächer zu schleichen, muß meine Dienerin nicht in Träume versenken. Ich werde ganz offiziell neben Solonios liegen.«

Romelia ließ sich wieder in ihre Kissen fallen. So war das also! Sie hatte ihre Freude gehabt, nun benötigte sie Claudius nicht mehr und Romelia wohl auch nicht.

»Ich wünsche dir viel Freude dabei«, sagte Romelia spitz, und ihr Blick glitt wieder leidend und kraftlos zur Decke. »Laß mich jetzt allein, ich möchte schlafen.«

»Es tut mir leid, wenn ich dich mit meinen Erzählungen überanstrengt habe«, beeilte sich Athenais zu versichern.

»Nein, nein«, widersprach Romelia matt. »Es war sehr interessant. Doch nun brauche ich dringend Ruhe.«

Athenais erhob sich. »Ich wünsche dir gute Besserung. Und hier habe ich dir ein Fläschchen mit Wein und geriebener Schlangenhaut mitgebracht. Das bringt dich wieder auf die Beine.« Sie stellte die Phiole auf den Tisch.

Als Athenais durch die Tür entschwunden war, sprang Romelia von ihrem Lager auf und warf die Phiole wütend gegen die Wand. »Elende Giftmischerin! Verräterin! Laß dich nicht wieder bei mir sehen!« tobte sie. Nein, sie wollte etwas ganz anderes! Nun hatte sie Claudius für sich allein, ganz allein! Jetzt mußte er sie endlich entführen! Sie hatte keine Lust mehr zu diesem langweiligen Spiel zwischen den Schlafzimmern, sie wollte endlich etwas Aufregendes erleben! Sie würde sich von Claudius entführen lassen und eine abenteuerliche Flucht begehen. Dabei würde sie in Augenblicken höchster Gefahr in seinen Armen liegen, und sie würde dieses Kribbeln spüren, diesen Taumel zwischen Tod und Leidenschaft, zwischen Angst und Sinnesrausch. Jetzt sofort mußte es geschehen! Nicht einen Augenblick länger wollte sie warten!

Sie sprang aus ihrem Bett und riß die Tür ihrer Kammer auf, daß Drusilla vor Schreck von ihrer Bank purzelte.

»Bleib liegen, du Speckrolle!« brüllte Romelia sie an und stürmte mit wehenden Gewändern durch die Gänge hinüber in den Gästetrakt der Villa. Ohne anzuklopfen, öffnete sie die Tür zu Claudius' Kammer – und erstarrte. Sie sah seinen breiten Rücken und seine starken Arme, in denen ein weibliches Wesen lag. Pila! Romelias Schreckensschrei ging in Wutgeheul über.

»Du elende falsche Schlange!« schrie sie und packte Pila an ihren Haaren. Mit einem gewaltigen Ruck zerrte sie die Unglückliche aus Claudius' Bett. Pila stürzte hart auf den Fußboden, wo die Kleidung des Gladiators achtlos verstreut lag. Obenauf lag sein Gürtel mit dem kurzen Dolch. Romelia riß den Dolch aus der Scheide und holte aus, um auf Pila einzustechen. Mit einem Satz sprang Claudius aus dem Bett und fiel Romelia in den Arm.

»Mach dich nicht unglücklich!« rief er.

»Das ist meine Sklavin, und ich kann mit ihr machen, was ich will!« schrie Romelia rasend vor Zorn. »Ich bringe sie um, ich bringe diese elende Hure um!«

Sie kämpfte mit Claudius um das Messer in ihrer Hand, ohne Pilas Haar mit der anderen loszulassen. Mit einer heftigen Bewegung brachte sie Claudius eine Schnittwunde am Arm bei, so daß er für einen Augenblick zurücktaumelte. Diesen Moment nutzte Romelia aus. Mit einem kräftigen Schnitt trennte sie Pila den Zopf ab. Während Pila entsetzt aufschrie und zu spät schützend ihre Arme über den Kopf warf, brach Romelia in ein unartikuliertes Siegesgeschrei aus, wobei sie Pilas Haar wie eine Trophäe in der Luft schwenkte.

Der Lärm hatte die Wachen auf den Plan gerufen, die sich jetzt in der Türöffnung der Gästekammer drängten.
»Nehmt sie gefangen, diese elende Sklavin. Sie hat mich angegriffen! Sie soll sofort in die Arena gebracht werden. Ich will sie sterben sehen!«
Die Wachen packten die am Boden liegende Pila grob und rissen sie hoch.
»Claudius! Hilf mir!« schrie Pila in Todesangst.
Doch Claudius blieb stehen, und sein Gesicht versteinerte sich maskenhaft. Wortlos starrte er auf Pila, die von den Wachen aus der Kammer geschleift wurde.
»Claudius! Hilf mir doch!« gellten ihre Schreie in seinen Ohren. Er jedoch umfaßte Romelias Schultern und zog sie an sich. »Beruhige dich, Romelia. Eine Sklavin ist es nicht wert, daß du derart außer Kontrolle gerätst. Wo ist dein kühler Edelmut geblieben? Leg dich zu mir, ich will dich ein wenig trösten.«
Pila, die diese Worte noch vernommen hatte, fühlte sie wie Peitschenhiebe.
»Claudius! Was sprichst du da? Du Verräter! Claudius!!!« Ihre verzweifelten Schreie hallten durch das ganze Haus. Ihre Beine versagten, und die Wachen schleiften sie über den rauhen Boden durch den Wirtschaftstrakt, um sie zu fesseln und in die Katakomben der Arena von Pompeji zu bringen.

Elftes Kapitel

DIE FLUCHT

Claudius packte Romelia fest an den Schultern und stieß sie unsanft auf sein Bett. Er warf sich auf sie, daß es ihr fast den Atem nahm. Ihre grazile Gestalt verschwand völlig unter Claudius' muskulösem Körper. Fast brutal preßte er seine Lippen auf ihren Mund.

»Wo warst du, herrliches Weib? Warum ließest du nicht mehr nach mir rufen?« murmelte er neben ihrem Ohr und drückte sie gewaltsam auf die Matratze. »Ich glaubte, du begehrst mich nicht mehr.«

Romelia traten fast die Augen aus den Höhlen, und sie wähnte sich unter einem Felsblock eingeklemmt.

»Ich ... ich ... kriege keine Luft«, japste sie.

»Oh ja, ich bin eifersüchtig auf die Luft, die du atmest, holde Schöne. Auf alles bin ich eifersüchtig, das Wasser, das über deine Haut perlt, den Wind, der dich umschmeichelt, die Sonne, die dich küßt.«

»Laß – laß mich – doch mal atmen!« Mit letzter Kraft schob Romelia seinen Körper beiseite und rang nach Luft. »Was tust du denn, du Verrückter?«

Noch bevor Romelia sich erholen konnte, warf sich Claudius wieder auf sie und drängte sein Knie zwischen ihre Beine.

»Ja, ich bin verrückt nach dir, du hast mich völlig verrückt gemacht mit deiner Sinnlichkeit! Ich begehre dich so, und du läßt mich zappeln wie einen Fisch auf dem Trockenen. Romelia, warum tust du mir das an? Warst du nicht immer zufrieden mit mir?«

»Ja – bin ich – doch auch!«

»Dann laß mich dich lieben, laß uns miteinander Spaß haben wie vorher, damit ich mich nicht mit niederen Frauen begnügen muß. Ich will nur dich – dich – dich!« Claudius schüttelte heftig Romelias zarten Körper.

»Oh, du bist so wild, so leidenschaftlich!« ächzte sie, und ein Wonneschauer jagte durch ihren Körper. »Beweise mir deine Liebe, und entführe mich endlich!« Sie schlang ihre Arme um Claudius und war fast einer Ohnmacht nahe, weil sie kaum atmen konnte.

»Ja, Liebste, es wird wohl so sein, daß wir füreinander bestimmt sind. Noch niemals fühlte ich eine derartige Leidenschaft, wenn ich einer Frau beiwohnte. Geht es dir ebenso?«

»Ja, ja«, röchelte sie. »Stütz dich doch auf, bitte!«

»Nein, ich möchte dich ewig in meinen Armen halten, dich nie wieder loslassen!«

»Du bist so grob«, stöhnte Romelia.

»Stört dich das? Ich glaubte zu bemerken, daß es dir bisher immer gefallen hat.«

»Ha-ha-hat es auch. Du bringst mich ja um!«

»Ich möchte mit dir sterben, so rasend bin ich in deinen Armen!«

»Aber ich – will nicht – sterben! Ich will mit dir fliehen!«

Claudius stützte sich auf seine Arme und betrachtete Romelias Gesicht. Das Weiß ihrer Augen war rot angelaufen, ihre Lippen hatten sich bläulich verfärbt. Ein hartes Lächeln umspielte seinen Mund.

»Gut, dann werden wir fliehen. Heute Nacht!«

Er rollte von ihrem Körper herunter und streckte sich neben ihr aus. Romelia krümmte sich zusammen und hustete. Es dauerte eine geraume Weile, bis sie genug Atem geschöpft hatte, um zu antworten.

»Ich war krank, Claudius. Es hatte nichts mit dir zu tun, mein Magen hat rebelliert. Ich ahnte nicht, daß du es dir zu Herzen nehmen würdest.«

»Was glaubst du, mit wem du es zu tun hast? Ich bin ein stolzer Mann, und ich mag es nicht, wenn mich eine Frau hintergeht. Also krank warst du? Hast du noch Schmerzen?«

Er stieß seine Hand unsanft in ihren Bauch. Mit einem Schmerzlaut krümmte sich Romelia wieder zusammen.

»Nein, Geliebter, es ist nicht der Rede wert«, stöhnte sie.

»Ich frage nur, ob du die Strapazen der Flucht auch überstehen wirst«, meinte Claudius lakonisch.

Romelia warf sich herum und umschlang seinen Hals.

»Natürlich werde ich das. Ich habe es mir immer schon gewünscht. Jede Nacht träume ich davon, daß du mich entführst, mich raubst wie ein Satyr eine Mänade, die unter dem Baum schläft. Und dann begehrst du mich mit jeder Faser deines Körpers.«

»So ist es, holde Romelia.« Er packte ihren schlanken Hals mit beiden Händen. »Ich werde rasend, wenn ich dich in meinen Händen halte, ich verliere alle Sinne, wenn ich dich spüre. Welch ein übermächtiges Gefühl!«

Er drückte seine Finger zu, und Romelia riß in Panik die Augen auf. Ihre Zunge quoll aus dem Mund. Verzweifelt versuchte sie mit ihren Fingern, seine Hände von ihrem Hals zu lösen. Endlich ließ Claudius von ihr ab. Er riß sie vom Lager hoch, zerrte sie bäuchlings über seine Knie und hob ihren Rock über ihr blankes Hinterteil.

»Es ist ein beliebtes Spiel in den Lupanaren, die Leidenschaft durch Züchtigung anzuheizen.«

Er klatschte mit der flachen Hand kräftig auf ihr Gesäß, mit der

anderen Hand hielt er sie fest. Romelia quiekte laut, was Claudius veranlaßte, ihr weitere Schläge zu versetzen.
»Sag, verspürst du nicht Lust dabei?« fragte er und setzte sein Spiel fort. Seine Schläge brannten auf Romelias Haut. Sie krallte sich im Laken fest.
»Hör auf, du tust mir weh!« jammerte sie.
»Ich habe doch erst angefangen. Bist du so verweichlicht? Dabei ist es nur meine Hand. Warte, wenn ich erst meinen Gürtel dazu nehme. Er ist aus der Haut eines Nilpferdes gefertigt. Du willst mir doch nicht den kleinen Spaß verderben?«
»Nein, oh, es macht Spaß, ja, es gefällt mir!« wimmerte sie.
»Na also, wußte ich es doch!« Weitere Schläge klatschten auf ihre Gesäßbacken. »Ich wußte, daß wir im Bett zueinander passen. Du magst es doch, dich vergewaltigen zu lassen, du willst doch einen Stärkeren spüren, nicht wahr? Glaubst du, der Kampf in der Arena ist Spaß? Ich bin nicht umsonst der beste Gladiator in Rom!«
Mit einem Ruck warf er Romelia von seinen Knien herunter auf den Fußboden. Er sprang auf, riß sein Kurzschwert aus der Scheide und setzte die Klingenspitze an Romelias Kehle. Mit einem Fuß trat er auf ihren Körper und preßte sie auf den Boden.
In Todesangst blickte sie zu ihm auf. Er stand groß und mächtig über ihr, völlig nackt und schön wie Mars, mit kaltem Gesicht und gezogenem Schwert. Sie spürte das scharfe Eisen an ihrem Hals, und sie ahnte, wie ein Gegner sich fühlte, den Claudius bezwungen hatte. Was für ein Mann!
Lust, Angst und Schmerz ließen sie zittern, doch sie konnte ihre Augen nicht von ihm wenden. Und wenn es das letzte war, was sie in ihrem Leben sah, es hatte sich gelohnt.
»Ich will alles tun, was du sagst, mächtiger Claudius«, hauchte Romelia. Sein Gesicht war ernst, hart, brutal. Seine Hand zitterte

keinen Augenblick, und seine Muskeln spielten unter seiner Haut.

Ein verächtliches Grinsen verzog seinen Mund. »Keiner da, der den Daumen nach oben hebt?« fragte er sarkastisch.

»Ich ergebe mich dir«, winselte Romelia.

Claudius nahm seinen Fuß von ihrem Leib und zog das Schwert zurück. Er steckte es wieder in die Scheide und warf sie achtlos auf seine Kleidung, die auf dem Boden lag.

»Also, dann paß auf, schönes Kind«, sagte er und beugte sich zu ihr herunter. Romelia hockte zusammengesunken auf dem Fußboden und nickte. »Du packst jetzt ein kleines Bündel an Kleidung zusammen, aber nur schlichte, einfache Kleider und den dunklen Mantel, den du im Tempel des Bacchus getragen hast. Du darfst nicht auffallen! In einen Beutel stopfst du Geld und Schmuck, kein Geschirr, nichts Schweres, verstanden?«

Wortlos nickte Romelia. »Dieses Bündel packst du allein, nicht deine Dienerinnen! Sie dürfen davon nichts bemerken. Du verhältst dich heute wie immer. Am Abend schickst du Drusilla schlafen. Gib ihr am besten einen Schlaftrunk wie dieser ägyptischen Sklavin. Dann schleichst du dich aus dem Anwesen. Etwa eine Meile von hier steht ein alter Olivenbaum neben einem Tempel des Vulcanus. Dieser Baum ist hohl. Dort hinein packst du dein Bündel. Dann wendest du dich nach Picentia. Etwa zwei Meilen vor der Stadt befindet sich eine Herberge, keine besonders komfortable, aber man stellt dort keine Fragen. Du quartierst dich ein und wartest auf mich!«

»Aber – aber – ich dachte – du entführst mich von hier ...«

»Soll ich mich von deinen Wächtern aufspießen lassen? Ich hatte dir mehr Geisteskraft zugetraut, liebste Romelia!«

Sie senkte den Kopf, ohne sich zu rühren. Während Claudius sprach, hatte er sich angekleidet und lief nun in der kleinen Kammer auf und ab.

»Ich besorge zwei Maultiere, packe dein verstecktes Bündel darauf und entführe dich aus der Taverne. Wir schlagen uns von Picentia aus zur Via Appia durch. Wir reisen nach Brundisium, wo wir auf ein Schiff gehen. In Brundisium kannst du selbst wählen, wohin wir flüchten werden.«

Romelia hatte ihm schweigend zugehört. Es klang alles sehr vernünftig und plausibel. Die Diener würden ihre Flucht erst am nächsten Morgen bemerken, da waren sie schon auf dem Weg nach Brundisium.

»Aber ist es nicht gefährlich, auf der Via Appia zu reisen?« wagte sie einzuwenden.

»Eben nicht. Wenn du die Kleidung einer einfachen Frau wählst und ich die eines Handwerkers, fallen wir in dem Gewimmel nicht auf. Wichtig ist, daß du genug Geld einpackst. Ich muß den Kapitän bestechen und sicher noch allerhand Wachen unterwegs. Vielleicht müssen wir die Via Appia doch verlassen. Mit den Maultieren kommen wir schneller vorwärts.«

»Warum nehmen wir keinen Wagen?«

»Und fallen auf? Nur reiche Leute fahren schnelle Wagen. Für einige Zeit mußt du dich mit der Rolle der bescheidenen Handwerkersfrau begnügen. Oder kannst du das nicht?«

»Doch, doch!« beeilte sich Romelia zu versichern. »Das ist wirklich alles aufregend.«

»Allerdings. So ein Abenteuer erlebt nicht jede Frau. Darauf kannst du dir etwas einbilden. Mit einer Sänfte oder einem *cisium* zu reisen ist keine Kunst. Aber jeder Passant kann sagen, wann du vorbeigekommen bist. Eine Handwerkerfamilie auf Maultieren hingegen fällt nicht auf, weil davon Hunderte am Tag auf der Via Appia unterwegs sind.«

»Du bist nicht nur schön und mutig, sondern auch klug«, gab Romelia zu.

Claudius lächelte selbstbewußt. »Natürlich, oder dachtest du, ich kann nur kämpfen? Schon lange habe ich den Plan ausgeklügelt, um ihn bei Bedarf sofort zur Hand zu haben. Für solch eine Entführung braucht man nicht nur Muskeln, sondern auch Köpfchen!«

Langsam erhob sich Romelia, ohne ihren schmachtenden Blick von ihm zu lassen. »Ich bin überrascht«, murmelte sie. »Doch sage mir, warum muß ich das Bündel vorher verstecken?«

»Warum?« Claudius blickte mit überheblicher Miene auf sie herab. »Sollen wir das Vermögen gleich zu Anfang unserer Flucht verlieren? Du bist nur eine schwache Frau, und diese Herberge hat nicht den besten Ruf. Für einige Stunden hast du keinen Mann in deiner Nähe, der dich und dein Vermögen beschützt. Im Morgengrauen hole ich dich. – So, und jetzt habe ich Hunger. Ich muß mich für diesen Kampf stärken. Ich hoffe, deine Küche hat etwas zu bieten.«

»Selbstverständlich.« Romelia eilte aufatmend hinaus, um Anweisungen zu treffen. Sie beauftragte Drusilla, sich um Claudius zu kümmern. Dann verschwand sie in ihren Gemächern, um die Reisevorbereitungen zu treffen, wie Claudius es ihr aufgetragen hatte.

Das Amphitheater von Pompeji war nur klein. Seit Jahren forderten die Bürger den Bau einer größeren Arena, die dem wachsenden Status der Stadt gerecht wurde. Längst platzte das Theater aus allen Nähten, wenn Gladiatorenspiele veranstaltet wurden, und immer wieder kam es zu heftigen Protesten derjenigen, die keinen Platz im Zuschauerrund gefunden hatten. Gladiatorenspiele erfreuten sich großer Beliebtheit, zumal die berühmte Schule von Capua nicht weit entfernt lag und aus dem Süden über den Seeweg zahlreiche exotische Tiere für die Kämpfe und Tierhetzen kamen.

Unter der alten Arena befanden sich Verliese für Gefangene,

flüchtige Sklaven und verurteilte Verbrecher. Hierher schleppten Wachleute und Soldaten die unglückliche Pila. Eine Gegenwehr oder gar Flucht war zwecklos, Pila wurde sofort in Ketten gelegt und wie ein Tier aus Romelias Villa gezerrt. Es war weniger die Demütigung ihrer erneuten Gefangenschaft und die Aussicht auf einen sicheren und qualvollen Tod, der Pila verzweifeln ließ. Es war Claudius, der sich im Augenblick der Überrumpelung sofort von seiner Geliebten abgewandt und die verhaßte Romelia in seine Arme gezogen hatte. All seine Worte, seine Zärtlichkeiten, seine Liebesschwüre waren Lügen, nichts als glatte, grausame Lügen!

Enttäuschung, maßlose Wut, Entsetzen schlugen um in eine schreckliche, quälende Verzweiflung. Kein Peitschenhieb, keine Kette, keine Fessel, kein Fußtritt der grausamen Soldaten schmerzte mehr als Claudius' Verrat. Er hatte ihre Liebe verraten, das einzige und wichtigste, das sie ihm geschenkt hatte, ihr Herz, ihre Seele, ihre Liebe, ihr Leben verraten!

Sie war nicht mehr in der Lage, ihre Umgebung wahrzunehmen, den staubigen Weg, den sie oft mit Claudius nach Pompeji gegangen war, die kleine Brücke über den Bach, unter der sie sich geliebt hatten. Sie sah weder die schnurgerade, gepflasterte Straße durch die Stadt mit den kleinen Geschäften zu beiden Seiten, den Tuchmachern, Silberschmieden, Töpfern, Bäckern, den Getreidemühlen, Ölpressen, Wohnhäusern, Lupanaren – noch die Menschen, die gaffend stehenblieben, mit den Fingern auf sie zeigten und sich auf die nächsten Spiele in der Arena freuten, bei denen die verurteilten Verbrecher, aufmüpfigen Sklaven und die vielen fremden Gefangenen gegen wilde Tiere kämpfen mußten.

Halb ohnmächtig wurde Pila in das unterirdische Verlies gezerrt, wo sie den Aufsehern übergeben wurde. Für die Verurteilung der Sklavin reichte Romelias mündliche Aussage.

Pilas Gedanken liefen langsam und quälend wie ein zäher

Lavastrom in ihrem Kopf. *Claudius, Claudius, warum hast du mir das angetan? Sollte ich mich so in dir getäuscht haben? Du besitzt es doch nicht, das Herz, das du mir angeblich geschenkt hast. Es war ein Trugbild, ein Nebelfetzen wie die Elfen im Moor. Im Augenblick meines Todes wird meine Seele als schwarzer Käfer aus meinem Mund kriechen und in die Lüfte fliegen, hin zu Romelia, hin zu Claudius. Und dann wird diese Seele ihnen Alpträume bescheren, drückende, gräßliche Träume, die im Wahnsinn enden.*

Mit reglosem, kaltem Gesicht packten die Aufseher das Mädchen und schleiften es in eine kleine, feuchte Kammer. An der Wand waren Ringe befestigt, durch die ein Aufseher die Kette der Gefangenen zog. Sie konnte sich kaum bewegen, gerade mal auf die Knie sinken, auf den nackten, schmutzigen Steinfußboden unter ihr. Ein beißender Gestank lag in der Luft. Die Aufseher schlossen ein hohes Eisengitter vor der Kammer und ließen die Verzweifelte allein.

In einem Anflug von Aufruhr gegen ihr grausames Schicksal bäumte Pila sich auf. Die Ketten klirrten, und die eisernen Fesseln schnitten ihr tief ins Fleisch der Arme und Beine. Ein lautes Brüllen war die Reaktion auf ihre Bewegung – Löwen! Irgendwo in der Nähe, im Dunkel der Kerker, warteten Löwen und andere Bestien auf ihren Tag, den Tag, an dem sie Pila gegenüberstehen würden. Und diese Bestien hatten bei weitem die besseren Chancen, denn Pila würde sich nicht einmal wehren können; man würde sie mit Ketten an einen Pfahl fesseln, wo die wilden Tiere sie bei lebendigem Leib zerrissen.

Ihre Fäuste ballten sich in ohnmächtiger Angst. Sie wünschte sich, noch im Verlies zu sterben, um dem grausameren und schmachvollen Tod in der Arena zu entgehen. Doch sie war gesund und kräftig, gut genährt, und die Ketten hatten die Wärter so angebracht, daß sie sich nicht damit selbst richten konnte. Sie versank in tiefe Verzweiflung und Resignation.

Romelia packte sorgfältig ein Bündel mit einfacher Kleidung, die sie selbst aus der Wäschekammer holte. Drusilla war mit der Bewirtung von Claudius beschäftigt, so daß Romelia unbeobachtet war. Keiner der anderen Sklaven achtete darauf, was Romelia trieb. Es war ihr Haus, und sie konnte darin tun und lassen, was sie wollte. Sie fand einfache Kleider, dunkle Stoffe, die für die Sklavenkleidung bestimmt waren. Daraus fertigte sie mit wenigen Nähten einige Tunikas, wie sie die Frauen des freien Standes trugen. Dieses Bündel verstaute sie in einer ihrer Truhen und packte ihre wertvollen und reichbestickten Stoffe obendrauf.

Dann ging sie daran, ihren Schmuck und alle Münzen, die sie im Haus auftreiben konnte, in einen Stoffbeutel zu sammeln. Ihre Hände zitterten vor Aufregung, und ihr Atem ging schneller. Schon so lange drängte sie Claudius, sie zu entführen. Doch jetzt, wo es soweit war, klopfte ihr Herz bis zum Hals. Heute morgen hatte sie einen Eindruck davon gewonnen, wie grausam Claudius sein konnte. Es war etwas anderes, ob man als Zuschauer den brutalen Kampf beobachtete, oder ob sich einer dieser harten Kerle über einen selbst beugte und einem das Schwert an die Kehle setzte. Romelia zitterte noch jetzt bei dem Gedanken daran. Und der Angstschauder wich einem wollüstigen Kribbeln, als sie an seinen nackten Körper dabei dachte. Sie hatte den schönsten, brutalsten, begehrenswertesten und faszinierendsten Entführer gefunden, den es in Rom gab. Und er würde sie, Romelia, die zarte Gattin des verweichlichten, schöngeistigen, tagträumenden und männerliebenden Senators Valerius, aus Rom entführen. Damit waren sie beide für immer aneinandergeschweißt, wie durch einen Blutschwur.

Drusilla rang verzweifelt die Hände, als sie erfuhr, daß Pila verhaftet und in ein Verlies unter der Arena verschleppt worden war. Sie begriff nicht, was geschehen war. Noch weniger verstand sie, warum Pila in Claudius' Bett aufgefunden worden war. Niemals hatte Pila sich einem Mann hingegeben. Ihre Keuschheit und Jungfräulichkeit waren ihr heilig. Drusilla hätte ihr Leben darauf verwettet, daß kein Mann jemals Hand an Pila gelegt und Pila sich keinem Mann hingegeben hatte. Ausgerechnet diesem arroganten Gladiator, der sich abwechselnd mit den Damen des Hauses vergnügte und den Senator so schmählich hinterging, hätte sich Pila keineswegs freiwillig hingegeben. Es konnte sich nur um einen Gewaltakt seitens des Gladiators handeln oder um einen Irrtum. Es gab eine Zeit, da hatte auch Drusilla von Claudius geschwärmt. Seit er sich aber selbst nur zum bezahlten Liebhaber der reichen und gelangweilten Frauen degradiert hatte, empfand Drusilla keine Achtung mehr vor ihm.

Ausgerechnet in dieser Situation beorderte Romelia sie zur Bedienung dieses Gastes. Claudius bemerkte Drusillas verweinte Augen. Offensichtlich aber hatte Pila ihre Liebschaft so geheim gehalten, daß auch Drusilla davon nichts mitbekommen hatte. Noch im nachhinein mußte er Pila dafür Respekt zollen. Und er war sich sicher, daß Pila ihn mit Haut und Haaren liebte – geliebt hatte. Denn ihr entsetzter Aufschrei gellte noch jetzt in seinen Ohren.

Mit einem Stäbchen stocherte er zwischen seinen Zähnen, während er Drusilla verstohlen beobachtete. Die rundliche Sklavin versuchte, ihren tiefen Kummer zu überspielen, doch es gelang ihr nicht so recht. Claudius beschäftigte sie, indem er einmal kaltes Wasser wünschte, eine bestimmte Sorte eingelegter Oliven, dann wieder Äpfel und Trauben, geräucherten Schinken und Trockenfisch, Brot und Teigwaren. Jedesmal, wenn Drusilla in die Küche verschwand, um das gewünschte zu holen, packte er einen Teil der Speisen in einen Korb, den er in einer Truhe versteckt hielt. Wenn Drusilla wieder erschien, lümmelte

er auf der Kline, rülpste ungeniert und strich sich über seinen Bauch.
Drusilla wurde langsam wütend auf diesen unfeinen Gast. Nachdem er die arme Pila ins Unglück gestürzt hatte, schien es ihm besonders gut zu schmecken. Er vertilgte Unmengen von Speisen, grinste sie zufrieden an und fühlte sich offensichtlich sehr wohl. Er bewegte sich im Hause des Senators, als wäre es sein eigenes, vergnügte sich mit seiner Gattin und scheute auch nicht davor zurück, die Sklaven ins Verderben zu stürzen. Doch was hatte ein Sklave schon für Rechte in dieser Welt? Keine! Und da Pila nichts weiter als eine fremde Sklavin war, war sie ein Nichts! Niemand würde sich nach ihr sehnen, niemand nach ihr fragen, sie kam und ging wie eine Blume, die erblühte und verdorrte und im Herbst vom Wind verweht wurde. Nichts würde von ihr übrigbleiben als eine unförmige Masse blutigen Fleisches, wenn die Löwen in der Arena ihren Hunger gestillt hatten. Drusilla schluchzte auf.
Claudius hob ein wenig die Augenbrauen. Drusilla konnte ihm gefährlich werden mit ihrer Gefühlsduselei. Doch sie durfte nichts erfahren! Denn dann würde es auch für Drusilla um ihr wertloses Leben gehen. Am nächsten Morgen würde alle Welt erfahren, was in der Nacht zuvor geschehen war. Und es würde in Pompeji und in Rom für mächtiges Aufsehen sorgen. Man würde Drusilla als eine der engsten Vertrauten der Herrin mit Folter zu einer Aussage zwingen. Es war besser, sie blieb unwissend.
Nachdem Claudius sein üppiges Mahl beendet hatte, wartete er in aller Seelenruhe, bis Drusilla die Tafel abgeräumt und sich entfernt hatte. Dann nahm er den Korb aus der Truhe, der jetzt randvoll mit haltbaren Speisen gefüllt war, und begab sich zu den Ställen, die außerhalb des Anwesens lagen. Niemand beachtete ihn. Er ging zum Stallaufseher und bat um zwei Maultiere.

»Ich möchte Verwandte in Pompeji besuchen und ihnen einige Früchte bringen«, sagte er und gähnte. »Heute ist es einfach zu heiß zum Laufen. Gegen Abend werde ich wohl zurück sein, um der Herrin Gesellschaft beim Abendmahl zu leisten. Sind die Tiere getränkt und gefüttert?«

»Jawohl, Herr, es sind die kräftigsten aus dem Stall«, bestätigte der Stallaufseher und führte zwei gutgenährte Maultiere heraus. Claudius besah sie sich kritisch. »Na ja, bis Pompeji werden sie es wohl schaffen«, scherzte er und schwang sich auf eines der Tiere, während ein Sklave den Korb am Gurt des zweiten Maultieres festzurrte. Gemächlich setzte sich der kleine Zug in Bewegung, während Claudius wieder herzhaft gähnte und gelangweilt seine Beine streckte.

Die Maultiere zuckelten den Weg in Richtung Pompeji. Auf halber Strecke wendete Claudius die Tiere und ritt über eine kleine Nebenstraße in Richtung Herculaneum. Kurz vor dem Ort verließ er die Via Popilia und schlug einen Seitenweg ein, der zum Hang des Vesuvs führte. Zwischen den Weinfeldern wechselte er seine Kleidung. Die helle Patriziertunika, die Romelia ihm bereitgelegt hatte, versteckte er zwischen Lavageröll. Statt dessen kleidete er sich in einen kurzen gegürteten Schurz mit einem weiten Umhang darüber. Niemand sah, daß er darunter am Gürtel einen Dolch und das Kurzschwert der Gladiatoren trug. Es zahlte sich aus, daß er kein Sklave war, wie die meisten der Gladiatoren, sondern als Freier seine Waffen tragen durfte. Doch jetzt war es gefährlich, da er wie ein einfacher Handwerker gekleidet war.

Als er sich umgekleidet hatte, ritt er wieder auf die Via Popilia zurück, erreichte Herculaneum und machte von dort einen weiten Bogen um den Vulkan herum. An dessen Nordseite wuchsen wilde Pinien und viel Gestrüpp. Er hielt die Tiere an, nahm den Korb mit Lebensmitteln und vergrub ihn unter einem

Busch. Die beiden Maultiere aber band er an lange Leinen, so daß sie in Ruhe grasen konnten. Zufrieden begab er sich auf den Rückweg. Gegen Abend erreichte er Pompeji.

Als der Abend hereinbrach, zog sich Romelia in ihre Gemächer zurück. Sie hatte nur ein kleines Abendmahl zu sich genommen. Sie war zu nervös, um gelassen zu erscheinen. Deshalb blieb sie lieber allein in ihren Gemächern. Lediglich zwei Musikantinnen unterhielten sie mit leiser Flöten- und Lyramusik.
Drusilla hockte mit bitterer Miene vor den Gemächern ihrer Herrin. Romelia fühlte tiefe Genugtuung, daß sie ihre Erzrivalin Pila auf diese Weise ausgeschaltet hatte, und Drusillas Reaktion zeigte ihr, wie erfolgreich sie gewesen war. Pila würde die Arena nicht mehr lebend verlassen, und das einzige, was Romelia bedauerte, war, daß sie sich an Pilas Qualen nicht weiden konnte. Zu gern hätte sie den Spielen beigewohnt, um ihren Triumph über die verhaßte Sklavin zu genießen. Und sie bedauerte auch, daß sie mit Pilas abgeschnittenen Haaren nichts anfangen konnte. Claudius war strikt dagegen, daß sie sich mit einer blonden Perücke schmückte; es würde viel zu sehr auffallen. Romelia mußte es schweren Herzens einsehen, und sie tat den langen Zopf seufzend in ihre Truhe. Wenn sie irgendwo in der Fremde ein neues Leben aufbauen würden, dann würde Romelia sich eine blonde Perücke zulegen, das schwor sie sich.
Ein neues Leben! Wohin würde es sie verschlagen? Ins Partherreich, wo es Gold, Edelsteine und Perlen in Hülle und Fülle gab? Oder vielleicht nach Ägypten, wo die Könige mit ihren wunderschönen Schiffen auf dem Nil dahinglitten? Nach Phönizien oder gar nach Samaria? Oder noch weiter hinein in das sagenhafte Reich, das Alexander der Große einstmals erobert hatte und wo es Seide, Perlen und seltene Gewürze gab? Die Welt war

ja so groß, und überall gab es Platz zum Leben, zu einem Leben mit Claudius, dem göttlichen Schwertkämpfer aus Capua.

»Drusilla!«

Die Dienerin sprang von ihrer Bank auf und betrat Romelias Gemach. Sie erblickte ihre Herrin mit leidender Miene auf dem Bett.

»Es geht mir nicht besonders«, flüsterte Romelia.

»Soll ich den Arzt kommen lassen?« fragte Drusilla.

»Nein, nein, ich weiß doch, welche Krankheit mich befallen hat. Ich werde noch einen Schluck gemischten Wein trinken. Komm, Drusilla, trink einen Becher mit mir. Ich weiß nicht, wie lange ich noch deine Herrin sein werde. Sollte mich diese schreckliche Krankheit dahinraffen ...« Sie verdrehte ihre Augen theatralisch zur Decke.

»Aber Herrin!« rief Drusilla erschrocken. »Ist es so schlimm?«

»Das weiß niemand. Auch der Arzt nicht. Den Göttern soll man nicht ins Handwerk pfuschen. Wenn sie die Zeit für gekommen halten, muß man es eben akzeptieren. Leere mit mir den Becher! Bleib heute nacht vor meiner Kammer, falls es mir schlechter gehen sollte! Dann werde ich dich rufen.«

»Ja, Herrin«, stammelte Drusilla.

»Zier dich nicht, trink! Du warst immer eine gute Dienerin, und ich hatte wenig Grund zum Strafen. Warum sollen wir nicht gemeinsam einen Becher Wein leeren?«

»Danke, Herrin!« Drusilla ergriff den Becher und trank ihn in einem Zug aus. Romelia nippte an ihrem Wein und beobachtete die Sklavin über den Rand ihres Pokals. Dann nickte sie zufrieden.

»Laß mich nun allein, und setz dich draußen auf die Bank! Ich werde versuchen, etwas zu schlafen, um den Schmerz in meinem Körper zu vergessen.«

»Gute Nacht, Herrin«, murmelte Drusilla verwirrt und verließ das Gemach. So leidend und zugleich zugänglich hatte sie Romelia noch nie erlebt. Vielleicht war sie doch sehr krank, mehr als sie selbst zugeben wollte, und es ging mit ihr zu Ende. Grübelnd hockte sich Drusilla auf die Bank und spürte kaum, wie sie in den Schlaf hinüberglitt.

Kaum war Drusilla verschwunden, sprang Romelia aus dem Bett und öffnete die Truhe. Sie wühlte das sorgsam geschnürte Bündel hervor. Dann entledigte sie sich ihrer Kleidung und zog ein schlichtes, wollenes Kleid an, über das sie einen weiten Umhang warf. Zuletzt knotete sie mehrere Laken zusammen und befestigte sie am Geländer der Balustrade, die zum Garten hinausführte. Sie lauschte in die Dunkelheit, aber das Anwesen lag in tiefer Stille. Von weitem sah sie die Fackellichter von Pompeji und die Leuchtfeuer am Hafen.

Sie warf das Bündel hinunter auf den Rasen. Dann seilte sie sich an den Laken ab, bis sie festen Boden unter den Füßen spürte. Wieder lauschte sie, doch es blieb still. Sie packte das Bündel und eilte zur kleinen Pforte auf der Rückseite des Anwesens. Sorgsam umging sie den Wirtschaftstrakt, wo noch Öllampen brannten und einige Sklaven beim Nachtmahl saßen. Unbemerkt erreichte sie die Pforte und verließ das Anwesen. Einen Augenblick lang blieb sie stehen und atmete tief durch. Noch konnte sie zurück, noch konnte sie sich besinnen. Doch der Nervenkitzel lockte sie, und sie packte ihr Bündel fest und lief durch die Nacht zum Olivenhain, um ihr Gepäck zu verstecken. Es war ziemlich dunkel, der Mond schien nur halb und verbreitete geringes Licht. Sie mußte lange suchen, bis sie den hohlen Baum entdeckte und ihr Bündel in den Stamm stopfte. Sie deckte etwas Laub darüber, dann lief sie zurück, um eine der zahlreichen Straßen zu erreichen, die es rund um Pompeji gab. Ganz wohl war ihr nicht dabei, als Frau allein durch die Nacht zu laufen. Zahlreiche Zecher waren unterwegs, Männer, die die

Lupanare besuchten oder aus den Tavernen gewankt kamen. Einige sprachen sie an und erhofften sich ein billiges Liebesabenteuer.
Romelia zog sich ihren dunklen Umhang über Kopf und Gesicht, um nicht erkannt zu werden. Sie atmete auf, als sie endlich die Via Popilia erreichte und in Richtung Picentia hastete.
Es war bedeutend weiter, als sie angenommen hatte. Sie benötigte über zwei Stunden, bis sie das Gasthaus erreichte. Es war fast Mitternacht, und der Wirt blickte sie argwöhnisch an, als sie um ein Zimmer bat.
»Bist du eine Hure oder eine Diebin, daß du dich nachts allein hier herumschleichst?« fragte er mürrisch.
»Keineswegs. Mein Mann ist ein ehrbarer Handwerker. Doch wir hatten unterwegs einen Achsenbruch mit unserer *plaustra*. Mein Mann ist beim Wagen geblieben wegen der Diebe und Räuber, hielt es aber für besser, daß ich in einer Herberge übernachte.«
»Hast du Geld?« fragte der Wirt noch immer mißtrauisch.
»Selbstverständlich«, erwiderte Romelia und bemühte sich, ihre Stimme untertänig klingen zu lassen. »Wie sind zwar arm, aber ehrlich.« Sie klimperte mit einigen Kupfermünzen.
»Dann soll es mir egal sein«, knurrte der Wirt und schlurfte mit einer Öllampe in der Hand voran die schmale Stieg empor.
Zu Romelias Entsetzen öffnete er den Vorhang zu einer kleinen, fensterlosen Kammer, in der schon drei der vier Strohsäcke auf dem Boden besetzt waren.
»Eine Decke und einen Strohsack kann ich dir bieten, Weib«, sagte der Wirt. »Doch die Küche hat bereits geschlossen.«
»Es ist schon gut so«, murmelte Romelia und streckte sich angewidert auf dem unbequemen Lager aus. Die Luft im Raum war stickig, und eine der Frauen schnarchte und schmatzte laut im Schlaf. Es roch nach Zwiebeln, Urin und Schweiß, und

Romelia zog sich angeekelt ihren Mantel übers Gesicht. Sie starrte in die Dunkelheit. So hatte sie sich das Abenteuer ihrer Entführung nicht vorgestellt. Sie war müde, und ihre Füße schmerzten. Der unerträgliche Gestank in der Kammer verursachte ihr Übelkeit, und das Stroh stach am Körper.
Es blieben noch einige Stunden bis zum Morgengrauen, und Romelia versuchte, etwas Schlaf zu finden, um am nächsten Tag für ihre weitere Flucht ausgeruht zu sein.

Die Verliese lagen in tiefer Dunkelheit, nur hier und da auf den Gängen brannten die Fackeln der Wachen.
Mit sicherem Instinkt spürte Pila, daß sich in der Nähe große Tiere befanden. Ketten klirrten, rauhe Haut scheuerte an rauhem Stein. Dann durchbrach ein helles Trompeten die Dunkelheit. Entsetzt zuckte Pila zusammen. Elefanten! Das kehlige Röcheln verursachten die Löwen, ein Leopard fauchte. Ein Insekt krabbelte über Pilas nackte Arme. Sie zitterte vor Ekel und Angst. Ihre Augen weiteten sich bei jedem Geräusch in panischem Schrecken.
Wenn die Tiere sich beruhigt hatten, hörte sie Wasser tropfen. Es drang durch die Spalten und Risse des alten Gemäuers. Dann wieder hörte sie die Wächter lachen. Sie vergnügten sich beim Würfelspiel, das ihnen germanische Gefangene irgendwann beigebracht hatten.
Kraftlos hing Pila in den Ketten und lehnte den Kopf gegen die feuchte Mauer. Hier war der Tod allgegenwärtig. Nur wenige Meter weiter, im Rund der Arena, waren bereits Tausende von Menschen gestorben, manche tatsächlich Verbrecher, die meisten jedoch Unglückliche, denen das Schicksal übel gesinnt war. So wie ihr. Und nun war sie unter all diesen unglücklichen Menschen, deren Seelen ruhelos durch die alten Gemäuer wanderten und vergeblich versuchten, den verrohten und primiti-

ven Wächtern Angst einzuflößen. Und die Menschen, die sie gestern noch bewundert hatten, wie der Bildhauer aus Pompeji, würden morgen auf den Zuschauerbänken sitzen und schreien und johlen und sich am Leid der gequälten Kreatur ergötzen.
Warum waren die Menschen so grausam? Warum wollten heute diejenigen ihren Tod, die ihr gestern noch zugelächelt hatten? Welche Freude empfanden sie, andere sterben zu sehen? War es der Trost für den eigenen Tod, der sie irgendwann einmal ereilen würde? Und warum konnte ein Mensch so schamlos lügen? Vorgeben, sie zu lieben, ihr sein Herz zu schenken? Lügen, daß er sein Leben mit ihr teilen will? Vielleicht würde Claudius auch auf der Tribüne sitzen, neben Romelia, und sie würden beide lachen, wenn Pila starb. Und sie würden sich an den Händen halten und vielleicht küssen ... Pila schluchzte auf. Claudius! Es tat so furchtbar weh!
So geht also mein Leben zu Ende, dachte Pila und wunderte sich selbst, daß sie plötzlich ganz ruhig wurde. *Ich lege es in die Gunst der Götter. Sie haben über mich gesprochen, sie haben geurteilt. Sie haben verfügt, daß ich meinen Weg auf Erden beende. Wenn meine Seele entschwebt, wird sie mit dem Wind verwehen.*
Dann wird sie diejenigen strafen, die sie in den Tod getrieben haben. Irgendwann wird ihre Seele Ruhe finden und ins Seelenheim, in die Schattenwelt eingehen. Wäre sie noch in ihrer germanischen Heimat, vielleicht würden die Elfen oder Riesen sich ihrer Seele annehmen, oder die Geister des Waldes und der Wildnis. Doch hier?
Im Dunkel des Verlieses war es nicht mehr auszumachen, ob es Tag oder Nacht war. Es war auch gleichgültig. Die Vorahnung des Todes schwebte durch die Räume und beunruhigte auch die Tiere. Auch sie waren ihrer Heimat entrissen worden, gefangen nur für den Augenblick, zur Ergötzung der Zuschauer zu sterben.

Oder war es nicht nur ein Augenblick, sondern ein Weg, wie ihn einmal die ägyptische Sklavin Acme beschrieben hatte? Der Tote fuhr in einem Boot über den Fluß. Auf der anderen Seite befand sich das Totenreich. Auch in Pilas Glauben war die diesseitige Welt durch einen dunklen Strom von der Totenwelt getrennt. Befand sie sich bereits auf dem Weg dorthin? Narrten die Geister der Unterwelt sie bereits mit unwirklichen Bildern?
Claudius! Sie sah ihn, den Geliebten, den schönen, stolzen Mann, den mutigen Kämpfer mit dem Schwert, den zärtlichen Liebhaber mit den blauen Augen und der kupferfarbenen Haut. Claudius! Niemals gab es einen anderen Namen für zärtliches Gefühl, prickelnde Sinnlichkeit, tiefe Liebe. Niemals gab es einen anderen Namen für Schönheit, Stärke, maskuline Anmut. Und niemals gab es einen anderen Namen für – Verrat!
Pila starrte in die Dunkelheit. Sie vermeinte, Claudius zu sehen, seinen athletischen Körper, seine glänzende Haut, sein volles, braunes Haar. Warum nur konnte sie ihn nicht hassen? Eine schmerzhafte Sehnsucht nahm von ihr Besitz, ein heftiges Verlangen, das nach Linderung schrie. Claudius! Er hatte sie verraten, eiskalt und niederträchtig. Im gleichen Augenblick, als Pila aus seinem warmen Bett gezerrt wurde, hatte er Romelia hineingezogen. Verräter! Pila biß sich schmerzhaft auf die Lippen. *Er war ein Verräter,* sagte der vernünftige Teil ihres Ichs, *er ist es nicht wert, daß du eine Träne um ihn vergießt.* Doch ein anderer Teil ihres Seins bebte und zitterte vor Erregung, wenn sie sich nur seinen Körper vorstellte, sein sanftes Lächeln, den tiefen Blick seiner Augen, seine schmalen Nasenflügel, wenn sie bebten in der Lust ihrer Vereinigung. Claudius!
»Claudius!« Ihre Augen versuchten, die Dunkelheit des Kerkers zu durchdringen. Es war kein Trugbild dämonischer Geister.
»Psst!« Die athletische Gestalt eilte, dicht an die Wand gepreßt,

durch den Gang. Mit einem klirrenden Geräusch fiel der Riegel des Gitters zurück.
»Claudius!« schluchzte Pila, dann versagte ihre Stimme.
»Natürlich! Oder dachtest du, ich lasse es zu, daß die Löwen ihren Appetit an dir stillen? Das steht nur mir zu!« Er lächelte tatsächlich dabei, und sie spürte für einen winzigen Moment seine warmen Lippen auf ihrem Gesicht. »Beweg dich nicht!« flüsterte er. Fast lautlos öffnete er mit einem Schlüssel das Schloß, das die Ketten an der Wand hielt. Pila hielt sie fest, damit sie nicht rasselnd zu Boden stürzten.
»Woher hast du ...«, wollte sie fragen.
»Später! Leise!« Claudius blickte sich um. Doch auf dem Gang blieb es ruhig. Ein kehliges Röcheln drang aus den Löwenkäfigen herüber. Vorsichtig zog er die Ketten aus den Fesselringen. »Die Fesseln müssen wir später abmachen. Kannst du damit laufen?«
»Ja«, flüsterte Pila und tastete nach seiner Hand. Sein Oberkörper war nackt, er trug nur einen Schurz und leichte Sandalen. Geschmeidig wie ein Raubtier glitt er wieder auf den Gang und zog Pila mit sich. Sie bemühte sich, nicht mit den eisernen Fußfesseln aneinanderzustoßen.
Auf dem Boden des Ganges hockte ein Wächter. Pila zuckte zurück. Doch Claudius zog sie weiter.
»Der sagt nichts mehr«, murmelte Claudius. Im Schein der Fackel erkannte Pila das Gesicht des Mannes. Er hielt die Augen schreckensweit geöffnet und starrte ins Leere. Erst jetzt bemerkte sie den blutigen Dolch an Claudius' Gürtel.
Am Ende des Ganges befand sich die Wachkammer, wo die anderen Wärter saßen und lautstark würfelten. Noch hatten sie nicht bemerkt, daß ihr Kumpan nicht von seinem Rundgang zurückgekehrt war.
»Hier hinauf!« flüsterte Claudius und deutete auf eine Mauer, hinter der heftige Bewegungen zu vernehmen waren.

»Was ist das?« fragte Pila ängstlich.
»Die Elefanten. Wir müssen durch den Käfig zur anderen Seite.«
»Oh nein!« Pila geriet in Panik.
»Komm doch, es bleibt uns keine andere Wahl!« Claudius kletterte an der Mauer empor und zog Pila hinauf. Entsetzt starrte sie auf die massigen grauen Körper, die im Inneren des engen Geheges hin und her wogten. Auf allen vieren krochen sie auf der schmalen Mauerkante entlang. Die Elefanten wurden unruhig und rasselten mit den Ketten, die ihre Säulenbeine aneinander fesselten. Die beiden Flüchtenden verharrten für einen Augenblick, bis die Tiere sich wieder beruhigt hatten. Dann krochen sie weiter bis zum Ende der Mauer. Ein verwinkelter Gang schloß sich an.
Unversehens standen sie vor einem weiteren Gehege. Mehrere Leoparden lagen auf dem Boden. Sie sprangen auf, und einer fuhr mit der Pranke durchs Gitter. Pila spürte den heißen Atem der Raubtiere. Sie zitterte am ganzen Leib. Claudius packte sie fest.
»Sie haben genausoviel Angst wie du«, sagte er. Dann zeigte er nach oben. »Wir müssen am Gitter hochklettern, um auf das Dach zu gelangen.«
Pila vermeinte, daß ihr Herzschlag aussetzte. »Bei Odin, das ist Wahnsinn!« stammelte sie.
»Ein bißchen was mußt du schon riskieren, um die Frau eines Gladiators zu werden«, scherzte Claudius. »Du kletterst voraus, und ich lenke die Bestien ab.« Mit dem Bein trat er nach den Leoparden, die sich jetzt begierig ans Gitter stürzten, um seinen Fuß zu erhaschen.
»Na los, klettere hoch!«
Pila umfaßte die dicken Eisenstäbe, die in regelmäßigen Abständen durch Querstäbe miteinander verbunden waren. Behende kletterte sie daran empor und warf sich bäuchlings auf das

flache Zwischendach zur nächsthöheren Ebene der Verliese. Schaudernd und zugleich besorgt blickte sie nach unten.
Claudius hatte von den Leoparden abgelassen, aber alle drei Tiere liefen erregt am Gitter auf und ab und fauchten. Wie sollte er daran emporklettern können?
Pila überwand ihre panische Angst vor den Bestien und schob sich etwas nach vorn über den Käfig. Mit einer Hand klopfte sie gegen die Gitter. Die Raubkatzen hoben die Köpfe und sprangen sofort nach Pilas Hand. Claudius hatte sich einige Schritte zurückgezogen. Er nahm Anlauf, sprang gegen das Gitter und zog sich blitzschnell daran empor. Trotzdem war eine der gefleckten Raubkatzen schneller. Ihre Pranke fuhr durch die Stäbe und riß an Claudius' Bein entlang. Aufstöhnend ließ er sich neben Pila auf das Dach fallen. Die Wunde blutete stark.
»Komm weiter, wir können hier nicht verweilen«, keuchte Claudius.
»Aber du blutest doch!« warf Pila ein.
»Na und? Ein Gladiator muß das aushalten«, widersprach er ärgerlich. Sie hasteten weiter auf der nächsten Ebene der Verliese. »Hier durch!« Claudius zwängte sich durch eine Mauerspalte.
Pila blieb mit den Fesseln hängen und stürzte. Sie biß die Zähne zusammen, als der Schmerz sie zu übermannen drohte. Claudius packte sie fest und zog sie empor.
»Wir haben es gleich geschafft!« Vor ihnen lag ein offener Platz.
»Das ist der Kasernenhof der Gladiatoren«, flüsterte Claudius.
»Komm hier entlang.« Er brauchte nichts zu erklären, sie befanden sich bei den Latrinen. Ein offener Kanal führte unter der Mauer hindurch in das Stadtgelände.
»Müssen wir etwa – hier durch?« fragte Pila entsetzt.
»Es gibt keinen anderen Weg. Und es gibt Schlimmeres!« Sanft, aber bestimmt schob er Pila in den Kanal. »Duck dich!« zischte

er. Dann folgte er ihr. Der Gestank nahm Pila fast den Atem, aber der süße Duft der Freiheit wehte ihnen entgegen, was war da schon eine stinkende Kloake? Im Bereich der Mauer war der Kanal mit Steinplatten abgedeckt. Auf Händen und Füßen krochen sie durch die Fäkalien unter der Mauer hindurch. Auf der anderen Seite öffnete sich der Kanal wieder und führte zum Meer hinunter.

»Nach links, da ist ein Bach!« hörte Pila Claudius' Stimme hinter sich. Sie hastete vorwärts, stolperte, stürzte, rappelte sich wieder auf. Im fahlen Mondlicht erblickte sie das Glitzern des Wassers. Mit einem leisen Wehlaut warf sie sich der Länge lang in den Bach und blieb liegen. Das kühle Wasser brachte sie langsam zur Besinnung. Was war geschehen?

Sie spürte eine tastende Hand. »Alles in Ordnung?« fragte Claudius.

»Bei Odin, nichts ist in Ordnung, aber ich lebe. Zwar naß und stinkend, aber ich lebe!«

Claudius zog sie an sich. Sie hockten in dem gurgelnden Bach, schmutzig, blutig, zerlumpt, und umarmten sich wie zwei Äffchen, die sich gegenseitig vor der schrecklichen Welt schützen wollten.

»Ich hätte es nicht zugelassen, daß dir jemand das Leben nimmt. Nicht die Soldaten, nicht die Löwen, nicht Romelia.« Er hielt ihren zitternden Leib in den Armen.

»Romelia! Ich verstehe nicht ...«

»Später, Geliebte, wir müssen weiter!« Aus der Kaserne drangen Schreie, Rufe, das Getrappel vieler Füße. »Sie haben deine Flucht entdeckt und den Tod des Wärters. Los!«

Claudius riß Pila hoch. Sie hasteten noch einige Schritte im Bach entlang, dann kletterten sie ans andere Ufer. Hand in Hand liefen sie durch die engen, dunklen Gassen. Hinter ihnen ertönte Hundegebell.

»Verdammt, sie haben die Kampfhunde losgelassen!« Claudius blickte sich im Lauf um. Die Hunde waren gefährlicher als die Soldaten. »Schneller!«
Die schweren eisernen Fesseln an den Hand- und Fußgelenken behinderten Pila beim Rennen. Doch sie hatte noch genug Kraft, um Claudius' Tempo zu halten.
»Lauf diese Gasse entlang bis zu der großen Säule, dann an der Ölmühle links hinein bis zu den Arkaden vor dem Tuchmachergeschäft. Dort kletterst du die Treppe hinauf auf das Dach der Garküche. Keine Angst, da ist jetzt niemand.«
»Und du?« fragte Pila ängstlich und klammerte sich an Claudius fest.
»Ich lenke die Hunde auf eine falsche Fährte. An der Garküche treffen wir uns wieder.«
»Nein!«
»Doch!« Claudius stieß Pila unsanft von sich, trat mehrmals heftig in einen Müllhaufen und hastete durch eine enge Gasse in die entgegengesetzte Richtung.
Pila lief in die andere Richtung. An der Säule auf einem winzigen quadratischen Platz, von dem vier Gassen in die Himmelsrichtungen wegführten, lief sie erst in eine Gasse hinein, kehrte um, rannte in die nächste. Sie entdeckte eine Querverbindung über einen Hinterhof, lief irgendwelche Stufen hinab und wußte nicht mehr, wo sie sich befand. Dann sah sie die Ölmühle und prallte gegen riesige Amphoren, die davor standen. Erschrocken hielt sie inne. Das Hundegebell entfernte sich. Ihr Herz schlug bis zum Hals, das Blut hämmerte in ihren Schläfen. Wo war Claudius?
Sie ging jetzt langsamer und verbarg sich in den dunklen Schatten der Hauswände. Einige finstere Gestalten eilten vorbei, ohne die Flüchtende zu bemerken. Es roch nach Unrat. Vor sich erkannte sie die Garküche, deren Markisen zusammengerollt waren. Daneben führte eine schmale Treppe nach oben. Über

der Garküche türmte sich ein würfelähnliches Gebäude wie eine hinaufgeworfene Kiste. Pila schlich die Stiege hoch und hockte sich neben die Wand. Auf der anderen Seite dieses offensichtlich nur aus einem Raum bestehenden kleinen Gebäudeaufsatzes befand sich die nächste Gasse. Von dort vernahm sie Stimmen, Lachen, trunkenen Gesang – eine Taverne! Langsam normalisierte sich ihr Herzschlag, aber die Sorge um Claudius ließ sie nicht zur Ruhe kommen.

Pila vernahm Schritte von leichten Frauenfüßen, die die Treppe emporkamen. Atemlos preßte sie sich an die Wand.

»Pila!« hörte sie leise ihren Namen rufen. Sie wagte nicht zu antworten. Wer konnte wissen, daß sie hier war?

Die Schritte näherten sich, gegen den dunklen Himmel sah Pila die Silhouette einer jungen Frau. Sie trug ein leichtes Gewand. Eine *meretrix!*

»Pila!« Die Frau blickte sich suchend um. Pila rührte sich nicht. Fast wäre die Frau über sie gestolpert. »Hier bist du!« sagte sie erleichtert und zog Pila in das kleine Würfelhaus. Sie schlug die schäbige Holztür zu, nachdem sie ein Schild über den Eingang gehängt hatte. »Occupata!«

Das Innere bestand tatsächlich nur aus einem zellenartigen, fensterlosen Raum. Pila stolperte über die Kalksteinschwelle und prallte gegen die Rückwand dieser *cella meretricia.*

»Moment, ich mache Licht«, sagte die junge Frau und entfachte eine kleine Öllampe. Im schwachen Licht der Lampe konnte Pila Einzelheiten erkennen. Die Frau war klein, schlank und noch recht jung. Sie trug ein kurzes, schmuckloses Kleid von grellgelber Farbe. Der Stoff war dünn und ließ ihre sanften Kurven darunter erahnen. Ihr Haar hatte sie kokett zu einer Lockenfrisur aufgesteckt, ihre Hand- und Fußgelenke zierten schmale goldene Reifen und Kettchen mit kleinen Amuletten. Ihr kindliches Gesicht wirkte anmutig, überhaupt wirkte sie

sehr gepflegt und anziehend. Trotzdem preßte Pila sich ängstlich an die Wand und starrte sie an.
»Keine Angst, ich helfe dir«, sagte die Meretrix und lächelte. »Ich heiße Velicia. Claudius hat mich eingeweiht, um euch zu helfen. Komm her!« Sie deutete auf eine gemauerte Bettstatt an der Stirnseite des Raumes, auf der eine dicke Matratze und etliche Kissen lagen. Die Wand um das Bett war rot bemalt. Zögernd legte Pila sich hin, stieß aber unsanft mit dem Kopf an die Wand. Velicia lachte leise.
»Bei den Göttern, bist du aber groß!« staunte sie. »Dann setz dich wenigstens. Zieh deine Lumpen aus, ich lasse sie verschwinden. Claudius hat ein Kleid für dich besorgt, wie es die einfachen Frauen der Handwerker und Händler tragen.«
Sie goß Wasser aus einem Krug in eine irdene Schüssel und stellte sie vor das Bett. Jetzt erst bemerkte sie Pilas Fesseln. Im Schein der kleinen Lampe untersuchte sie das schwere Eisen.
»Du mußt Schmerzen haben«, sagte sie mitleidig. »Vielleicht kannst du sie abstreifen, wenn du die Gelenke mit Schweinefett einreibst. Ich habe eine kleine Schüssel da. Versuch es!« Doch die Fesseln saßen fest und eng um Pilas Gelenke.
Plötzlich klopfte es leise an die Tür. »Besetzt!« rief Velicia. »Kannst du nicht lesen?«
»Man sagt, für mich steht die Tür immer offen«, vernahmen sie Claudius' Stimme.
Die beiden Frauen atmeten gleichzeitig auf. Claudius schlüpfte in die Kammer hinein und griente über das ganze Gesicht.
»Ich habe etwas mitgebracht.« Er hob eine Hand, in der er einen Hammer und einen Meißel hielt.
»Bei den Göttern, wo hast du das her?« fragte Velicia.
Claudius zwinkerte Pila zu. »Ich habe der Werkstatt eines Bildhauers einen kleinen Besuch abgestattet. Dort drinnen sind übrigens immer noch die Hunde.«

»Du bist ihnen entkommen!« hauchte Pila.
»Natürlich. Es ist schon von Vorteil, wenn man sich in den Gassen von Pompeji auskennt.« Jetzt zwinkerte er Velicia zu.
»Ihr kennt euch?« fragte Pila leise.
»Schon lange. So lange, daß ich bedingungsloses Vertrauen zu ihr habe.« Claudius bedachte Velicia mit einem liebevollen Blick, der Pila nicht entging.
»Leg deine Arme hierher«, forderte er Pila auf. Mit gezielten Schlägen meißelte er die Fesseln auf. Dankbar rieb Pila ihre blutigen Gelenke.
»Wie geht es deinem Bein?« fragte sie.
»Nicht der Rede wert«, winkte Claudius ab.
»Bist du verletzt?« fragte Velicia erschrocken.
»Nein!« antwortete Claudius.
»Ja«, sagte Pila.
»Zeig dein Bein!« forderte Velicia ihn auf. »Oh, die Wunde ist verschmutzt. Ich wasche sie dir aus, sonst bekommst du den Brand hinein.«
Sorgfältig säuberte sie die Wunde, und Pila staunte, daß er dabei keine Miene verzog. Gladiatoren waren harte Männer! Velicia rieb eine Salbe aus Schweinefett und Salbei darauf. »So, jetzt wird es heilen!«
»Du bist ein Schatz, Velicia«, sagte Claudius lächelnd und küßte sie auf die Stirn. »Doch wir müssen weiter!«
Er öffnete die Tür. Von der Gasse erklangen Rufe und harte Schritte herauf.
»Soldaten!« Claudius prallte zurück. »Sie durchkämmen die Stadt!«
»Bleib hier! Schnell, entkleide dich! Du auch, Pila!« Velicia warf die Tür zu und schob beide zum Bett hin. Hastig versteckte sie die zerschlagenen Fesseln und das Werkzeug unter der Matratze. Auch die Kleidung von Pila und Claudius ließ sie unter den

Kissen verschwinden. Sie drückte Pila gegen die Stirnwand. »Leg dich, mach dich klein. Und wirf dir diesen Schleier über dein Haar!«

Dann hockte sie sich rittlings auf Claudius. »Komm, stöhne gewaltig! Das bist du mir schuldig!« Sie hopste auf ihm herum und stieß wollüstige Schreie aus, während Claudius aus tiefster Brust stöhnte. Pila preßte sich in die Kissen hinter den beiden.

Es klopfte hart gegen die Tür. »Aufmachen! Wir suchen eine flüchtige Sklavin!« riefen die Soldaten.

»Besetzt! Könnt ihr nicht lesen, ihr Tölpel!« schimpfte Velicia zwischen ihren spitzen Schreien. Trotzdem öffnete sich die Tür, und der Helm eines Soldaten schob sich durch die Öffnung.

»Raus!« kreischte Velicia. »Sonst bin ich mein Geld wieder los!« Sie hielt nicht ein in ihrer Hopserei.

Der Soldat verzog den Mund bis an die Ohren. »Oh, Velicia!« rief er. »Alles in Ordnung!« Die Tür klappte wieder zu.

»Nicht aufhören!« warnte sie, und die beiden stöhnten und keuchten auf dem Lager, daß es die Soldaten bis auf die Gasse hörten. Dann ließ sich Velicia schnaufend von ihrem Bett fallen.

»Das war knapp!« stöhnte sie. Sie erhob sich, öffnete die Tür und lauschte in die Nacht. »Sie sind fort. Ihr könnt gehen!«

Claudius und Pila hatten sich eilig angekleidet. Claudius nahm Velicia in den Arm. »Ich danke dir für deine Hilfe. Die Götter werden dich dafür belohnen!« Er küßte sie, dann eilte er hinaus.

Scheu drückte Pila dem Mädchen die Hand. »Ich weiß nicht, warum du es getan hast, aber ich danke dir dafür.«

»Mögen die Götter euch beschützen«, flüsterte Velicia. »Und werdet glücklich miteinander!«

Zwölftes Kapitel

ROMELIAS RACHE

Nicht die Sonne weckte Romelia aus ihrem unruhigen Schlaf, sondern der Lärm vor der Tür der Herberge. Irritiert blickte sie sich um und streckte ihre schmerzenden Glieder auf dem Strohsack. Doch dann wurde sie putzmunter. Wo war Claudius? Hatte er sie nicht gefunden?

Sie erhob sich und verließ die stickige Kammer. Im Gastraum stellten Diener des Wirtes das Frühstück auf die grob gehobelten Tische! Irgendwo im Haus brüllte der Wirt seine Sklaven an. Seine Frau trieb die Gänse aus dem Stall, die sich laut schnatternd auf der Wiese hinter der Herberge verteilten.

Romelia verließ die Herberge und blickte sich um. Von Claudius war weit und breit nichts zu sehen. Doch er hatte davon gesprochen, daß er sich verkleiden und zwei Maultiere mitbringen würde. Romelia schaute in den Verschlag, in dem Pferde, Esel und Maultiere der Reisenden standen. Vor dem Eingang stapelten sich Reisesäcke, am Brunnen wuschen die Sklavinnen die Bettwäsche.

Ein unbehagliches Gefühl beschlich Romelia. Doch sie beruhigte sich wieder und redete sich ein, daß Claudius vielleicht Probleme hatte, zwei Maultiere zu besorgen. Sie hätte doch zwei Pferde aus dem eigenen Stall holen sollen.

Um nicht aufzufallen, entfernte sich Romelia ein Stück von der Herberge auf einen kleinen Hügel, von dem aus sie das gesamte Gelände gut überblicken konnte. Es herrschte ein reges Treiben auf der Straße. Aus der Umgebung kamen Bauern mit ihren schweren Ochsenkarren, um ihre Waren nach Pompeji zu bringen. Die meisten Reisenden machten sich auf den Weg. Es waren keine reichen Leute, die in dieser Herberge übernachtet hatten. Wer mehr Wert auf Luxus legte, nahm in Pompeji Quartier.

Der Vormittag verging, und Romelias Magen knurrte. Doch sie konnte sich kein Frühstück mehr leisten, weil sie mit ihren einzigen Kupfermünzen ihre Übernachtung bezahlt hatte. So hockte sie mürrisch und beunruhigt unter einer Zypresse und hielt weiter nach Claudius Ausschau. Vielleicht wurde Claudius aufgehalten? Vielleicht hatte er in der Nacht keinen Zutritt zum Gasthaus erhalten? Vielleicht – war er bei seiner Flucht ertappt worden? Romelia durchfuhr es siedendheiß! Was wäre, wenn Claudius verhaftet worden war? Vielleicht hatte er die Maultiere gestohlen und war dabei erwischt worden? Vielleicht – vielleicht – vielleicht!

Am Nachmittag hielt Romelia es auf ihrem Beobachtungsposten nicht mehr aus. In das Wirtshaus konnte sie nicht mehr zurück, der Wirt wäre mißtrauisch geworden. Noch einmal umrundete sie das ganze Areal in großem Bogen und hielt nach einem schlicht gekleideten Mann mit zwei Maultieren Ausschau. Mehrmals sah sie eine derartige Person, einmal mit einem Esel, einmal mit einem Ochsengespann. Doch in beiden Fällen handelte es sich nicht um Claudius.

Als die Sonne sich neigte, entschloß sich Romelia, zum Versteck ihres Reisebündels zurückzukehren. Es war ein weiter Weg, und die Sonne ging bereits unter, als sie den Olivenhain erreichte. Bei Tageslicht sah alles anders aus. Sie suchte verzweifelt nach dem hohlen Baum. Als sie ihn endlich fand, durchfuhr sie ein heftiger Schreck. Der Baum war leer, das Bündel verschwunden!

Ein Räuber hatte das Versteck entdeckt, war Romelias erster Gedanke. Was nun, wenn sie kein Geld mehr für ihre Flucht besaßen? Und keine Kleidung? Wohin sollten sie flüchten, wenn sie eine Schiffspassage nicht bezahlen konnten? Und wo, bei allen Göttern Roms, steckte Claudius?

Romelia packte ihren groben Baumwollkittel und lief, so schnell es ihre schmerzenden Füße zuließen, zu ihrem Anwesen zurück. Schon von weitem sah sie, daß um die Villa große Aufregung herrschte. Einige Soldaten standen am Tor, die Sklaven liefen wie aufgescheuchte Hühner umher. Sie schlüpfte durch die kleine Pforte im hinteren Teil des Gartens und hastete über den Wirtschaftstrakt hinüber zu ihren Gemächern. Auf dem Gang prallte sie mit Drusilla zusammen.

»Bei Jupiter, die Herrin!« schrie Drusilla auf und schlug die Hände über dem Kopf zusammen. Ihre Augen waren gerötet und geschwollen, befremdet blickte sie auf die schäbige und beschmutzte Kleidung von Romelia.

»Halt den Mund!« brüllte Romelia zurück. »Was ist hier los?«

»Du wurdest vermißt, Herrin«, schluchzte Drusilla plötzlich auf. »Ich verstehe selbst nicht, warum ich so fest geschlafen habe. Und dann war dieses Seil aus Stoff an der Balustrade deines Schlafgemaches – da dachten wir, du bist geraubt worden. Celius hat die Polizeiwache alarmiert.«

»Polizei«, flüsterte Romelia erschrocken.

Drusilla nickte. »Ein Bote ist unterwegs nach Rom, um deinen Gatten zu benachrichtigen.«

Entsetzt sprang Romelia von dem Hocker auf, auf den sie sich entkräftet hatte fallen lassen.

»Wo ist Claudius?« rief sie aufgebracht.

Ehe Drusilla sich in Bewegung setzen konnte, eilte Romelia bereits wieder hinaus und lief zum Gästetrakt. Doch die Kammer, die Claudius bewohnt hatte, war leer. Nur seine Prunk-

rüstung lag achtlos auf dem Boden. Seine Waffen, sein Geld, seine Kleidung waren verschwunden!
Langsam ahnte Romelia, daß sie hinterrücks in eine schreckliche Falle gelockt worden war – von Claudius! Sie benötigte einige Augenblicke, um die gesamte Tragweite dieses Verrates zu begreifen. Hilflos stand sie in der leeren Kammer, zitternd vor ohnmächtiger Wut. Claudius! Sie ballte ihre Fäuste zusammen. *Claudius! Du wirst neben Pila in der Arena sterben, das schwöre ich dir!*
Sie mußte dringend nach Pompeji, sie mußte den Polizeipräfekten sprechen!
»Drusillaaaa!! Laß den Wagen anspannen. Ich muß nach Pompeji!«
Drusilla eilte ihr entgegen. »Das geht nicht, Herrin. Die ganze Stadt ist in Aufruhr, und die Soldaten sind ausgeschwärmt. Pila ist irgendwie aus den Verliesen des Theaters entkommen!«

Hand in Hand liefen Claudius und Pila durch die sternenklare Nacht von Pompeji auf den mächtigen Gipfel des Vesuvs zu. Vorsichtig umgingen sie die herrschaftlichen Sommervillen und Güter an der Südflanke des Berges, um zum Tempel des Feuergottes zu gelangen. Pila unterdrückte die tausend Fragen, die sie quälten. Was war geschehen? Warum hatte Claudius sie verraten und dann befreit? Wo brachte er sie hin?
Claudius schwieg, nur sein Atem ging stoßweise, während er Pila mit sich zog. Sie befanden sich in der Nähe von Romelias Anwesen. Wollte Claudius dahin zurück?
»Romelia wird uns suchen lassen«, wagte Pila sich leise zu vernehmen.
»Ganz bestimmt nicht«, antwortete Claudius. »Schweig still, es könnte uns jemand hören.«
Pilas Gedanken überschlugen sich. Wieso würde Romelia sie nicht vermissen, wenn doch bereits die Soldaten ausschwärm-

ten, um sie zu suchen? Und wo sollte sie sich in der betriebsamen Gegend verstecken. Vielleicht im Krater des Feuergottes? Entsetzt zog Pila die Schultern hoch.
Sie hatten den kleinen Tempel erreicht, der still und verlassen am Hang des Vulkans lag. Claudius verhielt den Schritt und rang nach Luft. Der schnelle Lauf hatte ihn außer Atem gebracht. Auch Pila atmete heftig, wenngleich sie nicht so erschöpft schien wie Claudius.
»Du kannst rennen wie eine Hirschkuh«, meinte Claudius nur, als er zu Atem kam. »Mußtest du in Germanien oft flüchten?« An seiner Stimme hörte sie, daß er lächelte. Wie konnte er in dieser Situation noch scherzen?
Sie antwortete nicht, sondern hielt seine Hand fest umklammert. Er spürte ihre Angst.
»Wir sollten den Feuergott um Beistand bitten«, sagte Claudius. »Ich glaube, wir werden ihn dringend brauchen.«
»Dann müssen wir ihm aber auch opfern«, gab Pila zu bedenken. »Und wir haben nichts, was wir ihm opfern könnten.«
»Nehmen wir das!« Er riß einige Oliven von den herabhängenden Zweigen der umstehenden Bäume. Sie betraten den kleinen Tempel und knieten sich vor der Säule mit der Statue des gewaltigen Gottes nieder. Claudius nahm einen Krug mit Weihwasser und besprengte die Opfergabe zur Reinigung, was sonst nur die Priester taten.
»Ich hoffe, Vulcanus verzeiht mir, daß ich die Weihehandlungen selbst vollziehe«, murmelte Claudius und übergab die dünnen Zweige mit den öligen Früchten dem Opferfeuer. Während er zusah, wie die Flammen seine Gabe verzehrten, murmelten seine Lippen inbrünstige Gebete. Pila, die vor allen Göttern und Tempeln große Scheu und Respekt zeigte, blickte verwundert auf den Mann, der sie noch vor wenigen Stunden so tollkühn befreit und vor dem sicheren Tod gerettet hatte. Jetzt beugte er

sich demütig vor dem Gott und erflehte seinen Beistand. Ein Gefühl der Rührung überkam Pila, als sie seinen gebeugten Rücken betrachtete, seine zum Gebet gefalteten Hände und seinen inbrünstigen Blick sah. Sie hockte sich neben ihn und flehte ebenfalls zu diesem schrecklichen und doch so starken Gott, daß er ihnen Beistand gewähren möge.
Als sie den Kopf hob, erblickte sie das Relief an der Stele, und für einen Augenblick stockte ihr der Atem.
»Claudius, schau«, flüsterte sie und zeigte mit dem Finger auf eine Szene des Terrakottareliefs. Ein Mann und eine Frau lagen auf einem Lager, in der Liebesvereinigung eng umschlungen. Armstarke Ketten umwanden das Liebespaar.
Claudius nickte. »Ich habe dir davon erzählt. Komm her, und schau dir dieses Bild an!« Er erhob sich und winkte Pila zur Wand des kleinen Tempels, an der sich ein ähnliches Relief wie an der Säule entlangzog. Ein Paar saß auf einem Bett, sich in Liebe zugetan. Der Mann trug einen Helm, der ihn als den Kriegsgott Mars charakterisierte, doch sein Oberkörper war nackt. Sein Mantel war auf seine Schenkel herabgeglitten. Auch seine Partnerin lag entblößt in seinen Armen, zärtlich umfaßte er ihre Brüste. Hinter beiden zog ein grimmig aussehender, bärtiger Mann einen Vorhang beiseite, der das Liebesspiel vor neugierigen Blicken verbergen sollte.
»Was hat das zu bedeuten?«
»Es sind Mars und Venus, die sich lieben. Doch Venus ist die Gattin des Vulcanus. Als der Gott die beiden in flagranti erwischt, wirft er ein Kettennetz über sie, um sie für alle Zeiten aneinander zu binden.«
»Eine schöne Geschichte«, flüsterte Pila ergriffen. Dann wandte sie sich plötzlich zu ihm um. »Es ist unsere Geschichte!« Diese Erkenntnis überraschte sie, und gleichzeitig stockte ihr Atem. »Heißt das etwa ...«

»Ja, das heißt es. Wir sind auf ewig miteinander verbunden, schöne Venus. Niemand kann uns trennen, nur der Feuergott allein vermag die Ketten wieder zu lösen. Und deshalb werden wir gemeinsam fliehen.«

Erschrocken fuhr Pila zurück. »Du willst mit mir fliehen? Aber wohin?«

»Nach Norden, in deine Heimat.«

»Du willst Rom verlassen, wegen mir?« Ihre Augen weiteten sich.

»Nicht wegen dir, sondern mit dir. Mich hält nichts mehr hier. Und niemals wieder will ich in die Arena zurück. Das Leben ist viel zu schön, um es aufs Spiel zu setzen. Ich komme mit dir, denn ich bin dein Mann.«

Schluchzend fiel Pila in seine Arme. Alles gab er für sie auf, seinen Ruhm, sein Leben, seinen bescheidenen Wohlstand! Vor ihnen lagen unendliche Gefahren, und keiner wußte, was sie jenseits der Grenze erwartete.

Hand in Hand verließen sie den Tempel. Noch einmal schaute Pila auf das Panorama, das sich zu ihren Füßen erstreckte. An den Ausläufern der Flanken des Berges erstreckte sich Pompeji bis an das Ufer des Meeres, wo der Fluß Sarnus sich in die salzigen Fluten ergoß. Vom Hafen blinkten die Leuchtfeuer.

»Eines Tages wird der Feuergott sich schrecklich an dieser Stadt rächen«, murmelte Pila in einer düsteren Vorahnung. »Und alle werden für ihre Frevel büßen müssen.«

Claudius legte seinen Arm um ihre Schulter. »Die Gefahr ist noch nicht vorbei, unsere Flucht wird nicht unbemerkt bleiben. Bist du bereit, mit mir den Kampf zu wagen?«

»Ja. Wer könnte an deiner Seite noch zaudern?« Ihre Stimme klang fest.

Claudius schwieg. Er befürchtete, daß eine Antwort seine Angst verraten würde.

Apathisch lag Romelia auf ihrem Bett und starrte an die Decke. Drusilla hatte ihr einen Beruhigungstrunk zubereitet und stellte verschüchtert den Becher auf den Tisch.
Jetzt war alles klar! Claudius hatte sie belogen und betrogen. Niemals hatte er vorgehabt, mit ihr zu fliehen. Es war ein Ablenkungsmanöver, um Pila befreien zu können. Allein hätte sie nicht fliehen können. Wie hatte er es geschafft, die Sklavin aus den unterirdischen Kerkern zu entführen? Hatte er die Wächter bestochen? Und wenn sie sich bestechen ließen, so konnte sie sie auch dafür bezahlen, daß sie die Flüchtenden verfolgten! In der Kaserne neben dem Theater gab es sicher auch Gladiatoren, die ihren verräterischen Kumpanen jagen würden. Sie waren kaltblütig und unerschrocken genug, wenn sie ihnen ausreichend Geld bot.
Romelia preßte die Zähne zusammen und ballte die Fäuste. Die Flüchtenden hatten einen Tag Vorsprung! Doch mit ihren Maultieren konnten sie nicht so weit gekommen sein, daß man sie nicht mit schnellen Pferden einholen konnte. Noch vor Brundisium würden sie sie erwischt haben, und dann würde sich ihre Liebe in unsägliche Qual wandeln!
Romelia sprang auf. »Wache! Wacheee!!!« Mit Waffengeklirr stürmten die zur Bewachung des Grundstückes eingesetzten Sklaven herein. »Nehmt die schnellsten Pferde aus dem Stall und verfolgt die beiden! Reitet die Abkürzung über Abellinum zur Via Appia. Sie haben einen Tag Vorsprung, aber den holt ihr leicht wieder auf. Ihr müßt sie vor Brundisium ergreifen, damit sie nicht auf ein Schiff gelangen können! Spannt meinen Wagen an, ich will zur Kaserne der Gladiatoren fahren!«
Ungeduldig eilte sie hinaus und warf sich im Laufen einen Mantel über. Sie sprang auf den zweirädrigen Wagen und nahm die Zügel in die Hand. Den Sklaven, der den einachsigen Wagen lenken wollte, stieß sie kurzerhand herunter. Mit der

Peitsche schlug sie auf die Pferde ein, die im halsbrecherischen Galopp den Weg hinunter nach Pompeji jagten. Vor der Kaserne am Theater brachte sie den Wagen zum Stehen und hüllte alle dort Stehenden in eine große Staubwolke ein.
»Bei den Göttern, *matrona!*« Der Polizeipräfekt eilte ihr entgegen.
»Was stehst du hier herum, anstatt die Verbrecher zu verfolgen?« keifte Romelia ihn an.
»Bei allem Respekt, edle Romelia, meine Leute verfolgen die flüchtige Sklavin und durchkämmen die ganze Stadt. Sei unbesorgt, sie kommt nicht weit.«
»Die ganze Stadt?« Aufgebracht erhob sie ihre Peitsche gegen den Präfekten. »Du hirnloser, einfältiger Hasenschwanz! Sie ist nicht allein geflüchtet, sie hatte einen Helfer, der sie befreite. Und dieser Helfer ist der Gladiator Claudius. Sie sind unterwegs in Richtung Brundisium, wo sie mit einem Schiff über das Meer flüchten wollen! Soll ich dich lehren, wie man Flüchtende verfolgt?«
Wutentbrannt schlug sie auf den Polizeipräfekten ein, der sich nur mit erhobenen Armen gegen Romelias Attacken schützen konnte. Ein gewaltiger Menschenauflauf hatte sich um die beiden gebildet, und die Massen schrien und feuerten die Streitenden an. Der zurückweichende Präfekt erntete höhnendes Gelächter.
»Jetzt nehme ich die Sache selbst in die Hand. Meine Wächter verfolgen sie bereits auf schnellen Pferden, und ich bin sicher, daß sich einige Gladiatoren gewinnen lassen, die ebenfalls die Verfolgung aufnehmen. Und wenn sie die beiden gefaßt haben, dann wirst du neben ihnen in der Arena sterben, dafür werde ich sorgen, du salzloses Kalbsgehirn! Denn so einen Präfekten wie dich braucht Pompeji nicht mehr!«
Abrupt ließ sie von ihm ab, um in die Kaserne zu eilen. Mit

dümmlichem Erstaunen blickte der Präfekt der kleinen Frau nach und strich über die schmerzhaften, roten Peitschenstriemen auf seinen Armen.

»Was ist das?« flüsterte Pila, als Claudius sich vor einen hohlen Olivenbaum hockte.
»Ein gutes Versteck. Hier haben wir ein Bündel mit Kleidung für dich und Geld und Schmuck.«
»Aber ... aber ... woher stammt das?« stammelte Pila.
Claudius griente bis an die Ohren. »Du wirst es nicht für möglich halten, aber das hat Romelia hier eigenhändig versteckt.«
Fassungslos riß Pila die Augen auf. »Romelia?«
»Allerdings. Und daß das Bündel noch da ist, sagt mir, daß Romelia brav in der Herberge bei Picentia hockt und auf mich wartet. Leb wohl, schöne Romelia, und vielen Dank!«
»Ich verstehe das alles nicht, Claudius. Was hat Romelia mit all dem zu tun? Und ich verstehe auch nicht, warum du Romelia wieder in die Arme genommen hattest ...«
Ungeduldig zog Claudius sie weiter. »Erspare dir deinen Atem, denn wir haben noch einen weiten Weg vor uns. Eines Tages werde ich dir die ganze Geschichte erzählen. Doch jetzt müssen wir uns sputen. Wir werden den Berg in östlicher Richtung umrunden, das wird ein schwieriger Marsch. Dort befindet sich das Gut Octavium, das wir noch in der Dunkelheit passieren müssen, um nicht entdeckt zu werden. Wenn die beiden Maultiere gehorsam waren, warten sie auf uns an der Nordflanke, und wir können zumindest reiten. Der arme, aber rechtschaffene Zimmermann mit seiner Frau will nach Rom ziehen, um dort sein Glück zu versuchen.«
»Nach Rom? Aber dann werden wir doch entdeckt?«
»Wir müssen nach Norden, wenn wir deine Heimat erreichen wollen. Und zuerst führen alle Wege nach Rom. Wenn wir als

einfache Handwerksleute reisen, werden wir keinen Verdacht erregen. Außerdem will ich nicht auf der Via Appia reiten, sondern wir benutzen die Via Latina. Keiner käme auf die Idee, daß wir in die Höhle des Löwen marschieren. Die Fährte führt nach Süden, nach Brundisium.«
»Du hast das alles geplant und vorbereitet?« fragte sie, und langsam dämmerte ihr, daß auch sein seltsames Verhalten nach ihrer Entdeckung Teil seines verwegenen Planes war.
Bei Odin! Dieser Mann übertraf an Tollkühnheit jeden, der ihr jemals begegnet war!
Der Weg war beschwerlich und finster. Aus Sicherheitsgründen konnten sie keine Fackel entzünden, und so stolperten beide den mit Lavabrocken übersäten Feldweg zwischen Weinstöcken, Obstplantagen und Gärten hindurch, vorbei an einem großen Landgut. Von fern erklang das Gebell von Hunden, das sich schon bald wieder beruhigte.
Die Nachtluft spendete angenehme Kühle. Die beiden verringerten nicht einen Augenblick ihr Tempo, und Claudius bewunderte Pila ob ihrer Ausdauer. Mit raumgreifenden Schritten lief sie neben ihm her, ab und zu strauchelte sie über einen Stein, doch sie stützten sich gegenseitig und gaben sich Halt, nicht nur körperlich, sondern auch in ihren Herzen. Pila erinnerte sich an eine längst vergangene Zeit, in einer anderen Welt, als sie einen anderen Namen trug. Dort lief sie durch rauschende Laubwälder, über Hänge und Hügel, auf zerfurchten Pfaden, durch unwegsames Gestrüpp. Flink und gewandt wie ein Reh eilte sie davon, kein Jäger hätte sie jemals erreichen können. Als Kind hatte sie gelernt, in der Wildnis zu überleben. Sie konnte tagelang hungern, sich aus Reisig und Laub eine Hütte bauen, sie kannte Wurzeln, Beeren und Pilze. Doch ebenso konnte sie mit dem Stock und dem Schwert kämpfen, einen Hasen jagen oder einem Vogel nachstellen. Sie traf mit dem Pfeil ein Ziel in großer

Entfernung und konnte mit bloßer Hand einen Fisch aus dem Bach holen. Dann war sie nicht Sigrun, das Kimbernmädchen, sondern die Hirschkuh mit den wachen Augen und den flinken Beinen. Damals verschmolzen Sturm- und Sonnentage zu einer einzigen Gegenwart. Damals …

Es war wie der Hauch der Freiheit, der aus der Vergangenheit wehte und ihre Instinkte zurückbrachte; Instinkte, die sie zum Überleben benötigte. Das Leben in Rom hatte sie träge und faul werden lassen, ihr Körper war verweichlicht. Auch wenn sie das gute und reichliche Essen, die entspannenden Bäder, die zarten Kleiderstoffe schön und begehrlich fand, es war Gift für ihre gestählten Muskeln, ihren an Entbehrungen gewöhnten Körper, ihren wachen Geist. Jetzt galt es, dies alles wiederzuentdecken, diese schlummernden Instinkte in ihr zu wecken. Es ging um ihr Überleben. Claudius war mutig und stark, unerschrocken und tollkühn. Aber würde er auch in ihrer rauhen germanischen Heimat mit den Gegebenheiten zurechtkommen? Es war eine düstere, unwirtliche Welt voll von drohenden Gefahren.

Pila mußte lächeln. Sie machte sich Gedanken über die Gefahren der germanischen Wälder. Dabei konnte hier, unter der warmen südlichen Sonne, unter dem sanften blauen Himmel jeder Brückenposten, jeder neugierige Herbergswirt zur tödlichen Gefahr werden.

Die Nordseite des Vulkans lag in undurchdringlichem Dunkel. Tau legte sich auf die Welt und kündete vom nahenden Morgen. Claudius tastete sich durch das Gestrüpp und schnalzte leise mit der Zunge. Mehrfach lauschte er in die Nacht, bis er ein kauendes Geräusch zu vernehmen glaubte. Unvermittelt standen sie vor den dösenden Maultieren, die im Halbschlaf das Laub von den stacheligen Büschen knabberten. Claudius atmete auf.

»Selbst die Esel sind mit uns«, schmunzelte er und klopfte dem Tier dankbar auf den Hals. Pila hatte erschrocken die Luft angehalten, dann aber ebenfalls erleichtert aufgeatmet, als sie die Tiere bemerkte.

Claudius nahm seinen wollenen Mantel ab und legte ihn ins Gras.

»Laß uns eine Weile ausruhen, im Morgengrauen brechen wir auf und mischen uns unter das ziehende Händlervolk. In der Dunkelheit würden wir nur Verdacht erregen.«

Er zog Pila zu sich heran. Dankbar nahm sie an seiner Seite Platz und genoß seine Wärme. Sie lehnte den Kopf an seine Schulter und spürte die Erschöpfung, die sich in ihrem Körper ausbreitete. Doch ihre Gedanken drehten sich seltsamerweise um die Vergangenheit. Romelia! Valerius! Der Bildhauer! Das Verlies! Bruchstückhaft zogen die Ereignisse vor ihrem inneren Auge vorbei. Trotz ihrer Müdigkeit war sie nervös. War es die Gefahr ihrer Flucht, war es die seltsame Veränderung in ihrem Leben? Sie war nicht mehr allein, nicht mehr nur auf sich selbst gestellt, nicht mehr nur für sich selbst verantwortlich. Es gab einen Menschen an ihrer Seite, mit dem sie auf Gedeih und Verderb verbunden war. Und doch war er keine Last für sie, es war schön, daß es ihn gab. Er hatte ihr Leben gerettet, ihr zur Flucht verholfen. Und nun flüchtete er mit ihr gemeinsam und gab sein ganzes bisheriges Leben auf, ohne zu wissen, was ihn erwartete, was ihm die Zukunft brachte.

Aber waren sie nicht schon viel eher schicksalhaft miteinander verbunden gewesen, von dem Augenblick an, als sie in der Arena von Rom den Beistand der Dämonen der Unterwelt für ihn erfleht hatte? Oder noch eher, als sie so unvermittelt in seine dunkelblauen Augen geblickt hatte?

»Du hast an mir gezweifelt, nicht wahr, Liebste?« schien Claudius ihre Gedanken erraten zu haben. Beruhigend strich er über ihren Arm.

»Hm.«
»Ich sagte einmal zu dir, ganz gleich, was passieren mag, du sollst nie vergessen, daß ich dich liebe.«
»Ich habe es nicht vergessen«, sagte sie leise.
»Aber du hast es nicht geglaubt.«
»Hm.« Pila schämte sich fast für ihre Gedanken. Doch sie mußte sich eingestehen, daß sie Claudius tatsächlich für einen Verräter gehalten hatte. Sie hatte sich von ihm in dem Augenblick verraten geglaubt, als sich das Schicksal zu seinen Ungunsten zu wenden schien. Aber es war ein Trugschluß. Mit einer ungeheuren Selbstbeherrschung hatte er die verhaßte Romelia in seine Arme genommen und den verliebten Hahn gespielt.
Wie schwer ihm diese Selbstbeherrschung gefallen war, konnte nur er selbst wissen. Es hatte ihn übermenschliche Überwindung gekostet, Romelia nicht umzubringen, als er sie in den Armen hielt. Mit Genuß hätte er jeden ihrer Knochen einzeln zerdrückt, sie erwürgt, zerquetscht zwischen seinen Händen. Doch dieser Tod wäre zu leicht gewesen, zu einfach für sie, sich von ihren Schandtaten wegzustehlen. Die Enttäuschung und Verbitterung der Verschmähten, der gräßliche Augenblick, in dem sie entdecken würde, daß sie hintergangen worden war, würden in ihr wie grüne Galle wühlen, würden ihren ohnehin bösartigen Charakter weiter vergiften. Doch gleichzeitig wurde ihm auch klar, daß Romelia, solange sie lebte, eine ständige Gefahr für sie beide sein würde. Sie mußten Rom verlassen, um aus dem unseligen Bannkreis dieser schönen und kalten Frau zu fliehen.

Mit hektischen Schritten lief Romelia im Atrium der Villa auf und ab. Vor ihr standen, stramm in einer Reihe ausgerichtet, fünf ihrer Sklaven und vier Gladiatoren aus Pompeji. Sie klopfte mit einer Gerte nervös in ihre Handfläche.

»Wie konnte das passieren?« schnaubte sie wütend. »Seid ihr blind oder unfähig?«
»Ich versichere dir, edle Dame, daß wir jeden, dem wir auf der Straße begegnet sind, genau gemustert haben. Nicht ein Zwerg aus Afrika wäre uns entgangen. Sie befanden sich nicht auf der Straße!« Der untersetzte Gladiator blickte Romelia offen in die Augen.
»Das ist unmöglich! Dann haben sie sich von der Straße entfernt, benutzen vielleicht Nebenwege.«
»Auch dann hätten wir sie gesehen, denn wir sind ausgeschwärmt und haben die Umgebung durchsucht.«
»Ich sollte euch alle ans Kreuz schlagen lassen, ihr unfähigen Figuren! Was haben diese beiden Flüchtlinge euch voraus, daß ihr sie nicht greifen könnt?« Romelias Augen schleuderten zornige Blitze, und wieder hieb sie drohend mit der Gerte durch die Luft. »Drei Tage! Drei Tage sind verloren!« heulte sie auf.
Der untersetzte Gladiator verengte seine Augen. »Wir sind nicht von so edler Geburt wie du, *matrona*, doch auch du hast nicht das Recht, so mit uns umzuspringen. Wir haben alles versucht, was möglich war. Vielleicht hast du dich geirrt, und sie sind gar nicht nach Brundisium geflüchtet.«
Er drehte sich um und winkte seinen Kumpanen. Mit einem kurzen grüßenden Nicken verließen sie das Atrium. Sprachlos blickte Romelia ihnen nach. Sie fühlte sich gedemütigt von diesen rauhen Kerlen, von Claudius, von Pila ...
Sie erhob die Gerte und schlug wahllos auf die fünf Sklaven der Wache ein, die ihrer Züchtigung schutzlos ausgeliefert waren. Sie steigerte sich in einen Rausch hinein, und ihr Gesicht verzerrte sich zu einer Fratze. Animalische Laute drangen aus ihrem Hals, und sie hielt erst inne, als die fünf Männer blutend am Boden lagen. Sie warf die Gerte weg und trommelte in ohnmächtiger Wut mit den Fäusten gegen die Wand. So plötz-

lich, wie dieser Wutanfall begonnen hatte, so plötzlich war er vorbei. Schluchzend strich sie mit den Händen über ihre blutbespritzte Tunika und blickte sich hilflos um.

Wo sollten sie sonst sein außer in Brundisium? Wo? Nein! Romelia ließ sich auf einen Stuhl sinken und griff nach dem Weinbecher. Sie leerte ihn in einem Zug. Aber natürlich! Pila stammte aus Germanien! Dahin würde sie zurückgehen und dieser nichtsnutzige Gladiator ebenfalls. Warum war sie nicht gleich darauf gekommen? Doch sie hatten drei Tage Vorsprung. Aber selbst das flinkeste Reh kann den Wölfen nicht entfliehen, wenn es nur viele sind.

»Celius!!«

Der gerufene Sklave eilte herbei und warf sich sicherheitshalber zu Boden.

»Erhebe dich, du elender Speichellecker! Ich brauche keine Schlange, die im Staub kriecht. Eile nach Pompeji, nach Stabiae und Herculaneum! Und schreibe an alle Wände diese Worte: Romelia, die Frau des edlen Senators Valerius, schenkt demjenigen zehntausend Sesterzen, der die flüchtige Sklavin Pila und den verräterischen Gladiator Claudius ergreift und nach Pompeji zurückbringt.«

Celius sprang auf und eilte davon, um den Befehl seiner Herrin auszuführen. Woher Romelia zehntausend Sesterzen nehmen wollte, war ihr zwar nicht klar, hatte sie doch ihr ganzes verfügbares Vermögen in ihre eigene Flucht investiert. Doch es war ihr im Augenblick völlig egal. Sie wollte der Flüchtenden habhaft werden. Um jeden Preis!

Zufrieden lehnte sie sich zurück und ließ sich von Drusilla einen weiteren Becher Wein einschenken. Sie trank ihn unverdünnt und genoß das euphorisierende Gefühl, das das Getränk in ihr entfachte. Plötzlich erhob sie sich und öffnete ihre Truhe. Unter den Stoffen wühlte sie das lange Haar hervor, das sie Pila abgeschnitten hatte. Wenigstens die Trophäe ihres Triumphes wollte sie offen tragen. Und zwar an dem Tag, an dem Pila und Claudius in der Arena sterben würden.

»Drusillaaa!!«

»Ja, Herrin, ich stehe doch neben dir«, flüsterte die Dienerin erschrocken.

»Schicke einen Sklaven nach Pompeji, und laß einen Perückenmacher kommen! Laß den besten kommen, den es in der Stadt gibt!«

Dreizehntes Kapitel

QUER DURCH DAS IMPERIUM

Sie warteten stumm und lauschten dem Lied der erwachenden Vögel. Claudius entnahm dem versteckten Korb zwei Äpfel.

»Wir sollten aufbrechen«, sagte er nur und holte die Maultiere. Auch auf der Straße erwachte das Leben, und einer pulsierenden Ader gleich wanderten die Menschen auf ihr entlang, dem unersättlichen Rom entgegen. Claudius und Pila reihten sich ein in die endlose Schlange der Bauern und Händler, Sklaven und Soldaten, zwischen die Karren, Ochsen und Maultiere. Niemand nahm von ihnen Notiz.

Pila trug ein langärmeliges Wollkleid und einen schalartigen Mantel darüber, der auch ihr Haar verhüllte. Die Schande über das abgeschnittene Haar hatte sie verkraftet, war es doch derzeit in Rom Mode, kurzes Haar zu tragen. Doch ihre helle Haarfarbe hätte sie verraten.

Auch Claudius trug die Tracht eines Handwerkers. Auf ihren beiden Maultieren waren sie zwei von Unzähligen, die auf den Lebensadern des Imperiums dahinströmten.

Während mit zunehmender Entfernung der seltsame Druck, der auf Pila lastete, nachließ, wurde es Claudius immer unbehaglicher. Sie näherten sich Capua, wo sich die Schule des Lentulus befand, seine Heimat, wenn man das als solche überhaupt bezeichnen konnte. Claudius war in Capua sehr bekannt und begehrt. Zu Recht fürchtete er, erkannt zu werden. Doch sie mußten Capua durchqueren, um auf die Via Latina zu gelangen, die sich in Casilinum mit der Via Appia vereinte.

In Capua bauten die Händler und Bauern ihre Stände auf, und es herrschte ein reges Treiben. Die engen Gassen der Stadt waren kaum passierbar. Schwere Transportkarren versperrten den Weg, Herden zwängten sich dazwischen durch, und die Flüche der Treiber hallten an den Häuserwänden wider. Eine *saccaria*, mit zwei Ochsen bespannt, hatte den Stand eines Obsthändlers gerammt. Die Früchte rollten über die Straße, der Händler lamentierte und wehklagte, der Ochsentreiber verteidigte sich gestikulierend, und letztendlich griffen die Stadtwachen ein.

Claudius stieg von seinem Maultier ab und führte es und Pilas Tier durch das Durcheinander. Sie bahnten sich den Weg zu einer Seitengasse, wo es etwas ruhiger war. Hier lagen Tavernen, Restaurants, kleine Handwerkerläden und Lupanare.

Eine der *meretrices*, die ihre Leistungen anbot, stieß mit Claudius zusammen.

»Oh, Verzeihung«, murmelte Claudius und wollte sich an ihr vorbeistehlen.

»Sei gegrüßt, Fremder! Wohin so eilig?« Die *meretrix* drehte sich nach ihm um und blickte ihm ins Gesicht. »Oh, kennen wir uns nicht?« fragte sie etwas verwirrt.

»Sicher nicht!« Claudius wandte schnell den Kopf ab. Er mußte unbedingt sein Gesicht unkenntlich machen. Jedes schöne Mädchen in Capua kannte ihn!

Etwas irritiert blickte sie den beiden nach, dann ging sie kopfschüttelnd weiter.

Ungeduldig zerrte Claudius am Zügel der Maultiere. Er wollte Capua so schnell wie möglich hinter sich lassen. Doch als sie die Seitengasse verließen, gerieten sie in den nächsten Stau – Soldaten, die zum nördlichen Stadtausgang marschierten. Claudius drückte die Maultiere in eine Hofeinfahrt.

»Bleib hier und warte!« sagte er zu Pila. »Ich werde allein zur Ecke gehen und schauen, ob die Luft rein ist.«
»Bitte sei vorsichtig!« mahnte Pila besorgt.
Claudius lächelte. »Keine Sorge, das ist ein Kinderspiel.«
Lässig schlenderte er zur Ecke und bog in die Straße ein. Er wich den marschierenden Soldaten aus und blieb im Eingang einer Taverne stehen.
»Einen Becher Wein gefällig?« fragte der Wirt.
»Nein, danke«, antwortete Claudius.
»Was willst du dann hier, du Herumtreiber? Etwa stehlen?« Unsanft packte er Claudius an seinem Kittel. Fast automatisch ging Claudius' Griff zu seinem Schwert, und der Wirt blickte ihn irritiert an. Im letzten Augenblick hielt Claudius inne. Handwerker trugen keine Waffen! Er atmete tief durch.
»Ich bin kein Herumtreiber, sondern Zimmermann. Und nun laß mich los, du Weinpanscher, ehe ich dir deinen Laden zu Brennholz zerlege!«
»War ja nicht so gemeint«, knurrte der Wirt. »Aber es treibt sich so viel Gesindel hier herum, und alles will nach Rom.«
»Und wo wollen die Soldaten hin?« fragte Claudius.
»Auch nach Rom. Irgend etwas braut sich dort zusammen. Man redet von Unruhen in der Stadt.«
»Auch ich will nach Rom, ich bin auf der Suche nach Arbeit«, sagte Claudius.
»Alle wollen nach Rom, und alle suchen Arbeit. Es gibt genug Sklaven, für die Freien ist kaum etwas zu holen. Deshalb scheint es in Rom einen Aufstand zu geben. Ich rate dir, dein Glück woanders zu versuchen.«
»So, so«, murmelte Claudius. »Jetzt könnte ich doch einen Becher Wein vertragen.«
Erfreut stellte ihm der Wirt einen Tonbecher auf den Tisch und schenkte ein. Vielleicht erfuhr er etwas mehr über den Fremden,

das er gegen bare Münze an den Präfekten verkaufen konnte. Man wußte ja nie, wozu es gut war. Claudius warf eine Kupfermünze auf den Tisch, trank den Becher in einem Zug leer und verließ grußlos die schmuddelige Taverne. Was er gehört hatte, beunruhigte ihn zutiefst. Schnell eilte er zu Pila zurück.

»Komm, wir reiten einfach hinter den Soldaten her, es bleibt uns im Augenblick nichts anderes übrig. Sie marschieren sicher auf der Via Appia weiter, wir nehmen die Via Latina. Sie ist zwar nicht so breit und bequem, aber auch nicht so voll. In Rom scheint es einen Aufstand zu geben. Wir dürfen keineswegs nach Rom reiten.«

»Aber wie kommen wir in die weißen Berge?« fragte Pila angstvoll.

»Das werden wir sehen. Wir umgehen Rom östlich, durch die Apenninen.«

Sie beeilten sich, Capua zu verlassen, und schlossen sich den Soldaten an. Claudius hatte richtig vermutet. In Casilinum überquerten sie einen Fluß, dann gabelte sich die Straße. Während die Soldaten weiter auf der Via Appia marschierten, benutzten Claudius und Pila die Via Latina. Sie waren allerdings nicht die einzigen, die diese Idee hatten, und so mußten sie sich auch hier mit Stockungen und Hindernissen in Form von Karren, Herden und Reisenden in beiderlei Richtung abfinden. Die Straße war ausgefahren, und wer mit seinem Wagen in eine der tiefen Spurrinnen kam, riskierte einen Achsenbruch.

»He, du, was bist du für ein Handwerker?« fragte ihn ein Soldat, als sie vor dem Dorf Rufrae durch einen Menschenauflauf aufgehalten wurden.

»Zimmermann, warum?«

»Da vorn gibt es ein Problem. Einem Ochsenkarren ist das Rad gebrochen. Geh und hilf dem Treiber!«

»Ich bin Zimmermann, kein Stellmacher!« protestierte Claudius.

»Halt's Maul!« brüllte ihn der Soldat an. »Das ist dasselbe! Holz ist Holz! Die Straße muß frei gemacht werden, weil zum Abend noch eine Hundertschaft Soldaten kommt.«

»Ich habe kein Werkzeug bei mir«, knurrte Claudius.

»Du willst ein Handwerker sein und hast kein Werkzeug? Willst du mich für dumm verkaufen?« Das Gesicht des Soldaten lief rot an.

Claudius hielt es für besser, den Soldaten nicht herauszufordern. »Ich komme schon. Laß wenigstens meine Frau hier abseits warten«, beruhigte Claudius ihn.

Er folgte ihm zu Fuß und drängte sich durch die Menschen. Quer auf der Straße lag eine *saccaria*, der Bauer hatte bereits eine Unmenge Kohlköpfe abgeladen und am Straßenrand aufgestapelt. Statt seine Karre hochzuhieven, war er damit beschäftigt, dreiste Diebe von seiner Ware fernzuhalten.

»Dann jage wenigstens die Neugierigen weg, während ich dem Bauern helfe«, knurrte Claudius. Gemeinsam mit dem Bauern hob er die Karre aus der Furche und schob sie an den Straßenrand. Das große Scheibenrad war an der starren Achse weggebrochen.

»Da kann ich dir auch nicht helfen, Bauer«, sagte Claudius und hob bedauernd die Schultern. »Du brauchst eine neue Achse. Und die habe ich zufällig nicht bei mir.«

»Was soll ich denn machen?« lamentierte der Alte und sprang wie ein Ziegenbock um seine Karre herum. »Wenn ich meinen Kohl verlasse, um ins Dorf zu gehen, haben sie mir alles geklaut, wenn ich zurückkomme.«

»Laß doch den Soldaten deine Kohlköpfe bewachen«, riet Claudius ihm. »Zu mehr ist der sowieso nicht zu gebrauchen. Dann kannst du beruhigt ins Dorf gehen und eine Achse anfertigen lassen.«

»Ich danke dir, Bürger, für deinen guten Rat. Laß uns doch gemeinsam ins Dorf gehen, du hast sicher den gleichen Weg.«

»Oh, dort hinten wartet mein Weib auf mich, ich muß es holen. Tut mir leid.«
Schnell drängte sich Claudius durch den Menschenauflauf, der sich langsam zu zerstreuen begann, und eilte zu Pila.
»Warum war der Soldat so unfreundlich?« wollte Pila wissen. »Hat er dich kontrolliert?«
»Nein, das nicht, aber vielleicht sollte ich mir einen anderen Beruf zulegen. Zimmermann ist zu gefragt auf einer Straße, wo ständig ein Karren auseinanderbricht. Ich habe kein Werkzeug bei mir, das fällt auf!«
Pila nickte. So einfach war es doch nicht, auf einer Straße zu reisen, wo die meisten anderen Passanten auch nur Bauern, Händler und Handwerker waren.
Es ging nur mühsam voran, und sie waren am ersten Tag nicht weit gekommen.
»Wir sollten in Rufrae in einem Wirtshaus übernachten«, schlug Claudius vor. »Heute hat es wenig Zweck, noch weiterzureisen. Ich suche ein billiges, wo wir nicht auffallen.«
Claudius brauchte nicht lange zu suchen. In einer relativ ruhigen Seitengasse fanden sie eine Herberge mit einer Stallung, wo sie ihre Maultiere unterstellen und verpflegen lassen konnten. Der Wirt bot ihnen ein winzige, fensterlose Kammer an, die sie zumindest nicht mit anderen teilen mußten. Sie brachten ihr Reisegepäck hinein und stapelten es in einer Ecke auf.
»Es ist besser, du bleibst hier«, meinte Claudius. »Ich bringe dir nachher etwas zu essen herauf. In diesen Wirtshäusern wird häufig gestohlen. Wir brauchen aber unsere Reserven noch.«
Pila nickte. Sie war müde und sehnte sich danach, sich auf einem Strohsack auszustrecken. Sie legte ihren Kopf auf das Bündel, in dem das Geld und Romelias Schmuck eingewickelt waren. Bald war sie eingeschlafen.
Claudius indessen stieg die steile Holztreppe hinunter und

setzte sich im Schankraum auf eine der langen Bänke. Der Raum war mäßig gefüllt, einige Reisende löffelten den Hirsebrei, den es billig gab, andere tranken nur gemischten Wein. Der Herbergswirt stellte Claudius Brot, Olivenöl und geräucherten Speck hin und schenkte ihm warmen Wein ein. Während er kaute, hörte er plötzlich von der Tür ein Rufen.

»Da ist ja der Zimmermann!«

Unwillig blickte Claudius auf. Es war der Bauer, der endlich im Ort eingetroffen war. Die anderen Gäste drehten sich zu Claudius um und betrachteten ihn kritisch.

»Was schreist du so herum, du Kohlkopfroller?« murrte Claudius. Es war ihm keineswegs recht, so viel Aufsehen zu erregen.

»Oh, ich wollte dir nur noch einmal danken für deine Hilfe und dir einen Becher Wein spendieren. Der hiesige Stellmacher wird mir morgen früh meinen Karren reparieren.«

»Und wo sind deine Kohlköpfe?« wollte Claudius wissen.

Der Bauer lachte listig. »Der Soldat sitzt immer noch dort und bewacht sie. Morgen früh werde ich auch ihm mit einem Becher Wein danken.«

»Na dann, auf deinen Kohl!« Claudius hob seinen Becher.

Aus dem Obergeschoß erklang Tumult. »Bei den Göttern, was ist denn da los?« brüllte der Wirt.

Claudius sprang auf, als er Pilas Schrei vernahm.

Pila erwachte, als eine Hand nach ihr tastete. »Oh, Claudius, ich bin so müde«, murmelte sie schlaftrunken und drehte sich von ihm weg. Ein harter Griff hinderte sie daran. »Was tust du da?« fragte sie erschrocken und fuhr auf. Sie blickte in das grinsende Gesicht eines fremden Mannes. Eine säuerliche Weinfahne schlug ihr entgegen.

»Wer bist du? Verschwinde!« schrie sie.

»Zier dich nicht so, Weib! Du bist doch für die Gäste da!«

»Das ist ein Irrtum! Ich bin verheiratet!«
»Um so besser, da weißt du ja, wie es geht.« Der Mann schob sich auf Pila und zerrte an ihrer Kleidung. Ihr Kopfschleier rutschte herunter. »Sieh mal an!« staunte der Fremde. »Blond bist du wie eine Weizenpuppe!«
Unter schallendem Gelächter preßte er sie auf den Strohsack und drängte sich zwischen ihre Beine.
»Hilfe! Hilfe! Claudius, hilf mir!« schrie Pila verzweifelt.
Mit einem brüllenden Laut stürzte sich Claudius auf den Mann und riß ihn hoch. Er zog sein Schwert und setzte es dem Mann an die Kehle.
»He, was soll das?« wehrte sich der Betrunkene. »Ist ja gut. Ich wollte doch bloß ein bißchen Spaß haben.«
»Aber nicht mit meiner Frau!« zischte Claudius erregt und drückte ihm die Schwertspitze an die Gurgel.
Entschlossen ging der Wirt zwischen die Streitenden. »Ich will hier kein Blutvergießen haben«, sagte er. »Es ist ja nichts geschehen!«
»So? Das ist nichts, daß meine Frau fast vergewaltigt wurde?«
»Dann paß doch besser auf sie auf!« höhnte der Mann und zeigte auf Pila. »Sie ist ja blond wie die germanischen *meretrices.* Da soll man keinen Appetit bekommen? Wie kommst du eigentlich an so eine Frau? Oder ist sie gar eine *meretrix?*«
»Scher dich hinaus, du Schweinsblase!« Claudius packte den Mann an seiner schmutzigen Tunika und warf ihn aus der Kammer.
Die Umstehenden starrten Pila an. »Geht, Leute, geht, es gibt hier nichts mehr zu schauen. Und du, Wirt, bring meiner Gattin etwas zu essen, gebratenes Hühnchen und Käse.«
Claudius hockte sich neben Pila, die verstört in einer Ecke der Kammer saß.
»Ich will hier nicht bleiben«, klagte sie leise und zitterte am ganzen Leib.

»Wir bleiben die Nacht hier, aber ich werde dich nicht verlassen. Schau, der Wirt bringt dir schon dein Essen.«
Ergeben senkte Pila den Kopf. Claudius schob ihr das Tablett hin. Das Hühnchen duftete köstlich. Angewidert wandte Pila sich ab.
»Mir ist übel«, sagte sie.
»Es tut mir leid, daß du dich so aufgeregt hast«, tröstete er sie. »Iß trotzdem etwas, du brauchst Kraft. Wir werden morgen in aller Frühe weiterreiten.«
Pila trank einen Schluck Wasser und griff zum Käse.
»Iß das Hühnchen selbst«, sagte sie. »Ich habe wirklich keinen Appetit.«
Unten im Schankraum saß der Bauer und schüttelte verwundert den Kopf. »Seltsamer Zimmermann«, murmelte er. »Hat keine Axt bei sich, aber ein Schwert.«

Fortan vermieden sie es, in einer Herberge zu nächtigen, und begnügten sich mit einem unbequemen Lager am Rande der Straße. Außerdem verließen sie bei Fregellae die Via Latina und begaben sich auf eine schmale Handelsstraße, die durch die Apeninnen bis zum Lacus Fucinus führte. Der Vorteil war, daß die Straße wenig benutzt wurde und sie dadurch schneller vorwärtskamen als auf der Via Latina. Andererseits schenkte man ihnen mehr Aufmerksamkeit, doch Claudius glaubte fest daran, daß sie ihre Verfolger abgehängt hatten. Die falsche Spur nach Süden bescherte ihnen einen ausreichenden Vorsprung, außerdem war wohl nicht mehr nachzuvollziehen, wo sie die großen Straßen verlassen hatten.
Es wurde Herbst, und das Wetter in den Bergen verschlechterte sich. Zum Glück hatten sie in ihrem Bündel genügend praktische Kleidung, die sie vor allem im Norden dringend gebrauchen konnten. In den Nächten kuschelten sie sich aneinander,

denn es wurde empfindlich kühl und feucht. In der Einsamkeit der Berge fühlte Pila sich bedeutend sicherer als in dem Menschengewühl der Städte.

Nur wenige Dörfer lagen am Wege. Dort kauften sie Lebensmittel, vor allem Brot, Gemüse und Eier. Bei einem Gerber kaufte Claudius etwas *atramentum sutorium*, das Schusterschwarz, das die Gerber zum Einfärben des Leders benutzten. Der Gerber fragte nicht viel danach, da Claudius ihm auch zwei Paar feste Sandalen abkaufte.

Wenn Claudius Einkäufe tätigte, dann ließ er Pila meist zurück. Mit ihrer hohen Statur und dem blonden Haar fiel sie auf, und man würde sich gewiß an sie erinnern. Selbst wenn sie ihr Haar mit einem Tuch bedeckte, verrieten ihre helle Haut und ihre blauen Augen, daß sie keine Römerin war.

Nur zwei größere Orte passierten sie, Antinus und Lucus Anguitiae, in dessen Nähe sich ein Heiligtum befand. Sie mischten sich unter die Pilger, und Claudius hielt die Ohren offen, um zu erfahren, was sich auf den Straßen rund um Rom tat.

Die Nacht verbrachten sie an einer einsamen Stelle am Ufer des Sees. Pila sehnte sich nach einem Bad und blickte auf das verlockend klare Wasser. Doch sie besaß seit Kindertagen eine unüberwindliche Scheu, in einem Fluß oder See zu baden.

»Schau, was ich dir mitgebracht habe«, sagte Claudius und packte seine Einkäufe aus. Neugierig betrachtete Pila mehrere kleine Dosen.

»Was ist das?« wollte sie wissen.

»Das ist Schusterschwarz. Damit sollst du dein Haar einfärben. Ich befürchte, wenn dir wieder jemand den Schleier wegzieht, sind wir unsere Tarnung los.«

Pila blickte ihn entgeistert an. »Oh nein, bitte nicht! Es war für mich eine schreckliche Schmach, als ich mein langes Haar verlor. Doch nun noch einfärben? Niemals!«

»Bei allen Göttern, Pila, jetzt hör auf mit deiner dummen germanischen Eitelkeit! Es geht um unser nacktes Leben. Hast du nicht selbst erlebt, wie die Männer auf dein blondes Haar reagieren? Ich kann nicht immer das Schwert ziehen, es sei denn, ich begleite dich als römischer Soldat. Doch dazu fehlt mir einiges an Rüstung. Also jetzt mach nicht so ein Theater, und schmier dir das Zeug ins Haar!«
»Woraus besteht das?« Pila standen die Tränen in den Augen.
»Keine Ahnung, irgendwelches Eisenglanz und Kupfervitriol, aber wenn es Leder färbt, wird es auch dein Haar dunkeln.«
Entsetzt starrte Pila auf die Dose. »Dann sehe ich aus wie diese alten Frauen, die an den Backöfen die Asche wegkehren.«
»Oh, ist es deshalb, weil du glaubst, ich würde dich nicht mehr hübsch finden?« Claudius lachte und zog ihr scherzhaft am Ohr. »Es geht weiter. Ich habe dir Erdocker mitgebracht, damit du deine Haut damit puderst. Dann hast du fast so einen schönen braunen Teint wie Romelia.«
»Das ist nicht dein Ernst!«
»Doch, und wenn du es nicht tust, dann tue ich es!«
»Wage es, dann werde ich mich mit meinen Krallen wehren. Ich bin zwar ein Bauernmädchen, aber auch eine Kriegerin!«
Claudius lachte. »Das wird dir herzlich wenig nützen, denn ohne deine Kriegsbemalung weigere ich mich, mit dir weiterzuziehen!«
Pila schnaufte. »Warum bist du plötzlich so streng mit mir?«
»Nur zu deiner Sicherheit. Wenn wir den See passiert haben, kreuzen wir die Via Valeria und gelangen nach Alba Fucens, einer größeren Stadt. Ich bin zwar kein Feigling, aber auf einen offenen Kampf möchte ich es nicht ankommen lassen. Außerdem weiß ich nicht, ob Romelia unsere Verfolgung aufgegeben hat. Wenn sie erst einmal bemerkt, daß ich sie in die falsche Richtung gelockt habe, wird sie sehr schnell wissen, daß wir

nach Germanien wollen. Setzt sie berittene Verfolger ein, haben wir keine Chance, ihr zu entkommen, es sei denn durch List und Verkleidung.«

Pila senkte den Kopf und schämte sich. Claudius setzte sein Leben für ihre Rettung ein, und sie stritt wegen dieser dummen Eitelkeit. Sie war hier nicht in Germanien, wo sie ihr Haar als Statussymbol zur Schau trug. Ihre Sippe würde sie auch mit dunklem Haar wiedererkennen, außerdem würde es nachwachsen.

»Tut mir leid«, murmelte sie entschuldigend. Sie nahm die Töpfchen und begab sich etwas abseits ans Ufer, um ihr Haar zu waschen und mit dem Schusterschwarz zu bestreichen. Sie ließ es eintrocknen, bis es fest an ihrem Haar klebte. In der Zwischenzeit sammelte sie große Steine vom Ufer und legte sie ins flache Wasser, um eine kleine Einbuchtung des Sees abzuriegeln. Erstaunt schaute Claudius ihren Bemühungen aus einiger Entfernung zu. Doch er spürte, daß Pila allein bleiben wollte, und störte sie nicht.

Mit viel Mühe hob Pila nun den Seegrund aus, bis eine natürliche Badewanne entstanden war, in die sie sich endlich hineinsetzte. So hatte sie nicht das Gefühl, in einem uferlosen Wasser zu treiben. Genüßlich planschte sie und wusch die überschüssige Farbe aus ihrem Haar. Sie drehte die nassen Strähnen zu kleinen Löckchen zusammen, wie sie es häufig bei Romelia gesehen hatte. Diese Frisur trugen die Frauen in Pompeji und schmückten sie häufig noch durch ein filigranes Haarnetz aus Golddraht oder Perlen. Claudius würde mit ihr zufrieden sein.

Sie trocknete sich ab und puderte Gesicht, Hals und Arme mit Erdocker. Kritisch betrachtete sie sich im klaren Wasserspiegel. Ein fremdes Gesicht blickte ihr entgegen.

Zögernd, fast verschämt kehrte sie zu Claudius zurück. Er blickte ihr lächelnd entgegen. Während sie badete, hatte er das

Essen zubereitet, das in einem flachen Topf über der einfachen Feuerstelle kochte.
»Ich komme mir so häßlich vor«, klagte Pila.
»Oh nein, du siehst außerordentlich apart aus. Außerdem, wenn wir uns heute nacht lieben, ist es dunkel, und ich sehe es nicht!« Er grinste schalkhaft, und die wütende Röte, die ihr Gesicht überzog, war sogar unter der dicken Puderschicht zu sehen.
»Du Scheusal!« rief sie erbost und warf mit einem nassen Tuch nach ihm, das klatschend in seinem Gesicht landete.
»Habe ich das verdient, nachdem ich eine richtige Römerin aus dir gemacht habe?« rief er in gespielter Empörung.
Sie hockte sich neben die Feuerstelle und vermied es, ihn anzublicken, weil es wieder verdächtig um seine Mundwinkel zuckte. Ungerührt schöpfte er die Gemüsesuppe aus dem Topf, nachdem er zwei Eier hineingeschlagen hatte.
»Komm, mein Täubchen, laß uns in Frieden essen, wer weiß, wann wir wieder so eine köstliche Suppe zubereiten können.«
»Wie kommst du darauf? Folgen wir nicht länger diesen Bergen nach Norden?«
»Doch, aber ich weiß nicht, wie gut wir vorwärtskommen werden. Es gibt eine neugebaute Straße, die zur Ostküste führt. Dort wird unsere Reise nach Norden bedeutend leichter werden. Doch bis dahin ...«
Pila seufzte leise. »Nimm mich in die Arme, Claudius. Ich wußte nicht, daß die Welt so groß ist!«

Am neunten Tag ihrer Flucht erreichten sie die Via Caecilia, die erst vor wenigen Jahren fertiggestellt worden war und Rom mit der Ostküste verband. Nun kamen sie wieder schneller vorwärts. In nur eineinhalb Tagesreisen gelangten sie nach Hadria, von wo aus sie sich nach Norden wandten. Die Straße folgte der Küste, sie konnten sich nicht verirren.

»Es ist erstaunlich, wie gut das ganze Römische Reich durch Straßen erschlossen ist«, staunte Pila.
»Das ist das wichtigste, um so ein großes Reich regieren zu können«, erklärte Claudius. »Die Verbindungen untereinander müssen schnell sein, einmal, um das Reich zu versorgen, aber noch wichtiger ist, daß die Legionen marschieren können und die Nachrichten schnell übermittelt werden.«
»Weißt du, anfangs glaubte ich, die hohen Häuser in Rom seien von Göttern erbaut, weil Menschen nicht so viele Steine aufeinandertürmen könnten.« Sie lachte. »Es ist schon seltsam, wozu der Mensch in der Lage ist. Und diese wundervollen Straßen, auf denen man so bequem reisen kann! Wenn ich an den Treck denke, als wir unsere Heimat am nordischen Meer verlassen haben! Wir sind mühsam durch morastigen Wald gezogen, haben uns teilweise Pfade schlagen müssen oder sind den geheimen Straßen der Bernsteinhändler gefolgt. Wir haben ein Jahr gebraucht, um eine Strecke zurückzulegen, für die wir hier keine drei Wochen benötigten.«
»Und dahin willst du wieder zurück?« fragte Claudius lächelnd.
Pila senkte den Blick. »Es ist mein Volk, meine Sippe, meine Heimat. Meines Vaters Knechte hatten die Felder bestellt, als ich gefangengenommen wurde.« Sie schwieg für einen Augenblick. Ja, sie sagte tatsächlich, ihres Vaters Knechte ... Dabei hatte Sigmund selbst hinter dem Pflug geschwitzt, weil sie kaum noch Feldknechte hatten. Und sie selbst hatte die Schweine gefüttert, weil die Magd im letzten Winter gestorben war. Und doch wollte sie wieder dahin zurück, in die Obhut ihrer Sippe, wo sie sich geborgen fühlte.
Sie blickte Claudius von der Seite her an. Für Claudius würde es eine große Umstellung bedeuten, das rauhe Leben, die anderen Sitten... War sie vielleicht zu selbstsüchtig, wenn sie dieses Opfer von ihm verlangte? Doch in Rom gab es keine Zukunft für

ihn, außer in der Arena zu sterben. Und welche Zukunft gab es für ihn in Germanien?
»Woran denkst du, Liebling?« unterbrach Claudius ihre Gedankengänge. »Dein Gesicht erscheint mir so sorgenvoll.«
»Ach, es ist nichts. Mir ging so einiges durch den Kopf, alles dummes Zeug. Ich dachte, ob wir nicht einen Tag Pause einlegen könnten. Ich würde gern eine Therme besuchen und mich entspannen und einmal in einem richtigen weichen Bett schlafen.« Sie wollte nicht zugeben, daß sie sich seit einiger Zeit unwohl fühlte und das Schwanken auf dem Rücken ihres Maultieres kaum noch ertrug. Würde sie nicht die dicke Puderschicht im Gesicht tragen, die sie jeden Morgen vorsorglich erneuerte, hätte Claudius ihre blassen Wangen und die dunklen Ringe unter ihren Augen bemerkt.
Claudius überlegte. »Nun, Geld haben wir genügend, und ich glaube kaum, daß man uns noch verfolgt. Wir sollten eine Rast einlegen und unseren braven Maultieren auch eine Pause gönnen. In Ariminum werden wir uns eine gute Herberge suchen.«
In der Küstenstadt Ariminum suchte Claudius eine einfache, aber saubere Herberge, wo sie sich für mehrere Tage ein Zimmer mieteten. Es kostete einen großen Teil ihres Geldes, aber Claudius bereute es nicht. Auch er war froh, wieder zivilisiert schlafen zu können. Außerdem wollte er einiges von Romelias Schmuck versetzen, um ausreichend Geld zur Verfügung zu haben.
Sie bekamen eine Kammer mit einem breiten Bett, einer Waschgelegenheit und einem Fenster zugewiesen. Das wichtigste war, daß die Kammer zu verschließen war. Jetzt konnte er mit Pila einen Bummel durch die Stadt unternehmen, ohne daß jemand das Gepäck beaufsichtigen mußte.
Zuerst jedoch erfrischten sie sich, kleideten sich um und ließen sich ein ausgiebiges Mahl bereiten, das sie auf dem Zimmer

einnahmen. Es gab frisch gefangenen Fisch, und selbst Pila, deren Magen seit Tagen zugeknöpft zu sein schien, mundete es, und sie verschlang eine große Portion gedünsteten Seefisch mit Gemüse und Brot. Dann legten sie sich in das frisch bezogene Bett und genossen die körperliche Nähe, als hätten sie sich seit Wochen nicht gesehen. Claudius räkelte sich zufrieden auf den glatten Laken.

»Da liegt dein Körper seit drei Wochen Nacht für Nacht neben mir, und heute ist mir, als liebte ich dich das erste Mal.«

»Mir geht es ebenso«, flüsterte Pila und umschlang ihn. »Die Zivilisation der Römer hat eben auch einige Vorteile zu bieten, zum Beispiel ein frisch bezogenes Bett.« Sie lachte leise. »Claudius, bitte liebe mich, als wäre es das erste Mal!«

Pila wünschte sich nichts sehnlicher, als eine Therme zu besuchen, und Claudius ging es ähnlich. Hatte es Pila früher nichts ausgemacht, einen ganzen Winter nicht zu baden und sich nur mit kaltem Wasser zu waschen, so hatte sie, neben anderen Annehmlichkeiten, die römischen Bäder schätzengelernt. Nach ihrem dreiwöchigen Ritt sehnte sie sich danach, sich im warmen Wasser zu entspannen.

Gemeinsam begaben sie sich am nächsten Tag zu den Thermen. Claudius verabschiedete sie an dem Badehaus, das nur für Frauen bestimmt war, nicht ohne sie vorher zu ermahnen, vorsichtig zu sein. Bevor sie die Herberge verließen, hatte Claudius ihr einige Armreifen von Romelia aufgebogen und über die Oberarme gestreift, um ihr Brandmal zu verstecken. Wenn in der Therme jemand entdecken würde, daß sie eine Sklavin war, wäre ihre Flucht beendet!

Nachdem Pila sich ausgekleidet hatte, schlang sie ein Tuch um die Hüften und legte ein Ende über die rechte Schulter. Das wirkte unauffällig, und sie konnte in die verschiedenen Baderäume gehen, ohne daß jemand Notiz von ihr nahm. Lediglich im Sudatorium bemerkte sie erschrocken, daß das Schusterschwarz offensichtlich doch nicht ganz echt war und sich kleine dunkle Rinnsale von ihrem Haar auf die Schultern ergossen. Schnell schlang sie ein Tuch um den Kopf, um das Mißgeschick zu verbergen. Die Badesklaven achteten jedoch nicht darauf, sondern massierten ihr kräftig das Öl in die Haut, das sie wieder ausschwitzte und dann im Warmbad abwusch. Sie fühlte sich wie neugeboren und planschte ausgiebig im Warmwasserbecken des Balineums. Sie bemerkte nicht, daß ein Paar schwarzer Augen sie heimlich betrachtete.

Eine Frau mittleren Alters verfolgte Pila zuerst mit den Augen, dann ging sie ihr unauffällig in die Abteilungen der Therme nach. Gleich zu Beginn war ihr aufgefallen, daß Pila für eine Römerin außergewöhnlich groß war und sehr helle Haut hatte. Zwar trug sie die moderne Frisur der Pompejerin, auch guten, keinesfalls billigen Schmuck und bewegte sich selbstsicher. Doch als sie ihr Tuch abnahm, sah sie, daß Pila sich nicht, wie bei den Römerinnen üblich, das Körperhaar entfernt hatte. Deutlich leuchtete im Dreieck ihrer schlanken Schenkel goldblondes Haar.

Die Frau, die Pila scharf beobachtete, war Aemilia, die Frau des einflußreichen und bekannten Senators Gnaeus Pompelius. Sie war bereits mittleren Alters. Ihre Augen waren rabenschwarz wie ihr Haar, ihr Körper wohlgestaltet und alterslos, unberührt von der Zeit. Sie war sich ihrer Schönheit wohl bewußt, hielt sich jedoch züchtig zurück, um bei Pila keine Aufmerksamkeit zu erregen. Einige Male hielt sie sich ganz in Pilas Nähe auf und betrachtete sie unauffällig. Sie sah die hochgewachsene Fremde zum ersten Mal in der Therme und hatte das untrügliche Gefühl, daß sie die Richtige für ihren Plan sei. Bevor sie ihren Sohn auf das Mädchen ansetzte, mußte sie sich selbst ein Urteil über sie bilden, ein Urteil über ihre körperlichen Fähigkeiten. Was sie sah, befriedigte sie mehr, als ihr lieb war, und gleichzeitig wurde sie eifersüchtig bei dem Gedanken, dieses hellhäutige Weib ihrem tölpelhaften Sohn zu überlassen. Vielleicht sollte sie selbst erst einmal das Mädchen testen ...

Pila verließ die Therme und begab sich auf indirektem Weg in die Herberge, da Claudius nicht auf sie warten sollte. Sie fühlte sich in dieser Stadt sicher, wer sollte sie hier vermuten? Claudius hatte sich ebenfalls auf die Therme gefreut und sollte das entspannende Bad genießen, solange er wollte. Außerdem hatte er die Absicht, etwas von Romelias Schmuck zu versetzen.

Pila schlenderte an den Tuchhändlergeschäften vorbei und betrachtete die ausgelegte Ware. Gern hätte sie einige warme Stoffe gekauft, denn wenn sie die Alpen überqueren wollten, würde es kalt werden. Vielleicht lag in den höheren Regionen schon Schnee.

Von den Garküchen und aus den nahen Tavernen wehte der Geruch von gekochtem Fleisch und Fisch herüber. Eine heftige Übelkeit erfaßte sie, und alles drehte sich um sie herum.

»Geht es dir nicht gut?« fragte eine weibliche Stimme, und eine Hand faßte Pila stützend unter dem Arm.

»Mir? Oh, danke, nein, ja. Mir wurde etwas übel. Verzeihung!«

»Aber ich bitte dich, es macht mir nichts aus. Mein Name ist Aemilia. Kann ich dir helfen? Wo wohnst du? Ich begleite dich nach Hause.«

»Danke, aber es geht schon wieder. Bitte, bemüht Euch nicht, *matrona*, es war wohl nur das heiße Bad, das ich in der Therme genommen habe.«

»Nein, nein, natürlich begleite ich dich, ich würde mir schlimmste Vorwürfe machen, wenn dir unterwegs etwas zustieße. Also, wohin geht es?«

»In die Herberge ›Zum grünen Seestern‹. Dort habe ich ein Zimmer gemietet.«
Aemilia begleitete sie zur Herberge und brachte sie auf das Zimmer. Claudius war noch nicht zurückgekehrt, und Pila warf sich auf das Bett. Mit flinken Augen blickte Aemilia sich um und registrierte das Reisegepäck; die verstreut auf dem Boden liegenden Kleidungsstücke, Schmuck auf dem Tisch.
»Du bist auf der Durchreise?« fragte Aemilia lauernd.
Pila war es zu übel, um auf den eigenartigen Unterton zu reagieren. Doch blieb sie trotzdem vorsichtig.
»Nein, ich bin angekommen und will mich in der Stadt niederlassen. Ich muß erst noch ein Quartier für mich suchen. Bis dahin bleibe ich in der Herberge. Vielen Dank nochmals für Eure Begleitung.«
»Keine Ursache, und gute Besserung! Ich werde jetzt gehen. Aber sicher sehen wir uns noch einmal in dieser Stadt. Ich würde mich jedenfalls freuen.«
Aemilia verließ die Herberge und eilte schnurstracks nach Hause. Dort hockte ein rotgesichtiger, fetter junger Mann im Peristyl und kaute gelangweilt an einer Schinkenscheibe, während er mit den Fingern eine Rosenblüte zerzupfte.
»Hör auf zu fressen, du Fettsack! Ich habe sie gefunden, die die Richtige für deine Bedürfnisse ist. Irgend etwas stimmt nicht mit ihr, und das ist ein guter Grund, sie dir gefügig zu machen.«
»So?« Der schwabbelige Junge gähnte und schien vor lauter Phlegma nicht einmal die Augenlider öffnen zu können.
»Sie ist blond, am ganzen Körper! Und sehr groß, mit milchweißer Haut und langen Beinen.«
»Und was stimmt nicht?«
»Sie hat ihr Kopfhaar schwarz gefärbt. Obwohl alle Frauen scharf darauf sind, blond zu sein! Irgend etwas verbirgt sie. Das

bekomme ich noch heraus. Schau sie dir an. Sie wohnt im ›Grünen Seestern‹, zweite Tür links im Obergeschoß.«
»Ist sie allein?«
Aemilia nickte. »Nun sei ein Mann, mein Sohn! Du solltest deinen Gelüsten nachgeben, damit du nicht wieder krank wirst.«
»Ja, Mama.« Schwerfällig erhob er sich. Dann nahm er eine kleine Peitsche, an deren Enden kleine Eisenkügelchen angebracht waren. Er schob sie unter seine Tunika und schlenderte auf die Straße.

Pila war in einen unruhigen Schlaf gefallen. Das Bad hatte sie sehr ermüdet, und diese seltsame Übelkeit in ihrem Magen drückte sie zusätzlich. Sie fühlte sich ziemlich kaputt, und ihre Glieder wollten ihr nicht gehorchen. Seltsamerweise spürte sie den Alpdruck derart körperlich, daß sie plötzlich erwachte. Entsetzt fühlte sie, daß ihre Hände und Füße gefesselt und ihr Mund mit einem straffen Tuch geknebelt war. In Panik bäumte sie sich auf und erblickte einen feisten jungen Mann, der sie mit irrem Blick anstarrte.
»Mama hat recht«, brabbelte er. »Du bist blond!« Speichel rann zwischen seinen wulstigen Lippen hervor, und Pila schüttelte sich vor Ekel und Entsetzen.
»Zappel nur, du Schöne, das mag ich, wenn du dich wehrst. Bald ist es vorbei mit deiner Schönheit.« Er kicherte und schwang seine kleine, gefährliche Peitsche in der Hand. Er holte aus und ließ sie durch die Luft sausen. Es knallte, ohne daß sie Pilas Körper berührte. Wieder lachte er, als er sah, wie Pila zusammenzuckte. Noch einige Male wiederholte er das perverse Spiel, bis ein Schlag traf. Pila wand sich unter dem heftigen Schmerz, der wie ein Messerstich ihre Haut aufplatzen ließ.
»Na, macht es dir auch Spaß?« jauchzte er und griff sich zwi-

schen die Beine. »Versuch nur zu schreien, dich hört niemand. Und wenn du mich verrätst, dann verrate ich auch dein Geheimnis. Warum du dir die Haare färbst, was du verbirgst. Ich weiß nämlich alles! Hi, hi, hi!« Wieder knallte die Peitsche, und wieder riß sie ihr die Haut über der Hüfte auf.
Halb ohnmächtig vor Angst und Schmerz wand Pila sich in ihren Fesseln, und im Geiste schrie sie nach Claudius. Er mußte doch spüren, daß sie sich in schrecklicher Gefahr befand!

Claudius fühlte sich nach dem ausgiebigen Besuch der Therme wie ein neuer Mensch, und er schlenderte zufrieden über das Forum von Ariminum. Er suchte einen Händler, bei dem er einige Schmuckstücke aus Romelias Bestand versetzen konnte. Sie benötigten dringend Bargeld, um sich notfalls die Passage über die Nordgrenze zu erkaufen. Söldner waren bestechlich, das wußte Claudius, und klingende Münze war unverfänglich. Ein wenig bedauerte er, während er dem Schmuckhändler einen Armreif, eine Kette und ein Paar Ohrringe vorlegte, daß Pila sich damit nicht schmücken konnte. Sie wirkte ungemein weiblich und anziehend, wenn sie Schmuck trug. Doch ihm war auch klar, daß im Norden andere Werte galten als in Rom. Festes Schuhwerk und warme Kleidung waren wichtiger als Gold und Edelsteine.
Er steckte die Sesterzen in seinen Beutel, den er am Körper trug. Der Schmuckhändler hatte nicht gefragt, woher er diese auserlesenen Stücke hatte, die einer Patrizierin würdig waren, und Claudius war froh darüber.
Als Claudius um die Ecke zu den Markthallen bog, prallte er zurück. Zwei Männer kamen ihm entgegen, die scheinbar gelangweilt über den Markt schlenderten. Doch statt der Auslagen blickten sie den Leuten ins Gesicht, beobachteten die Menschen rings herum und befragten einige der Händler. Krampfhaft

überlegte Claudius, woher er diese Männer kannte. Er setzte zum ersten Mal seinen Fuß in diese Stadt, und es war unmöglich, daß er hier jemanden kannte. Andererseits konnte es gut möglich sein, daß Reisende aus Rom in dieser Hafenstadt Geschäfte zu erledigen hatten. Doch wozu fragten sie dann die Händler aus?

Claudius bedeckte seinen Kopf mit dem kapuzenähnlichen Schulterwurf seines Mantels und näherte sich den beiden unauffällig, indem er scheinbar interessiert die Auslagen der Bretterbuden betrachtete. Doch als er unmittelbar neben den beiden stand, durchfuhr es ihn siedendheiß. Es waren zwei Gladiatoren aus Pompeji! Er kannte sie vom Training her. Einige Male hatte die Ausbildung auf dem Kasernengelände in Capua stattgefunden, und auch pompejanische Gladiatoren hatten teilgenommen. Gegen einen dieser beiden hatte Claudius einmal gekämpft. Er erkannte es an einer auffälligen Narbe, die er im Gesicht trug. Während er sich über ein paar Ballen Baumwollstoffe beugte und deren Qualität überprüfte, lauschte er, was die beiden die Händler fragten. Sie suchten einen Mann mit einer hochgewachsenen, blonden Frau!

Der Händler schüttelte bedauernd den Kopf, und die beiden schlenderten langsam weiter. Alarmiert verließ Claudius den Markt und eilte zur Herberge zurück. Er wurde das Gefühl nicht los, daß Pila sich in Gefahr befand. Irgendwann mußte Romelia bemerkt haben, daß die Spur nach Brundisium in die Irre führte, und sie hatte Leute angeworben, die sie im ganzen Land suchten! Und natürlich war den Verfolgern auch klar, daß die Flüchtenden sich wahrscheinlich nicht auf der Via Appia befanden, sondern Seitenstraßen benutzten. Und diese Straße über Ariminum führte direkt zu den Alpenpässen ins Noricum!

Als die Tür aufging, sah Pila nur einen fliegenden Schatten und hörte das Brüllen eines Bären. Dann funkelte das Schwert, und mit einem grunzenden Laut sackte der unförmige Körper des Jungen zusammen. Alles ging furchtbar schnell.
Claudius warf die Tür zu. Mit dem Schwert zerschnitt er Pilas Fesseln und riß sie in seine Arme. »Was hat dir dieses Schwein angetan? Woher kommt er?«
»Oh, Claudius, es war entsetzlich. Ich habe geschlafen, ich weiß gar nicht, wie er hereingekommen ist.«
Vorsichtig tupfte er das Blut von Pilas Wunden. »Tut es sehr weh?« fragte er besorgt.
Sie schüttelte den Kopf und blickte scheu auf den leblosen Körper am Boden. »Ist er tot?« fragte sie mit zitternder Stimme.
»Ich hoffe doch!« Claudius stieß ihn unsanft mit dem Fuß an.
»Und nun? Der Wirt holt doch bestimmt den Präfekten.«
»Wir müssen verschwinden, und zwar sofort!«
»Wie stellst du dir das vor?« fragte sie verzagt.
»Ich gehe jetzt hinunter und frage den Wirt nach einem Lupanar. Der denkt, ich suche mein Vergnügen, während du hier schläfst. Ich komme unter das Fenster, und du wirfst unser Gepäck hinunter. Zum Schluß seilst du dich an den Laken ab. Wir schleichen uns zum Stall, holen unsere Maultiere und verschwinden. Den Toten bemerken sie erst morgen, da sind wir bereits weit weg.«
Von den Verfolgern auf dem Markt wollte Claudius ihr nichts erzählen. Die arme Pila war geschockt von diesem gräßlichen Überfall.
In größter Hast raffte Pila ihre Utensilien zusammen, verschnürte die Bündel und warf sie aus dem Fenster. Auf besonders dünne Kleidung verzichtete sie, die konnten sie bei ihrer weiteren Reise nach Norden sowieso nicht gebrauchen. Außerdem war es wichtiger, sich nicht mit so viel Gepäck zu belasten.

Pila klemmte sich durch das kleine Fenster. Das Laken hatte sie am Bettpfosten befestigt, und sie rutschte, ohne nach unten zu sehen, an der Hauswand entlang. Die offenen Peitschenstriemen schmerzten und bluteten, doch sie achtete nicht darauf.
Claudius fing sie in seinen Armen auf. »Beeil dich, wir haben keine Zeit«, flüsterte er.
»Wo sind unsere Maultiere?« fragte Pila nach einem Blick auf zwei elegante, kräftige Pferde.
Claudius grinste spitzbübisch. »Die ruhen sich noch aus. Ich habe sie eingetauscht. Und nun los, ich hoffe, du kannst reiten!«
»Es geht«, murmelte Pila mit Unbehagen, doch sie hatte keine Zeit zu zaudern, sondern schwang sich auf das Pferd. Über einen kleinen Nebenweg verließen sie die Stadt. In der Ferne sahen sie den Fackelschein einer Garnison. Jetzt wurden sie nicht nur von Romelia gejagt, sondern auch vom Präfekten von Ariminum!

Sie ritten die ganze Nacht hindurch und schonten ihre Pferde nicht, bis sie im Morgengrauen gezwungen waren zu rasten.
»Es gibt zwei Möglichkeiten«, sagte Claudius und rang nach Atem, während er die verschwitzten Pferde abrieb. »Entweder ich stehle irgendwo einen Wagen, und wir spannen die Pferde davor, oder ich stehle Männerkleidung für dich. Eine reitende Frau ist genauso unmöglich wie ein Ziegenbock mit Euter.«
»Oh, Claudius, ich glaube, es hat alles keinen Sinn! Wir werden nie entkommen, sie werden uns überall finden. Spätestens an der nächsten Brücke fallen wir dem Brückenposten auf.«
»Eben deshalb müssen wir unsere Verkleidung wechseln. Sie suchen nach einem Mann und einer Frau. Doch zwei Männer ...«
»Ich soll Männerkleidung tragen?« Pilas Stimme überschlug sich fast. »Nein, das bitte nicht auch noch!«

»Es bleibt uns gar nichts anderes übrig, mein Liebling!«
Pila schlug die Hände vors Gesicht. »Oh Schande, oh Schande!«
»Du kannst noch etwas wehklagen, ich besorge uns inzwischen andere Kleidung. Etwas Geld habe ich noch, es reicht auch für Lebensmittel. Und dann reiten wir weiter bis zum Padus.« Er packte fest sein Schwert unter dem Mantel, und Pila war klar, daß er sich die neue Kleidung notfalls mit Gewalt beschaffen würde.
Zu einem Häufchen Unglück zusammengekauert blieb sie neben den erschöpften Pferden, während Claudius sich zu einer kleinen Ortschaft schlich, die etwa eine Meile vor ihnen lag.
Der Tag brach an. Aus dem Dorf hörte sie Hähne krähen und Hunde bellen, sie sah Karren auf der Straße; Händler, Bauern mit Gespannen – und einen schnellen Reiter. Es war ein Kurier! Ängstlich verkroch Pila sich im Gebüsch und hoffte, daß die Pferde nicht wiehern würden. Gegen Mittag kehrte Claudius zurück. Er hielt eine seltsame Hose, wie sie die Fischer trugen, in der Hand und einen Kittel aus Sackleinen. Außerdem eine Kappe aus umschlungenem Tuch.
Als Pila diese Sachen anzog, kam sie sich vor wie die Lattengestelle, die sie früher immer zum Verscheuchen der Vögel auf die frisch gesäten Felder gestellt hatten.
»Ich habe einen berittenen Kurier gesehen, der der Straße nach Norden gefolgt ist«, erzählte Pila. »Vielleicht wäre es besser, wenn wir die Richtung wechseln.«
»Und wohin? Nach Westen? Wir müssen nach Ravenna, dann über den Padus nach Patavium. Von dort kannst du bereits die Berge der Alpen sehen!«
»Aber dort ist auch die Grenze. Wie sollen wir da hinüberkommen?«
»Mit Bestechung. Ich lasse mir etwas einfallen.«
Pila blickte verzagt. »Das geht bestimmt nicht gut.«

»Wir müssen es versuchen! Steig auf dein Pferd, die anderen Sachen lassen wir hier!«
Pila stand wie versteinert. »Ich kann einfach nicht mehr«, flüsterte sie, und Tränen rannen über ihre Wangen.
Claudius, der bereits sein Pferd besteigen wollte, ließ den Sattel los und zog sie in seine Arme.
»Warum willst du aufgeben? Soll alles umsonst gewesen sein, was wir bisher durchgemacht haben?«
»Ich hätte dich da niemals mit hineinziehen sollen«, schluchzte sie. »Hättest du mich in der Arena sterben lassen, dann hätte alles ein Ende gehabt.«
»Ja, auch unsere Liebe. Bedeutet sie dir denn gar nichts mehr?«
»Oh doch! Eben weil ich dich liebe, zweifle ich daran, ob ich das Recht hatte, dein Leben zu zerstören.«
»Mein Leben? Beim Jupiter, Pila! Was war mein Leben schon wert? Ich glaube, die Götter wollen nicht, daß wir beide jetzt schon sterben. Sie haben etwas anderes mit uns vor.«
»Die Götter sehen das alles aus einer anderen Sicht. Weißt du, jeder Mensch muß über sein Leben selbst bestimmen können. Niemand darf über das Leben eines anderen verfügen. So war es in der Sklaverei, daß andere über mein Leben bestimmt haben. Doch in der Liebe ist es anders. Ich darf nicht von dir verlangen, daß du dein Leben für mich in Gefahr bringst.«
»Du hast es ja auch nicht verlangt, ich habe es aus freiem Willen getan. Und nun schenke mir ein kleines, bezauberndes Lächeln, bevor wir losreiten.« Er suchte ihre Lippen und spürte das Salz ihrer Tränen. »Ich hatte dir bereits einmal gesagt, egal, was passiert, du darfst nie vergessen, daß ich dich liebe.«
Sie nickte und wischte sich verstohlen mit dem Handrücken über das Gesicht. Ihr Puder verschmierte und bildete wundersame Muster auf ihrer Haut. Claudius mußte lachen. »Als Mann bist du wirklich reizvoll«, meinte er schmunzelnd.

Ihre Reise endete jäh an der Brücke über den Padus. Soldatenkolonnen passierten den Fluß und lagerten in der nördlichen Ebene.

»Bleib bei den Pferden! Ich versuche zu ergründen, was hier los ist. Diese Truppenbewegungen können nichts mit den Unruhen in Rom zu tun haben. Hier ist etwas anderes im Gange.«

Pila hielt Claudius zurück. »Sei vorsichtig, ich spüre Gefahr!«

»Keine Sorge, bis jetzt haben wir doch alle Probleme gemeistert«, meinte er leichthin. »Ganz Rom ist voll von Soldaten, und die Nordgrenze wird stets gut bewacht.« Das Lügen fiel seiner Zunge leicht. Er wollte Pila nicht beunruhigen, doch er ahnte, daß diese Truppenbewegungen irgend etwas mit den Germanen zu tun haben mußten.

Möglichst lässig schlenderte er zur Brücke und beobachtete eine Weile, wie einige Hundertschaften die Brücke passierten. Sich nachdenklich am Kopf kratzend, näherte er sich dem Brückenposten.

»Ist ja ganz schön was los«, sagte er zu dem Wachsoldaten. »Eigentlich erwarte ich eine Ladung Eichenstämme aus dem Noricum. Wie sieht es denn aus, gelangen noch Händler über den Paß?«

»Guter Mann, du weißt wohl nicht, was sich da anbahnt? Es gelingt noch nicht einmal einer Maus, die Alpen zu überqueren. Die Germanen wälzen heran, es ist brenzlig!« Der Soldat grinste und wies auf die Truppen. »Aber das Problem haben wir schon bald im Griff!«

»Und meine Eichenstämme?« Claudius ließ nicht locker.

»Vergiß sie, und nimm Zedernholz! Sollten einzelne Händler noch jenseits der Grenze unterwegs sein, dann mögen ihnen die Götter gnädig sein und sie einen schnellen Tod finden lassen, ehe sie den Barbaren in die Hände fallen.«

»So schlimm ist es?«

»Schlimmer! Sie haben sich an der Nordgrenze versammelt und wollen Rom stürmen!«
Claudius zog zweifelnd die Augenbrauen zusammen. »Das wagen die nicht.«
»Oh doch, sie haben bereits damit begonnen. Der Kampf ist in vollem Gange. Es reicht nicht, sie zurückzuschlagen. Sie kommen immer wieder aus ihren dunklen Wäldern. Sie müssen ein für allemal vernichtet werden. Schau, die Verstärkung ist schon im Anmarsch. Und wenn die Barbaren erst einmal geschlagen sind, kannst du dir deine Eichenstämme dort drüben selbst schlagen.«
Er lachte dröhnend, und Claudius fiel in dieses Lachen ein. Er schlug dem Wachsoldaten freundschaftlich auf die Schulter und verschwand im Trubel.
Als er zu Pila zurückkehrte, bemühte er sich, seine Sorgenfalten auf der Stirn zu glätten. »Wir müssen unseren Plan ändern«, sagte er. »Hier gelangen wir nicht über die Alpen. Es gibt Krieg mit den Germanen.«
»Krieg? Mit welchen Stämmen?«
»Keine Ahnung. Ich bin froh, daß der Wachsoldat überhaupt geplaudert hat. Jedenfalls sind alle Pässe besetzt und werden bewacht.«
»Wären wir doch Adler hoch oben in den Lüften, dann könnte uns kein Heer etwas anhaben«, seufzte Pila. Sie blickte Claudius fragend an.
»Wir wenden uns westwärts und folgen der Via Aemilia nach Liguria. Dort sehen wir weiter. Wahrscheinlich müssen wir die Alpen westlich umgehen.«
Pila hockte sich kraftlos neben ihr Pferd. »Ich weiß nicht, ob ich das noch durchstehe«, hauchte sie.
»Was ist los mit dir, bist du krank?«
»Ich fühle mich völlig ausgelaugt und leer. Es ist, als ob im Inneren etwas an mir zehrt.«

Claudius nahm sie besorgt in die Arme. »Vielleicht solltest du dich einem Arzt anvertrauen.«

»Und er entdeckt mein Brandzeichen? Oh nein, es ist doch nur die Flucht, die an meinen Kräften zehrt und meine ganze Lebensenergie beansprucht. Wenn wir zur Ruhe gekommen sind, wird sich das schon geben.«

Erleichtert atmete Claudius auf. »Gut, aber du sagst es mir bitte, wenn es dir so schlechtgeht, daß du nicht weiterreiten kannst.«

Pila nickte und quälte sich zu einem Lächeln. »Ich verspreche es dir.«

Die Via Aemilia zog sich fast schnurgerade wie alle römischen Straßen durch die Ebene des Padus. In Placentia legten sie nach einer Woche der Reise westwärts eine Pause ein. Pila ging es immer schlechter, und Claudius machte sich nun ernsthafte Sorgen um sie.

»Wir nehmen uns ein Zimmer in einer Herberge, und du ruhst dich aus. Ich versetze den restlichen Schmuck und suche einen verschwiegenen Arzt, der dich behandelt.«

»Nein, bitte, keinen Arzt. Sparen wir uns das Geld lieber für unsere weitere Flucht. Ein Tag Ruhe tut mir bestimmt gut.«

Claudius zögerte. »Nun, dann werde ich wenigstens einige Kräuter und Heilmittel besorgen, die gegen deine Magenbeschwerden helfen. Und ich werde uns etwas Ordentliches zu essen bringen lassen. Auch mein Magen rebelliert schon, weil wir uns immer nur von rohen Früchten und gestohlenen Eiern ernährt haben.«

Claudius begab sich auf den Markt, während Pila sich in der Kammer einschloß. Die schrecklichen Geschehnisse in Ariminum steckten ihr noch in den Knochen. Sie hatten ein Klopfzeichen vereinbart, auf das Pila die Tür öffnen sollte.

Auf dem Markt versetzte er noch etwas von Romelias Schmuck,

um mit den Münzen, die er dafür bekam, einkaufen zu können. Er kaufte Teekräuter, Brot und Trockenfleisch sowie zwei dicke, wollene Mäntel. Bei einem Schuster blieb er stehen. Der Winter würde bald kommen, und sie benötigten festes Schuhwerk. Er schaute sich die fertigen Sandalen und Schnürstiefel an, die in der Auslage standen. Er nahm einen *calceus* in die Hand und prüfte ihn sorgfältig.

»Was willst du dafür haben?« fragte er den Schuster.

»Dreihundert Sesterzen«, antwortete er.

»Dreihundert? Bist du närrisch, davon kann ich ja meine Familie ein ganzes Jahr lang ernähren!«

Gleichmütig zuckte der Schuster mit den Schultern. »Mußt ihn ja nicht nehmen. Wer feste Schuhe braucht, muß auch einen Grund dafür haben.«

»Der Grund ist schlechtes Wetter«, antwortete Claudius ärgerlich.

»Und schlechtes Wetter ist teuer. Nimm doch diese *caligae*, sie haben eine verstärkte Sohle, wie sie die Soldaten tragen. Und wenn die damit über die Alpen marschieren, wirst du wohl von deinem Haus bis zum Markt kommen, oder? Sie kosten nur einhundert Sesterzen.«

»Einverstanden, doch ich brauche zwei Paar davon.«

»Das sind zweihundert. Warum regst du dich so auf?«

Claudius zahlte den Preis und packte die Sandalen unter seinen Arm. Es herrschte dichtes Gedränge auf dem Markt am Forum von Placentia, und er bemerkte nicht die zwei verdächtigen Gestalten, die ihm folgten.

»Hast du den Schmuck gesehen, den er versetzt hat?« fragte der eine. Der andere nickte. »Und das war bestimmt noch nicht alles. Wir sollten ihn im Auge behalten.«

In der Herberge ließ Claudius vom Wirt ein kräftiges Mahl aus gekochtem Schweinefleisch, geräuchertem Speck, Zwiebeln

und Knoblauch auf ihr Zimmer bringen. Dazu eine große Kanne Wein.
Kaum hatte der Wirt die Tür hinter sich geschlossen, preßte Pila die Hand auf den Bauch. Sie verdrehte die Augen und erbrach sich vor dem entsetzten Claudius.
Zitternd, mit kaltem Schweiß auf der Stirn, wankte sie zum Bett. »Entschuldige bitte, aber ich kann diesen Geruch nicht ertragen«, wimmerte sie und ließ sich auf die Strohmatratze sinken.
»Pila, ich hole einen Arzt«, stammelte Claudius.
»Nein, nimm das Essen und geh hinunter in den Schankraum! Ich brauche Ruhe, nur Ruhe ...«
Verwirrt verließ Claudius die Kammer. Pila schien ernsthaft erkrankt zu sein. Ihre ganze Flucht war in Frage gestellt. Es war wohl besser, wenn sie einige Tage in Placentia bleiben würden.

Doch bereits am nächsten Tag fühlte Pila sich frisch und ausgeruht und hatte mächtigen Appetit. Sie vertilgte zwei große Haferfladen mit Sirup und süßem Obst, anschließend eine Dillsuppe mit sauer eingelegten Zwiebeln und getrocknete Weintrauben mit Nüssen. Claudius fiel ein Stein vom Herzen, als er Pila zufrieden kauen sah.
Überschwenglich zog er sie in die Arme und küßte die Krümel von ihrem Mund.
»Ich sagte dir doch, es war nur der lange Ritt, der mir zu schaffen gemacht hat. Ich fühle mich wohl. Wir sollten unsere Reise fortsetzen, solange das Wetter noch einigermaßen gut ist. Im Norden ist der Herbst oft regnerisch.«
»Und an den Winter mag ich gar nicht denken«, ergänzte Claudius. Dann packten sie ihre Bündel und setzten die Reise in Richtung Westen fort.

In seiner Freude darüber, daß Pila wieder gesund war, bemerkte er nicht die zwei in dunkle Umhänge gehüllten Reiter, die ihnen in großem Abstand folgten.

Zwei Tagesritte von Placentia entfernt gelangten sie an eine Kreuzung. Zwei der Straßen führten zur ligurischen Küste, die dritte jedoch in die Westalpen.

»Wir werden in der Nähe der Straße rasten und morgen in die Berge reiten«, entschied Claudius.

Sie bereiteten das Nachtlager vor und entfachten ein kleines Feuer. Pila kochte ein einfaches Essen aus den Lebensmitteln, die sie mit sich führten. Dann kuschelten sie sich eng zusammen.

»Wie wollen wir über die Grenze kommen?« fragte Pila besorgt.

»Mal sehen. Meist sind die Grenzwachen bestechlich. Und wenn es keine andere Möglichkeit gibt, müssen wir einen Gemsenpfad wählen.«

Pila seufzte leise. »Ich glaube, das Schlimmste steht uns noch bevor.«

Mitten in der Nacht erwachte Pila. »Was ist los?« murmelte Claudius verschlafen.

»Nichts, schlaf weiter. Ich habe zuviel Tee getrunken.« Sie erhob sich und lief einige Schritte zu einer kleinen Buschgruppe, um sich zu erleichtern.

Undeutlich hörte sie ein Geräusch, danach Schritte. »Claudius? Schleichst du mir etwa nach?« fragte sie lachend.

Aber sie erhielt keine Antwort. Statt dessen hörte sie Hufschläge. Alarmiert sprang Pila auf und lief zum Feuer. Claudius lag noch da, wo sie ihn verlassen hatte. Doch ihr Gepäck war weg und die Pferde auch!

»Claudius! Wach auf!« Sie schüttelte ihn und drehte seine Schulter. Als sie seinen Kopf berührte, fühlte sie etwas Warmes, Klebriges an ihren Fingern. »Claudius!«

Entsetzt blickte sie auf ihre blutige Hand. Langsam bewegte Claudius sich und stöhnte. »Liebling, was ist geschehen?« rief Pila angstvoll.
Doch er konnte sich nicht erheben. Schnell holte Pila den Wasserkrug und legte ein nasses Tuch auf die Wunde am Hinterkopf. Ihre Lippen zitterten vor Verzweiflung. Sie waren überfallen worden!
Claudius war bei Bewußtsein, und die Wunde an seinem Kopf blutete nicht mehr. Aber er war benommen, und ein heftiger Schmerz bohrte in seinem Schädel. »Bleib liegen«, flüsterte Pila. »Du mußt dich erst etwas erholen, sonst bricht die Wunde wieder auf.«
Bei Tagesanbruch blickte sie sich um. Die Diebe hatten alles mitgenommen. Sie besaßen nichts weiter als das, was sie auf dem Leibe trugen! Pila verließ der Mut, und sie hockte weinend neben Claudius, der sich mühsam aufrappelte. Es gelang ihm kaum, einen klaren Gedanken zu fassen. Es war vorbei! Ohne Geld und ohne Pferde kamen sie nicht über die Grenze!
Er ließ sich wieder ins feuchte Gras sinken, Pila deckte ihn mit seinem Mantel zu. So lag er einige Stunden und dämmerte vor sich hin. Langsam ließ der Schmerz nach.
»Wir müssen zur Küste«, sagte er zu sich selbst.
»Claudius? Was ist?« Pila erhob sich und beugte sich über ihn.
»Hilf mir auf. Wir vergeuden nur Zeit. Wir gehen zur Küste. Es sind drei bis vier Tagesmärsche nach Genua. Wir versuchen es mit einem Boot.«
Pila prallte zurück. »Nein!«
»Was hast du? Über die Alpen können wir nicht mehr fliehen. Es geht nur noch über das Meer. Hier!« Er schlug seinen Mantel zurück. »Das haben sie uns gelassen.« Er klopfte auf den ledernen Geldbeutel an seinem Gürtel.

»Können wir davon nicht neue Pferde kaufen?« fragte Pila. Der Gedanke, daß sie mit einem Boot aufs Meer hinausfahren sollte, versetzte sie in Panik.
»Nein, das Geld reicht nicht. Und wir dürfen davon nichts nehmen, denn ich muß einen Fischer bestechen, der uns mit seinem Kahn irgendwo an der gallischen Küste absetzt. Das wird nicht billig.«
»Gibt es keinen anderen Weg?« fragte Pila verzweifelt.
Claudius wagte nicht, seinen schmerzenden Kopf zu schütteln. Doch er blickte Pila traurig an. »Nein, keinen.«

Genua war eine lärmende Hafenstadt mit dem typischen Geruch nach Teer, Fisch und Salzwasser. Würfelförmige Häuser türmten sich am Hafen, wo viele Schiffe, vor allem Handels- und Kriegsschiffe lagen. Die Fischer hatten ihre kleinen Boote etwas abseits des Hafens vertäut. Am Strand entlang hingen Netze zum Trocknen. Einige Stunden beobachtete Claudius die Fischer von weitem. Endlich hatte er einen geeigneten Mann gefunden. Er war groß, kräftig, besaß einen kleinen, aber zuverlässig erscheinenden Kahn – und er war allein! Claudius verhandelte lange und zäh mit ihm. Dann waren sie sich einig. Der Lederbeutel wechselte den Besitzer, und sie konnten an Bord.
Pila wollte Claudius ihre Angst nicht eingestehen, doch als sie merkte, daß Claudius sich mit dem Fischer einig wurde, geriet sie in Panik. »Laß mich hier!« bettelte sie. »Bitte, Claudius, laß mich hier! Ich kann nicht auf dieses Boot.«
»Pila, ich verstehe dich nicht. Wir haben es bald geschafft. In drei Tagen landen wir in Gallien, dann sind wir frei!«
»Ich will nicht frei sein, ich will hierbleiben. Ich will sterben!«
Fassungslos starrte Claudius auf Pila, die am ganzen Körper bebte und sich kaum auf den Beinen halten konnte.

»Bist du wieder krank?« Hilflos hob er die Arme.
»N-n-nein, nein, i-i-ich will nur nicht auf das B-B-Boot.«
»Ja, aber warum?« Plötzlich begriff er. »Hast du Angst?«
Verschämt nickte Pila, konnte aber ihr Zittern nicht unterdrücken.
»Auch das noch!« Er griff sich verzweifelt an den Kopf und stöhnte auf, weil er die Wunde berührte.
»Was ist nun?« fragte der Fischer ungeduldig. »Wir müssen den günstigen Wind nutzen.«
Claudius packte Pilas Hand und zog sie hinter sich her. Pila sträubte sich, doch Claudius war stärker. Auf dem Boot sackte Pila in sich zusammen und blieb in den stinkenden Netzen liegen.
Ungerührt legte der Fischer ab, und das Boot trieb auf den Sinus Ligusticus hinaus.
Zwei Tage und zwei Nächte folgte das Boot dem Verlauf der Küste in Richtung Südwest. Zwei Tage und zwei Nächte, in denen Pila sterben wollte. Sie preßte ihr Gesicht in die Netze und wagte nicht aufzusehen. Sie lehnte jede angebotene Nahrung ab und wimmerte nur leise vor sich hin. Claudius hockte hilflos und irritiert neben ihr. Nur ab und zu richtete Pila sich auf, um sich über den Rand des Bootes zu lehnen und sich zu übergeben. Ihr Magen schmerzte, weil nichts mehr darin war, und diese entsetzliche Übelkeit wollte ihr schier den Schädel zerplatzen lassen.
»Sie verträgt offenbar das Meer nicht«, sagte Claudius entschuldigend zu dem Fischer.
Der griente verständnisvoll. »Ihr seid wohl durchgebrannt zu Hause? Deshalb die seltsame Verkleidung.«
Claudius hielt es für sinnvoll, den Fischer in seinem Glauben zu lassen.
»Ihre Mutter mochte mich nicht. Sie hatte für sie einen anderen

ausgesucht.« In gespielter Tragik hob Claudius die Schultern, und wenn es Pila nicht so furchtbar elend zumute gewesen wäre, hätte sie über seine Komödie gelacht.
»Ja, ja, ich kenne das. Liebe läßt sich nun mal nicht vorschreiben. Allerdings, so wie deine Liebste sich aufführt, benimmt sich meine Alte immer, wenn sie wieder schwanger ist.«
»Ach!« Claudius fuhr erstaunt hoch. »Wieso?«
»Kann ja sein, daß sie wirklich seekrank ist, aber wir haben doch gar keinen Wellengang. Meinem Weib daheim geht es immer so in den ersten Monaten einer Schwangerschaft. Ist furchtbar, weil ich dann befürchten muß, daß sie mir ins Essen kotzt. Na ja, nach acht Kindern gewöhnt man sich dran. Übrigens, nach zwei, drei Monaten vergeht das wieder.«
Claudius packte Pilas Schultern und zog sie herum. »Pila, schau mich mal an.« Gequält hob Pila die Augen. Sie sah erbärmlich aus. »Ich verstehe zwar nicht viel davon, aber wann hattest du dein letztes Mondblut?«
Verstört hob sie die Achseln. »Ich weiß nicht mehr, ich habe nicht darauf geachtet. Ich glaube, es war noch in Pompeji ...«
»Bei Jupiter, auch das noch!« Claudius raufte sich die Haare. »Verdammt noch mal, warum hast du nicht verhütet?«
»Verhütet?« Pila blickte ihn verwundert an. »Geht das denn?«
»Jede Hure in Pompeji weiß, wie man das macht. Zum Beispiel Katzenleber, an einem kleinen Gefäß am Fußgelenk getragen, hilft oder Adlerfarn. Ich weiß auch von Zedernharz und Salzlake ...«
»Aber ich bin keine Hure!« protestierte Pila und schluchzte herzzerreißend in das stinkende Fischernetz.
»Tut mir leid, ich habe das auch nicht so gemeint«, entschuldigte sich Claudius kleinlaut. »Ich war nur so – verärgert.«
»Ich wäre auch froh, wenn mir nicht ständig so übel wäre.«
»Der Fischer meint, es geht vorüber.«

Pila hielt sich die Hände vor die Augen. »Ich möchte sterben«, murmelte sie zum wiederholten Male.

Am vierten Tag ihrer Seereise steuerten sie die gallische Küste an. Irgendwo nördlich von Narbo Martius setzte der Fischer sie an Land.

Vierzehntes Kapitel

DER DRUIDENFÜRST

Sie standen verloren an der Küste des fremden Landes. Wenn Claudius geglaubt hatte, er würde eine seltsame Sehnsucht nach dem Land seiner Ahnen spüren, so wurde er gründlich enttäuscht.

In der Nähe der Küste verlief eine Handelsstraße, auf der reger Verkehr herrschte. Zu ihrer Überraschung gab es viele römische Händler. Claudius überlegte fieberhaft, ob sie sich unter die Händler mischen oder lieber die Straße verlassen sollten. Er blickte an sich herunter. Seine Kleidung war zerschlissen, ebenso die Sandalen. Sie besaßen kein Geld mehr und nichts, das sie versetzen konnten.

Pila sah elend aus. Die Seereise hatte ihr schrecklich zu schaffen gemacht. Sie war blaß, dunkle Ringe lagen unter ihren Augen, und ihr Magen krümmte sich im Schmerz. Die Angst vor dem tiefen, dunklen Wasser und den schwankenden Planken des kleinen Kahns hatte sie fast wahnsinnig werden lassen.

Sie hatten festen Boden unter den Füßen, aber die Gefahren waren längst nicht vorüber.

»Nach Norden«, stammelte Pila, »wir müssen nach Norden.«

Die Sonne hielt sich hinter einem grauen Wolkenschleier versteckt, und es war unangenehm kühl. Claudius knurrte der Magen, es war zwei Tage her, daß sie das letzte Mal eine warme Mahlzeit zu sich genommen hatten.

»Versteck dich hier in dem Gebüsch«, sagte er und breitete

seinen Mantel auf dem feuchten Gras aus. »Ruh dich etwas aus!«
»Was hast du vor?« wollte Pila wissen.
»Am Strand haben Fischer ihren Fang zum Trocknen aufgehängt. Ich will versuchen, einige Fische zu stehlen.«
Pila nickte, obwohl ihr Magen bei dem Gedanken an Fisch wieder rebellierte. Mehrere Tage hatte sie in dem nach Fisch stinkenden Netz gelegen. Aber sie war zu müde, um aufzubegehren. Außerdem machte ihr der Hunger weniger aus. In einem früheren Leben hatte sie den Hunger fast täglich gespürt. Was war nur aus ihr geworden?
Nach einiger Zeit kehrte Claudius zurück. Unter seinem Kittel trug er einige Trockenfische und zwei frisch gefangene, noch glitschige Makrelen. Er griente über das ganze Gesicht und war stolz auf seine Jagdbeute.
»Komm, wir gehen noch einige Stunden ins Landesinnere, dann bereiten wir eine Feuerstelle, essen den Fisch und schlafen uns aus. Den Trockenfisch nehmen wir als Proviant mit.«
Er packte Pilas Hand, zog sie auf und nahm seinen Mantel. Sie atmete tief durch und sog den feuchten Atem des Herbstes ein. Sie ahnte, daß dieses Land ihre Liebe auf eine harte Probe stellen würde.

Je weiter sie nach Norden kamen, desto schlechter wurde das Wetter. Feiner Nieselregen hüllte den Wald in einen grauen Schleier. Nachdem sie eine Ebene und ein Hügelland durchwandert hatten, erhob sich vor ihnen eine seltsame Landschaft aus eigenartigen Bergen, die von dichten Wäldern bedeckt waren. Der Boden bestand aus schwarzem Stein, und als sie einen der Berge erklommen hatten, blickten sie verblüfft in einen flachen, grünen Krater. Es waren Vulkane; einer neben dem anderen, so weit das Auge reichte! Sie schienen schon lange zu schlafen, denn der Wald bestand aus hohen alten Bäumen.

Pila schauderte. Sie erinnerte sich noch an den beängstigenden Vesuv, der sich drohend über Pompeji erhob. Hatte auch hier der Gott Vulcanus seine Hand im Spiel? Sie befand sich doch im Land der Gallier, die den Kelten angehörten und die gleichen Götter verehrten wie die Kimbern. Sie hoffte, daß ihr kleines Opfer im Tempel ausreichte, um den Gott zu besänftigen.

Wie lange war das schon her? Einen Monat? Ein Jahr, ein Menschenalter? Oder war es in einem anderen Leben?

Sie suchten sich einen überhängenden Felsen, um ein Feuer zu entfachen und ein Lager herzurichten. Das Laub, das sie zusammentrugen, war feucht, aus den Felsspalten rann klares Wasser und sammelte sich auf dem Boden. Sie hockten sich eng zusammen um das mühsam entfachte Feuer und bereiteten eine einfache Mahlzeit aus zwei Vögeln, die Claudius mit einem Stein erschlagen hatte, und einigen Beeren und Pilzen, die an den Hängen wuchsen.

Pila betrachtete Claudius mit Sorge. Das feuchtkalte Wetter machte ihm sichtlich zu schaffen, der Hunger schmerzte in seinen Eingeweiden, und seit einigen Tagen hustete er, wenn er sich anstrengte.

»Na, wenigstens verdursten wir nicht«, versuchte Claudius zu scherzen und rückte ein wenig von einem Wasserrinnsal weg, das aus dem Felsen rieselte.

»Gib mir dein Messer«, bat Pila. »Ich werde einige Pfeile aus dem Holz schnitzen, das hier wächst. Es ist gutes Holz, und für eine Hasenjagd werden die Pfeile ausreichen.«

Claudius zog seinen Dolch aus dem Gürtel. Neben dem Kurzschwert war er das einzige, was ihnen geblieben war. Der schöne, feingearbeitete Dolch wurde nun zum Schnitzmesser degradiert, doch jetzt ging es nur darum, zu überleben. Ge-

schickt schälte Pila die Rinde von den schlanken Ästen, die sie von den umliegenden Bäumen gebrochen hatte, und modellierte kleine Widerhaken am vorderen Ende. Den hinteren Schaft spaltete sie und schob dünne Rindenplättchen und die Schwungfedern der beiden erlegten Vögel hindurch.
Claudius beobachtete sie bei ihrer konzentrierten Arbeit. Plötzlich sah er Pila mit anderen Augen. Sie war ein Germanenmädchen, in der Wildnis aufgewachsen und an Gefahren gewöhnt. Dort drüben, unter der Sonne Roms, war sie eine Fremde. Dort kannte er sich aus, hatte sie mutig durch das mächtige Imperium geleitet, sie aus den Klauen der gnadenlosen und doch berechenbaren Gesellschaft gerissen. Aber hier war er ein Fremder. Das Blatt wendete sich. Er würde sich Pilas Führung anvertrauen müssen. Hier war er der Unterlegene.
Ihm widerstrebten diese Gedanken, und er schüttelte den Kopf. Pila blickte auf.
»Was hast du?« fragte sie.
»Nichts. Meine Gedanken schweiften ab«, sagte er mürrisch.
»Bereust du es?«
Er hob abwehrend die Hände. »Nein, auf keinen Fall. Und ich werde dich beschützen und für dich sorgen, wie ein Mann es tut. Schließlich sind wir bald eine richtige Familie.«
Pila lachte laut auf, und irgendwo antwortete ein Vogel mit einem Schrei. »Es ist doch noch gar nichts zu sehen, und es werden viele Monde vergehen. Im Augenblick überlege ich, wie wir aus diesem verflixten Gebirge herauskommen. Wir kommen zu langsam vorwärts.«
»Wir hätten doch auf der Straße bleiben sollen, die entlang der Küste verläuft . . .«
». . . und den nächsten Römern in die Hände fallen? Nein, wir haben doch nicht diese abenteuerliche Flucht gewagt, um in Gallien wieder gefaßt zu werden! Wir werden einen Weg fin-

den. Wo Berge sind, gibt es auch Flüsse. Wir marschieren in einem Flußtal entlang. Dort haben wir auch bessere Chancen, Wild zu erbeuten, und Bauernhöfe gibt es sicher auch, wo wir um ein Nachtlager und etwas zu essen bitten können.«
Er blickte sie an. »Du sprichst sehr vernünftig, meine Pila. Ich sehe, dein kühler, nordischer Verstand bringt uns hier weiter.«
»Wußtest du, daß ich gar nicht Pila heiße?« sagte sie unvermittelt.
Claudius hob erstaunt den Kopf. »Darüber habe ich mir gar keine Gedanken gemacht. Pila ist die Sprache der Römer, nicht die deinige. Wie heißt du, unbekanntes Wesen?«
»Sigrun.«
»Iiiigurr ...« Er schüttelte sich. »Wie kann man so ein Wort nur aussprechen?«
»Du mußt deine Zunge trainieren, denn hier sprechen alle meine Sprache. Zumindest klingt es so ähnlich. In welcher Sprache hat deine Mutter mit dir gesprochen?«
»Meine Mutter?« Er stockte. Tatsächlich hatte sie mit ihm in einer anderen Sprache gesprochen, als er ein Kind war. Er hatte es einfach vergessen. Doch es war wichtig, daß er sich wieder daran erinnerte. »Wenn du mir hilfst, werde ich die alte Sprache wieder verstehen.«
Er ergriff ihre Hand und preßte seine Lippen darauf.
Sie lächelte. »Wir werden es schaffen. Wir kehren zurück zu meinem Volk. In sechs Monden kommt unser Kind zur Welt, dann zieht Frieden unter unserem Dach ein.«
»Woher nimmst du die Gewißheit dazu?«
»Wozu? Daß in sechs Monden unser Kind geboren wird?«
»Nein, daß wir ein Dach über dem Kopf haben werden.«
Sie blickte hinaus in den trüben Himmel. Dann lehnte sie sich seufzend an seine Schulter. Mit der Hand fuhr sie zärtlich über die schmale Kette aus ihrem geflochtenen blonden Haar, die er noch immer um den Hals trug.

»Weißt du, es gibt Dinge auf dieser Welt, die man nicht in Worte kleiden kann. Ich weiß es eben.«
»Manchmal machst du mir angst«, sagte er leise.
»Du mußt die göttliche Kraft spüren, die uns umgibt. Sie ist überall, in den Bäumen, in den Steinen, im Wasser, in der Luft. Aus ihr schöpfen wir Menschen unsere Kraft, wir können sie uns nutzbar machen.«
»Und wie macht man das?«
»Zuerst muß man dazu bereit sein.«
»Bin ich das?«
»Nein.«

Am nächsten Tag verließen sie den Berg und schlugen die nordöstliche Richtung ein. Nach einem halben Tagesmarsch erreichten sie eine Straße, die Händler benutzten, um Silbererz zu transportieren. Sie folgten dieser Straße nach Norden. In dieser trüben Jahreszeit waren nur wenige Händler unterwegs, größeren Transportkolonnen gingen sie jedoch aus dem Weg, indem sie rechtzeitig die Straße verließen. Auch Orte umgingen sie in großem Bogen, lediglich einzelnen Bauernhöfen näherten sie sich, um Eier oder ein Huhn zu stehlen und auf den abgeernteten Feldern nach Resten von Kornähren, Rüben oder Kohl zu suchen. Der Stamm der Arvernii siedelte hier, das hatten sie mitbekommen, doch sie befanden sich noch viel zu weit westlich von ihrem Ziel. Sie mußten die Straße verlassen und in Richtung Osten gehen, wo das Gebirge durch einen Fluß geteilt wurde.
Es gab keine Straßen mehr. Sie querten einen tiefen Wald in der Hoffnung, bald auf das Flußtal des Rhodanus zu stoßen. Der Hunger und eine seltsame Krankheit hatten Claudius geschwächt. Nur mit größter Willensanstrengung setzte er den Marsch fort und hoffte, daß Sigrun seine Schwäche nicht be-

merkte. Er nannte sie bei ihrem germanischen Namen, und sie war darüber sehr glücklich. Rom lag hinter ihnen und damit auch der Name einer Sklavin.

Sigrun spürte, daß eine Krankheit an ihr zehrte. Doch sie wollte sie nicht wahrhaben. Sie warf Kräuter ins Feuer und atmete deren Rauch ein, um die schwarzen Geister zu vertreiben, die in ihr nagten wie kleine Käfer. Ihre Sorge galt Claudius. Nachts preßte sie seinen Körper an sich und versuchte, ihm etwas von der Wärme ihres Körpers abzugeben. Aber nach und nach verließen auch sie die Kräfte. Oft brach kalter Schweiß aus ihr heraus, und ihre Gelenke schmerzten.

Feuchter Dunst stieg aus dem Waldboden auf und formte sich zu bizarren Gestalten zwischen den Stämmen. Sigrun taumelte und streckte die Arme abwehrend nach vorn.

»Waldgeister«, stöhnte sie. Sie fürchtete die unfaßbaren Elbinnen, die in Gestalt von Würmern, Schmetterlingen oder Ungeziefer aus den Bäumen heraus und in die Körper der Menschen krochen. Schreckliche Krankheiten waren die Folge. Sigrun hätte sie verwünschen müssen, tief in den Wald hinein, in das Gehölz, den Baum, den Busch. Doch ihre Kraft erlahmte. Vielleicht hatten die Elbinnen auch schon von ihren Körpern Besitz ergriffen.

Hinter sich hörte sie Claudius husten. Seine Lunge rasselte wie die Kette eines Sklaven. Der kalte Wind fuhr durch seine Kleidung und trug die Wärme seines Körpers davon. Feuchtes Laub klebte an seinen zerfetzten Sandalen. In seiner Brust brannte ein heftiges, verzehrendes Feuer.

»Sigrun«, flüsterte er tonlos und sah eine weiße Schwanenfrau, die sich lautlos in die Luft erhob. Die Bäume um ihn herum bewegten sich und beugten sich zu ihm herunter. Er verspürte einen intensiven Duft nach Pilzen, bevor die Welt um ihn herum sich verdunkelte.

Der Mittelpunkt der Schwärze bestand aus einer winzigen, züngelnden Flamme. Sie leckte die Dunkelheit auf, wurde größer, wärmer, kam immer näher. Er wollte sie greifen, an sich reißen, doch ein riesiger Druck auf seiner Brust nahm ihm die Luft. Ein Berg schien sich auf ihn gewälzt zu haben, die Mächte der Finsternis hatten Besitz von ihm ergriffen. Wispernde Stimmen aus der Dunkelheit ängstigten ihn.

»Er kommt zu sich«, sagte eine weibliche Stimme.

Sigrun wälzte sich unruhig unter einer dicken Felldecke. Schweiß bedeckte ihre Haut, und es roch nach Feuer. *Es ist meine Sprache,* dachte sie. *Die Waldgeister narren mich, sie treiben ihr Spiel. Wer spricht meine Sprache?*

»Halt sie fest«, sagte die weibliche Stimme, und eine feste Hand packte Sigrun und preßte sie auf ihr Lager. Sie schrie auf und wehrte sich gegen den Zwang.

»Ruhig, ganz ruhig, du bist in Sicherheit«, vernahm sie wieder die weibliche Stimme. Sigrun riß die Augen weit auf und versuchte, in der Dunkelheit etwas zu erkennen. Im matten Schein des Feuers sah sie eine Frau, die in einem Kessel rührte. Die Frau blickte besorgt zu ihr herüber. Langsam wanderten Sigruns Augen umher. Sie sah ein verrußtes Fell, eine Wand aus borkigen Stämmen, Dachbalken, an denen getrocknetes Fleisch, Bündel aus Kräutern und lederne Beutel hingen. Und wieder sah sie das Feuer, lodernd in einer Herdstatt, die ihr bekannt vorkam. Grobe Lehmziegel umgaben die Feuermulde, ein schwarzer Kessel stand darauf.

Die Frau hockte sich neben sie und hielt ihr eine Schale mit einem dampfenden Gebräu entgegen. Gierig schluckte Sigrun das aromatische Getränk und spürte es heiß durch ihren Körper rinnen. Aufstöhnend fiel sie auf das Lager. »Wo bin ich?« flüsterte sie.

Die Frau antwortete nicht, sondern rührte weiter im Kessel.

Sigrun hatte das Gefühl, daß viele Augen sie anstarrten. Mit aller Kraft richtete sie sich auf. Im Dämmerschein der Hütte erkannte sie mehrere Personen, die auf den Pritschen entlang der Wände hockten.

»Vater?« Sie suchte nach einem bekannten Gesicht. Dann entdeckte sie ein längliches Fellbündel zwischen den Menschen. Es rührte sich nicht. »Claudius?« Nackte Angst lag in ihrer Stimme.

Die Frau eilte zu Sigrun und drückte sie wieder auf das fellbedeckte Lager. »Er lebt«, sagte sie leise. »Er ist sehr krank.«

»Ich muß ihm helfen«, protestierte Sigrun, aber es klang schwach.

Die Frau lächelte milde. »Auch du bist krank. Aber ihr werdet beide wieder gesund. Wer bist du?«

»Sigrun«, murmelte sie. »Sigrun, die Tochter des Sigmund Naiax. Kennst du ihn?«

»Von welchem Stamm bist du?« fragte die Frau.

»Welchem Stamm?« fragte Sigrun verständnislos. »Bin ich nicht daheim, bei meiner Sippe?«

»Ich weiß nicht, wo deine Sippe lebt, Sigrun, Tochter des Sigmund Naiax, und ich kenne deinen Vater nicht. Bist du eine der Überlebenden der großen Schlacht?«

»Was für einer Schlacht?«

»Die Kunde geht von einer schrecklichen Schlacht jenseits der hohen Berge. Doch niemand weiß etwas Genaues.«

»Nein, wir haben uns nur verlaufen.« Plötzlich bekam Sigrun Angst, und sie hielt es für besser, ihre Worte mit Vorsicht zu wählen. Ihre derzeitige Sorge galt Claudius.

»Wie geht es meinem – Gefährten?«

Von der Pritsche an der Wand erhob sich ein Mann, groß, kräftig, mit rötlichem Haar. Er wirkte ungeschlacht und grob, wenngleich seine Augen gutmütig blickten.

»Er ist ein Römer, obwohl ich nicht begreife, wo ihr beide

hergekommen seid und was ihr wollt«, brummte er. »Und Römer sind unsere Feinde.«
»Er ist kein Römer, wie kommst du darauf?« Sigrun richtete sich wieder auf ihrem Lager auf, und die Frau stopfte ihr fürsorglich einige Felle unter den Rücken. Sie mußte husten.
»Deshalb!« Der Mann hob ein Paar zertretene Sandalen hoch. »Es sind römische Sandalen.«
»Ich trage auch römische Sandalen«, erwiderte Sigrun. »Ja, wir kommen aus Rom, wir sind geflüchtet.«
»Ich will keinen Ärger haben«, sagte der Mann. »Wir sind nur einfache Viehzüchter, deshalb ist es besser, ihr verschwindet.«
Die Frau, die sich bei den Worten des Mannes an den Herd zurückgezogen hatte, erhob sich nun. Sie nahm wortlos die Sandalen und warf sie ins Feuer. »Sie ist eine Keltin, und sie ist krank. Deshalb wird sie bei uns bleiben, bis sie wieder gesund ist.«
»Rosmelda, das kann für unsere Sippe gefährlich werden!« gab der Mann zu bedenken. »Und was wird aus ihm?«
Rosmelda lächelte. »Er ist ihr Mann. Und deshalb bleibt auch er, bis er gesund ist.«
»Woher willst du wissen, daß er ihr Mann ist?«
Wieder lächelte Rosmelda weise. »Weil sie schwanger ist!«
Sigrun hatte die Felldecke bis zur Nase hochgezogen. Sie blinzelte über den Rand zu Rosmelda. Diese Frau hatte es bemerkt! Doch wie? Es war doch noch gar nicht zu sehen!
Ohne ein Wort verließ der Mann die Hütte und mit ihm die anderen. Sie war mit Rosmelda und Claudius allein.
Claudius fieberte und wand sich in heftigen Krämpfen. Rosmelda setzte sich an sein Lager und flößte ihm einen Trank ein. Dann legte sie ihm kühlende Umschläge auf die Stirn und um die Handgelenke.
»Er ist sehr krank, dein – Mann«, sagte sie. »Wenn sich in drei

Tagen sein Zustand nicht bessert, sollten wir einen weisen Mann zu Rate ziehen.«

»Rosmelda, ich weiß nicht, wie ich dir danken soll. Ich hoffe, wir bringen euch nicht in Gefahr. Sobald es uns etwas bessergeht, ziehen wir weiter.«

»Wohin wollt ihr?«

»Ich möchte in meine Heimat, die irgendwo zwischen diesen hohen Bergen liegt. Dort wartet meine Sippe, dort rastet mein Volk, auf der Suche nach neuem Land. Wir hatten die Äcker bestellt, die Herden auf die Weiden getrieben, als die Römer mich raubten.«

»Es ist Zeit vergangen seitdem«, sagte Rosmelda. »Und was ist mit ihm? Er ist kein Germane, er verträgt unser Klima nicht.«

»Er hat mir das Leben gerettet und ist mit mir geflohen.«

Rosmelda wiegte den Kopf. »Sehr leichtsinnig«, sagte sie. »Hat ihn kein römisches Schwert erwischt, tötet ihn die Herbstkrankheit. Er besitzt keine Winterkraft wie die Kelten und Germanen.«

»Nein, das Leben unter der Sonne Roms ist angenehm und leicht, zumindest für die, die keine Sklaven sind.«

»Bist du eine Sklavin gewesen?«

Sigrun senkte den Kopf und schwieg.

»Du brauchst mir nichts zu sagen, ich habe das eingebrannte Zeichen auf deinem Arm gesehen. Aber wir sind hier in Gallien, es stört mich nicht. Und die Knechte haben es nicht gesehen. Du solltest es bedeckt halten.«

»Dein Mann hat Bedenken?«

»Boian hat Sorge um unsere Familie. Wir haben sieben Kinder, davon fünf Söhne. Sie sollen nicht auch den Römern in die Hände fallen.«

»Ich verstehe. Wir werden sobald als möglich aufbrechen.«

Doch Claudius brauchte viel Zeit, um sich zu erholen. Fast drei Wochen lag er auf der Pritsche, schwitzte Unmengen von Wasser aus seinem Körper, trank kesselweise ein ekelhaft schmeckendes Gebräu und atmete unter einem Lederzelt den Rauch brennender Kräuter ein, der seine geschundene Lunge fast zum Platzen brachte. Nach drei Wochen hieß Rosmelda ihn aufzustehen, führte ihn vor die Hütte und übergoß ihn mit eiskaltem Wasser. Dann rieb sie ihn trocken, kleidete ihn in wollene Sachen, die ihm Sigrun in der Zwischenzeit genäht hatte, und forderte ihn auf, kräftig zu essen.
Claudius erholte sich von Tag zu Tag mehr. Er verrichtete leichte Arbeiten auf dem Hof, half den Knechten bei der Versorgung der Tiere und ging sogar mit Boian auf die Hasenjagd. Er bewunderte die kunstfertig geschmiedeten Pfeilspitzen, die schönen Kurzschwerter und Lanzen. Mit den älteren Söhnen des Boian focht er zur Übung, und Boian bemerkte schnell, welch ausgezeichneter Schwertkämpfer Claudius war. Nach und nach gab Boian seine Zurückhaltung gegenüber dem Fremden auf.
»In einigen Tagen feiern wir das Fest Samonios. Wir treiben die Rinder von den Almen und begrüßen das neue Jahr. Wir laden dich dazu ein, Samonios mit uns zu begehen. Und Sigrun natürlich auch.«
Claudius lächelte. »Ich danke dir, Boian. Du machst mich sehr glücklich.«
Boian blickte ihn fragend an. »Wenn du dich kräftig genug fühlst, kannst du uns beim Almabtrieb begleiten. Meine Söhne würden sich freuen.«
»Gern! Mir gefällt das Leben eines Viehzüchters, am liebsten würde ich für immer hierbleiben.« Er blickte sich um. *Gallia lugdunensis*, es war das fremde Götterreich, aus dem seine Mutter stammte und das ihn seltsam anzog, obwohl er doch in Rom geboren war.

Boians Hof lag in einem sanften Tal am Fuß der Ausläufer des Mons Arvernus, in der Nähe eines breiten Flusses. Auf der Gebirgsseite erstreckten sich die Almen, auf denen Boian seine Rinderherden im Sommer weiden ließ. Jetzt wurden die Tiere zusammengetrieben und ins Tal gebracht, wo sie den Winter verbrachten. In den Ställen und Pferchen lagerte frisches Heu.
»Wir sind den ganzen Sommer mit den Tieren unterwegs«, erklärte Boian, während sie zu den Almen hinaufritten. »Die meiste Arbeit übernehmen natürlich die Knechte. Doch meist ist Rosmelda mit den Feldsklaven und den Mägden allein auf dem Hof und kümmert sich um die Gärten, Felder und das Haus.«
»Und trotzdem hast du so viele Kinder?« staunte Claudius.
Boian lachte. »Die Winterabende sind sehr lang.«

Sigrun stand neben den Frauen des Hofes und blickte den davonreitenden Männern nach.
»Machst du dir Sorgen um ihn?« fragte Rosmelda. »In drei, vier Tagen ist er wieder da.«
Sigrun schüttelte den Kopf. »Ich weiß, daß er kräftig genug ist.«
»Trotzdem ist dein Blick voll Trauer. Ich weiß, selbst wenige Tage sind für Liebende eine Ewigkeit.«
Sigrun lächelte, und eine leichte Röte flog über ihr Gesicht. »Wir waren seit Wochen nicht getrennt, trotzdem schmerzt es mich, meinen Liebsten davonreiten zu sehen. Aber diesmal weiß ich, daß er wiederkommt. In Rom hätte ich nicht die Gewißheit gehabt.«
Rosmelda blickte sie verstohlen von der Seite an. Offensichtlich hatten beide ein schweres Schicksal hinter sich, und wer weiß, was ihnen noch bevorstand. Sie mochte die hübsche Sigrun mit dem sanften Wesen, das so anders war, als man es den kampfeswütigen Kimbern nachsagte. Vielleicht war es dieser Liebreiz, der Claudius so anzog. Sie hätte nichts dagegen, wenn beide den

Winter auf ihrem Hof bleiben würden. Die Söhne freuten sich auf die Kampfspiele und Fechtübungen, die Claudius mit ihnen betrieb. Boian hatte sich bereits einige Male gefragt, ob Claudius nicht ein desertierter römischer Soldat war, so unerschrocken wie er das Schwert handhabte. Und die ausgefeilte, beidhändige Kampftechnik verriet eine professionelle Schule. Rosmelda bewunderte Sigruns Geschick im Spinnen, Weben und Nähen. Boian dagegen war von Sigruns Bierbraukunst angetan, wenngleich die Menschen hier überwiegend Wein tranken.

Die Tage verbrachte Sigrun in Rosmeldas Nähe, half ihr bei der Hausarbeit, braute Bier. Abends saßen sie gemeinsam am Herdfeuer, spannen Schafwolle und nähten Kleidung. Eine Magd webte einen wunderschönen Umhang aus naturfarbener und blau eingefärbter Wolle. Sigruns Gedanken eilten zu Claudius, der jetzt irgendwo da draußen im Gebirge mit den anderen Männern Rinder zusammentrieb und sich wahrscheinlich das erste Mal in seinem Leben wunderbar frei wie ein Vogel fühlte. Ein süßer Schmerz durchzog sie. So sehr sie sich nach ihm sehnte, so sehr gönnte sie ihm auch dieses Gefühl, das er wahrscheinlich noch nie erfahren hatte.

Rosmelda kramte einige Pelze aus einer Ecke der Wohndiele. »Der Winter wird kalt und für Claudius sicher nicht sehr angenehm. Du solltest ihm warme Kleidung nähen. Hier sind einige Schaffelle und ein Fuchsfell dazu.«

Dankbar ergriff Sigrun die weichen Pelze. »Wie kann ich dir danken?«

Rosmelda lächelte schweigend. »Es geht mich nichts an, und du mußt mir auch nicht antworten. Doch ich frage mich, ob Claudius ein desertierter Soldat der Römer ist. Sein Umgang mit dem Schwert ist bewundernswert.«

Sigrun schüttelte den Kopf. »Nein, ein Soldat ist er nicht. Viel schlimmer, er ist ein Gladiator.«

Die Frau hob erstaunt den Kopf. »Ein Gladiator?«
»Ihr Los ist nicht viel besser als das der Sklaven. Er ist mutig, todesmutig. Er hat mich aus den Kerkern der Arena von Pompeji befreit, und wir sind quer durch das römische Imperium geflüchtet. Für ihn gibt es keinen Weg zurück. Es wäre sein Tod und auch meiner.«
»Ich verstehe. Doch glaubst du, daß dein Volk, deine Sippe ihn aufnehmen wird?«
Sigrun kaute auf der Unterlippe und hob die Schultern. Die Sitten der Kimbern waren streng. Nicht nur, daß sie vielleicht den fremden Mann nicht akzeptieren würden, wahrscheinlich würden sie nicht einmal Sigrun wieder in ihrer Mitte aufnehmen. Sie hatte sich einem Römer hingegeben, sie erwartete ein Kind von ihm. Helfgurd würde ewige Rache schwören, und der Thing würde ihm recht geben. Sigrun trug das kurze Haar einer Verurteilten, und sie und Claudius würden, mit Steinen beschwert, im Moor versenkt werden.
»Bleib bei uns, Sigrun! Auch Claudius würde es gefallen.«
Sigrun griff nach Rosmeldas Hand. »Du meinst es gut mit uns. Doch für euch ist die Gefahr zu groß. Wenn die Händler der nahen Handelsstraße Kunde von uns erlangen und in Rom verbreiten, könnten schon bald Überfälle stattfinden. Auch ich wurde dereinst geraubt in einem Gebiet, das weit außerhalb Roms liegt. Nach Samonios werden wir euch verlassen.«

Während die Vorbereitungen für das Fest auf Hochtouren liefen, kehrten Claudius und Boian mit seinen Knechten von den Almen zurück. Sie trieben eine beträchtliche Herde halbwilder Rinder vor sich her. Die älteren Kühe waren mit Kränzen aus Eichenlaub geschmückt.
Claudius sprang von seinem plumpen, zotteligen Pferd. Durch seine Krankheit war sein Gesicht blaß und schmal geworden.

Jetzt überzog eine sanfte Röte seine Wangen. Er nahm Sigrun in die Arme.
»Ich hatte solche Sehnsucht nach dir«, flüsterte sie und preßte ihr Gesicht in seine Halsbeuge.
»Mir ging es ebenso, Liebste.« Sein Blick war zärtlich und voll Sehnsucht. Doch noch etwas anderes sah Sigrun in seinen blauen Augen. Sie blickten seltsam verklärt, als hätten sie in eine andere Welt geschaut. Es machte ihr angst.
»Hat dich der Ritt nicht zu sehr angestrengt?« wollte sie wissen.
Er schüttelte den Kopf. »Im Gegenteil. Ich habe mich noch nie so wohl gefühlt – und so frei.«
Sie senkte den Kopf. »Ich wußte es. Der Adler schlägt mit den Schwingen. Eines Tages wird er davonfliegen.«
»Was redest du da? Du weißt, daß wir zusammengehören. Niemals werden sich unsere Wege trennen.«
»Ich befürchte, daß sie schon beginnen sich zu trennen. Dir gefällt das Leben eines Viehzüchters und Hirten, scheint mir.«
»Ja, es gefällt mir. Mit diesem Land fühle ich mich auf seltsame Weise verbunden.« Seine Augen hatten einen verklärten Blick angenommen. Sigrun wich zurück. Was war plötzlich in den tollkühnen und lebenslustigen Claudius gefahren?
»Bald beginnt das Fest Samonios«, wechselte sie schnell das Thema.
»Boian hat mir davon erzählt. Es interessiert mich sehr. Es ist das höchste Fest der Kelten, und sie feiern es wohl recht ausgelassen. Boian sagte auch, daß die Feste und Rituale Angelegenheit der ganzen Gemeinschaft sind. Wer sich davon ausschließt, schließt sich auch aus der Gemeinschaft aus.«
»Einen richtigen Jahrmarkt soll es geben. Endlich einmal eine Abwechslung, keine Flucht, keine Angst, keine Entbehrungen.« Sie lächelte und hoffte, daß auch Claudius Freude daran haben möge. Seine seltsam durchgeistigte Art bereitete ihr Sorge.

Kurz vor Beginn des Festes schlachtete Boian mit seinen Knechten mehrere Schweine. Schweinefleisch war die Hauptspeise der Festtafel. Und Unmengen Wein gab es, der in Schläuchen von den Deckenbalken hing.
Claudius bot sich an, ein Wildschwein zu jagen, um die Tafel damit zu bereichern. Boian war erfreut, konnte ihn jedoch nicht zur Jagd begleiten. Claudius lächelte. »Ich werde allein einen Keiler zur Strecke bringen. Das bin ich euch schuldig.«
»Geh nicht allein!« versuchte Sigrun ihn zurückzuhalten. »Du bist das Leben in den Wäldern nicht gewöhnt.«
»Liebste, du brauchst dir keine Gedanken um mich zu machen. Ich bin ein Mann und kann allein auf die Jagd gehen.« Er runzelte verärgert die Brauen.
»Bitte, Claudius, du mußt mir deinen Mut und deine Tapferkeit nicht beweisen. Das hast du hinlänglich getan. Doch hier ist es etwas anderes.« Sie umfaßte seinen Arm.
Claudius schüttelte ihren Griff unsanft ab. »Was soll das? Ich will gar nichts beweisen, ich will auf die Jagd gehen. Was ist daran so gefährlich?«
Sigrun schwieg, doch ihr Herz klopfte beängstigend schnell. Es war nicht die Angst, daß ihm auf der Jagd etwas geschehen könnte. Er würde es auch mit einem mächtigen Keiler aufnehmen. Sie spürte plötzlich, daß Claudius allein sein wollte, allein mit sich und der Welt. Deshalb wollte er auf die Jagd. Er wollte den Keiler töten, weil er ihm so ähnlich war, ein ungeselliger, einzelgängerischer Krieger.
Die Unruhe verließ Sigrun auch nicht, als Claudius sich, bekleidet mit wärmenden Fellen, bewaffnet mit Lanze, Kurzschwert, Pfeil und Bogen auf den Weg in den undurchdringlichen Wald jenseits des Tales begab.
Es dauerte nicht lange, da hatte er die Spur eines Einzeltieres aufgenommen. Nach den Abdrücken seiner gespaltenen Klauen

mußte es ein sehr großes Tier sein. Claudius verfolgte die Fährte durch das Dickicht. Stunden vergingen, bis er ein leises Grunzen und Schnüffeln vernahm. Er prüfte die Windrichtung und zog es vor, einen Kreis um den Keiler zu schlagen, um näher an das Tier heranzukommen. Geduckt schlich er zwischen den Baumstämmen hindurch, die Deckung des Unterholzes ausnutzend. Der Keiler wühlte mit seinem Rüssel im weichen Laubboden auf der Suche nach Eicheln und Bucheckern. Zwischen verhaltenem Grunzen und Quieken vernahm er lautes Schmatzen. Claudius packte die Lanze fest mit der Hand und näherte sich dem Keiler. Jetzt nahm auch das riesige Tier Witterung auf. Mit einem Alarmlaut blickte es auf – und Claudius in die Augen. Der Jäger war zu nahe an dem Keiler, als daß dieser noch flüchten konnte. So griff das Tier an.

Claudius schleuderte kraftvoll den Speer, der in der Brust des Keilers steckenblieb. Dieser schrie und brüllte und setzte seinen wütenden Angriff auf den Jäger fort. Claudius mußte das Schwert ziehen, um nicht von den gewaltigen Hauern aufgeschlitzt zu werden. Er fixierte im Bruchteil eines Augenblicks die Entfernung zwischen sich und dem Keiler und blieb stehen, um den Angriff des verwundeten Tieres abzuwarten. Mit einem einzigen geschmeidigen Schritt zur Seite entging er dem frontalen Angriff, doch sein Schwert bohrte sich bis zum Schaft in die Brust des Keilers. Mit einem gräßlichen Schrei sank er zu Boden. Claudius bückte sich, um das Schwert aus dem toten Tier zu ziehen.

Erst jetzt bemerkte er, daß er von Männern umringt war, grimmig blickenden Kriegern mit gedrungenen Helmen und bemalten Lederschilden. In den Händen hielten sie Speere, deren Spitzen auf Claudius gerichtet waren. Mit einem Blick wurde ihm klar, daß eine Gegenwehr nutzlos war. Er hielt sein blutiges Schwert in den Händen. Claudius blieb einfach stehen.

»Du jagst im Wald des Königs«, sagte der Anführer der Krieger zu Claudius.
»Welchem König? Dem König der Welt? Soviel ich weiß, ist der Boden Allgemeingut«, gab Claudius zurück.
Die Speerspitzen senkten sich bedrohlich. Der Anführer blickte auf das Schwert in Claudius' Hand.
»Ein Römer!« rief er. »Und er wagt es, unseren König zu verhöhnen. Nehmt ihn gefangen!«
Claudius war blitzschnell überwältigt, die Krieger nahmen ihm die Waffen ab. Zwei von ihnen banden das tote Wildschwein an eine lange Stange und schulterten es, während die anderen Claudius in ihre Mitte nahmen und wegführten.
Nach kurzem Marsch erreichten sie einen Burgwall, hinter dem die hölzernen Wachtürme und Dächer der Burggebäude hervorragten. Am Fuße des Burgwalles herrschte reges Treiben, die Vorbereitungen zum Samonios-Fest strebten ihrem Höhepunkt zu.
Unter einem Baldachin hockte ein überaus kräftiger Mann mit rotem Haar und Vollbart zwischen weiteren, als Krieger zu erkennenden Männern. Sie beobachteten einen Ringkampf zweier Recken, die sie mit lauten Rufen anfeuerten.
Der Anführer des Zuges verbeugte sich vor dem rotbärtigen Mann. »Edler König Antequos, wir bringen dir einen römischen Gefangenen. Wir haben ihn im Wald nahe der heiligen Quellen gestellt, wo er einen Keiler gewildert hat.«
Der König hatte sich auf seinem mit Fellen belegten Thron zurückgelehnt und betrachtete den Gefangenen, danach das Wildschwein.
»War er allein?« war seine erste Frage.
»Jawohl, mein König, er war allein. Wir haben gesehen, wie er den Keiler zur Strecke brachte. Was soll mit ihm geschehen?«
Ehe der König antworten konnte, erklang Trommelwirbel und

das dumpfe Röhren von Hörnern. Ein alter, weißbärtiger Mann, ganz in weiße Gewänder gehüllt, schritt auf einen knorrigen Stock gestützt langsam und majestätisch über den Platz und näherte sich dem König. Dieser erhob sich, um den außergewöhnlichen Gast zu begrüßen. Das Lachen und Schreien der Umstehenden verstummte, nur gelegentliches ehrfurchtsvolles Murmeln war zu vernehmen.

Claudius erfaßte ein unbehagliches Gefühl. Von diesem schmächtigen Mann mit dem langen Bart und den wasserhellen Augen ging eine Macht aus, die jeden unwillkürlich in ihren Bann zog.

»Sei gegrüßt, Verculix, und nimm an meiner Seite Platz! Wie du siehst, bleibt die Freude des Festes nicht ganz ungetrübt. Meine Krieger nahmen einen Mann gefangen, der diesen Keiler erlegte. Sie sagen, es sei ein Römer. Zumindest trug er ein römisches Kurzschwert.« Antequos vollführte eine einladende Bewegung.

Der Alte schwieg und blickte auf das blutige Schwert, das ihm ehrfurchtsvoll vorgelegt wurde.

»Was soll mit ihm geschehen, mein König?« wiederholte der Anführer der Krieger seine Frage.

Antequos beugte sich zu dem alten Druiden. »Brauchst du nicht ein Opfer für die Nacht der Nächte?«

Statt einer Antwort winkte der alte Mann Claudius zu sich heran. Seine Bewacher ließen ihn los, und Claudius ging frei, aber mit wankendem Schritt auf den Alten zu. Er fürchtete sich nicht vor dem hünenhaften König, dessen körperliche Kraft gewiß außergewöhnlich war, er fürchtete sich vor dem schmächtigen Mann an seiner Seite. Diese beiden, der weise Mann und der kräftige König, schienen das Land in einer seltsamen Harmonie zu regieren.

Zitternd sank Claudius vor dem Alten auf die Knie. Er war nicht irgendein Druide, er mußte der Oberste aller Druiden dieses Königreiches sein.

Verculix nahm seinen Stock und drückte ihn unter Claudius' Kinn, so daß dieser den Alten anschauen mußte. Ihre Blicke versanken ineinander, und Claudius meinte, den Boden unter sich zu verlieren. Sein Geist flatterte wie ein Vogel, der davonzufliegen versuchte. Irgendeine Macht hinderte ihn daran, die Schwerkraft zu überwinden, fesselte seine Beine an den Boden, während sein Geist in die Lüfte entfliehen wollte.

»Du hast den Keiler allein zur Strecke gebracht?« fragte der Alte.

»Ja, das habe ich«, antwortete Claudius und bemühte sich, seiner Stimme Festigkeit zu verleihen.

»Es ist ein großes Tier, sehr gefährlich. Du hattest keine Angst vor ihm.«

Claudius starrte den Alten an. Auf seltsame Weise schien er alles von ihm zu wissen, er schien für den Blick dieses Mannes durchsichtig zu sein wie das Wasser eines Bergquells.

»Du hattest keine Angst, weil du ein Gladiator bist, ein römischer Gladiator.«

Siedendheiß stieg es in Claudius auf, und er taumelte, so daß er auf seinen Fersen zu sitzen kam. Es hatte keinen Zweck zu leugnen, nicht vor diesem Mann!

Die Krieger rissen Claudius hoch, doch der Druide hob beruhigend die Hände.

»Deine Augen sind blau, und dein braunes Haar leuchtet rot im Schein des Feuers. Deine Ahnen lebten in diesen Wäldern. Sie sprechen aus dir. Aus diesem Grund bist du hierher zurückgekehrt.«

Claudius' Lippen öffneten sich vor Erstaunen, und er atmete schwer.

»Doch du bist nicht allein. Ein Teil von dir ist hier, ein anderer Teil von dir sitzt in einer Hütte am Feuer.«

Claudius spürte, wie ihm langsam die Haare zu Berge standen und eine Gänsehaut über seinen Rücken lief. Dann senkte er ergeben den Kopf.

Der Druide beugte sich zum König und flüsterte etwas, das Claudius nicht verstand. Der König brummte, nickte und winkte den Anführer der Krieger zu sich heran. Dieser nahm einen Befehl entgegen und entfernte sich mit seinen Leuten. Nun kniete Claudius allein auf dem Boden vor den beiden mächtigen Männern.

»Erhebe dich«, sprach der König zu ihm, »und sei mein Gast.«

Es dauerte einige Augenblicke, bis Claudius den Sinn dieser Worte erfaßt hatte. Langsam stand er auf und trat vor den König.

»Ich danke dir für deine Gastfreundschaft«, sagte er nur, und es waren genau die richtigen Worte.

Die Knechte und Mägde liefen auf dem Hof durcheinander, schleppten Schüsseln und Eimer, es roch nach Blut, Fett und gekochtem Fleisch. Mehrere Kessel dampften auf offenen Feuern, die auf dem Hof loderten. Der aufkommende Wind konnte die Luft nicht von diesem Geruch reinigen.

Sigrun füllte große Kannen mit Bier und Met ab, zwei Knechte holten die Weinschläuche von den Dachbalken herunter.

Inmitten des scheinbaren Durcheinanders stand Rosmelda, die Hände in die kräftigen Hüften gestemmt. Sie schien niemals den Überblick zu verlieren.

Sigrun verschnaufte einen Augenblick und gesellte sich zu Rosmelda. Ihr Atem bildete weiße Wölkchen in der kühlen Luft. Ein kalter Windstoß wirbelte die Rauchschwaden durcheinander und hüllte den Hof für Augenblicke in eine geistergleiche Nebellandschaft. Fröstelnd zog Sigrun die Schultern hoch.

»Hol deinen Umhang«, mahnte Rosmelda. »Du hast deine Krankheit gerade erst überwunden, und dein Körper hat noch nicht genügend Kraft, sich gegen eine neue zu wehren.«

Sigrun eilte ins Haus, um den wollenen Mantel umzulegen, der auf ihrer Pritsche lag. Der Wind fuhr durch die Dachöffnung und entfachte das Herdfeuer mit einem unheimlichen Fauchen. Sigrun wandte sich erschrocken um und blickte in die offene Flamme des Herdes. Sie zuckte plötzlich zurück. Sie sah eine Lanze, ein Schwert – und Blut! Claudius! Etwas war geschehen. Beunruhigt lief sie auf den Hof.

»Was ist mit dir, du bist so blaß?« fragte Rosmelda.

Sigrun preßte ihre Fäuste gegen die Brust.

»Es ist etwas geschehen«, murmelte sie, und ihre Augen weiteten sich. »Ich hatte eine Vision.«

Rosmelda fuhr erschrocken zurück. »Eine Vision? Hast du das zweite Gesicht?«

»Ich weiß es nicht. Ich weiß nur, daß etwas geschehen ist. Mit Claudius!«

»Mach dir doch keine Sorgen«, versuchte Rosmelda sie zu beruhigen. »Dein Claudius kommt wieder und bringt ein schönes, fettes Wildschwein mit.«

Doch Sigrun schüttelte den Kopf und wies stumm zum Hoftor. Es stand offen, und davor zeichneten sich dunkel mehrere berittene Krieger gegen den grauen Himmel ab. Sie zeigten auf Sigrun.

In der vergangenen Nacht hatte Reif die Stoppeln auf den Feldern und die braunen Blätter an den Bäumen versilbert. Schwarze Vögel erhoben sich laut kreischend aus den fast kahlen Ästen der Bäume unterhalb des Burgwalles. Auf dem Burghof herrschte rege Betriebsamkeit. Das von Claudius erlegte Wildschwein wurde in einem riesigen Kessel in einer Brühe aus wildem Knoblauch und Thymian gesotten. Die schwarzen Raben stritten sich lautstark um die blutigen Reste des Schlachtfestes.

Der Druide Verculix beobachtete die Vögel. In respektvollem Abstand von ihm stand Claudius.

»So sterben die einen, damit die anderen leben können«, sagte der bärtige Alte. Er wandte sich mit durchdringendem Blick zu Claudius um. Wieder hatte Claudius das Gefühl, sein Wesen würde von dem alten Mann gänzlich erfaßt. »Würdest du auch sterben, um ihr das Leben zu erhalten?« fragte Verculix und zeigte mit seinem Stock auf Sigrun. Sie hockte auf einer zerfallenen Mauer aus dem dunklen Vulkangestein des Mons Arvernus und blickte scheu zu ihnen herüber.
»Ja«, antwortete er fest.
Der Alte nickte, als hätte er die Antwort schon vorher gewußt. »Doch dein Sterben würde ihr nichts nützen. Du bist wichtiger für sie, wenn du lebst. Heute nacht verbindet sich die Welt der Götter mit der Welt der Menschen, es ist die Nacht der Begegnung zwischen den Lebenden und den Toten. In dieser Nacht steht die Zeit still, es wird die Ewigkeit sein. Was du in dieser Nacht besitzt, wird dir für die Ewigkeit gehören. Lege dich zu ihr, Gallier!«

Fünfzehntes Kapitel

KIMBERNLAND

Das Fest zum Jahreswechsel dauerte drei Tage, an denen ausgelassen gefeiert wurde. Antequos ließ Berge von Fleisch auffahren, zumeist gesottenes Schweinefleisch, aber auch fette Ochsen, Schafe, Hirsche und Rehe, Wildschweine und Hasen. Dazu gab es Brot aus hellem und dunklem Mehl, Pilze, Früchte und Beeren. Unmengen von Wein, Met und Bier wurden getrunken, und überall lagen die volltrunkenen Zecher herum, um ihren Rausch auszuschlafen.

Verculix schlenderte außerhalb des Burgwalles über die herbstgelbe Wiese. Auch wenn er seine Augen auf den Weg vor sich richtete, sah er die beiden Gestalten, die sich eng umschlungen an einen Baum lehnten.

»Das Fest scheint euch nicht besonders zu gefallen«, sagte er.

Sigrun und Claudius fuhren erschrocken auseinander. »Oh, nein, nein, wir möchten dich und König Antequos nicht beleidigen«, stammelte Claudius. »Wir brauchen nur etwas frische Luft.«

»Warum versuchst du zu lügen, Römer«, knurrte Verculix und blickte ihn herablassend an. »Du kannst deine Gedanken nicht vor mir verbergen. Es sind diese seltsamen Bande zwischen euch, die euch entwurzelt haben. Ihr klammert euch aneinander, weil es sonst nichts gibt, das euch halten kann. Schnell kann euch der Wind verwehen.« Er schüttelte bedächtig sein greises Haupt. »Erzählt mir eure Geschichte.«

Er hockte sich auf einen bemoosten Baumstumpf und stützte sich dabei auf seinen Stab. Sigrun betrachtete ihn immer noch mit gemischten Gefühlen, wenngleich ihr die Welt der Priester und Seher nicht unbekannt war. Doch Claudius fürchtete den Alten und sein entwaffnendes Wissen.
Beide hockten sich vor den Druiden ins Gras und erzählten abwechselnd ihre leidvolle Geschichte. Sie ließen nichts aus, nicht ihr Leben in Rom, nicht ihre heimliche Liebe zueinander, nicht ihre abenteuerliche Flucht, nicht ihre Zweifel seit ihrer Ankunft in Gallien.
Die Sonne berührte bereits die Wipfel der Bäume, als sie ihre Erzählung beendeten. Sigrun ließ ihre Hände in den Schoß sinken und starrte auf ihre verschränkten Finger. Claudius legte schützend seinen Arm um ihre Schulter.
Lange schwieg der Alte. Dann richtete er seine wasserhellen Augen auf das vor ihm hockende Paar. »Ich habe selten eine Geschichte über so tiefe Liebe gehört«, sagte er. »Und ich muß sagen, sie gefällt mir. Doch nun seid ihr verzagt. Bedenkt aber, daß der Weg, den ihr gewählt habt, zu Ende gegangen werden muß! Und du, Claudius, oder Velox, wie deine Mutter dich nannte, zweifelst an den Göttern, an Sigrun, an dir selbst und an eurer Liebe. Und du sorgst dich um euer Kind, das im Monat Giamonios unter dem Knospenmond geboren wird.«
Claudius' Gesicht wurde aschfahl. »Velox, tatsächlich hat meine Mutter mich manchmal so gerufen. Doch es war mir entfallen. Ich habe es niemandem gesagt ...«

Die grauen Berge schliefen unter einer weichen Decke aus blütenweißem Schnee. Unendlich wölbte sich der blaue Himmel darüber. Der Anblick schmerzte das Auge des Betrachters ob seiner Schönheit und Gewaltigkeit.
Schnaufend stapften die beiden zotteligen Pferde durch die

weiße Pracht, und an ihren Nüstern bildeten sich kleine Eiszapfen. Sie trugen dicke Fellsättel und schönes Zaumzeug. Die beiden Reiter waren in wärmende Pelze gekleidet.
Sigrun schob die Kapuze ihres Umhanges herunter und hielt ihr Gesicht der Sonne entgegen. Auch wenn es tiefster Winter war, spürte sie die belebenden, wärmenden Strahlen auf ihrer Haut. Sie sprang von ihrem Falben und lief nebenher. Spielerisch bewarf sie Claudius mit Schneebällen, und ihr glockenhelles Lachen schwang sich hinauf in die frostklare Luft, wenn sie ihn traf.
Claudius war von der Kulisse der riesigen Berge beeindruckt. Gewaltig ragten die Gipfel der Alpes Montes um sie auf. Es war kaum vorstellbar, daß hier Menschen lebten. Und doch trafen sie immer wieder auf kleine Ansiedlungen und verstreut liegende Höfe der Helvetii.
Nachdem sie die Burg des Arvernerkönigs Antequos verlassen hatten, ritten sie der aufgehenden Sonne entgegen, »nach vorn«, wie Verculix ihnen gedeutet hatte.
Nachdenklich blickte Claudius auf Sigruns hochgewachsene Gestalt, die in ihren dicken Pelzen nicht minder anmutig wirkte. Er liebte sie, darin bestand kein Zweifel. Er begehrte sie körperlich und war ihr in all den letzten Wochen und Monaten so nahe gewesen. Doch geistig hatte er sich ihr erst jetzt genähert, spürte ihre seltsame Beziehung zu den nordischen Göttern, die nicht zu personifizieren waren wie die römischen Gottheiten mit ihren in Marmor gemeißelten, klaren Körpern und architektonisch ausgefeilten Tempeln. Ob Lug oder Odin, ob Diancecht oder Apollo, ob Minerva oder Venus, der Name hatte keine Bedeutung. Die Kelten hielten es für unmöglich, sie sich als menschliche Wesen vorzustellen. Ihr Götterglaube spielte sich in den geistige Sphären ab und umfaßte die überall wirksamen Naturkräfte mit ihrer nicht in Worte zu kleidenden Macht. Einzig die Druiden schie-

nen dieses allumfassende Wissen zu besitzen und damit auch umgehen zu können. Claudius strebte nicht danach, es zu verstehen. Er spürte es, und das genügte ihm.

»Es steht euch frei, weiterzuziehen«, hatte Verculix gesagt, »denn es bleibt jedem selbst überlassen, in Freiheit und auf seine eigene Gefahr hin zu entscheiden, was er tun will. Ich sehe Sehnsucht in Sigruns Augen. Ich sehe Sehnsucht in Velox' Augen. Es ist nicht die gleiche Sehnsucht.«

Velox! Er trug seinen gallischen Namen, den der Druide benutzt hatte, mit Stolz. Er fühlte sich damit Sigrun ebenbürtig, und Sigrun lachte glücklich. Auch sie schien wie zu einem neuen Leben erwacht.

Sie rasteten und bauten sich aus Zweigen und Schnee eine Höhle. Sigrun bewies großes Geschick im Bau dieser Schneehütten, und es war erstaunlich, wie schnell es im Inneren warm wurde, ohne daß der Schnee schmolz. Nur das Feuer entfachten sie außerhalb und bereiteten sich eine warme Mahlzeit zu. Zur Nacht kuschelten sie sich, in ihre dicken Pelze gehüllt, in der Schneehütte auf ihren Satteldecken aneinander.

Antequos hatte sie mit warmer Reisekleidung, ausreichend Proviant und zwei kleinen, aber robusten Pferden ausgestattet. Mehr als einmal bedauerte er, daß sie weiterziehen wollten, ein so tapferer und fechtkundiger Held hätte sich gut in den Reihen seiner Ritter ausgemacht. Velox hatte ihm für sein hochherziges Angebot gedankt und ihn um Verständnis für Sigruns Wunsch, zu ihrem Stamm zurückzukehren, gebeten.

Ihre Reise führte sie ostwärts vom Land der Arvernii über den Fluß Rhodanus, auf einer Handelsstraße entlang bis zum Lacus Lemanus, den sie nördlich passierten. Mit dem Lauf des Flusses Arurius querten sie das Gebiet der Helvetii bis zum Lacus Venetus. Von dort aus folgten sie den Seitentälern des Gebirges, bis sie das Noricum erreichten.

Zwei lange Monate dauerte diese Reise, zwei Monate, von denen sie jeden Augenblick gemeinsam verbrachten. Trotz der Anstrengungen verband sie eine innige Zweisamkeit, die sie den weiten Weg vergessen ließ. Claudius – oder Velox, wie sie ihn jetzt nannte – war völlig umgewandelt. Verflogen war seine Unzufriedenheit, vorbei seine Gereiztheit und seine Selbstzweifel. Zwar hatte er nicht begriffen, was mit ihm geschehen war, doch er nahm die Veränderung an. Sigrun war froh, denn sie hatte schon geglaubt, seine Liebe zu verlieren.
Auch in ihr war eine Wandlung vor sich gegangen. Vielleicht lag es an der Erleichterung, daß sie ihren Geliebten wiedergewonnen hatte.
Zur Mittagszeit eines kalten Wintertages querten sie das bewaldete Gebiet westlich von Noreia, das das langgestreckte Tal nach Süden begrenzte. Am Rande des Waldes zügelten sie ihre Pferde. Sigrun beschattete ihre Augen mit der Hand. Die Sonne schien auf die märchenhafte Welt und tauchte sie in ein silbernes Gleißen und Glitzern. Im weißen Kleid des Winters wirkte das Tal friedlich und verschlafen. Tiefe Ruhe lag darüber.
»Seltsam«, murmelte Sigrun. »Es ist so still.« Sie vermißte das Bellen der Hunde, das Krähen der Hähne, das dumpfe Brummen der Ochsen und das aufgeregte Quieken der Schweine. Sie vermißte das Lachen der Kinder, die Axtschläge der Männer, das Singen der Frauen. Und sie vermißte den Rauch, der aus den Dachöffnungen aufsteigen müßte, und die Wagen, die in den Gehöften standen.
Beunruhigt trieb sie ihr Pferd an und ritt hinunter ins Tal. Velox folgte ihr. Vor dem ersten Haus hielt sie an, sprang vom Pferd und eilte in den Hof. Die Umzäunung war zusammengefallen, die Pferche standen offen. Sie schlug den zerlöcherten Vorhang vor dem Eingang zurück. Das Wohnhaus war leer!

Angst schnürte ihre Kehle ein. Sie hastete zum zweiten Haus, zum nächsten und übernächsten.

»Vater! Mutter! Naiax!« Hilflos drehte sie sich im Kreis. Die kimbrischen Langhäuser standen verlassen, ihr verzweifelter Schrei stieg wie ein Vogel in den frostklaren Himmel hinauf.

Velox stand verlegen und hilflos da und hielt die Pferde am Zügel. Er wollte so gern tröstend seinen Arm um ihre Schulter legen. Plötzlich stockte ihm der Atem.

»Schau mal, da!« Seine Hand wies zu einem kleinen Haus am Rande der Siedlung.

Das weiße Haar der alten Frau wehte im kalten Wind wie Spinnweben. Sie trug ein blaues Gewand, das Oberkleid auf der Schulter mit Spangen befestigt. Darunter war der eherne Gürtel zu erkennen. Trotz der eisigen Kälte ging sie barfuß.

Ihre Augen blickten seltsam verschwommen, und sie kniff die Lider zusammen, um die Ankömmlinge zu erkennen. Irgendwie erinnerte die alte Frau an Verculix.

Zögernd trat Sigrun auf sie zu.

»Neia?«

»So ruft die Sippe mich«, krächzte die Alte mit der Stimme eines Raben, und Sigrun erschauerte.

»Neia, erkennst du mich? Ich bin Sigrun, Tochter des Sigmund. Wo sind sie alle, die Eltern, die Brüder, die Nachbarn?«

»Sigrun? Es gibt keine Sigrun. Sigrun ist tot«, krächzte sie wieder.

»Schau mich an, ich bin es!« Sigrun warf ihren Umhang ab und riß die Fellweste herunter. Sie breitete die Arme aus und streckte die Hände nach vorn zum Zeichen, daß sie keine Waffen trug. Trotzdem hob die alte Frau abwehrend die Hände und murmelte Bannsprüche.

»Sigrun ist tot und die anderen auch. Alle sind tot!«

»Was redest du da, Neia! Sie können nicht tot sein! Die Wagen sind weg und die Ochsen, die Felder sind nicht abgeerntet, doch die Häuser sind leer. Was ist geschehen?«

Neia kniff die Augen zusammen und blickte Velox durchdringend an. »Wer ist das? Er ist ein Fremder!«

»Er ist ein Gallier und mein Mann.«

»Gallier? Pah!« Sie spuckte in den Schnee. »Fremde! Römer! Alles Dämonen!«

»Neia, ich bitte dich«, flehte Sigrun.

Wortlos drehte die Alte sich um und verschwand im Haus. Sigrun folgte ihr. Nach einigem Zögern betrat auch Velox das Haus und folgte den Frauen in die Wohnhalle.

Die Alte legte bedächtig einige Scheite ins Feuer. Angenehme Wärme verbreitete sich. Ihre fast blinden Augen blickten in eine unbestimmte Ferne. Sie schien die Anwesenden nicht mehr wahrzunehmen. Stumm bewegten sich ihre Lippen, als murmele sie Beschwörungen. Aber Sigrun ahnte, daß sie sich auf dem Weg in die Vergangenheit befand.

»Der Vertrag war nichts wert, nur eine Lüge der verdammten Römer. Das Volk wollte sich zurückziehen, keinen Kampf mit den Römern ausfechten. Sie haben den Römern vertraut. Oh, Boiorix, warum? Diese Berge, diese entsetzlichen hohen Berge, sie sind nicht unsere Welt. Überall Berge, die den Geist verwirren, die wie Irrlichter auf falsche Wege führen. Boiorix hat den Römern vertraut. Sie sollten sein Volk aus dem Labyrinth der Berge und Täler herausführen.«

Atemlos lauschte Sigrun der alten Priesterin. Boiorix, und mit ihm vielleicht Helfgurd, waren gegen Rom gezogen!

»Das Volk hat sich dem Beschluß dieses römischen Konsuls gebeugt, daß es kein Siedlungsland erhalten könne. Sie wollten weiterziehen. Doch dieser Gnaeus Papirius Carbo war ein elender Lügner. Die Römer haben sie in eine Falle gelockt. Von allen Seiten sind sie herangerückt, schwer bewaffnet, mit Tubaschall und Kampfgeschrei, mit Lanzen und Schwertern. Aber es waren doch Wagen mit Frauen, Kindern, Alten, Kranken! Kaum Vieh, kaum Nahrung! Und die Krieger schritten nebenher und schoben die Wagen, wo es die Ochsengespanne allein nicht schafften!« Ihre Stimme wurde schrill. Doch dann beruhigte sie sich wieder.

»So sind sie, die Römer. Sie schonten nicht Alter, nicht Geschlecht, sie wollten die Kimbern vernichten. Und sie gingen rücksichtslos vor. Fürwahr, sie haben das ahnungslose Volk in die Falle gelockt, um es ein für allemal zu vernichten.«

Sigruns Augen füllten sich mit Tränen. Das war es also, diese Tücke und List der Römer, ihr überlegenes Kriegswesen, mit dem sie die Welt eroberten. Und ihre Lügen!

Velox hatte sich gegen die Wand gepreßt. Wenn er auch nicht jedes Wort der alten Priesterin verstanden hatte, weil er der Sprache kaum mächtig war, so ahnte er doch, welches Drama sich noch einmal vor den fast blinden Augen der Frau abgespielt hatte. Es mußte für Sigrun furchtbar schmerzlich sein. Doch diesmal wagte er nicht, seinen Arm schützend und tröstend um ihre Schulter zu legen.

Plötzlich lächelte die Alte. »Doch der vermeintlich leicht errungene Sieg war ein Trugschluß. Nach dem ersten Schrecken verfiel das Volk nicht in panische Angst, streckte nicht, von Furcht gelähmt, seine Waffen. Die Männer scharten sich um ihre Anführer, hoben ihre Schilde, und ihr wildes Kriegsgeschrei hallte von den Bergwänden wider, daß die römische Front ins Wanken geriet.« Sie kicherte. »Selbst Frauen und Kinder, Alte und Jünglinge griffen zu den Waffen. Es war ein Sturm, der sich im Volk entfesselte, ein jäh herausbrechender Zorn gegen diese verräterischen Römer. Es war die todesverachtende, blinde Kampfeswut mit der Gewalt der entfesselten Elemente. Odin hat ihnen den Weg gewiesen, Odin hat ihnen beigestanden!«

Die Alte sprang auf und kämpfte gegen einen unsichtbaren Feind, während sie mit den Armen in der Luft herumfuchtelte. »Und nicht nur Odin. Denn die Götter schlossen sich zusammen und verdunkelten den Himmel. Thor schwang seinen Hammer und raste auf seinem Bocksgespann durch die Lüfte, Ziu schleuderte den Blitz, Odin jagte auf seinem Hengst durch das Himmelsgewölbe. In der Nacht stürmte der Wilde Jäger, der Totengeleiter, an der Spitze der Gefallenen dahin, in Wolkenfetzen gehüllt. Er schwang seinen Speer in der Hand, Odin, der Siegbringende.« Sie seufzte, und ihr magerer Körper sackte wieder in sich zusammen. »Wo die Götter sprechen, müssen die Waffen schweigen. Am nächsten Morgen verbrannten sie ihre Toten, versorgten ihre Verwundeten.«
Ihr Kopf fiel auf die Brust. Sigrun glaubte schon, sie wäre eingeschlafen.
»Wir machten viele Gefangene. Der Kessel, er war voll Blut. Ich bekränzte sie mit meinem Schwert«, murmelte sie, und ihr Gesicht verzog sich zu einem leichten Lächeln. »Sie waren tapfer, diese Römer, und aus ihrem Blut habe ich dem Volk die Zukunft gedeutet.« Ihr Gesicht verdüsterte sich wieder. Sie hob die Stimme. »Gefahr! Gefahr droht wie die schwarze Wolke. Sie ziehen in den Tod!«
Die Alte hatte sich wieder erhoben und streckte die Arme nach oben. Sigrun erschauerte.
»Warum haben sie nicht auf dich gehört?« fragte sie leise.
»Das Volk braucht Land zum Leben, Erde, die Früchte trägt. Doch nirgends werden sie es finden, nirgends.« Ihre Stimme wurde immer leiser. Plötzlich hob sie den Kopf. Ihre knochige Hand zischte durch die Luft, und ihr spitzer Zeigefinger zeigte auf Velox. »Du bist ein Römer!« sagte sie, und Sigrun erschrak.
»Nein, er ist ein Gallier«, widersprach sie der Alten.

Die kicherte wieder. »Du brauchst nicht zu lügen, Sigrun. Hast du das in Rom gelernt? Ja, ja, die Lüge, sie soll schützen, aber sie vernichtet. Was nützt die gewaltige Körperkraft unserer Krieger gegen die Verschlagenheit der Römer? Teutobold, der Häuptling der Teutonen, kann über sechs Pferderücken springen! Fürwahr, er ist ein König, aber nicht im Kopf. Er wird sein Volk in den Untergang führen.«
»Warum bist du hiergeblieben?«
Die Priesterin schniefte laut und kicherte wieder. »Nicht freiwillig, nicht freiwillig.«
»Sie haben dich ausgesetzt?« fragte Sigrun entsetzt.
»Das ist der Anfang vom Ende. Ich habe sie gewarnt weiterzuziehen. Ich habe eine schreckliche Zukunft in meinen Visionen gesehen. Doch sie wollten nicht auf mich hören, nur weiter, Beute machen, Länder erobern. Diese Schwachköpfe!«
»Du kannst allein nicht überleben in dieser Einöde voll Schnee.«
»Wer sagt, daß ich überleben will?« fragte sie. »Was ist das Leben schon wert? Du hast das Leben gewählt und bist zur Hure der Römer geworden.«
»Nein, Velox ist mein Mann, und er ist kein Römer.«
»Du lügst schon wieder, Sigrun. Er ist nicht dein Mann, und er ist ein Römer. Wäre er ein Gallier, dann würde er so fühlen wie du und ich. Ich spüre seine Gedanken, ich fühle seine Worte, auch wenn ich sie nicht verstehe. Er gehört nicht zum Volk, und du jetzt auch nicht mehr.«
»Wenn deine Weissagung zutrifft, wird es kein Volk der Kimbern mehr geben«, erwiderte Sigrun ärgerlich. Sie erhob sich. »Was bleibt dir, als hier zu verhungern oder zu erfrieren?«
»Das gleiche wie dir. Wir werden beide das gleiche Schicksal erleiden. Das bist du deinem Volk schuldig.«
»Ich bin meinem Volk schuldig, daß ich lebe, daß ich eine neue Sippe gründe, daß mein Volk in meinen Nachfahren weiterlebt.

Und diese Bestimmung gibt mir Kraft. Deshalb werde ich nicht verhungern und nicht erfrieren.«

»Woher nimmst du diese Gewißheit? Du bist keine Seherin des Volkes, du bist keine Priesterin, du bist die Tochter eines Bauern.«

»Es ist die Liebe, die uns unsterblich werden ließ. Und sie gibt uns die Kraft, noch einmal zu beginnen. Auch wenn mein Volk dort irgendwo in der Fremde untergehen wird, durch mich wird es weiterbestehen bis in alle Ewigkeit.«

Sigrun hatte sich erhoben. Stolz stand sie in der schäbigen Hütte, den Kopf gereckt, mit festem Blick. Und wieder fühlte Velox dieses seltsame Leuchten aus ihrem Inneren, diese Aura, die sie umgab. Auch hier, in der Finsternis der germanischen Wildnis, war sie einer Göttin gleich, einer Göttin, für die es viele Namen gab, die aber unwichtig waren. Wichtig war ihre Macht, ihre Kraft. Er wagte nicht, sich zu erheben und sich ihr zu nähern. Doch gleichzeitig brannte es in seinem Inneren wie ein Feuer: *ich liebe dich!*

»Wir werden die Nacht in einem anderen Haus verbringen«, sagte Sigrun und verließ die Hütte der alten Priesterin. Velox folgte ihr.

»Der Sinn ihrer Worte ist dunkel«, bemerkte er. »Ich fürchte sie wie den alten Druiden. Die Macht ihrer Götter ist ungeheuer, und sie scheinen diese Kraft in sich aufzunehmen.«

Er zog sie an sich, die Pelze waren wie ein dickes Polster zwischen ihnen. »Wenn ich dich sehe, dann sehe ich das Göttliche vor mir.«

Sigrun lachte. »Trotzdem sollten wir uns nicht scheuen, Holz zu hacken, damit wir über Nacht ein warmes Feuer haben. Ich werde unser Lager aus den Fellen bereiten.«

»Und ich werde einen Hasen jagen oder ein Wildschwein ... oh,

belassen wir es bei dem Hasen. Ich habe Respekt vor den Worten des Druiden.«
Er ergriff Pfeil und Bogen und ließ Speer und Kurzschwert zurück. Sigrun nahm die Axt, um aus dem nahen Unterholz Reisig zu schlagen.
Als die Dunkelheit herabsank, hockten sie in der Wohnhalle des kleinsten Hauses des verlassenen Dorfes, und das Feuer verbreitete eine wohlige Wärme. Neben dem Herd steckte ein Holzstock mit den Resten des gebratenen Hasen. Sie hatten ihre warme Kleidung abgelegt und aus den Pelzen eine Lagerstatt bereitet. Jetzt trugen sie nur ihre wollenen Kittel, Velox darunter eine lange Hose. Er hatte sich an die germanische Kleidung gewöhnen müssen. Seit der Winter angebrochen war, wußte er, wie praktisch die für ihn unansehnlichen Hosen waren.
Sie tranken Tee, den Sigrun aus geschmolzenem Schnee und Hagebutten, die sie am Waldrand gefunden hatte, sowie den Mistelzweigen des Druiden bereitet hatte. Er war köstlicher als jeder Wein. Ihre Glieder wurden schwer nach diesem langen Tag. Sigrun blickte Velox prüfend an.
»Wie geht es dir?« fragte sie.
»Ausgezeichnet. Die Wanderung hat mich kaum erschöpft, und wenn, dann bin ich am nächsten Morgen erfrischt aufgewacht. Doch wird es dir nicht zuviel? Ich möchte nicht, daß es dem Kind schadet. Wir sollten den Winter hier verbringen, eine Weiterreise wäre für dich zu anstrengend.«
Sigrun schüttelte den Kopf. »Laß uns den Morgen abwarten, um zu entscheiden. Vor uns liegt die Nacht. Eine lange Nacht.« Sie lächelte, und er verspürte einen dumpfen Druck im Bauch.
Sie sehnte sich nach seinen Umarmungen, obwohl sie doch jede Nacht eng umschlungen verbrachten. Doch hier war es etwas anderes. Sie hatten wieder ein festes Dach über dem Kopf, eine warme Lagerstatt, ein Feuer, eine gute Mahlzeit.

Er öffnete Sigruns Kleid und fuhr mit der Hand über ihren Bauch, der sich jetzt deutlich zu wölben begann. Sie kicherte leise, als seine Hand tiefer wanderte, und wußte um seinen innigen Wunsch.
Sie entledigte sich ihres Kleides und streifte seinen Kittel von den Schultern.
Seine Stimme senkte sich zu einem Wispern, als er mit den Lippen ihren Bauch berührte und dabei murmelte, als wenn er betete. Sigruns Finger glitten zwischen ihre Schenkel und wiesen ihm den Weg zur erblühten Blume. Seine Augen verschleierten sich vor Lust, und er stöhnte auf. Seine Lippen liebkosten ihren Schoß, ihren straffen Bauch, wanderten hinauf zu den Brüsten, die langsam schwer wurden wie reife Früchte. Ein Schauer lief durch seinen Leib. Abwechselnd küßte er ihre Brüste, und sie wollte schreien vor Verlangen. Die feuchte Luft der Nacht war erfüllt von ihrer Lust.
Er begriff erst hier in der lebensfeindlichen Umgebung, wie köstlich dieser warme Leib war, wie wunderbar der Zauber ihrer Liebe, wie lebensspendend diese liebevolle Vereinigung. Seine Nasenflügel bebten vor verhaltener Lust, als er tief Atem holte.
Sie lehnte sich zurück und öffnete die Schenkel weit. Als sein Phallus sie streifte, loderte die schwelende Glut in ihr zur offenen Flamme empor. Dann schlossen sich ihre Finger um seine harte Männlichkeit und führten sie zum Ziel ihrer Sehnsucht.
Er umklammerte ihre Schultern, sie wimmerte vor Verlangen. Es war mehr als die vertraute süße Befriedigung des Fleisches, deren Wonnen ihrem Körper so willkommen geworden waren. Sie konnte nicht begreifen, daß es eine Zeit gegeben hatte, da sie sich genau davor gefürchtet hatte. Und sie hätte sich weiter gefürchtet, wäre er es nicht gewesen, der diese wunderbaren Gefühle in ihr geweckt hatte.

»Bitte, liebe mich«, hauchte sie mit zitternder Stimme.
»Ich kann gar nicht anders«, flüsterte er rauh.
Ihre Beine glitten in der süßen Vereinigung der Liebe ineinander, und nur ihr heißer Atem schwebte zu den rußigen Dachbalken empor.

Sechzehntes Kapitel

DER SEGEN DES VERCULIX

Das Feuer war niedergebrannt, winterliche Kälte drang durch die Wände der Wohnhalle. Sigrun und Velox lagen unter den dicken Pelzen in tiefem Schlaf. Obgleich seine Arme fest um ihren Körper lagen, wanderte ihr Geist in diesen frühen Morgenstunden umher. Sie stand in einem langen Haus mit gemütlicher Wohnhalle, doch im Stallbereich drängten sich unruhig fette Kühe und tragende Schafe. Ein lauer Frühlingswind strich durch den geöffneten Eingang und verbreitete einen süßen Duft von Jasmin und frisch gepflügter Erde. Neben sich auf einem Fell erblickte sie einen nackten Knaben, rosig und prall mit zartem dunkelblondem Flaum auf dem Köpfchen. Er streckte die Arme nach ihr aus. Sie hob ihn auf und trat vor das Haus. Hühner liefen über den Hof und Gänse, ein Hund verjagte die frechen Spatzen, die in einem ergrünenden Strauch lautstark stritten. Und sie sah einen weißbärtigen Mann in hellem Gewand den Hügel herabschreiten, um sein Haupt einen Kranz aus Eichenlaub. Er rammte einen Stock in die Erde, und plötzlich rankten daraus grüne Zweige und rote Knospen. Sie öffneten sich zu duftenden Rosen. Der alte Druide pflückte eine Blüte und verstreute sie über die Erde. Und sie bemerkte, daß sich ihr Leib wölbte.

Er blickte sie an. »Du gehörst hierher«, sagte er. »Ihr gehört beide in dieses Land.«

»Du kannst mich sehen?« fragte sie verblüfft.

»Natürlich, Nachtwandlerin. Bist du dir deiner Macht noch nicht bewußt? Du hast dort nichts mehr verloren. Deine Bestimmung ist, Leben zu geben, nicht, es zu vergeuden. Komm, bevor es zu spät ist.« Er machte eine ungeduldige Geste, und sie wirbelte zurück in die Gegenwart, in ihren Körper, der warm und weich in Velox' Armen lag. Sie spürte noch die süße Zufriedenheit, die der Vereinigung folgt, und kuschelte sich an ihn. Sie sog den männlichen Duft seines Körpers ein und tastete ihn zärtlich ab. Velox gluckste vor Vergnügen, und sie spürte sein erneut erwachendes Verlangen.
Sigrun schlug die Felldecke zurück, und er krümmte sich unter Protest zusammen.
Sie lachte hell und erhob sich. Immer noch lachend lief sie hinaus, rieb ihren Körper mit Schnee ab, bis die Haut sich heftig rötete, dann kleidete sie sich an.
»Steh auf, du Faulpelz, es gibt noch allerhand zu tun. Wir brauchen Fleisch für die Reise, du mußt auf die Jagd gehen, ich werde es zubereiten. Morgen in aller Frühe brechen wir auf.«
»Wohin?«
»Zurück nach Gallien.«
»Wie kommst du so plötzlich darauf?«
»Verculix hat mir ein Zeichen gesandt.«
Er schwieg und schaute sie aufmerksam an. Ihre Augen blickten klar und flink, ihre Wangen waren gerötet wie bei einem reifen Apfel. Er griff zu Pfeil und Bogen.
»Velox!«
»Ja?«
»Willst du dich nicht vorher ankleiden?«

Die Pferde waren mit Proviant schwer beladen, so daß Velox es vorzog, zu Fuß zu gehen und nur Sigrun reiten zu lassen. Der

Winter schlug mit aller Härte zu. Es war kalt, und der Schnee knirschte unter ihren Schritten.

Der Abschied von Neia war Sigrun schwergefallen. Ihr kam bitter zu Bewußtsein, daß sie die Letzte ihres Volkes war, die sie lebend zu Gesicht bekommen hatte – und daß sich ihr Schicksal mit dem Fortgang des Winters besiegeln würde. Sie würde ebenso von dieser Welt verschwinden wie ihr Volk, das ziellos in einer unbekannten Ferne herumirrte, auf der Suche nach einem Stück Land, das es für sie nicht gab.

Der Rückweg wurde bedeutend beschwerlicher. Nicht nur der hohe Schnee und die Kälte erschwerten das Vorwärtskommen, auch Sigruns fortschreitende Schwangerschaft behinderte sie mehr und mehr. Zumindest fühlte sie sich wohl, verspürte keine Übelkeit mehr, und dank Velox' Jagderfolg mußte sie keinen Hunger leiden. Doch ihr zunehmender Bauchumfang erschwerte ihr das Reiten. Velox drängte sie, die Nächte nicht mehr in einer Schneehütte zu verbringen, sondern bat, wenn sie auf Bauernhöfe der Helveter trafen, um eine Übernachtungsmöglichkeit im Heu. Die meisten Bergbewohner, die ähnlich wie die Gallier überwiegend von der Viehzucht lebten, waren zwar wortkarge und eigenbrötlerische Menschen, doch ihre Gastfreundschaft war groß. Velox teilte zum Dank manches Stück Wildbret mit den Gastgebern, und sie konnten sich ein Lager im Heu über den Ställen bereiten, ihre Pferde ausruhen und von dem würzigen Bergwiesenheu fressen lassen.

Auf die Frage nach dem Grund und dem Ziel ihrer Wanderschaft erzählte Velox, ohne rot zu werden, eine rührende Geschichte von einer Mission im Auftrage des Arvernerkönigs Antequos, eine weise Frau der Kimbern zu finden.

Sigrun hätte sich am liebsten die Hände auf die Ohren gepreßt, wenn Velox diese Geschichte erzählte und mit zahlreichen phantasievollen Details ausschmückte, doch auch ihr erschien

es besser, nichts von den wahren Gründen ihrer weiten Reise zu sagen. Da ihr Haar noch nicht wieder zur vollen Länge nachgewachsen war, flocht sie es zu gekringelten Knoten an den Schläfen, wie sie die Frauen mancher Germanenstämme trugen. So umging sie unangenehme Fragen, denn auch bei den Helvetern galt eine Frau mit abgeschnittenem Haar als eine Verurteilte und Verfehmte. Außerdem umwickelte Sigrun ihren Kopf meist mit einem wollenen Tuch gegen die Kälte, und so fiel ihre Frisur nicht weiter auf.
Auf ihrer eintönigen Wanderung lehrte sie Velox die nordische Sprache. Das Gallische unterschied sich von den germanischen Dialekten nicht wesentlich. Velox zeigte sich sehr gelehrig und wandte sein neues Wissen gleich an, um beim nächsten Bauernhof, auf dem sie um Nachtquartier baten, seine Geschichte noch ein wenig bunter zu erzählen.
Einzig den umherziehenden Händlern gingen beide aus dem Weg. Es konnten römische Händler sein, die darauf erpicht waren, seltsame Begebenheiten aus diesem unwirtlichen Land in Rom zu erzählen und damit die Spur nach Norden zu lenken. Es konnten auch nordische Händler sein, die ihre Begegnung mit dem Paar in Rom erzählten, um sich interessant zu machen, und sie der gleichen Gefahr aussetzten. Für alle mußten sie der Krieger Velox, vom Hofe des Gallierkönigs Antequos, mit seiner jungen Frau sein.
Doch die beschwerliche Reise forderte ihren Tribut, als Sigrun eines Tages Rückenschmerzen bekam und weder reiten noch laufen konnte. Velox war sehr besorgt um sie, und sie klopften am Tor des nächsten Gehöftes an.
Auch hier wurden sie gastfreundlich empfangen, und die älteren Frauen kümmerten sich um Sigrun, die von Schmerzen gequält wurde.
»Du solltest nicht mehr reiten in deinem Zustand«, sagte eine

der Frauen und betrachtete Sigruns Bauchumfang. »Überhaupt solltest du nicht mehr reisen, sondern hierbleiben und dein Kind zur Welt bringen.«
»Nein, nein«, wehrte Sigrun ab. »Mein Gemahl muß an den Hof des Königs zurückkehren, und er würde mich niemals allein hier zurücklassen.«
Bedächtig wiegte die Alte den Kopf. »Du könntest dein Kind verlieren«, gab sie zu bedenken. »Die Anstrengung ist zu groß.«
»Ich bin kräftig genug, und warme Kleidung habe ich auch«, entgegnete Sigrun und verzog wieder das Gesicht. Der Schmerz ließ nicht nach. Die Frauen zogen sich zurück, um zu beraten. Dann schoben sie die Bänke und Tische weg, heizten das Feuer kräftig an und schickten die Männer hinaus.
»Was ist los mit ihr?« fragte Velox.
»Nichts, was Sache eines Mannes wäre«, sagte die Frau energisch und schob ihn zur Tür hinaus. Beunruhigt folgte er den Männern des Hofes, die sich zum Brauhaus hinüber begaben. Wenn die Weiber ihre medizinischen Riten vollführten, konnte man getrost ein paar Krüge Bier leeren. Das vertrieb die Zeit und wärmte von innen.
Die Frauen schleppten Krüge mit geheimen Mixturen herbei und Bündel verschiedenster Kräuter, aus denen sie Tee zubereiteten, den sie Sigrun zu trinken gaben. Bald wurde Sigrun schläfrig, und sie fühlte sich so wohlig und leicht, daß sie nur noch im Unterbewußtsein bemerkte, daß die Frauen sie ans Feuer führten, ihr die Kleider auszogen und ihren Körper mit einer seltsamen Tinktur einrieben. Dabei murmelten sie geheime Formeln, klopften mit kleinen Stöckchen, auf denen Runen eingeritzt waren, auf Sigruns Bauch und vollführten tanzende Umkreisungen. Es wurde sehr heiß im Raum, und auch die Frauen gerieten in eine Verzückung, in der sie die Geister anriefen, dem ungeborenen Leben zu helfen. Zum Schluß

wickelten sie Sigrun in wollene Tücher und ließen sie in einem breiten Holzbett schlafen.
»Habt ihr gesehen, daß ihr Haar recht kurz war?« fragte eine der Frauen, während sie ihre geheimen Mixturen wieder forträumten.
»Und sie hatte auf dem rechten Arm ein seltsames Zeichen eingebrannt. Es waren keine Runen, auch keine Bilder. Es sah aus wie die Schriftzeichen, die die römischen Händler manchmal benutzen.«
»Glaubst du, sie ist gar keine Gallierin?«
»Sie ist blond und hat blaue Augen, sie entstammt der nordischen Rasse. Außerdem spricht sie unsere Sprache.«
»Und ich sage euch, mit ihr stimmt etwas nicht. Ob der Krieger sie geraubt hat?«
»Nein, sie scheint sehr verliebt in ihn zu sein. Das sieht man, wenn sie ihn anschaut. Auch er scheint sie sehr zu lieben.«
»Was geht uns das an? Sie ist in Not, und wir müssen ihr helfen.«
»Trotzdem sollten wir besser nichts davon den Männern sagen.«
Die anderen Frauen nickten.
»So«, sagte die Älteste unter ihnen, »nach dieser Anstrengung haben wir uns alle einen Krug Bier verdient. Jiwiga!« rief sie die Magd. »Hole uns einen Krug aus dem Brauhaus, falls die Männer nicht schon alles ausgesoffen haben!«
Sie lachten und hockten sich an den langen Tisch.
Die Magd Jiwiga nahm einen Krug, warf sich ihren Mantel über und lief über den verschneiten Hof zum Brauhaus. Von dort erklang lauter Gesang. Die Männer hatten kräftig dem Bier zugesprochen und waren in bester Stimmung.
Velox hockte zwischen ihnen und trank kräftig mit, doch als die Magd erschien, erhob er sich beunruhigt.
»Wie geht es Sigrun?« fragte er die Magd, während sie das Bier in den Krug abfüllte. Kokett hob sie die Augen.

»Ihr macht Euch wohl große Sorgen um Eure Frau, edler Krieger?« fragte sie und lächelte, während sie den Mantel von ihrer Schulter herabgleiten ließ. Sie war rund und rosig, ihre blauen Augen versprühten silberne Sterne, und ihre Lippen waren so rot wie die Beeren der Eberesche.

»Natürlich sorge ich mich um sie«, entgegnete Velox. »Also, was ist mit ihr?«

»Oh, nichts von Bedeutung«, gab sie ausweichend zur Antwort, ergriff den Krug und drückte sich an ihm vorbei zum Ausgang. Er packte sie fest an den Armen und zog sie heran.

»Was heißt das, nichts von Bedeutung?« fragte er barsch.

Die Wangen der Magd röteten sich. Dieser Krieger war sehr stark und dazu außerordentlich ansehnlich. Wieder hob sie kokett die Augen zu ihm auf.

»Sie braucht Ruhe, sehr viel Ruhe. Ihr solltet nicht weiterreiten. Und Ihr solltet die Nacht heute nicht bei ihr verbringen.«

»Warum? Wie meinst du das?«

»Sie ist sehr erschöpft. Offenbar – fordert Ihr sie zu stark. Eine Frau in diesem Zustand braucht nichts weiter als Ruhe.« Sie lächelte vielversprechend. »Deswegen braucht ja Euer Lager nicht kalt zu bleiben, edler Krieger.«

Velox lächelte ein wenig erleichtert, vielleicht auch geschmeichelt. Doch dann zog er die Augenbrauen zusammen.

»Wo ist sie jetzt?«

»Sie schläft. Und Ihr solltet sie schlafen lassen. Ich bringe jetzt den Krug hinein zu den Frauen. Es wäre mir eine Ehre, wenn Ihr mit mir einen Becher Bier trinkt, auf das Wohl Eurer – Gemahlin.«

Velox hatte schon einige Krüge zuviel Bier geleert, um zu bemerken, wie seltsam sie das Wort *Gemahlin* aussprach. Er trollte sich in sein Heufuder über dem Stall und fiel alsbald in einen tiefen Schlaf.

Die Magd fand ihn laut schnarchend vor, als sie wenig später auf den Heuboden kletterte. Neugierig betrachtete sie den schönen Recken mit der athletischen Figur. Er hatte den Kopf auf sein Reisebündel gelegt, sein Fellumhang lag achtlos neben ihm. Vorsichtig schob sie seine Lederweste auseinander und öffnete den Gürtel. Er trug die wollene Kleidung, die alle Stämme nördlich der Alpen trugen, lange Hosen, ein gegürtetes Hemd und darüber die fellgefütterte Weste. Gegen die Kälte schützte er sich mit dicken Fellstiefeln und einem prächtigen Fellumhang. Er mußte ein Krieger des Königs sein, denn seine Kleidung war prächtig und teuer.

Sie griff unter sein Hemd und schob ihre Hand auf seinem Bauch entlang. Mit Entzücken spürte sie seine festen Muskeln unter der straffen Haut. Mutig ließ sie ihre Hand weiterwandern unter den Stoff seiner Hose. Velox rührte sich und murmelte etwas. Jiwiga hielt inne, doch er schlief weiter und schnarchte. Mit geröteten Wangen setzte sie ihre Erkundungen fort und seufzte leise auf, als sie seine prächtige Männlichkeit in den Fingern hielt. Vorsichtig begann sie ihn zu streicheln, und zu ihrer Freude regte sich etwas unter ihren Händen. Velox bewegte sich wieder, ein Lächeln glitt über sein Gesicht. »Pila, was machst du denn?« murmelte er, ohne die Augen zu öffnen. Jiwiga stutzte. Wer war Pila? Außerdem sprach er Latein, die Sprache der römischen Händler. Doch dann setzte sie ihr Spiel fort. Sie streckte sich an seiner Seite im Heu aus und suchte seine Lippen. Velox schlang schwer seine Arme um sie. Doch er ließ sich willig küssen und schmatzte begierig, als sie sich für einen Moment von ihm löste.

»Sage ich es nicht, du kleiner Nimmersatt?« flüsterte sie und küßte wieder diese begehrenswerten Lippen. Oh, er küßte wunderbar, wenngleich er schwer wie ein Mehlsack im Heu lag, als Jiwiga sich auf ihn schob. Sie öffnete ihr Ledermieder und schob

den Stoff ihres wollenen Hemdes beiseite. Dann führte sie seine Hände an ihre Brüste.
Sein Gesicht verzog sich zu einem zufriedenen Lächeln, und mit Inbrunst knetete er ihre prallen Brüste, bis sie laut aufseufzte. Jetzt gab es für Jiwiga kein Zurück mehr. Sie fuhr durch sein lockiges Haar, das mittlerweile bis auf seine Schultern gewachsen war und das er mit einem schmalen Lederband über der Stirn bändigte. Sie bot ihm ihre Brüste dar, und er suchte mit den Lippen die kleinen, festen Brustwarzen, um sie heftig zu liebkosen. Jiwigas Blick verschleierte sich vor Lust und Vergnügen, und mit einem Blick auf seine Hose bemerkte sie, daß ihre Bemühungen Erfolg zeigten.
»Na komm, du gallischer Hahn, mach deinem Namen Ehre«, keuchte sie und schob sich rittlings auf ihn. Ihre Knie setzte sie links und rechts seiner Hüften ins Heu. Unwillig schob sie sein Schwert beiseite, das an ihr Knie drückte – und stutzte. Es war ein römisches Kurzschwert mit breiter Klinge und feingearbeiteten Reliefs am Griff. Gallische Krieger trugen anderer Schwerter. Sie beugte sich vor, um das Schwert genauer zu betrachten. Kriegsgott Mars in römischer Kampfrüstung war darauf zu sehen und ebensolche Schriftzeichen, wie die Frau sie am Arm trug!
Jiwiga hob die Augenbrauen. Also doch! Mit den beiden stimmte etwas nicht. Keinesfalls waren sie Gallier, auch wenn sie so aussahen.
Doch Jiwiga wollte sich das köstliche Vergnügen nicht entgehen lassen und rieb und streichelte seinen Penis, bis er sich zu beachtlicher Größe aufrichtete.
»Romelia, du bist so schwer«, knurrte Velox, immer noch mit geschlossenen Augen. Schnell hob Jiwiga ihr Becken etwas an. Romelia? Wer war das? Hatte er vorher nicht einen anderen Namen genannt? Und die Frau im Haus hieß ganz sicher Sigrun, das hatte sie selbst gesagt.

Jiwiga wartete, bis Velox sich wieder beruhigt hatte. Mit der Hand tastete sie nach seinem Phallus, um ihm beim Eindringen behilflich zu sein.
»Hast du aber kalte Hände, Athenais!« murmelte er und griff nach Jiwigas Hüfte. Er ertastete noch einmal den derben Stoff, dann riß er die Augen auf. »Sigrun?«
»Sie schläft«, flötete Jiwiga. »Ihr könnt mit mir vorlieb nehmen, wenn es Euch gefällt. Und es scheint Euch zu gefallen, edler Krieger.«
Mit einer unwilligen Bewegung stieß Velox die Magd von sich herunter und bemerkte mit Unbehagen die Erregung seines Gliedes. Schnell zog er seine Hose darüber.
»Was tust du?« fragte er grimmig.
»Was man eben so im Heu tut«, antwortete Jiwiga beleidigt und zog ihren Kittel wieder herunter. »Was macht es schon, wenn Ihr Euch ein wenig mit mir vergnügt? Meine Rundungen scheinen Euch zu gefallen, Ihr habt sie ganz schön abgeschmatzt.«
Irritiert blickte er auf ihre Brüste, die aus dem Mieder hervorquollen.
»War ein Irrtum«, knurrte er etwas verlegen.
»Sind in Gallien alle Krieger ihren Damen treu?« fragte Jiwiga spitz. »Oder habt Ihr gar ein Keuschheitsgelübde gegenüber Eurem König abgelegt?«
»Was weiß ich, was die Krieger in Gallien machen«, brummte er ungehalten. »Ich habe Durst. Ich will Bier!« Er rappelte sich auf, taumelte und plumpste unsanft vom Heuboden zwischen die Beine seines Pferdes. Fluchend rappelte er sich auf und wankte zum Brauhaus zurück, wo die Bauern und Knechte immer noch sangen und tranken.
Jiwiga biß sich wütend auf die Lippen und kleidete sich wieder an. Sie machte sich nicht die Mühe, die Halme aus ihrem Haar und von ihrer Kleidung zu entfernen.

»Wo warst du denn?« empfingen sie die anderen Frauen, als sie in die warme Wohnhalle zurückkehrte.
Jiwiga schwieg und lächelte wissend.
»Ah, schaut, im Heu hat sie sich herumgewälzt wie eine läufige Hündin«, kicherte eine der Frauen.
»Na und? Jede von euch würde mich beneiden, wenn ihr wüßtet, mit *wem* ich mich dort herumgewälzt habe!«
»Ach, mit wem?« – »Erzähle!« – »Nun rede schon!« – »War es der Fremde?«
»Ja, es war der Fremde!« Jiwiga genoß ihren Triumph. »Und ich sage euch, die verbergen etwas. Es gibt ein Geheimnis um sie!«
»Wie kommst du darauf?«
Jiwiga beugte sich vor, und die Frauen schoben ihre Köpfe dicht an die Magd heran, weil sie ihre Stimme zu einem Flüstern senkte.
»Er nannte mich Pila und Bromelia und Atananas oder so ähnlich.«
»Was soll denn das sein?«
»Namen, Namen seiner Kebsweiber oder Sklavinnen oder so was. Diese Frau ist nicht seine Frau. Und er trägt ein römisches Kurzschwert mit ebensolchen Zeichen darauf wie die, die der Frau in den Arm gebrannt sind.«
Die Frauen starrten sie mit aufgerissenen Augen an. »Bist du dir sicher?«
»Ganz sicher! Ich war ja ganz nahe bei ihm, auf ihm. Oh, Qualitäten hat er, da kommen unsere schwerfälligen Bauern nicht mit. Und einen Körper wie ein römischer Gott, von dem uns der Salzhändler einmal diese kleine Figur verkauft hat, wißt ihr noch?«
Die Frauen hockten mit vor Staunen aufgerissenen Mündern da und starrten die Magd voller Bewunderung an.
»Und, hat er's dir ordentlich besorgt?«

Jiwiga warf den Kopf zurück. »Meine Sache«, sagte sie nur und grinste unter gesenkten Lidern. »Er verträgt wenig Bier, scheint ziemlich betrunken von den paar Kannen. Nordmänner werden nicht so schnell vom Bier trunken wie er. Trinkt man nicht Wein in Rom?«
»Was tun wir nun?« Die Frauen blickten sich ratlos an.
»Laßt ihn doch trinken, bis er im Rausch umfällt.« Jiwiga stemmte kampfeslustig die Fäuste in die Hüften. »Dann entwaffnen wir ihn und sperren ihn in den Käfig, in dem wir mal den Bären gefangen hatten. Dort kommt er nicht wieder heraus. Und dann lassen wir die Männer entscheiden, was mit ihm geschehen soll.«
»Ja, ja, so werden wir es machen!« Die Frauen sprangen auf und liefen auf den Hof. Noch immer drang grölender Gesang aus dem Brauhaus, wenngleich er undeutlich wurde und immer weniger Zecher zu singen schienen.
Jiwiga lugte durch den Eingang. Einige Männer schwankten noch auf ihren Bänken, doch es war eine Frage der Zeit, wann sie sich ebenfalls auf dem Boden wiederfinden würden, wo die anderen bereits ihren Rausch ausschliefen. Unter ihnen Velox.
Die Frauen hatten den Bärenkäfig aus der Scheune geholt und ihn mitten auf den Hof gestellt. Leise schlichen sie sich ins Brauhaus, packten Velox an Armen und Beinen und schleppten ihn hinaus. Mit vereinten Kräften warfen sie ihn in den Käfig und schoben den Riegel davor.

Velox erwachte, als etwas Feuchtes über sein Gesicht strich. Mühsam öffnete er die Augen und blinzelte gegen die aufgehende Sonne. Vor ihm stand schwanzwedelnd ein Hund, der die Schnauze durch die Gitter gesteckt hatte und ihm das Gesicht leckte. Verwirrt rappelte Velox sich hoch und prallte gegen die Gitter. Was war los?

Er rüttelte an den Stäben, dann griff er nach seinem Schwert. Doch die Stäbe waren sehr fest, und sein Schwert war weg.
Er brüllte auf wie ein verwundetes Raubtier, und die Frauen liefen auf dem Hof zusammen. Auch ein paar Männer steckten ihre verstrubbelten Köpfe aus dem Eingang des Brauhauses und blickten verwundert auf das seltsame Geschehen.
»Schrei nicht so, du Lügenmaul, sonst müssen wir dich mit glühenden Eisen zur Ruhe bringen! Wer bist du, und was willst du bei uns?«
»Was soll das? Ich sagte euch doch, daß ich Velox heiße und Gesandter des Königs der Arvernii bin.«
»Du trägst ein römisches Schwert. Soviel wir wissen, sind die Gallier aber ausgezeichnete Waffenschmiede. Ihre Schwerter sind die besten, die es gibt. Ein Gesandter eines gallischen Königs würde ein gallisches Schwert tragen!«
»Das ist Unsinn! Ich habe es einem römischen Händler abgekauft!«
»Hört, hört!« höhnten die Frauen. »Er erzählt uns wieder Märchen. So wie das Märchen von seiner Frau, die gar nicht seine Frau ist!«
»Sigrun, was ist mit Sigrun?« Velox verlor fast die Beherrschung.
»Ist sie Kebsweib, Sklavin? Wo hast du sie geraubt? Willst du auch uns rauben, he? Schau her, wir haben alle festes Fleisch und bringen auf dem Markt einen Haufen Geld!« Eine der drallen Frauen hob ihren wollenen Rock und zeigte Velox ihr mächtiges, entblößtes Hinterteil. Die anderen brachen in kreischendes Gelächter aus.
»Ihr Närrinnen!« ließ sich plötzlich eine klare, laute Stimme vom Haus her vernehmen.
Sigrun stand unter dem Türstock, der fast ihr Haupt berührte, und blickte streng auf die Versammlung. »Wie könnt ihr sein Schwert berühren, das der Druide Verculix verzaubert hat! Wer

es berührt, wird des Todes sein! Es ist ein magisches Schwert, und es vermag in beiden Händen zu fliegen. Doch nur bei dem, der dazu auserwählt ist.« Sigrun hatte beschwörend die Hände erhoben, und die Frauen wichen erschrocken zurück.
»Du erzählst uns doch auch nur Lügen, um ihn zu retten«, schrie eine der Frauen.
Sigrun blickte sie herablassend an. »Er«, sagte sie und wies mit der ausgestreckten Hand auf Velox, »hat mich aus der Höhle eines Drachen errettet. Ja, ich war eine Sklavin und sollte einem grausigen Drachen geopfert werden, der in den Höhlen weit im Norden hauste. Dann kam dieser edle Ritter mit dem verwunschenen Schwert und tötete den Drachen. Laßt ihn sofort frei, damit er dem König darüber berichten kann!«
Eine Weile schwiegen die Frauen verwirrt. »Das glauben wir dir nicht. Wo ist der Beweis, daß er den Drachen getötet hat? Wo ist das Haupt des Drachen oder eine Klaue von ihm?«
Velox raufte sich die Haare. Sigrun konnte mindestens genauso gut Märchen erzählen wie er selbst. Doch diese Furien drängten sie in eine Falle.
»Ha!« rief er. »Wozu sollte ich mich damit belasten, totes Fleisch mit mir herumzuschleppen, wenn ich doch den lebenden Beweis bei mir habe. Sie, die das Opfer war, bringe ich nach Hause!«
»Und wer hat sie geschwängert? Etwa der Drache?« Lachend kreischten die Frauen auf.
»Er soll es euch beweisen, ihr dummen Weiber!« Sigrun warf den Kopf nach hinten. »Er wird gegen den kräftigsten unter euren Männern kämpfen, hier auf dem Hof. Und er wird siegen mit seinem magischen Schwert. Dann werdet ihr uns in Frieden ziehen lassen, und König Antequos wird euch vergeben.«
»Und wenn es nun wahr ist?« flüsterte eine der Frauen.

»Er soll es beweisen!«
Inzwischen hatten sich auch die Männer im Kreis um die Frauen und den Käfig geschart und blickten schweigend und voller Verwunderung auf diese seltsame Szene.
Velox klammerte sich verzweifelt an die Stäbe des Käfigs und kämpfte gegen das heftige Trommeln in seinen Schläfen an. Keineswegs würde er in einem Kampf gegen einen dieser Hünen bestehen, so wie ihm dieses Germanengebräu im Kopf herumtobte. Er brauchte Schlaf und kräftiges Essen, er brauchte Wärme und Ruhe!
»Wer wird gegen ihn kämpfen?« hörte er Sigruns fordernde Stimme. »Wer hat den Mut eines Verzweifelten?«
Keiner rührte sich. »Ihr seid wohl bloß stark mit Worten?« höhnte Sigrun. »Und kuscht vor euren keifenden Weibern!«
Die Männer murmelten unwillig, dann trat einer vor. Er war jung und kräftig und mindestens einen halben Kopf größer als Velox.
»Ich werde es tun!« sagte er und reckte seine Brust. »Jetzt sofort!«
»Pila, halt ein«, sagte Velox auf Latein, damit die Bauern ihn nicht verstanden. »Mir dröhnt der Schädel, und dieser Stier wird mich zusammentreten wie eine Schweinsblase.«
»Elender Saufsack!« zischte sie zurück. »Du bist fürwahr schon fast ein Germane geworden.«
Dann hob sie den Kopf und sagte laut: »Deine Ungeduld ehrt dich, junger Krieger, doch das ist ein Kampf, dem die Götter zusehen. Deshalb sollten wir sie nicht erzürnen und die Kämpfer gebührend vorbereiten. Dazu gehört das heiße Bad, das letzte Mahl und das Gebet mit der rituellen Opferung. Es ist Morgen! Beleidigt ihr Ziu, indem ihr euch unter seinem Antlitz prügeln wollt? Oder gibt es bei euch andere Sitten?«
Betreten senkten alle die Köpfe.

»Also, laßt ihn frei und gebt ihm, was ihm zusteht. Ich werde eure Geisel sein, bis der Kampf entschieden ist.«
Aufatmend kletterte Velox aus dem Käfig. Sigrun drehte sich um und verschwand wortlos im Haus.

Als die Sonne hinter den Bergen versank und ihre Gipfel in rotes Feuer tauchte, hockten sich die Bewohner im Kreis auf den Hof. In der Mitte stand Velox, ihm gegenüber der junge Helvetier, einer der Söhne des Bauern. Beide hatten ihre Oberkörper entblößt und versuchten, sich gegenseitig mit dem Spiel ihrer Muskeln zu beeindrucken. Die Schwerter in der Rechten, umkreisten sie sich langsam. Dann sprang der Junge vor und hieb mit seinem Schwert nach Velox. Der wich ihm geschickt aus. Die Wucht des Schlages hätte ihn von den Beinen gerissen. Dieser Gegner war nicht zu unterschätzen, das wurde inzwischen auch Sigrun klar. Sie wußte nicht, ob sie ihm noch einmal durch Anrufung der Geister und Dämonen helfen konnte. Und wenn sie es tat, würde sie dann lebend aus diesem Hof herauskommen? Hier half nur ein Wunder und Velox' Erfahrung.
Sie preßte die Hände zusammen. *Komm, Gladiator, zeig, daß du es noch nicht verlernt hast! Hörst du die jubelnde Menge? Siehst du die schönen Frauen, die dir zuwinken? Spürst du den Geruch nach Leder, Schweiß und Blut? Hörst du das Brüllen der Löwen und das Fauchen der Panther? Zeige ihnen, daß du der größte Gladiator Roms bist. Und der größte Gladiator der ganzen Welt!*
Velox wich immer wieder geschickt den Angriffen des Gegners aus, und die umstehenden Männer murrten. Sie wollten einen Kampf sehen und kein taktisches Geplänkel. Aber Velox ließ sich nicht beirren. Er sah den Schweiß auf dem Gesicht des Jungen und bemerkte, wieviel Kraft er in seine Angriffe steckte. *Komm, du wilder Germane,* frohlockte Velox. *Ich habe keine Angst*

vor deinen furchterregenden Angriffen. Es ist nur die Energie deiner Muskeln. Du vergißt, dein Hirn zu nutzen. Das ist dein Fehler, dein tödlicher Fehler. Komm doch, und vergeude deine Kraft!

Die untergehende Sonne tauchte die beiden kämpfenden Gestalten in ein unwirkliches, rotes Licht. Wie Giganten aus der Götterwelt umtanzten sie sich, und die Erde bebte unter ihnen. Langsam ließ die Kraft des jungen Helvetiers nach, und Velox stellte sich nun seinen Angriffen. Die Schwerter krachten aufeinander, als er die Hiebe parierte. Noch war es eine reine Verteidigung, die Velox praktizierte. Sein Gegner keuchte und verzerrte wütend das Gesicht. Mit aller Gewalt warf er sich in die Angriffe, doch er kam seinem Ziel nicht näher, den seltsamen Fremden zu verwunden oder eine schwache Stelle zu entdecken. Entweder parierte er die Hiebe oder wich ihnen aus. Diese Kampfesart mißfiel ihm, er war sie nicht gewohnt.

Langsam wurde Velox des Spiels überdrüssig, nur verschwommen sah er Sigrun mit gefalteten Händen hinter den Umsitzenden stehen. Ihre Augen starrten gebannt auf die Kämpfer. Ein heißes Gefühl durchflutete Velox. So hatte sie in der Loge des Valerius gestanden und zu ihm heruntergeblickt und – er hatte gesiegt! Er hatte für sie gesiegt!

»Schluß mit dem Tänzchen!« rief Velox. »Ich bin nicht deine Braut, die du umhüpfen kannst wie ein Ziegenbock«, höhnte er und bemerkte zufrieden, daß sein Gegner wieder in Wut geriet. »Jetzt werde ich dir mal zeigen, wie Götter kämpfen!«

Oh, Velox, nimm den Mund nicht so voll, flüsterte Sigrun tonlos und preßte wieder ihre Hände zusammen.

Velox wich zwei, drei Angriffen aus, parierte die nächsten und wich wieder aus. Dann erhob er sein Schwert zum Himmel.

»Lug, gib mir die Kraft!« brüllte er. Im gleichen Augenblick schoß ein gelber Strahl der untergehenden Sonne zwischen zwei Felszacken des Berges hindurch und traf auf die Spitze seines

Schwertes. Ein greller Blitz zuckte auf dem Metall und blendete die Umstehenden und seinen Gegner. Sie schrien erschrocken auf. Mit der Geschmeidigkeit einer Pantherkatze sprang Velox nach vorn und hieb in rasendem Tempo auf den Jungen ein. Überrascht und verwirrt wehrte er die prasselnden Schläge ab. Blut spritzte auf, Velox hatte ihn mehrmals getroffen. Nun warf er blitzschnell sein Schwert in die linke Hand und griff weiter an. Irritiert suchte der Junge die Waffe, die plötzlich aus einer ganz anderen Richtung hervorschoß. In Todesangst schrie er auf. Noch wehrte er sich und versuchte, die ungewohnten Schläge von links zu parieren. Doch schon befand sich das Schwert wieder in Velox' rechter Hand, und die Waffe des Gegners flog in hohem Bogen davon. Der Junge taumelte rückwärts und stürzte. Velox sprang vor und hob sein Schwert mit beiden Händen, die Spitze auf die Brust des vor ihm liegenden Jungen gerichtet. Ein Aufschrei des Entsetzens ging durch die Zuschauer.
»Halt!« Sigruns helle Stimme übertönte alle, und Velox hielt ein. Fragend blickte er auf. Nein, er stand nicht in der Arena von Rom, er war kein Gladiator, und niemand bejubelte ihn.
»Er hat sein Leben verwirkt, doch die Götter gewähren Gnade. Erhebe dich, Junge, und erweise dem Sieger deine Reverenz!« Sigrun trat in den Kreis und blickte die Zuschauer an, die stumm dasaßen und sie anstarrten. »Er behält sein Leben, wenn ihr uns einen Wunsch gewährt.«
»Wir werden dir jeden Wunsch erfüllen«, murmelte der Bauer.
»Wir werden noch heute abend ziehen. Gib uns deinen Schlitten! Dafür geben wir dir das Leben deines Sohnes.«
Der Bauer warf sich vor Sigrun in den Schnee. »Dieser Wunsch soll dir sofort erfüllt werden«, rief er, und die Knechte eilten davon, um die Pferde vor den aus Zweigen geflochtenen Schlitten zu spannen. Die Mägde trugen die Bündel herbei, während Velox sich ankleidete.

»Und du«, sagte Sigrun hart und zeigte auf Jiwiga, »wirst diesen jungen Kämpfer zum Manne nehmen, und zwar noch in diesem Monat. Denn du hast einen Verrat begangen, den dir die Götter nicht vergessen werden. Solltest du deinem Mann nur ein einziges Mal untreu werden, dann wirst du im Moor versinken, wo du auf ewig verfaulst. – Und du«, sie zeigte auf den noch immer am ganzen Leib zitternden Sohn des Bauern, »verschlingst ihre Zunge zu einem Knoten, damit sie nie wieder Unheil damit anrichten kann!«

Sie drehte sich um und bestieg den Schlitten mit den wartenden Pferden. Velox trieb die Pferde an, und sie zogen einen schnurgeraden Pfad durch den silbrigen Schnee.

»Das war knapp«, sagte Sigrun lakonisch, als sie weit genug vom Hof entfernt waren.

Velox senkte den Kopf und schwieg. In ihm regte sich das schlechte Gewissen, etwas, das ebenfalls neu für ihn war.

Sigrun lächelte. »Auch ein Held macht mal Fehler«, seufzte sie.

Lange standen die Bewohner des Hofes vor dem Tor und blickten den Davonziehenden nach, bis sie nur noch als dunkle Punkte in der Ferne zu erkennen waren.

»Waren sie nun Menschen oder waren sie Götter?« fragte die Bäuerin leise. Ehe ihr jemand antworten konnte, begann die Erde zu beben, und ein gewaltiges Dröhnen erhob sich. Von der Bergwand löste sich eine Schneelawine und donnerte zu Tal. Sie stürzte zwischen den Bauernhof und die Davonziehenden und tauchte die Welt in undurchdringliches Weiß.

Mit bleichen Gesichtern und weichen Knien starrten die Menschen auf die Naturgewalt.

»Es waren doch Götter«, flüsterte der Bauer und sank in die Knie.

Im Tal des Rhodanus blühten die ersten Frühlingsblumen, und die prallen Knospen der Apfelbäume platzten unter der Kraft der Sonnenstrahlen.

Inmitten der erwachenden Natur wirkten die zwei Reiter, die auf ihren mageren Pferden dahertrotteten, wie aus einer anderen Welt. Ihre zerschlissenen Fellsachen hatten sie abgelegt, sie baumelten ebenso müde auf den Pferderücken wie ihre Reiter, die sich nur mit Mühe darauf halten konnten.

»Dort ist die Straße, die aus dem Tal hinaus zum Mons Arvernus führt«, sagte Velox und deutete auf ein Seitental, das sich zum Tal des Rhodanus öffnete.

»Ich weiß«, seufzte Sigrun und ließ sich vom Pferderücken gleiten. »Laß uns hier rasten, es ist ein wunderschönes Stückchen Erde.«

Sattgrüne Wiesen erstreckten sich bis zum Rand des Tales, und der Boden war dunkel und schwer. Hier würde alles gedeihen, was das Herz begehrte, und das Vieh würde fette Weidegründe finden. Sigrun warf sich einfach auf den Rücken und streckte die Arme aus. Gierig sog sie die laue Frühlingsluft ein, den Duft nach feuchter Erde, blühenden Weidenkätzchen und knospendem Grün.

»Wir sollten an den Hof des Königs gehen«, meinte Velox unsicher und blickte sich um. »Er soll entscheiden. Vielleicht nimmt er mich doch in seine Dienste.«

Sigrun drehte sich zu ihm um. »Warum? Ich will nicht, daß du wieder kämpfst, vielleicht in den Krieg ziehst.«

»Wenn es einen Krieg gibt, ziehen sowieso alle Männer los. Du hast doch bloß Angst, daß ich mit seinen Kriegern wieder zuviel Bier trinke und die Mägde betatsche.«

»Auch.« Sigrun ließ den Kopf wieder sinken. Sie fühlte sich wie ein gefüllter Weinschlauch und konnte sich kaum noch auf den Beinen halten. »Und wo soll unser Kind geboren werden? Auf einem Pferderücken?«

»Deshalb sollten wir unverzüglich an den Königshof reiten. Dort bist du in den besten Händen, da gibt es genug ältere Frauen, die dir in deiner schweren Stunde beistehen können.«

»Hör auf mit älteren Frauen«, stöhnte Sigrun. »Velox! Hilfe!«

»Was ist?« Erschrocken eilte er herbei.

»Ich kann mich nicht erheben, weil ich so dick bin. Ach, Velox, ich kann mich selbst nicht mehr ertragen!«

Tröstend zog er Sigrun in die Arme. »Halt noch etwas aus, Liebste, wir haben es bald geschafft. Spürst du den warmen Wind, der die Natur erweckt?«

»Ja!« Sigrun griff sich an den Bauch. »In mir ist auch etwas erwacht, ein kleines Fohlen, das mit acht Beinen nach mir tritt.«

Velox lächelte, und ein glückliches Blinzeln lag in seinen Augen. »Dann laß uns keine Zeit verlieren«, sagte er und half Sigrun, das Pferd zu besteigen.

Die Hörner erschallten vom Wachturm der Burg und kündeten von der Ankunft zweier erschöpfter, aber glücklicher Wanderer. Unter einem Ehrengeleit der Wache wurden Velox und Sigrun zu Antequos geführt. Der König thronte in seiner Halle, umgeben von seinen Kriegern und Gefolgsleuten. Zu seiner Rechten saß Verculix, der keine Miene seines hageren Gesichtes verzog.

»Sieh da, die Umherirrenden haben sich wieder eingefunden«, rief Antequos, und ein breites Lächeln verzog seinen Mund. »Und Velox sieht aus, als hätte er tausend Schlachten mit den Kriegern der Unterwelt geschlagen.«

»Edler Antequos, wenn dein Angebot noch gilt, mich in die Reihen deiner Krieger aufzunehmen, so würde ich dir mit Freuden dienen.«

»Hast du dein Glück nicht gefunden im fernen Land hinter den Bergen? Nun, wie wohl, in den warmen Schoß eines Königs krauchen zu können.«

»Du verhöhnst mich, König Antequos! Es war nicht die Abenteuerlust, die mich die weite Reise unternehmen ließ. Es war die Pflicht meiner Gemahlin gegenüber, die in den Schoß ihres Volkes zurückkehren wollte. Ich habe sie auf dieser gefahrvollen Reise beschützt.«

»Und wollte sie nicht bei ihrem Volk bleiben? Oder ist sie etwa verstoßen worden, weil sie einen Fremden als Gemahl heimbrachte?«

»Ihr Volk ist weitergezogen.«

»So ein Pech!« Antequos lachte dröhnend. »Ihr habt diese Reise ganz umsonst unternommen!«

Plötzlich erhob sich Verculix, und der König schwieg. Doch Velox' Augen blitzten. »Du bist ein weiser Mann, Verculix, warum hast du nicht vorausgesehen, daß sie ihr Volk nicht finden würde?«

Verculix strich sich seinen dünnen, weißen Bart, der wie Spinnweben wirkte, und fing an zu lachen. Verwirrt blickte Velox ihn an. »Warum lachst du so seltsam?«

»Sollte ich nicht lachen über die kindliche Unschuld in dir? Und über den Zweifel, den du nach wie vor hegst? Natürlich wußte ich, daß sie ihr Volk nicht finden würde. Nach der schrecklichen Schlacht sind sie weitergezogen.«

»Du hast es gewußt und hast uns trotzdem ziehen lassen?« Velox sprang wütend auf und wäre dem alten Mann am liebsten an den Hals gesprungen.

»Halt ein, Velox, du übertrittst das Gastrecht!« grollte der König. »Es steht dem weisen Mann zu, auszuwählen, was er sagt und was nicht. Er muß sich vor dir nicht rechtfertigen.«

»Sigrun wäre fast gestorben!« rief Velox und trat unwillig zwei Schritte zurück.

»Würdest du nicht zweifeln, hättest du dir alles ersparen können«, sagte Verculix.

»Willst du damit sagen, ich sei schuld daran, daß wir fortgezogen sind?«
»Allerdings. Oder wärest du geblieben, wenn ich dir gesagt hätte, ihr zieht in euren Tod, so wie Sigruns Volk in den Tod gezogen ist?«
Verwirrt blickte Velox Sigrun an. »Ich – ich weiß nicht«, stotterte er.
Verculix setzte sich wieder neben den König. »Dein Kind wird bald geboren. Du hältst es für sicherer, dich in den Schutz der Burg zu begeben.«
Wieder hatte Velox das Gefühl, daß Verculix seine Gedanken lesen konnte.
»Du hast uns gehen lassen, damit wir wieder zurückkommen«, sagte Velox leise, und es war keine Frage, sondern eine Feststellung.
Verculix beugte sich zu Antequos, und sie flüsterten miteinander. Der König hob erstaunt die Augenbrauen. »Sie ist nicht deine Frau?« fragte er verblüfft und schaute auf Sigrun.
»Nicht nach den Riten meines Volkes«, sagte Sigrun.
»Ei, ei, dann müssen wir vor dem Beltaine-Fest noch eine Hochzeit ausrichten!«
»Ich habe kein Haus, in das ich meine Gäste bitten könnte«, sagte Velox bescheiden.
»Zu eurer Vermählung bedarf es keines Hauses, denn das Ritual wird im Wald stattfinden«, sagte Verculix und erhob sich.
Alle schwiegen und blickten dem Alten nach, als er die Königshalle verließ.
»So lange seid ihr natürlich meine Gäste«, sagte Antequos nach einer Weile. »Ein warmes Bad, ein gutes Essen, ein weiches Bett sind bescheidene Wünsche, die ich euch gern erfüllen werde.«

Nach sieben Tagen erschien ein Schüler des Druiden und bat Velox und Sigrun, ihm zu folgen. Der König hatte beiden reich bestickte Gewänder zurechtlegen lassen, in die sie sich kleideten, bevor sie dem Schüler folgten. Ein festlicher Zug schloß sich den beiden an, der sich wie eine Schlange durch die erwachende Natur wand. Vor dem Waldrand hockten sich alle nieder, nur der Priesterschüler ging weiter, gefolgt von Velox und Sigrun.
Mitten zwischen den Bäumen stand Verculix. Er leuchtete mit seinem hellen Gewand und dem weißen Haar. Verängstigt faßte Sigrun Velox' Hand. Doch auch er war nicht viel mutiger. In der Nähe des Druiden schienen seine irdischen Kräfte neutralisiert zu werden.
Verculix hob die Hände empor, in denen er Mistelzweige hielt, und sprach Beschwörungsformeln. Dabei zuckte und zappelte er am ganzen Körper. Sigrun und Velox rückten enger aneinander.
Plötzlich hielt er inne. »Nun, Velox, übergib Sigrun deine Brautgeschenke.«
»Welche ...?« Sie fuhren beide herum, als ein Pferd hinter ihnen wieherte. In prächtiger Zäumung bäumte sich ein herrlicher Schimmel auf, der zwischen zwei Bäumen angebunden stand. Voller Staunen blickte Velox auf das Pferd und erkannte dahinter ein Gespann mit zwei fetten Ochsen. »Aber ...«
»Du mußt es deiner Braut übergeben«, erklärte Verculix etwas ungeduldig.
Zögernd schritt Velox auf das Pferd zu und streckte die Hand nach ihm aus. Er spürte den warmen Hals des Tieres, das Schnauben aus seinen Nüstern. Er griff in die Zügel und führte es zu Sigrun. Sie nahm das Pferd entgegen, dann holte Velox das Ochsengespann. Während der Übergabe murmelte Verculix wieder seine Beschwörungen.
»Jetzt übergib ihm Speer und Schild«, sagte Verculix zu Sigrun

und deutete zu einem Baum. An den Stamm gelehnt standen ein wundervoller Speer und ein mit magischen Zeichen bemalter Lederschild.
Sigrun hob beides auf und wagte nicht, eine verwunderte Frage zu stellen. Es gab überhaupt keine Fragen zu stellen, denn hier geschah ein Wunder. Feierlich übergab sie die Geschenke an Velox, der sie gerührt entgegennahm.
»Mit meinem Leben werde ich dich und unser Kind beschützen«, schwor er. Er nahm Sigrun in die Arme und preßte sein Gesicht in ihr Haar. »Ich liebe dich«, flüsterte er.
Sigrun legte ihren Kopf an seine Schulter. »Ich liebe dich über alles«, sagte sie, und sie konnte nicht verhindern, daß funkelnde Perlen aus ihren Augen rollten und seine Schulter benetzten.
Als sie aufblickten, waren sie allein. Auch das gezäumte Pferd und das Ochsengespann, Speer und Schild waren verschwunden.
»Wo – wo ist das alles hin?« fragte Velox verwirrt.
Sigrun deutete auf den Waldboden. »Schau!« Auf den vergilbten Blättern des letzten Herbstes lag ein seltsam verschlungenes Stück Holz. Mit viel Phantasie konnte man es als Pferd deuten. Daneben lagen Eicheln und Bucheckern sowie zwei Weidenstöckchen. Sigrun hob sie auf. »Seltsam«, murmelte sie. Auf den Stöckchen waren Zeichen eingeritzt.
»Was hat das zu bedeuten?« fragte Velox unbehaglich.
»Ich weiß nicht. Hier sind die Runen für *derv*, das heißt Eiche, und *vidu* – Wald – eingeritzt!« Sie blickte ebenso ratlos wie Velox. Dann steckte sie die zwei Hölzchen unter ihr Gewand. »Wichtig ist, daß wir die Riten befolgen. Komm, laß uns zurückkehren!«
Langsam schritten sie den Weg zurück zum Waldrand, wo noch immer die Menschen hockten und auf sie warteten. Sie wußten nicht, wer diese beiden Fremden waren, die an ihren Hof

gekommen waren. Doch wenn Verculix ihnen besondere Beachtung schenkte, dann mußten sie auch etwas ganz Besonderes sein.
Jubel erhob sich, als das Paar am Waldrand erschien. »Schaut, sie leuchten! Sie haben den Segen des Verculix empfangen!« riefen sie.
Im hellen Schein der Sonne standen sie und hielten sich an den Händen.
»Der König richtet ein Hochzeitsmahl aus!« riefen sie ihnen zu.
Sie führten den Zug zurück zum Burghof, und alle sangen und tanzten, und Musikanten spielten auf. Gaukler fanden sich ein und Sänger, es herrschte eine Freude, als würde ein König sich vermählen.
»Die Hochzeitshütte ist zwar klein, aber ein breites Bett steht darin, viel mehr braucht ihr heute nacht nicht.« Antequos lachte und biß herzhaft in eine Wildschweinkeule.
Velox führte Sigrun zu der Hütte, die etwas abseits der Königshalle, aber noch innerhalb des Burgwalls stand. Sie bestand nur aus einem Raum, und das einzige darin war ein Bett. Es war ein großes Bett mit einem Baldachin aus bunten Stoffen.
»Du mußt mich über die Schwelle tragen«, sagte Sigrun und kicherte.
Velox schnaufte. »Und du glaubst, ich schaffe es nicht?«
Statt einer Antwort lachte Sigrun. Velox hob sie auf seine starken Arme und trug sie über die Schwelle ins Hochzeitshaus. Hinter ihnen versank die Welt.

Siebzehntes Kapitel

DIE BLONDE HURE

Velox kniete vor dem König nieder und senkte untertänig das Haupt. Er trug die gleiche kostbare Kleidung wie zum Hochzeitsfest, und sie war dem Anlaß angemessen. Alle Krieger, Gefolgsleute, Fürsten und Edlen des Landes, aber auch ihre Frauen und Söhne hatten sich in der festlich geschmückten Halle des Königs versammelt.

Antequos stand an der Stirnseite der Halle vor seinem mit Fellen belegten Thron und blickte über die Versammelten.

»Wenn wir in wenigen Nächten das Fest Beltaine begehen, dann ehren wir nicht nur die erwachende Natur, den keimenden Samen, die wärmende Sonne. Der Anbruch von Licht und Leben, der Eintritt in das helle Reich des Tages beendet die schwarzen Monate der Kälte und der Finsternis. Aus dieser Finsternis ist ein Held zurückgekehrt. Seine edlen Motive auf der Suche nach dem Volk seiner Gemahlin und die bestandenen Gefahren auf dieser beschwerlichen Reise haben ihn reifen lassen. Es ist mein Wunsch, diesen Krieger in die Reihen meiner Gefolgsleute aufzunehmen.«

Er nahm sein Schwert und legte die flache Klinge auf Velox' Schulter. »Schwöre auf deinen König!« forderte Antequos ihn auf.

»Ich schwöre meinem König ewige Treue. Ich werde ihn mit meinem Leben verteidigen, ich werde mein Blut für ihn vergießen. Ich werde in Friedenszeiten sein Land bestellen, seine Herden hüten und seine Untertanen beschützen. Lug, der alles

Göttliche in sich vereinigt, wird mir die Kraft verleihen, daß meine Lanze immer trifft, daß meine Hand unfehlbar ist, daß niemals die Kräfte des Chaos siegen werden.«
Antequos straffte sich. »Und ich, dein König, schwöre, dir als meinem Krieger und Gefolgsmann meine Sorge angedeihen zu lassen, daß du und deine Familie ausreichend genährt, gekleidet sein werdet und daß im Falle deines Todes, deine Hinterbliebenen nicht in Schuld geraten werden. Hiermit stehst du meinen Kriegern gleich.«
Er nahm sein Schwert von Velox' Schulter, und Velox erhob sich. Nun reichte ihm der König ein kunstvoll gefertigtes Schwert von einem der berühmten gallischen Waffenschmiede, das Velox in Ehrfurcht entgegennahm. Die Versammelten jubelten und beglückwünschten den jungen Ritter zu dieser Ehre. Velox strahlte und blickte sich nach Sigrun um, die bescheiden in der Reihe der Frauen der Krieger stand und die festliche Zeremonie ergriffen verfolgte. Velox war am Ziel seiner Wünsche, das sah sie ihm an, und sie dankte den Göttern für den glücklichen Ausgang ihrer abenteuerlichen Flucht.
Der König hob noch einmal die Hand und gebot den Anwesenden zu schweigen.
»Wenn ich sage, ich werde für dich und deine Familie sorgen, dann bedeutet das nicht nur Kost, Kleidung und Unterkunft. Es gibt einen Platz im Tal des Rhodanus, der offensichtlich für euch eine besondere Bedeutung hat. In der Nähe der Festung des Lug am Bogen des Rhodanus wartet eine Herde prächtiger Rinder auf dich, wartet fruchtbares Land darauf, vom Pflug gebrochen zu werden, wartet ein Haus darauf, daß eine Frau das Feuer im Herd entzündet. Zu Beltaine werde ich dort das erste Feuer entzünden, und der Druide wird deine Tiere und Ställe segnen! Ich werde die erste Ackerfurche ziehen und der Druide die magische Reinigung vornehmen.«

Sigruns Wangen erglühten. Endlich! Sie würden einen eigenen Hof besitzen, eine eigene Herde, eigenes Ackerland. Sie würden ein Heim für ihr Kind haben, einen Ort des Friedens, nach dem ihr Volk so hoffnungslos auf der Suche war. Jawohl, sie waren Auserwählte, daß ihr Volk in ihren Kindern und Kindeskindern weiterleben würde.
Sie schämte sich ihrer Tränen nicht, als Velox zu ihr trat und sie in die Arme nahm.
»Drück mich nicht so fest«, lachte sie unter Tränen. »Dein Kind boxt dir sonst kräftig in den Bauch!«
»Ich möchte es spüren, mein Kind. Ich lebe, Geliebte, ich lebe, und ich werde in meinem Kind weiterleben!«

Nach dem festlichen Akt der Aufnahme des neuen Kriegers in seine Reihen ließ Antequos Speisen und Getränke auffahren. Der Winter hatte an den Vorräten gezehrt, doch der König knauserte nicht, um Velox' Ernennung zum Krieger den angemessenen Rahmen zu geben. Und dazu gehörte ein Festessen mit Wein, Met und Gerstenbier.
Sigrun saß an seiner Seite und rutschte verlegen auf der harten Holzbank hin und her. Ziehende Rückenschmerzen machten sich bemerkbar. Sie hatte zu lange gestanden. Am liebsten hätte sie sich hingelegt, wagte aber nicht, die Feier zu verlassen.
Velox hob das Trinkhorn mit Met und reichte es Sigrun. »Trink den ersten Schluck«, bat er. »Es ist die Besiegelung unseres Glücks. Wir sind Mann und Frau, getraut durch einen weisen Mann. Ich bin Gefolgsmann eines Königs und damit als Krieger anerkannt. Durch den König sind wir auf Lebzeiten versorgt, und das Schönste ist, daß ich schon bald ein Kind haben werde.« Er blickte glücklich auf Sigrun, die ein wenig die Nase krauste. »Was hast du, Geliebte, gefallen dir meine Worte nicht?«

»Doch, mehr als mir lieb ist, denn dein Kind wird nicht mehr lange auf sich warten lassen.«
»Ist es schon soweit?« rief er und sprang auf.
»Nein, nein, setz dich wieder hin!« Verlegen blickte Sigrun um sich, und eine heiße Röte überzog ihre Wangen. »Du erfährst es noch früh genug.«
»Na, dann ist es gut.« Erleichtert plumpste Velox auf die Bank und trank das Horn in einem Zug leer. Mit dem Handrücken wischte er sich über den Mund. »Ich hätte nie gedacht, daß ich mich an das Zeug gewöhnen könnte.« Er lachte. »Und die Römer schwören auf ihren Wein.« Seine Augen verdunkelten sich wie damals, als Sigrun ihm das erste Mal begegnet war. »Was wird wohl aus all den anderen geworden sein?« fragte er leise.
Den anderen! Sigrun stockte der Atem. War es gut, zurückzuschauen? Das Land Rom lag irgendwo hinter den Nebeln des Horizontes und mit ihm seine Menschen und Schicksale. Gab es dieses Land überhaupt oder war es ein Traum, den die Dämonen der Nacht dem unruhig Schlafenden schickten, um ihn zu drücken und zu quälen? Dann blickte sie Velox an, den Claudius aus dem anderen Land. Er saß so wirklich neben ihr, so fest und warm und glücklich – auch wenn seine Augen in diesem Moment ernst blickten. Sie umschlang seinen Arm
»Laß uns nicht daran denken«, sagte sie leise. »Vor uns liegt die Zukunft, dorthin müssen wir gehen.«

Ein einsamer Reiter jagte auf der Via Appia gen Süden. Er schonte weder sich noch sein Pferd. Vor ihm sprangen die Bauern und Händler, die Soldaten und anderen Reisenden erschrocken zur Seite. Es war Valerius, der Senator von Rom. Er trug eine leichte Kleidung wie die Soldaten, und sein Umhang wehte im Wind. Keine Eskorte begleitete ihn, und in seinem

Gesicht stand ein grimmiger Ausdruck. Hastig wechselte er das Pferd an einer Herberge, gönnte sich einen Schluck Wasser und setzte seinen mörderischen Ritt fort.
Bürgerkrieg! Wie ein Damoklesschwert hing dieses Wort drohend über ihm. Das römische Volk brodelte wie die Lava im Krater des Vesuvius Mons. Die Republik geriet aus den Angeln, und da mußten ihm noch private Probleme dazwischenkommen! Er war unabkömmlich in Rom, aber allein die Politik vermochte nichts mehr zu bewirken. Hier mußte das Militär den Volkszorn im Zaum halten. Es brauchte Persönlichkeiten, die die angeschlagene Republik wieder festigten, und keine von ihren Ehefrauen lächerlich gemachten Narren mit Eselsohren!
Romelia! Ich werde dich töten!

Wie ein Raubtier lief der Senator in Romelias Gemach hin und her, die Arme auf dem Rücken verschränkt. Den Kopf streckte er angriffslustig nach vorn, und sein Kinn reckte sich wie der Schnabel eines Raubvogels. Auf seinen Schläfen traten die Adern dick hervor.
»Bist du denn von allen Göttern verlassen, mir eine derartige Schmach zu bereiten!« brüllte er.
Romelia hockte auf ihrem Bett und zuckte bei seinen heftigen Worten zusammen.
»Schrei nicht so, mir tut der Kopf weh«, klagte sie und hob theatralisch die Hände.
Valerius tigerte unbeirrt weiter durch die luftige Marmorhalle, sieben Schritte hin, sieben Schritte zurück.
»Ich schreie, wie es mir paßt! Ich habe schließlich einen Grund dazu!« Plötzlich änderte er die Richtung, war mit drei großen Schritten bei Romelia und riß ihr die blonde Perücke herunter. »Hure, elende Hure!« Für einen Augenblick schien er sich zu beruhigen und blickte auf die blonden Haare, die er spielerisch

in den Händen hielt. »Weißt du, wie die Barbaren mit Ehebrecherinnen verfahren? Der gehörnte Ehemann schneidet ihr das Haar ab, ratzekurz. Manchmal schneidet er ihr sogar die Kopfhaut ab. Dann reißt er ihr die Kleider vom Leib und peitscht sie durch das Dorf. Und alle Dorfbewohner jagen sie ebenfalls und peitschen auf sie ein. Dann wird sie gepackt und ins Moor geworfen. Und damit ihr Geist nicht wieder hochkommt, wird sie mit angespitzten Holzpfählen in den Boden gerammt und mit Reisig bedeckt.«

Romelia war blaß geworden. Zitternd kauerte sie auf dem Laken und bewegte stumm die Lippen. »Barbarische Sitten«, stöhnte sie.

Valerius lächelte. »Meinst du? Ich kann es irgendwie verstehen. Es wäre doch ein richtiger Spaß, diese Sitten auch bei uns einzuführen. Da hätte das gelangweilte Volk von Pompeji oder Rom eine nette Abwechslung, nicht wahr? Für mich wäre es eine Genugtuung, dich so enden zu sehen. Aber wir sind ja ein zivilisiertes Volk, wir haben Stil.«

Romelia pustete hörbar die Luft aus. »Den Göttern sei Dank!«

»Auf die Götter berufst du dich? Welche? Priapus? Bacchus? Was soll ich mit dir tun?«

Romelia warf sich ihm zu Füßen. »Schlag mich, schlag mich, ich habe es verdient.«

Angeekelt blickte Valerius auf Romelia herab. »Was habe ich davon? Eine kurze Genugtuung. Und was hast du davon? Etwas Schmerz, der vergeht. Nein! Du wirst bis an dein Lebensende das tun, was du mir angetan hast. Setz diese blonde Perücke auf, ich schicke dich in eines der billigsten Bordelle an der Via Appia.«

Romelia riß die Augen auf. »Das kannst du nicht! Ich bin eine Patrizierin!«

»So? Davon habe ich aber nichts bemerkt. Wer wie eine Verbrecherin nachts verkleidet zum Bacchustempel schleicht oder in ein Wirtshaus, wer ist das wohl? Eine ehrbare römische Ehefrau?« Er lachte schallend.

»Wer hat dir das erzählt?« fragte sie entgeistert.

»Ich habe überall meine Spitzel«, erwiderte Valerius. »Und du schämst dich nicht mal, die ehrbare Athenais da hineinzuziehen.«

»Hat sie dir das gesagt?« kreischte Romelia auf.

»Eher würde sie wahrscheinlich im Boden versinken. Doch ich kann Diodoros nicht mehr in die Augen sehen.«

»Ach der!« Romelia machte eine wegwerfende Handbewegung. »Der hat's doch bloß mit den Knaben und kann nicht mal seine Frau schwängern. Jetzt läßt er das von einem Verwandten übernehmen.« Sie spitzte abfällig die Lippen.

»Das ist seine Sache und geht uns nichts an. Aber du gehst mich etwas an! Du hast mich lächerlich gemacht. Ganz Rom spricht von dieser Verfolgungsjagd und lacht. Stell dir vor, sie haben Wetten darauf abgeschlossen, ob der Gladiator gefaßt wird oder nicht!«

Gelangweilt blickte Romelia zum Fenster heraus. »Es stand mir zu, Pila verfolgen zu lassen, sie war eine entlaufene Sklavin.«

»Nein, das war Sache des Präfekten, weil sie im Kerker saß!«

»Pah, diese taube Nuß von einem Präfekten, den kannst du als Löwenfutter verwenden! Nichts hat er zuwege gebracht! Wenn ich nicht die Initiative ergriffen hätte ...«

»... könnte ich mich jetzt noch auf die Straße wagen. Romelia, mir reicht es! Rom wankt, und ich habe nichts Besseres zu tun, als mich mit meiner aufsässigen Frau zu streiten!«

»Dann geh doch wieder nach Rom und festige die Republik! Ich verstehe gar nicht, warum du überhaupt hierhergeritten bist.«

»Um ein für allemal die Fronten zu klären.«

»Gut, dann laß dich doch scheiden!«

»Das wäre zu einfach. Für dich! Mein Herz schreit nach Rache!«
»Dein Herz? Daß ich nicht lache!« Romelia brach in hysterisches Gelächter aus. »Hast du eines?«
»Ich habe Pila geliebt«, sagte er leise, und Romelia riß die Augen auf.
»Du hast – was???«
»Ich habe diese Sklavin geliebt, nicht wie eine Frau, sondern wie eine Göttin.«
»Du machst dich lächerlich, Valerius!«
»Das kannst du natürlich nicht verstehen, aber das habe ich auch gar nicht erwartet. Dieses Mädchen war vollkommen, so vollkommen, daß ich sie habe in Marmor meißeln lassen.«
»Deshalb wolltest du diese Statue!« empörte sich Romelia. »Und ich glaubte, du wolltest nur eine Plastik zur Verschönerung unseres Hauses!« Sie griff sich theatralisch an den Kopf. »Und ich ließ sie auch noch täglich in die Werkstatt des Bildhauers gehen!«
»Du hast sowieso kein Verständnis für meinen ästhetischen Sinn. Jetzt ist sie fort!«
»Ja, sie ist fort! Leider! Ich hätte zu gern gesehen, wie die Löwen aus ihrem göttlichen Körper einen blutigen Klumpen machen. Aber du hast ja noch die Statue, tröste dich doch damit!« höhnte Romelia.
Valerius zischte wie eine Schlange. »Du bist unverbesserlich, Weib. Und Unverbesserliche müssen durch eine harte Schule gehen! Wache!«
»Laßt mich los! Laßt mich los! Was fällt euch ein, ihr Idioten?« schrie Romelia und wehrte sich verzweifelt gegen den starken Griff der Wachmänner.
»Sperrt sie ein, und bewacht sie gut! Denn ich werde jetzt eine neue Bleibe für sie suchen, eine, die ihrem Wesen bedeutend angemessener ist als mein Haus!«

Die Herberge war nur klein und schmuddelig, selbst das Schild über dem Eingang, das einen Ziegenbock zeigte, war beschädigt. Irgendein unzufriedener Gast hatte einmal mit der Axt dagegen geschlagen.
Der Wirt hantierte an den Weinfässern und bediente die ersten Gäste, die sich zum Abend einfanden. Seine Frau brachte Fladenbrot und gegrillte Drosseln aus der Küche herbei.
Es waren keine reichen Gäste, sondern einfache Leute, arme Reisende und Soldaten, die die Herberge besuchten. Und sie waren neugierig, denn eine krakelige Schrift unter dem Ziegenbock verriet, daß eine blonde Schönheit gern die Gäste verwöhnen würde.
»Scher dich in den Gastraum, und zeige dich«, knurrte der Wirt die blonde Frau an, die mit grimmigem Gesicht unter der Treppe stand.
»Laß mich in Ruhe!« zischte sie. »Ich bin eine Patrizierin!«
Dröhnend lachte der Wirt. »Du vergißt, Romelia, daß mein Zeichen auf deinem rechten Arm ist. Jetzt weiß ich, warum der feine Herr dich so billig verkauft hat – du bist aufsässig! Aber das gewöhne ich dir noch ab. Also entweder gehst du jetzt sofort in den Schankraum und bietest dich an, oder ich hole die Peitsche und bläue es dir ein!«
»Ich geh ja schon«, murrte sie und zog ihre Perücke auf dem Kopf fest. Sie strich an den Tischen vorbei und warf den Männern auffordernde Blicke zu. Begehrliche Augen folgten ihren Bewegungen.
»Neue Kundschaft!« rief der Wirt, und er und seine Frau liefen aus der Herberge hinaus auf die Via Appia, um die ankommenden Reisenden abzufangen und hereinzulocken.
Doch der elegante Reiter mit der großen Eskorte und dem leichten Reisewagen dazwischen machte keine Anstalten, an der Herberge zu verweilen. Er blickte nicht einmal herüber.

Romelia, die sich hinter den Wirtsleuten an die Tür gedrängt hatte, stockte der Atem. Es war Valerius, der nach Pompeji ritt! Doch wer war die Dame, die in der Reisekutsche saß? Jetzt wandte sie den Kopf, und Romelia erkannte die feingeschnittene Nase. Ihre Finger krallten sich in den Türstock, und sie biß sich schmerzhaft auf die Lippen. Die neue Frau von Valerius war ihre ehemalige Nachbarin Flavia!

Achtzehntes Kapitel

SOMMER IN LUGUDUNUM

Laßt mich zu ihr!« Wütend und verzweifelt stampfte Velox vor der Tür und prallte gegen die Hand einer der Frauen, die sich um Sigrun bemühten.

»Ein Mann hat hier nichts verloren!« sagte sie energisch und ohne Respekt vor dem frisch ernannten Krieger des Königs.

»Ich bin doch ihr Gemahl, und sie braucht meinen Beistand«, widersprach er zornig. Mit alten Frauen hatte er nicht die besten Erfahrungen gemacht und erachtete es als sicherer, in dem kleinen Raum anwesend zu sein, in dem Sigrun ihr Kind, sein Kind, zur Welt brachte.

Dabei hatte er es noch gar nicht erwartet, denn Sigrun hatte auf der Feier neben ihm gesessen, Met getrunken, gelacht und den lustigen Erzählungen und Prahlereien der anderen Krieger gelauscht. Er legte ihr die zartesten Fleischstücke vor, doch Sigrun hatte nur an einem Kanten von frischgebackenem Brot geknabbert.

Die Männer sprachen dem Met und dem Gerstenbier kräftig zu, und keiner bemerkte, daß Sigrun mehrmals kräftig tief durchatmete und sich erhob. Sie schwankte und stützte sich an der Wand ab, während sie versuchte, die Halle zu verlassen. Eine der Frauen bemerkte Sigruns blasses Gesicht und sprang behende herbei.

»Du hast die Wehen, nicht wahr, Sigrun?«

»Ich – ich glaube –, es ist eine Faust, die mich zerdrücken will«, stöhnte sie. »Ich brauche nur etwas frische Luft.«

Doch Sigrun fühlte sich so elend, daß sie trotz aller Willensanstrengung nicht wieder in die dunstgeschwängerte Königshalle zurückkehren konnte.
»Es ist besser, wir bringen dich ins Frauenhaus.«
»Ich habe Schmerzen«, stöhnte Sigrun verhalten und bemühte sich, Haltung zu bewahren.
Es verging einige Zeit, bevor Velox Sigruns Verschwinden bemerkte. »Wo ist meine Gemahlin?« fragte er mit schwerer Zunge. Die anderen Zecher blickten sich suchend um und lachten.
»Wird wohl im Bett sein«, spotteten sie.
»Was? Es ist meine Feier! Wieso entfernt sie sich ohne meine Erlaubnis?« Velox sprang verärgert auf. Doch in seiner Kammer lag sie nicht. Eine Frau eilte mit einer Schüssel heißen Wassers an ihm vorbei.
»Eure Gemahlin befindet sich im Frauenhaus«, sagte sie im Laufen.
Velox lief hinter ihr her. »Warum? Was ist geschehen?«
»Noch ist nichts geschehen, aber bald wird etwas geschehen. Doch Ihr müßt Euch in Geduld üben.«
»Wieso geschieht es? Es ist zu früh, das Kind sollte zu Beltaine kommen!«
»Das Kind wählt selbst, wann es kommt«, sagte die Magd und knallte die Tür vor seiner Nase zu. Wütend trommelte Velox dagegen, doch die Frauen hatten kein Nachsehen mit ihm. Verärgert brummelnd kehrte er in die Halle zurück.
»Nun, wo hast du deine Gemahlin gefunden?« grölten die trunkenen Krieger.
»Im Frauenhaus. Sie bekommt das Kind! Jetzt!« Seine Gesichtsfarbe wurde ziemlich fahl.
»Das ist doch ein Grund zum Trinken, Velox!« riefen sie. »Her mit neuem Met! Wir trinken auf das erste Kind des neuen Kriegers!«
Velox blieb gar nichts anderes übrig, als sein Trinkhorn zu füllen.

Die Nacht verging, und Sigrun krümmte sich unter den regelmäßig auftretenden Wehen, ohne daß ein Ende abzusehen war.

»Wie lange dauert denn so etwas nur?« fragte sie verzweifelt.

»Keine Sorge, es ist alles ganz normal«, beruhigte sie eine der Frauen. »Du darfst dich nur nicht gegen den Schmerz wehren, das verzögert die ganze Geburt.«

Doch Sigrun hatte gelernt, gegen Schmerzen zu kämpfen, gegen Schmerzen des Hungers, gegen Schmerzen der Kälte, gegen Schmerzen durch Verletzungen. Doch diese Schmerzen waren stärker. Wie die Wogen des Meeres schienen sie sie zu überspülen, gewaltig, unaufhaltsam. Zwischen den Wehen verschnaufte sie und bangte, als sich die nächste Schmerzwoge ankündigte.

»Schrei, damit es dich erleichtert!« forderte die Frau sie auf.

»Nein, ich schreie nicht! Ich bin eine kimbrische Freie, die Schmerzen ertragen kann ...« Sigrun verzog das Gesicht.

Die Frau schüttelte vorwurfsvoll den Kopf. »Und eigensinnig dazu. Wir brauchen hier keine Helden. Jede Kuh weiß, was zu tun ist, wenn sie ihr Kalb bekommt, jede Stute und jede Hündin. Nur die Menschen glauben, klüger zu sein.«

»Ich bin nur etwas müde«, flüsterte Sigrun. »Laßt mich schlafen.«

»Nein, du darfst nicht einschlafen. Dein Kind wird sonst ersticken. Es muß heraus. Hier, trink diesen Tee, er verstärkt die Wehen.«

Der Absud aus Himbeerblättern und Schafgarbe schmeckte scheußlich, und Sigrun befürchtete, daß sie ihn nicht bei sich behalten könnte. Die Frauen legten ihr warme Tücher über den Leib.

Das erste Grau des Morgens zeigte sich am Himmel, doch Sigrun lag noch immer unter Wehen, ohne daß das Kind Anstalten machte, auf die Welt zu kommen. Kalter Schweiß bedeckte ihre Haut, ihr Atem ging schnell, und ihre Lippen bluteten, weil sie sich den Schmerz verbiß.

»Aufhören! Ich will, daß es aufhört!« wimmerte sie.

»Beim ersten Mal ist es meistens schwer«, sagte eine Frau, doch Sigrun hörte sie nur noch aus weiter Ferne.

»Die weite Reise hat sie zuviel Kraft gekostet«, meinte eine andere mit besorgtem Gesicht.

»Also gut, lassen wir die Priesterin kommen. Sie wird die richtigen Formeln über sie sprechen.«

Sigrun lag apathisch da, nur ihr Leib krümmte sich zusammen, wenn die Wehen kamen. Endlich erschien die Priesterin, eine Frau mit runzligem Gesicht und in ein blaues Gewand gekleidet. Sie entblößte Sigruns Bauch und konzentrierte sich darauf.

»Das Kind liegt schräg, es muß sich drehen«, murmelte sie. »Ich sehe das Lebenslicht, doch es wird schwächer. Es bleibt nicht mehr viel Zeit.«

Sie stellte sich hinter Sigruns Kopf und legte ihre Hand auf deren Stirn. »Bist du bereit, meine Tochter?« fragte sie.

»Ich bin bereit«, murmelte Sigrun, doch sie wußte nicht wozu. Sie schwebte bereits zwischen zwei Welten.

»Du bist die Erde, die Mutter des Lebens, der Quell der Fruchtbarkeit, der Kelch des Wassers. Gebt es frei, das Lebensspendende, laßt es fließen, geht mit dem Strom. Aus dem Quell wird ein Bach, aus dem Bach wird ein Fluß, aus dem Fluß wird ein Strom, aus dem Strom wird das Meer.«

Obwohl die Priesterin diese Worte nur flüsterte, vernahm Sigrun sie ganz deutlich. Sie fühlte einen unwiderstehlichen Drang, der Quell begann zu rinnen, formte sich zum murmelnden Bach. Der Bach schwoll an und wurde zum glänzenden Fluß ... Sigrun bäumte sich auf, und eine der Frauen stützte ihren Rücken.

»Noch nicht«, sagte die Priesterin und zeichnete ein Schutzzei-

chen über Sigruns Bauch. Zwei andere Frauen winkelten Sigruns Beine an und preßten sie gegen ihren Leib.
... Der Fluß schwillt zum breiten Strom ... Sigrun schrie auf.
»Noch einmal, schrei! Laß dem Strom seinen Lauf, er stürzt ins Meer!«
Noch einmal schrie Sigrun und ein nächstes Mal, dann sah sie das unendliche Meer vor sich. Mit einem letzten, langgezogenen Schrei, der den ganzen Schmerz der Welt hinausspülte, ergoß sich der Strom in die Weite des Ozeans.
Dann war Stille. Sigrun keuchte und hielt zitternd ihre Knie umklammert. Dann zerriß ein dünner, aber zorniger Schrei die Luft, der Jubel der Frauen konnte ihn nicht übertönen.
»Ein Sohn! Ihr habt einen Sohn!« Lachend legte die Priesterin das glitschige, rote, verschrumpelte Wesen auf Sigruns Bauch. Fassungslos starrte Sigrun auf das Würmchen, das sich regte und mit den winzigen Fingerchen zappelte. »Ein Sohn! Mein Sohn! Unser Sohn!«
Sie lachte und weinte und keuchte und zitterte und war doch so glücklich, wie eine Frau in diesem Augenblick nur sein kann.
»Wir müssen ihn waschen und seinen Nabel verbinden« sagte eine der Frauen und nahm das Kind an sich, während Sigrun kraftlos zurück aufs Lager sank. Sie fühlte sich leicht wie eine Wolke.
Die Frauen wuschen sie und zogen ihr ein frisches Hemd über, kämmten ihr Haar und bereiteten einen Trunk aus Honig, Milch und Eigelb, den Sigrun gierig trank.
»Geht, verständigt den Vater, er soll seinen Sohn bewundern.«
»Velox? Wo ist er?« Jetzt erst dachte Sigrun an ihren Liebsten. Wie mußte er um sie gebangt haben, in den langen Stunden der Nacht und den schmerzerfüllten Stunden des Tages! Wie lang mußte ihm die Zeit geworden sein, während ihn die Frauen konsequent von der Kammer im Frauenhaus fernhielten. Oh,

Velox, du hast einen Sohn! Ich bin so stolz, daß ich dir einen Sohn schenken durfte!
Sigrun kam ein wenig zu Kräften, und die Frauen legten ihr das gebadete und in ein weiches Tuch gehüllte Kind in den Arm. Erwartungsvoll blickte sie zur Tür. Die Magd kam allein zurück.
»Wo ist Velox? Hast du ihn gefunden?« fragte Sigrun beunruhigt.
»Ja, ich habe ihn gefunden.« Sie räusperte sich und blickte ein wenig verlegen auf die Umstehenden. »Er kommt – etwas später.«
»Wieso später? Wo ist er?«
»Er liegt in seinem Bett, aber er wacht nicht auf. Er ist – total betrunken!«

Die Versammlung der Druiden fand in Lugudunum statt, und mit ihrer Magie beschworen sie die Dunkelgeister, in ihr Reich zu entschwinden, und die Lichtgeister, auf der Welt zu erscheinen. Belenos, der Gott des Lichtes und der Sonne, wird seine Kraft auf die Erde sprühen und damit das Leben erwecken, den Samen, der im Schoße der Erde ruht.
Antequos hatte sein Versprechen gehalten und Velox einen Hof übergeben, mit Knechten und Vieh und Feldern, einem Garten mit Apfelbäumen und einem Haus, gebaut aus dem Holz der Eiche, der Buche, der Eberesche und der Eibe. Der Hof lag im fruchtbaren Tal des Rhodanus südlich der heiligen Festung des Lugs.
»Wenn das Wasser des Rhodanus an eurem Hof vorbeizieht, trägt es die göttliche Kraft aus dem Heiligtum«, sagte Antequos, und Sigrun war sich sicher, daß Verculix den Platz gewählt hatte. Ringsum auf den Hügeln und Feldern waren bereits die Holzhaufen für die Feuer des Bel aufgeschichtet, die in der Nacht auflodern würden, wenn die Druiden aus dem Heiligtum kamen.

Sigrun hatte sich nach der kraftraubenden Geburt erstaunlich schnell erholt. Verlegen und ein wenig beschämt dagegen schlich Velox nach seiner durchzechten Nacht zu seiner Gemahlin. Er machte sich schwere Vorwürfe, nicht in ihrer Nähe geblieben zu sein, wenngleich er keine Chance gehabt hätte, an Sigruns Seite zu gelangen. Die Freude über seinen Sohn ließ ihn schnell die unangenehmen Gedanken vergessen, und er nahm beide überglücklich in die Arme.

Als er vorsichtig seinen Sohn in das geflochtene Weidenkörbchen legen wollte, sah er darin zwei kleine Holzstöckchen liegen. Zuerst war er ungehalten über die Mägde, die offensichtlich nicht sorgfältig genug das Lager für seinen Sohn vorbereitet hatten. Doch dann stutzte er. Auf den Stöckchen erkannte er magische Zeichen.

»Sind das nicht die beiden Stäbe, die bei unserer Hochzeit ...« Er wagte nicht, die zwei Holzstückchen zu berühren. Vorsichtig nahm Sigrun sie an sich.

»Ja, ich erkenne sie wieder.« Sie starrte auf die Runen. »*Derv* – Eiche, *vidu* – Wald ...« Plötzlich erschauerte sie. »Velox, das ist der Name unseres Sohnes. Dervidios!«

»Dervidios? Eichenwald? Der aus dem Eichenwald? Das klingt rätselhaft.«

Doch es blieb ihnen wenig Zeit, sich darüber Gedanken zu machen. Das Beltaine-Fest stand bevor, und sie mußten zu ihrem Hof ziehen.

Velox und Sigrun waren überwältigt vom Wohlstand des Hofes und der Schönheit des Ortes.

»Es wird dein Königreich sein, Sigrun«, sagte Velox mit stolzer Stimme. »Du bist nun eine reiche Frau mit zwanzig Stück Rindvieh und den vielen Schweinen und Hühnern. Und du hast Knechte und Mägde, die dir bei der Arbeit behilflich sein werden.«

»Keine Sorge, ich bin die Tochter eines freien Bauern, und ich weiß, wie ein Hof geführt wird. Seltsam – einst war ich eine Sklavin, jetzt bin ich Herrin über diese Menschen.« Sie ergriff seine Hand. »Ich werde niemals vergessen, wie erniedrigend es ist, als Sklave behandelt zu werden.«
»Dann paß auf, daß dir die Knechte und Mägde nicht auf der Nase herumtanzen!« mahnte Velox.
»Glaubst du, das könnten sie mit mir machen?« fragte sie herausfordernd.
Velox lachte. »Ganz sicher nicht!«

Es war tiefe Nacht, doch einzig Dervidios schlief in seinem Weidenkörbchen, als der unheimliche Zug der Druiden aus dem nahen Lugudunum erschien. Der König erwartete sie am Rande des Tales.
Verculix entzündete eine Fackel und reichte sie an Antequos weiter.
Ringsum herrschte tiefe Finsternis, und die Fackel glomm wie ein Funke im Nichts. Antequos hielt die Fackel an den Holzstapel, der auf Velox' Feld aufgestapelt war. Die Flammen züngelten an dem Holz empor, fraßen sich zischend und funkensprühend in die Scheite und tauchten die Umgebung in gelbes Licht.
»Das Jahr dreht sich im Kreis, auf Nächte und Tage folgen Jahreszeiten, auf Licht folgt Dunkel, und auf Dunkel folgt Licht. Was geboren wird, wird sterben, und aus dem Tod erwacht neues Leben!« hallte seine kräftige Stimme durch die Nacht. Und da entflammte in der Ferne ein zweites Feuer, dann ein drittes, viertes. Wie ein Lauffeuer verbreitete sich das segenspendende Licht über das Land, überall loderten die Beltaine-Feuer, und die Menschen vertrieben des Winters Dunkelheit und Kälte.

Velox und seine Knechte trieben die mit Mistelzweigen geschmückten Tiere durch die niedergebrannten Feuer, um Fruchtbarkeit für sie zu erbitten. Verculix segnete Hof und Stall und sprach magische Beschwörungsformeln über die Herde. Dann zog er zum nächsten Hof weiter.

Antequos blieb mit seinem Gefolge noch bis zum Morgengrauen am Feuer sitzen und beobachtete, wie Velox seine Herde über die Glut leitete, ohne daß ein Tier Schaden nahm. Der König spürte, daß der neue Krieger ein besonderer Mensch war. Nicht umsonst hatte Verculix dessen Schicksal in die Hand des Königs gelegt, denn er mußte um die geheime Bestimmung des Paares wissen.

Als der Morgen anbrach und rotes Licht in das Tal warf, spannte Velox zwei kräftige Ochsen vor den Pflug und führte sie auf das Brachland. Antequos preßte den Haken des Pflugs nach unten, und die Knechte trieben die Ochsen an. Eine schnurgerade Furche fraß sich in die dunkelbraune, duftende Erde. Am Ende hielt Antequos an und steckte Zweige in den frisch gebrochenen Acker.

»Mögen deine Äcker stets fruchtbar sein, so fruchtbar wie deine Herden – und deine Frau.« Er lächelte, und in seinem groben Gesicht war ein Anflug von Milde zu erkennen. Er warf mit einer hoheitsvollen Kopfbewegung seine roten Zöpfe nach hinten, und Sigrun errötete bei seinen Worten. Die aufgehende Sonne tauchte die ganze Welt in einen roten Schein, und der Schopf des Königs leuchtete auf wie eines der Beltaine-Feuer.

»Aufsitzen!« rief er seinen Gefolgsleuten zu. »Die Festtafel wartet auf uns, und es gibt noch unterhaltsame Spiele.« Er wandte sich zu Velox um, der seinen Arm liebevoll um Sigrun gelegt hatte, die den schlafenden Dervidios an ihre Brust drückte.

»Natürlich bist du ebenso Gast an meiner Tafel wie alle meine Krieger«, sagte Antequos. »Aber ich sehe es dir nach, wenn du

heute bei deiner Familie und auf deinem Hof bleiben willst. Du wirst sie noch oft genug allein lassen müssen.«
Die Reiter galoppierten davon, bevor Velox etwas erwidern konnte.

Verculix stand auf dem Hügel und blickte in das breite Tal des Rhodanus herunter. Das Licht des Vollmondes hüllte es in silbrigen Schein. Er stützte sich auf seinen Stock und schritt langsam den Hang hinab zu dem Hof zwischen den Apfelbäumen. Mit seinem Stock klopfte er gegen den hölzernen Türpfosten und wich einige Schritte zurück.
Velox sprang auf und ergriff sein Schwert. Erschrocken preßte Sigrun das Kind an ihre Brust. Waren es Räuber, die das Land auf der Suche nach Beute durchstreiften? Waren es fremde Stämme, die auf der Suche nach Land waren? Oder waren es gar die Dämonen der Nacht, die ihr übles Spiel mit ihnen trieben?
Als sie jedoch keinen Waffenlärm hörte, folgte sie Velox vor die Tür, ihren kleinen Sohn ängstlich an sich gedrückt.
Im hellen Licht des Mondes stand Verculix am Fuße des Hügels, selbst in einem überirdischen Licht strahlend. Sigrun prallte entsetzt zurück, während Velox drohend sein Schwert hob.
»Was willst du?« fragte er.
»Dich an deinen Schwur erinnern, Velox!«
»Ich habe dir nichts geschworen, alter Mann. Ich habe meinem König geschworen, ihm treu zu dienen!«
Verculix rührte sich nicht, nur sein Gewand bauschte sich im warmen Sommerwind auf, und sein weißer Bart wehte. Es war Simivisonios, der Hellemond. Mit einem Schlag kam Sigrun die entsetzliche Erleuchtung.
»Nein!« schrie sie und umklammerte Dervidios.
Verunsichert blickte Velox zwischen ihr und Verculix hin und

her und wog sein Schwert unschlüssig in der Hand. »Was ist los?«

»Nein! Laß mir mein Kind!« Sigruns Schrei stieg zum nachtschwarzen Himmel empor.

Velox schwang wieder sein Schwert, im gleichen Augenblick schlug Sigrun es ihm aus der Hand. War es das fahle Licht des Vollmondes, das ihr Gesicht so weiß erscheinen ließ, oder war es das furchtbare Grauen, das sie plötzlich überkam?

Doch Verculix streckte die Hand aus und deutete auf das Kind. »Du hast es gewußt!« sagte er mit mächtiger Stimme. »Und Velox muß die *gessa* befolgen. Im sechsten Simivisonios seines Lebens werde ich ihn holen. Auf den Nebelinseln wird er geformt, in den heiligen Hainen erhält er meine Unterweisungen. Bedenke, es gibt viele Berufene, aber nur wenige Auserwählte. Und auch ihr seid Auserwählte.«

Er wandte sich um und stieg langsam den Hügel hinauf, sich dabei fest auf seinen Stock stützend. Sie blickten auf seinen gebeugten Rücken, der in der Ferne wie der gebogene Hals eines Schwanes wirkte.

»Was meint er damit, daß wir Auserwählte seien? Warum will er unser Kind?« fragte Velox und hob sein Schwert wieder auf.

»Die *gessa*«, flüsterte Sigrun. »Hast du die *gessa* vergessen? Er wird ein Eichenpriester werden.«

Velox ließ sich auf die Bank sinken, Sigrun setzte sich neben ihn und reichte ihm das Bündel mit dem Säugling herüber. Liebevoll hob er es auf seinen Arm und küßte den zarten Flaum auf dem Köpfchen.

»Es wird nicht unser einziges Kind bleiben«, sagte Sigrun leise. »Wir sind dazu ausersehen, unser Volk weiterzuführen. Unsere Kinder und Kindeskinder werden in diesem Land leben. Ist das nicht eine schöne Aufgabe?«

Velox' Hand tastete nach Sigrun.

Sie lächelte wissend. »Wer weiß, vielleicht werden unsere Söhne einmal große Krieger, mutige Helden wie ihr Vater.«
Velox legte seinen Sohn in den geflochtenen Weidekorb, der an einem Deckenbalken hing, und schaukelte ihn sanft.
»Möchtest du keine Töchter?« fragte er.
»Möchtest du denn Töchter?« fragte Sigrun zurück.
»Natürlich, und ich weiß, daß sie so schön werden wie ihre Mutter.«
»Woher willst du das wissen?«
Er lachte. »Es gibt Dinge, die die Natur ganz allein regelt.« Er zog sie auf das Lager und streichelte sanft ihren Körper. »Es war unter der Sonne eines fernen Landes«, begann er leise zu erzählen. »Da lag unter einem Olivenbaum ein Wesen, einer Göttin gleich. Sie war überirdisch schön, ihr Haar glänzte golden wie die Sonnenstrahlen, ihre Augen strahlten im Blau eines klaren Bergsees, und ihr Körper schimmerte weiß und fest wie der Marmor aus den Bergen von Carrara. Und als der Mond hinter den Wolken hervortrat, schien ihr Körper von innen zu leuchten wie eine Alabasterlampe. Ein Krieger sah die Göttin und entbrannte in heftiger Liebe zu ihr. Er kniete vor ihr nieder, um ihrer Schönheit zu huldigen. Doch sie begehrte nicht seinen Körper, sondern sein Herz. Da öffnete der Krieger seine Brust und legte der Göttin sein Herz zu Füßen.«
»Was ist das für eine Geschichte, die du erzählst?« fragte Sigrun und lächelte. »Sie kommt mir so bekannt vor.«
»Es ist die Geschichte der Liebe. Unserer Liebe. Es ist die göttliche Geschichte, die zwei Sterbliche erlebten.«
Sie zog ihn zu sich herunter. »... und noch erleben«, flüsterte sie. Als sich ihre Lippen vereinigten, schien der Augenblick zur Ewigkeit zu werden.

Begriffserklärung

Amica	lat.: »Freundin«, Prostituierte
Amphore	Vorratsgefäß für Wein, Öl etc., fest verschließbar, zweihenklig
Apodyterium	Um-/Auskleideraum in röm. Badehäusern
Atrium	Vor-/Empfangshalle in röm. Villen
Bacchanal	Heiligtum des Bacchus, Mysterienfest
Bacchus	röm. Gott des Weines, entspricht dem griech. Gott Dionysos
Balineum	Baderaum, Schwimmhalle
Calceus	geschlossener Lederschuh für die Winterzeit, als Halbschuh oder Knöchelstiefel
Caliga	Riemensandale, entweder in einfacher knöchelhoher Ausführung oder als Legionärssandale mit mehrlagiger Sohle und Eisennägeln
Cella meretricia	Kundenzimmer einer Prostituierten
Chiton	gürtelloses oder gegürtetes Untergewand aus langen Bahnen dünnen Gewebes mit reichem Faltenwurf
Chlamys	knielanger, mantelartiger Überwurf
Cisium	leichter, zweirädriger Wagen
Columbarium	Begräbnisstätte für Urnen

Convivium	Gelage, Gastmahl, Schmaus
Curia	altröm. Senat, auch Senatsgebäude
Donar	auch Thor; german. Gott, Herr der Gewitter, des Donners, dargestellt mit schwingendem Hammer
Eos	griech. Göttin der Morgenröte
Erastes	in der griech. Knabenliebe der erwachsene Liebhaber und Unterweiser des kindlichen → *Eromenos*
Eromenos	in der griech. Knabenliebe minderjähriger Geliebter/Empfänger des → *Erastes*
Exedrium	Wandnische mit Sitzgelegenheiten
Frija	auch Freya, Frigga; german. Göttin der Liebe, Ehe, Fruchtbarkeit, Gemahlin des → *Odin*
Gamonios	Mondmonat im keltischen Kalender, April/Mai
Gessa	symbolisches »Tabu« bestimmter Handlungen auf profaner wie sakraler Ebene unter Androhung des Todes
Hetäre	griech.: »Gefährtin«, gebildete Geliebte, Freudenmädchen, gehobene Prostituierte
Kimbern	german. Volksstamm, ursprüngl. aus dem nördl. Jütland, Auswanderung nach Süden ca. ab 120 v. Chr.
Kline	Liege, auf welcher auch Mahlzeiten eingenommen werden

Latrine lat.: Abtritt, Toilette

Lupanar lat.: Bordell, Freudenhaus

Mänade griech.: »Rasende«, ekstatisch-orgiastische Frau im Kult des Dionysos/Bacchus

Matrona lat.: Dame, verheiratete Frau

Meretrix lat.: »Verdienende«; Prostituierte; pl. Meretrices/-n

Nerthus german. Göttin der Erde und Fruchtbarkeit der Felder

Norne auch Wurd, Urd; i. d. german. Mythologie Schicksalsfrau, spinnt Schicksal, Verhängnis, Tod

Odin auch Wotan; in der german. Mythologie Sturm- und Totengott, später Hauptgott des Krieges und der geistigen Kultur

Palla mantelartiges Tuch über der → *Stola*

Patrizier Angehöriger der röm. Oberschicht

Peristyl mit Säulen umgebener Innenhof der röm. Villa, oft auch als Garten gestaltet

Phallus erigiertes männliches Glied

Phiole bauchiges, flaschenartiges Gefäß mit engem Hals

Pila lat.: Pfeiler, Säule

Plaustra leichter Transportkarren

Plebejer Angehöriger der röm. Unterschicht, politisch frei, aber nicht vollberechtigt

Saccaria großer Karren mit massiven Scheibenrädern

Samonios Mondmonat im keltischen Kalender (Oktober/November), Beginn des neuen Jahres mit der ersten Nacht des Monats

Satyr	jugendlicher, lüsterner, menschengestaltiger Dämon im Gefolge des Dionysos/Bacchus, oft mit Pferdeohren, -schwanz und -hufen sowie erigiertem Glied dargestellt
Simivisonios	Monat im kelt. Kalender (Mai/Juni)
Sinus Cumanus	Teil des Mittelmeeres, Golf von Neapel
Stola	Staats- und Ehrenkleid der röm. Frauen
Sudatorium	Schwitzraum, Dampfbad
Thing	german. Ratsversammlung der Stämme
Thyrsosstab	von einem Pinienzapfen bekrönter und mit Efeulaub umrankter Stab als Attribut des Dionysos/Bacchus und dessen weiblicher Anhängerschaft
Toga	Übergewand des röm. Bürgers
Triclinum	Raum, in dem drei Gelagebetten (Klinen) hufeisenförmig angeordnet sind
Tunika	röm. Leibgewand für beide Geschlechter, meist knielang und ärmellos, als Unter- und Obergewand tragbar
Tyrrhenisches Meer	Teil des Mittelmeeres
Ziu	auch Tiu; in der german. Mythologie Gott des strahlenden Himmels und des Tages, später auch des Krieges und des Blitzes